Hedwig Courths-Mahler

Wo du hingehst

Die Tochter der Wäscherin

BASTEI LÜBBE TASCHENBUCH
Band 14650

1. Auflage: Dezember 2001

Vollständige Taschenbuchausgabe

Bastei Lübbe Taschenbücher ist ein Imprint der Verlagsgruppe Lübbe

Copyright © by Verlagsgruppe Lübbe GmbH & Co. KG, Bergisch Gladbach
Titelfoto: G. Sachs, Agentur Martinez
Umschlaggestaltung: Martinez Produktions-Agentur, Köln
Satz: hanseatenSatz-bremen, Bremen
Druck und Verarbeitung: AIT Trondheim
Printed in Norway
ISBN 3-404-14650-6

Sie finden uns im Internet unter
http://www.luebbe.de

Der Preis dieses Bandes versteht sich einschließlich
der gesetzlichen Mehrwertsteuer.

HEDWIG COURTHS-MAHLER

Wo du hingehst

1

»Sind die Herrschaften zu Hause?«

»Nein, gnädiger Herr. Die Damen sind auf einer Spazierfahrt – das gnädige Fräulein fährt neue Pferde ein –, und der gnädige Herr ist auf der Börse.«

»Bitte, melden Sie den Herrschaften, daß ich bedaure, sie nicht angetroffen zu haben.«

Der Diener verneigte sich. »Sehr wohl, gnädiger Herr.«

Hans Roland wandte sich zum Gehen. Der Diener schritt neben ihm her, über den breiten kiesbestreuten Weg, der durch den Garten zur Pforte führte. Er öffnete und ließ den Besucher an sich vorübergehen.

»Die Damen wollten nach Ludwigslust hinausfahren«, sagte er mit der leisen Vertraulichkeit, die auch ein gutgeschulter Diener bekunden darf, wenn er weiß, daß der Besucher bei der Herrschaft ein gerngesehener Gast ist.

Hans Roland drückte ihm ein Geldstück in die Hand. Das hatte der Diener nicht anders erwartet. Er kannte seine Leute, wußte, daß der junge Herr nobel zu sein pflegte und seine Mitteilung einigen Wert für ihn hatte.

Mit Wohlgefallen sah er hinter dem schnell und elastisch Ausschreitenden her.

»Schneidiger Kerl! Nicht ein so angekränkelter Fatzke, wie sie meistens hier ein- und ausgehen. Wette, daß er dem gnädigen Fräulein gefällt, obwohl sie ihn noch schlechter behandelt als die anderen alle, die sich nach ihrem Gelde die Hacken ablaufen. Für die andern ist sie zu schade, sie paßt nicht zu so einem Zierbengel mit dem Monokel im Auge. Aber der da – das ist ein ganzer Kerl! Da soll sich das gnädige Fräulein nur nicht lange besinnen. Heiraten wird sie ja doch eines Tages, denn mit der neuen Gnädigen versteht sie sich nicht. Wie soll sie auch? Sie ist echtes Gold, die Gnädige, aber Talmi. Hat übrigens auch ein Auge auf diesen Herrn Roland geworfen, die Gnädige – aber er sieht an ihr vorbei. Seine Augen suchen nur das gnädige Fräulein – man möchte sie ihm in die Arme schieben.«

Nach diesem Selbstgespräch schloß der Diener die Pforte und ging langsam durch den parkähnlichen Garten nach Villa Friesen zurück.

Hans Roland schritt indessen, ohne auf seine Umgebung zu achten, durch die schön angelegten Gartenstraßen. Seine stahlblauen Augen blickten geradeaus.

Merkwürdige Augen waren das. Sie konnten in kühner Entschlossenheit aufblitzen und abwägend in ruhiger Sachlichkeit auf ihrer Umgebung ruhen, und dann konnten sie wieder warm aufleuchten, ein tiefes Empfinden verratend, und zuweilen lächeln, wie es die Augen eines harmlosen großen Jungen tun, dessen Herz noch ganz unverdorben ist.

Man sagte in seinem Bekanntenkreis von ihm, daß er ein durchaus anständiger Charakter wäre, der aber gelegentlich einer törichten Tollheit nicht aus dem Wege ginge. Schäumender Most will ausgären – und Hans Roland war jetzt in dem Stadium, wo aus gärendem Most ein guter, edler Wein wird.

Man sah ihn überall gern, hauptsächlich in töchterreichen Familien.

»Diese Art gibt die besten Ehemänner«, sagten verständnisvoll die Väter. Und die Mütter verliebten sich ein wenig in ihn und wünschten, er möge sie zur Schwiegermutter erwählen.

Hans Roland kümmerte sich aber vorläufig weder um die Väter noch um die Mütter, am allerwenigsten um die Töchter – außer der einen, die seit einigen Monaten sein Herz gefangenhielt.

Früher hatte er die Frauen nie wichtig genommen, vielleicht mit der einen oder andern ein wenig getändelt, aber eine besondere Rolle hatte keine in seinem Leben gespielt – bis er Anita Friesen sah.

Sein Blut jagte zum Herzen, wenn er in ihre Nähe kam. Wenn sie mit ihm sprach, leuchteten seine Augen in die ihren, und wandte sie sich von ihm ab, erblaßte er vor innerer Erregung. Ihre kühl abweisenden Blicke quälten ihn und jagten ihn oft stundenlang durch die Nacht. Aber immer zog es ihn wieder in ihre Nähe.

Er hätte zwingende Gründe gehabt, das Haus ihres Vaters zu meiden – weil ihre junge Stiefmutter weniger abweisend war als sie. Und trotzdem kam er immer wieder, weil er Anitas Anblick nicht entbehren konnte.

Er liebte sie und wollte sich nicht mit dem Gedanken abfinden, daß seine Liebe nicht erwidert wurde. Trotz ihrer kühlen Haltung lag manchmal ein Ausdruck in ihren Augen, der die Hoffnung auf ihre Zuneigung neu auflodern ließ. Fing er so einen unbeherrschten Blick Anitas auf, dann war ihm, als müßte er sie anflehen:

»Liebe mich, wie ich dich liebe!« Aber wenn ihn dann ihre Augen wieder kalt und abwehrend ansahen, so biß er die Zähne aufeinander und ballte verstohlen die Hände zur Faust.

»Warte nur, du Stolze, Kalte, ich zwinge dich doch, kraft meiner Liebe, die so stark und heiß und grenzenlos ist! Und ganz klein will ich dich sehen, ganz schwach, ganz abhängig von meinem Willen – ganz mein!« So sprach er in seinem Innern zu ihr. Es zog ihn immer wieder zu ihr, und er war verzweifelt, wenn sie kalt und unnahbar an ihm vorüberschritt. In wilder Entschlossenheit rang er dann mit seiner Liebe, er nannte sie töricht und wollte sie aus seinem Herzen reißen.

Aber er vermochte es nicht. Mit verbissenem Eigensinn klammerte sich sein Herz an dieses Mädchen, und eine wahnsinnige Angst befiel ihn, wenn er daran dachte, daß sie eines Tages einem anderen die Hand reichen könnte.

Noch vor dem Altar würde ich sie von seiner Seite reißen! dachte er dann wild. Sie wurde ja von so vielen Männern begehrt, nicht nur, weil sie die einzige Tochter des reichen Bankiers Friesen war, der die eleganteste Villa am Stadtpark bewohnte und ein großes Haus führte, sondern auch, weil sie schön und liebenswert war wie wenige Mädchen.

Anita Friesen hatte vor einigen Jahren eine Stiefmutter bekommen – eine sehr junge und schöne Stiefmutter. Ihre Mutter war schon seit acht Jahren tot. Anita hätte nie geglaubt, daß ihr Vater wieder heiraten würde, zumal er ganz in seinen Geschäften aufzugehen schien. Plötzlich hatte er sie dann mit der Mitteilung überrascht, er würde wieder heiraten.

Vom ersten Augenblick an stand sie dieser Frau, die nur vier Jahre älter war als sie, kühl und ablehnend gegenüber, denn sie erkannte sogleich, daß diese ihrem Vater nur aus berechnenden Gründen das Jawort gegeben hatte.

Es war nicht allein der Schmerz darüber, daß ihr Vater ihrer geliebten Mutter eine Nachfolgerin gegeben hatte, der sie so zurückhaltend machte. Sie fühlte sofort, daß es zwischen ihr und ihrer Stiefmutter keine Sympathie geben konnte.

Zwei verschiedenartigere Frauen konnte es kaum geben.

Anita war ein stiller, vornehmer und tiefgründiger Charakter, dem alles Halbe und Niedrige fremd war, ihre Stiefmutter dagegen eine oberflächliche, quecksilbrige Natur, deren hervorstechende Eigenschaften Genußsucht, Lebenshunger und Gefallsucht waren. Aus engen Verhältnissen stammend, empfand Frau Erika Friesen den Reichtum wie einen Rausch, den sie auskosten mußte. Und sie tat es mit einer unersättlichen Gier. Nur des Vaters wegen ertrug Anita das ihr peinliche Wesen der Stiefmutter.

Seit diese die Villa Friesen mit einer lärmenden, wenig feinen Geselligkeit füllte, in der sie ziemlich ungeniert kokettierte und sich den Hof machen ließ, hegte Anita den brennenden Wunsch, ihr Vaterhaus zu verlassen. Für die Dauer war das bisher nicht möglich gewesen, aber zuweilen suchte Anita ihr Heil in der Flucht und ging auf Reisen.

Wohl hätte sie oft genug Gelegenheit gehabt, dem unerträglichen Zustand durch eine Heirat zu entfliehen. Aber eine Ehe ohne Liebe einzugehen vermochte sie nicht. So stolz und kühl sie auch erschien, besaß sie doch ein tiefes Empfinden, und um keinen Preis hätte sie ihre Hand ohne ihr Herz verschenkt.

Sie hatte geglaubt, nicht lieben zu können, denn so viele Männer sich auch um sie bewarben, gelang es nicht einem, ihr Herz schneller schlagen zu machen.

Aber dann war eines Tages Hans Roland im Salon ihrer Stiefmutter aufgetaucht. Es war ein seltsames Erlebnis für Anita Friesen gewesen. Sie war kurz vor dem Beginn einer Festlichkeit in einen der Gesellschaftsräume getreten, an den der Salon ihrer Stiefmutter grenzte. Da noch keine Gäste anwesend waren, ging Anita über die weichen Teppiche hinüber in diesen Salon. In dem Moment sah sie in einem Spiegel, wie

Frau Erika Friesen einen fremden Mann umarmte und küßte und hörte sie sagen:

»Wie glücklich bin ich, lieber Hans, daß du gekommen bist! Wie habe ich mich nach dir gesehnt.«

Und sie vernahm dann die Stimme des fremden Mannes, der beschwörend erwiderte:

»Ich bitte dich, Erika, sei vorsichtig! Wenn man uns überrascht!«

Empört hatte Anita sich zurückziehen wollen. Was sie soeben gesehen hatte, war ihr ein neuer Beweis, daß ihre Stiefmutter ihren Vater aus Berechnung geheiratet hatte und es mit der ehelichen Treue nicht genau nahm. Aber in dem Moment betrat ihr Vater die Gesellschaftsräume. Die Angst vor einer Katastrophe veranlaßte sie, den Vater laut zu begrüßen, damit die Stiefmutter gewarnt wurde.

Gleich darauf trat Frau Erika, ganz harmlos und heiter scheinend, mit dem Fremden aus ihrem Salon.

»Liebster Heinz, hier stelle ich dir einen Jugendfreund vor – Dr. Hans Roland. Herr Doktor – mein Mann und meine Stieftochter Anita.«

Hans Roland hatte Anita Friesen gegenübergestanden, ahnungslos, daß diese soeben Zeugin einer ihm selbst äußerst peinlichen Szene gewesen war, die er nicht hatte verhindern können.

Anita begegnete ihm mit stolzer Kälte, denn sie mußte glauben, daß Dr. Hans Roland im Einverständnis mit ihrer Stiefmutter gewesen war, als diese ihn küßte. Aber sie tat ihm unrecht, er war schuldlos an dieser stürmischen Begrüßung. Was ihn mit Frau Erika verbunden hatte, lag für ihn in der Vergangenheit, und er hatte es durchaus nicht wieder aufleben lassen wollen, als sie ihm vor einigen Tagen begegnet war und ihn aufgefordert hatte, sie zu besuchen. Er hatte der Einladung Folge geleistet, ein wenig neugierig, wie die schöne Erika, mit der er vor ihrer Verheiratung eine Weile geflirtet hatte, sich als reiche Bankiersgattin ausnehmen würde.

Zu seinem Erstaunen war er der erste Gast, obwohl er eine Viertelstunde zu spät kam. Frau Erika hatte ihn absichtlich früher als die anderen Gäste gebeten. Und gleich bei seinem Eintritt hatte sie ihn begrüßt wie in jener früheren Zeit ihrer Liebelei. Ehe er energisch dagegen protestieren konnte, war Erika zusammengezuckt und hatte ihm zugeflüstert:

»Mein Mann kommt! Du giltst als ein Jugendfreund von mir.«

Er hatte sich vorgenommen, dieses Haus nicht wieder zu betreten, denn er gehörte nicht zu den Männern, die es leicht mit der Heiligkeit der Ehe nehmen.

Aber dann sah er Anita – und beim ersten Blick in ihre stolzen, reinen Augen fühlte er, daß er der Frau gegenüberstand, die seinem unruhig suchenden Herzen Lebensinhalt werden konnte.

Hans Roland wich im Verlauf des Abends kaum von ihrer Seite, obwohl sie sich kalt und ablehnend verhielt. Sie wirkte auf ihn wie die Offenbarung alles Guten, Schönen und Erstrebenswerten, und er zeigte ihr das unverhohlen.

Sie aber sah in ihm den Liebhaber ihrer Stiefmutter und behandelte ihn so abweisend, wie es möglich war, ohne ihr Wissen zu verraten. Sie ahnte nicht, wie schuldlos er war und wie sehr sie ihn mit ihrer Kälte quälte.

Von nun an begegnete sie ihm sehr oft. Und immer folgte er ihr in Gesellschaft wie ihr Schatten, trotz ihrer deutlichen Abwehr. Als sie merkte, daß er sich ernstlich um sie bewarb, spielte ein verächtliches Lächeln um ihre Lippen.

Aber sie mußte doch feststellen, daß er vermied, in Frau Erikas Nähe zu sein.

Diese bemerkte sehr bald, daß Hans Roland ihrer Stieftochter den Hof machte. Obwohl bei ihr kein Gefühl tief ging, ärgerte sie sich darüber. Und darum sagte sie eines Tages zu Anita:

»Hüte dich vor Doktor Roland! Er ist ein großer Don Juan. Auch mich hat er einst zu betören versucht – aber ich wies ihn zurück und zog deinen Vater vor. Er gab mir bessere Garantien für ein volles Eheglück.«

Anita machte sich ihre eigenen Gedanken über diese Warnung ihrer Stiefmutter. Aber sie sah Hans Roland jedenfalls in einem durchaus falschen Licht und ahnte nicht, daß für ihn keine andere Frau mehr existierte, seit er sie gesehen hatte, und daß er nur ihretwegen so oft in die Villa Friesen kam.

So herb sie sich auch gegen ihn abschloß, hatte er doch einen tiefen Eindruck auf sie gemacht. Sie schämte sich, daß sie ihn nicht verächtlicher finden konnte, aber etwas in seinem Wesen schmeichelte sich in ihr Herz, und heimlich suchte sie nach Entschuldigungen für sein Vergehen. Das hinderte sie nicht, ihm ein abweisendes Verhalten zu zeigen.

Hans Roland ahnte nicht, in welch falschem Licht er ihr erschien. Er sah in Anitas Haltung nichts als das Mißtrauen der reichen Erbin gegen einen unbegüterten Freier – denn er war vermögenslos. Vielleicht hatte sie schlimme Erfahrungen gemacht, unter denen sie ihn leiden ließ. Vielleicht schätzte sie auch den Reichtum höher ein als er. Wenn ihm etwas an Anita hätte mißfallen können, wäre es ihr nutzloses Drohnendasein gewesen. Er wußte nicht, wie sie darunter litt und wie gern sie ernste Pflichten gehabt hätte. Da sie sich diese nicht schaffen konnte, begnügte sie sich mit Werken der Wohltätigkeit und

Barmherzigkeit, von denen kein Mensch wußte. Wenn ihr Vater ihr kostbaren Schmuck schenken wollte, bat sie ihn, es zu unterlassen, da sie keine Freude daran hatte, und sagte: »Gib mir das Geld für meine Armen!«

Der Vater gab ihr auch jederzeit reichlich. Anita ging dann heimlich in die Hütten der Armut und half, wo sie konnte. Das war bisher ihr Lebenswerk gewesen, von dem Hans Roland nichts ahnte.

Und kein anderer Mensch wußte darum als ihr Vater und ihre Stiefmutter. Frau Erika zuckte die Schultern über diese »sentimentalen Torheiten« ihrer Stieftochter und verstand nicht, wie man auf Brillanten und Perlen verzichten konnte. Sie ließ sich jedenfalls reichlich beschenken und konnte nie genug Schmuck bekommen.

2

Seit Hans Roland in ihrem Vaterhaus verkehrte, waren Ruhe und Frieden aus Anitas Herz gewichen, und ein schmerzlicher Groll stieg immer wieder in ihr auf, wenn sie merkte, wie er sich um ihre Gunst bewarb.

Ein Mitgiftjäger, wie viele andere! Er möchte meinen Reichtum heiraten und mich notgedrungen mit in Kauf nehmen. Seine Liebe gehört ja der Frau meines Vaters, sagte sie sich, und eine schmerzliche Bitterkeit füllte ihr Herz. Wenn sie gewußt hätte, daß Frau Erika ihm völlig gleichgültig, ja verächtlich war, und daß ihr eigener Reichtum keinen Einfluß auf seine Gefühle hatte – wie froh hätte sie sein können!

15

Hans Roland hatte beim Tod seiner Eltern ein kleines Vermögen geerbt, das ihm erlaubte, in Ruhe sein Studium zu beenden und danach eine Erfindung auszubauen, von der er sich großen Erfolg versprach. Er war damit vor einigen Wochen fertig geworden und hatte seine Arbeit bei der maßgebenden Stelle eingereicht. Nun wartete er die Entscheidung ab. –

Manchmal wünschte er mit zorniger Inbrunst, daß Anita ganz arm werden möchte, damit er ihr beweisen könnte, wie nebensächlich ihm ihr Reichtum erschien. Immer wieder suchte er ihre Nähe, weil er nur Ruhe fand, wenn er sie sehen konnte.

So war er auch heute gekommen, um sich nach dem Befinden der Damen zu erkundigen, hoffend, daß er Anita zu Gesicht bekam.

Und nun schritt er durch die Gartenstraßen des Stadtparks nach Ludwigslust und blickte sehnsüchtig nach Anita aus.

Bei dem herrlichen Spätsommerwetter begegneten ihm zahlreiche Spaziergänger und elegante Wagen.

Als er den Park hinter sich gelassen hatte, wurde es stiller auf der breiten Fahrstraße, die durch den Wald führte. Vergeblich hatte er nach dem Wagen der Friesens Ausschau gehalten, und schon wollte er umkehren. »Nur noch bis zum nächsten Kreuzweg!« gab er sich selbst die letzte Frist.

Und gerade, als er dort angelangt war, vernahm er plötzlich ein angstvolles Rufen und sah von weitem eine elegante Kutsche auf der Straße daherrasen. Er erkannte sofort, daß die Pferde der Lenkerin durchgegangen waren – und diese Lenkerin war Anita Friesen.

Er sah, wie sie ihre schlanke Gestalt weit zurückbog und mit aller Kraft die Pferde zu bändigen versuchte. Es war vergeblich. Die scheugewordenen Tiere stürmten im rasenden

Lauf dahin. Bleich riß Anita an den Zügeln, aber die Tiere ließen sich nicht halten. Mit trotzigem Mut biß sie die Zähne zusammen, und zwischen ihren Augen grub sich eine tiefe Falte in ihre Stirn. Sie hörte hinter sich ihre Stiefmutter immer wieder in wilder Angst aufschreien, und das marterte sie mehr als die Furcht vor einem schlimmen Ausgang dieser Spazierfahrt.

Hans Roland überblickte die gefährliche Situation sofort. Er sah Anitas krampfhaftes Bemühen, die Pferde zu zügeln, sah, wie sich Frau Erika schreiend an die Lehne ihres Sitzes klammerte, und wie der hinter dem Wagen sitzende Diener vergeblich versuchte, nach vorn zu klettern und zu Hilfe zu kommen.

Eine wilde Energie blitzte in seinen Augen auf. Seine schlanke, sehnige Gestalt straffte sich, und schon sprang er mitten auf die Fahrstraße und erwartete die heranstürmenden Pferde.

Er hatte von Jugend auf Gelegenheit gehabt, mit Pferden umzugehen. Sein Vater war Domänenpächter gewesen, und er war bis zu der Zeit, da er Gymnasium und Hochschule besuchen mußte, auf dem Lande aufgewachsen. Er hatte die wildesten Pferde geritten, mit und ohne Sattel, und wußte, wie man störrischen und scheuen Tieren beikommen konnte. Mit einem abwägenden Blick sah er den Tieren entgegen, und als sie ihm nahe kamen, fuhr er mit einem jähen, festen Griff in die Zügel.

Die Pferde bäumten sich und drohten ihn mit fortzureißen. Da entfuhr auch Anitas bisher festgeschlossenen Lippen ein angstvoller Schrei. Sie dachte nicht daran, daß sie damit verriet, wie sie um Hans Rolands Leben bangte.

Er hörte den Aufschrei und sah in ihrem Antlitz für einen Moment eine wilde Angst um ihn. Seine Augen leuchteten auf in jäher Freude. Mit einem erneuten gewaltigen Ruck brachte er die Tiere zum Stehen.

Kaum war dies gelungen, als Anita auch schon mit einem Satz vom Wagen herabsprang, während ihre Stiefmutter dem Diener halb ohnmächtig in die Arme sank.

Hans Roland sah nur Anita. »Haben Sie sich verletzt oder weh getan, gnädiges Fräulein?« rief er ihr zu. Sie schüttelte den Kopf und starrte ihn an, blaß bis an die Lippen.

»Nein – aber Sie?«

Er zeigte ihr aufatmend seine Hände und lächelte. Die Handschuhe waren an den Handflächen mitten durchgeplatzt. »Nur meine Handschuhe sind zu Schaden gekommen. Gottlob, daß Sie unverletzt sind! Aber Ihre Frau Mutter scheint der Hilfe zu bedürfen!«

Anita trat mit einem jähen Schritt zur Seite. Ihre Augen blickten plötzlich wieder kühl und abweisend. Wie hatte sie sich nur einen Moment vergessen können! Er hatte ja nur um ihrer schönen Stiefmutter willen sein Leben riskiert.

Nur widerwillig wandte Hans Roland sich nun Erika Friesen zu. Er rief zuerst den Diener herbei und übergab ihm die Zügel, damit er die noch unruhigen Tiere festhielt.

Dann trat er an den Wagen. »Darf ich Ihnen behilflich sein, gnädige Frau? Wollen Sie absteigen? Es ist Ihnen doch nichts geschehen?« fragte er artig, aber kühl.

Frau Erika war in einer kläglichen Verfassung. Sie rückte mit zitternden Händen ihren Hut zurecht.

»Ich weiß nicht, ob ich heil und unversehrt bin. Das war eine Höllenfahrt! Es ist unerhört, Anita, daß du mich diese Fahrt mitmachen ließest, wenn du so wenig Gewalt über die Tiere hast! Nie vertraue ich mich dir wieder an«, sagte sie aufgeregt.

Anita wurde noch ein wenig bleicher und zuckte die Schultern, während sie mit starren kalten Augen zusah, wie Hans Roland ihre Stiefmutter zu beruhigen suchte.

»Bitte, erinnere dich, daß ich dir abriet, mich zu begleiten, weil ich neue Pferde einfahren wollte. Du bestandest darauf, mich zu begleiten«, sagte sie kalt und scheinbar ruhig.

»Du hättest mir sagen müssen, daß es gefährlich war«, erwiderte Frau Erika.

»Ich wußte natürlich nicht, daß die Tiere scheuen würden. Hoffentlich hast du dir keinen Schaden getan.«

»Ach, ich weiß nicht – ich fühle mich wie zerschlagen.«

Hans Roland hatte bei Frau Erikas anklagenden Worten die Stirn zusammengezogen.

»Vielleicht versuchen Sie, einige Schritte zu gehen, gnädige Frau«, schlug er etwas kurz angebunden vor.

Frau Erika ließ sich mit einem schmachtenden Augenaufschlag, der ihm das Blut unwillig in die Stirn trieb, vom Wagen heben und ging, sich fest auf seinen Arm stützend, einige Schritte hin und her. »Gottlob, ich scheine nicht verletzt zu sein. Aber diesen Pferden vertraue ich mich nicht noch einmal an. Ich gehe lieber zu Fuß, bis ich einem Mietwagen begegne, der mich nach Hause bringt. Dir wird wohl auch die Lust vergangen sein an dieser Spazierfahrt, Anita.«

Diese stand mit abgewandtem Gesicht da. Sie wollte nicht sehen, wie die beiden Menschen heimliche Blicke wechselten.

»Die Pferde sind ja wieder ruhig. Ich steige auf und fahre nach Hause«, sagte sie und trat an den Wagen.

Hans Roland kam schnell an ihre Seite, Frau Erika sich selbst überlassend. »Gnädiges Fräulein, wollen Sie nicht lieber auch darauf verzichten? Die Tiere sind noch etwas nervös und unruhig«, sagte er flehend.

19

Sie schüttelte trotzig den Kopf – seine weiche Stimme quälte sie. »Ich steige wieder auf«, sagte sie schroff.

Seine Augen blitzten nun zornig in die ihren. Die Angst um sie brachte ihn um seine Selbstbeherrschung.

»Das ist Eigensinn, gnädiges Fräulein!«

Sie richtete sich stolz empor. »Ich weiß, was ich zu tun habe.«

Er biß sich auf die Lippen. »Verzeihen Sie – daran zweifle ich nicht. Aber Ihre Frau Mutter wird sich um Sie ängstigen.«

Mit einem wehen Blick sah sie ihn an, und ihre blassen Lippen zuckten. »Meine Mutter ist tot. Frau Erika Friesen aber wird sich bestimmt nicht um mich ängstigen. Sie werden sie bis zu einem Wagen begleiten, Herr Doktor. Um mich brauchen Sie sich nicht zu bemühen, ich helfe mir selbst.«

Mit einer Verneigung trat er zurück. »So gestatten Sie mir wenigstens. Ihnen auf den Wagen zu helfen.«

Sie wollte schnell an ihm vorüber und sich allein hinaufschwingen. Aber ehe sie es hindern konnte, hob er sie empor. Er sah dabei ganz ruhig aus – nur seine Stirn rötete sich vor unterdrückter Erregung. Mit einer Verbeugung reichte er ihr die Zügel und sagte mit heiserer Stimme:

»Fahren Sie wenigstens langsam, gnädiges Fräulein!«

Sie richtete sich auf, und mit einem sonderbaren Blick zu ihm herabsehend sagte sie herb:

»Ich verdanke Ihnen vielleicht mein Leben, Herr Doktor – verzeihen Sie, daß ich das erst jetzt feststelle.«

Ein wilder Grimm packte ihn, weil sie dabei so kalt und unnahbar blieb. Eine heftige Entgegnung wollte ihm über die Lippen. Aber ehe sie ihm entschlüpft war, leuchteten seine Augen plötzlich auf. Wie abweisend sie sich auch ihm gegenüber gab – sie hatte vorhin doch um ihn gebangt! Ihr Aufschrei hatte es ihm verraten.

»Es bedarf keines Dankes, gnädiges Fräulein – zumal ich meinen Lohn schon erhalten habe«, sagte er scheinbar ruhig.

Fragend sah sie ihn an. »Ihren Lohn?«

»Ja, ich war reich belohnt – als Sie angstvoll aufschrien in dem Moment, da mich die Pferde fortzuschleifen drohten. Es bewies mir, daß Sie wenigstens in jenem Augenblick um mein Leben bangten. Ihre eigene Gefahr hatte Ihnen keinen Laut erpreßt – und meinetwillen schrien Sie auf.«

Eine dunkle Glut färbte ihr Antlitz. »Wenn man einen Menschen in Gefahr sieht, erschrickt man«, sagte sie unsicher.

Er lächelte bitter. »Ich weiß, daß die Angst um das Leben eines Straßenjungen Ihnen vielleicht denselben Schrei erpreßt hätte. Aber ich darf doch meine Freude darüber äußern – daß ich Ihnen nicht weniger gelte als ein Straßenjunge. Sie sehen, es ist keine Gefahr, daß ich arrogant werde. Aber nun will ich Sie nicht länger aufhalten. Ihre Frau Mutter – pardon, Frau Erika Friesen wird meiner bedürfen. Ich werde mir gestatten, mich morgen nach Ihrem Befinden zu erkundigen.«

Damit trat er zurück und ging zu Frau Erika hinüber.

»Geben Sie mir Ihren Arm, Herr Doktor, ich bin noch sehr angegriffen.«

Er reichte ihr den Arm. »Bitte, verfügen Sie über mich, gnädige Frau.«

Anita sah mit zuckenden Lippen auf die beiden hinab. Wie formell sie sich anredeten! Und sie hatte doch an jenem Abend ganz deutlich gehört, daß sie sich du nannten – und Hans und Erika. Ein glühender Schmerz durchzuckte sie. Als der Diener jetzt aufgestiegen war, riß sie heftig an den Zügeln

21

und trieb die Pferde zu raschem Lauf an. Sie wollte diese beiden Menschen nicht mehr zusammen sehen.

Hans Roland sah besorgt hinter dem Wagen her und atmete auf, als die Tiere nun eine ruhige Gangart einschlugen. Es hatten sich unterdessen einige neugierige Spaziergänger eingefunden, die nun diskutierend herumstanden.

Hans Roland führte Frau Erika davon. Diese sagte kopfschüttelnd:

»Ich verstehe Anita nicht. Wie konnte sie sich nur noch mal diesen Pferden anvertrauen, wo sie kaum mit heiler Haut davongekommen war!«

Er wandte sich ihr zu. »Sie ist sehr mutig.«

»Ach – sag doch lieber: trotzig und eigensinnig.«

Unmutig zog er die Stirn zusammen. »Ich habe Sie schon wiederholt gebeten, das ›Du‹ aus unserem Verkehr zu streichen, Frau Erika.«

Sie zog ein Mäulchen. »Ja doch! Ich vergesse es nur immer wieder. Und wenn wir allein sind, ist es doch lächerlich, wenn ich Sie so feierlich ›Herr Doktor‹ tituliere. Aber sagen Sie, Hans, finden Sie es nicht eigensinnig von Anita, mit den nervösen Tieren weiterzufahren?«

Er antwortete nicht auf diese Frage, sondern sagte nur:

»Sie verstehen sich anscheinend nicht mit Ihrer Stieftochter.«

Sie zuckte die Schultern. »Nein, sie ist so ernst und schwerfällig. Ich liebe Frohsinn und Heiterkeit. Und deshalb steht sie mir kritisch gegenüber. Denken Sie doch, diese törichte Puritanerin hat ihren Vater gebeten, ihr keinen Schmuck zu schenken – sie will das Geld dafür lieber ihren Armen geben! Ich dagegen liebe Schmuck über alles. Mein Gatte ist auch gottlob sehr freigebig. Aber ich glaube, Anita findet, daß ich auch zugunsten der Armen verzichten soll. So ein Unsinn!

Na, und außerdem – angenehm ist es natürlich nicht für mich, eine erwachsene Stieftochter zu haben. Das macht mich um zehn Jahre älter.«

Er wußte, daß sie nun eine Schmeichelei hören wollte, und er rang sich einige Worte ab. »Sie brauchen das nicht zu fürchten, trotz Ihrer schönen Stieftochter.«

Sie blickte forschend zu ihm auf. »Finden Sie Anita schön, Hans?«

Er war auf der Hut. »Ich glaube, daß sie sehr schön ist.«

»Ach, ich finde sie viel zu langweilig. Freilich, sie hat es nicht nötig zu bezaubern – das tut ihr Reichtum schon.«

»Meinen Sie?« fragte er mit seltsamer Betonung.

»Ach, spielen Sie nur nicht den Harmlosen, Hans! Ich merke ja doch, daß Sie sich um Anita bemühen.«

Seine Augen blickten starr. »So, das merken Sie?« fragte er spöttisch.

Sie nickte. »Natürlich, ich habe doch scharfe Augen, mir entgeht so leicht nichts.«

»Und Sie denken, daß ich besondere Gründe habe, mich um Fräulein Friesen zu bemühen?« fragte er, noch immer spöttisch.

»Ich denke, daß Sie es bald nötig haben werden, nach einer reichen Frau Umschau zu halten. Ihre Verhältnisse kenne ich doch, Hans. Lange reicht Ihr kleines ererbtes Vermögen nicht mehr – ich taxiere, höchstens noch ein Jahr.«

»Und Sie meinen, für einen Mann gibt es dann keinen Ausweg, als eine reiche Frau zu suchen?«

»So geht es doch meistens – und Sie werden wohl keine Ausnahme machen.«

»Sie scheinen mich sehr genau zu kennen«, spottete er, ohne einen Versuch zu machen, zu widersprechen.

23

Sie lachte plötzlich auf. »Ach, Hans – es wäre doch furchtbar drollig, wenn Sie mein Schwiegersohn würden – mein Stiefschwiegersohn.«

Er starrte vor sich hin und lachte seltsam. »Drollig? Nun – wie man es auffaßt.«

Sie drückte leise seinen Arm. »Sagen Sie mir mal ganz offen – sind Sie mir sehr böse gewesen, als ich Friesens Gattin wurde?«

Es zuckte um seinen Mund. »Das ist schon so lange her – über vier Jahre, Frau Erika. Es ist möglich, daß ich ein wenig böse war, aber sicher bin ich sehr bald vernünftig geworden und habe mir gesagt, daß Sie gar nicht anders handeln konnten – wie Sie nun einmal veranlagt sind.«

Sie nickte eifrig. »Nicht wahr, Hans! Was hätte auch aus uns beiden werden sollen? Sie hatten nur Ihr kleines Vermögen, das gerade für Ihr Studium ausreichte, und ich – lieber Gott, arm wie eine Kirchenmaus! Dazu mein Hunger nach Genuß, nach den Freuden des Lebens – ach, Hans, ein Leben ohne Luxus und Komfort ist doch nur ein halbes Leben. Und Sie denken doch im Grunde auch so.«

»Ich glaube, Sie kennen mich viel weniger, als ich Sie kenne. Aber lassen wir das Thema fallen. Haben Sie sich etwas erholt? Dort sehe ich einen Wagen kommen.«

»Ach, Sie ungalanter Mensch!« schmollte sie. »Wollen Sie mich los sein? Sie sind undankbar. Ich habe mich doch so liebenswürdig erboten, Ihre Stiefschwiegermutter zu werden.«

Er seufzte ein wenig. »Wenn Sie mir dazu helfen könnten!« entfuhr es wider Willen seinen Lippen.

»Soll ich ein bißchen zu Ihren Gunsten reden?« forschte sie.

Er schüttelte energisch den Kopf. »Nein, danke – selbst ist der Mann!«

»Nun sagen Sie wenigstens, daß ich nett bin, weil ich es Ihnen anbiete!«

»Sehr nett sind Sie, Frau Erika – sehr nett«, sagte er zerstreut und rief einen Wagen an, der vorüberkam. Artig half er ihr beim Einsteigen und küßte ihr dann die Hand.

»Darf ich mich morgen nach dem Befinden der Damen erkundigen?«

»Ja, ja, kommen Sie, Hans! Auf Wiedersehen also! Und ob Sie wollen oder nicht, ich werde Anita zum Bewußtsein bringen, daß sie Ihnen ihr Leben zu danken hat. Ich übrigens auch – fast hätte ich vergessen, Ihnen dafür meinen Dank auszusprechen. Es war ein glücklicher Zufall, der Sie uns in den Weg führte. Wer weiß, was sonst aus uns geworden wäre!« Sie schauerte zusammen.

»Ja – es war ein glücklicher Zufall«, bestätigte er.

Sie nickte ihm zu. »Also, auf Wiedersehen morgen!«

»Auf Wiedersehen!«

Der Wagen fuhr mit ihr davon, und Hans Roland war froh, daß er endlich allein war. Seine Gedanken umkreisten unablässig Anita Friesen. Er rief sich ihre herbe, stolze Abwehr ins Gedächtnis zurück, als sie einen widerwilligen Dank stammelte.

Ich glaube, sie wäre lieber gestürzt, als mir ihr Leben zu danken, dachte er. Aber wie süß müßte es sein, diese Kälte zu besiegen, diesen spröden Stolz zu bezwingen! Ich bin ihr nicht so gleichgültig, wie sie mich glauben machen will, dachte er, als er sich ihres Angstrufes erinnerte.

Er mußte ihre Liebe erringen – um jeden Preis! Wenn er ihr gleichgültig gewesen wäre, hätte sie sich nicht so viel Mühe gegeben, ihm ein abweisendes Wesen zu zeigen. Es war sicher nur Mißtrauen, das sie bewog, ihn zurückzuweisen. Sie hielt

25

ihren Reichtum für begehrenswerter als sich selbst. Die süße Törin! Wenn sie doch arm wäre, ganz verlassen, ganz abhängig von ihm – welche Süßigkeit, sie dann an sein Herz zu nehmen und ihr lachend zu sagen:

»Was brauche ich dein Geld? Dich will ich, dich allein! Ich bin Manns genug, für dich und mich zu arbeiten. Alles, alles sollst du aus meinen Händen bekommen.«

Aber wie schwer würde sie es ihm machen, sie von seiner Liebe zu überzeugen! Seine Gedanken verloren sich in Phantasien. Es berauschte ihn, sich auszumalen, daß Anita Friesen durch irgendeinen Zufall ihr ganzes Vermögen verlöre und einsam in der Welt stünde. Wie wollte er dann schaffen und arbeiten, um ihr wieder ein sorgenloses Leben zu sichern!

Fast wäre er von einem Auto überfahren worden, so vertieft war er in seine Gedanken. Er schrak auf, als er instinktiv zur Seite sprang.

»Zum Träumer kann man werden durch sie. Das bringt mich noch um den Verstand. Das klügste wäre, ich suchte mein Heil in der Flucht«, sagte er zu sich selbst.

Aber dann warf er den Kopf in den Nacken. Nein, er konnte nicht von ihr lassen und wollte es auch nicht. Er wollte sie zwingen zur Liebe. Und – sie hatte heute um ihn gebangt und war errötet, als er ihr das auf den Kopf zusagte. Außerdem war zuweilen in ihren Augen ein Ausdruck, der ihm verriet, daß sie ihm nicht gleichgültig gegenüberstehen konnte.

Schnell schritt er den Weg zurück, den er vorhin gekommen war. Er kam auch wieder an Villa Friesen vorüber. Und da sah er Anita auf dem Balkon vor ihrem Zimmer stehen. Sie war noch nicht umgekleidet, trug noch das beigefarbene Fahrkleid und hatte nur den Hut abgelegt. Die Sonne warf funkelnde Lichter über ihr goldbraunes Haar. Sein Blick flog aufleuchtend zu ihr empor, und es war, als wenn sie die Macht seines Willens fühlte – sie wandte ihm ihr Gesicht zu. Er zog grüßend den Hut.

Mit einem leisen, fast hochmütigen Neigen des Kopfes trat sie schnell in das Zimmer zurück.

»Wenn ich ihr gleichgültig wäre, würde sie stehengeblieben sein. Ich zwinge dich doch, Edelfalke!« dachte er und ging mit elastischen Schritten weiter.

Wenn er gewußt hätte, wie ihm die stolze Anita Friesen, verborgen von den Spitzenstores, nachsah – wie glücklich hätte es ihn gemacht!

3

Anita saß in ihrem Zimmer am Fenster und sah gedankenverloren hinaus in die bunte Spätsommerpracht des Gartens. In allen Farben blühten und glühten die Blumen in den Rabatten, die wie riesige bunte Kissen in den grünen, kurzgeschnittenen Rasen gebettet waren. An den dichtbelaubten Bäumen ringsum verkündete schon hie und da ein rötlich gefärbtes Blatt das Nahen des Herbstes.

Anita nahm unbewußt dies herrliche Bild in sich auf. Sie stützte den Kopf in die schöngeformte schmale Hand, die ein einziger Ring, von einer kostbaren Perle und einem Solitär geziert, schmückte. Sie trug ein königsblaues Hauskleid aus weicher, fließender Seide, das wundervoll gegen das goldbraune Haar kontrastierte.

Das Zimmer, in dem sie sich befand, war für eine junge Da-

me etwas zu ernst und zu dunkel gehalten. Fast schwarz ge-
beizte Eiche mit Bezügen und Vorhängen aus dunkelgrünem
Samt, auf dem schönen Parkettfußboden ein Teppich in satten
Farben. Und Blumen, viele Blumen in Vasen und Töpfen –
das war die Ausstattung dieses Zimmers. Sehr reizvoll wirkte
in dieser Umgebung die schlanke Mädchengestalt mit den feinen Zügen, auf denen jetzt ein verträumter Ausdruck lag. In
ihren großen goldbraunen Augen leuchtete ein warmer
Schein. Sie war ja allein und brauchte niemand Kälte und
Stolz vorzutäuschen. Die Augen, von feingezeichneten Brau-
en überwölbt, waren von langen Wimpern umgeben. Eine leise Röte lag auf ihren Wangen. Lieb und gütig sah sie aus. Jetzt,
da ihr der Stolz keine Maske vorlegte, sah man Anita an, daß
sie ein wertvoller Charakter war und ein reiches Seelenleben
besaß. Wie gern hätte sie von den Schätzen in ihrem Innern
ausgeteilt, wenn sie nur jemand gefunden hätte, der sie gewür-
digt hätte!

Aber seit dem Tod ihrer Mutter hatte sie nie wieder einen
Menschen so recht von Herzen liebhaben können. Der Vater,
der früher für nichts anderes als für seine Geschäfte Sinn gehabt hatte, war ihr schon zu Lebzeiten ihrer Mutter fremd gewesen. Durch seine zweite Heirat, die den alternden Mann in
eine nie gekannte Leidenschaftlichkeit hineingesteigert hatte,
war er ihr vollends entfremdet worden. Früher hatte sie wenigstens einen gewissen Respekt vor ihm gehabt – jetzt sah sie
ihn als den willenlosen Sklaven einer koketten, genußsüchti-
gen Frau und konnte ihm nichts mehr entgegenbringen als ein
mitleidiges Staunen, ein unbehagliches Befremden.

Andere Angehörige, die sie hätte lieben können, besaß sie
nicht. Eine einzige Freundin, der sie sich in der Pension näher
angeschlossen hatte, war verheiratet und in weiter Ferne. Und

in ihrer Stiefmutter sah sie vom ersten Augenblick an eine Feindin. Zwischen diesen beiden Frauen konnte es keine Gemeinschaft geben.

Einem Mann aber war Anita bisher in ihrem Herzen nicht nahegekommen. Wohl war sie von vielen Seiten umworben worden, und zuweilen hatte sie geglaubt, den einen oder andern ihrer Bewerber sympathisch finden zu können. Es war aber immer eine Enttäuschung herausgekommen. Und die Erkenntnis, daß alle ihre Bewerber ihren Reichtum über ihre Person stellten, hatte sie herb und unnahbar gemacht. Sie wollte um ihrer selbst willen geliebt werden und selbst von Herzen lieben und achten können, wenn sie sich einem Mann zu eigen gab.

Seit Hans Roland in ihr Leben getreten war, fühlte sie, daß sie durch ihn in eine große Gefahr kam – in die Gefahr, lieben zu müssen, wo sie nicht achten konnte.

Sie mußte sich zwingen, ihm kalt und stolz gegenüberzustehen. Sie verachtete ihn, weil sie glaubte, daß er in ihre Stiefmutter verliebt wäre und trotzdem nach ihrem Besitz trachtete, weil sie die reiche Erbin war.

Lieber sterben! dachte sie erschauernd. Und sie rief ihren ganzen Stolz gegen ihn zu Hilfe und zwang sich, ihm abweisend zu begegnen.

Aber seit gestern, seit dem Augenblick, da er sich den scheuen Pferden entgegengeworfen hatte und sie glauben mußte, daß sein Leben bedroht war, wußte sie, daß all ihr Wehren nichts geholfen hatte. Die rasende Angst, die sie befallen, hatte ihr gezeigt, daß sie ihn liebte.

Diese Erkenntnis marterte sie unsäglich. Ihr war, als hätte sie den festen Boden unter den Füßen verloren. Aber es war eine Qual, die doch verführerisch war und sie von Tag zu Tag mehr um ihre stolze Ruhe und Sicherheit brachte. Und er dachte anscheinend nicht daran, ihr fernzubleiben. Überall traf sie mit ihm zusammen. Das war ja natürlich, da er, wie sie meinte, stets die Nähe ihrer Stiefmutter suchte. Sie hatte gehofft, daß er nicht wiederkommen, daß ihre Kälte ihn verscheuchen würde. Es war vergeblich gewesen.

Und seit gestern, seit sie sich hatte eingestehen müssen, daß sie ihn liebte, zu ihrer eigenen Qual, wußte sie, daß sie vor ihm fliehen müßte, daß sie nicht länger in seiner Nähe bleiben dürfte. Er ahnte vielleicht schon, daß ihr Herz sich ihm zuneigte; hatte er ihr doch gezeigt, daß er ihren Angstruf gehört hatte. Sie mußte fort, damit sie diese unglückselige, entwürdigende Neigung aus ihrem Herzen reißen konnte.

Der Vater würde sie ohne weiteres reisen lassen, er suchte ja stets ihre Wünsche zu erfüllen, um sie äußerlich nicht hinter ihrer Stiefmutter zurückstehen zu lassen. Und sie war gewohnt, daß Geld nie eine Rolle spielte. Das Leben in ihres Vaters Haus hatte sich immer in großem Stil abgespielt, und seit die Stiefmutter im Haus war, wurde eine Verschwendung getrieben, die oft unsinnig war und Anita mißfiel. Das Leben war nicht mehr vornehm, wie es früher bei aller Pracht, die der Vater liebte, gewesen war, sondern artete in protzige Verschwendungssucht aus. Das war der Stempel, den Frau Erika dem Hauswesen aufgedrückt hatte.

Jedenfalls wußte Anita, daß ihr Geld zur Verfügung stehen würde, soviel sie haben wollte, wenn sie auf Reisen ginge. Sie hatte schon einige Male größere Fahrten unternommen, seit ihr Vater wieder verheiratet war; fühlte sie doch, daß sie überflüssig war und niemand ihrer bedurfte. Meist hatte dann Frau Jungmann sie begleitet, die ehemalige Hausdame ihres Vaters. Diese hatte sich zur Ruhe gesetzt, als Heinrich Friesen seine zweite Frau heimführte. Er hatte der alten Dame eine anständige Abfindungssumme gegeben, die ihr erlaubte, im Verein mit einer kleinen Pension und dem, was sie sich erspart hatte, ein sorgloses Leben zu führen. Frau Jungmann liebte Anita sehr und war immer gern bereit, sich ihr zur Verfügung zu stellen.

Aber wohin sollte sie reisen, und wie lange sollte sie fortbleiben? Es konnte sich doch nur um Wochen handeln – und wenn sie dann wiederkam, und Hans Roland war noch immer da ...?

Aber fort mußte sie, das war klar, so schnell wie möglich fort aus seiner Nähe. Sie mußte ihn meiden, damit ihre Selbstachtung nicht verlorenging.

Seufzend erhob sie sich und ging mit langsamen Schritten über den schönen Perserteppich. Plötzlich stutzte sie. Neben diesem großen Teppich lag vor dem Bücherschrank ein kleiner Seidenteppich von seltener Farbschönheit, den Anita vor einigen Wochen als Geburtstagsgeschenk von ihrer Freundin erhalten hatte. Diese hatte sich mit einem Ingenieur verheiratet, der eine Anstellung in Algier beim Bau einer Eisenbahn erhalten hatte. Von Biskra nach Touggourt sollte diese Eisenbahn führen. Bisher war die Verbindung nur durch Fahrten in offenen Stellwagen möglich gewesen, die durch leichte Sonnendächer geschützt waren. Solch eine Fahrt gehörte keineswegs zu den Annehmlichkeiten des Lebens, und deshalb hatte sich eine Bahnverbindung als nötig erwiesen.

Die Anlage war wegen der großen Terrainschwierigkeiten ziemlich mühevoll, und die Regierung in Algier hatte dafür einen besonders tüchtigen deutschen Ingenieur verpflichtet. Das war Fritz Gordon, der Mann von Anitas Freundin Lori Gordon.

Die junge Frau hatte ihren Gatten nach Biskra begleitet, um dort mit ihm zu bleiben, bis seine Aufgabe gelöst war.

Und Anita erinnerte sich nun beim Anblick des Teppichs, daß Lori Gordon sie in ihrem letzten Schreiben ganz ernsthaft eingeladen hatte, nach Biskra zu kommen.

Sie stutzte. War das nicht ein Wink des Schicksals? Sie trat schnell an ihren Schreibtisch und entnahm einem Fach den Brief der Freundin, um ihn durchzulesen.

In dem Brief hieß es unter anderem:

»Daß ich in meiner Ehe sehr glücklich bin, liebste Nita, hindert mich nicht, zuweilen von bedrückendem Heimweh und schlimmen Einsamkeitsgefühlen befallen zu werden. Wie selten kann ich hier mit einem Menschen in meiner Muttersprache reden! Es scheint manchmal ein babylonisches Sprachgewirr um mich zu herrschen, in dem natürlich Französisch und die gutturalen Laute der Eingeborenen vorherrschen. Mein Mann ist durch seinen Beruf stark in Anspruch genommen, und so bin ich viel allein. In der ersten Zeit habe ich das nicht so sehr empfunden. Es gibt ja hier so unendlich viel Neues und Interessantes zu sehen und zu erleben, daß es mir nicht an Abwechslung fehlte. Aber jetzt kommen oft Stunden, wo ich nicht hinaus mag in dies bunte Hasten und Treiben, in dieses heiße, flutende Leben mit seinen krassen Licht- und Schattenseiten von Pracht und Luxus einerseits, Schmutz und Elend andererseits.

Dann überkommt mich ein schmerzhaftes Heimweh! Nita – wie habe ich Dich dann oft herbeigesehnt! Mir ist, als müßtest Du wie ein Labsal auf mich wirken, gerade Du, mit der ich mich immer so gut verstanden habe. Wie herrlich wäre es, wenn Du mich auf einige Zeit besuchen könntest, denn ich will und muß ja hier bei meinem geliebten Fritz aushalten. Hast Du nicht Lust, mich zu besuchen? Ich weiß, Du bist immer gern auf Reisen gegangen, und Biskra und seine Umgebung würden Dir viel Neues und Schönes bieten, das Dich sicher auf einige Wochen, vielleicht auch auf Monate, fesseln würde; und ich weiß, daß Dich zu Hause nichts hält. An interessanter Geselligkeit würde es Dir hier auch nicht fehlen. Wirklich, liebste Nita, Du solltest Dich aufmachen und zu uns kommen! Du würdest sicher auf Deine Rechnung kommen, ganz abgesehen davon, daß Du mir einen echten Freundschaftsdienst erweisen würdest. Überleg es Dir einmal. Am liebsten wäre es mir, Du bliebst bis zur Eröffnung der neuen Bahn nach Touggourt. Bei dieser Gelegenheit soll eine große Feier stattfinden – ein echt orientalisches Fest mit pariserischem Einschlag. So etwas wirst du daheim nie kennenlernen. Man läßt sich hier so leicht keinen Anlaß zu einem solchen Fest entgehen, und Du ahnst nicht, was für eine Farbenpracht, was für ein Aufgebot an fremdartigen Künsten dabei entfaltet wird. Also komm, liebe Nita, auf recht lange Zeit! Wir haben reichlich Platz in unserem hübschen Häuschen, und an Dienerschaft fehlt es auch nicht. Es ist alles da, was man braucht, um einen lieben Gast würdig zu empfangen. Wäre es nur erst soweit! Ich warte mit Sehnsucht.

Auch mein Fritz läßt Dich herzlich bitten, seiner kleinen Frau Gesellschaft zu leisten. Sei lieb, Nita, und komm – wenn Dich nicht irgendein Magnet gerade jetzt daheim festhält.«

Als sie diesen Brief vor einigen Wochen erhielt, hatte sie Lori Gordon geantwortet, daß sie sich so leicht nicht zu einer weiten Reise entschließen könnte. Aber jetzt erschien es ihr plötzlich wie eine glückliche Schicksalsfügung, daß ihr dieser Weg offenstand.

Schnell war ihr Entschluß gefaßt. Ja, sie wollte nach Biskra gehen! Dort würde sie Hans Roland vergessen und der Qual entgehen, ihn täglich sehen zu müssen. Sie konnte ihren Aufenthalt so lange ausdehnen, wie es ihrer Herzensruhe nötig war. Und niemand würde es befremdlich finden, daß sie ihre Freundin besuchte.

Frau Jungmann brauchte sie nur bis Biskra zu begleiten und konnte dann wieder nach Hause zurückkehren. Sie selbst würde eventuell bleiben, bis Gordons nach Deutschland zurückkehrten. Lori hatte ihr geschrieben, daß ihr Mann nach Beendigung des Bahnbaues in Deutschland eine neue gute Position einnehmen würde.

Schnell entschlossen richtete sich Anita empor, und als müßte sie sich daran hindern, anderen Sinnes zu werden, eilte sie mit dem Brief in der Hand hinüber in das Arbeitszimmer ihres Vaters. Sie wußte ihn um diese Zeit zu Hause.

Als sie bei ihm eintrat, sah er hastig von seinem Schreibtisch auf. Er war noch ein rüstiger und stattlicher Herr in der Mitte der Fünfzig. Sein Gesicht zeigte eine gewisse Nervosität, wie man sie bei Männern mit einem aufreibenden Beruf findet. Es fiel Anita auf, daß ihr Vater in der letzten Zeit viel nervöser war als sonst. Und heute sah sie ein besonders unruhiges Licht in seinen Augen.

»Was willst du, Anita?« fragte er hastig.

»Störe ich dich, Papa?«

»Wenn du mich nicht lange aufhältst – in einer Viertelstunde muß ich zur Börse«, sagte er, nach der Uhr sehend.

»Meine Angelegenheit ist in wenigen Minuten erledigt, Papa. Ich wollte dir nur sagen, daß mich Lori Gordon herzlich eingeladen hat, sie in Biskra zu besuchen. Nach einigem Überlegen bin ich zu dem Entschluß gekommen, diese Einladung anzunehmen. Du erlaubst doch, daß ich den kommenden Winter in Biskra verlebe?«

Heinrich Friesen sah eine Weile starr vor sich hin. Dann hob er den Kopf und sah mit dem unruhig gespannten Ausdruck, der ihr schon einige Male aufgefallen war, zu ihr empor.

»Du weißt, ich habe immer alle deine Wünsche zu erfüllen versucht, Anita, aber – hm – ist das nicht eine sehr teure Geschichte?«

Erstaunt sah Anita ihn an. Sie war zu sehr daran gewöhnt, daß der Geldpunkt in ihrem Leben keine Rolle spielte. Und hier im Hause wurden Tausende nutzlos vergeudet unter Frau Erikas Regiment. So hatte sie noch gar nicht darüber nachgedacht, was diese Reise kosten könnte.

»Ich weiß nicht, welche Summe ich brauchen werde, Papa. Du könntest mir ja nach Bedarf Geld bei einer der dortigen Banken anweisen lassen.«

Er fuhr sich über die Stirn. »Hm. Nun ja, es ist ja doch alles gleich – ich meine –, es kommt nun darauf auch nicht an – nur –, ja, du hattest sonst immer Sparsamkeitsgelüste. Also, meinetwegen, reise nach Biskra. Aber da fällt mir ein – du kannst doch nicht allein reisen.«

Anita merkte, daß der Vater sehr zerstreut war.

»Ich denke, Frau Jungmann wird mich gern begleiten.«

Er lachte nervös auf. »Natürlich – sie wird dich gern begleiten. Aber das erfordert Reisekosten für zwei Personen. Und die werden nicht gering sein.«

Wieder stutzte Anita. Sie begriff nicht, weshalb der Vater plötzlich den Kostenpunkt so sehr hervorhob.

»Frau Jungmann braucht mich nur nach Biskra zu begleiten und kann dann gleich zurückkehren. Ich komme wahrscheinlich erst nach Weihnachten mit Gordons zurück.«

Heinrich Friesen zog den Mundwinkel schief und biß sich auf die Lippen. »Ja, ja, natürlich – richte dir nur alles ein, wie du es willst. Ich gebe Auftrag, daß dir von Zeit zu Zeit das nötige Geld angewiesen wird, du brauchst es dann nur bei einer dortigen Bank abzuheben. Wann gedenkst du zu reisen?«

»Am liebsten so bald wie möglich, etwa in acht Tagen. Längere Vorbereitungen brauche ich nicht. Ich gehe heute oder morgen zum Reisebüro, um mich genau nach der Route zu erkundigen. Lori schrieb mir, über Marseille sei die beste Verbindung.«

Er nickte hastig. »Gut, gut, richte dir alles nach Belieben ein, du bist ja sehr gewandt und selbständig.«

»Ich danke dir, Papa.«

Sogleich wandte er sich seinem Schreibtisch wieder zu. Anita blieb zögernd stehen. Sie wußte nicht, wie es kam, aber mit einem Mal überfiel sie ein seltsames Mitleid mit dem Vater. Sie sah auf seine gebeugte Gestalt hinab. Sonst hatte sie ihn immer straff und aufrecht gesehen. Wie geduckt und gedemütigt kam er ihr vor – erniedrigt unter dem Zepter einer leichtfertigen, gewissenlosen Frau.

»Papa?«

Ein wenig unwillig wandte er sich um. »Was denn noch, Anita?«

Sie trat zögernd an ihn heran und legte scheu die Hand auf seine Schulter. Seit Jahren hatte sie nicht gewagt, so vertraulich zu sein, und er sah mit einem unsicheren Blick zu ihr auf.

»Papa – mir scheint, du überanstrengst dich. Du siehst in letzter Zeit sehr blaß und angegriffen aus. Kannst du dich nicht schonen?« sagte sie weicher und wärmer, als sie es sonst tat.

Es zuckte einen Moment in seinen Augen auf, wie der

Wunsch, seinen schmerzenden Kopf an die Schulter seines Kindes zu lehnen und einen Augenblick wenigstens auszuruhen von einer zermürbenden Qual. Aber ehe er diesem Wunsch nachkam, rief er sich selbst zu:

»Keine Schwachheit spüren lassen! Niemand darf ahnen, was dich drückt – auch deine Tochter nicht!«

Nun schüttelte er den Kopf. »Unsinn, Anita, ich fühle mich ganz wohl. Nur – in der letzten Zeit gab es zu viele Festlichkeiten – ich muß mal ausschlafen. Das gibt sich schon. Und nun laß mich allein, ich muß zur Börse. Gehst du zu Mama?«

»Später, Papa. Ich will nur noch ein Telegramm an Lori aufgeben.«

»Nun gut! Also, auf Wiedersehen bei Tisch.«

»Auf Wiedersehen, Papa.«

Anita ging hinaus. Trotz des Vaters unwilliger Abwehr fühlte sie instinktiv, daß ihn etwas bedrückte. Sie glaubte, die Stiefmutter habe ihn gequält, denn diese mißbrauchte ihre Macht in häßlicher Weise. Das hatte Anita oft bemerken müssen. Und sie konnte nicht verstehen, daß der Vater sich so sklavisch fügte – er, nach dessen eisernem Willen sonst alles gegangen war.

Anita ahnte sowenig wie sonst ein Mensch, daß Heinrich Friesen schon seit längerer Zeit mit ernsten Sorgen zu kämpfen hatte. Er befand sich in einer schwierigen pekuniären Lage. Die Verschwendungssucht seiner Frau hatte seine Reserven stark in Anspruch genommen. Dazu kamen Fehlschläge im Geschäft, verschiedene mißglückte Unternehmungen. Um diese Verluste auszugleichen, ließ er sich in gewagte Spekulationen ein. Und weil Mißerfolge dem sonst so erfolgreichen Mann ganz fremd waren, verlor er die Ruhe und wurde immer tollkühner. Er wollte und mußte mit einem großen

Coup alles wieder in Ordnung bringen. Und jetzt stand er vor einem Vabanque-Spiel, dessen Ausgang nur zwei Möglichkeiten zuließ – völlige Vernichtung oder Rettung aus tausend Nöten, die den sonst so verwöhnten Mann doppelt peinigten. Sollte er dieses Spiel wagen?

Aber wenn nicht, wäre er auch bald ruiniert. Also gab es nur noch den einen Weg. Daß ein tollkühner Mut dazugehörte, wußte er. Aber er wußte auch, daß er ihn aufbringen mußte. Wie lächerlich, wenn er jetzt plötzlich Sparsamkeitsgelüste bekam wie eben jetzt, als seine Tochter die Reise forderte! Das konnte ihn doch auch nicht mehr retten. Vor Jahren hätte er anfangen müssen zu sparen, als seine schöne junge Frau ihm schmeichlerisch Hunderttausende für Schmuck und Tand ablockte und immer wieder neue kostspielige Wünsche hatte. Jetzt war es zu spät dazu, jetzt konnte ihn keine Sparsamkeit mehr retten – nur noch ein verzweifelter Schritt. Ihm war zumute wie einem Steuermann, dem das Steuer seines Schiffes entwunden worden war. Er wußte nicht, wohin es trieb, mußte es dem Zufall überlassen.

Aber kein Mensch durfte ahnen, daß das Bankhaus Friesen vor einer schweren Krise stand. Der äußere Schein mußte erhalten bleiben, wenn er den letzten Coup wagen wollte.

Deshalb zwang er ein Lächeln in sein Gesicht, als er sich von seinem Diener Hut und Mantel bringen ließ. Auch vor den geschärften Dieneraugen galt es Komödie zu spielen. Und mit heiterer Miene verließ er das Haus.

38

4

Eine Stunde später begab sich Anita in die Zimmer ihrer Stiefmutter, um ihr guten Morgen zu sagen. Frau Erika liebte es, sehr lange zu schlafen – weil das die Schönheit erhielt – und im Bett zu frühstücken. Anita war dann schon lange wach, hatte meist einen Morgenritt oder sonst eine sportliche Übung hinter sich und pflegte entweder allein oder mit ihrem Vater zu frühstücken.

Frau Erika saß frisch und gepflegt in einer raffinierten, kostbaren Haustoilette in ihrem Salon. Anita wirkte in ihrem vornehm-schlichten Kleid sehr einfach neben ihr.

Die schöne Frau hielt ein Buch in ihren Händen und versteckte gerade ein leises Gähnen, als Anita eintrat.

»Guten Morgen, Mama! Ich störe doch nicht?«

»Nein, nein, du siehst ja, ich bin ganz allein. Nicht ein Besucher läßt sich heute sehen! An solchen Tagen möchte ich am liebsten nicht aufstehen. Weißt du, ich muß immer etwas Besonderes zum Freuen haben, wenn ich aufwache. Und heute habe ich nichts zum Freuen. Solche Tage hasse ich.«

Anita überhörte die verdrießliche Betrachtung ihrer Stiefmutter.

»Hoffentlich hast du dich nun von deinem gestrigen Schrecken erholt. Ich sehe mit Vergnügen, daß du frisch und munter bist.«

Das Buch hinlegend, lehnte sich Frau Erika in ihren Sessel zurück.

»So sehr wohl fühle ich mich durchaus nicht. Ich habe die ganze Nacht von durchgehenden Pferden geträumt. War das eine fürchterliche Fahrt! Dein Vater war auch sehr böse und außer sich, daß du mich mitgenommen hattest.«

Anita preßte die Lippen zusammen. Sie dachte daran, wie zornig der Vater gestern mittag gewesen war, weil sie seine Frau in Gefahr gebracht hatte. Daß sie selbst in ebenso großer Gefahr geschwebt hatte, war anscheinend nicht für wichtig gehalten worden.

»Ich weiß, Papa hat es nicht an Vorwürfen fehlen lassen. Du hättest sie mir ersparen können, wenn du Papa mitgeteilt hättest, daß ich dich nur auf deinen ausdrücklichen Wunsch an der Fahrt teilnehmen ließ.«

Frau Erika zuckte die Schultern. »Warum hast du das nicht selbst gesagt?«

Anitas Lippen zuckten. »Es wäre richtiger gewesen, du hättest das getan. Aber lassen wir das! Ich freue mich jedenfalls, daß du nicht ernstlich zu Schaden gekommen bist. Dieser kleine Zwischenfall wird bald vergessen sein.«

»Einen kleinen Zwischenfall nennst du das? Ich danke! Wir waren beide in Lebensgefahr, und außerdem hat Doktor Roland sein Leben aufs Spiel gesetzt, von dem Diener gar nicht zu reden. Vier Menschleben in Gefahr – und das nennst du einen kleinen Zwischenfall! Ich schaudere, wenn ich daran denke. In der Zeitung steht übrigens ein Artikel darüber. Irgendein Zeitungsschreiber muß am Wege gewesen sein; er hat die Sache sehr romantisch geschildert und den Helden gefeiert.«

Anitas Lippen zuckten verächtlich. »Vielleich hat Doktor Roland selbst dafür Sorge getragen, daß seine Heldentat bekannt wurde«, sagte sie mit eisigem Hohn.

Frau Erika lachte laut auf. »Wenn er das gehört hätte! Wo denkst du hin, Anita? Da kennst du Roland schlecht. So etwas liegt ihm nicht. Sein Name ist übrigens gar nicht genannt, nur der unsere. Man nennt ihn einen ›unbekannten Herrn‹, der sich tollkühn den rasenden Pferden entgegenwarf.«

»Nun, es wird ihm jedenfalls Freude machen«, sagte Anita wegwerfend.

Frau Erika schmiegte sich wie ein Kätzchen in ihren Sessel. »Du scheinst Roland völlig zu verkennen.«

»Ich weiß nicht mehr von ihm, als was du mir über ihn gesagt hast.«

»Was hab’ ich denn über ihn gesagt?« fragte die schöne Frau, sich aufrichtend.

»Daß er ein Don Juan ist, vor dem man sich hüten muß.«

Lachend erhob sich Frau Erika. »Lieber Gott, das hast du so ernst genommen? Das sind doch die meisten Männer, wenn sie jung sind. Und reiche Mädchen wie du brauchen da natürlich nicht auf der Hut zu sein – die werden immer geheiratet. Nur die armen bleiben in solchen Fällen sitzen. Im Grunde ist Roland ein sehr anständiger Charakter – nein, wirklich, Anita, du verkennst ihn. Weißt du, ich glaube, er ist in manchen Dingen sogar sehr tiefgründig, er stellt sittliche Forderungen an die Menschen.«

»Aber nicht an sich selbst«, spottete Anita mit wehem Herzen.

Frau Erika zuckte die Schultern und ließ sich wieder in ihren Sessel fallen. »Das kannst du doch nicht wissen, du kennst ihn ja im Grunde gar nicht.«

»Genug, um nicht zu wünschen, ihn näher kennenzulernen.«

»Du bist ein merkwürdiges Geschöpf, Anita. Ich verstehe dich nicht. Roland ist doch wirklich ein Mensch, den näher zu kennen ein Gewinn ist.«

Anita wehrte hastig ab. Dann sagte sie: »Er ist mir viel zu gleichgültig, um mich länger über ihn zu unterhalten.«

»So? Und das sagst du von einem Mann, der dir das Leben gerettet hat?«

Es zuckte seltsam um Anitas Mund. »Mein Leben hat er nur so nebenbei gerettet. In der Hauptsache galt sein Heldenmut doch nur dir – seiner Jugendfreundin. Meinetwegen hätte er sich sicher nicht in Gefahr begeben.«

Wieder lachte Frau Erika laut auf. Im Grunde war es ihr sehr lieb, daß Anita abweisend gegen Roland blieb.

»Du bist wirklich ein sonderbares Wesen. Eine andere junge Dame hätte aus dieser Affäre einen netten kleinen Roman gemacht«, sagte sie, Anitas Ausfall auf die »Jugendfreundin« ignorierend.

»Ich mache aber keine Romane, am wenigsten einen, in dem Herr Doktor Roland eine Heldenrolle spielt. Vielleicht könntest du ihm das gelegentlich zu verstehen geben, dann bleibt es mir erspart. Du hast ja wohl bemerkt, daß er sich sehr auffällig um meine Gunst bewirbt; aber ich weiß so gut wie du, daß es nur meinem Geld gilt. Bitte, mach' ihm die Hoffnungslosigkeit seiner Bemühung klar.«

»Ich werde mich hüten! Mir kann es ja gleich sein, ob du ihn leiden magst oder nicht.«

Anita war davon überzeugt, daß es ihr nicht gleichgültig war. Daß Roland eine andere Frau heiratete, würde sie vielleicht dulden, aber sicher nicht, daß er dieser anderen Frau sein Herz schenkte. Das würde sie immer als ihr Eigentum betrachten.

Ehe Anita noch etwas erwidern konnte, wurde Dr. Roland gemeldet. Sie machte instinktiv eine fluchtartige Bewegung, blieb aber dann, als sie Frau Erikas mokantes Mienenspiel sah, mit einem ziemlich versteinerten Gesicht sitzen.

Hans Rolands Augen leuchteten auf, als er Anita erblickte. Wohl vermochte er sich soweit zu beherrschen, daß er erst der Hausfrau die Hand küßte, aber er konnte dabei seinen Blick kaum von Anitas blassem Gesicht lassen. Artig erkundigte er sich nach dem Befinden der Damen, und auch dabei sah er nur Anita an.

Um Frau Erikas Lippen zuckte der Spott. Es machte ihr Spaß, ein wenig gegen eine Verbindung der beiden Menschen zu intrigieren, wenn sie sich auch den Anschein gab, als unterstützte sie Roland in seinem Bemühen.

»Haben Sie den Artikel in der Zeitung gelesen, Herr Doktor? Ihre gestrige Heldentat ist in Druckerschwärze verherrlicht!«

Ehrlich erschrocken sah er sie an. »Um Himmels willen!« stieß er hervor.

Frau Erika lachte. »Also, Sie haben nichts gelesen?«

»Nein, kein Wort. Das ist mir sehr unangenehm«, stieß er ärgerlich hervor.

Mit einem Lächeln wandte sich Frau Erika an Anita.

»Nun – du siehst, daß du Herrn Doktor Roland in einem falschen Verdacht hattest.«

»In welchem Verdacht stand ich bei Ihnen, gnädiges Fräulein?«

Eine jähe Röte stieg in Anitas Gesicht. Um keinen Preis hätte sie ihm jetzt sagen mögen, daß sie angenommen hatte, er selbst hätte den Artikel veranlaßt. Sein Erstaunen war zu ehrlich gewesen.

Frau Erika machte ihrer Verlegenheit ein Ende. »Sei ruhig Anita, das bleibt unter uns.«

Nun zuckte die junge Dame ärgerlich die Schultern.

»Wie du willst.«

Hans Roland hatte die Stirn zusammengezogen. Aber er wollte nicht forschen. So sagte er nur, seinem Unmut Luft machend: »Daß doch die Zeitungsschreiber über alles herfallen müssen!«

»Seien Sie ganz ruhig, Herr Doktor, Ihr Name ist nicht genannt. Die Person des tollkühnen Retters rangiert unter der Rubrik: Der große Unbekannte. Nur unser Name ist genannt.«

»Dann wird Ihr Salon heute nicht lange leer bleiben, gnädige Frau«, sagte er, seine gute Laune wiederfindend.

Und er sollte recht behalten. Nach wenigen Minuten füllte sich Frau Erikas Salon. Man kam, um sich zu erkundigen, ob die Damen bei dem Unfall wirklich keinen Schaden gelitten hätten.

Frau Erika stellte Hans sehr gegen seinen Willen als Retter vor, und er wurde von den Damen bewundert und von den Herren beneidet. Anita beobachtete dabei heimlich sein Gesicht, und sie mußte zugeben, daß er durchaus nicht entzückt aussah. Und als ein altes Fräulein ihn wegen seiner Heldentat in allen Tonarten anschwärmte, sagte er fast unhöflich: »Ich bitte, erlassen Sie mir das, gnädiges Fräulein! Für einen Menschen, der von Kind auf gewöhnt ist, mit störrischen Pferden fertig zu werden, war es kein Kunststück, ein paar unruhige Gäule festzuhalten. Der Zeitungsschreiber hat das aufgebauscht. Es ist mir unangenehm, für etwas Selbstverständliches gelobt zu werden.«

Anita hatte das gehört, und ihre Augen sahen ihn einen Moment weltvergessen an. Ein wahnsinniger Schmerz durchzuckte sie, daß sie ihn verachten mußte – und daß sie in wenigen Tagen dies energische, kühngeschnittene Männergesicht nicht mehr sehen würde.

Kaum war sie sich dieser Gedanken bewußt, als sie sich auch schon in jäher Abwehr aufrichtete – aber Hans Roland hatte den schmerzlichen Blick doch aufgefangen.

Anita empfand wieder die Notwendigkeit, vor ihm zu fliehen. Der Zauber, der von ihm ausstrahlte, drohte sie hilflos zu machen.

Sie merkte, wie er immer wieder danach strebte, in ihre Nähe zu kommen. Aber sie wich ihm aus und verließ schließlich den Salon ihrer Stiefmutter, um nicht gezwungen zu sein, nochmals mit ihm zu sprechen.

Hans Roland merkte es, daß sie sich entfernte, und gleich darauf verabschiedete er sich von Frau Erika. Der Magnet, der ihn hier festgehalten hatte, war verschwunden.

Anita stand am Fenster ihres Zimmers, als er durch den Garten schritt, und ihre Augen brannten wie von ungeweinten Tränen.

»Ich muß fort – ich muß fort!« flüsterte sie, als seine schlanke Gestalt um die Ecke bog.

5

Bei Tisch erst erfuhr Frau Erika von den Reiseplänen ihrer Stieftochter. Erstaunt sah sie Anita an.

»Nach Biskra willst du reisen? Das muß ein sehr interessanter Aufenthalt sein. Ich habe kürzlich davon gehört. Eigentlich beneide ich dich, Anita. Sag, Heinz, könnten wir es nicht einrichten, daß wir Anita begleiteten? Sie kann doch ohnehin nicht allein reisen.«

Heinrich Friesen wehrte erschrocken ab. Er wußte, mit welch kostspieligem Apparat seine Frau zu reisen pflegte. Solche Ausgaben konnte er jetzt nicht auf sich nehmen.

»Das ist ganz ausgeschlossen, Erika. Ich kann jetzt unmöglich fort, es liegen zu wichtige Geschäfte vor. Frau Jungmann wird Anita begleiten.«

Frau Erika schmollte. »Ach, die leidigen Geschäfte! Ich beneide Anita. Heirate nur nie einen Geschäftsmann, Anita – sie haben niemals Zeit, deine Wünsche zu erfüllen!«

Heinrich Friesen küßte ihr die Hand und sah sie bittend an. »Nicht böse sein, Erika! Du weißt, daß es für mich nichts Schöneres gibt, als alle deine Wünsche zu erfüllen. Diesmal geht es leider nicht. Aber ich verspreche dir, daß wir diese Reise später einmal machen.«

Frau Erika sah mit kokettem Blick zu ihm auf. »Und was bekomme ich dafür, wenn ich jetzt verzichte?«

Er seufzte leise und küßte ihre rosige Wange. »Ich werde sehen, ob ich bei Hoyer etwas Hübsches finde«, sagte er. Hoyer war der erste Juwelier am Platz.

Frau Erika umarmte ihn. »Du bist mein lieber guter Heinz!«

Anita hatte sich erhoben und war an das Fenster getreten. Solche Szenen zwischen ihrem Vater und seiner jungen Frau waren ihr peinlich.

Heinrich Friesen zog sich nun zurück, und die beiden Damen blieben allein. Frau Erika wollte allerlei Einzelheiten von Biskra hören und sagte lebhaft:

»Du mußt mir deine Eindrücke schildern, Anita, und wenn das Leben in dieser Oase wirklich so interessant und elegant ist, dann muß dein Vater spätestens nächstes Jahr mit mir nach Biskra. Wir können dann vielleicht auch noch einen Abstecher nach Ägypten machen. Die Schwefelbäder in Heluan, das nahe bei Kairo liegt, sollen den Teint wunderbar verschönern.«

»Das hast du nicht nötig bei deinem schönen Teint«, sagte Anita.

Frau Erika lachte. »Der Himmel fällt ein – ein Kompliment von meinem Stieftöchterchen!«

Anita warf den Kopf zurück. »Ich habe nur Tatsachen konstatiert.«

»Nun gut, ich konstatiere zur Revanche, daß dein Teint ebensowenig einer Verschönerung bedarf. Übrigens – wann willst du reisen? Du wirst doch unser bevorstehendes Fest nicht versäumen?«

»Nein, am Montag bin ich sicher noch hier. Genau kann ich den Tag meiner Abreise nicht bestimmen. Ich fahre jetzt zu Frau Jungmann, um mir Gewißheit zu holen, ob sie mich begleiten kann und will, und spreche dann im Reisebüro vor. Du gestattest, daß ich mich zurückziehe.« Damit entfernte sich Anita.

Sie begab sich zu Frau Jungmann, die sich sogleich bereit erklärte, sie zu begleiten. Sie sagte nur: »Aber, liebes Kind, Sie werden dann wohl Weihnachten nicht zu Hause verleben?«

»Nein, Frau Jungmann, voraussichtlich bin ich zum Fest noch in Biskra.«

»Das werden am meisten Ihre Armen bedauern.«

»Oh, die sollen nicht zu kurz kommen. Sie, liebe Frau Jungmann, werden ihnen an meiner Stelle eine Christbescherung bereiten. Ich bitte Papa, Ihnen die nötige Summe zu übergeben.«

»Das werde ich natürlich gern tun. Ihnen muß der Himmel

47

ein besonderes Glück schenken, liebe Anita, weil Sie so gut und großmütig sind.«

Hastig wehrte Anita ab. »Dafür, daß ich von meinem Überfluß an Bedürftige abgebe, bedarf es keines besonderen Lohnes vom Schicksal. Nehmen Sie mir diese einzige Möglichkeit, irgend etwas zu tun – was bleibt dann von mir übrig?«

»Ein liebenswerter, guter Mensch, liebes Kind.«

»Eine nutzlose Luxuspflanze.«

»Das ist die Rose auch – und doch, was wäre die Welt ohne Rosen? Wir können nicht alle Küchenkräuter sein. Mir scheint, Sie sind wieder einmal recht unzufrieden mit sich selbst.«

Anita seufzte. »Ich würde freudig tauschen mit irgendeiner kleinen Kontoristin in meines Vaters Büro. Es muß schön sein, schaffen und arbeiten zu dürfen. Aber soll ich einer Bedürftigen ihr Brot wegnehmen? Das darf ich nicht. Und so bin ich zu einem Drohnendasein verdammt. Solange Sie bei uns Hausdame waren, liebe Frau Jungmann, durfte ich wenigstens im Haushalt dies und das verrichten. Aber das geht jetzt nicht mehr, weil Frau Erika Friesen dann annimmt, ich will ihr Regiment antasten. Aber lassen wir das – ich gehe ja jetzt auf einige Monate fort und habe wenigstens etwas vor. Da finde ich schon Zerstreuung.«

»Wird es Ihnen so lange in Afrika gefallen?«

»Ich habe ja Lori Gordon dort, mit der ich mich herzlich gut verstehe.«

Die beiden Damen besprachen noch allerlei Einzelheiten, bis Anita sich verabschiedete, um zum Reisebüro zu fahren. Dort zog sie ihre Erkundigungen ein und bestellte für sich und Frau Jungmann die Fahrkarten.

Als sie dann das Büro verließ und eben auf ihren Wagen zugehen wollte, kam Hans Roland vorüber. Er stutzte, als er

Anita erblickte, und trat trotz ihrer abweisenden Haltung an sie heran.

»Gnädiges Fräulein, das Schicksal ist mir heute besonders günstig, da ich Sie schon wieder sehen darf!«

Sie wollte ihn mit einem kurzen Gruß abfertigen; aber er stand so, daß er ihr den Weg zum Wagen verlegte, an dem der Diener schon die Tür geöffnet hielt.

»So bedanken Sie sich bei Ihrem Schicksal!« sagte sie mit leisem Spott.

»Das tue ich ganz gewiß. Gnädiges Fräulein waren im Reisebüro – die Reisezeit ist doch bereits vorüber«, sagte er, um sie noch ein wenig festzuhalten, und bemerkte scheinbar gar nicht ihr Bestreben, an ihm vorüberzukommen.

»Trotzdem plane ich eine Reise, Herr Doktor.«

Er erschrak sichtlich. »Sie wollen verreisen – jetzt noch, so spät im Jahr?«

»Oh, das hat mit meinen Reiseplänen nichts zu schaffen; ich will eine Freundin besuchen, die mich schon längst eingeladen hat.«

Er atmete auf. Der Besuch bei einer Freundin würde hoffentlich nicht lange dauern. Freilich, die kürzeste Trennung von ihr tat ihm schon weh und beunruhigte ihn. Gern hätte er gefragt, wie lange sie fortbleiben würde, aber das wagte er doch nicht. Er sah ein, daß er sie, ohne aufdringlich zu sein, nicht länger festhalten konnte und trat zurück.

»Hoffentlich habe ich vor Ihrer Abreise noch das Vergnügen, Sie zu sehen.«

Sie stieg, ohne seine stützende Hand zu beachten, in den Wagen.

»Vielleicht. Ich reise in acht Tagen ab.«

Mit einem Blick, der sie beunruhigte, sah er ihr durch das

Wagenfenster in die Augen, während der Diener sich neben den Kutscher setzte.

»Dann habe ich also noch die Ehre, Sie wiederzusehen – am Montag«, sagte er aufatmend.

»Am Montag?« fragte sie.

»Ja, für Montag habe ich eine Einladung für einen Ball in Villa Friesen.«

»Ach so – ja, daran hatte ich im Augenblick nicht gedacht.«

»Ich darf also sagen: Auf Wiedersehen.«

Sie neigte nur den Kopf. Der Wagen fuhr mit ihr davon. Hans Roland sah ihm nach und ging dann langsam weiter. Er verglich sich mit all ihren Verehrern, und er wußte und fühlte, daß bisher keiner darunter war, der ihm gefährlich werden konnte. Anders aber, wenn sie in andere Verhältnisse, in eine andere Umgebung kam. Natürlich würde sie überall, wohin sie kam, gefeiert und umschwärmt werden. Wie, wenn sie in der Umgebung ihrer Freundin einen Mann kennenlernte, dem sie ihr Herz zuwandte?

Ihm war, als würgte ihn eine feindliche Hand an der Kehle. Er hatte das Empfinden, daß er sie nicht fortlassen dürfte, oder als müßte er ihr folgen.

In schmerzlicher Unruhe verbrachte er die nächsten Tage, und mehr als einmal umkreiste er die Villa Friesen, immer hoffend, Anita schon vor dem Montag noch einmal zu sehen. Er dachte sogar daran, Frau Erika aufzusuchen, um sie auszuforschen über Ziel und Dauer von Anitas Reise. Aber dazu konnte er sich doch nicht entschließen. Frau Erika würde ihn verspotten, wenn sie merkte, wie sehr er sich vor dieser Trennung fürchtete.

Sehnsüchtig starrte er zu Anitas Fenstern hinüber und hoffte, daß sie wenigstens auf einen Augenblick erscheinen würde.

50

Eines Tages packte ihn die Angst, sie könnte schon fort sein, und er eilte zur Villa Friesen, um sich wenigstens darüber auf irgendeine Weise Gewißheit zu schaffen.

Das Glück war ihm günstig. Gerade als er am Gartentor vorübergehen wollte, verließ Frau Erika die Villa, um einen Spaziergang im Stadtpark zu machen.

Er begrüßte sie, und sie bot ihm lachend die Hand. »Erwische ich Sie endlich, Sie schmachtender Ritter? Ich habe Sie doch schon gestern und vorgestern hier vorübergehen sehen, mit sehnsuchtsvollem Blick nach unserem Hause.«

Er versuchte zu lächeln. »Ich denke, diese Straße führt auch noch zu anderen Zielen als nach Villa Friesen.«

»Ja doch – aber wenn Sie den Eindruck der Harmlosigkeit erwecken wollen, dürfen Sie nicht so sehnsüchtig nach unserem Hause sehen. Daß dieser Blick mir gilt, wage ich nicht anzunehmen. Also gilt er meiner Stieftochter. Irre ich mich, Hans?«

»Sie sind immer sehr scharfsichtig gewesen, Frau Erika«, spottete er, um seine Verlegenheit zu bemänteln, »und Sie haben viel Phantasie.«

»Und Sie sind gar nicht nett, daß Sie mich so kaltstellen wollen. Zur Strafe begleiten Sie mich jetzt auf meinem Spaziergang durch den Stadtpark.«

»Diese Strafe ist ein Vergnügen für mich«, sagte er, neben ihr hergehend – ahnungslos, daß von ihrem Fenster aus Anita ihn mit ihrer Stiefmutter davongehen sah und natürlich an eine Verabredung glaubte.

Frau Erika sah lachend zu Hans Roland auf. »Ich müßte Ihnen eigentlich böse sein, daß Sie mir gar nicht mehr ein bißchen den Hof machen. Sie haben nur noch Augen für Anita. Aber ich bin kein Unmensch, Hans, ich weiß ja, daß Ihre Verhältnisse Sie zwingen werden, eine reiche Frau zu heiraten. Ich bin sogar so großmütig, Ihnen helfen zu wollen, wenn Sie nett zu mir sind. Ja – ich habe sogar schon zu Ihren Gunsten gesprochen bei Anita.«

Er zwang seinen Ärger nieder, daß sie ihn immer wieder auf Anitas Reichtum hinwies. Was galt es ihm, ob sie reich oder arm war! Sie – nur sie wollte er, nicht ihr Geld! Aber schließlich war es gleichgültig, wie Frau Erika über seine Gefühle dachte. Er war froh, sie getroffen zu haben, damit er mit ihr von Anita sprechen konnte. »Natürlich ohne Erfolg? Fräulein Anita Friesen beehrt mich ja leider mit einer betrüblichen Abneigung«, sagte er forschend.

Die schöne Frau zuckte die Schultern. »Anscheinend. Aber ich habe meine eigene Meinung über ihr krampfhaftes Bemühen, zu betonen, wie gleichgültig Sie ihr sind. So sind wir Frauen – je mehr wir lieben, desto gleichgültiger möchten wir scheinen. Und Anita, mein Stieftöchterchen, muß früher aufstehen, wenn sie mich düpieren will.«

Eine zitternde Erregung stieg in ihm auf. »Sie meinen, die Abneigung der jungen Dame gegen mich sei nicht echt?« fragte er heiser.

Sie wiegte den Kopf hin und her. »Sie gibt sich zuviel Mühe, ihre Gleichgültigkeit zu betonen. Jedenfalls hätte ich Ihre Sache nicht für hoffnungslos gehalten, wenn nicht jetzt ein Umstand eingetreten wäre, der es Ihnen unmöglich macht, Ihre Bemühungen fortzusetzen.«

Hans sah sie mit brennenden Augen an. »Welchen Umstand meinen Sie?«

Verschmitzt sah Frau Erika zu ihm auf. »Ach – jetzt werden Sie nervös. Sie forschen mich aus nach allen Regeln der Kunst, aber Sie lassen sich nicht herbei, mir einzugestehen, daß Sie sich ernsthaft um Anitas Hand bewerben wollen. Das ist nicht nett von Ihnen – und deshalb sage ich Ihnen nun nicht, welchen Umstand ich meine.«

Finster zog er die Stirn zusammen. Es quälte ihn, mit dieser leichtfertigen Frau über Anita zu sprechen. Um keinen Preis hätte er ihr verraten, wie tief und stark seine Liebe zu Anita war. Lieber mochte sie glauben, daß er nach Anitas Reichtum trachtete. Nur vor dieser Frau seine Gefühle nicht zeigen!

Er zwang ein leichtes Lächeln in sein Gesicht. »Seien Sie nett, Frau Erika – welchen Umstand meinen Sie? Etwa die Reise, die Fräulein Anita vorhat?«

Sie stutzte. »Davon wissen Sie schon?«

»Ja, ich traf die junge Dame vor dem Reisebüro, und auf meine Frage erklärte sie mir, daß sie eine Freundin besuchen wolle. Meinten Sie das?«

»Allerdings.«

»Nun, diese Reise wird doch nur wenige Tage in Anspruch nehmen«, sagte er voll heimlicher Spannung.

Frau Erika schüttelte beinahe triumphierend den Kopf. »Da irren Sie sehr. Anita hat die Absicht, für sehr lange und sehr weit zu verreisen.«

Ein jähes Erblassen flog über sein Gesicht. Aber er wandte sich ab, damit sie es nicht merkte, wie schwer ihn diese Nachricht traf. Hastig sagte er: »Darf ich fragen, wohin die junge Dame reisen wird?«

»Nach Algier.«

Er zuckte betroffen zusammen. »Nach Afrika? Das ist doch nur ein Scherz?«

»Nein, nein. Mit Kleinigkeiten gibt sich mein Stieftöchterchen nicht ab. Mir scheint, sie kann zwischen sich und Ihnen die Entfernung nicht groß genug machen. Jedenfalls hat sie

53

die Absicht, für den ganzen Winter nach Biskra zu gehen, wo eine Freundin von ihr lebt, die mit einem Ingenieur verheiratet ist. Im übrigen beneide ich sie sehr um diese Reise. Am liebsten hätte ich sie begleitet, aber mein Mann kann gerade jetzt nicht fort.«

Hans Roland war sehr blaß geworden. Das hatte er nicht erwartet. Anita fort, auf Monate – wie sollte er das ertragen? Es kostete ihn viel Mühe, seine Fassung zu bewahren. Er fühlte, daß ihm Anita für immer verloren war, wenn er sie monatelang nicht wiedersah. Fern von ihr war es ihm unmöglich, um sein Glück zu kämpfen. Warum ging sie fort, auf so lange Zeit? Wirklich nur, um eine Freundin zu besuchen? Oder hatte Frau Erika recht – wollte sie ihm aus dem Wege gehen, wollte sie fliehen vor seiner Werbung?

Das Herz klopfte ihm bis zum Halse hinauf. Wenn sie vor ihm fliehen wollte – dann konnte er ihr doch nicht gleichgültig sein! Also war doch nicht alle Hoffnung verloren, daß er sie noch erringen konnte, ehe sie fortging.

Ein stöhnender Seufzer entfloh ihm. Frau Erika sah forschend in sein blasses Gesicht. »Nun, nun – nehmen Sie es doch nicht zu schwer, Hans! Es gibt noch andere reiche, hübsche Mädchen, die nicht so schwierig sind wie Anita und gern so einen schneidigen, interessanten Mann nehmen, wie Sie es sind. So sehr brennend ist die Frage doch noch nicht für Sie, da Sie, wie Sie mir neulich zugaben, keine Geldsorgen haben.«

Er gab sich einen Ruck und nahm sich zusammen. »Darum mache ich mir keine Sorge«, stieß er rauh hervor.

Sie wollte ihn schnell auf andere Gedanken bringen. »Da fällt mir ein, Hans – heute las ich in einer Zeitung, daß Ihr Onkel, der Bruder Ihrer verstorbenen Mutter, gestorben ist. Der Freiherr von Lorbach auf Lorbach.«

Sie wußte, daß Hans Roland mit seinen Verwandten mütterlicherseits in keinerlei Verbindung stand, aber es hatte sie immer interessiert, daß seine Mutter eine Freiin von Lorbach gewesen war.

Auf Hans Roland machte diese Mitteilung wenig Eindruck. Alles ging jetzt unter in dem Schmerz, Anita Friesen verlieren zu müssen. Was galt ihm die Nachricht vom Tode eines Verwandten, der ihn nie als zu sich gehörig anerkannt hatte! Seine Mutter hatte einst gegen den Willen ihres Bruders, der Vaterstelle an ihr vertrat, einen bürgerlichen Mann geheiratet, der als Verwalter auf dem Gut Lorbach angestellt gewesen war, obwohl sie dadurch mit ihrem Bruder und seiner Familie zerfiel. Es war nie zu einer Versöhnung gekommen. Sie hatte ein kleines Erbteil ausgezahlt bekommen – Lorbach war von ihrem Vater her mit Schulden belastet gewesen, und nur der Reichtum seiner Gattin hatte ihren Bruder in die Lage gesetzt, Lorbach von allen Hypotheken zu befreien.

Für Hans Rolands Mutter war nur eine geringfügige Summe als Erbteil in Frage gekommen. Aber sie zog mutig mit dem Mann ihrer Liebe einer unbekannten Zukunft entgegen. Und Hans Rolands Vater war dann Domänenpächter geworden und hatte für sich und seine Familie ein schlichtes, aber sorgenfreies Dasein geschaffen. Hans Roland hatte die Arbeit lieben gelernt und sich später seinen Beruf selbst auswählen können. Da er vermögenslos war, gab es in der Landwirtschaft für ihn keine erstrebenswerten Möglichkeiten. So wurde er Ingenieur, obwohl er viel lieber Landwirt geworden wäre. Doch um diesem Beruf nicht ganz fremd zu werden, verwertete er seine ganzen Erfahrungen, um neue landwirtschaftliche Maschinen zu erfinden. Die erste Erfindung war ihm bereits geglückt, und er wartete auf die Entscheidung.

55

Hans Roland hatte sich, gleich seinem Vater, nie um die Verwandten seiner Mutter gekümmert. Nach dem Tode seiner Mutter hatte er nur durch Zufall gehört, daß deren Bruder durch einen Unglücksfall seinen Sohn verloren hatte. Aber zu einer Annäherung zwischen ihm und diesem einzigen Verwandten hatte auch das nicht geführt.

Wie hätte es ihn nun in diesem Augenblick berühren sollen, daß sein Onkel gestorben war? Er hatte ihn nie persönlich gekannt. Für ihn hatte jetzt nichts Interesse als Anitas Reise nach Biskra.

Frau Erika konnte plaudern, soviel sie wollte, ihr Begleiter blieb zerstreut und einsilbig. Seine Gedanken umkreisten nur Anita.

Ach, daß er sie doch hätte überzeugen können, wie wenig ihm ihr Reichtum galt! Sollte er nun tatenlos zusehen, wie sie ihm entglitt?

Eine wilde Entschlossenheit überkam ihn, und um seinen schmallippigen, ausdrucksvollen Mund grub sich der feste Willenszug, der eiserne Energie verriet. Mit einem Ruck richtete er sich empor. Nein, er gab Anita Friesen nicht kampflos auf, er wußte jetzt, was er zu tun hatte! Wo sie ging, da ging auch er – und wenn er ihr bis nach Biskra folgen sollte. Fern von ihr ging er an seiner Unruhe zugrunde. –

Als ihn Frau Erika endlich mit einigen vorwurfsvollen Worten über seine ungalante Zerstreutheit verabschiedete, begab er sich schnell in seine Wohnung. Er hatte zwei hübsche Zimmer bei einer Beamtenwitwe gemietet.

Er warf sich auf den Diwan, zündete sich eine Zigarette an und sah versonnen den Rauchwolken nach. Er wollte um Anita kämpfen!

Vor ihrer Abreise wollte er um jeden Preis noch ein Alleinsein mit ihr herbeiführen. Am Montagabend bei der Festlichkeit in der Villa Friesen mußte sich eine Gelegenheit finden. Und da wollte er kühn auf sein Ziel losgehen und sie bitten, seine Frau zu werden. Wies sie ihn ab, dann würde er ihr nach Biskra folgen. Er mußte dann weiter um sein Glück kämpfen. Hier brauchte ja niemand zu wissen, wohin er fuhr. Unter irgendeinem Vorwand würde er abreisen.

Es war vielleicht unklug, wenn er schon jetzt um sie anhielt. Noch stand sie ihm feindlich und gewappnet gegenüber. Warum, das wußte er nicht. Aber es hatte Momente gegeben, in denen ihre eisige Kälte einem anderen Ausdruck wich. Und neulich hatte sie aus Angst um ihn aufgeschrien. Das war seine einzige Hoffnung. Er wollte nicht an ihre Kälte glauben. Vielleicht gelang es ihm doch, mit einer kühnen Werbung das Eis zu schmelzen, das ihr Wesen umgab. Sie mußte wissen, wie es um ihn stand.

Unruhig sprang er auf und lief im Zimmer umher. »Du darfst nicht von mir gehen – ich will, daß du mir gehörst – ich will!« So sprach er in Gedanken zu Anita und rief sich ihr geliebtes Bild vor Augen.

6

In der Villa Friesen waren alle Gesellschaftsräume hell erleuchtet. Man erwartete die Gäste.

Der Hausherr saß noch in seinem Arbeitszimmer und hatte grübelnd den Kopf in die Hände gestützt. Sein Schicksal – oder vielmehr das Schicksal seines Hauses – war noch unentschieden. Wieder war ihm eine Spekulation mißlungen, und nun drängte ihn alles zu dem großen, gefährlichen Coup, der allein ihm noch Rettung bringen konnte.

Bis dahin galt es, jeden Verdacht abzuwenden. Sein Reichtum mußte über jeden Zweifel erhaben sein. Niemand durfte ahnen, daß man heute in diesem Hause auf schwankendem Boden tanzte. Deshalb hatte er nichts von dem überaus glänzenden Festprogramm gestrichen, das ihm Frau Erika vorgelegt hatte. Und er hatte seiner jungen Frau auch ein neues kostbares Schmuckstück beim Juwelier Hoyer gekauft und bar bezahlt, wofür ihm Frau Erika mit stürmischen Küssen entzückt gedankt hatte.

Aber ehe er nun imstande war, sich seinen Gästen mit lächelnder Miene zu zeigen, mußte er sich einige Minuten sammeln. –

Die schöne Hausfrau verließ jetzt ihr Toilettenzimmer und rauschte brillantengeschmückt und in einer duftigen Wolke von Spitzen und Tüll durch die Festräume. Sie wollte kontrollieren, ob alle ihre Anordnungen befolgt worden waren. Sie war eine strenge Herrin, die der Dienerschaft nichts durchgehen ließ.

Gerade zankte sie heftig einen Diener aus, der ein Blumenarrangement nicht nach Wunsch hingestellt hatte, als Anita erschien.

Frau Erika blickte mit kritischen Augen zu ihrer Stieftochter hinüber. Die schlanke Mädchengestalt war in ein elegantes, aber schmuckloses Kleid aus weicher weißer Seide gehüllt, das sich dem jugendschönen Körper anschmiegte und unten in weichen Falten auseinanderfiel. Obwohl sie außer dem Ring, den sie fast immer trug, keinerlei Schmuck angelegt hatte, wirkte sie doch entschieden vornehmer als ihre

58

brillantengeschmückte Stiefmutter. Eine bezaubernde Lieblichkeit strahlte von ihr aus. Wie eine Märchenprinzessin, so hold und reizvoll wirkte sie in ihrer stolzen Ruhe. Selbst Frau Erika mußte sich gestehen, daß Anita bezaubernd aussah. Trotzdem sagte sie kritisch:

»Du hättest ein wenig Rot auflegen sollen – du siehst zu blaß aus in dem weißen Kleide.«

Anita schüttelte den Kopf. »Du weißt, daß ich solche Mittel nie anwende.«

Frau Erika zuckte die Schultern. »Mein Gott, ein wenig Farbe, wenn man blaß aussieht – das ist doch nicht schlimm.« Sie zupfte sich vor dem Spiegel eine Locke etwas tiefer in die Stirn. Ihre Stirn war nicht sehr schön. Deshalb trug sie das Haar so, daß diese möglichst verdeckt war.

Sie seufzte heimlich. So eine erwachsene Stieftochter war doch eine unangenehme Zugabe! Es war ganz gut, daß Anita für diesen Winter aus dem Haus kam. Sie wollte die Huldigungen nicht gern mit ihr teilen. Und wer weiß – vielleicht kehrte doch Hans Roland reuig zu ihr zurück, wenn Anita erst aus dem Wege war?

Sie brauchte nun einmal Bewunderung – und zuweilen einen kleinen Flirt. Lieber Gott, wenn man bei ihrer Jugend mit einem um fast dreißig Jahre älteren Mann verheiratet war! Heinz war ja ganz nett und sah noch stattlich aus – aber zu alt war er doch. Sie hielt ihm ja auch ziemlich die Treue, aber einen kleinen Flirt, ein kleines Abirren vom strengen Pfad der Tugend, hielt sie für erlaubt. Wozu war sie jung und schön?

Anita sah ihre Stiefmutter fragend an. »Ist Papa noch nicht hier? Die ersten Gäste fahren schon vor.«

»Nein, er ist noch nicht hier. Hermann, rufen Sie den gnädigen Herrn«, gebot Frau Erika dem Diener.

59

Doch der Hausherr erschien bereits im Rahmen der Tür. Er sah blaß aus. Aber das bemerkte nur Anita, die den Vater seit einigen Tagen besorgt beobachtete. Sie trat an ihn heran.

»Du hättest diesen Sommer ausspannen sollen, Papa. Du bist sehr bleich und abgespannt«, sagte sie.

Er wehrte hastig ab. »Mach davon kein Aufhebens – ich will es nicht!« stieß er fast zornig heraus und wandte sich schnell seiner Gattin zu.

Anita stand mit trüben Augen abseits, als er der Stiefmutter zärtlich die Hand küßte und sie mit aufstrahlendem Blick ansah. Für Anita hatte er keinen Blick gehabt, und ihre Sorge um ihn war ihm lästig.

Arm in Arm mit seiner Gattin ging Heinrich Friesen, ein strahlendes Lächeln auf dem Antlitz, seinen Gästen entgegen. Ohne auf seine Tochter zu achten, überließ er es ihr, ihnen zu folgen.

Schnell füllten sich nun die Räume, die im Festschmuck strahlten. Eine glänzende Gesellschaft versammelte sich. Die Gastgeber waren stark in Anspruch genommen, und auch um Anita drängte sich ein Kreis von Menschen. Sie wurde von allen Seiten mit Fragen über ihre bevorstehende Reise bestürmt.

Hans Roland versuchte lange vergeblich, in ihre Nähe zu kommen. Es fiel ihr auf, daß er blaß und erregt aussah und daß seine Augen sie mit einem flehenden Ausdruck verfolgten. Sie gab sich den Anschein, ihn nicht zu bemerken, bis er plötzlich vor ihr stand und sie um einen Tanz bat.

Sie mußte, wenn sie nicht ungezogen sein wollte, ihm diesen Tanz gewähren. Und so führte er sie nach den Klängen eines Walzers durch den Saal. Anita war zumute, als wiche der Boden unter ihren Füßen, als sie, von seinem Arm umschlungen, dahinschwebte.

Plötzlich schrak sie empor. Hans Roland hatte mitten im Tanz aufgehört und legte ihre Hand auf seinen Arm. »Gnädiges Fräulein – darf ich um die Gunst bitten, den Rest des Tanzes mit Ihnen verplaudern zu dürfen.«

Sie neigte wie im Traum den Kopf und ließ sich halb willenlos aus den Reihen der Tanzenden in ein stilles Nebenzimmer führen. Dort rückte ihr Hans Roland einen Sessel zurecht. Aber sie hatte sich nun wieder in der Gewalt und sagte kühl ablehnend: »Ich möchte mich nicht setzen.«

Mit brennenden Augen sah er sie an. »Gnädiges Fräulein, ich habe bisher vergeblich versucht, Sie zu sprechen. Verzeihen Sie mir, daß ich jetzt etwas gewaltsam die Gelegenheit zu einer Unterredung herbeiführe. Ich bitte Sie, mich anzuhören.«

Sie richtete sich hoch auf. »Ich wüßte nicht, was Sie mir zu sagen haben könnten. Aber wenn es sein muß – bitte, sprechen Sie«, sagte sie so eisig, daß er erbebte.

Eine Weile sah er sie mit einem großen, stummen Blick an, der sie um alle Ruhe zu bringen drohte. Es zuckte leise in ihrem Gesicht, ihre Hände krampften sich zusammen, und in ihren Augen wich die stolze Ruhe einem angstvoll-unruhigen Ausdruck, der wieder eine jähe Hoffnung in ihm aufflammen ließ.

Tief atmete er auf, und aus seinen Augen strahlte ihr sein ganzes tiefes Empfinden entgegen.

»Gnädiges Fräulein, ich habe von Ihrer Frau Mutter – von Frau Erika Friesen – gehört, daß Sie für diesen Winter nach Biskra gehen. Wie mich diese Nachricht getroffen hat, können Sie nicht ermessen, denn Sie wissen nicht, was ich für Sie empfinde. Sie stehen mir stolz und kalt gegenüber – oft habe ich sogar das Gefühl, daß Sie mir feindlich gesinnt sind. Ich weiß nicht, warum. Ich weiß nur, daß ich Sie liebe, mit einer Inbrunst und Ausschließlichkeit, die mein ganzes Fühlen und Denken beherrscht. Ich hätte weiter geduldig um Sie geworben, bis meine heiße, starke Liebe ein Echo in Ihrem Herzen geweckt hätte. Aber nun höre ich, daß Sie fortgehen wollen, weit fort, in eine neue Umgebung, wo andere Männer um Ihre Gunst werben können; nun kann ich nicht länger warten. Denn nun machen Sie es mir unmöglich, um Sie zu werben. Ich kann es nicht ertragen, Sie jetzt monatelang nicht zu sehen. Obwohl ich fühle, daß es verfrüht ist, bitte ich Sie mit aller Inbrunst meines Herzens: Werden Sie meine Frau!«

Er hatte nur halblaut gesprochen, aber in seinen Worten klang die ganze Tiefe seines Empfindens.

Anita erzitterte. Vor ihren Augen tanzten bunte Lichter. Ein heißer Wunsch erwachte in ihr, blindlings seinen Worten zu glauben und sich vor ihrem eigenen Mißtrauen in seine Arme zu flüchten. Gegen ihre Vernunft, gegen ihren Willen wollte sich ein Ja über ihre Lippen drängen. Gewaltsam wandte sie ihren Blick von ihm, um nicht unterliegen zu müssen, und starrte wie hilfesuchend in den Saal. Und da sah sie gerade Frau Erika vorübertanzen und bemerkte, daß diese einen unruhig forschenden Blick zu ihnen herüberwarf.

Da fiel der Zauberbann von ihr ab. Ihr war, als streifte ein eisiger Luftstrom über sie dahin. Mit Aufbietung all ihrer Kraft raffte sie sich auf und zwang sich, wieder ruhig und kühl in Hans Rolands erregtes Gesicht zu sehen. Im Geiste sah sie ihn wieder in Frau Erikas Armen, hörte, wie er ihre Stiefmutter »du« nannte – sah, wie sich die beiden küßten. Wie hatte sie das nur einen Augenblick vergessen können? Gottlob, sie vermochte es noch, dem trügerischen Zauber zu entfliehen – aber es war die höchste Zeit.

Mit einer müden Bewegung strich sie sich über die Stirn. Dann sagte sie, sich aufrichtend, kalt und schneidend:

»Sie irren sich in Ihren Gefühlen, Herr Doktor. Ihre Liebe gilt nicht meiner Person, sondern nur dem Umstand, daß ich die Tochter eines reichen Mannes bin. Ich aber heirate nur einen Mann, der mich auch lieben würde, wenn ich arm wäre. Ich muß Ihre Werbung zurückweisen.«

Er hatte sie mit angstvoller Spannung betrachtet, hatte den Kampf in ihren Zügen gesehen und zwischen Hoffen und Fürchten geschwankt. Nun erblaßte er jäh, und in seinen Augen lag ein Ausdruck, den sie nicht wieder vergessen konnte. Seine Stirn zog sich wie im Schmerz zusammen, und einige Augenblicke rang er vergeblich nach Worten. Aber dann biß er die Zähne zusammen und richtete sich entschlossen auf.

»Gnädiges Fräulein, Sie scheinen Ihrem Reichtum sehr viel Wichtigkeit beizumessen. Ich gehe über die Beleidigung hinweg, die Sie mir durch Ihr Mißtrauen zufügen. Eines Tages sollen Sie mir diese Beleidigung abbitten. Ich bin kein Mitgiftjäger, Sie verkennen mich. Trotzdem erkläre ich mich noch nicht für geschlagen. Ich kann Sie nicht aufgeben, weil ich damit zugleich jede Hoffnung auf Lebensglück aufgeben müßte. Und etwas in Ihren Worten gibt mir Trost und Verheißung. Sie sagten mir, Sie wollen nur einen Mann heiraten, der Sie liebte, auch wenn Sie arm wären. Nun – dieser Mann bin ich! Es bleibt mir nur noch übrig, mir Ihre Liebe zu gewinnen. Und darum werde ich weiterkämpfen. Ich gebe Ihnen hiermit mein Wort – Sie werden mich überall auf Ihrem Wege finden. Ich will Sie zwingen, mich zu lieben, mit der ganzen Kraft meiner heißen Wünsche, meiner Liebe. Wäre ich Ihnen so gleichgültig, wie Sie sich den Anschein geben, würde ich mein Spiel für verloren halten – aber ich bin Ihnen nicht gleichgültig. Solange Sie Herz und Hand nicht einem anderen Manne schenken, gebe ich Sie nicht auf. Das wollte ich Ihnen heute sagen – vergessen Sie es nicht! Wenn ich Ihnen irgendwo unvermutet in den Weg trete, dann denken Sie daran, daß mein Herz Sie umwirbt. Und nun will ich Ihnen für heute nicht mehr lästig fallen. Ihr stolzes, kaltes Nein gebietet mir das. Leben Sie wohl, reisen Sie glücklich. Und ob mit oder ohne Ihren Willen – auf Wiedersehen!«

Damit verneigte er sich vor Anita und ging, ehe sie noch ein Wort erwidern konnte, schnell davon. Den Saal meidend, begab er sich gleich in die Garderobe und verließ in großer Erregung das Haus.

Anita stand wie festgebannt an ihrem Platz und sah ihm mit starren Augen nach. Ihr Herz klopfte bis zum Halse hinauf. Sie fühlte erzitternd, wie der Zauber seiner Persönlichkeit wieder auf sie gewirkt hatte. Und nur ein Gedanke beherrschte sie: Ich muß fort aus seiner Nähe, sonst verliere ich mich selbst! Furchtbar war ihr der Gedanke, daß er an ihrer Gleichgültigkeit zweifelte. Dadurch verlor sie ihre letzte Sicherheit. Sie durfte ihn nicht wiedersehen! Seine Versicherung, daß sie ihn auf all ihren Wegen finden würde, konnte ja gottlob nur leeres Gerede sein – wie alles, was er gesagt hatte. Wahrscheinlich hatte er alles mit Frau Erika vereinbart – ihr bot er seine Hand, und Frau Erika behielt sein Herz.

Bei diesem Gedanken richtete sie sich wie in stolzer Abwehr auf. Sie raffte sich zusammen und wollte in den Saal zurückgehen. Nur niemand merken lassen, wie ihr zumute war!

Plötzlich stand ihre Stiefmutter vor ihr. Das traf Anita wie ein Schlag ins Gesicht. Frau Erika sah sie mit einem neugierig forschenden Blick an.

»Nun, Anita, Doktor Roland hat wohl noch einen letzten

Sturm auf dein Herz gewagt? Und wie mir scheint, erfolglos. Ich höre, er hat das Fest verlassen – und ich sah ihn doch eben noch im erregten Gespräch mit dir.«

Anita grub die Fingernägel tief in ihre Handflächen. Ihr Gesicht war totenblaß, aber nun hatte sie wenigstens ihre kühle Ruhe wieder. Mit einem kalten Blick sah sie die schöne Frau an und sagte schroff: »Herr Doktor Roland hat einsehen müssen, daß er in diesem Hause keinen neuen Sieg verzeichnen kann. Er muß sich darauf beschränken, seine alten Beziehungen zu pflegen.«

Frau Erika zuckte zusammen. Aber sie war klug genug, harmlos zu erscheinen. »Wie meinst du das, Anita, ich verstehe dich nicht?«

Anita warf den Kopf zurück. »Um so besser. Aber vielleicht wiederholst du gelegentlich deinem ›Jugendfreund‹, was ich dir eben gesagt habe. Er wird es sicher verstehen!« Damit ging Anita schnell an ihrer Stiefmutter vorüber in den Saal.

Diese sah ihr etwas bestürzt nach. Aber dann schüttelte sie den Kopf. »Wenn das nicht Eifersucht ist, dann kenne ich mich nicht aus. Sollte sie gemerkt haben, daß ich mit dem ›Jugendfreund‹ ein bißchen geflunkert habe und daß zwischen Hans und mir etwas anderes gespielt hat? Das dumme Ding – wie wenig kennt sie die Welt! Ich glaube, sie will einen Mann, der rein und sündenlos in die Ehe geht. Na, ich muß doch Hans gelegentlich einen Wink geben, daß sie ihn aus Eifersucht hat abfallen lassen.«

Damit ging sie zur Gesellschaft zurück. Sie war viel zu leichtsinnig, um sich nur eine Minute ihre Feststimmung trüben zu lassen. Für sie war immer nur das wichtig, was zu ihrem Behagen nötig war.

Zwei Minuten später tanzte sie schon wieder Walzer und kokettierte nach Herzenslust. Anita aber litt tausend Qualen und konnte sich nur mühsam aufrecht halten. Sie sehnte das Ende dieses Balles herbei und mußte sich doch den Anschein geben, als unterhielte sie sich ausgezeichnet. Sie mußte noch oft im Laufe des Abends Beteuerungen anhören, wie schmerzlich man es bedaure, daß sie diesen Winter abwesend sein würde. Ach, wie hohl und nichtssagend fand sie diese Beteuerungen!

Wenn ich nur endlich allein sein könnte! dachte sie.

Und als endlich die letzten Gäste das Fest verlassen hatten, verabschiedete sie sich hastig von ihrem Vater und ihrer Stiefmutter. Sie eilte in ihr Zimmer und warf sich auf den Diwan, das Gesicht in ein Kissen vergrabend.

»Vater im Himmel, warum hast du die Lüge in die Welt kommen lassen – und warum hast du ihr kein abschreckendes Gesicht gegeben?«

So schrie es in ihrem Herzen. Sie konnte Hans Rolands Gesicht nicht vergessen, nicht den Ausdruck seiner Augen, als er sie gebeten hatte, seine Frau zu werden. Wie konnte man noch einem Menschen glauben, wenn solche Augen logen?

Sie fühlte sich so elend und verzagt, daß sie am liebsten gestorben wäre.

7

Hans Roland war stundenlang im Freien herumgelaufen, nachdem er Villa Friesen verlassen hatte.

Aber obwohl Anita ihn abgewiesen hatte, gab er die Hoffnung nicht auf, sie zu erringen. In ihren Augen hatte er gelesen, daß sie weder ruhig noch gleichgültig war. Nun glaubte er, sie könnte nicht über ihr Mißtrauen hinwegkommen, daß er sie nur ihres Reichtums wegen begehrte. Irgendwie mußte er sie überzeugen, daß ihr Geld ihm gleichgültig war, daß er sie ebenso geliebt und begehrt hätte, wenn sie arm gewesen wäre.

Keine Ahnung verriet ihm, wie begründet Anitas Mißtrauen war, weil sie ihn bei der Begrüßung mit Frau Erika gesehen hatte. Hätte er das gewußt, wäre es ihm ein leichtes gewesen, sie aufzuklären.

Jedenfalls war er fest entschlossen, Anita so schnell wie möglich nach Biskra zu folgen. Natürlich mußte er, um Anita nicht irgendwelchen Mißdeutungen auszusetzen, darauf verzichten, zu gleicher Zeit mit ihr abzureisen und den gleichen Dampfer zu benutzen. Erst in Biskra wollte er ihr wieder entgegentreten. Es konnte nicht schwer sein, ihren Aufenthalt zu ermitteln. Sie ging in das Haus eines deutschen Ingenieurs, und dort würden nicht allzu viele deutsche Ingenieure zu finden sein. So ging er in das Reisebüro und erkundigte sich nach den Verbindungen. Es stand fest bei ihm, daß er ihr in spätestens einer Woche folgen würde.

Daß sie am Mittwochmorgen abgereist war, wußte er. Verstohlen hatte er in der Nähe des Bahnhofs gewartet, bis sie mit ihrem Vater und Frau Jungmann einem Auto entstiegen

war. Nach einer Weile war Heinrich Friesen allein zurückge-
fahren.

Als Hans Roland vom Reisebüro nach Hause kam, fand er
den Postboten gerade vor, der zwei Einschreibebriefe für ihn
brachte. Er quittierte den Empfang und gab dem Boten ein
Trinkgeld.

Der eine dieser Briefe, den er schon sehnlich erwartet hatte,
war ihm von großer Wichtigkeit. Das andere Schreiben legte
er vorläufig als vermutlich unwichtiger beiseite.

Sein Gesicht hellte sich zusehends auf. In dem Brief wurde
ihm mitgeteilt, daß eine große Aktiengesellschaft die von ihm
erfundene landwirtschaftliche Maschine herstellen und in den
Handel bringen würde. Das Patent wurde für eine ziemlich
bedeutende Summe angekauft, und außerdem wurde ihm
eine prozentuale Beteiligung am Umsatz zugesichert. Er wurde aufgefordert, zum Abschluß der Verträge sofort nach Berlin zu kommen, wo der Sitz der Firma war.

Er stieß einen tiefen Atemzug aus. Die mühevolle Arbeit,
an die er zwei Jahre lang seine besten Kräfte gesetzt hatte, war
von Erfolg gekrönt worden. Wohl hatte er gewußt, daß seine
Erfindung gut war, aber er hatte nicht mit Bestimmtheit wissen können, ob man an maßgebender Stelle die nötige Einsicht haben würde. Sein Modell hatte allerdings sogleich einen großen Eindruck gemacht, doch Gewißheit über seinen
Erfolg brachte ihm erst dieses Schreiben.

Und neben der Befriedigung über seinen Erfolg kam wie
ein Rausch der Gedanke über ihn, daß er nun nicht mehr mit
leeren Händen vor Anita zu stehen brauchte.

Er stützte den Kopf in die Hand und starrte vor sich hin.
Immer wieder sah er Anita vor sich. Die Sehnsucht nach ihr
brannte in seiner Seele, die Stadt erschien ihm leer ohne sie.

Plötzlich kam es wie ein heißer Zorn über ihn. Wie konnte sie nur annehmen, daß er ein Mitgiftjäger war! War sie denn blind vor Mißtrauen, daß sie seine ehrliche, tiefe Liebe so verkennen konnte?

Vor Zorn steigerte er sich in eine Art Rachegefühl hinein. Sie sollte es ihm büßen, daß sie ihn so gequält hatte! Er schwor sich, daß er sie strafen wollte für ihr Mißtrauen, für die Beleidigung. Ganz klein und demütig sollte sie werden. Er wollte ihr zeigen, wie wenig Wert ihr Reichtum hatte, wollte sie erkennen lassen, daß Arbeit reicher und freier machte als ererbtes Gut. Dann wollte er sie an sein Herz nehmen und den ehrlichen Reichtum seiner Liebe über sie ausschütten.

Dieser Gedanke schien ihm wunderbar. Der Hochmut des Reichtums mußte ihr ausgetrieben werden. Er malte sich aus, wie es wäre, wenn sie durch einen Zufall ihr Vermögen verlöre und ganz arm wäre. Dann würde er zu ihr gehen und nichts davon verraten, daß er viel Geld verdiente. Er würde zu ihr sagen: »Jetzt bist du so arm wie ich, nun laß uns beide in Armut und Arbeit leben, und wir werden glücklich sein. Du wirst nun nicht mehr glauben, daß ein Mann wie ich sein Herz um Geld verkauft.«

Welche Seligkeit, wenn sie sich dann bezwungen in seine Arme warf und an seine Liebe glaubte!

Er hatte sich so in Träumereien verloren, daß er das zweite Schreiben ganz vergessen hatte. Erst nach langer Zeit, als er aus seiner Versunkenheit auffuhr, sah er es wieder neben sich liegen.

Er griff danach und las auf dem dickgefüllten Kuvert »Dr. Albert Heine, Rechtsanwalt und Notar« als Absender.

Kopfschüttelnd öffnete er den Umschlag und zog einen beschriebenen Bogen und einen zweiten geschlossenen Brief hervor.

Zuerst las er den beschriebenen Bogen.

»Sehr geehrter Herr Doktor!

Als Sachverwalter des Freiherrn Lothar von Lorbach auf Lorbach bin ich zu dessen Testamentsvollstrecker ernannt worden. Der Freiherr von Lorbach ist am fünfzehnten September dieses Jahres verschieden, und sein Testament ist am Tage seines Begräbnisses eröffnet worden, wie er es bestimmt hat. In diesem Testament sind Sie, der einzige Sohn seiner Schwester und sein einziger noch lebender Verwandter, zu seinem Universalerben ernannt worden.

Außer einem bedeutenden, in sicheren Papieren angelegten Barvermögen, von dem ein Teil als Legate für treue Diener bestimmt ist, ist Ihnen vom Erblasser der schuldenfreie Herrschaftssitz Lorbach mit allem lebenden und toten Inventar, samt dem dazugehörigen Vorwerk mit der Meierei testamentarisch vermacht worden. Das Nähere ersehen Sie aus der umseitigen Testamentsabschrift. Desgleichen lege ich Ihnen ein hinterlassenes Schreiben des Freiherrn von Lorbach bei, das an Sie gerichtet ist.

Ich erbitte so bald wie möglich Ihre Antwort und bemerke nur noch, daß auf Lorbach der seit zwanzig Jahren dort tätige Verwalter Birkner, der laut Testament auf seinem Posten auch in Zukunft verbleiben soll, vorläufig die Geschäfte erledigt. Er ist ein durchaus ehrlicher und zuverlässiger Mann, der entweder Ihr Erscheinen oder Ihre Anweisungen erwartet.

In der Hoffnung, bald von Ihnen zu hören, empfehle ich mich Ihnen

hochachtungsvoll

Dr. Albert Heine, Rechtsanwalt und Notar.«

Hans Roland strich sich über die Stirn, als wäre ihm zu heiß geworden. Träumte er? Oder wollte heute das Schicksal alle anderen Glücksmöglichkeiten über ihn ausschütten, weil ihm das eine große Glück nicht gewährt worden war?

Da lag der verheißungsvolle Brief der Aktiengesellschaft mit der Anwartschaft auf einen glänzenden Ertrag seiner fleißigen Arbeit – und hier bot ihm eine tote Hand, die sich ihm im Leben nie entgegengestreckt hatte, ein reiches Erbe, auf das er nie gehofft, an das er nie gedacht hatte. Das war viel des Guten auf einmal für einen Menschen!

Er sah die Testamentsabschrift durch – und nun kam es doch wie ein Glücksrausch über ihn. Er war Herr über einen großen Grundbesitz! Plötzlich mußte er lachen – ein befreiendes, aufjauchzendes Lachen. Nun konnte er ja ohne weiteres Anita Friesens Verdacht widerlegen. Wenn er als reicher Mann, als Herr auf Lorbach zu ihr kam, dann mußte sie wohl einsehen, daß er nicht nach ihrem Reichtum trachtete.

Etwas außer Fassung griff er nun nach dem versiegelten Brief, der dem Schreiben beigelegen hatte. Er trug die Aufschrift: »Nach meinem Tode an meinen Neffen Dr. Hans Roland zu übersenden.« Es war eine steile, trotzige Handschrift mit großen, kantigen Buchstaben und stolz aufstrebenden Zügen.

Hans Roland las das Schreiben mit seltsamem Gefühl.

»Mein lieber Neffe!

Es ist das erstemal, daß ich Dich so nenne, das erstemal, daß ich offiziell von Deinem Dasein Notiz nehme.

Du wirst von Deinen Eltern nicht viel Gutes über mich erfahren haben. Wir standen uns feindlich gegenüber, weil Deine Mutter ihr Vaterhaus verließ, um sich mit Deinem Vater zu verheiraten. Es war gegen alle Familientradition – eine Freiin von Lorbach hatte nie zuvor gegen den Willen der Familie gefreit. Als Deine Mutter es tat, hielt ich es für ein Unglück und eine Schmach – ich war in Standesvorurteilen aufgewachsen und damals außerstande, ihren Schritt gutzuheißen. Da auch Dein Vater ein Starrkopf war und Deine Mutter beeinflußte, sich mir nie wieder zu nahen, blieben wir getrennt und haben uns nie mehr die Hand gereicht. In den Tagen des Glücks, da ich im Herzen noch ein reicher Mann war, der eine liebe Frau und einen prächtigen Sohn hatte, vermißte ich, das gestehe ich offen, Deine Mutter nicht. Sie war mir eine Fremde geworden, und ich hatte sie aus meinem Gedächtnis gestrichen.

Aber dann nahm mir das Schicksal meine Schätze. Erst starb die treue Gefährtin meines Lebens, und dann mein Sohn. Ich stand ganz allein, und alles brach in mir und um mich zusammen. Ich wußte nichts mehr mit meinem zerstörten Dasein anzufangen. Alles war nichtig, was bisher mein Denken und Fühlen ausgemacht hatte, Hochmut und Stolz zerbrachen, das Schicksal hatte mich mürbe gemacht. Aus meinem Unglück heraus wollte ich nun meiner Schwester die Hand zur Versöhnung reichen, wollte sie bitten, zu mir nach Lorbach zu kommen, mir ihren Sohn zu bringen. Da erfuhr ich, daß Deine Mutter gestorben war, unversöhnt mit mir, und daß Dein Vater ihr wenige Monate früher vorausgegangen war.

Zu Dir fand ich damals den Weg noch nicht. Ich empfand es als einen neuen Schicksalsschlag, daß ich zu spät gekommen war, um mich mit der Schwester auszusöhnen. Verbittert vergrub ich mich in meine Einsamkeit.

Dann tauchte eines Tages der Gedanke in mir auf, daß ich keinen anderen Erben haben würde als Dich. Dein Großvater war ein Freiherr von Lorbach, und wenn Du auch seinen Namen nicht trägst, bist Du doch Blut von unserem Blute.

Nun wollte ich Dich kennenlernen.

Du erinnerst Dich vielleicht eines alten Mannes, der vor dem Hause, das Du bewohntest, gerade in dem Moment von einem ohnmachtähnlichen Unfall betroffen wurde, als Du das Haus verließest. Du kamst ihm zu Hilfe, halfst ihm in einen Wagen, als er wieder zu sich kam, und begleitetest ihn sorgsam und mitleidig zu seinem Hotel. Dieser Mann war ich. Als ich, auf dem Weg zu Dir, Dich aus dem Hause treten sah, glaubte ich, meinen eigenen Sohn vor mir zu sehen. Du sahst ihm so ähnlich, wie ein Mensch dem anderen nur ähnlich sehen kann. Wir sprachen damals nur wenige Worte miteinander. Ich erholte mich während der Fahrt zum Hotel und nannte Dir einen falschen Namen. Es war mir unmöglich, mich Dir zu erkennen zu geben, denn ich fühlte, daß ich der Qual nicht gewachsen war, Dich wiederzusehen. Alles Leid um meinen verlorenen Sohn wurde bei Deinem Anblick wieder lebendig.

Ich fuhr nach Lorbach zurück und blieb in meiner Einsamkeit. Aber ich ließ Erkundigungen über Dich einziehen und freute mich zu hören, daß Du ein Mann von vornehmer Gesinnung und von strebsamer Tüchtigkeit seiest. Mir wurde berichtet, daß Du, weil es Dir Deine Mittel nicht erlaubten, Landwirt zu sein, Deine Lebensaufgabe darin sahst, landwirtschaftliche Maschinen zu bauen. Vor einigen Tagen sprach mir mein Verwalter davon, daß Du eine bedeutende Erfindung gemacht hast. Durch Zufall hatte er das Modell in Berlin gesehen. Er sprach mit Begeisterung davon, und ich habe sofort bei der betreffenden Firma eine solche Maschine in Auftrag gegeben. Sie wird künftig den Grund und Boden bearbeiten, der Dir gehören soll. Denn ich sehe in Dir meinen Erben.

In nicht sehr langer Zeit wirst Du Herr auf Lorbach sein,

denn ich fühle, daß meine Tage gezählt sind und erwarte den Tod als freundlichen Erlöser. Ich lege alles, was ich an irdischen Gütern zurücklasse, in Deine Hände. Verwalte Lorbach in meinem Sinn. Mein erprobter Verwalter Birkner wird Dich nach Kräften unterstützen. Möge mit Dir das Glück wieder in Lorbach einziehen!

Ich drücke Dir im Geist die Hand, wie ich es, als Unbekannter, ein einziges Mal im Leben getan habe. Glückauf, neuer Herr auf Lorbach, eine neue Zeit zieht mit Dir ein!

Dein Onkel Lothar von Lorbach.«

Hans Roland hatte dieses Schreiben mit tiefer Bewegung gelesen. Er erinnerte sich ganz deutlich des alten Herrn, der eines Tages dicht vor ihm ohnmächtig zusammengebrochen war. Als er ihn dann im Wagen zu seinem Hotel begleitete, hatte ihn der Fremde forschend angesehen.

»Darf ich Ihren Namen erfahren? Ich möchte wissen, wem ich zu Dank verpflichtet bin«, hatte er gesagt.

Hans hatte seinen Namen genannt, und der alte Herr hatte mit einem tiefen Seufzer geantwortet: »Es konnte nicht anders sein.«

Was er damit gemeint hatte, wußte Hans nicht. Er glaubte, der alte Herr wäre noch nicht wieder ganz bei sich. Vor dem Hotel hatten sie sich verabschiedet, und der alte Herr hatte ihm fest und warm die Hand gedrückt und zu ihm gesagt: »Sie werden noch von mir hören – ich werde Ihnen meinen Dank abtragen.« Hans Roland hatte das für eine höfliche Redensart gehalten und nie auf diesen Dank gewartet. Es war ihm nur aufgefallen, daß der Fremde ihm mit einem seltsam langen Blick in die Augen sah. Nun wußte er – das war sein Onkel gewesen. Und er hatte ihm einen reichen Besitz hinterlassen. Wie seltsam das Leben spielte!

Für sich selbst erschien es ihm gar nicht wichtig, daß er jetzt ein reicher Mann war, obwohl er sich freute, eigenen Grund und Boden zu haben, den er bewirtschaften konnte. Er hatte nie drückende Sorgen kennengelernt und war immer sicher gewesen, daß er sich kraft seiner Arbeit hochbringen würde. Im Grunde machte ihm der Erfolg seiner Arbeit mehr Freude als der ererbte Besitz. Aber um Anitas willen bekam auch dieser Wert für ihn.

Was sollte er nun zuerst tun – nach Berlin fahren, um die Verträge abzuschließen, oder sein Erbe übernehmen? Beides durfte ihn nicht lange aufhalten, denn in einer Woche wollte er seine Reise nach Biskra antreten, und diese Reise schob er um keinen Preis hinaus. Eine Woche blieb ihm also nur. Aber in dieser Zeit konnte viel geregelt werden.

Zuerst also nach Berlin! Das konnte schon heute abend geschehen. Blieb ihm Zeit, so reiste er auch noch nach Lorbach – andernfalls verschob er das, bis er von Biskra zurückkam. Anita war ihm wichtiger als alles andere.

Nur die nötigsten Abschiedsbesuche wollte er sogleich machen. – Es blieb ihm nicht viel Zeit. Bei Frau Erika Friesen wollte er auf jeden Fall vorsprechen und ihr mitteilen, daß ihn Geschäfte für unbestimmte Zeit fortriefen. Sie durfte nicht ahnen, daß er Anita folgte – kein Mensch durfte das wissen.

Als er in der Villa Friesen ankam, traf er Frau Erika nicht allein. Ihr Gatte war daheim, und einige Besucher hatten sich eingefunden. So konnte Frau Erika ihm nicht mitteilen, was Anita am Ballabend nach seinem Fortgehen zu ihr gesagt hatte, konnte ihm ihre Vermutung nicht aussprechen, daß sie Anitas Verhalten für Eifersucht hielt.

Hans Roland unterrichtete sie und ihren Gatten, daß er plötzlich in dringenden Geschäften nach Berlin reisen müßte.

Von seiner Erbschaft sprach er nicht. Frau Erika fragte ein wenig neugierig: »Was haben Sie plötzlich für wichtige Geschäfte in Berlin, lieber Herr Doktor?« Sie glaubte nicht recht an diese Geschäfte und dachte, Hans wollte sich in Berlin amüsieren, um sich über Anitas Absage zu trösten.

Er sah sie ruhig an und sagte ausweichend: »Es handelt sich um die Auswertung einer wissenschaftlichen Arbeit.«

Sie glaubte ihm nicht. Gern hätte sie ihn noch unter vier Augen gesprochen, aber gerade heute ließ ihr Gatte sie nicht eine Minute allein. So sagte sie nur seufzend: »Nun gehen Sie auch noch fort! Gestern morgen ist unser Töchterchen abgereist. Es wird ganz einsam um uns werden. Nicht wahr, Heinz?«

»Daß Sie Ihr Fräulein Tochter vermissen, kann ich mir denken; aber meine Abwesenheit wird in Ihrem großen geselligen Kreise kaum bemerkt werden.«

»Schätzen Sie sich doch nicht so gering ein, Herr Doktor!« erwiderte Frau Erika mit einem koketten Blick.

»Wir werden Sie sicher vermissen, Herr Doktor«, warf nun auch der Hausherr höflich ein. »Hoffentlich bleiben Sie nicht zu lange fort?«

»Das ist unbestimmt«, erwiderte Hans Roland und vermied es, Frau Erikas Blick zu erwidern.

Als er sich aber zum Abschied über ihre Hand neigte, flüsterte sie ihm zu: »Hoffentlich auf baldiges Wiedersehen, Hans!«

Er verneigte sich stumm und ging.

Heinrich Friesen hatte trotz Frau Erikas Vorsicht bemerkt, daß diese Dr. Roland etwas zuflüsterte. Eifersüchtig fragte er sie: »Was hattest du Doktor Roland noch heimlich zuzutuscheln?«

Sie ließ sich nicht verblüffen. Mit einem schelmischen Lachen sah sie ihn an. »Aber Heinz, du willst doch nicht auf meinen Jugendfreund eifersüchtig sein?«

»Nun, er war reichlich oft hier im Hause – und du hattest eben bestimmt Heimlichkeiten mit ihm.«

Sie zog ihn am Ohr. »Puh – du gräßlicher Othello! Zur Strafe müßte ich dir jede Auskunft verweigern. Aber wenn du lieb bittest, will ich dir das Geheimnis anvertrauen.«

Er preßte seine Lippen auf ihren Arm. »Ich bitte dich also darum, Erika. Du weißt ja, daß ich eifersüchtig auf jeden deiner Blicke bin. Quäle mich nicht!«

Sie lächelte zu ihm auf. »Nun, so vernimm das grausliche Geheimnis. Doktor Roland ist in Anita verliebt und hat von ihr einen Korb bekommen. Deshalb reist er wohl plötzlich nach Berlin, um sich zu zerstreuen. Und ich flüsterte ihm zu, er möge sich den Korb nicht so zu Herzen nehmen. Das konnte ich doch unmöglich laut sagen, da noch Besucher zugegen waren.«

Heinrich Friesen atmete auf. Diese Erklärung konnte nicht aus der Luft gegriffen sein und befriedigte ihn. Etwas erstaunt sagte er: » So, Doktor Roland hat um Anitas Hand angehalten? Nun, da er kein Vermögen hat, war es ganz klug von Anita, ihn abzulehnen.«

Frau Erika sah ihren Gatten erstaunt an. »Aber Heinz, deine Tochter braucht doch nicht nach Geld zu sehen!«

Es zuckte sonderbar um seine Lippen. »So – meinst du? Nun, ich meine, Geld kann man immer brauchen. Ein Mann soll jedenfalls nicht nach Geld heiraten, und Anitas – Reichtum hat da doch wohl ein wenig mitgesprochen.«

Sie zuckte die Schultern. »Wohl möglich.«

Er umfaßte sie plötzlich mit beiden Armen. »Erika – könntest du dir ein Leben in Armut und Sorgen denken?«

Sie schauerte zusammen und schüttelte den Kopf. »Wie kannst du nur so sprechen, Heinz? Du weißt, wie ich unter meiner früheren Armut gelitten habe. Nie möchte ich in ein solches Dasein zurück!«

Er sah über ihren Kopf hinweg starr vor sich hin und unterdrückte einen Seufzer. Dann ließ er sie aus seinen Armen. »Ich muß dich jetzt allein lassen, habe noch Geschäfte zu erledigen.«

Frau Erika dachte bei sich, daß es ihr lieber gewesen wäre, wenn ihr Gatte sie schon früher allein gelassen hätte, ehe sich Hans Roland verabschiedete. Sie hätte gern noch mancherlei mit ihm besprochen. Aber nun war er fort, und vielleicht kam er nie wieder. Anitas Absage mußte ihn doch geärgert haben.

Aber Frau Erika quälte sich nicht lange mit unerfreulichen Gedanken. Sie ließ den Wagen vorfahren, um eine Spazierfahrt zu machen.

Und wenige Minuten später fuhr sie mit strahlendem Gesicht davon.

8

Dr. Hans Roland hatte seine Geschäfte in Berlin zur höchsten Zufriedenheit abgewickelt. Seine Erfindung wurde sehr vorteilhaft verwertet und versprach ihm laufend einen guten Gewinn außer der ziemlich bedeutenden Ankaufsumme.

Diese Angelegenheit hatte ihn mehrere Tage in Anspruch genommen. Mit günstigen Verträgen in der Tasche reiste er nach Gotha, wo der Notar Heine wohnte. Gleich nach seiner Ankunft suchte er diesen auf und besprach mit ihm die Erbschaftsangelegenheit. Er teilte ihm mit, daß er eine längere Reise vorhätte, die ihn eventuell den ganzen Winter fernhalten würde. Erst nach seiner Rückkehr wollte er sein Erbe antreten.

Der Notar versicherte ihm, er könnte sich ruhig auf den Verwalter Birkner verlassen. Dieser führte schon seit einigen Jahren die Geschäfte ganz selbständig, da Herr von Lorbach viel leidend gewesen war. Und im übrigen versprach der Notar, auch ab und zu in Lorbach nach dem Rechten zu sehen.

Den Abend verlebte Hans im Hause des Notars, dessen Gattin ihn freundlich bewirtete. Die Herren hatten noch mancherlei zu besprechen, und es war ziemlich spät, als Hans sich verabschiedete und sein Hotel aufsuchte.

Am anderen Morgen, als er wieder von Gotha abreisen wollte, überlegte er sich, daß er doch noch einen freien Tag vor sich hatte. Wie, wenn er diesen Tag zu einem Ausflug nach Lorbach benützte?

Wenn er offiziell als neuer Herr dort vorspräche, würde möglicherweise ein großer Apparat in Szene gesetzt. Das wollte er nicht, dazu war ihm auch die Zeit zu kurz. Er lachte in sich hinein. Wer wollte ihn daran hindern, einen kurzen Besuch ganz inkognito in Lorbach zu machen? Es brauchte niemand eine Ahnung von seinem Kommen zu haben.

Ohne langes Überlegen ging er die wenigen Schritte zum Bahnhof und kam gerade zurecht zur Abfahrt des Lokalzuges, der ihn nach der Lorbach am nächsten gelegenen Station bringen sollte.

Die Fahrt dauerte eine halbe Stunde. Als er ausstieg, erkundigte er sich bei dem Stationsvorsteher nach dem Weg nach Lorbach und fragte, ob nicht eine Fahrgelegenheit dorthin zu beschaffen sei. Der Stationsvorsteher sah den elegant gekleideten Herrn neugierig an, gab aber bereitwillig Auskunft: Die Fahrstraße, die an der Station vorüberlief, führte in einer Stunde nach Lorbach. Das Dorf Lorbach läge jedoch hinter dem Schloß. Fahrgelegenheit gäbe es nicht, wenn der Herr nicht etwa mit dem leeren Milchwagen fürliebnehmen wolle. Der Milchkutscher von Lorbach wäre noch nicht fortgefahren.

Es blitzte übermütig in Hans Rolands Augen auf. Daß der neue Herr von Lorbach auf einem Milchwagen zur ersten Besichtigung seines Besitzes fuhr, war zum mindesten originell. Kurz entschlossen wandte er sich an den Milchkutscher. Ein gutes Trinkgeld machte diesen nicht nur willfährig, sondern sogar gesprächig. Er räumte dem vornehmen Herrn neben sich auf dem Bock einen Platz ein.

Lachend fuhr Hans Roland seiner neuen Besitzung entgegen.

Der alte Kutscher hatte natürlich keine Ahnung, daß er seinen neuen Gutsherrn neben sich sitzen hatte, und ließ sich bereitwillig alles abfragen, was dieser wissen wollte. Er nannte ihm die Namen der Berge, die den Horizont kulissenartig begrenzten, und zeigte ihm, welche Forsten, Wälder und Wiesen zu Lorbach gehörten. Eine lange Strecke fuhr man durch wundervollen Wald, der sich bereits leise herbstlich färbte. Das war Lorbacher Wald, und Hans Rolands Augen grüßten zu den Baumwipfeln empor, als wären es lauter liebe Bekannte. Das Herz wurde ihm warm und weit.

Und der Kutscher, der schon von Kind an, also seit ziemlich fünfzig Jahren, zum Lorbacher Gesinde gehörte, erzählte Hans in seiner etwas holprigen Ausdrucksweise, daß der verstorbene Herr von Lorbach seit dem Tode seines Sohnes ein bißchen »schrullig« gewesen wäre. Es wäre in Lorbach

80

überhaupt nicht immer alles so glatt abgelaufen. Das gnädige Fräulein, die Schwester des verstorbenen Freiherrn, die schön und gut wie ein leibhaftiger Engel gewesen, die hätte der Freiherr verstoßen, weil sie den Verwalter geheiratet hätte. Aber das wäre eine ganz große Liebe gewesen. Der Verwalter wäre aber auch ein forscher, schneidiger Herr gewesen und gut und gerecht. Das wäre übrigens der jetzige Verwalter Birkner auch. Der ließe jeden zu seinem Recht kommen, wenn er auch verlangte, daß man seine Pflicht täte und fix bei der Arbeit wäre. Und nun wäre der Sohn vom gnädigen Fräulein und ihrem Herrn Verwalter doch der Erbe von Lorbach geworden. »Der ganze Krempel« gehörte nun ihm, er könnte lachen, denn so ein Mustergut gäbe es ringsum nicht noch einmal.

Hans hörte mit seltsamen Empfindungen zu. Was der Kutscher über seine Eltern erzählte, bewegte ihn sehr. Er wußte ja, wie schwer es ihnen gemacht worden war, ihr Glück zu erzwingen.

Als der Wagen dann aus dem Wald herausfuhr, kamen sie am Vorwerk vorbei. Das lag schmuck und sauber auf einer großen Wiese. Dann ging es wieder durch ein Wäldchen, und an dessem Rande lag, etwas abseits von den Wirtschaftsgebäuden von Lorbach, ein Häuschen, vor dessen Tür eine große Linde stand; wie schützend streckten sich ihre Äste über das niedrige Dach.

Der Kutscher zeigte mit der Peitsche auf das Häuschen. »Darin hat damals der Herr Verwalter gewohnt, und unter der Linde hab' ich das gnädige Fräulein oft mit ihrem Schatz stehen sehen«, sagte er.

Hans sah interessiert und innerlich angerührt auf das kleine Haus. Es schien unbewohnt.

»Wohnt denn jetzt der Verwalter nicht mehr in dem Häuschen?« fragte er.

Der Kutscher nahm erst seine Pfeife aus dem Mund, spuckte aus und erwiderte dann, daß der Verwalter Birkner zu Anfang auch in dem Häuschen gewohnt hätte, aber nur bis zu seiner Verheiratung. Dann wäre neben dem Wirtschaftshof ein neues Verwalterhaus gebaut worden. »Da drüben das rote Backsteinhaus, da wohnt unser Herr Birkner mit seiner Frau. Seine zwei Söhne sind in Gotha, der eine auf dem Gymnasium, der andere bei einem Kaufmann in der Lehre. Die kommen nur sonntags heim. Das sind stramme, gesunde Bengels, Herr – guter Schlag, wie die Eltern.«

»Und dies Häuschen steht nun leer?« fragte Hans interessiert.

»Jawohl, es wohnt jetzt kein Mensch drin.«

»Schade darum! Wenn mancher Stadtmensch so ein Häuschen sein eigen nennen könnte, hier in der herrlichen Natur! Ihr Landleute wißt gar nicht, wie gut ihr es habt.«

»Wohl, wohl, Herr, an Platz mangelt es in Lorbach nicht. Im Schloß stehen an die vierzig Zimmer und Säle leer. Da kommt es nicht drauf an, wenn so ein Häuschen leersteht. Die Frau Verwalter hat es an Stadtleute als Sommerfrische vermieten wollen, aber das hat der gnädige Herr nicht zugelassen. Er war halt schrullig und ein bißchen menschenscheu geworden. – So, hier geht nun der Weg zum Dorf ab, Herr, ich fahre jetzt auf den Wirtschaftshof, und Sie müssen absteigen. Da rechts geht's zum Dorf – da hinten guckt der Kirchturm über die Bäume.«

Hans sprang ab. »Und wo geht dieser Weg hin?« fragte er, nach links zeigend.

»Der Weg führt direkt zum Schloß, Herr. Das müssen Sie

sich mal ansehen, wenn Sie Zeit haben – nur zehn Minuten durch das Gehölz, dann sind Sie am Parktor.«

Hans nickte und gab dem Kutscher ein Extratrinkgeld. »Ich werde den kleinen Umweg machen«, sagte er.

Ein bißchen neugierig sah der Kutscher ihn an. »Der Herr will wahrscheinlich zum Gasthof? Wollen dem Krugwirt wohl Wein und Zigarren verkaufen, hm? Da kommen ja manchmal so städtische Herren.«

Hans lachte. »Sie haben es erraten«, sagte er amüsiert.

Der Alte machte ein schlaues Gesicht. »Na, man kennt doch seine Leute. So fein sind bloß die Reisenden ausstaffiert, denn zu dem Schloß kommen ja jetzt keine Herrschaften.«

Damit fuhr der Kutscher, Hans zunickend, davon.

Dieser blieb stehen, bis der Milchwagen im Wirtschaftshof, der breit und stattlich vor ihm lag, verschwunden war. Dann trat er an das Häuschen heran und blickte durch die Scheiben in das Innere.

Da drinnen also hatte sein Vater gewohnt, als er etwa in seinem Alter war. Und hierher unter die Linde war die Mutter gekommen, um mit ihm ihre Heirat zu besprechen.

Seltsam heimisch mutete ihn das Häuschen an. Es enthielt drei Zimmer, eine Küche und einen schmalen Flur mit Backsteinfußboden. In den Zimmern standen derbe, feste Möbel, und in der Küche war allerlei Hausrat zu sehen.

Hans ging ringsherum und sah in alle Räume hinein. Er malte sich aus, wie es wäre, wenn die stolze Anita Friesen mit ihm in diesem Häuschen wohnen müßte. Seine Augen strahlten auf. Er konnte es sich sehr reizvoll vorstellen – auf vorübergehende Zeit wenigstens –, mit Anita in diesem Idyll zu hausen. Sie würde wohl freilich ihr stolzes Näschen krausziehen, wenn er ihr das zumutete.

83

Er lachte in sich hinein. Wenn sie mich liebt, wie ich sie liebe, würde sie auch mit mir in dies Häuschen ziehen und sich darin glücklich fühlen, dachte er.

Er starrte die Fenster an, die blank und sauber waren, obwohl das Häuschen seit langer Zeit nicht bewohnt war. Die Frau Verwalter hielt auch hier auf Ordnung. Und er hatte eine Art Vision. Er sah im Geist Anitas schönes Gesicht im Rahmen dieses Fensters erscheinen und mit lieblichem Lächeln nach ihm Ausschau halten. Weiße Gardinen blähten sich wie duftige Wolken hinter ihrem herrlichen goldbraunen Haar. Ihre schlanke Gestalt umschloß ein schlichtes Hauskleid mit einer weißen Schürze.

Wie verzückt starrte er auf die Vision.

»So will ich dich sehen, Anita Friesen! Hierher will ich dich führen, sobald du meine Frau geworden bist. Hier in diesem Häuschen sollst du mir angehören. Hier sollst du lernen, wie glücklich man sein kann ohne den Glanz des Reichtums.«

Aber dann schrak er auf. Drüben vom Wirtschaftshof klangen laute Tierstimmen herüber. Er sah um sich, als erwachte er. Und nun flog ein Lächeln über sein Gesicht. »Man wird zum Träumer beim Anblick dieses idyllischen Erdenfleckchens. Wenn Anita meine Frau wird, führe ich sie zuerst in dies kleine Haus – dann erst zum Schloß.«

So sprach er zu sich selbst. Er riß seine Blicke von dem Häuschen los und schritt schnell auf dem Wege dahin, der, wie ihm der Kutscher gesagt hatte, zum Schloß führte.

Nach zehn Minuten hatte er das Parktor erreicht und sah Schloß Lorbach vor sich liegen. Es war im reinsten Barock gehalten und rings von breiten Terrassen umgeben, die in breite, mit Blumenrabatten geschmückte Rasenplätze übergingen.

Diese Rasenplätze gehörten zu einem anscheinend sehr großen Park, den eine Mauer umschloß. Jenseits der Mauer war herrlicher Buchenwald.

Der neue Besitzer all dieser Herrlichkeiten stand an dem hohen schmiedeeisernen Parktor und sah sich mit leuchtenden Augen um. Seltsame Empfindungen bewegten ihn. Ein Gefühl der Rührung überkam ihn. Das war das Vaterhaus seiner Mutter, und aus dieser fast fürstlichen Umgebung war sie hinüber zu dem kleinen Verwalterhaus geeilt, um den Mann ihrer Liebe zu sehen. Dies alles hatte sie ohne Klage hinter sich gelassen und war mit ihm in eine ungewisse Zukunft gezogen. Wie lieb mußte sie seinen Vater gehabt haben! Ob Anita Friesen das auch getan hätte für den Mann ihrer Liebe?

So geliebt zu werden – wie köstlich mußte es sein für einen Mann!

Seine Mutter hatte es nie bereut, ihrem Herzen gefolgt zu sein. Ihr Bruder hatte ihr nur ein sehr bescheidenes Kapital auszahlen lassen – ihr Erbe. Denn damals war Lorbach noch mit hohen Hypotheken belastet gewesen. Diese hatte erst die sehr vermögende Frau seines Onkels abgelöst. Damit war der Reichtum nach Lorbach gekommen.

Und nun fiel das alles ihm zu. Er durfte in Zukunft als Herr hier schalten und walten, wo seine Mutter ihre Jugend verlebt hatte. Wie oft hatte sie ihm von dem schönen stolzen Barockschloß erzählt, von seinen weiten Sälen und Räumen. Es zuckte ihm in den Händen. Er hätte am liebsten an der Glokke gezogen und Einlaß begehrt. Aber er zwang dies Verlangen nieder. Zeit, sich gründlich umzusehen, hatte er doch nicht, und für einen flüchtigen Besuch fehlte ihm die Stimmung. Er wollte das alles lieber erst kennenlernen, wenn Anita sein eigen geworden war. Dann war die Unruhe von ihm genommen.

Mit einem letzten langen Blick auf das schöne Schloß wandte er sich zum Gehen. Er schritt zum Wirtschaftshof hinüber, lauschte lächelnd auf den Klang der Arbeit, auf die aus den Ställen dringenden Tierstimmen und auf das triumphierende Krähen eines stolzen Hahns, der gravitätisch, von seinem Harem umgeben, über den Hof stolzierte.

Ganz heimatlich berührte ihn das alles. Dies war das Milieu, in dem er aufgewachsen war auf dem großen Domänenhof, wo sein Vater als Pächter gesessen hatte.

Eine dralle Magd schritt mit gefüllten Melkkübeln zur Milchkammer und rief einem Knecht, der ein Gespann abschirrte, ein derbes Scherzwort zu. Und drüben im Verwalterhause stand am Fenster eine stattliche, frische Frau, in der Mitte der Vierzig, und schaute erwartungsvoll nach dem Hoftor. Das war wohl die Frau des Verwalters Birkner.

Hans Roland folgte ihrem Blick und sah einen Reiter herankommen. Schnell versteckte er sich hinter einem Gebüsch, damit er nicht gesehen wurde, und betrachtete den Reiter. Es war ein breitschultriger blonder Hüne, das ganze Gesicht mit Sommersprossen bedeckt. Helle Augen leuchteten offen und ehrlich aus diesem Gesicht. Hans war sich klar darüber, daß dies der Verwalter Birkner sein mußte.

Der Mann ließ einen lauten Pfiff ertönen, und die Frau am Fenster nickte ihm lächelnd zu. Ein Knecht kam herbei und führte das Pferd des Verwalters fort.

Hans Roland hörte noch, wie eine laute, markige Stimme Befehle erteilte, dann ging er lächelnd davon, überzeugt, daß sein neuer Besitz in guter Hut war.

Wie einem Kind, das vor Weihnachten schon einen Blick auf die kommenden Herrlichkeiten erhascht hatte, war ihm zumute. Vor dem Häuschen unter der Linde blieb er noch eine Weile stehen und sah in die blanken Fenster hinein. Ein goldgelb gefärbtes Lindenblatt fiel herab und blieb auf dem Ärmel seines Mantels liegen. Er nahm es auf und legte es in seine Brieftasche. Mit einem frohen, befreiten Gefühl ging er weiter. Es war doch schön, daß er Anita Friesen als Herr all dieser Herrlichkeiten entgegentreten konnte! Nun sollte sie ihn nicht mehr Mitgiftjäger schelten. Jetzt konnte er sie überzeugen von der Lauterkeit seiner Gefühle. Und wenn sie ihm dann ihr Jawort gab, wollte er als Beweis ihrer Liebe von ihr fordern, daß sie in den ersten Monaten ihrer Ehe mit ihm ganz bescheiden in dem kleinen Häuschen wohnen sollte, wie er es sich vorhin in seiner traumhaften Stimmung gelobt hatte.

Nun, da seine Geschäfte erledigt waren, wuchs die Sehnsucht nach Anita riesengroß in ihm empor. Aber trotzdem setzte er langsam Fuß um Fuß voreinander, denn der Lokalzug, der ihn wieder nach Gotha bringen sollte, fuhr erst in zwei Stunden von der kleinen Station ab.

Ein Hochgefühl überkam ihn, als er sich sagte: Du gehst hier auf eigenem Grund und Boden. Alles, was du siehst, gehört dir. Einst hatte dies alles seinem Großvater gehört – es war ererbter Besitz. Aber:

»Was du ererbt von deinen Vätern hast,

Erwirb es, um es zu besitzen.«

Das sollte ihm Richtschnur sein. Seine ganze Kraft wollte er einsetzen, um sich dies alles durch Fleiß und Tüchtigkeit zu verdienen.

Zur rechten Zeit kam er auf der kleinen Station an. Das gemächliche Züglein kroch heran, nahm ihn auf und führte ihn nach Gotha. Von dort fuhr er nach Berlin.

Morgen früh wollte er von Berlin aus seine Reise nach Biskra antreten.

Würde es eine Fahrt ins Glück sein?

9

Inzwischen war Anita Friesen in Begleitung Frau Jungmanns längst unterwegs nach Biskra. Diese Reise war von dem herrlichsten Wetter begleitet.

Während der ganzen Fahrt blieb das junge Mädchen sehr still und in sich gekehrt.

Als sie ihre Vaterstadt verlassen hatte, war ein Gefühl in ihr gewesen, als wäre sie einer schweren Gefahr entronnen, und doch lag ihr das Herz wie ein Stein in der Brust. Je weiter sie sich von der Heimat entfernte, desto mehr fühlte sie, daß sie ihr Herz dort zurückgelassen hatte.

Sie mußte immer wieder an ihre letzte Unterredung mit Hans Roland denken. Wenn sie die Augen schloß, sah sie ihn im Geiste vor sich, sah in seine leidenschaftlich flehenden Augen hinein, hörte ihn in so dringender, überzeugender Art von seiner Liebe reden und fühlte wieder den Bann, der von ihm ausging. Dann war ihr zumute, als zöge es sie mit tausend Banden wieder in seine Nähe.

Sie war vor ihm geflohen, vor der rätselhaften Macht, die er auf sie ausübte, und sehnte sich doch nach ihm. Sie schämte sich bis zur Verzweiflung, daß sie den Mann lieben mußte, den sie verachten sollte, und der sie nach der Hochzeit sicher mit ihrer Stiefmutter betrogen hätte.

So war Anita in sehr trüber Stimmung.

Frau Jungmann, die mit Inbrunst die schöne Reise genoß, sah zuweilen besorgt in das blasse, düstere Gesicht ihres Schützlings.

»Sie sehen so müde und abgespannt aus, Anita, fühlen Sie sich nicht wohl?« fragte sie.

Anita schrak zusammen und versuchte zu lächeln. »Ich fühle mich ganz wohl. Vielleicht strengt mich die lange Bahnfahrt ein wenig an. Davon werde ich mich auf der Seereise erholen.«

Nach diesen Worten wandte sie sich ab und sah durch die Fenster des Abteils in den sinkenden Abend hinaus.

Man näherte sich dem Gotthard, und eben begann es zu dunkeln. Die verschneiten Gipfel der Berge flimmerten in zauberischem Glanz im Abendschein.

Viele Reisende gingen zur Ruhe, aber Anita ließ Frau Jungmann allein schlafen gehen. Sie zog es vor, die vorüberziehende Landschaft im Mondschein zu bewundern. Sie fühlte sich der gigantischen Natur gegenüber doppelt einsam und verlassen. Wie feierlich und doch wie kalt und leer lag da draußen das großartige Bergpanorama! So klein und nichtig erschien der Mensch angesichts der unvergänglichen Majestät dieser Bergriesen.

Obgleich der Zug gen Süden fuhr, schien es kälter zu werden. Anita hüllte sich fröstelnd in ihren Reisemantel. Ihre Augen blickten groß und starr, wie die eines hilflosen Kindes, das sich verirrt hat.

Weiter ging die Reise, nach Italien hinein. Wunderbare Landschaften hasteten an Anitas Augen vorüber. Als es Tag wurde, begann die Sonne heiß hernniederzustrahlen. Man näherte sich dem Meer, das blau und dunstig aus der Ferne aufstieg. Aber all die Schönheit, das südliche Kolorit der sonnigen Landschaft, die lachenden Kinder des Südens, vermochten Anitas Herz nicht frei zu machen von der drückenden Last einer Liebe, die nie Erfüllung finden konnte, weil sie sich, wie sie meinte, einem Unwürdigen zugewandt hatte.

Die Fahrt ging über die Riviera nach Marseille. Die Riviera kannte Anita schon von früheren Reisen her. Sie dachte voll Wehmut daran, wie leicht und frei ihr Herz gewesen war, als sie das erstemal an diesem märchenhaft schönen Gestade weilte. Und damals hatte sie schon geglaubt, eine Last mit sich herumzutragen, weil der Vater kurz zuvor eine Stiefmutter ins Haus gebracht hatte. Wie leicht war jene Last gewesen im Vergleich zu der, die jetzt ihre Seele bedrückte!

Dann kamen sie nach Marseille. Ohne Aufenthalt begab Anita sich mit Frau Jungmann an Bord des Dampfers, der sie hinaustrug auf das dunkelblaue Meer, das von leichten weißen Schaumkronen belebt war. Anita blieb den ganzen Tag an Deck und brachte auch, in warme Decken gehüllt, die halbe Nacht oben zu.

Es wölbte sich der Sternenhimmel wie ein majestätischer Dom über ihr, die Wellen rauschten ein monotones Lied und klatschten zuweilen an den Schiffsplanken empor. Das beruhigte sie ein wenig, und zum erstenmal löste sich ihr heimlicher Schmerz in wohltuenden Tränen.

Am anderen Morgen, als die Sonne wie ein roter Glutball am Horizont auftauchte, war Anita schon wieder an Deck.

Ein alter Herr, der sie schon am Tage vorher mit väterlichem Wohlwollen beachtet und sich ihr und Frau Jungmann als Konsul Dalhorst vorgestellt hatte, trat zu ihr heran und erzählte ihr von der Sahara. Er hatte die Reise schon öfter gemacht und den Damen gestern erzählt, daß er seine Frau und seine einzige Tochter durch eine Epidemie verloren hätte und seither so viel wie möglich auf Reisen wäre – um zu vergessen.

Anita unterhielt sich gern mit ihm. Wenn er von seiner verstorbenen Tochter sprach, die er unsagbar geliebt hatte, drängten sich Anita Vergleiche auf. Wie wenig galt *sie* ihrem Vater!

Die Seefahrt verlief ziemlich ruhig. Anitas Wesen wurde frischer. Ein Ausspruch des Konsuls Dalhorst hatte sie seltsam getroffen: »Unheilbar ist nur der Tod. Für alle anderen Leiden gibt es eine Möglichkeit der Heilung.« Es mußte doch auch für ihre Schmerzen eine Linderung geben.

Sie begann sich auf Lori Gordon zu freuen. In deren lustiger Gesellschaft würde sie schon wieder vernünftig werden und dieses entwürdigende Gefühl für Hans Roland niederzwingen.

An einem sonnigen Morgen, als die afrikanische Sonne mit voller Glut herniederbrannte, lief der Dampfer in den kleinen Hafen ein.

Ein buntes, farbenprächtiges Bild entrollte sich nun. Das war ein malerisches Durcheinander von blauen Turkos mit weißen Gamaschen, schwarzglänzenden Negern mit dem roten Fez auf dem Haar, die ihre weißen Zähne zeigten, schreienden Händlern in schmierigen Burnussen, stolz ausschreitenden Arabern und bettelnden Kindern. Fast all diese Menschen gingen barfuß mit einer trägen Gelassenheit einher. Das Ganze war eine lärmende Symphonie von Sonne, Farben und Lärm.

Die beiden Damen wären diesem ohrenzerreißenden Tohuwabohu gegenüber ziemlich hilflos gewesen, wenn sich Konsul Dalhorst nicht ihrer angenommen hätte.

Konsul Dalhorst war ein unschätzbarer Reisebegleiter. Er konnte alles erklären, sorgte für Erfrischungen und Lektüre und hielt lästige Störungen fern. Wenn Anita ihm dankte, sagte er wehmütig: »Lassen Sie mir doch die Freude. Ich habe so selten das Vergnügen, für jemand sorgen zu können, seit ich allein bin auf der Welt.«

Erst gegen Mitternacht kamen sie in der Felsenstadt Constantine an. Vergeblich hatten die Damen bisher nach der Wüste ausgeschaut. Der Konsul sagte ihnen, daß sie sich noch gedulden müßten.

Am anderen Morgen mußten sie sich beeilen, um den Omnibus zu besteigen, der sie zu dem Frühzug brachte, welcher nach Biskra fuhr. Es gab nur diesen einzigen Zug am Tag.

Die Landschaft, durch die der Zug dann fuhr, ließ die Nähe der Wüste ahnen. Dürre Felder, ausgetrocknete Seen, wild zerrissene Felsen und armselige Stationen wechselten miteinander ab. Öde und streng war die Landschaft, steinig und ausgedörrt von der sengenden Sonne. Dann stiegen die Atlasberge höher und höher empor.

Man kam auf der Station Batna an. Hier stieg eine große Jagdexpedition aus, die auf Löwenjagd gehen wollte. Dann erreichte man die Oase El-Kantara, wo sich Konsul Dalhorst von den Damen herzlich verabschiedete und sie noch mit guten Ratschlägen für den Rest der Fahrt ausstattete.

Der Zug kroch in eine starre, kantige Riesenschlucht hinein. Hinter dieser erschien – ein berauschender Anblick nach der Fahrt durch die öde, trockene Wildnis – die Oase El-Kantara. Wie ein Traum von Palmen und märchenhafter Vegetation blühte sie empor.

Anita konnte sich kaum satt sehen. Sie begriff jetzt den Konsul, der ihr vor dem Aussteigen gesagt hatte: »Wer einmal in El-Kantara war, sehnt sich immer wieder dahin zurück. Das werden Sie vielleicht schon begreifen, wenn Sie daran vorübergefahren sind.«

Ja, Anita konnte es begreifen. Es war ein zauberhaftes Bild.

Der Zug rollte weiter, und dann war man wirklich in der Wüste, in diesem gelben, heißen, sengenden Einerlei voll Dürre und Hitze, das die Lippen austrocknet und die Zunge am Gaumen kleben läßt. Und doch fesselt sie den Blick magnetisch und läßt ihn nicht los.

Endlich war Biskra erreicht.

Als Anita mit Frau Jungmann ausstieg, flog etwas Weißes, Schlankes auf Anita zu und fiel ihr um den Hals – Lori Gordon. Sie lachte und weinte in einem Atem.

»Du bist wirklich da, Nita! Ach, Nita, ich habe es nicht eher glauben können, als bis ich dich vor mir sah!« jauchzte die sehr hübsche und graziöse kleine Frau.

Hinter ihr erschien ein großer schlanker Herr in einem kleidsamen Tropenanzug. Es war Fritz Gordon. Er lachte über das ganze sonnengebräunte Gesicht und begrüßte die Damen vergnügt.

»Gottlob, daß Sie gekommen sind, gnädiges Fräulein! Meine kleine Frau hat sich so arg mit dem Heimweh herumgeplagt. Sie wäre mir am Ende noch davongelaufen.«

Frau Lori lachte ihn an und wischte hastig ein paar Tränen fort. »Das erlebst du nicht, Fritz, daß ich dir davonlaufe. Aber sehr glücklich bin ich, daß Nita gekommen ist.«

»Und dafür danke ich Ihnen herzlich, gnädiges Fräulein. Hoffentlich bleiben Sie recht lange bei uns.«

So lieb aufgenommen, fühlte sich Anita gleich wohl und vertraut, als man in dem kleinen weißen Haus gelandet war, das Gordons bewohnten.

Eine Stunde später saß man an einem tadellos gedeckten Tisch, wo eine köstliche Mahlzeit serviert wurde.

Nach dem Essen mußte sich Frau Jungmann zu einer Siesta niederlegen. Fritz Gordon ging seinen Geschäften nach, und die Freundinnen waren allein.

»Bist du müde, Nita? Oder hast du Lust, mit mir zu plaudern?«

»Aber gern, Lori. Ich bin gar nicht müde.«

Lori zog die Freundin erst einmal auf den Balkon, der vor Anitas luftigem Zimmer lag. »Schau dich erst einmal um in deiner neuen Umgebung!«

Die heiße afrikanische Sonne glühte über den flachen Dächern der niedrigen Häuser. Ein seltsamer, fast greifbarer Dunst stieg empor. Hinter den Häusern ragte ein Palmenwald empor, in jenem eigenartig matten Graugrün, das so verschieden von dem satten, frischen Grün der Laubwälder ist. Und am Horizont breitete sich die Wüste aus, ein stummes, starres, geheimnisvolles Meer aus Sand.

Unten auf der Straße balgten sich Kinder, und über sie hinweg schritten in würdevoller Haltung hochgewachsene Araber, jeder wie ein Fürst so stolz und unnahbar. Verhüllte Frauen mit ihren unsicheren, hastenden Schritten glitten vorüber, und mühsam am Stock tastend zogen arme blinde Menschen vorüber, die man in diesen Ländern häufiger trifft als sonst irgendwo.

»Biskra ist eine schwache kleine Kopie von Paris«, sagte

Lori erklärend. »Die Franzosen haben versucht, wenigstens ein etwas verzerrtes Abbild davon in diese Wüste zu verpflanzen. Du wirst fast unmittelbar neben einer ganz unkultivierten Wüstenlandschaft den raffiniertesten Luxus des Okzidents sehen, gemischt mit orientalischer Farbenpracht – und Schmutz, viel Schmutz!«

Anita nickte. »Ja, das habe ich schon vom Hafen aus bemerkt. Wie schade! Der Schmutz liegt wie ein grauer Schleier auf der leuchtenden Pracht.«

»Die sonst aber vielleicht zu leuchtend wäre. Schmutz ist die Patina, die diesem orientalischen Bild erst das Besondere gibt. Da drüben in den mondänen Hotels findest du die Patina nicht. Da gibt es allen abendländischen Komfort, elektrisches Licht, Pariser Toiletten, auf den Terrassen eine elegante Menge. Man kokettiert, plaudert, lacht und flaniert, ganz pariserisch. Im Kursaal findest du neben dem raffinierten Toilettenluxus der Damen Fracks, Uniformen und allerdings auch malerische orientalische Kleidung. Hier gibt es eben ein atemberaubendes Durcheinander von Okzident und Orient. Du wirst das alles bald kennenlernen, meine Nita. Aber jetzt komm wieder ins Zimmer, es ist noch zu heiß hier draußen.« Sie zog die Freundin mit sich hinein, und nun plauderten die beiden nach Herzenslust.

Anita konnte in den nächsten Tagen das Durcheinander von Okzident und Orient gründlich genießen, und auch Frau Jungmann nahm eine gute Kostprobe davon mit, ehe sie nach Verlauf einer Woche wieder abreiste. Gordons lebten in einem sehr geselligen Kreis. In den ersten Tagen kam Anita kaum zur Besinnung, und sie mußte schließlich Lori bitten, eine Ruhepause eintreten zu lassen.

Diese umarmte lachend die Freundin. »War es zuviel, Nita?

Ich hab' dich nur überall herumgeschleppt, damit du nicht auf Fluchtgedanken kommst. Ich möchte dich doch gern den ganzen Winter hierbehalten und habe Angst, daß du dich langweilen könntest.«

Anita sah ernst ins Weite. »Hab' keine Sorge, Lori, ich bleibe bestimmt, bis ihr selbst nach Deutschland zurückgeht. Ich finde es köstlich behaglich in eurem Heim und freue mich, daß wir heute zu Hause bleiben. Frau Jungmann ist auch noch ein Ruhetag zu gönnen vor ihrer Abreise. Nicht wahr, liebe Frau Jungmann, es ist ein wenig zuviel Neues auf uns eingestürmt?«

Die alte Dame nickte lachend. »Es war schon etwas viel. Aber interessant war es doch, und ich werde mein Leben lang davon zehren. Was habe ich durch Sie nicht schon alles zu sehen bekommen, liebe Anita! Dafür kann ich Ihnen gar nicht genug danken – überhaupt für alles, was Sie und Ihr Herr Vater an mir getan haben. Wenn ich Ihnen nur einmal meine Dankbarkeit beweisen könnte!«

Anita wehrte errötend ab. »Ach, Sie beschämen mich. Ich habe nur immerfort Ihre Dienste für mich in Anspruch genommen. Sie dürfen nicht von Dankbarkeit reden.«

Frau Jungmann nickte lächelnd. »Das kenne ich schon – davon wollen Sie nie etwas hören. Aber Frau Gordon weiß auch, wie gut Sie sind.«

Lori umarmte die Freundin. »Ja, Frau Jungmann, ich kenne Nita. Sie hat ein großes, gutes Herz, möchte es aber immer verstecken.«

Anita hielt sich die Ohren zu, und Lori schlug ein anderes Thema an.

Nachdem sich Frau Jungmann zu einer Siesta zurückgezogen hatte, plauderten die Freundinnen von allem, was ihre

Herzen bewegte. Die sonst so zurückhaltende Anita wurde mitteilsam und berichtete Lori von den wenig erfreulichen Verhältnissen daheim, von ihres Vaters Gleichgültigkeit ihr gegenüber und von der Stiefmutter unsympathischem, leichtfertigem Wesen.

Nur über Hans Roland sprach sie nicht. Aber wenn auch sein Name nicht über ihre Lippen kam – ihre Gedanken kamen so wenig von ihm los wie ihr Herz.

Am nächsten Tag reiste Frau Jungmann ab. Anita und Lori gaben ihr das Geleit bis zum Bahnhof, und Fritz Gordon kam im letzten Augenblick auch noch herbei mit einem Korb voll Früchten für die Reise.

10

Anita hatte sich nun schon recht gut eingelebt im Gordonschen Haushalt. Sie merkte sehr wohl, daß das junge Paar nicht mit überflüssigen Glücksgütern gesegnet war, und brachte immer wieder allerlei Geschenke aus den Basaren für Lori mit, um sich für die liebenswürdig gebotene Gastfreundschaft zu revanchieren.

Sie staunte täglich über das sinnverwirrende Durcheinander von Abendland und Morgenland. Die Sitten und Gebräuche der Eingeborenen interessierten sie noch mehr als das mondäne Leben im Kursaal und in den Hotels.

Eines Tages stürzte sie erschrocken ans Fenster. Draußen hatte sich ein wildes Schreien und Lärmen erhoben. Sie glaubte an irgendein furchtbares Ereignis. Aber sie sah dann mit

Erstaunen nichts als einen Festzug, der mit ohrenzerreißendem Lärm durch die Straße tobte. Die Menschen waren mit allerlei buntem Tand geschmückt und gebärdeten sich wie sinnlos vor lauter Daseinswonne. Lori erklärte ihr lachend, ohne Lärm wäre hier kein Fest möglich.

Im Gegensatz zu diesem orientalischen Fest erlebte Anita am Abend im Festsaal eines Hotels eine vornehme pariserische Geselligkeit. Da sah sie die üppige Pracht der verfeinerten weißen Rasse mit ihren überkultivierten Ansprüchen an das Leben, die elegante Leichtigkeit der Menschen, die über das Elend der Unterdrückten lächelnd hinwegtanzten.

Am nächsten Morgen sagte Lori: »Ich habe einige kleine Einkäufe in den Basarstraßen zu machen. Willst du mich begleiten?«

»Selbstverständlich, Lori. Ich komme mit.«

»Gut. Zur Belohnung bleiben wir heute abend zu Hause und genießen vom Dach unseres Hauses den Blick auf Biskra, die Wüste und den Sternenhimmel.«

»Darauf freue ich mich schon. Also, erst den Basarbummel.«

Die Freundinnen suchten die Basare auf. Was Anita gefiel, kaufte sie, teils für sich, teils für Lori. Und mit vollen Händen teilte sie unter das bettelnde Volk Almosen aus.

Lori sagte lächelnd: »Man merkt, daß bei dir das Geld keine Rolle spielt, Nita.«

Diese zuckte die Schultern. »Geld ist so nebensächlich, Lori.«

»Für dich – weil du im Überfluß davon besitzt.«

»Ach, man kann sich nicht eine Minute des Glücks dafür kaufen«, sagte Anita fast schwermütig.

»Aber doch sehr viel, was einem Freude macht. Ich möchte

98

auch mal so recht nach Herzenslust kaufen können, ohne rechnen zu müssen«, sagte die reizende kleine Frau.

»Was würdest du dir dann zum Beispiel hier in diesem Basar kaufen, Lori?« fragte Anita lächelnd.

»Oh, zum Beispiel diesen spinnwebfeinen gestickten Seidenstoff – sieh nur, wie herrlich diese Stickereien gearbeitet sind! Dazu gehört eine jahrelange Arbeit.«

Anita kaufte den Stoff und reichte ihn Lori. Es war genug für ein ganzes Kleid, und doch wog er leicht wie ein Schleier auf der Hand.

»Du mußt das als Geschenk von mir annehmen, Lori.«

Die kleine Frau wurde rot und blaß und wehrte erschrokken ab. »Aber Nita, was denkst du? Das kann ich doch nicht annehmen – so ein kostbares Geschenk.«

»Dann kann ich auch eure Gastfreundschaft nicht annehmen und muß ins Hotel übersiedeln.«

»Untersteh dich!«

»Dann nimm den Stoff.«

»Du hast mir schon so viele Geschenke gemacht.«

»Kleinigkeiten, die nicht der Rede wert sind. Dies ist nun endlich einmal ein Wunsch von dir, den ich erfüllen kann. Kränke mich nicht durch die Ablehnung dieses Geschenkes!«

Lori umarmte die Freundin, unbekümmert um die Menschenmenge ringsum. »Ach, Nita, kränken will ich dich gewiß nicht. Und ich weiß, du gibst von Herzen. Wenn ich dir nun noch sage, daß ich schon lange mit diesem Schleierstoff geliebäugelt habe ... Aber der Stoff kostet ja ein kleines Vermögen.«

»Deine Liebe und Freundschaft ist mir ein viel kostbareres Geschenk. Daran bin ich so arm.«

Lori umarmte sie noch einmal. »Ach, Nita – ich wehre

mich nicht mehr und nehme an. Wie wird mein Fritz staunen! Das wird mein Festkleid, wenn die Bahn nach Touggourt eröffnet wird.«

»Das ist recht. Der Stoff muß ganz weich und schlicht an dir herabfallen, von einem Gürtel gehalten – sieh, dieser silberne Gürtel paßt vorzüglich dazu. Er ist sehr originell in der Zeichnung – den mußt du noch annehmen, dann ist das Festkleid komplett.« Und trotz Loris Wehren kaufte Anita auch noch den Gürtel.

Halb beglückt, halb beschämt, aber reizend in ihrer Freude, packte Lori ihre Schätze ein. Dabei sagte sie: »Danken kann ich dir erst daheim – sonst gibt es hier einen Aufstand. Und wenn die bettelnden Kinder merken, wie leichtsinnig du hier Unsummen verschenkst, dann lassen sie uns nicht mehr lebendig durch. Deine Freigebigkeit sperrt uns ohnedies schon die Passage.« Und energisch scheuchte Frau Lori die kleinen aufdringlichen Straßenbettler zur Seite.

Unterwegs wurden sie noch von einer Gauklerbande aufgehalten, die mitten auf der Straße, allen Verkehr hemmend, ihre Kunststücke zeigte. Diese erregten erst Anitas Staunen, dann ihren Abscheu, als die Gaukler sich die Wangen mit Nadeln durchstachen und Messer schluckten.

Sie zog Lori mit sich fort. »Das ist abscheulich – laß uns gehen!« sagte sie.

Als sie nach Hause kamen, war soeben auch Fritz Gordon heimgekehrt. Lori zeigte ihm glückstrahlend die Geschenke Anitas.

Er küßte die kleine Frau. »Lori, du glühst ja vor Freude! Gnädiges Fräulein, eigentlich müßte ich Sie ja auszanken und meiner Frau die Annahme solcher Geschenke untersagen. Aber Loris glückstrahlenden Augen gegenüber kann ich das nicht. Leider war ich bisher nicht in der Lage, ihr solche Kostbarkeiten zu kaufen.«

Anita wehrte lachend ab und lief in ihr Zimmer, um sich für die Mittagstafel zurechtzumachen.

Das junge Ehepaar blieb allein. Lori drapierte sich vor dem Spiegel mit dem Schleierstoff und hielt den Gürtel darüber. »Ist das nicht märchenhaft schön, Fritz?«

Er sah sie neckend an. »Ich sehe eine reizende, eitle kleine Frau.«

»Gefällt sie dir nicht?«

»Ach, Lori, zum Anbeißen bist du, ob mit oder ohne Schleierstoff!«

Sie warf den Stoff hin und schloß ihm den Mund mit ihren Lippen. Er preßte sie fest an sich. Dann sagte er aufatmend:

»Darf ich nun dein Interesse noch für etwas anderes als für den Schleierstoff in Anspruch nehmen?«

»Für was denn, Fritz?«

»Denke dir, ich habe heute hier einen Studienfreund getroffen, soeben frisch aus Deutschland angekommen! Ich hatte am Bahnhof zu tun, als der Zug einlief, und sah ihn aussteigen. Ich traute meinen Augen nicht.«

»Ach, wie nett ist das! Was will er denn in Biskra?«

»Das hat er mir noch nicht verraten. Es war eine sehr drollige Begegnung. Ich sah ihn plötzlich im Gedränge der Ankommenden. Wir stutzten beide zu gleicher Zeit und hielten uns gleich darauf an den Händen.

›Fritz Gordon – du hier in Biskra?‹ rief er mit fassungslosem Staunen.

›Wie du siehst, mein Junge – ich bin so frei‹, erwiderte ich.

›Was tust du hier?‹

›Ich baue eine Bahn nach Touggourt. Und du?‹

101

›Ich? Oh, ich bin sozusagen zu meinem Vergnügen hier – oder sagen wir, in einer privaten Angelegenheit, von der ich vorläufig nicht sprechen will.‹

›Sollte dies etwa eine weibliche Angelegenheit sein?‹

Er wurde ernst. ›Bitte, frage mich jetzt nicht. Sag mir lieber, ob es außer dir noch mehr deutsche Ingenieure in Biskra gibt?‹

›Nein.‹

›Bist du verheiratet – ich meine, hast du eine junge Frau mit nach Biskra gebracht?‹

Ich sah ihn staunend an. ›Ja – aber –‹

Da umarmte er mich plötzlich ganz aufgeregt. ›Das ist ja großartig, Fritz, ganz großartig! Ich darf euch doch besuchen? Ich bin natürlich sehr gespannt, deine Frau Gemahlin kennenzulernen. Mensch, mach keine Othelloaugen, ich bin ganz ungefährlich, vollständig anderweitig engagiert – für alle Zeiten. Aber du mußt mich einladen, auf der Stelle!‹

›Mein Sohn, dich scheint ja die Wüstensonne schon ein wenig angegriffen zu haben, aber ich denke doch, ich kann es wagen, dich meiner Frau als leidlich vernünftigen Europäer vorzustellen. Also, wir erwarten dich heute abend und mit tausend Freuden. Meine Frau wird sich mit mir freuen. Den üblichen Antrittsbesuch kannst du dir schenken, meine Damen sind wahrscheinlich nicht zu Hause. Sie machen Einkäufe.‹

›Deine Damen? So ist deine Frau Gemahlin nicht allein?‹ fragte er sofort hastig.

›Nein‹, antwortete ich, ›sie hat seit kurzem den Besuch einer deutschen Freundin. Das trifft sich famos, daß auch du nun gekommen bist. Jetzt sind wir zu vieren.‹

Er nickte strahlend. ›Wundervoll, Fritz, ich freue mich un-

sagbar! So viel Glück hatte ich nicht erhofft – ich komme natürlich.‹

Ich sage dir, Lori, er war wahrhaftig ganz außer sich vor
Freude, daß er mich hier getroffen hat. Er ist mein liebster
Studienfreund gewesen, und es hat mir leid getan, daß wir uns
aus den Augen verloren hatten. Also, kurz und gut – er
kommt heute zum Abendessen. Es ist dir doch recht?«

»Natürlich, Fritz. Wie heißt er denn?«

Fritz Gordon wollte antworten, schlug sich aber plötzlich
auf den Mund. »Ach so – das soll ich ja nicht verraten!«

»Du sollst nicht verraten, wie er heißt?« fragte Frau Lori
erstaunt. »Aber warum denn nicht?«

»Weiß ich nicht.«

»Das ist doch sonderbar.«

Fritz Gordon sah nachdenklich vor sich hin. »Hm, du hast
recht – das ist ein bißchen sonderbar. Es ist mir nicht aufgefallen in der Wiedersehensfreude, aber jetzt erscheint es mir
auch seltsam. Du brauchst ihm deshalb nicht etwa mißtrau-
isch entgegenzusehen. Er ist ein famoser Mensch. Vielleicht
hängt es mit seiner privaten Angelegenheit zusammen, daß er
inkognito bleiben will. Und ich freue mich, daß er da ist, Lori
– so wie du dich auf deine Freundin gefreut hast. Nicht wahr,
mein Schatz?«

Frau Lori sah zwar ein wenig nachdenklich aus. Aber dann
ließ sie sich von der Freude ihres Gatten anstecken.

Jetzt kam auch Anita zu Tisch. Lori rief ihr entgegen:

»Wir bekommen heute abend Besuch, Nita! Ein Studienfreund meines Mannes ist heute in Biskra eingetroffen.«

Anita ahnte nicht, daß diese Nachricht irgendwelche Bedeutung für sie haben könnte, und die Unterhaltung drehte
sich um andere Dinge.

Nach Tisch wurde die übliche Siesta gehalten. Am Spätnachmittag half Anita der Freundin ein wenig bei den Vorbereitungen für die Abendtafel. Das tat sie sehr gern. Da Lori in ihrem Haushalt mancherlei nicht gern den Dienstboten überließ, hatte sie immer Beschäftigung, und Anita machte es viel Spaß, ihr zu helfen.

»Ich beneide dich um all die lieben Pflichten, Lori. Du weißt doch, wozu du auf der Welt bist. Ich bin ein nutzloses Ding«, sagte sie.

Lori lachte hell auf. »An dieser Überzeugung krankst du ja schon lange, Nita. Aber ich weiß, daß du für viele Menschen sehr notwendig bist. Vorläufig mal in der Hauptsache für mich. Und jetzt hilfst du mir die Mayonnaise rühren. Wir wollen heute abend Ehre einlegen bei meines Mannes Studienfreund. Hoffentlich ist er nett und auch uns sympathisch, damit wir harmonieren.«

»Das will ich wünschen, Lori«, sagte Anita ganz ahnungslos.

Der Studienfreund, den Fritz Gordon getroffen hatte, war natürlich Hans Roland. Er war heute in Biskra angekommen, mit der Absicht, Anita zu suchen. Als er nun gleich am Bahnhof seinen Studienfreund Fritz Gordon erkannte, stieg die Vermutung in ihm auf, daß dieser der Gatte von Anitas Freundin sein könnte. Er hatte Fritz Gordon seit einigen Jahren nicht gesehen. Während ihrer Studienzeit waren sie beide innig befreundet gewesen, aber dann hatte sie das Leben auseinandergeführt.

Und nun wurde es ihm so leicht gemacht, wieder mit Anita in Verbindung zu treten!

Voller Aufregung nahm er, nachdem er sich von Fritz Gordon getrennt hatte, Wohnung im Hotel Royal. Er konnte die

Zeit bis zum Abend kaum erwarten. Lange vor der verabredeten Stunde machte er Toilette und wartete in nervöser Unruhe auf den Diener, den Fritz ihm hatte schicken wollen, damit er ihn führen konnte.

Pünktlich ließ der Diener sich bei ihm melden.

Fritz Gordons Haus lag, wie das Kurhaus und die vornehmen Hotels, in Neu-Biskra. Der Weg war nicht weit, aber es wäre für den Neuangekommenen doch schwer gewesen, sich durch das Gewirr von Gassen und Gäßchen zu finden. Es war ziemlich still um diese Zeit auf den Straßen. Träge lagen die Kamele mit ihren Treibern auf der Straßenseite, die im Schatten gelegen hatte. Niemand bedurfte ihrer jetzt.

Die Eingeborenen lagerten in ihrer weißen Kleidung unter den Dattelpalmen. Hier und da sang einer von ihnen eine monotone Melodie.

Von der Wüste herüber klang das Gelächter der Hyänen, das Bellen der Schakale. Und dazwischen kreischten mit heiserem Schrei die Nachtvögel.

Eine tiefe Erregung brannte in Hans Roland. Nun würde er in wenigen Minuten Anita wiedersehen – endlich, endlich! Wie würde sie ihn aufnehmen? Absichtlich hatte er Fritz Gordon gebeten, seinen Namen zu verschweigen. Anita sollte nicht vorbereitet sein auf sein Kommen. Ganz plötzlich wollte er vor ihr stehen und in ihren Augen lesen, was sie bei diesem Wiedersehen empfand.

Aufatmend betrat er, an dem sich tief verneigenden Diener vorübergehend, das Haus. Dieser führte ihn durch einen hallenartigen, luftigen Vorraum in das Empfangszimmer und ging dann, um ihn den Herrschaften zu melden.

Mit klopfendem Herzen hatte Hans Roland das Zimmer betreten. Es war wie alle Räume des Hauses mit wenigen leichten Möbeln ausgestattet und ganz luftig gehalten. Als er unruhig um sich blickte, hörte er einen leichten Schritt, ein Vorhang wurde beiseite geschoben, und eine schlanke, weißgekleidete Mädchengestalt schritt über die Schwelle.

In seinem Herzen schrie es auf wie jubelnde Erlösung – da stand Anita Friesen vor ihm.

Sie hatte geglaubt, das Zimmer wäre leer. Nun sah sie sich plötzlich einem hochgewachsenen Herrn gegenüber. Sie blickte in sein Gesicht – und wich mit aufgehobenen Händen zurück. Leichenblaß war sie geworden, und aus ihren Augen leuchtete ein Ausdruck, der ihn erschütterte. Angst, Not, jubelnde Freude und hilfloses Staunen, das alles lag in diesem Blick. In diesem Moment wußte er es gewiß – Anita Friesen liebte ihn und war nicht nur vor ihm, sondern auch vor sich selbst geflohen. Nun schwankte sie zwischen Freude und Entsetzen hin und her.

Eine Weile standen sie so stumm einander gegenüber und sahen sich an. Und in diesem Augenblick stand Anitas Stolz nicht Wache. Schmerz zuckte in ihren Augen auf. Der unerwartete Anblick des Mannes, den sie zu ihrer Qual lieben mußte, hatte sie aller Selbstbcherrschung beraubt.

Aber nur wenige Augenblicke hatte sie die Macht über sich verloren. Sie richtete sich auf, und ihre Lippen wurden schmal.

Er kam ihr zuvor und verneigte sich. »Gnädiges Fräulein, gestatten Sie mir, daß ich Sie begrüße.«

Sie vermochte wieder ihre kühle, abweisende Miene zu zeigen. »Herr Doktor, Sie sehen mich erstaunt und befremdet. Ich darf mir wohl nach dem, was zwischen uns geschehen ist, die Frage erlauben: Was wollen Sie hier?«

Seine Augen senkten sich mit einem leidenschaftlichen

Ausdruck in die ihren. »Was ich hier will? Habe ich Ihnen nicht gesagt, daß Sie mich überall auf Ihrem Weg finden sollen? Ich bin gekommen, um meine Bewerbung um Ihre Gunst fortzusetzen – um Sie, kraft meiner Liebe, zu zwingen, mich wiederzulieben. Sie haben mich einen Mitgiftjäger geheißen. Die Beleidigung trage ich noch ungesühnt mit mir herum. Hier bin ich. Sie müssen Ihren Verdacht zurücknehmen. Ich bin Ihnen gefolgt, weil ich Sie liebe, unsagbar liebe – und werde Ihnen bis ans Ende der Welt folgen, bis Sie mein eigen geworden sind!«

Sie stand wieder wie gebannt. Seine Worte schmeichelten sich in ihr Herz. Oh, daß sie ihm glauben könnte! Aber nein – er war der reichen Erbin nachgereist, um sie dadurch zu rühren. Frau Erika hatte ihm wohl verraten, wo sie zu finden war. Es war ein schändliches Spiel, das die beiden trieben! Mit einem verächtlichen Zurückwerfen des Kopfes sagte sie, so ruhig sie konnte: »Sie haben die weite Reise umsonst gemacht, Herr Doktor.«

Er sah aber doch, wie sie mit sich kämpfen mußte. Auch er zwang sich zur Ruhe. »Ich glaube es nicht, gnädiges Fräulein.«

Sie biß die Zähne zusammen. Ihr Gesicht flammte.

Aber ehe sie noch ein Wort erwidern konnte, trat Fritz Gordon ein. Er begrüßte den Freund und stellte ihn seiner Frau vor. Dann wandte er sich an Anita.

»Ich sehe, die Herrschaften haben sich bereits begrüßt und wohl auch bekannt gemacht –«

»Das war gar nicht nötig, Fritz. Ich habe die Ehre, Fräulein Friesen bereits zu kennen, da ich in ihrem elterlichen Hause verkehrte.«

Fritz Gordon lachte harmlos. »Die Welt ist klein! Man

trifft sich überall. Das hatten Sie sich wohl nicht träumen lassen, gnädiges Fräulein, daß Sie hier in Biskra zufällig einen Bekannten treffen würden?«

Auch Anita hatte sich gefaßt. Sie sah nur noch sehr bleich aus. »Nein, Herr Gordon, das hatte ich mir nicht träumen lassen.«

Hans Roland hatte inzwischen der Frau des Hauses die Hand geküßt. »Gnädige Frau, rechnen Sie es mir bitte nicht zur Sünde an, daß ich so formlos in Ihre Häuslichkeit falle! Fritz hat mir versprochen, alle Schuld auf sich zu nehmen.«

Lori lachte ihn fröhlich an. »An dieser Schuld soll mein Mann leicht tragen, Herr Doktor. Ich freue mich herzlich, Sie bei uns zu sehen. Als Freund meines Mannes und als Bekannter meiner Freundin sind Sie mir ja kein Fremder mehr. Ich hoffe, wir werden uns recht oft Ihrer Gesellschaft erfreuen.«

»Sie dürfen ganz über mich verfügen, gnädige Frau. Ich weiß mit meiner Zeit nichts Besseres anzufangen, als sie Ihnen widmen zu dürfen.«

»Aber nun sag mal, Hans, weshalb sollte ich denn den Damen deinen Namen nicht nennen?« fragte Fritz harmlos.

Mit einem seltsamen Blick sah Hans zu Anita hinüber. »Das möchte ich dir jetzt noch nicht sagen, Fritz.«

Frau Lori schien weniger begriffsstutzig als ihr Mann und fragte schnell ablenkend: »Sie sind auf einer Vergnügungsreise in Biskra, Herr Doktor?«

Wieder sah Hans Anita an. Und auch diesen Blick fing Frau Lori auf.

»Nicht eigentlich zu meinem Vergnügen, gnädige Frau. Ich habe hier eine Mission zu erfüllen. Aber sie wird mich nicht aus Ihrer Nähe führen.«

Frau Lori war eine kluge Frau. Sie sah, daß Anita sehr blaß war und daß ihre Augen wie im Fieber leuchteten. Sie erriet, daß der Freund ihres Mannes nur Anitas wegen gekommen war.

Sie ließ sich aber nichts anmerken und plauderte unbefangen, damit keine Verstimmung aufkam. Sie merkte sehr wohl, daß eine heimliche Spannung zwischen den beiden Menschen bestehen mußte. Anita war außergewöhnlich stolz und abweisend, und Hans Roland erschien ihr unruhig und erregt, obwohl er sich beherrschte und zur Unbefangenheit zwang. Seine Augen hingen fast unverwandt an Anitas blassem Antlitz.

Dank Frau Loris taktvoll diplomatischen Bemühungen verlief der Abend heiter. Fritz Gordon war vergnügt, fast übermütig, und auch Hans Roland zeigte sich angeregt und lebhaft. Die Herren erzählten lustige Schnurren aus ihrer Studienzeit. Fritz Gordon war immer sehr knapp mit Geldmitteln versehen gewesen, und Hans hatte oft aushelfen müssen.

»Er hat es auch stets ohne Wimperzucken getan, obwohl er ja auch kein Krösus war. Und wenn ich Gewissensbisse bekam, pflegte er zu sagen: ›Sei kein Frosch, Fritz! Solange ich habe, hast du auch, und bis der Mammon alle ist, verdienen wir längst ungezählte Reichtümer. Wir werden uns doch um das dumme Geld keine Sorgen machen, das ist ja gar nicht wichtig genug.«

So erzählte Fritz Gordon. Hans sprach schnell von etwas anderem. Aber Anita hatte ihn mit einem forschenden Blick gestreift. Jetzt mußte er wohl seine Ansicht über das Geld geändert haben, jetzt erschien es ihm so wichtig, daß er sich selbst verkaufen wollte – um Geld.

Sie war im Gegensatz zu den anderen sehr still und vermied

es, mit Hans Roland zu sprechen. Richtete er eine direkte Frage an sie, gab sie ihm kurze, kühle Antworten.

Fritz Gordon dachte harmlos: Fräulein Friesen hat eben doch die Launen einer reichen Erbin. Wenn sie auch sehr liebenswürdig zu Lori und mir ist – ein bißchen netter könnte sie schon zu Hans sein!

Nach Tisch begaben sich die vier Menschen auf das flache Dach des Hauses, wo leichte Gartenmöbel aufgestellt waren. Ein wunderbarer Sternenhimmel spannte sich über die Wüste, und die Luft war lau und balsamisch.

Anita lehnte still und in sich gekehrt in einem Sessel und sah zum Himmel empor, und Hans Roland ließ seine Augen in schmerzlicher Innigkeit auf ihr ruhen.

Sie fühlte diesen Blick. Er quälte sie. Und sie atmete auf, als Hans Roland sich eine Stunde später entfernte.

Schnell verabschiedete auch sie sich von Gordons und eilte in ihr Zimmer. Dort warf sie sich auf ihr Lager und vergrub das Gesicht in den Händen.

»Wie soll ich es ertragen, täglich mit ihm zusammen zu sein?« fragte sie sich verzweifelt.

11

Zwei Wochen waren vergangen, seit Hans Roland nach Biskra kam. Unentwegt warb er heimlich um Anitas Gunst, und ebenso unentwegt begegnete sie ihm kalt und abweisend. Sie vermied es mit großer Geschicklichkeit, allein mit ihm zusammenzutreffen, obwohl er sich um ein solches

Alleinsein bemühte. Und obgleich ihn dieses Ausweichen quälte, weil er sich nicht mit ihr aussprechen konnte, erfüllte es ihn doch mit neuer Hoffnung.

Eines Tages war ein gemeinsamer Ritt in die Wüste geplant. Es war Sonntag, und Fritz Gordon war den ganzen Tag frei.

Man brach sehr frühzeitig auf, ehe die Sonne zuviel Macht bekam. Auf einen Führer verzichtete man, da Fritz Gordon die Umgebung genau kannte und als zuverlässiger Führer galt.

Die kleine Kavalkade ritt zuerst nach der Oase Osara. In deren Nähe begegnete ihr eine große Karawane. Das war ein neues Schauspiel für Hans und Anita. Staunend sahen sie den langen Zug von beladenen Kamelen und Treibern an sich vorüberziehen. Auf einigen Tieren saßen in langen Burnussen die arabischen Händler, denen die Waren gehörten.

Anita sah der Karawane noch eine Weile gedankenverloren nach. Plötzlich bemerkte sie, daß Hans Roland dicht neben ihr hielt und anscheinend mit ihr sprechen wollte. Da riß sie am Zügel und beeilte sich, wieder ihren Platz zwischen Lori und ihrem Mann einzunehmen wie bisher.

Hans Roland folgte mit düsterem Gesicht und ritt an Frau Loris Seite weiter.

In Osara wurden die Tiere getränkt und gefüttert, und dann setzten die Reiter sich zu einem Imbiß und einer Siesta nieder.

Man hatte auf Fritz Gordons Rat Proviant mitgenommen, denn was man in den Hütten und Zelten der Eingeborenen bekam, war nicht ganz einwandfrei. Während die vier jungen Leute in guter Stimmung tafelten, kamen die Kinder der Eingeborenen herbei und starrten neugierig auf die Fremden. Und als von der Mahlzeit Reste übrigblieben, die man den

Kindern überließ, stürzten sie sich mit lautem Geschrei darüber her.

Fritz Gordon gebot, nachdem sie genügend ausgeruht hatten, daß sich Hans, wie er selbst, die Touristenflasche mit kaltem Tee füllte und die Damen ein kleines Körbchen mit Früchten und Keks an den Sattel schnallten.

»Sonst brauchen wir nichts mitzunehmen. Den Rest unseres Proviants lassen wir in Osara zurück; den essen wir, wenn wir aus der Wüste zurückkommen«, sagte er.

Während Fritz Gordon und seine Frau den Proviant in einer Hütte in Verwahrung gaben, trat Anita an ihr Pferd heran. Sogleich war Hans an ihrer Seite, um sie in den Sattel zu heben.

Anita zögerte, als er ihr die Hand hinhielt, in die sie ihren Fuß setzen sollte. Aber da Fritz Gordon noch nicht zur Stelle war, mußte sie diesen Kavalierdienst von ihm annehmen. Dabei stieg ein heißes Rot in ihr Gesicht.

Mit einem kräftigen Schwung hob er sie in den Sattel, ohne sie anzusehen. Aber sie merkte, daß seine Stirn sich jäh rötete und seine Zähne sich zusammenbissen. Das war keine Komödie, daran blieb ihr kein Zweifel. Gleichgültig konnte er ihr nicht gegenüberstehen. Wollte sein Gefühl von Frau Erika abirren? Diese Frage verursachte ihr Herzklopfen.

»Haben Sie sonst noch Wünsche, gnädiges Fräulein?« fragte er und sah zu ihr auf.

Sie erschrak. Seine Stimme klang heiser, und seine Augen brannten in heißer Sehnsucht zu ihr empor.

Sie schüttelte stumm den Kopf und ritt einige Schritte weiter, um aus seiner Nähe zu kommen. Die Richtung, die sie nehmen wollten, hatte Fritz Gordon bereits angegeben. Hans sprang schnell auf sein Pferd und ritt ihr nach.

Jetzt traten Gordons aus der Hütte und gingen zu ihren Pferden. Anita wandte sich zögernd um. Sie wollte es gern so einrichten, daß sie wieder zwischen dem Ehepaar zu reiten kam. Hans merkte das, und ganz dicht an sie heranreitend, stieß er erregt hervor: »Jetzt lasse ich mich nicht wieder von Ihrer Seite verdrängen!« Es klang herrisch und zornig vor Erregung.

Ihre Augen flammten auf. »Das werden wir sehen!« sagte auch sie erregt und trieb ihr Pferd zu schneller Gangart an.

Fritz Gordon wollte inzwischen seine Frau in den Sattel heben. Sie machte sich am Gurt zu schaffen und sagte mit schelmischem Lachen: »Du, Fritz, ich glaube, wir tun den beiden da vorn einen Gefallen, wenn wir uns ein wenig in Abstand halten.«

Erstaunt sah er sie an. »Lori, du hörst wohl wieder mal das Gras wachsen?«

Sie nickte. »Es wächst ziemlich geräuschvoll.«

»Ich hab' nichts gehört.«

»Dazu gehören andere Ohren als deine, mein dummer Fritz.«

»Elfenöhrchen, Lori«, neckte er zärtlich und küßte verliebt das rosige kleine Ohr seiner Frau, während er sie emporhob. Und dann sagte er behaglich: »Nun, wenn du denkst, daß wir den beiden einen Gefallen tun, können wir ja ein wenig bummeln.«

Sie nickte befriedigt. »Ich denke, Fritz.«

Er stieg auf. »Gar zu weit dürfen wir aber nicht zurückbleiben, wir kommen jetzt in den Irrgarten der Wüste. Da kann man sich leicht zwischen den Sandhügeln verlieren, wenn man nicht genau Bescheid weiß. Und außer mir hat niemand einen Kompaß.«

Anita hatte ihr Pferd inzwischen schnell ausgreifen lassen, um Hans Roland zu entfliehen. Aber er blieb an ihrer Seite. Endlich rief er erregt: »Geben Sie es doch auf, mir zu entfliehen – es hilft Ihnen ja doch nichts!«

Da richtete Anita sich jäh empor. Dunkle Glut schoß in ihr Gesicht. Und plötzlich riß sie an den Zügeln und ließ die Reitpeitsche auf das Pferd herabsausen. Es bäumte sich auf und jagte dann in wildem Tempo davon.

Hans Roland erschrak. Aber geistesgegenwärtig trieb auch er sein Pferd zur schnellsten Gangart an, nicht mehr nur deshalb, um den Platz an ihrer Seite zu behaupten, sondern weil er in Sorge war, daß Anita sich zu weit in die Wüste hineinwagte. Sie jagte dahin wie in wilder Flucht und hatte weiter keinen Gedanken, als schnell aus seiner Nähe zu kommen.

Fritz Gordon sah, wie die beiden dahinsausten. Sie waren schon sehr weit entfernt. »Was ist das? Die beiden sind wohl unklug geworden! Wenn sie nicht endlich ihr Tempo aufgeben, verschwinden sie hinter den Sandbergen. Das ist doch heller Wahnsinn!«

»Ach, Fritz, sie werden schon anhalten – du siehst ja, sie wollen allein sein.«

Fritz Gordon schüttelte besorgt den Kopf. »Sie ahnen nicht, wie gefährlich das ist. Vorwärts, Lori – wir müssen ihnen nach!«

Er ließ einen Warnungspfiff ertönen, um Hans und Anita zu mahnen. Aber dieses Signal verklang wirkungslos. Die beiden erregten Menschen stürmten unaufhaltsam weiter. Hans hatte wohl den warnenden Pfiff vernommen, und er begriff zugleich, daß es gefährlich war, weiter in die Wüste hineinzureiten. Aber er durfte Anita nicht allein lassen.

114

Frau Lori sah nun an der finster zusammengezogenen Stirn ihres Mannes, daß wirklich Gefahr bestand, und auch sie trieb nun ihr Pferd an. Fritz pfiff wieder und wieder. Und plötzlich stieß er einen Schreckensruf aus – Hans Roland und Anita Friesen waren verschwunden, als hätte sie der Boden verschluckt.

Hans Roland war der wie sinnlos dahinstürmenden Anita so schnell wie möglich gefolgt. Als er nach längerer Zeit auf einen Augenblick den Kopf wandte, um zu sehen, wo Gordons blieben, sah er diese nicht mehr. Gelbe Sandhügel waren zwischen ihnen emporgewachsen. Jetzt begriff er die Größe der Gefahr. Wohin er blickte, sah er nichts als diese Sandhügel, die einander so ähnlich waren und jede Möglichkeit einer Orientierung ausschlössen.

Er rief Anita an, so laut er konnte. Aber obwohl sie seinen Ruf vernahm, jagte sie weiter.

So blieb Hans nichts übrig, als sein Pferd anzutreiben und sie einzuholen, um sie gewaltsam am Weiterreiten zu hindern.

Da er eine Weile gezögert hatte, war sie ein gutes Stück voraus. Fast im Steigbügel stehend schoß er dahin – ihr nach. Aber Anita war eine brillante Reiterin und ritt ein gutes Pferd. Nur langsam kam er ihr näher.

So flogen sie hintereinander her, immer tiefer hinein in die Wüste, immer mehr Sandberge zwischen sich und Gordons legend, die völlig von ihrer Spur abgekommen waren.

Endlich, nach einer letzten, wilden Kraftanstrengung erreichte Hans Roland die Fliehende, und Seite an Seite mit ihr reitend, griff er mit eiserner Faust in die Zügel und hielt ihr Pferd an.

Sie schrak auf aus ihrer sinnlosen Angst. »Was erlauben Sie sich?«

Er zwang beide Pferde zum Stehen. »Keinen Schritt weiter!« gebot er hart und zornig.

»Lassen Sie mein Pferd los!« gebot sie heiser vor Erregung.

»Nein.«

»Ich will weiterreiten!« rief sie außer sich.

Nun wurde er ruhig. Dann sagte er langsam: »Bitte, sehen Sie sich erst einmal um.«

Anita gehorchte unwillkürlich. Und sie erschrak, als sie rings um sich nichts als gelbe Sandhügel sah.

»Wo sind Gordons?« fragte sie unsicher.

Er atmete tief auf. »Das weiß Gott! Haben Sie nicht gehört, daß Fritz Gordon uns immerfort Warnungssignale gab?«

»Nein, ich habe es nicht gehört.«

»Haben Sie auch mein Rufen nicht vernommen?«

Sie errötete jäh. »Ja – das habe ich gehört.«

»Damit wollte ich Sie warnen, weiterzureiten. Wenn ich nicht mein Pferd bis zum äußersten angestrengt hätte, um Ihnen folgen zu können, dann wären Sie jetzt mutterseelenallein in dem Labyrinth der Wüste. Freilich – mit meiner Gesellschaft dürfte Ihnen auch nicht sehr gedient sein. Wir sind jedenfalls von unseren Begleitern abgeschnitten und ohne Kompaß und Wegweiser dem blinden Zufall preisgegeben.«

Sie erblaßte jäh und sah ihn unsicher an. »Gordons müssen doch in der Nähe sein.«

»Sie vergessen, daß wir seit mindestens einer halben Stunde wie toll geritten sind. Jedenfalls müssen wir versuchen, sie wiederzufinden. Anscheinend haben wir eine andere Richtung eingeschlagen zwischen den Sandhügeln, und wenn wir unsere Begleiter nicht zufällig wiederfinden, ist unsere Lage nicht sehr erfreulich.«

Sie sah betreten um sich. »Das habe ich nicht geahnt. Ich –

ich wollte mein Pferd ausgreifen lassen – es ritt sich so gut auf diesem weichen Boden.«

Es zuckte um seine Lippen. »Seien Sie nur ehrlich – Sie wollten meine Nähe fliehen wie die eines Pestkranken. Was habe ich Ihnen nur getan, daß Sie mich so quälen? Aber nein, seien Sie ganz ruhig – jetzt wollen wir von diesen Dingen nicht reden. Kommen Sie, wir wollen auf die höchste Stelle dieser Sandwellen hinaufreiten und Umschau halten. Vielleicht finden wir unsere Begleiter.«

Ohne ein Wort der Entgegnung folgte sie ihm.

Oben angekommen, sahen sie sich um, aber auch hier sahen sie nichts als das gelbe Einerlei, auf das die Sonne erbarmungslos herabbrannte. Hans Roland pfiff und rief, so laut er konnte, nach allen Seiten, und Anita rief Loris Namen. Aber es war, als verschlinge die Wüste diese Laute; sie verklangen, ohne daß ihnen darauf Antwort wurde. Unheimlich still war es rings um sie her.

»Wir müssen zurückkehren, müssen versuchen, dieselbe Richtung einzuhalten. Unsere einzige Hoffnung ist jetzt, die Oase Osara zu erreichen«, sagte Hans, so ruhig er konnte.

Und wieder folgte Anita gehorsam seiner Weisung. Sie ritten nun nach der Richtung, aus der sie gekommen zu sein glaubten. Aber Hans Roland verhehlte sich im stillen nicht, daß sie ebensogut die entgegengesetzte Richtung eingeschlagen haben konnten. Sie befanden sich wirklich in einem Irrgarten.

Immer wieder rief und pfiff er laut nach allen Richtungen. Aber alles blieb still. Ein furchtbares, lastendes Schweigen umgab sie. Sie wagten nicht, miteinander zu sprechen.

Über eine Stunde waren sie so geritten, als Hans Roland die Pferde anhielt. Er sah ein, daß sie die Richtung nach der Oase

117

verfehlt hatten. Es war ja auch fast unmöglich, ohne Kompaß eine bestimmte Richtung einzuhalten in diesem ewig gleichbleibenden und doch ewig veränderlichen Einerlei. Mit blassen Zügen wandte er sich zu seiner Begleiterin.

»Wir haben uns verirrt. Hätten wir die rechte Richtung eingeschlagen, müßten wir längst in Osara sein.« Anita begriff zwar noch immer nicht die Tragweite dieses Geschehnisses, aber sie ahnte nun doch, daß ein Verirren in der Wüste nicht gefahrlos war.

Hans hütete sich, sie mehr als nötig zu beunruhigen. Sie empfand es quälend, so lange mit ihm allein sein zu müssen, und war doch froh darum. Ihr Stolz verließ sie mehr und mehr.

»Wie ist es nur möglich – wir sind doch gewiß denselben Weg zurückgeritten«, sagte sie.

Hans lächelte ein wenig. »Mir scheint, hier sind alle Wege gleich. Und ganz gewiß sind wir nach einer anderen Richtung geritten.«

»Was sollen wir nun tun?« fragte sie ängstlich.

Er zog seinen Browning, den er für alle Fälle hier stets bei sich trug, aus der Tasche.

»Ich werde versuchen. Gordons durch Schüsse ein Zeichen zu geben. Freilich werden sie dasselbe getan haben, ohne daß wir es hörten. Bitte, schweigen Sie jetzt ganz still – wenn ich einen Schuß abgegeben habe, müssen wir lauschen, ob uns von irgendwo Antwort kommt.«

Sie nickte nur und hielt den Atem an. Er hob den Browning empor und gab einen Schuß ab. Er verhallte über der Wüste. Aber keine Antwort kam, nichts war zu hören.

Nach einer Weile wollte Hans einen neuen Schuß abgeben, aber plötzlich ließ er den Arm sinken. Nein, er durfte nicht verschwenderisch mit der Munition umgehen. Fünf Schüsse hatte er noch in seiner Waffe. Wenn er mit Anita nicht herausfand aus diesem Wüstenlabyrinth, bevor die Nacht kam, dann würde er vielleicht seine Munition zu anderen Dingen brauchen. In der Nacht erwachten die Raubtiere der Wüste und suchten nach Opfern.

Er steckte die Waffe wieder zu sich. »Warum schießen Sie nicht noch einmal?« fragte Anita beklommen, während ihr das Herz in einer unbestimmten Angst bis zum Hals schlug.

Er sah sie mit gut gespieltem Gleichmut an. »Es hat keinen Zweck. Wenn man den ersten Schuß nicht gehört hat, wird man auch den zweiten nicht hören. Und – ich möchte für alle Fälle nicht ohne Munition sein.«

Ihre Lippen zuckten. »Glauben Sie, daß uns Gefahr droht? Lori hat mir von Raubtieren erzählt, die nachts umherstreifen, und von wilden Beduinenstämmen, die räuberische Überfälle auf Reisende unternehmen.«

Er wußte, daß diese Gefahren wirklich bestanden, doch er sagte: »So weit sind wir keinesfalls von Osara entfernt, daß wir das fürchten müßten.«

Zum erstenmal sah sie ihn jetzt mit einem großen, ernsten Blick an, in dem weder Hochmut noch Kälte lag. »Sie wollen mich beruhigen. Aber wenn Sie so sicher wären, wie Sie scheinen wollen, würden Sie die übrigen Schüsse aus Ihrer Waffe abgeben.«

»Fürchten Sie sich?« fragte er weich und sah sie mit einem Blick voll Liebe an, der sie erbeben machte.

Sie wollte antworten: »Ich fürchte mich nicht, solange Sie bei mir sind.« Aber sie schwieg und schüttelte nur den Kopf.

Er sah nach der Uhr. Sie ritten nun schon seit Stunden in der Wüste umher, und die Sonne brannte unbarmherzig herab. Beide wurden von Durst gequält und sprachen es doch nicht aus.

»Wir werden jetzt die Tiere laufen lassen, wie sie wollen. Ihr Instinkt bringt sie uns vielleicht eher zur Oase als unser hier so ganz versagender Orientierungssinn. Können Sie sich noch eine Weile auf dem Pferde halten?«

Sie lächelte matt. »Eine Weile wird es noch gehen«, sagte sie und konnte doch kaum die Lippen bewegen vor Durst.

Ihm erging es nicht anders. Ihre Qual bedrückte ihn noch mehr als seine eigene. Sie hatten ja nur die kleine Flasche mit kaltem Tee und einige Früchte und Kekse bei sich. Das mußte eingeteilt werden. Aber sein ganzes Sinnen und Denken ging dahin, ihr so lange wie möglich die Unruhe fernzuhalten.

Als sie aber nun immer blasser wurde, sagte er leichthin: »Haben Sie noch keinen Durst, gnädiges Fräulein?«

Sie atmete tief auf. Ihre Augen brannten wie im Fieber. »O ja, er quält mich furchtbar.«

»Aber warum sagen Sie das nicht?«

»Ich will Sie nicht berauben – ich weiß doch, daß Sie auch nur eine einzige Flasche Tee bei sich haben.«

»Der ist aber nicht für mich allein bestimmt gewesen. Warten Sie, ich gebe Ihnen zu trinken.«

Sie hielten an, und er füllte sorglich einen winzigen Becher mit Tee. »So, mehr bekommen Sie jetzt nicht – für den Fall, daß wir noch eine Weile ausharren müssen«, scherzte er.

Sie trank den Becher mit einem durstigen Zug leer. »Gottlob, das war ein Labsal – nur zu wenig.«

»Wir müssen haushalten.«

»Aber Sie müssen auch trinken – Sie müssen ja ebenfalls durstig sein.«

Er steckte die Flasche fort und schüttelte den Kopf. »Nein, ich bin nicht durstig.«

Aber sie glaubte ihm nicht. Sie fühlte plötzlich mit Sicherheit, daß er nur nicht trinken wollte, um den kleinen Vorrat nicht zu erschöpfen – um ihn für sie zu verwahren. Das berührte sie ganz seltsam.

Und zugleich kam nun die Angst an sie herangekrochen vor der Gefahr, in der sie schwebten.

Hans kämpfte heldenhaft gegen seinen Durst an. Dann sagte er: »Gestatten Sie, daß ich eine Zigarette rauche?« Damit hoffte er den Durst zu bannen.

Sie nickte stumm und sah von der Seite in sein energisches Gesicht, als er sich die Zigarette anzündete.

»Wollen Sie nicht auch rauchen, gnädiges Fräulein?«

Damit hielt er ihr seine Zigarettentasche hin. Sie sah, daß diese nur halb gefüllt war, und schüttelte den Kopf.

»Nein, ich danke.« Schweigend ritten sie weiter, den Tieren freien Lauf lassend, wohl wieder eine Stunde lang. Dann sah er aber, daß Anita totenbleich wurde und im Sattel schwankte. Er hielt an, faßte ihr Pferd am Zügel und sagte besorgt: »Sie sind erschöpft – wir müssen Rast halten.«

Ohne ihre Antwort abzuwarten, sprang er vom Pferde und hob sie aus dem Sattel. Er machte ihr in dem weichen, heißen Sand mit den Händen ein Lager zurecht. »So – nun legen Sie sich hier ein wenig nieder und versuchen zu schlafen. Es ist das beste, wenn wir jetzt rasten, bis der Abend kommt. Sobald die Sterne am Himmel stehen, kann ich mich nach ihnen richten. Sie werden uns den Weg nach Norden zeigen, den wir suchen müssen, um aus der Wüste herauszukommen. Irgendwo werden wir dann landen.«

Sie sah erschrocken zu ihm auf. »Bis zum Abend? Mein

Gott – wir können doch nicht im Dunkeln in der Wüste bleiben!«

Er versuchte zu lächeln. »Vielleicht gelingt es Gordon vorher, uns zu finden. Wenn nicht, müssen wir freilich darauf gefaßt sein, noch am Abend in der Wüste zu sein. Jetzt müssen Sie jedenfalls ruhen. Seien Sie folgsam, zur Belohnung bekommen Sie noch ein Schlückchen Tee.«

Ihre Augen glänzten auf. »O ja, mich dürstet sehr. Aber jetzt trinke ich nicht eher, bis auch Sie einen Schluck genommen haben.«

Mit heimlicher Sorge sah er auf das kleine Fläschchen. Wie, wenn sie auch am Abend noch nicht aus der Wüste fanden? »Ich habe wirklich keinen Durst, ich rauche ja.«

Sie schüttelte matt den Kopf. »Das glaube ich nicht. Sie wollen nur nicht trinken, um den Rest für mich aufzuheben.«

Seine Augen leuchteten auf. »So viel Großmut trauen Sie mir also doch zu?«

»Sie sind ritterlich – das muß ich zugeben«, sagte sie leise.

»Anita!« Es schlüpfte ihm wider seinen Willen dieser geliebte Name über die Lippen.

Sie sah sich angstvoll um, als suchte sie einen Weg zur Flucht.

Er trat rasch zurück und bat leise: »Nein, nein – verzeihen Sie, daß ich Sie bei einem Namen nannte, der mir so teuer ist. Seien Sie ganz ruhig; solange wir allein in der Wüste sind, sollen Sie kein Wort von meiner Liebe hören. Ich gebe Ihnen mein Wort, daß ich Ihre Notlage nicht ausnützen werde. Legen Sie sich zur Ruhe nieder, ich werde Sie bewachen. Die Pferde bieten Ihnen ein wenig Schatten vor der sengenden Sonne. Schlafen Sie ruhig einige Stunden. Ich werde Sie wekken, wenn wir weiterreiten können. Auch die Pferde müs-

122

sen ruhen. Zum Glück sind sie in der Oase reichlich getränkt worden; sie werden hoffentlich noch eine Weile aushalten.«

Sie hatte noch ein Becherchen mit Tee bekommen. Nun zog er seinen Reitrock aus und legte ihn auf die Ruhebank aus Sand, damit Anita ihren Kopf darauf legen konnte.

Sie war todmüde und vermochte nicht zu widerstehen. So legte sie sich in den Sand, wie sie es in ihrer Heimat an heißen Sommertagen so oft an der Ostsee getan hatte. Aber hier fehlte leider der erfrischende Hauch des Meeres.

Sie sah noch, daß sich Hans Roland nicht weit von ihr entfernt niedersetzte und sich eine neue Zigarette anzündete. Mit einem zärtlich-sorgenden Blick sah er sie an. Da schloß sie die Augen, um diesem Blick auszuweichen. Sie mußte denken, wie seltsam es war, daß sie in der Nähe dieses Mannes ein so unbedingtes Gefühl des Geborgenseins haben konnte.

Noch einmal sah sie zu ihm hinüber, und wieder traf sie sein Blick. Sie nahm ihn mit in den Traum hinüber.

Nach wenigen Minuten verrieten ihre tiefen Atemzüge, daß sie eingeschlummert war.

Still saß er neben ihr und schaute mit einem andächtigen Gefühl in ihr schönes, ruhiges Gesicht. Er wußte, daß er diese Stunde nie vergessen würde, mochte er so alt werden, wie er wollte.

Augenblicklich freilich hatte er keine Aussicht auf ein hohes Alter. Er war sich sehr wohl bewußt, daß er und seine Begleiterin von tausend Gefahren umlauert waren, die ihnen ein schnelles Ende bereiten konnten.

Wie eigenartig war die Situation, in der er sich befand! Da neben ihm ruhte die Frau, die er liebte mit allen Fasern seines Seins, um die er seit Monaten warb in unentwegter Beharr-

123

lichkeit, weil er fühlte, daß ihr Herz nichts wußte von der Kälte, die sie ihm zeigte.

Er war ihr gefolgt – bis in die sengende Wüste. Wie, wenn er diese nicht wieder mit ihr verlassen konnte? Wenn sie vielleicht tagelang herumritten, wie sie es jetzt stundenlang getan? Wenn sie verdursteten oder gefräßigen Raubtieren zum Opfer fielen? Ein Schauer flog ihm über den Rücken, als er sich ausmalte, welche Qualen und Strapazen Anita noch beschieden sein könnten. Nicht an sich dachte er, nicht um sich sorgte er – Anita galten alle seine Sorgen und Ängste.

Der Durst quälte ihn und brachte ihm fieberhafte Phantasien. Mit Gewalt riß er sich davon los.

Unsinn, sich solchen Befürchtungen hinzugeben! Fort mit aller Verzagtheit! Gottlob, am Sternenhimmel wußte er gut Bescheid. Er hatte immer viel Interesse für Sternenkunde gehabt und an den letzten Abenden in Biskra eingehend die Sternenbilder bewundert in ihrer wundervollen Klarheit. Die Sterne würden ihm den Weg zeigen, auch wenn es Fritz Gordon nicht gelang, ihm zu Hilfe zu kommen. Wie würden sich die Freunde um sie sorgen und ängstigen!

So saß er und bewachte Anitas Schlummer. Der Durst plagte ihn mehr und mehr, seine Lippen waren vertrocknet, und die Zunge klebte ihm am Gaumen. Aber er rührte die Flasche nicht an. Der Rest Tee mußte für Anita bleiben. Wenn ihn nur seine Geisteskräfte nicht verließen! Vielleicht half es ihm, wenn er eine von den Früchten verspeiste? Er entschloß sich, eine Frucht zu verzehren. Sie war saftig und labte ihn, so daß er sich frischer fühlte.

12

Die Sonne sank mit rotgoldener Glut im Westen nieder über dem Sandmeer. Und mit dem jähen Übergang zwischen Tag und Nacht, wie er in tropischen Gegenden üblich ist, kam die Dunkelheit.

Hans Roland weckte Anita mit leisem Anruf, ehe es ganz dunkel wurde. Ihre Lider bewegten sich, sie atmete unruhiger. Noch einmal rief er sie an und beugte sich über sie. Da schlug sie die Augen auf und lächelte zu ihm auf – so süß und hold, wie er es bisher nur im Traum gesehen. Er hätte in aller Not und Sorge laut aufjauchzen mögen über dieses Lächeln.

Aber schnell wurde ihr Blick klarer, das Bewußtsein kam zurück. Sie richtete sich hastig auf und war sogleich im klaren über ihre Lage.

»Mein Gott, es beginnt ja schon zu dunkeln! Wie lange habe ich geschlafen?«

»Drei Stunden fast, gnädiges Fräulein. Leider mußte ich Sie wecken, denn sobald die Sterne klar erkennbar sind, müssen wir aufbrechen. Wie fühlen Sie sich?«

Sie strich sich über die Stirn. »Ich habe ein wenig Kopfweh, aber sonst fühle ich mich frisch und ausgeruht. Es ist gottlob auch kühler geworden. Nur – Hunger und Durst habe ich. Es ist geradezu entsetzlich.«

Er entnahm dem Körbchen einige Früchte und Kekse.

»Hier ist Ihr Souper. Ein Schelm gibt mehr, als er hat. Das können Sie noch in Ruhe verzehren, ehe wir aufbrechen.«

Sie sah dankbar zu ihm auf. Es rührte sie, wie sorglich er war. »Aber Sie müssen auch etwas zu sich nehmen.«

»Habe ich schon getan, während Sie schliefen.«

Forschend sah sie ihn an. »Ist das auch wahr? Bitte, zeigen Sie mir unseren ganzen Vorrat!«

Er hielt ihr das geöffnete Körbchen hin. Sie sah hinein. »Ich habe es selbst eingepackt und weiß, was es enthielt. Sie haben nichts gegessen als eine einzige Frucht. Jetzt nehme ich keinen Bissen, bevor Sie nicht zulangen.«

»Ich habe wirklich weder Hunger noch Durst.«

»Das kann ich Ihnen nicht glauben. Also, bitte – wir wollen redlich teilen.«

Es lag eine weiche Bitte in ihrer Stimme und ihren Augen. Er hätte ihr die Hände dafür küssen mögen. Die Erregung drohte ihn zu überwältigen. Er sprang auf und sagte hastig: »Sehen Sie mich nicht so an – ich bin auch nur ein Mensch!« Damit trat er von ihr fort, an die Pferde heran.

Sie war erschrocken und blickte betroffen zu ihm hinüber. Dann schloß sie das Körbchen und wollte es am Sattel ihres Pferdes befestigen.

»Warum essen Sie nicht?« fuhr er sie fast zornig an.

»Weil Sie nicht essen.«

»Aber begreifen Sie doch – es ist unser letzter Proviant. Ich bin besser als Sie an Strapazen gewöhnt und brauche wirklich noch nicht zu essen.«

Sie schüttelte den Kopf.

Da gab er nach, nahm eine Frucht und einen Keks, und sie gab genau acht, daß er es auch verzehrte. Erst dann nahm auch sie von den Früchten und aß sie mit Behagen.

Inzwischen war die Nacht schnell herabgesunken, und das Sternenzelt spannte sich wie ein hoher Dom über die Wüste. Aber nun erwachte auch, wie von einem Zauberstab berührt, ein unheimliches Leben ringsum. Rätselhafte Schreie ertönten, als riefen verirrte Kinder in höchster Not um Hilfe, dazwischen klang gellend heiseres Gebell der Schakale. Lautlose Schemen huschten dicht an ihnen vorüber durch die bisher so lastende Stille. Wie Gespenster glitten zahllose Affen über den Wüstensand, und plötzlich glühten dicht vor ihnen zwei Raubtieraugen. Anita schrie auf und drängte sich an Hans Rolands Seite. Da verschwanden die Augen.

Hans hielt seinen Browning schußbereit und beruhigte Anita.

»Das sind harmlose Tiere. Seien Sie ganz ruhig, ich habe ja für den Notfall meine Waffe. Deshalb sparte ich meine Schüsse. Und dies zahlreiche Getier gibt mir die Hoffnung, daß wir nicht weit von einer Oase entfernt sein können. Lassen Sie uns jetzt reiten.«

Er hob die leise zitternde Anita in den Sattel und gab ihr die Zügel. Dann sprang er selbst auf.

»Bleiben Sie an meiner Seite«, gebot er. Das hätte er nicht nötig gehabt. Anita drängte ihr Pferd dicht an das seine.

Aufmerksam hatte er die Sterne betrachtet. Wie zur Probe ließ er die Tiere eine Weile gehen, wie sie wollten, und merkte erfreut, daß sie dieselbe Richtung einschlugen, die er nach dem Stand der Sternbilder gewählt hätte. Nun wurde er sicher und ließ die Pferde schneller ausgreifen.

Mehr als einmal zuckte Anita angstvoll zusammen, wenn unheimliche Schatten über ihren Weg streiften. Er beruhigte sie, so gut er konnte. »Solange ich meine Waffe habe, brauchen Sie nichts zu fürchten«, sagte er.

»Werden Sie jetzt den rechten Weg aus der Wüste finden, Herr Doktor?« fragte sie mit angsterstickter Stimme.

Er zeigte sich ganz zuversichtlich. »Seien Sie unbesorgt, aus der Wüste führt uns der Weg bestimmt hinaus, denn wir halten direkt nach Norden. Ich weiß nur nicht, wie lange wir noch reiten müssen, bis wir an menschliche Behausungen kommen. Es kann sich um einige Stunden handeln, vielleicht auch weniger.«

Kaum hatte er das gesagt, da zuckten sie plötzlich beide zusammen. Durch die Stille der Nacht klang aus weiter Feme ein leise knallender Laut.

Wie neu belebt richtete sich Hans Roland im Sattel empor. »Das war ein Schuß! Es müssen Menschen in der Nähe sein! Vielleicht ist es Fritz Gordon selbst, der ihn abgab.«

Erregt wandte sich ihm Anita zu. »So geben Sie doch Antwort – schießen Sie doch!«

Er wollte es tun, drückte aber dann doch nicht ab. »Nein – es könnten auch wilde Beduinen sein, die auf der Jagd sind, oder sonst irgendwelches räuberische Gesindel. Es ist klüger, wenn wir uns vorläufig nicht bemerkbar machen. Wir reiten nur dem Schall des Schusses nach, der übrigens genau aus der Richtung kam, in die wir streben.«

Sie ließen nun ihre Pferde noch schneller ausgreifen. Die Tiere schienen selbst den Trieb zu haben, sich zu beeilen.

Nach einer Weile tönte aus derselben Richtung abermals ein Schuß, und dann wieder einer, und wieder einer, immer näher.

In schweigender Erregung ritten die beiden Menschen weiter in der Richtung, aus der die Schüsse tönten. Und dann – Anita schrie leise auf, und Hans Roland stieß einen stöhnenden Atemzug aus –, in der Ferne tauchten Lichter auf, die sich hin- und herbewegten. Das waren Menschen, die Fackeln trugen und aufgeregt durcheinanderliefen.

Scharf und forschend sah Hans Roland hinüber. Und plötzlich jauchzte er laut auf. Er hörte einen Signalpfiff – denselben, den er in der Studienzeit so oft mit Fritz Gordon gewechselt hatte.

128

»Das ist Gordon!« jubelte er. Nun schoß auch er in die Luft und pfiff laut und gellend den gleichen Signalpfiff.

Drüben stutzten die Fackelträger, dann stürmten sie ihnen entgegen. Allen voran ein Reiter, der ebenfalls eine Fackel schwang, Schuß um Schuß wie in wildem Jubel abgab und abwechselnd rief und pfiff, als wäre er von Sinnen. Das war Fritz Gordon.

Hans Roland sah im Schein der anstürmenden Fackeln in Anitas bleiches, erregtes Gesicht. »Wir sind gerettet – gottlob, daß Ihr Leben nicht mehr in Gefahr ist!« stieß er heiser hervor.

Sie hörte den tiefen Herzenston aus seinen Worten und sah ihn stumm, mit unruhigem Forschen an. Dann reichte sie ihm plötzlich impulsiv die Hand.

»Ich danke Ihnen. Durch meine törichte Flucht hatte ich uns beide in Gefahr gebracht – ich weiß, wie groß diese Gefahr war, obwohl Sie es mir nicht zeigen wollten. Ich danke Ihnen aus vollem Herzen, Herr Doktor!«

Er zog leuchtenden Auges ihre Hand an seine Lippen. »Daß Sie in Sicherheit sind, ist mein schönster Dank«, sagte er erregt.

Sie konnte ihm nicht antworten, wollte es wohl auch nicht.

Wie der Wind kam jetzt Fritz Gordon herbeigerast und riß, vor ihnen haltmachend, ihnen fast die Arme aus den Gelenken.

»Gott sei Lob und Dank! Herrschaften, was habt ihr uns für Sorge und Angst gemacht! Meine Frau ist der Auflösung nahe und weint sich fast die Augen aus. Nun kommt schnell, damit sie ihre Sorge los wird!«

Die Leute mit den Fackeln – Einwohner von Osara, die Fritz Gordon mobil gemacht hatte, um die Vermißten zu suchen, was seit langen Stunden vergeblich geschah, waren herbeigekommen und bezeugten auf naive Weise ihre Freude. Es war geradezu rührend anzusehen.

Die Geretteten, mit Fritz Gordon an der Spitze, ritten nun die letzte Strecke bis Osara in schnellster Gangart. Nach einer Viertelstunde sahen sie die Oase vor sich liegen.

Frau Lori kam ihnen in furchtbarer Aufregung entgegen und schluchzte laut auf, als sie Hans und Anita erblickte. Jetzt löste sich auch Anitas Nervenanspannung in Tränen. Es gab ein aufgeregtes Fragen und Berichten. Hans und Anita mußten ihre Erlebnisse schildern, und Gordons erzählten, was sie alles versucht hatten, die Verschwundenen aufzufinden.

»Wie vom Erdboden wart ihr beide mit einemmal verschwunden, und ich bin vor Angst und Unruhe fast um den Verstand gekommen, Nita. Wie gut, daß wenigstens Doktor Roland bei dir war! Wenn du dich allein verirrt hättest, wäre es noch viel furchtbarer gewesen. Mein einziger Trost war, daß er bei dir war«, sagte Frau Lori.

»Ja, Lori – das war auch mein einziger Trost«, erwiderte Anita leise. Und zu Fritz Gordon gewendet fuhr sie fort: »Ich allein bin schuld, daß Sie so viele Aufregungen hatten. Ich hatte freilich keine Ahnung, daß ich mich in so große Gefahr begab. Herr Doktor Roland hatte das besser erkannt und war mir trotzdem gefolgt, um mich nicht allein zu lassen. So habe ich auch ihn in Gefahr gebracht. Das werde ich mir nie verzeihen.«

»Nun, Gott sei Dank ist alles noch gut abgelaufen, gnädiges Fräulein. Angenehme Stunden haben wir freilich alle nicht hinter uns. Aber nun müssen Sie essen und trinken, Sie werden hungrig und durstig sein«, erwiderte Fritz Gordon.

130

»Vor allen Dingen durstig«, sagte Hans Roland aufatmend, »mir ist, als sei ich ganz ausgedörrt.«

Mit einem wunderbaren Behagen löschten die beiden Menschen ihren Durst mit dem klaren Oasenwasser. Auch die Pferde wurden getränkt.

Die vier wiedervereinten Menschen saßen noch lange beisammen vor einer Hütte, die ihnen als Herberge dienen sollte. Heute nacht war an eine Rückkehr nach Biskra nicht zu denken. Man wollte am nächsten Morgen gleich nach Sonnenaufgang aufbrechen. Für die beiden Damen hatte Fritz Gordon in der Hütte ein primitives, aber wenigstens reinliches Lager bereiten lassen. Die Herren wollten vor der Hütte im Freien kampieren.

Frau Lori verabschiedete sich von ihrem Mann mit einem zärtlichen Kuß.

»Ist nun alles wieder gut, Lori?« fragte Fritz Gordon.

Sie küßte ihn noch einmal. »Gottlob, ja! Ach, Fritz, ich hätte nie mehr eine ruhige Stunde gehabt, wenn Anita und deinem Freund etwas zugestoßen wäre!«

Hans sah bei dem zärtlichen Abschied der beiden Anita mit einem seltsamen Blick an. All sein heißes Sehnen, seine ganze tiefe Liebe lag darin. Sie fühlte ein brennendes Weh in sich aufsteigen, weil sie diesen Mann nicht lieben durfte, wie es ihr Herz ersehnte. Ach, daß sie doch hätte an ihn glauben dürfen, daß sie doch nie gesehen hätte, was sie nicht vergessen konnte! Aber immer wieder sah sie ihn im Geist in den Armen ihrer Stiefmutter.

Trotzdem reichte sie ihm jetzt die Hand. »Ich danke Ihnen nochmals für Ihren Schutz, Herr Doktor. Bitte, verzeihen Sie mir, daß ich auch Sie in Gefahr brachte. Ich wollte es nicht«, sagte sie leise.

Er zog ihre Hand an seine Lippen. »Es bedarf keiner Verzeihung. Ich bin sehr glücklich, daß ich Ihnen dienen durfte«, erwiderte er, und seine Augen hielten sie im Bann, so daß sie sich losreißen mußte.

Als die beiden Damen in der Hütte allein waren, sah Lori ihre Freundin forschend an. »Nita, ich will mich nicht in dein Vertrauen drängen – aber ich möchte gern wissen, was trennend zwischen dir und Doktor Roland steht. Ich fürchte, du quälst dich und ihn mit irgend etwas, das ich nicht ergründen kann. Nur weil ich euch helfen möchte, bringe ich das zur Sprache. Kann ich nicht helfen? Ich möchte es so gern.«

Da fiel Anita der Freundin um den Hals. »Liebe, Gute, du kannst mir nicht helfen – kein Mensch kann es tun! Und ich kann dir auch nicht sagen, was zwischen uns steht. Aber ich bin sehr, sehr unglücklich, daß ich dies Hindernis nicht wegräumen kann.«

Lori streichelte sie sanft und fragte: »Kann auch er es nicht hinwegräumen, Nita? Er liebt dich, seine Augen verraten es, wenn er dich ansieht. Er liebt dich!«

Anita starrte vor sich hin. Konnte es denn nicht sein, allem zum Trotz, daß er sie liebte? Hatte er vielleicht nur mit ihrer Stiefmutter geflirtet, wie es junge Männer mit leichtfertigen Frauen tun, ohne daß ihr Herz stark dabei beteiligt ist? Konnte er nicht erst die wahre Liebe kennengelernt haben, als sie ihm begegnet war.

Ach, wenn sie doch an ihn und seine Liebe hätte glauben dürfen! Aber sie konnte nicht von dem Mißtrauen loskommen, daß ihr Reichtum allein ihn anlockte, daß sein Herz der anderen gehörte. Wäre sie arm gewesen – ja, dann hätte sie vielleicht an seine Wandlung glauben können.

Sie seufzte tief auf und schüttelte den Kopf. »Nein, Lori,

132

auch er kann es nicht wegräumen. Bitte, quäle mich nicht mit Fragen. Hilf mir durch dein stillschweigendes Verständnis – und laß mich nicht mit ihm allein. Nur eins will ich dir noch anvertrauen: Doktor Roland ist meinetwegen nach Biskra gekommen. Er hatte daheim um meine Hand angehalten, und ich habe ihn abweisen müssen. Er will es erzwingen, daß ich seine Frau werde; aber ich kann und darf es niemals sein. So, Lori, nun weißt du so viel, wie ich dir anvertrauen darf – und nun laß die Dinge gehen und quäle mich nicht mehr.«

»Meine arme Nita, wie sehr bedaure ich dich – denn ich fühle, daß du ihn liebst. Ich will darum beten, daß dies böse Hindernis zwischen euch beseitigt wird. Du und er – ihr paßt so vollkommen zusammen, da ist alles höchste Harmonie. Nein, nein, ich sage nichts mehr – mache nicht so ein gequältes Gesicht, mein liebes Herz! Und nun wollen wir schlafen. Das war ein aufregender Tag. An diesen Ausflug in die Wüste werde ich denken bis ans Ende meiner Tage. Gute Nacht, liebste Nita.«

»Gute Nacht, meine Lori.«

13

Am nächsten Morgen, gleich nach Sonnenaufgang, ritten Gordons mit ihren Gästen nach Biskra zurück. Fritz Gordon hatte noch Zeit, schnell daheim ein Frühstück einzunehmen, dann mußte er seine Arbeitsstätte aufsuchen.

Hans Roland hatte sich vor Gordons Haus verabschiedet und war zum Hotel geritten. Man hatte ihn dort schon mit einiger Besorgnis vermißt, da es bekannt war, daß er mit Gordons einen Wüstenritt unternommen hatte. Er legte sich noch einige Stunden zur Ruhe.

Das gleiche hatten auch die beiden Damen getan. Anita hatte fest und ruhig geschlafen, als sie von Lori geweckt wurde.

»Nita, es ist ein Telegramm für dich gekommen. Ich hätte dich sonst noch schlafen lassen.«

Anita erhob sich rasch. »Ein Telegramm?« fragte sie und griff nach dem Papier.

Sie öffnete es und las – dann taumelte sie auf Lori zu und starrte sie an mit entsetzt geöffneten Augen.

»Um Gottes willen, Nita, hast du eine schlechte Nachricht erhalten?«

»Lori – mein Vater –, mein Vater –, das ist ja furchtbar!« stieß sie zitternd hervor und fiel kraftlos in einen Sessel, Lori die Depesche reichend.

Diese las erschrocken: »Bankhaus Friesen Konkurs. Vater tot. Fehlgeschlagene Spekulation. Alles verloren. Weiteres abwarten.   Erika.«

Lori umfaßte Anita voll heißen Erbarmens. »Meine arme Nita – wie soll ich dich trösten?« sagte sie erschüttert.

Anita schüttelte wie geistesabwesend den Kopf. »Ich kann das nicht fassen, Lori. Mein Vater – tot? Und wie ist er gestorben? Bankhaus Friesen Konkurs – Lori, was mag da geschehen sein?«

Sie stützte verzweifelt den Kopf in die Hand und starrte vor sich hin.

Sie hatte ihrem Vater innerlich nie sehr nahegestanden. Er hatte immer eine kühle Atmosphäre um sich verbreitet und wenig Verständnis für sie gehabt. Und seit er der willenlose

134

Sklave seiner zweiten Frau geworden war, hatte Anita ihn auch nicht mehr so hoch achten können wie früher. Aber nun fühlte sie doch, daß sie ihn liebgehabt hatte, und daß es ihr Schmerz bereitete, ihn verloren zu haben. Und sie mußte sich zitternd fragen: Starb er von eigener Hand? Es konnte kaum anders sein. Er hatte wohl den Fall seines Hauses nicht überleben wollen, und er mußte keinen Ausweg zur Rettung mehr gefunden haben.

Jetzt fiel ihr wieder ein, wie blaß und abgespannt der Vater in letzter Zeit immer wieder ausgesehen hatte. Sicher hatte er da schon mit Sorgen zu kämpfen gehabt. Und er hatte alles allein getragen. Oh, daß sie ihn hätte trösten können – vielleicht wäre dann das Furchtbare nicht geschehen!

»Vater tot –« Wie entsetzlich nahmen sich diese beiden Worte aus auf dem verhängnisvollen Papier!

Und dann mußte Anita daran denken, daß diese Nachricht auch eine Umwälzung in ihr Leben bringen würde. Nur konnte sie noch nicht den ganzen Umfang der Veränderung, die ihr bevorstand, begreifen.

Lori suchte sie zu trösten und streichelte ihr Haar. »Wenn ich dir doch helfen könnte, meine Nita!« sagte die kleine Frau ehrlich betrübt. Auch sie mußte sich sagen, daß der Tod von Anitas Vater unter diesen Umständen schwere Folgen für die Freundin haben mußte.

Lange Zeit saß Anita da wie vernichtet. Endlich raffte sie sich auf aus ihrem Schmerz und strich sich das Haar aus der Stirn. »Wenn ich doch nur erst ausführliche Nachricht hätte, Lori! Die Ungewißheit ist schrecklich. Was mag geschehen sein? Hat mein Vater selbst seinem Leben ein Ende gemacht? Es hat keinen Zweck, wenn ich jetzt abreise. Bis ich heimkomme, ist mein Vater längst beerdigt. Ist es nicht jammervoll, Lori, daß ich meinem Vater so wenig galt, daß er mir nicht einmal seine Sorgen anvertraute? Wäre ich doch daheim geblieben!«

»Du hättest den Lauf der Dinge auch nicht aufhalten können.«

»Vielleicht nicht. Aber Abschied hätte ich doch nehmen können von meinem Vater. An meiner Stiefmutter hat er sicher keinen Trost gehabt – sie hat ihn ja nicht geliebt. Aber vielleicht hat ihn gerade die Verzweiflung, daß er ihr nicht mehr alle Wünsche erfüllen konnte, ins dunkle Nichts getrieben. Ach, Lori – wie entsetzlich ist das alles!«

»Ich kann dir nachfühlen, wie sehr du erschüttert bist, Nita. Und dazu kommt die Sorge um deine eigene Zukunft. Wird dein Vater sie einigermaßen sichergestellt haben?«

Anita schüttelte den Kopf. »Das glaube ich nicht. Hier steht es ja: Alles verloren. Wenn meinem Vater noch so viel Kapital geblieben wäre, wie er brauchte, um meine Zukunft sicherzustellen, hätte er den Kopf nicht so ganz verloren. Er hätte doch von neuem anfangen können. Bei seiner geschäftlichen Tüchtigkeit wäre er sicher wieder emporgekommen. Nein, nein – es ist wohl alles verloren.«

»Mein Gott, was soll denn aus dir werden? Du bist so verwöhnt, hast das Geld immer mit vollen Händen ausgeben können. Was soll nun werden?«

Mit einem trüben Blick sah Anita zu der Freundin auf. »Darüber habe ich noch gar nicht nachgedacht. Ja, Lori, ich werde lernen müssen, sparsam zu sein und mich auf eigene Füße zu stellen. Aber denke dir, das erscheint mir gar nicht so furchtbar. Nur weiß ich nicht, ob ich genug gelernt habe, um damit mein Brot zu verdienen. Und leicht wird es natürlich nicht sein, etwas für mich zu finden. Aber das scheint mir nicht das schlimmste. Irgendwie werde ich schon mein Fortkommen finden, wenn ich mich erst an den Gedanken gewöhnt habe. So viele Tausende müssen ja ihr Brot verdienen.«

Erschüttert umarmte Lori die Freundin. »Ach, meine arme Nita – wenn ich mir das ausmale! Du, meine kleine Märchenprinzessin, im Kampf ums tägliche Brot – ich kann das nicht fassen!« Und Frau Lori weinte laut auf.

Anita sah vor sich hin. »Warum soll ich es immer besser haben als die anderen, Lori? Darum mußt du nicht weinen. Wenn ich nur erst genaue Nachricht hätte!«

»Hoffentlich bleibt doch noch ein Notgroschen für dich. Irgendwie muß doch dein Vater für dich und deine Stiefmutter gesorgt haben.«

Eng umschlungen saßen die beiden Freundinnen zusammen.

Als Dr. Gordon nach Hause kam, sah er erschrocken auf die traurigen Gesichter der beiden.

»Lori – was ist denn geschehen?« fragte er bestürzt, als sie ihm weinend um den Hals fiel.

Sie reichte ihm die Depesche. Er nahm Anitas Hand in die seine und sprach ihr in warmen Worten sein Beileid aus.

Als am Abend Hans Roland kam, fand er die beiden Gatten allein. Anita hatte sich zurückgezogen. Fritz Gordon erzählte ihm, was geschehen war.

Hans Roland erblaßte. So oft hatte er sich sehnlich gewünscht, daß Anita arm sein möge – nun war sein Wunsch erfüllt! Aber daß sie Schmerz leiden mußte um den verlorenen Vater, das quälte ihn. Wie gern hätte er sie getröstet!

»Fräulein Friesen ist gewiß sehr erschüttert, gnädige Frau?« fragte Hans Roland besorgt.

Lori beobachtete ihn scharf. »Sie hat ja ihrem Vater innerlich nie sehr nahegestanden, aber sein jäher Tod hat sie natürlich sehr ergriffen. Ich fürchte aber, das wird nicht das schlimmste sein. Es wird ihr noch viel Schwereres bevorstehen.«

»Sie meinen in pekuniärer Beziehung?«

»Ja. Wenn wirklich alles verloren ist, wie es in der Depesche heißt, wird auch für sie nichts bleiben.«

Er sah sie fragend an. »Und das ängstigt sie nun sehr?«

Lori schüttelte das Haupt. »Nein – denken Sie, die Möglichkeit, daß sie plötzlich ganz arm geworden sein könnte, schreckt sie nicht einmal sehr. Sie sieht der Notwendigkeit, sich selbst ihr Brot verdienen zu müssen, ziemlich gefaßt entgegen und ist nur in Sorge, ob sie genug gelernt hat, um es tun zu können. Ich habe sie bewundert. Sie, die ein Leben aus dem vollen gewohnt war, hält es kaum für ein Unglück, arm geworden zu sein. Aber ich halte es für ein großes Unglück für sie. Wie schwer wird es ihr werden – meiner stolzen Nita, wie bitter wird das für sie sein! Sie hat ja auch nicht gelernt zu sparen. So ein gutes, edles Geschöpf ist sie, aber doch nicht geeignet für den Kampf ums Dasein. Wie hart wird nun das Leben sie anfassen! Ich sorge mich ungemein um sie.«

Hans Roland hatte mit brennenden Augen in Frau Loris Gesicht gesehen. Nun faßte er plötzlich ihre Hand, und auch die des Freundes ergriff er.

»Darf ich Ihnen beiden etwas anvertrauen, was mit Fräulein Friesen zusammenhängt?« fragte er erregt.

»Was hast du uns zu sagen, Hans?« – »Bitte, reden Sie, Herr Doktor!« So sagten sie fast zu gleicher Zeit.

Er atmete tief auf. »Kurz und bündig – ich liebe Anita Friesen. Kurz vor ihrer Abreise hielt ich um ihre Hand an, nachdem ich mich schon monatelang um ihre Gunst beworben hatte. Sie wies mich ab – in ziemlich verletzender Weise, und ließ deutlich durchblicken, daß ich in ihren Augen als Mitgift-jäger gelte.

Ich konnte trotzdem nicht von ihr lassen – und überdies glaube ich fest daran, daß auch sie mich liebt. Sie kann mir nur nicht mit ihrer Liebe auch ihr Vertrauen schenken. Ich war überzeugt, daß sie vor ihrem eigenen Herzen nach Biskra floh, und beschloß, ihr zu folgen. Denn für mich gibt es ohne sie kein Glück.

Ein glücklicher Zufall hat gerade in den letzten Tagen vor meiner Abreise meine Vermögensverhältnisse völlig verän-dert. Ich bin nicht mehr der arme Ingenieur. Wie oft hatte ich früher gewünscht, Anita möchte arm sein, damit ich sie von meiner Liebe überzeugen könnte! Nun, da ich selbst vermö-gend geworden war, brauchte ich das nicht mehr zu wün-schen. Ich folgte ihr, um ihr alles zu sagen, und hoffte sie da-durch von ihren Zweifeln zu befreien. Aber ich kam bisher nicht dazu, mit ihr zu reden, sie wich jedem Alleinsein aus. Und gestern, da wir stundenlang allein in der Wüste waren, wollte ich nicht von meiner Liebe sprechen. Nun höre ich von Ihnen, daß sie plötzlich arm geworden ist. Ich kann dies nicht bedauern, wenn ich es auch beklage, daß ihr Vater ge-storben ist. Sie wird jetzt verstehen lernen, wie nichtig der Reichtum im Grunde ist, und daß ein Mann wie ich sich nicht um Geld verkauft.

Sie sollen sich nicht um Anitas Zukunft sorgen, deshalb sa-ge ich Ihnen das alles. Ich hoffe sie nun endlich zu überzeu-gen, daß meine Werbung nicht ihrem Reichtum galt, sondern ihrer Persönlichkeit. Nun soll schnell alles zwischen uns klar-werden. Sobald sie sich über diese Schreckensbotschaft ein wenig beruhigt hat, bitte ich Sie, mir eine Stunde des Alleinseins mit ihr zu verschaffen, damit ich noch einmal um sie werben kann. Und dann hoffe ich, ihr Jawort zu erhalten.«

»Wir hoffen es mit Ihnen, Herr Doktor. Und wenn ich Anitas Vertrauen nicht mißbrauchen müßte, könnte ich Ihnen vielleicht noch mehr Mut machen. Aber Sie werden Ihre Sache schon selbst zum guten Ende führen, das scheint mir sicher. Nun bin ich über Nitas Schicksal beruhigt. Sie wird ihr Glück bei Ihnen finden, und – Sie sind einander wert«, sagte Lori warm.

Hans küßte ihr die Hand. »Ich danke Ihnen. Und da Sie fremde Geheimnisse so gut zu hüten verstehen, bitte ich Sie herzlich, Anita nichts über meine veränderten Vermögensverhältnisse zu sagen. Wenn ich jetzt Anita gestehe, daß ich reich geworden bin und sie aus aller Not erretten kann, könnte vielleicht auch für mich eine kleinmütige Stunde kommen, in der mich der Verdacht quälte, daß sie meine Hand nur angenommen hätte, um wieder in gesicherte Verhältnisse zu kommen. Ich kann Anitas Mißtrauen mit einemmal recht gut verstehen.«

»Gewiß nicht, Herr Doktor. Ich schwöre Ihnen, daß Anita kein Wort von dem erfährt, was Sie uns eben anvertraut haben.«

Fritz Gordon legte den Arm um Lori. »Auf die Versicherung meiner Frau kannst du bauen, Hans. Sie ist eine von den wenigen Frauen, die schweigen können. Na, und ich – ich beiße mir lieber die Zunge ab, ehe ich dir in deinen Kram hineinrede. Das weißt du. Aber von Herzen Glück will ich dir wünschen. Mir scheint, Fräulein Friesen ist es wert, um ihrer selbst willen geliebt zu werden – ebenso wie du. Und jetzt wollen wir mal anstoßen auf ein gutes Gelingen – auf euer künftiges Glück!«

Hans sah träumend vor sich hin. »Ich will sie lehren, daß man auch ohne Reichtum glücklich sein kann. Das sieht man ja an dir und deiner Frau, Fritz. Ich träume von einer Hütte, in der zwei glückliche Menschen wohnen.«

Fritz lachte. »Na, so sehr winzig wird ja die Hütte nicht sein, in die du eine junge Frau führst, da du ja zu Vermögen gekommen bist.«

»Ich möchte aber doch die Probe machen, ob die stolze Anita Friesen auch in einer Hütte glücklich sein kann.«

»An Ihrer Seite gewiß, Herr Doktor. Überhaupt, machen Sie ruhig die Probe. Sie werden sehen, daß in Nita Werte schlummern, die ihr und Ihnen die Hütte zum Palast machen werden. Dessen bin ich sicher.«

Hans Rolands Augen leuchteten. Er sah im Geiste das kleine Verwalterhaus, das von der hohen Linde beschattet wurde. Dorthin sollte ihm Anita folgen – wie er es sich damals gelobt hatte.

Fritz Gordon füllte die Gläser.

»Nun sag mir nur, Hans, wie bist du denn so überraschend zu Geld gekommen?« fragte er lachend.

»Das sollst du später erfahren, Fritz, wenn wir alle wieder daheim sind – und wenn Anita meine Frau ist. Dann wirst du eine Einladung erhalten – natürlich mit deiner Frau –, der du hoffentlich Folge leisten wirst.«

»In die Hütte, Hans?« neckte Fritz.

»Ob in eine Hütte oder ein Schloß – für tadellose Aufnahme garantiere ich.«

»Abgemacht – wir kommen! Nicht wahr, Lori? Und nun laßt uns anstoßen – auf das gemeinsame Glück von Hans Roland und Anita Friesen!«

Die Gläser klangen hell aneinander.

Oben aber in ihrem Zimmer lag Anita mit schmerzendem Kopf und brennenden Augen auf ihrem Lager und ahnte nicht, was soeben zwischen ihren Freunden und dem Mann, den sie liebte, besprochen worden war.

Sie ahnte, daß Hans Roland im Hause war, und sie mußte immerfort an ihn denken. Wenn er hörte, daß sie arm geworden war – wie schnell würde er dann von seiner Liebe zu ihr geheilt sein! Sie biß im Schmerz in die Kissen und schloß die Augen vor dem, was kommen mußte.

14

Mehr als eine Woche war seitdem vergangen. Hans Roland hatte Anita einige Male wiedergesehen. Er hatte ihr sein Beileid ausgesprochen, sonst nichts.

Vorläufig wollte er von seiner Werbung noch nicht wieder zu Anita sprechen.

Sie hatte ihn mit einem seltsamen Blick angesehen, und ihm war, als könnte er in ihrer Seele lesen. In ihrem Blick lag die bitter höhnische Frage: Jetzt hast du wohl den Mut verloren, um mich zu werben?

O nein, er hatte ihn nicht verloren. Aber er wollte ihr einige Tage Ruhe lassen.

Eines Tages war Anita auf der Bank gewesen, um Geld abzuheben. Sie sagte sich sorgenvoll, daß sie doch wenigstens Geld zur Rückreise haben müßte. Und sie hatte alles Bargeld ausgegeben in den letzten Tagen.

Zu ihrem Erschrecken erfuhr sie auf der Bank, daß nichts

mehr für sie angewiesen worden war. Mit leeren Händen und großen, erschrockenen Augen kehrte sie zurück und stand mit blassem Gesicht vor Lori.

»Ich habe kein Geld bekommen, Lori. Mein Gott – hat denn mein Vater nicht wenigstens daran gedacht, daß ich für die Heimreise Geld brauche?«

Lori suchte sie zu beruhigen. Aber Anita war fassungslos. Zum erstenmal in ihrem Leben lernte sie die Sorge kennen. Und sie sagte ganz verzweifelt:

»Ich will ja gern arbeiten um mein Brot, Lori. Irgendwie werde ich mich durchbringen. Aber ich muß doch erst wieder in Deutschland sein. So plötzlich ohne jede Existenzmittel, das ist schlimmer, als ich glaubte.«

Lori legte die Arme um sie. »Sorge dich nicht, Nita! Es wird sich schon alles klären. Vorläufig bist du bei uns in Sicherheit. Das übrige wird sich finden. Weißt du, was ich tue – ich trage den gestickten Schleierstoff und den Gürtel wieder zum Basar und lasse mir vom Händler das Geld zurückgeben. Mit einer kleinen Einbuße werden wir freilich rechnen müssen; aber du hast dann wenigstens wieder etwas Geld in den Händen.«

Anita stieg das Blut ins Gesicht. »Aber Lori – geschenkt ist geschenkt!«

Energisch schüttelte die kleine Frau das reizende Köpfchen mit dem blonden Wuschelhaar. »Du wirst doch nicht von mir verlangen, daß ich jetzt noch das kostbare Geschenk behalte? Ausgeschlossen, mein Liebling! Ich kann sehr gut auch ohne gestickten Schleierstoff und silbernen Gürtel existieren, du aber augenblicklich nicht ohne Geld.«

Anita hatte ein bedrückendes Gefühl. Zum erstenmal empfand sie, daß Armut demütigend sein kann. Sie ließ den Kopf sinken und starrte vor sich hin.

143

Wie gern hätte ihr Lori verraten, daß Hans Roland schnell aller Not ein Ende machen würde! Aber so schwer es ihr auch Anitas besorgtem Antlitz gegenüber wurde, hielt sie doch ihr Wort und schwieg.

Am nächsten Morgen kam endlich ein eingeschriebener Eilbrief von Frau Erika an ihre Stieftochter. Mit zitternden Händen öffnete Anita das Kuvert und las:

»Liebe Anita! Endlich komme ich dazu, Dir zu schreiben. Es waren furchtbare Tage und Stunden, die ich durchleben mußte, ganz allein dem Ansturm aller Widerwärtigkeiten gegenüber. Dein Vater hat unverantwortlich gehandelt, hat mich in einer schrecklichen Lage zurückgelassen – Dich natürlich auch. Mein Telegramm wirst Du ja erhalten haben. Also denke Dir, am Donnerstag morgen fand der Diener Hermann Deinen Vater an seinem Schreibtisch sitzend, mit durchschossener Schläfe. Auf einem Zettel, der vor ihm lag, stand nichts als: Ich kann nicht anders. Gott helfe mir, Amen!

Als ich fassungslos diesem Ereignis gegenüberstand, kamen auch schon Herren vom Gericht und verschiedene Herren der Bank. Dort war eine Panik ausgebrochen. Die Leute, die Angst um ihr Geld hatten, stürmten die Kasse. Es gab ein furchtbares Durcheinander, und als ich endlich wieder etwas klarsehen konnte, stand eines fest – daß wir vor dem Nichts stehen. Es ist alles, alles verloren!

Dein Vater hat schon seit Jahresfrist unglücklich spekuliert und schließlich, um seine Verluste wieder einzubringen, einen ganz großen Coup riskiert. Alles setzte er auf eine Karte – und es ist fehlgeschlagen. Nichts ist übriggeblieben von dem großen Reichtum, den er mir versprach, als er meine Jugend an sein Alter kettete. Alles ist verloren – die Villa, das Auto, Pferde und Wagen –, kurz, alles muß verkauft werden, um die

Verluste zu decken. Und man muß noch froh sein, wenn es reicht für alle Forderungen, damit man nicht noch mit Schmach und Schande bedeckt wird.

Das einzige, was mir bleibt, sind meine Garderobe und mein Schmuck. Das wenigstens kann mir nicht genommen werden, es ist mein persönliches Eigentum. Ein Glück, daß ich letzte Weihnachten noch die lange Perlenschnur erhielt, die ich mir so sehnlich gewünscht hatte! Ich werde sie nun verkaufen müssen und wahrscheinlich meinen anderen Schmuck auch, um ein Kapital zu erhalten, von dessen Zinsen ich mich durchschlage. So habe ich wenigstens zu leben, wenn auch in sehr bescheidener Weise. Du bist leider so töricht gewesen, Deinem Vater immer zu verwehren, Dir Schmuck zu geben, und hast statt dessen alles den Armen geschenkt. Das war sehr leichtsinnig. Was hast Du nun davon? Daß Du ganz mittellos dastehst. Das wird sehr schlimm für Dich. Denn ich kann Dir natürlich von dem wenigen, was mir bleibt, nichts abgeben, kann Dich auch nicht bei mir aufnehmen, denn ich muß mir eine kleine, bescheidene Wohnung mieten – drei Zimmer und Küche höchstens. Da siehst Du doch ein, daß ich kaum für mich Platz habe.

Am besten ist es wohl für Dich, daß Du so lange wie möglich bei Deiner Freundin bleibst und Dir dann eine Stellung als Gesellschafterin oder dergleichen suchst. Schlimmstenfalls nimmt Dich auch Frau Jungmann auf, die heute bei mir war und furchtbar um Dich jammerte. Sie will Dir schreiben und Dir anbieten, zu ihr zu kommen, und will alles mit Dir teilen. Nun ja, sie hat ja schließlich bei Deinem Vater ihr Schäfchen ins trockene gebracht und kann jetzt etwas für Dich tun.

Ich würde Dir raten: Sieh Dich nach einer guten Partie um.

Hübsch genug bist Du ja – Dr. Roland fand Dich sogar schön. Das ist natürlich Geschmackssache. Übrigens war es doch klug, daß Du Dr. Roland abgewiesen hast. Er ist ja auch nur ein armer Schlucker. Das wäre jetzt eine schöne Enttäuschung gewesen, auch für ihn, wenn Du ja gesagt hättest. Nichts und nichts ergibt nichts, das ist nun einmal so.

Ich muß nun auch sehen, wie ich durchkomme. Es wird mir natürlich auch sehr bitter sein, mit jedem Pfennig rechnen zu müssen. Ach, was bin ich für ein unglückliches Geschöpf! Meine besten Jahre habe ich Deinem Vater geschenkt, und zum Dank läßt er mich in solchen Verhältnissen zurück. Du ahnst ja nicht, was ich durchgemacht habe in diesen Tagen. Die Dienstboten wurden renitent und forderten ihren Lohn, die Lieferanten stürmten mir das Haus mit Rechnungen und wurden frech, beleidigten mich in unerhörter Weise. Meine Modistin, die solche Unsummen an mir verdient hat, machte mir eine häßliche Szene und wollte den Trauerhut nicht ohne sofortige Bezahlung herausgeben – diese Person, die sonst beinahe vor mir auf den Knien rutschte! Kurzum, es war fürchterlich, und mir zittern jetzt noch die Knie. Ich verlasse morgen das Haus, es wird alles versiegelt.

Die Beerdigung Deines Vaters war trostlos. Es regnete in Strömen, meine Trauertoilette war ganz verdorben. Sehr wenige Menschen hatten ihm das letzte Geleit gegeben, und alle machten so merkwürdige Gesichter und grüßten so steif. Na, ich kann Dir sagen – Bücher könnte ich schreiben über das, was ich in diesen Tagen erleben mußte. Sei froh, daß Du nicht hier warst! Du wirst in Deinem hochmütigen Stolz noch entsetzlich leiden müssen unter den veränderten Verhältnissen. Dein Vater war wirklich gewissenlos, daß er uns so hilflos zurückgelassen hat.

Ich habe einen förmlichen Kampf kämpfen müssen, daß man mir wenigstens mein persönliches Eigentum ließ. Die Einrichtung meines Louis-XVI.-Salons, die ich zum Geburtstag von Deinem Vater als Geschenk erhielt, wollten sie mir auch nicht belassen. Aber der Lieferant konnte zum Glück bezeugen, daß die Möbel mir gehören. Ich lasse sie heute noch fortschaffen und alles, was mir gehört. Ich muß doch das Notwendigste haben.

Nun sieh nur zu, wie Du Dir helfen kannst. Du kannst mir leid tun. Aber mir geht es auch sehr schlecht. Ich bin ganz trostlos. Laß etwas von Dir hören.

Deine unglückliche Stiefmutter
Erika Friesen«

Anita warf den Brief mit einer Gebärde des Abscheus von sich. Aus jedem Wort sprach der niedrige, berechnende Charakter dieser Frau, die dem Vater Liebe geheuchelt hatte, um ihn ihren verschwenderischen Wünschen geneigt zu machen. Sie war wohl zum großen Teil mit schuld, daß Heinrich Friesen über seine Verhältnisse gelebt und seine Zuflucht bei gewagten Spekulationen gesucht hatte. Denn wenn er ihr einmal einen Wunsch nicht gleich erfüllte, machte sie ihm eine Szene. Die Perlenschnur, von der sie sprach, hatte Zehntausende gekostet. Überhaupt repräsentierte ihr Schmuck wohl einen Wert von mindestens einer halben Million. Sie konnte nicht von einer hilflosen Lage sprechen, sie gewiß nicht! Und sie durfte nicht auf den Vater schelten. Er hatte sie geliebt – aber sie hatte ihn betrogen. Und wieder stieg das Bild vor Anitas Augen auf, das sie so oft schon gequält hatte – ihre Stiefmutter in Hans Rolands Arm, Küsse tauschend. Ach, daß sie es nicht vergessen konnte! Die Scham brannte in ihrem Herzen, daß sie den Mann lieben mußte, der diese Frau geliebt hatte, und alles, was in der letzten Zeit in ihrem Herzen aufgekeimt war, wurde unter tiefer Bitterkeit erstickt.

Am Abend dieses Tages kam Hans Roland zum Abendessen zu Gordons. Fritz Gordon hatte ihn vom Hotel abgeholt und ihm erzählt, was Anitas Stiefmutter geschrieben hatte.

»Wie trägt sie das alles?« fragte Hans.

Gordon zuckte die Schultern. »Sie ist sehr niedergeschlagen, obgleich sie der Tatsache, daß sie plötzlich ganz arm geworden ist, mit Fassung gegenübersteht. Sie will arbeiten, ihr Brot verdienen, und weiß nur noch nicht, wie das geschehen soll. Das ängstigt sie mehr, als sie uns eingestehen will. Wüßte ich nicht, daß du schon bereitstehst, ihr zu helfen, dann könnte mir bange werden um sie. Du wirst ganz gut tun, Hans, wenn du sie zu ihrem eigenen Heil ein bißchen in die Schule nimmst. Man weiß ja nie, was kommt. Und es ist immer gut, wenn sich ein Mensch auch in den bescheidensten Verhältnissen zurechtfinden kann.«

»Ich will sie lehren, auch darin glücklich zu sein.«

»Damit tust du ihr einen großen Dienst. Sie ist ja gewohnt, das Geld als etwas Selbstverständliches mit vollen Händen auszugeben, wenn sie auch immer einen edlen, selbstlosen Gebrauch davon machte. Erziehe sie dir zu einer tapferen Kameradin, Hans, sie hat das Zeug dazu – und auch einen wahren Hunger nach Arbeit, nach Betätigung ihrer Kräfte. Mit Wonne hat sie meiner Frau im Haushalt geholfen, als sie noch nicht wußte, was ihr drohte. Und jetzt sucht sie für ihren Schmerz Trost in der Arbeit, sie kann nicht genug davon bekommen. Unterstütze sie in diesem Drang nach Betätigung!«

»Das will ich gewiß tun – wenn sie nur erst mein ist. Lieber Fritz, ich kann die Ungewißheit nicht länger tragen – bitte, sorge heute abend dafür, daß ich mit Anita allein bleiben

148

kann. Gib auch deiner lieben Frau einen Wink, daß sie dazu hilft. Ihr werdet schon einen Vorwand finden, auf einige Zeit zu verschwinden.«

»Wird gemacht, mein Sohn! Du kannst dich darauf verlassen. Wir brennen ja selbst darauf, daß zwischen euch alles ins reine kommt.«

Man hatte gespeist. Anita sah in dem Trauerkleid aus leichtem, duftigem Stoff bedrückend schön aus. Der goldbraune Glanz ihres Haares war noch erhöht durch das tiefe Schwarz, zart und weiß hob sich der Hals aus dem schmalen Ausschnitt des Kleides, und die wundervollen Augen hatten einen schwermütigen Ausdruck. Sie war sehr still und in sich gekehrt, und ihre feinen Lippen preßten sich immer wieder im herben Schmerz aufeinander.

Nach Tisch hatte man im Zimmer der Hausfrau Platz genommen. Gleich darauf wurde Frau Lori von einem Diener abgerufen.

Als seine Frau verschwunden war, trat Fritz Gordon wie unabsichtlich auf die Veranda hinaus, die das ganze Haus umgab, anscheinend um eine Zigarette zu rauchen. Er ging auf der Veranda um das Haus herum und traf auf Lori.

»So, nun sind sie allein, und hoffentlich gibt es heute abend noch eine Verlobungsbowle. Ich hätte gerade einen sehr schönen Durst.«

»Den hast du doch immer, Fritz. Aber ich wünschte es auch.«

Das junge Ehepaar setzte sich still nebeneinander auf die Veranda. Sie hielten sich an den Händen und sahen zum Sternenhimmel empor.

Anita schreckte drinnen im Zimmer nach einer Weile aus trüben Sinnen auf, weil es so ruhig um sie her geworden war.

149

Sie wurde blaß, als sie bemerkte, daß sie mit Hans Roland allein war, und sah ihn unruhig an. Aber dann lehnte sie sich wieder in ihren Sessel zurück. Sie hatte ja jetzt, wie sie meinte, nichts mehr zu fürchten. Ihm würde die Lust vergangen sein, sich noch weiter um sie zu bemühen.

Er hatte sie unverwandt angesehen und sagte nun, seine Erregung bekämpfend: »Es ist mir sehr lieb, gnädiges Fräulein, daß uns der Zufall ein kurzes Alleinsein beschert. Ich wollte Ihnen mitteilen, daß ich die Absicht habe, Biskra nun bald wieder zu verlassen.«

Sie schloß einen Moment die Augen und wurde noch bleicher. Ihre Lippen zuckten. Aber dann hob sie die Lider und sah ihn mit einem Blick schmerzlicher Verachtung an. »Das habe ich nicht anders erwartet, Herr Doktor. Der Zweck Ihres Hierseins ist ja hinfällig geworden mit dem Zusammenbruch des Bankhauses Friesen. Sie haben die weite Reise vergeblich unternommen«, sagte sie mit schneidender Bitterkeit, und in ihren Augen lag ein brennendes Weh darüber, daß sie mit ihrem Mißtrauen recht behalten hatte.

Er richtete sich mit einem jähen Ruck empor. Aber dann zwang er sich zur Ruhe und erwiderte mit einem seltsamen Ausdruck in seiner Stimme: »Ich muß eine ganz schwere Strafe ersinnen dafür, daß Sie mich fortgesetzt beleidigen. Womit habe ich nur Ihr kränkendes Mißtrauen verdient? Sie halten mich für einen ehrlosen Menschen, und es gehört meine ganze große Liebe dazu, dies zu vergessen und zu vergeben. Aber – wie groß muß auch Ihre Liebe zu mir sein, daß Sie mir trotz dieses Mißtrauens Ihr Herz geschenkt haben! Denn ich weiß, daß es mir gehört.«

Sie fuhr empor, als wollte sie diese Liebe ableugnen. Aber dann sank sie wieder in sich zusammen, und mit gebrochener

Stimme, die ihn bis ins Innerste bewegte, sagte sie mit verhaltener Erregung: »Was liegt jetzt noch daran, ob Sie wissen, daß ich Sie liebe? Nun ja denn – ich liebe Sie, zu meiner eigenen Qual. Ich schäme mich dieser Liebe, weil sie an einen Unwürdigen verschwendet wird. Sie können triumphieren über das törichte Geschöpf, das Ihnen ein solches Geständnis macht. Es wäre nie geschehen, wenn ich die reiche Erbin geblieben wäre. Aber jetzt will ich es Ihnen sagen, denn nun hat es ja keine Gefahr mehr – ich bin ja arm wie eine Bettlerin, und Sie werden nun mit einem Male Ihre große Liebe überwunden haben und ohne Schmerz darauf verzichten, mich zu erringen.«

Mit einem flammenden Blick sah er in ihre Augen. Und dann nahm er plötzlich ihre Hände mit festem Druck in die seinen und zog sie, trotz ihres Widerstrebens, nahe an sich heran. »Meinen Sie, Anita? Glauben Sie, daß Sie für mich Ihren Zauber verloren haben, weil Ihnen jetzt der goldene Hintergrund fehlt? O nein – ich kann Sie mir zauberhaft schön und verlockend auch im Kleid der Armut, der Arbeit vorstellen und werde Sie darin nicht weniger lieben.«

Sie riß sich von ihm los und sagte, zitternd vor Erregung: »Lassen Sie das! Treiben Sie keinen Spott mit den Gefühlen einer Frau, die genug darunter gelitten hat. Befreien Sie mich von Ihrer Gegenwart. Sie können ja ritterlich sein, wie ich neulich in der Wüste erkannt habe. Ich appelliere an diese Ritterlichkeit – lassen Sie mich allein, ich kann Ihren Anblick nicht mehr ertragen!«

Er schüttelte den Kopf und sagte weich und begütigend: »Wüten Sie doch nicht so gegen mich – und gegen sich selbst! Es ist ja nur Angst vor Ihrer eigenen Schwachheit, die Sie so hart macht. Sehen Sie mir doch einmal ruhig und fest ins Auge, Anita – lesen Sie darin meine Treue, meine unwandelbare Liebe. Seit ich Sie kenne, das schwöre ich Ihnen, habe ich keinen anderen Gedanken, keinen heißeren Wunsch gehabt, als Sie zu erringen. Sie haben mich die Heiligkeit der Liebe gelehrt. Ehe ich Sie kannte, Anita, habe ich manchmal leichtsinnig mit Frauen getändelt, von deren Wert ich nicht überzeugt war. Das sage ich Ihnen offen – ich will nicht besser scheinen, als ich bin. Aber geliebt, ernsthaft geliebt habe ich keine. Nur Sie allein haben mein ganzes Herz, mein ganzes Sein und Wesen gefangengenommen, vom ersten Augenblick an, da ich Sie gesehen. Bitte, glauben Sie mir das. Nur nach Ihnen ging all mein Sehnen – nicht nach Ihrem Reichtum. Und nun frage ich Sie nochmals, Anita – wollen Sie meine Frau werden? Ich bin durch den Erfolg meiner Arbeit in der Lage, Ihnen ein sorgenfreies, wenn auch sehr bescheidenes Los zu bieten. Ich werde Sie freilich in ein Leben der Arbeit und Einfachheit führen müssen. Sie müßten lernen, auf vieles zu verzichten, was Ihnen bisher als unentbehrlich erschienen ist. Ich könnte Ihnen keine Dienerschar halten. Sie müßten manches selbst tun, was Sie bisher nicht getan haben. Aber ich würde Sie vor aller Unbill schützen, Sie auf Händen tragen – ich liebe Sie ja mit aller Inbrunst meines Herzens, Anita. Wollen Sie meine innigstgeliebte Frau werden?«

Sie hatte mit steigender Erregung seinen Worten gelauscht. In ihrem Antlitz wechselten Röte und Blässe. Ein Zittern flog über sie hin, und in ihren Augen lag ein ungläubiges Staunen, das sich schließlich zu einem strahlenden Leuchten vertiefte.

Sie konnte nicht sprechen, ein würgendes Gefühl stieg ihr im Halse empor. Es war, als wollte alles Leid, das ihre Seele bedrückt hatte, zum Ausbruch drängen, um einer zitternden Seligkeit Platz zu machen. Ihre Erschütterung machte sich schließlich in einem Schluchzen Luft. Sie barg das Gesicht in den Händen und wankte, als verlöre sie den Boden unter den Füßen.

Er fing sie in seinen Armen auf. »Anita, süße Nita – ist es denn so schwer, dich von deinem häßlichen Mißtrauen zu trennen?« fragte er weich und zärtlich.

Da warf sie plötzlich die Arme um seinen Hals und barg ihr Gesicht an seiner Brust. »Hans, ach, Hans – ich wäre ja gestorben an meiner Liebe, wenn du mich jetzt verlassen hättest!« sagte sie mit halberstickter Stimme.

Er streichelte sanft ihr Haar. »Also, einen ganz leisen Zweifel an meiner Schlechtigkeit hegtest du doch im Innersten deines Herzens!« spottete er gutmütig.

Sie hob den Kopf. Und nun sah er endlich in ihren Augen den weichen, hingebungsvollen Ausdruck, nach dem er sich so lange gesehnt hatte.

»Seit dem Tage, an dem wir uns in der Wüste verirrt hatten, Hans, da hatte ich Mühe, mein Mißtrauen festzuhalten. Aber ich wagte nicht daran zu glauben, daß du mich liebtest, weil – ach, laß das alles, was hinter uns liegt! Du weißt ja nicht, wie furchtbar es ist zu lieben, wo man glaubt, nicht achten zu können.«

Er nahm ihren Kopf in beide Hände und preßte seine Lippen fest auf die ihren. Und ihre Lippen erwiderten seinen Kuß mit scheuer Hingabe.

»Will meine Nita nun nie mehr an mir zweifeln?«

Sie schmiegte sich wie ein müdes Kind in seine Arme und sagte erschauernd: »Wenn ich nicht arm geworden wäre, ich hätte nie daran glauben können, daß du mich um meiner selbst willen liebst.«

Er küßte ihre Hände und ihre Augen. »Liebling, wie wirst

du aber die Armut tragen? Man hat dich nicht gelehrt zu arbeiten, zu sparen. Wirst du mir auch freudig folgen in ein schlichtes, arbeitsames Leben? Willst du dich von mir führen lassen.«

Sie legte die Arme um seinen Hals und sah ihn mit strahlender Innigkeit an. »Führe mich, wie du es willst, Hans – wenn du nur bei mir bist! Als wir uns in der Wüste verirrt hatten, war ich ruhig, obwohl ich wußte, daß wir von Gefahren umringt waren. Ich fühlte mich geborgen in deiner Hut. Wie soll ich mich dir nicht völlig anvertrauen, für den neuen Weg in ein Leben, das mir neue Werte erschließt? Ich habe mir immer gewünscht, ein Leben führen zu können, in dem es für mich Pflichten und Arbeit gibt. Führe mich in dies neue Leben! Nur sage mir, werde ich dir nicht eine zu große Last sein? Ich bin ja nun bettelarm geworden. Wirst du genug verdienen können, daß es für uns beide reicht?«

Er küßte entzückt ihre sorgenvollen Augen, und ein heißes Glücksgefühl füllte sein Herz. »Meine süße Nita, darum sorge dich nicht. Vorläufig überlaß alles mir, bis ich dich in unser schlichtes Heim führe. Dann wirst du freilich fleißig schaffen und arbeiten müssen, wie ein rechtes kleines Hausmütterchen.«

Sie nickte eifrig. »Wie gern will ich alles tun, mein Hans, und dabei sehr glücklich sein. Glaube mir, es gehört nicht zu meinem Glück, eine Schar Diener, Pferde und Wagen und eine große Geselligkeit um mich zu haben. Wie oft habe ich Lori um all ihre lieben Pflichten beneidet! Ich hatte ja nie Gelegenheit, solche Pflichten zu erfüllen. Aber nun – ach, wie wird es mich beglücken, dir eine treusorgende Frau zu sein! Nur mit dir zusammenbleiben dürfen – dann wird mir alles leicht sein. Du wirst viel Geduld mit meinem Ungeschick ha-

154

ben müssen. Was werde ich für Lehrgeld zahlen müssen! Ich habe schon hier bei Lori gemerkt, wie sehr man im Haushalt sparen muß. Ich habe Lori oft bewundert, wie praktisch sie alles einrichtet, wie alles seine Verwendung findet. Und wieviel mehr werden wir sparen müssen! Wirst du nicht zuviel entbehren, wenn du auch noch für mich zu sorgen hast?«

Er zog sie fest an sich. War das die stolze Anita Friesen noch? Wie war sie rührend und reizend in ihren neuen Sorgen und Ängsten! Es würde ihm nicht leicht werden, seinen Plan eine Weile durchzuführen und sie im Glauben an seine Armut zu erhalten.

»Es wird schon alles gutgehen, Liebling. Ich werde nicht gleich brummen, wenn das Mittagessen einmal angebrannt oder versalzen ist.«

»Da sieht es überhaupt bös aus – mit dem Mittagessen!«

Mit scheinbarer Strenge sah er sie an. »Du kannst wohl nicht einmal kochen?«

»Ach, nicht eben viel. Solange Frau Jungmann noch Hausdame bei uns war, habe ich ihr manches abgesehen. Hier bei Lori habe ich auch schon dies und das gelernt. Aber viel ist es nicht.«

Er mußte lachen und küßte sie herzhaft. »Zur Not helfe ich dir. Ich kann Tee und Kaffee kochen, auch Eier, sogar ein Beefsteak braten – so etwas lernt man als Junggeselle.«

Sie atmete auf. »Es kann ja gar nicht so schwer sein, wenn ich es für dich tue.«

Mit jubelnder Glückseligkeit schloß er sie in seine Arme. Wie lieb sah er nun die einst so stolze Erbin vor sich! Heiß und innig brannten seine Küsse auf ihren Lippen.

Sie vergaßen alles um sich her und schraken erst auf aus ihrer seligen Versunkenheit, als Frau Lori ins Zimmer lugte und mit einem reizenden Schelmenlächeln sagte: »Dürfen wir nun wieder hereinkommen, Herr Doktor?«

Ohne Anita loszulassen, wandte er sich um. »Ich bin gerade dabei, Nita praktische Kochkenntnisse beizubringen. Ein Rezept, wie sie alle Speisen würzen muß, habe ich ihr eben gegeben. Aber natürlich dürfen Sie nun wieder hereinkommen.«

»Fritz hat nämlich so großen Durst auf eine Verlobungsbowle. Sonst hätte ich noch nicht gestört.«

»Famos – solchen Durst hab' ich auch«, sagte Hans übermütig.

Anita flog in Loris Arme. »Ach, Lori –!«

Diese küßte sie herzlich. »Ist nun das greuliche Hindernis beseitigt, das dich nicht zu deinem Glück kommen ließ?«

»Das greuliche Hindernis war mein Reichtum, Lori«, sagte Anita schelmisch. »Nun ich arm geworden bin, darf ich glücklich sein.«

Frau Lori lachte. »Jedes Ding hat zwei Seiten – also segnen wir die Armut, die dich zu deinem Glück kommen ließ!«

»Also darf man gratulieren, Herrschaften?« fragte Fritz Gordon, der eben hereinkam.

»Man darf gratulieren – und eine Bowle brauen, Fritz!« rief Hans lachend.

»Wird gemacht! Wir brauen eine Bowle, die sich gewaschen hat – aber nicht mit Wasser. Nun aber erst meinen herzlichsten Glückwunsch!«

Damit küßte Fritz Gordon Anita die Hand und schüttelte die seines Freundes.

Dann wurde die Bowle angesetzt, und alle vier verlebten einige Feierstunden voll herzlicher Harmonie.

Im Laufe des Abends sagte Lori: »Siehst du, Nita, als der

Brief deiner Stiefmutter kam, war alles schwarz und trübe um dich her, und nun scheint dir die Glückssonne doppelt hell und warm ins Herz hinein.«

Da zuckte es ganz leise in Anitas Herzen, wie eine leise Unruhe. Sie sah mit einem raschen Blick zu Hans hinüber, als Lori ihre Stiefmutter erwähnte, und meinte, die Erinnerung an Frau Erika müßte irgendein Unbehagen bei ihm auslösen. Aber er blieb völlig unbefangen. Wohl hatte er Frau Loris Worte vernommen, aber was galt ihm Frau Erika? Er hatte sie längst ausgestrichen aus der Liste der Personen, die irgendein Interesse bei ihm auslösten.

Ein leises Unbehagen war in Anitas Seele aufgekeimt, als er so ruhig blieb. Wie gut er sich beherrschen konnte! Mit keiner Miene verriet er, daß ihre Stiefmutter ihm nahegestanden hatte. Sie zweifelte nicht, daß sie ihm jetzt nichts mehr galt. Hatte er ihr doch gesagt, daß er mit leichtfertigen Frauen getändelt hatte, daß er aber keine wirklich geliebt hatte und daß nur ihr allein sein Herz gehörte.

Sie glaubte ihm das. Jetzt, da er um sie gefreit, obgleich sie arm war, hatte sie alles Mißtrauen aufgegeben. Aber mußte er ihr nicht sagen, daß auch ihre Stiefmutter zu den Frauen gehört hatte, mit denen er geflirtet hatte? Sie meinte, darüber wäre er ihr Offenheit schuldig, schon damit das Verhältnis zwischen ihnen und Frau Erika geklärt wurde. Es konnte doch nicht ausbleiben, daß sie mit dieser zusammentrafen, und dann durfte es doch nicht sein, daß zwischen Hans und Erika ein Geheimnis bestand, an dem sie nicht teilnehmen konnte. Hans mußte zu ihr darüber sprechen, das erwartete sie ganz bestimmt.

Aufatmend hob sie den Kopf und sah ihn vertrauend an. Sie wollte jetzt keine neuen Zweifel in sich aufkommen lassen, wollte nicht an das denken, was gewesen war, sondern nur an die beglückende Gegenwart. Hans liebte sie, er nahm sie an sein Herz, obwohl sie arm und heimatlos geworden war. Wie wollte sie ihm dafür danken, wie ihn lieben! Freudig und tapfer wollte sie mit ihm in das neue Leben voll Arbeit und Einfachheit gehen. Seine Liebe machte sie reich, unendlich reich. Er war nun in Zukunft ihr alles – der einzige Mensch, der zu ihr gehörte, der sie liebte. Und seine Liebe ersetzte ihr tausendfach alles, was sie verloren hatte.

Sie schob verstohlen ihre Hand in die seine, sah ihm mit ihren wundersamen Augen bis ins Herz hinein und fühlte: »Er liebt mich – er liebt mich, wie ich ihn liebe!«

Glückselig saß sie an seiner Seite und spürte den warmen Druck seiner geliebten Hand.

15

Ehe Hans sich an diesem Abend verabschiedete, trat er mit Anita hinaus auf die Veranda. Das Mondlicht lag wie flüssiges Silber über Biskra und über der Wüste. Drüben unter hochaufstrebenden Palmen lagen vereinzelte Zelte, auf der anderen Seite brannte vor den eleganten Hotels und vor dem Kursaal elektrisches Licht, und eine leise, lockende Musik klang herüber. Biskra lebte erst in der Nacht richtig auf, wenn die glühende Sonne untergegangen war. Und im Mondlicht wirkte es gleichsam verklärt.

Direkt an die Wüste grenzte die große Festung mit ihrem riesengroßen gemauerten Hof, der den Europäern schon oft

Schutz geboten hatte, wenn ein Araberaufstand losbrach. Jetzt war alles friedlich, aber dort hinten in das Beduinenviertel durfte sich des Nachts kein Europäer wagen. Da fehlte es nicht an verwegenen Gesellen, denen ein Menschenleben nichts galt.

Das Brautpaar schaute auf das zauberhaft schöne Bild. Hans preßte Anita fest an sich.

»Aus der Wüste habe ich mir mein Glück holen müssen, Nita. Wann wirst du mir in die Heimat folgen?«

Sie schmiegte sich an ihn und sah vertrauend zu ihm auf. »Wann du willst, Hans. Du mußt jetzt über mich bestimmen. Ich habe mein Geschick in deine Hände gelegt.«

Er küßte sie innig. »Ich will mir dein Vertrauen verdienen. Und wenn ich dich zuweilen einen Weg führe, der dir nicht gefällt, so sag dir, daß dein Glück auch das meine ist. Wir wollen morgen beraten, wann wir Biskra verlassen. Es ist das beste, wir heiraten in aller Stille so bald wie möglich. Die Trauerzeit um deinen Vater verbietet ohnedies eine große Feier. Sobald wir nach Deutschland zurückkommen, wirst du meine Frau, nicht wahr?«

Verzagt sah sie ihn an. »Ach Hans, wir müssen doch erst ein Heim haben.«

Er küßte lächelnd ihre Augen. »Das ist schon vorhanden, Nita. Ich besitze in Thüringen ein Häuschen, das ich geerbt habe. Es hat freilich nur drei kleine Zimmer, eine Küche und einen kleinen Flur und ist mit sehr einfachem Hausrat ausgestattet. Du wirst es selbst ein wenig verschönern müssen, denn es ist ganz schlicht und schmucklos. Aber eine große Linde steht vor der Tür, und es liegt dicht am Walde in herrlicher Umgebung und in der Nähe eines Dorfes und eines großen Herrschaftsbesitzes.«

Anitas Augen leuchteten auf. »Oh, das ist ja mehr, als ich erhofft hatte! Ein eigenes Häuschen – ach, Hans, wir wollen unser ganzes Glück hineintragen, dann wird es uns zum Palast.«

Er nickte und sagte, sie an sich pressend: »Unser Glück geht mit uns, wohin wir gehen, weil wir es im Herzen tragen. Aber wird es dir nicht zu eng und zu still und zu einsam sein in dem kleinen Haus? Es liegt auf dem Land, und da gibt es keine Theater und Konzerte, keine Geselligkeiten.«

Sie atmete tief auf. »Ich habe ja dich, Hans.« Es lag eine schlichte, überzeugende Innigkeit in ihren Worten.

Sein Herz weitete sich. Ihre Fügsamkeit rührte ihn. Aber er blieb fest bei seinem Plan, sie erst einmal in das schlichte Haus zu führen und ihr Pflichten und Arbeiten zu geben. Auch wenn er sie dann in das Lorbacher Schloß als Herrin einführte, sollte sie Pflichten haben. Sie würde dann allem gewachsen sein. Er freute sich auf die Flitterwochen in dem kleinen Verwalterhäuschen, die sie in tiefster Zurückgezogenheit verleben wollten.

»Meine Nita, wie glücklich macht mich deine Liebe!« sagte er innig.

Sie sah ihn fragend an. »Wirst du aber auch auf dem Land deinen Beruf ausüben können, Hans? Du mußt doch Geld verdienen für uns beide.«

»Ich beschäftige mich hauptsächlich mit der Konstruktion landwirtschaftlicher Maschinen. Eine habe ich bereits gefunden und muß sie ausprobieren. Das kann ich sehr gut auf dem großen Gut tun, in dessen Nähe unser Häuschen liegt. Und meine Pläne und Zeichnungen kann ich auf dem Land machen, wo ich für neue Ideen immer Anregung finde. Alles Weitere wird sich finden. Du sollst ganz unbesorgt sein. Und nun gute Nacht, mein Liebling – schlafe süß und denke an mich!«

Sie sah ihn mit großen, strahlenden Augen an und bot ihm die Lippen zum Kuß. Und sie vergaßen die Welt um sich her unter dem Zauber dieses Kusses.

Frau Lori war sehr betrübt, als sie hörte, daß Anita nicht mehr lange bei ihr bleiben würde. Aber sie war einsichtsvoll genug, sich zu fügen.

Aus ihrem opfermutigen Plan, den gestickten Schleierstoff und den Silbergürtel zurückzugeben, wurde nichts. Hans behauptete lachend, seine Braut brauche kein Geld, sie bekäme in Zukunft alles von ihm. Anita war froh, daß sie das Geschenk nicht zurücknehmen mußte, wenn sie sich auch schwere Sorge darüber machte, daß Hans nun auch noch das Reisegeld für sie bezahlen wollte.

Sie seufzte tief auf. »Ich habe dir durch meine törichte Flucht nach Biskra so viele Unkosten gemacht, Hans: die teure Reise, dazu den Aufenthalt hier im Hotel, und nun mußt du auch noch für mich die Rückreise bezahlen – ich bin ja so bettelarm!«

Er lächelte gerührt. »Dafür haben wir aber doch ein schönes Stück Welt gesehen, Liebling. Wir wollen annehmen, daß wir unsere Hochzeitsreise vor der Hochzeit gemacht haben – denn nach der Hochzeit wird es keine geben.«

»Nein, nein, dazu haben wir kein Geld. Aber ein ganz klein wenig kann ich dir deine Sorgen erleichtern, Hans. Wenn ich auch nicht viel Schmuck besitze, weil mein Herz nie daran hing, so habe ich doch diesen ziemlich wertvollen Ring, außerdem ein Armband und eine allerdings nur dünne Perlenschnur. Das können wir verkaufen, denn ich brauche solche Schmucksachen in unserem schlichten Leben nicht. Ich hoffe,

161

fünfzehntausend Mark werden wir für diese drei Sachen er-halten.«

Er küßte sie tief bewegt. »Vorläufig ist es nicht nötig, daß du diese Schmuckstücke verkaufst. Ich habe den Ring so oft an deiner Hand bewundert. Wenn es nicht unbedingt nötig ist, verkaufen wir die Sachen nicht.«

»Aber wenn es nötig wird, mußt du es mir sagen, Hans.«

»Das verspreche ich dir.«

»Zum Glück bin ich mit Wäsche und Garderobe reichlich versehen. Davon brauche ich in unseren bescheidenen Ver-hältnissen auf Jahre hinaus nichts. Eine persönliche Aussteuer ist also nicht nötig. Nur wird das alles für unser Leben viel zu elegant sein, und derbe, feste Sachen für die Hausarbeit fehlen mir leider ganz.«

Es zuckte seltsam in seinen Zügen. Er drückte sie fest an sich, damit er sie nicht ansehen mußte. Am liebsten hätte er ihr nun doch die Wahrheit über seine Vermögensverhältnisse gesagt. Aber er hielt diese Worte zurück. Sie war so lieb und reizend in ihrer Sorglichkeit, und es war auf alle Fälle gut und nützlich, wenn sie erst einmal lernte, mit wenigem auszu-kommen.

So sagte er nur: »Es ist sehr angenehm, daß du vorläufig noch mit eleganten Sachen ausgestattet bist. Ab und zu wird es ja Feierstunden für uns geben, wir werden auch mal eine Fahrt in die Stadt machen und ein Theater besuchen. Und ich werde mich immer freuen, meine schöne junge Frau in ele-ganten Kleidern bewundern zu können. Und was du für die Arbeit im Haushalt brauchst – einige feste Hauskleider und Schürzen –, das wird eben billig beschafft. Hast du schon je-mals eine Schürze getragen, Nita?«

Sie schüttelte den Kopf. »Nein.«

»Ich kann mir denken, daß du auch mit einer Schürze wie eine junge Königin aussehen wirst.«

Sie erglühte unter seinem bewundernden Blick und lächelte schelmisch. »Königinnen pflegen keine Schürzen zu tragen.«

»Aber meine Königin wird es tun«, sagte er und küßte sie zärtlich.

Sie hatten vereinbart, daß sie am Ende der kommenden Woche abreisen wollten. Frau Lori mußte sich seufzend darein fügen. Sie sagte tapfer: »Ich kann es gut verstehen, Nita, daß du nun nicht länger bleiben willst. Aber für mich ist es betrübend. Auch mein Fritz wird sich ungern von seinem Freund trennen. Immerhin hat mich deine Anwesenheit aufgeheitert und so froh gemacht, daß ich nun tapfer hier aushalten werde, bis Fritz mit mir nach Hause zurückkehren kann. Spätestens Ende Februar hoffen wir wieder in der Heimat zu sein. Und dann sehen wir uns wieder, Nita. Da mein Fritz eine Position in Kassel gefunden hat – und diesmal gottlob eine Lebensstellung – und ihr in der Nähe von Gotha wohnen werdet, können wir uns schnell einmal besuchen.«

»Das wollen wir reichlich ausnützen, Lori. Die Zeit, die ich bei euch verlebt habe, bindet mich noch fester an dich. In deinem Haus habe ich viele Schmerzen erduldet und dann doch mein Glück gefunden. Und du hast mir so viel liebevolles Verstehen entgegengebracht – wir dürfen uns nicht verlieren!«

Lori nickte. »Das steht fest, Nita. Wären wir nur erst wieder in der Heimat! Aber Fritz darf nicht merken, daß meine Sehnsucht so groß ist, sonst beunruhigt es ihn. Und er braucht jetzt alle Kräfte für seine Arbeit. Die wenigen Monate werden ja auch vergehen. Und jetzt habe ich dich noch eine ganze Woche hier. Die will ich auskosten. Hoffentlich lassen sich dann daheim alle eure Angelegenheiten schnell und glatt erledigen.«

»Ich hoffe es. Hans bringt mich zuerst zu Frau Jungmann. Du hast ja ihren Brief gelesen. Sie bietet mir so großmütig eine Zuflucht in ihrem kleinen traulichen Heim, sie wird mich gern bis zu unserer Hochzeit bei sich aufnehmen. Meiner Stiefmutter mag ich nicht lästig fallen – aus verschiedenen Gründen nicht. Sie würde mich auch kaum aufnehmen, nicht einmal für kurze Zeit. Gleich nach unserer Heimkehr bestellen wir das Aufgebot. Inzwischen hoffe ich dann, aus Villa Friesen meine Wäsche und Garderobe nebst meinen Büchern und ein paar liebgewordenen Kleinigkeiten ausgeliefert zu bekommen. Das ist ja jetzt wichtig für mich, damit ich nicht neue Anschaffungen zu machen brauche.«

Frau Lori vermied es, Anita anzusehen, und kam schnell auf ein anderes Thema. »Du hast ja heute wieder einen Brief von deiner Stiefmutter bekommen. Hattest du etwas bessere Nachricht?«

Anitas Stirn zog sich zusammen. »Ihr Brief enthielt nichts als Vorwürfe gegen meinen Vater und Klagen darüber, daß sie jetzt ein so eingeschränktes Leben wird führen müssen. Dabei schätze ich ihren Schmuck auf eine halbe Million. Mein Vater hat ihr ja die kostspieligsten Wünsche erfüllt. Ich meine, wenn ihr dieser wertvolle Schmuck geblieben ist, kann sie sich von dem Erlös immerhin ein behagliches Leben schaffen. Sie war ein ganz armes Mädchen, als mein Vater sie heiratete. Freilich kann sie jetzt nicht mehr in der von ihr so sehr geliebten verschwenderischen Art leben, aber Sorgen wird sie nicht kennenlernen. Und sie dürfte meinen Vater nicht noch im Grabe schmähen. Sie hat ihn ja auf die abschüssige Bahn getrieben, denn ehe sie ins Haus kam, haben wir ein ruhig-vor-

164

nehmes Leben geführt, aber es ist nicht sinnlos Geld verschwendet worden.«

»Jedenfalls hat dein Vater dich in einer weit schlimmeren Lage zurückgelassen, und wenn Doktor Roland nicht um dich geworben hätte, wäre deine Lage sehr verzweifelt gewesen; deine Stiefmutter hätte keinen Finger gerührt, um dir zu helfen.«

Anita schüttelte heftig den Kopf. »Ich hätte auch keinerlei Hilfe von ihr angenommen, das kannst du mir glauben.«

Die Freundinnen plauderten noch, bis Fritz Gordon nach Hause kam, der seinen Freund Roland mitbrachte. Hans zog Nita in seine Arme, als wären sie wochenlang getrennt gewesen. »Endlich habe ich dich wieder, meine Nita!«

Sie sah ihn mit zärlich leuchtenden Augen an. »Ist dir die Zeit auch so lang geworden, seit wir uns gestern abend trennten?«

»Endlos lang! Wie geht es dir? Bist du froh und glücklich?«

»Wie sollte ich nicht – da du bei mir bist.«

»Hast du etwas Besonderes erlebt?«

»Nichts. Nur einen Brief habe ich bekommen – von meiner Stiefmutter.« Sie reichte ihm den Brief, und er las ihn.

Anita beobachtete ihn dabei mit leiser Unruhe. Aber sein Gesicht blieb ruhig, während er las, und als er fertig war, sagte er verächtlich: »Ein wenig taktvolles Schreiben. Deine Stiefmutter sollte dir gegenüber deinen Vater nicht so anklagen.«

Anitas Lippen zuckten. Würde er ihr nicht anvertrauen, daß er Beziehungen zu ihrer Stiefmutter gehabt hatte – noch bis zu dem Tage, da er sie kennenlernte?

»Sie ist nie sehr taktvoll gewesen und hat meinen Vater nur aus Berechnung geheiratet«, sagte sie hart und laut.

Er nickte. »Das ist ganz meine Ansicht.«

Sie wollte es ihm leicht machen, das erlösende Wort zu sprechen, und sagte zaghaft: »Du kanntest meine Stiefmutter von früher, Hans? Sie sagte ja, du seiest ihr Jugendfreund.«

Nun war doch eine leichte Verlegenheit in seinem Gesicht. Sie verschwand aber schnell wieder, und er sagte leichthin: »Ja, ich kannte sie von früher, sonst wäre ich ja nicht in euer Haus gekommen. Ich traf sie eines Tages wieder, und sie forderte mich zu einem Besuch auf. Hast du ihr übrigens unsere Verlobung mitgeteilt?«

»Nein – noch nicht«, erwiderte sie mit einem kleinen quälenden Unbehagen.

Er nahm ihre Hand. »Vielleicht wartest du damit, bis wir zu Hause sind.«

Sie sah ihn forschend an. »Warum?«

»Nun – es ist nicht nötig, daß sie weiß, daß ich dir nach Biskra gefolgt bin. Ich hatte mich unter einem Vorwand von ihr verabschiedet; sie glaubte, ich reise nach Berlin. Es sollte ja niemand wissen, daß ich dir hierher folgte. Und ich möchte nicht, daß deine Stiefmutter ihre Bemerkungen darüber macht. Du weißt ja, wie taktlos sie sein kann.«

Er fürchtete tatsächlich, daß Frau Erika taktlose Scherze machen könnte, zumal wenn sie erfuhr, daß er mit Anita allein die Heimreise antrat.

Anita aber glaubte, er wäre in Unruhe, wie die ehemalige Geliebte seine Verlobung aufnehmen würde. Dieser Gedanke quälte sie mehr, als sie sich eingestehen wollte. Hätte Hans unbefangen mit ihr über diese Angelegenheit gesprochen, dann wäre alles gut gewesen. So aber blieb ein Stachel in ihrem Herzen. Sie war nicht ruhig genug, um sich zu sagen, daß ein Kavalier überhaupt nicht von seinen früheren Beziehungen sprechen darf, zumal wie hier die Verhältnisse lagen.

Auch erschien Hans Roland die ganze Angelegenheit nicht wichtig genug. Was war ihm Frau Erika? Kaum noch eine unangenehme Erinnerung an eine Jugendtorheit. Er war sich keines Unrechts in dieser Angelegenheit bewußt und glaubte, nichts zu beichten zu haben.

Nach einer kurzen Pause sagte Anita ein wenig bedrückt: »Nun gut, so werde ich ihr unsere Verlobung erst mitteilen, wenn wir heimgekehrt sind.«

Sie griff dann schnell ein anderes Thema auf. Aber der helle Glücksglanz in ihren Augen war ein wenig getrübt. Er merkte es wohl, glaubte aber, Anita wäre an die traurigen Dinge erinnert worden, die mit dem Tod ihres Vaters zusammenhingen. Er war so zärtlich und lieb zu ihr, daß sie sich selbst ausschalt ihrer törichten Gedanken wegen. Warum wartete sie nicht ruhig ab, bis er mit ihr über diese Angelegenheit offen sprach? Wenn er ihr bisher nichts darüber sagte, so geschah es gewiß nur aus Schonung für sie, um sie nicht eifersüchtig zu machen. Freilich, klären mußte sich diese Angelegenheit. Wenn er ihr nach der Hochzeit noch immer nichts sagte, dann – ja, dann konnte sie ja zur Sprache bringen, was gesagt werden mußte.

16

Nach einem herzlichen Abschied von Gordons reiste Anita mit ihrem Verlobten von Biskra ab. Lori und ihr Mann waren am Bahnhof und winkten lange dem abfahrenden Zuge nach.

Dann nahm Fritz Gordon seine junge Frau am Arm. »Nun mußt du wieder mit mir allein fürliebnehmen, Lori«, sagte er, ein wenig besorgt in ihr zuckendes Gesicht sehend. Sie wischte tapfer ein paar Tränchen aus den Augen.

»Ich werde fürliebnehmen – du dummer Fritz«, sagte sie schelmisch lächelnd und hängte sich fest in seinen Arm.

»Wirst du es denn aushalten?« fragte er.

Sie drückte ihre Wange an seine Schulter. »Ach, Fritz, so eine Frage! Die paar Monate vergehen schnell. Und jetzt habe ich ja mal wieder einige Wochen nach Herzenslust deutsch reden können.«

»Na, mit mir kannst du auch deutsch reden«, neckte er.

Inzwischen fuhr der Zug, der Anita und Hans Roland davonführte, nach Norden. Als sie den Hafen erreichten und sich auf den Dampfer begaben, war klares, sonniges Wetter. Es war eine traumhaft schöne Fahrt für die beiden Verlobten. Sie waren vom frühen Morgen bis zum späten Abend unzertrennlich. Es gab immer Neues zu sehen.

Wenn es abends zu kühl auf Deck wurde und es Zeit zur Nachtruhe war, begleitete Hans seine Braut bis an ihre Kabine. Und am Morgen holte er sie wieder dort ab.

Sie hielten sich ganz abgesondert von der übrigen Reisegesellschaft, und da Anita Trauerkleider trug, fiel ihre Zurückhaltung nicht sehr auf. Aber man verfolgte das schöne und elegante Brautpaar mit Interesse. Die Damen beneideten Anita um die zarte Fürsorge und Ritterlichkeit ihres interessanten Begleiters, und die Herren beneideten Hans Roland um das süße, hingebungsvolle Lächeln seiner Begleiterin.

Von Marseille aus benutzten sie die schnellste Verbindung. Hans wäre gern langsamer und bequemer mit Anita gereist, aber er sah ein, daß die Verhältnisse jede Verzögerung ausschlossen.

Frau Jungmann erwartete sie am Bahnhof ihrer Vaterstadt. Anita hatte ihr Kommen angemeldet und stellte der alten Dame Hans Roland als ihren Verlobten vor.

»Ich werde Sie nicht lange mit meiner Gegenwart belästigen, liebe Frau Jungmann, aber ich danke Ihnen doch aus tiefster Seele, daß Sie mich bei sich aufnehmen wollen«, sagte sie, ihr herzlich die Hand drückend. Frau Jungmann streichelte ihre Hand.

»Ich wäre ja das undankbarste Geschöpf unter der Sonne, liebe Anita, wenn ich nicht freudig alles, was ich besitze, mit Ihnen teilte. Sie müssen freilich fürliebnehmen in meiner kleinen Wohnung, aber Sie sollen mir stets ein lieber Gast sein. Ich hätte Sie gern für immer bei mir behalten, aber natürlich freue ich mich innig, daß Sie an der Seite eines lieben Mannes eine schönere Heimat finden als bei mir alten Frau. Lassen Sie mich Ihnen von Herzen Glück wünschen, Herr Doktor, Sie bekommen eine herzliebe Frau! Ich kenne sie vielleicht besser als sonst ein Mensch. Da ist alles lauteres Gold und echte Herzensgüte.«

»Das weiß ich, gnädige Frau – ich habe einen Edelstein gewonnen. Ich danke Ihnen für Ihren Glückwunsch und vor allem auch dafür, daß Sie meiner Braut Aufnahme gewähren wollen bis zu unserer Hochzeit. Sie soll möglichst bald stattfinden. Anitas schwierige Lage gestattet uns kein langes Warten. Ich werde schon morgen das Aufgebot bestellen«, erwiderte Hans.

»Oh, schon so bald? Da werde ich nicht lange die Freude haben, Sie bei mir zu sehen, liebe Anita. So leid es mir tut, Sie so bald wieder fortgehen lassen zu müssen, gönne ich Ihnen doch Ihr Glück. Sie haben verdient, glücklich zu werden, liebes Kind. Weiß Frau Erika Friesen schon von Ihrer Verlobung? Ich habe sie gestern getroffen, und sie sagte mir nichts davon.«

»Nein, sie weiß noch nichts – ich wollte es ihr persönlich mitteilen.«

Sie waren inzwischen zu einem Wagen gegangen, und Hans verabschiedete sich von Anita mit einem Handkuß. Um jedes Aufsehen zu vermeiden, ließ er die beiden Damen allein zu Frau Jungmanns Wohnung fahren.

»Morgen vormittag erlaube ich mir, meinen Besuch zu machen«, sagte er zum Abschied.

Es war bereits ziemlich spät am Abend. Zum ersten Mal seit langer Zeit mußte sich Anita von ihrem Verlobten trennen. Diese Trennung legte sich ihr seltsam beklemmend aufs Herz. Und eine unruhige Frage wurde in ihr lebendig: Würde Hans vielleicht heimlich allein zu Frau Erika gehen, um sie aufzuklären, damit sie nicht ohne Vorbereitung von ihrer Verlobung erfuhr?

Frau Jungmann umgab Anita mit liebevoller Fürsorge. Sie nahmen eine Mahlzeit ein, und dann saßen sie noch plaudernd zusammen. Frau Jungmann erzählte Anita ausführlich alles, was sie von der Katastrophe des Bankhauses Friesen wußte.

»Es wird sich anscheinend alles noch leidlich regeln lassen. Die Villa ist schon mit allem Inventar verkauft. Auch sonst ist alles zu Gelde gemacht worden, und die Verbindlichkeiten werden wohl so ziemlich gedeckt werden. Ihre Sachen, liebe Anita, sind schon alle hier bei mir. Ich habe alles hierherbringen lassen, was Ihnen persönlich gehörte. Leider waren ja keine großen Wertobjekte dabei. In dieser Beziehung hat Ihre Stiefmutter bedeutend besser abgeschnitten. Sie ist kolossal

energisch vorgegangen und hat mancherlei für sich bean-
sprucht, woran sie kein Recht hat. Zum Beispiel hat sie einen
Teil des Silberzeugs, Hauswäsche, Porzellan und Kristall mit
fortschaffen lassen. Sie ist jedenfalls gut ausgestattet, und ihr
kostbarer Schmuck wird ihr ein sehr behagliches Leben
schaffen. Trotzdem ist sie unzufrieden. Daß man ihr nicht
wenigstens einen Wagen mit den nötigen Pferden gelassen
hat, findet sie empörend, und sie hat den Herren, die alles zu
ordnen hatten, Szenen gemacht und jedes Stück verteidigt.
Und damit hat sie dann auch allerlei erreicht. Sie, liebes Kind,
sind dagegen sehr im Nachteil. Aber immerhin sind Sie wenigstens mit Wäsche und Kleidern noch reichlich versehen;
und all die lieben Kleinigkeiten, an denen vielleicht Ihr Herz
hängt. Ihre Toilettenartikel, Ihre Bücher und Bilder und das
große Ölgemälde von Ihrer verstorbenen Mutter habe ich
nun vorläufig in meinem Schrankstübchen aufgestapelt. Das
ist alles, mein armes Kind, was für Sie von der Herrlichkeit
übriggeblieben ist. Arme Anita!«

Diese schüttelte lächelnd den Kopf. Dann sagte sie ganz ruhig: »Bedauern Sie mich nicht, liebe Frau Jungmann, ich habe
bessere Werte eingetauscht. Wäre ich die reiche Erbin geblieben, hätte ich mein Herzensglück nicht gefunden.«

»Nun, dann soll in Gottes Namen der Reichtum verloren
sein! Es ist bewundernswert, wie Sie Ihr schweres Schicksal
tragen. Frau Erika Friesen hat sich anders benommen. Sie jam-
mert unausgesetzt über das verlorene gute Leben, und es ist
nicht schön, wie sie von Ihrem unglücklichen Vater spricht, der
ihr doch so viel Liebes und Gutes getan hat und an dessen trau-
rigem Geschick sie doch weiß Gott den größten Teil der Schuld
trägt. Darüber ist man sich hier überall einig. Man bedauert Sie
und Ihren Herrn Vater sehr, aber Frau Erika gilt keine Teilnah-

me. Allgemein ist man überzeugt, daß nur die Verschwendungssucht Ihrer Stiefmutter Ihren Herrn Vater zu so gewagten Spekulationen trieb – und schließlich in den Tod.«

Anita sah starr vor sich hin. »Es war mir sehr bitter, daß ich nicht bei ihm sein konnte, als ihn das Unglück traf. Vielleicht hätte ich ihn doch von dem schlimmsten Schritt zurückhalten können.«

Frau Jungmann schüttelte den Kopf. »Nein, liebes Kind, das hätte er nicht überlebt. Dieser stolze, aufrechte Mann, der immer gewohnt war, über Millionen zu verfügen – und dann plötzlich vor dem Nichts – – Nein, gönnen Sie ihm die Ruhe, er hätte es nicht ertragen. Für Sie freilich wäre das alles furchtbar hart und grausam gewesen, wenn Sie nicht das große Glück gehabt hätten, Ihren Verlobten zu finden.«

Anita seufzte. »Ich werde morgen früh gleich zu Vaters Grab gehen und ihm Blumen bringen.«

»Tun Sie das, liebes Kind. Und jetzt wollen wir zur Ruhe gehen. Sie werden müde sein von der langen Reise. Alles Weitere besprechen wir morgen.«

17

Am nächsten Morgen fuhr Anita mit Frau Jungmann zum Kirchhof und legte Blumen auf das Grab ihres Vaters.

Als sie von diesem Wege eben nach Hause gekommen war, erschien ihr Verlobter. Anita flog ihm entgegen und umfaßte ihn innig. »Ach, Hans – wie froh bin ich, dich wiederzuha-

172

ben! Mir ist, als müßten mich hier die Mauern erdrücken. So einsam und verlassen erschien ich mir am Grab meines Vaters. Wie gut, daß ich dich habe! Was hätte nur ohne dich aus mir werden sollen?«

Er küßte sie innig. »Meine Nita! Du warst also schon auf dem Friedhof?«

»Ja, es sollte mein erster Weg sein. Und du? Was hast du getan heute morgen?«

»Das Wichtigste und Nötigste – ich habe das Aufgebot bestellt. In wenigen Wochen wirst du meine Frau, Liebste.«

Sie schmiegte sich erglühend an ihn. Frau Jungmann ging hinaus, um eine Erfrischung zu holen, und Anita sagte leise: »Dann führst du mich fort von hier. Mir ist, als könne ich nicht schnell genug diese Stadt verlassen, in der mir jeder Stein von dem Unglück meines Vaters zu reden scheint. Mir ist, als sähen mich alle Menschen hier fremd und feindlich an.«

»Aber Nita! Das bildest du dir nur ein. Doch ich verstehe schon, daß du hier unter diesen ganz veränderten Verhältnissen nicht mehr leben möchtest. Auch ich werde froh sein, wenn wir die Zeit bis zu unserer Hochzeit überstanden haben, es ist ein sehr unbehaglicher Zustand, und ich kann nicht immer bei dir sein. Was tust du heute nachmittag?«

Anita sah ihn unsicher an. »Wir müssen nun wohl zu meiner Stiefmutter gehen, Hans, und uns als Verlobte vorstellen.«

Und während sie das sagte, schämte sie sich, daß sie gestern abend geglaubt hatte, Hans könnte heimlich, ohne ihr Vorwissen, zu Frau Erika gegangen sein.

Er hatte bei ihren Worten die Stirn zusammengezogen. »Muß das sein, Nita? Müssen wir überhaupt noch in irgendwelchem Verkehr mit Frau Erika Friesen bleiben?«

Sie wußte nicht, ob sie sich über seine Haltung freuen sollte. Wollte er den Verkehr mit ihrer Stiefmutter nicht, um sich nicht der Gefahr auszusetzen, daß ihn diese verriet, oder wollte er ihn nicht, damit er nicht ein Geheimnis mit ihr hinter dem Rücken seiner Braut teilen mußte? Sie zögerte, dann sagte sie aufatmend:

»Es wäre ungezogen, wenn wir es nicht tun würden. So fremd wir uns auch innerlich gegenüberstehen, war sie doch immerhin die Frau meines Vaters. Und außerdem – sie war doch deine Jugendfreundin.«

Es lag ein leises Bangen in ihren Worten, das er aber nicht bemerkte. Würde er jetzt Vertrauen zu ihr haben und ihr sagen: »Jugendfreundin? Nun – es war ein etwas anderes Verhältnis zwischen uns als eine Jugendfreundschaft, und deshalb möchte ich den Verkehr mit ihr nicht wieder aufnehmen – schon deinetwegen.« So hätte er doch sagen können, dann wäre alles gut und klar gewesen.

Hans Roland hatte zum erstenmal ein unbehagliches Gefühl, daß er in diesem Punkte nicht ganz offen zu Anita sein konnte. Aber erstens wollte er Anita nicht unnötig beunruhigen, und zweitens durfte er Frau Erika in den Augen ihrer Stieftochter nicht bloßstellen. Im übrigen lag ja die Geschichte weit hinter ihm, und daß er mit anderen Frauen geflirtet hatte, wußte Anita ja. Wozu sollte er also diese Angelegenheit berühren? Frau Erika würde im eigenen Interesse schweigen. Und daß Anita jene ihm so peinliche Begrüßungsszene belauscht hatte, ahnte er nicht.

Also schwieg er darüber und sagte nur: »Nun gut, Nita, wie du denkst. Wir werden also heute nachmittag zu ihr gehen.«

Sie wurde ein wenig blaß. »Ist es dir unangenehm, Hans?«

Er zuckte die Schultern. »Nun, ich kann nicht sagen, daß ich mich sehr danach sehne, solche Besuche zu machen.«

Ihre Lippen zuckten. Sie wandte sich ab, um ihn nicht ansehen zu müssen. »Vielleicht ist es auch besser, ich gehe heute erst einmal allein zu ihr, um ihr unsere Verlobung mitzuteilen. Du kannst mich dann vielleicht morgen zu ihr begleiten – oder ihr allein einen Besuch machen.«

Er wehrte erschrocken ab. »Allein? Ach nein, Nita, was soll ich allein bei ihr? Aber du kannst heute allein zu ihr gehen, und morgen gehen wir dann zusammen hin. Das ist vielleicht richtiger. Was wirst du ihr sagen, wie unsere Verlobung zustande gekommen ist? Sie braucht doch nicht zu wissen, daß ich in Biskra war.«

Sie sah ihn mit großen Augen an. »Lügen mag ich nicht, Hans.«

Er küßte ihre Hände. »Du hast recht, Nita! Also sage ihr, was du für richtig hältst. Nun mach nicht ein so bedrücktes Gesicht, mein Liebling! Schließlich kann es uns gleichgültig sein, was Frau Erika Friesen von uns denkt.«

Er küßte sie so innig und zärtlich, daß sie sich ausschalt wegen ihrer Ungeduld, daß er ihr alles sagen sollte.

Frau Jungmann brachte jetzt eine Erfrischung und bat Hans, er möchte mit ihnen zu Mittag speisen. Er sagte freudig zu, weil er bei Anita bleiben konnte. Und er war so lieb und zärtlich, daß sie ihre sorgenvollen Gedanken vergaß.

Bis Anita zum Besuch bei ihrer Stiefmutter aufbrach, blieb er. Dann verabschiedete er sich, um wichtige Briefe zu schreiben. Am Abend wollte er wiederkommen.

Anita hatte nur etwa zehn Minuten zu gehen bis zur neuen Wohnung Frau Erikas.

Diese hatte sich in aller Eile ein äußerst behagliches und elegantes Heim geschaffen, das aus vier Zimmern, einer hübschen Diele, Küche und Badezimmer bestand. Sie hatte es verstanden, die Möbel, die sie dazu brauchte, aus Villa Friesen herauszubekommen, und daß auch sonst nichts fehlte in ihrem Hausstand, dafür hatte sie ebenfalls gesorgt.

Eine zierliche Zofe öffnete die Tür der in einem vornehmen Miethaus gelegenen Wohnung und führte Anita in den ihr bekannten Louis-XVI-Salon.

Gleich darauf trat Frau Erika ein. Sie trug ein sehr elegantes Trauerkleid. Als sie Anita erblickte, schlug sie die Hände zusammen.

»Du bist es, Anita! Nun, du hättest mir wohl auch deine Ankunft mitteilen können. Wann bist du denn eingetroffen?«

»Gestern abend«, erwiderte Anita.

»Du hast bei Frau Jungmann ein Unterkommen gefunden, nicht wahr?«

»Vorläufig – ja.«

Frau Erika sah unruhig auf. »Was heißt vorläufig? Ich kann dich leider keinesfalls aufnehmen – ich bin selbst so sehr beschränkt.«

Anita sah mit einem seltsamen Blick in die offenstehenden Nebenräume. »Ich denke nicht daran, bei dir Aufnahme zu suchen.«

Die schöne Frau atmete auf. »Nun, das ist vernünftig. Lieber Gott, wir würden uns auch gegenseitig sehr genieren in so einer engen Wohnung. Aber, bitte, nimm doch Platz. Du siehst, ich habe mich notdürftig eingerichtet. Für eine arme Witwe muß es genügen.«

»Ich finde es sehr hübsch bei dir.«

»Nun ja, ich habe einiges Geschick, aus nichts etwas zu machen, und das Nötigste hat man mir doch überlassen müssen. Deine Sachen sind übrigens bei Frau Jungmann.«

»Frau Jungmann sagte es mir schon. Ich kann das natürlich jetzt alles sehr gut brauchen.«

»Kann ich mir denken. Aber was wirst du nun beginnen? Du bist ja in einer schrecklichen Lage. Dein Vater hat sehr gewissenlos an uns gehandelt.«

Anitas Stirn zog sich zusammen. »Bitte, sag nichts gegen meinen Vater – es tut mir weh. Ich kann ihn nur tief bedauern – er muß viel gelitten haben, ehe er sich zu diesem Schritt entschloß.«

»Nun, du bist immer sehr sanftmütig gewesen. Aber es bleibt doch wahr, daß du in einer schrecklichen Lage bist.«

»Sie ist nicht so schrecklich, wie du glaubst. Ich – ich habe mich verlobt und werde in vierzehn Tagen heiraten.«

Frau Erika richtete sich überrascht auf. »Verlobt? Nun, das ist freilich für dich die beste Lösung. Da bist du ja mit einemmal aus der peinlichen Situation heraus. Hoffentlich machst du eine gute Partie?«

»Nein, mein Verlobter ist völlig vermögenslos und auf den Ertrag seiner Arbeit angewiesen.«

Fassungslos schlug die schöne Frau die Hände zusammen. »Herrgott, Anita! Hast du einen Mut! Du, die wie eine Prinzessin verwöhnt war! Und so schnell hast du dich entschlossen? Wer ist denn dein Verlobter? Kenne ich ihn?«

Anita sah sie fest an. »Ja, du kennst ihn – es ist Hans Roland.«

Mit einer jähen Bewegung fuhr Frau Erika auf und starrte sie an. »Hans Roland? Anita – du machst wohl einen Scherz?«

»Nein, mit solchen Dingen scherzt man nicht.«

»Aber das ist ja Unsinn! Wovon wollt ihr denn leben? Du hast nichts, und er hat nichts. Und ihr seid beide verwöhnt. Überhaupt – ich bin ganz fassungslos. Also warst du doch in

177

ihn verliebt? Ich habe es ja gleich geahnt. Du warst doch entschieden eifersüchtig auf mich. Und er – ja, sag mir nur, wie ist das nur gekommen? Wo und wann habt ihr euch denn verlobt?«

»Er war mir nach Biskra gefolgt, weil ich ihn hier abgewiesen hatte. Dort wiederholte er seine Werbung.«

Frau Erika sah sie fassungslos an. Aber dann schien sie eine Erklärung des Unfaßbaren gefunden zu haben. »Ach, nun verstehe ich – er warb dort noch einmal um dich, ehe die Katastrophe hereinbrach. Ihr hattet euch schon verlobt, ehe die Nachricht vom Tode deines Vaters kam – und dann konnte er anstandshalber nicht mehr zurücktreten?«

Anita schüttelte den Kopf. »Nein, wir haben uns erst verlobt, nachdem dein Brief eingetroffen war.«

Die schöne Frau schüttelte den Kopf. »Das kann ich nicht verstehen. Für so unklug hätte ich euch beide nicht gehalten. Mein Gott – seid ihr denn wirklich so verliebt ineinander? Daß er auch so unvernünftig sein kann, hätte ich nicht geglaubt. Wovon wollt ihr denn leben? Wovon euch nur ein Heim einrichten? Das ist ja Unsinn!«

Anita blieb ganz ruhig. »Mein Verlobter besitzt ein kleines Häuschen in Thüringen, das er geerbt hat. Es besteht freilich nur aus drei kleinen Zimmern und Küche. Darin wollen wir wohnen.«

Mit einem seltsamen Blick, als zweifle sie an Anitas Zurechnungsfähigkeit, sah Frau Erika auf ihre Stieftochter. »Ich begreife das nicht. Ihr müßt sehr verliebt sein – ja, auch Roland muß sinnlos verliebt in dich sein –, sonst hätte er nicht daran gedacht, dich zu heiraten, nachdem du alles verloren hast. Das kann ja nicht gutgehen.«

Anita hatte ein Gefühl, als würde ihr immer leichter ums

Herz. »Wir werden uns bescheiden einrichten, und es wird alles gutgehen. Wir haben uns lieb.«

Etwas wie Neid stieg in Frau Erika auf. Aber das gestand sie sich nicht einmal selbst ein. »Lieber Gott, zu solch einem Idealismus gehört Mut. Ich hätte diesen Mut nicht gehabt, sonst – nun ja –, sonst hätte ich ja lange Zeit, bevor ich deinen Vater kennen lernte, Hans Rolands Frau werden können. Wahrhaftig, ich hätte nur ernstlich zu wollen brauchen – er war auch einmal sehr verliebt in mich. Jetzt kann ich es ja sagen, da dein eifersüchtiger Vater nicht mehr lebt – leicht habe ich ihn damals nicht aufgegeben. Dein Vater war um so viel älter als ich, und mein junges Herz hing an Hans Roland. Aber ich war vernünftig – für uns beide, und habe ihn gehen lassen. Er hat es mir sehr verargt und hat es mir wohl auch nie verziehen. Nun – er wird dir ja alles selbst gesagt haben. Nun bist du seine Braut, und man muß euch gehen lassen. Viel Glück also! Ich hätte nicht den Mut, so aufs Ungewisse hin zu heiraten. Wo Not im Hause ist, entflieht die Liebe.«

Mit einem seltsamen Empfinden hörte Anita diese Worte an, und das Herz wurde ihr wieder schwer. Was hätte sie darum gegeben, wenn sie hätte sagen können: »Ja, das hat mir Hans alles erzählt.« Sie kam sich fast gedemütigt vor, daß sie es nicht sagen konnte.

Es herrschte eine Weile tiefes Schweigen. Dann lachte Frau Erika etwas gezwungen auf. »Das wird eine komische Situation, wenn Hans Roland sozusagen mein Schwiegersohn wird! Ich habe ihn einmal damit geneckt, daß ich seine Stiefschwiegermutter werden könnte. Nun ist es wirklich dazu gekommen. Das ist wirklich drollig – zum Totlachen! Ich werde ihn damit aufziehen.«

Anita hob erschrocken abwehrend die Hand. So gern sie es

auch gesehen hätte, daß diese Angelegenheit endlich zwischen ihr und ihm zur Sprache kam, wollte sie doch nicht, daß er beschämt wurde. Frau Erika konnte so unglaublich taktlos sein.

»Ich bitte dich, tu das nicht! Ich wäre dir sehr verbunden, wenn du nichts in dieser Angelegenheit erwähnen wolltest.«

Es blitzte in Frau Erikas Augen auf. »Aha – er hat also noch nicht gebeichtet! Nun, das hätte er ruhig tun können, es ist ja nichts Besonderes zwischen uns geschehen. Aber er ist sehr ritterlich, und er meint wohl, du ahnst nicht, daß wir einmal miteinander geflirtet haben. Da hat er mich in deinen Augen nicht bloßstellen wollen. Er ist ja unglaublich schwerfällig und gewissenhaft. Lieber Himmel – als Gatte wird er nicht immer sehr bequem sein; er verlangt von den Frauen kolossale Tugenden und hat immer allerlei an einem auszusetzen. Heiraten hätte ich ihn nicht mögen. Nun, du wirst ihn ja nicht enttäuschen, du hast ja das nötige kalte Blut und wirst keinen Schritt vom Pfad der Tugend abweichen. Also, ich werde meinen Mund halten und mit keinem Wort verraten, daß wir über unsere früheren Beziehungen gesprochen haben. Damals, ehe er abreiste – angeblich in Geschäften –, um dir nach Biskra zu folgen, da wollte ich ihm einen Wink geben, daß du eifersüchtig auf mich bist. Aber es kam nicht dazu. Nun ahnt er also nicht, daß du etwas von unseren Beziehungen weißt. Aber da ich dir nun das Versprechen gab, nichts zu verraten, mußt du mir auch erklären, wie du eigentlich dazu gekommen bist, eifersüchtig auf mich zu werden. Du wurdest doch an jenem letzten Ballabend in Villa Friesen ziemlich aggressiv gegen mich, als Hans Roland das Haus verlassen hatte. Wußtest du etwas aus der Zeit, ehe ich deines Vaters Frau wurde? Denn nachher habe ich doch keine Beziehungen mehr zu ihm gehabt.«

Anita war diese ganze Unterhaltung unsagbar peinlich. Aber gegen ihren Willen mußte sie diese doch fortsetzen.

»Als Hans Roland das erstemal in Villa Friesen eingeladen war, empfingst du ihn, bevor andere Gäste kamen, allein in deinem Salon. Ich näherte mich, ohne daß ihr mich auf den weichen Teppichen kommen hörtet, und sah, daß ihr euch umarmtet und küßtet und euch ›du‹ nanntet. Gleich darauf trat Vater hinter mir ins Zimmer, und ich begrüßte ihn laut, um euch zu warnen. Dann stelltest du uns Hans Roland als deinen Jugendfreund vor, und ihr nanntet euch förmlich ›Sie‹ und ›Herr Doktor‹ und ›gnädige Frau‹.«

Frau Erika machte ein drollig zerknirschtes Gesicht. »Ach, du lieber Himmel, da wirst du dir einen schönen Roman zusammengereimt haben! Aber es war wirklich nicht so schlimm. Wir sahen uns damals nach langer Zeit zum erstenmal wieder, und da begrüßte ich ihn wie früher. Er stand übrigens steif wie ein Stock – das mußt du ja bemerkt haben. Und außerdem hat er mir noch an demselben Abend erklärt, daß er das Haus nicht wieder betreten würde, wenn ich nicht die veränderten Verhältnisse streng respektierte. Wahrscheinlich wäre er gar nicht wiedergekommen – wenn er dich nicht an demselben Abend kennengelernt hätte.

Du hast gleich einen großen Eindruck auf ihn gemacht, das merkte ich. Aber ich glaubte damals, es gälte deinem Reichtum. Das scheint ja nun nicht der Fall zu sein. Jedenfalls war es riesig anständig von dir, daß du mir damals aus deiner Entdeckung keinen Strick gedreht hast. Wenn du mich deinem Vater verraten hättest, wäre eine Katastrophe daraus geworden.«

»Ich hätte meinen Vater nicht betrüben mögen. Und – angeben ist so häßlich«, sagte Anita.

Frau Erika sah sie nachdenklich an. »Trotzdem – eine andere an deiner Stelle hätte nicht so anständig gehandelt. Und das will ich dir nicht vergessen. Also jedenfalls kannst du deine Eifersucht auf mich endgültig begraben. Ich habe längst gemerkt, daß er für mich nichts mehr übrig hatte. Seine Liebe zu dir scheint echt zu sein. Und daß ich dir die Wahrheit sage, kannst du mir glauben. Seit jenem Abend ist nichts, absolut nichts zwischen uns gewesen – er war eisig kalt und ablehnend, wenn ich einmal auf alte Zeiten anspielen wollte. Er wird dir ja die Wahrheit meiner Worte bestätigen, wenn er später einmal Generalbeichte ablegt. Lieber Gott, Kind, mach doch nicht so ein betrübtes Gesicht! Du denkst doch nicht, daß dein Verlobter als schneeweißes Lämmchen in die Ehe geht?«

Anita war die Beichte Frau Erikas nicht angenehm gewesen, aber sie empfand doch eine gewisse Erleichterung. Wußte sie doch nun, wie sie sich jene Szene erklären sollte, die sie belauscht hatte.

Und Frau Erikas Worte bestätigten, was Hans ihr gesagt hatte – daß er, seit er sie kannte, für keine andere Frau mehr etwas übrig gehabt hatte. Damit konnte sie zufrieden sein und nun geduldig warten, bis Hans ihr eines Tages alles sagen würde.

Fast hegte sie nun ein Gefühl der Dankbarkeit gegen ihre Stiefmutter. Sie sagte aufatmend:

»Mein Verlobter hat mit mir über diese Angelegenheit natürlich nur deshalb noch nicht gesprochen, weil es gegen sein ritterliches Empfinden gewesen wäre. Er wollte auch nicht, daß ich dich in einem falschen Licht sehe. Und ich danke dir jedenfalls, daß du ihm nicht sagen wirst, daß wir darüber gesprochen haben. Ich möchte nicht, daß er weiß, daß ich darüber unterrichtet bin.«

Frau Erika nickte. »Gut, wie du willst. Aber ihr seid seltsame Menschen, du und auch er. Alles nehmt ihr so gründlich und so schwer. Ich an deiner Stelle würde ihn lachend beim Ohr nehmen und sagen: ›Du Don Juan, jetzt beichte mal, was hast du mit meiner Stiefmutter gehabt? Ich will klarsehen in dieser Sache!‹ Dann wäre alles erledigt.«

Anita seufzte. »Die Menschen sind eben verschieden.«

»Das stimmt. Und bei dir wird Hans Roland nicht enttäuscht werden. Leicht macht ihr euch aber das Leben damit nicht. Und ich sehe für dich in der Verbindung mit dem vermögenslosen Manne kein großes Glück. Du hättest bei deinem Aussehen eine ganz andere Partie machen können, und er hätte auch besser getan, ein reiches Mädchen zu heiraten. Aber jedenfalls wünsche ich euch trotzdem von Herzen Glück, denn ich glaube, du verdienst es. Immerhin ist es besser, als wenn du allein schutzlos dem Nichts gegenüberstündest. Im Vergleich zu dir ist meine Lage immer noch beneidenswert. Aber ich habe mich auch mit Händen und Füßen dagegen gewehrt, daß sie mir alles wegnahmen!«

Damit war Frau Erika wieder bei dem beliebten Thema angelangt, und Anita erhob sich schnell und verabschiedete sich.

»Also, ich erwarte dich mit deinem Verlobten morgen nachmittag. Ihr kommt aber zum Tee, mit einer kurzen Visite lasse ich mich nicht abspeisen!« rief Frau Erika ihrer Stieftochter beim Abschied nach.

183

18

Am nächsten Tage fand sich das Brautpaar wirklich bei Frau Erika zum Tee ein. Die schöne Frau hatte sichtlich sorgfältig Toilette gemacht. Das blonde Haar war sehr kleidsam frisiert und wirkte besonders licht gegen das tiefe Schwarz ihres Kleides. Sie sah glänzend aus und machte jedenfalls nicht den Eindruck einer untröstlichen Witwe.

Der Teetisch war sehr zierlich geordnet und mit allerlei kostbarem Gerät besetzt, das Anita sehr genau kannte. Frau Erika hatte es verstanden, aus den Trümmern des Hauses Friesen allerlei Gutes und Brauchbares für sich zu retten.

Sie begrüßte das Brautpaar mit einer gewissen humoristischen Überlegenheit. Anita sah verstohlen in das Gesicht ihres Verlobten, als er Frau Erika begrüßte. Er zeigte eine kühle Ruhe. Förmlich küßte er ihr die Hand und nahm ihren ein ganz klein wenig spöttischen Glückwunsch mit ruhiger Höflichkeit entgegen.

Man unterhielt sich etwas gezwungen. Frau Erika unterstrich ihre beklagenswerte Lage sehr stark. Hans sah sich mit einem sprechenden Blick in dem eleganten Heim um und ging mit Betonung auf ein anderes Thema über.

Nach einer Stunde entfernte sich das Brautpaar, nachdem es Frau Erika mitgeteilt hatte, daß die Hochzeit ganz in der Stille und ohne jede Feier stattfinden würde.

»Ich komme natürlich trotzdem – auch in die Kirche«, versicherte Frau Erika.

Als das Brautpaar sich entfernt hatte, reckte sich Frau Erika, gähnte herzhaft und betrachtete sich im Spiegel. »Um Himmels willen, eine Ehe zwischen diesen beiden vortrefflichen Menschen muß an Langweiligkeit alles übertreffen – ich danke!«

Draußen im Treppenhaus zog Hans Roland seine Braut mit einem tiefen Atemzug an sich. »Meine Nita – wie glücklich bin ich und wie beneidenswert, daß das Schicksal dich an meine Seite geführt hat!« sagte er voll Innigkeit.

Sie sah ernst und groß zu ihm auf und wußte, daß er Vergleiche zwischen ihr und Frau Erika angestellt hatte. Wenn er es doch ausgesprochen hätte, daß der letzte leise Schatten von ihrem Glück weichen könnte!

Sie gingen schweigend weiter. Anita sah versonnen vor sich hin. Nach einer Weile fragte Hans, lächelnd in Anitas Gesicht blickend: »Woran denkst du, Nita?«

Sie zuckte leise zusammen. Wie gern hätte sie es ihm gesagt! Aber sie war sich klar darüber, daß von ihr die Angelegenheit nicht berührt werden durfte. »Ich dachte an mancherlei, Hans«, erwiderte sie ausweichend.

Er drückte ihren Arm an sich. »Ich bin sogar eifersüchtig auf deine Gedanken, Liebling, die dich von mir ablenken. Alles möchte ich wissen, was du denkst.«

Sie lächelte. »Das ist oft recht krauses Zeug, Hans. Aber ich verstehe deinen Wunsch. Auch ich möchte jeden deiner Gedanken kennen, möchte so in dich hineinsehen können wie du in mich.«

»Das kannst du doch, Liebling.«

»Noch nicht genug.«

»Du wirst es lernen – wenn du ganz mein eigen bist.«

Sie schmiegte sich an seinen Arm. »Nicht wahr, Hans, wenn ich erst deine Frau bin, darf ich alles von dir wissen, auch das, was vor mir war?«

Ernst blickte er ihr in die Augen. »Liebling, das Leben ei-

nes Mannes spielt sich nicht in so klaren, ruhigen Bahnen ab
wie das einer Frau. Ich bin kein Heiliger gewesen, habe manche Torheit hinter mir und möchte manches aus meiner Vergangenheit ungeschehen machen. Aber alles, was in meinem
Leben von Wichtigkeit war, wirst du mit der Zeit erfahren,
soweit ich es dir sagen kann, ohne deinen reinen Sinn zu trüben. Bist du damit zufrieden?«

Sie sah gläubig zu ihm auf und war guter Vorsätze voll.
Ach, hätte er schon alles gesagt!

Hans Roland begleitete seine Braut bis vor die Tür von
Frau Jungmanns Wohnung. Er wollte erst am Abend zu den
Damen kommen, da er noch allerlei zu erledigen hatte. – –

In seiner Wohnung fand er einen Brief von Dr. Heine vor.

An diesen hatte er gleich nach seiner Ankunft folgendes geschrieben:

»Sehr geehrter Herr Doktor! Ich bin von meiner Reise zurückgekehrt und habe die Absicht, in etwa 14 Tagen nach
Lorbach zu gehen. Vorher will ich Hochzeit halten. Meine
Braut ist in Trauer um ihren Vater, daher soll unsere Hochzeit
in aller Stille stattfinden.

Ich habe nun heute ein besonderes Anliegen. Meine Braut
weiß nicht, daß ich durch den Tod meines Onkels Herr auf
Lorbach geworden bin. Sie hält mich für einen vermögenslosen Mann, und ich möchte sie vorläufig bei dieser Meinung
belassen. Ich will sie erst später mit der Mitteilung überraschen. Sie weiß nur, daß ich ein Häuschen in Lorbach geerbt
habe. Ich habe am Tage vor meiner Abreise unerkannt einen
Besuch in Lorbach gemacht, nur auf eine Stunde. Und da sah
ich dicht am Walde bei den Wirtschaftsgebäuden ein unbe-
wohntes Häuschen stehen. Der Milchkutscher, der mich als
blinder Passagier mitnahm, sagte mir, dieses Häuschen wäre

186

früher die Wohnung der unverheirateten Verwalter gewesen. Mein Vater hat es bewohnt, ehe er mit meiner Mutter Lorbach verließ. In diesem idyllischen Häuschen will ich meine Flitterwochen verleben in tiefster Zurückgezogenheit. Erst später will ich dann mit meiner jungen Frau ins Schloß übersiedeln. Es soll mich also dort niemand jetzt als Herr empfangen und mich in Gegenwart meiner Frau als Herrn von Lorbach ansprechen. Dies schreibe ich Ihnen, falls Sie in dieser Zeit nach Lorbach kommen und mit mir Geschäfte zu besprechen haben. Wir können das dann beim Verwalter Birkner tun und meiner Frau gegenüber den Vorwand gebrauchen, daß Sie wegen meiner Maschine mit mir zu sprechen haben.

Halten Sie mich nicht für närrischer, als ich bin. Ich habe meine Gründe für mein Verhalten.

Bitte, teilen Sie mir Ihr Einverständnis mit. Dem Verwalter Birkner werde ich selbst die nötigen Mitteilungen machen. Sie versprechen mir bitte, mein Geheimnis zu wahren, bis ich Sie davon entbinde?

Mit ergebenem Gruß

Hans Roland.«

Nun hielt er das Antwortschreiben in den Händen. Es lautete:

»Sehr geehrter Herr Doktor! In meinem Beruf habe ich schon mancherlei närrische Leute kennengelernt. Ihre ›Narrheit‹ hat jedenfalls Methode, und ich möchte gern dabeisein, wenn Ihre junge Frau die Hütte mit dem Schloß vertauscht. An solch einem heiteren Betrug beteilige ich mich gern. Morgen bin ich in Lorbach und werde die Angelegenheit mit dem Verwalter besprechen, damit alles nach Ihren Wünschen geregelt wird.

Ich erlaube mir, zu Ihrer bevorstehenden Vermählung schon heute herzlich Glück zu wünschen, und begrüße Sie hochachtungsvoll ergebenst

Ihr Dr. Heine.«

In lächelndes Nachdenken versunken sah Hans eine Weile vor sich hin. An den Verwalter hatte er schon geschrieben und ihn gebeten, das Häuschen säubern und lüften zu lassen. Der Hausrat sollte geprüft werden auf seine Verwendbarkeit, und frische Gardinen sollten angebracht werden. Sonst sollte alles so bleiben, wie es war. Nur möchte er noch dafür sorgen, daß irgendein einfaches Mädchen zur Stelle sei, das seiner Frau an die Hand gehen könnte. Er hatte genau aufgeführt, was er für Wünsche und Absichten hatte.

Am nächsten Tage traf ein Schreiben von dem Verwalter Birkner ein, daß alles nach Wunsch geregelt werden würde. Nun war Hans Roland mit seinen Vorbereitungen zu Ende, und er sah mit lächelnder Befriedigung dem Kommenden entgegen.

19

Anitas Hochzeit mit Hans Roland wurde in aller Stille gefeiert. Trotzdem hatte sich eine Menge Neugieriger in der Kirche eingefunden, denn Anita Friesen war eine bekannte Persönlichkeit, und der Selbstmord ihres Vaters und ihre gänzliche Verarmung waren lange Zeit Stadtgespräch gewesen.

Die Leute kamen aber nicht recht auf ihre Kosten. Anita

trug ein schlichtes weißes Kleid mit einem ganz einfachen Tüllschleier. Sie sah allerdings sehr hold und lieblich aus, und der schlanke, hochgewachsene Mann an ihrer Seite war für die schaulustigen Frauen eine Augenweide.

Sonst aber gehörten zu der Hochzeitsgesellschaft nur Frau Jungmann, die beiden Trauzeugen und Frau Erika Friesen, die in ihrem eleganten Witwenkleid immerhin eine auffallende Erscheinung war.

Man fuhr von der Kirche aus in ein Hotel, wo ein Frühstück eingenommen wurde. Danach verabschiedete sich das Brautpaar, um zum Bahnhof zu fahren.

Als Anita mit Hans Roland allein war, atmete sie tief auf. Frau Erikas spöttische Blicke hatten sie verwirrt. Sie faßte die Hand ihres Mannes.

»Nun soll ein neues Leben für uns beginnen, Hans. Gott mag mir helfen, daß ich die echte Lebensgefährtin für dich bin!«

Er küßte sie mit leidenschaftlicher Innigkeit. »Meine Nita, ganz mein bist du nun – gehe vertrauensvoll mit mir in dies neue Leben! Es wird mehr Pflichten und Arbeit haben als das vergangene, aber es wird dich hoffentlich mehr befriedigen. Ich bin jedenfalls von dem Wunsch durchdrungen, dich so zu führen, daß du nie wieder dem Leben so hilflos gegenüberstehst wie damals bei der Kunde vom Tod deines Vaters.«

Sie barg ihr Gesicht an seiner Schulter. »Es waren schlimme, qualvolle Stunden für mich, Hans. Aber ehe ich noch recht begriffen hatte, was mir drohte, warst du schon da und nahmst mich unter deinen Schutz. Und da hatte alle Not ein Ende. Wenn du nur bei mir bist, dann bin ich stark und mutig.«

Dicht aneinandergeschmiegt und sich fest an den Händen

haltend, fuhren sie ihrer neuen Heimat entgegen. Ihr Gepäck war schon vorausgeschickt worden.

Als der Zug an der kleinen Station hielt, half Hans seiner jungen Frau aus dem Abteil. Er sah sich suchend um.

Da trat der blonde Hüne mit den Sommersprossen an ihn heran, den er damals zu Pferde in dem Wirtschaftshof hatte ankommen sehen – der Verwalter Birkner. Er zog den Hut. »Habe ich die Ehre, Herrn Doktor Roland vor mir zu sehen?«

Hans reichte ihm die Hand.

»Ich bin es, Herr Verwalter. Gestatten Sie mir, daß ich Sie mit meiner Frau bekannt mache. Liebe Nita, dies ist der Herr Verwalter Birkner, den ich um die Gefälligkeit gebeten habe, uns einen Wagen zum Bahnhof zu senden. Ich habe mit dem Herrn Verwalter geschäftlich wegen meiner Maschine zu tun. Herr Verwalter, ich danke Ihnen sehr. Es ist mir sehr lieb, daß meine Frau nicht den weiten Weg zu Fuß zurücklegen muß.«

Die Herren sahen sich im lächelnden Einverständnis an.

»Es ist nichts zu danken, Herr Doktor, ich bin Ihnen gern gefällig gewesen. Meine Frau hat ein bißchen Ordnung schaffen lassen in Ihrem Häuschen, damit Ihre Frau Gemahlin in eine geordnete Häuslichkeit kommt. Und ein junges Dienstmädchen aus dem Dorfe hat sie auch engagiert. Es schläft bei seinen Eltern im Dorf, da Sie ja wenig Platz haben.«

»Vielen Dank, Herr Verwalter. Ihrer Gattin werde ich meinen Dank noch besonders abstatten.«

»Es hat ihr Freude gemacht, Ihnen gefällig sein zu dürfen. Und nun will ich die Herrschaften nicht länger aufhalten. Ich habe mein Reitpferd draußen neben dem Wagen stehen, weil ich noch in den Forst reiten muß.«

Hans drückte ihm lächelnd die Hand.

»Ich werde mir erlauben, morgen früh zu Ihnen zu kommen. Wir werden wegen der landwirtschaftlichen Maschine mancherlei miteinander zu tun haben. Es gibt allerhand zu besprechen.«

»Ganz recht, Herr Doktor, ich stehe zu Diensten. Und – was ich noch sagen wollte – meine Frau hat alles Nötige in Ihre kleine Speisekammer neben der Küche gestellt, damit Ihre Frau Gemahlin für die erste Zeit nichts einzukaufen braucht.«

»Vielen Dank. Wir rechnen dann morgen ab.«

»Schon gut, Herr Doktor. Also, auf Wiedersehen – und herzlichen Glückwunsch zum Einzug ins neue Heim!«

Sie reichten sich nochmals mit festem Druck die Hand. Auch Anita bot dem blonden Hünen mit einem dankbaren Lächeln die Hand. Er ergriff sie ganz behutsam und verneigte sich.

Das junge Paar schritt nun auf den Wagen zu. Hans hatte den Verwalter brieflich ausdrücklich gebeten, den einfachsten Wagen zu wählen, der vorhanden war. Es war denn auch durchaus kein elegantes Gefährt. Hans nickte dem Verwalter befriedigt lächelnd zu, als dieser davonritt. Dann hob er Anita in den Wagen. Es war ein ziemlich ausgedienter Landauer mit verschossenen blauen Tuchpolstern, und Anitas elegant-vornehme Erscheinung nahm sich seltsam darin aus.

Hans gab sich den Anschein, als wäre der Wagen ganz so, wie er sein sollte.

»Es ist eine große Vergünstigung, Nita, daß uns der Verwalter den Wagen geliehen hat«, sagte er.

Sie faßte seine Hand. »Ich wäre auch mit dir zu Fuß gegangen, Hans; es ist ja so schönes, klares Wetter.« Damit hatte sie recht. Die letzten Herbsttage waren noch sehr schön und sonnig.

Sie fuhren auf der Chaussee dahin und bogen dann in den Wald ein.

»Als ich das letztemal hier war, um mir mein kleines Erbe anzusehen, bin ich mit dem Lorbacher Milchwagen gefahren, Nita«, sagte Hans lächelnd.

Anita sah mit leuchtenden Augen um sich in der sinkenden Dämmerung. »Wie schön muß dieser Wald im Sommer sein, Hans!«

»Wunderschön. Jetzt sind die Zweige freilich kahl. Aber wir spinnen uns ein in unserem kleinen Nest.«

Sie atmete auf. »Es ist sehr lieb von der Frau Verwalter, daß sie sich um unser Häuschen bemüht hat, zumal sie uns doch gar nicht kennt.«

»Sie waren gut mit meinem Onkel bekannt, von dem ich das Häuschen erbte. Und außerdem werde ich mit dem Verwalter in geschäftlicher Verbindung stehen, weißt du – wegen der Maschine.«

Sie nickte arglos. »Er gefällt mir sehr gut, der Verwalter, er hat so etwas Festes, Ehrliches. Hoffentlich ist auch seine Frau so nett. Diese beiden Menschen werden ja wohl unser einziger Verkehr sein.«

»Vorläufig ja, Nita. Wenn ich an den glänzenden Kreis denke, der bei euch im Haus verkehrte, und ich stelle im Geist die schlichten Verwaltersleute daneben, da wird mir doch ein wenig angst um dich. Hast du keine Furcht vor der Einsamkeit?«

Sie schmiegte sich an ihn und sah lächelnd zu ihm auf. »Ich habe ja dich, mein Hans«, sagte sie innig, »und brauche niemand sonst. Und wenn im Frühjahr Lori mit ihrem Mann nach Kassel kommt, dann besuchen wir uns zuweilen. Mehr brauche ich wirklich nicht.«

Ein tiefes, starkes Glücksgefühl erfüllte sein Herz. Voll

Rührung und Bewunderung sah er in ihre Augen. Wie klaglos sie sich in alles fügte!

Als er sein junges Weib vor dem Häuschen aus dem Wagen hob, preßte er es fest in seine Arme. »Das Glück soll mit dir über diese Schwelle treten, Nita!« flüsterte er ihr zu.

An der geöffneten Haustür stand ein dralles junges Bauernmädel und knixte. Erfreut sah das junge Paar, daß die Tür mit einer Girlande geschmückt war. Über dem Eingang prangte ein Plakat mit der Inschrift: »Gottes Segen zum Einzug.«

»Sieh doch, Hans, wie freundlich – das hat sicher auch die Frau Verwalter anbringen lassen. Wir müssen ihr herzlich danken.«

Der Kutscher und das Mädchen trugen das Handgepäck in den Flur. Hier standen schon die großen Koffer, die bereits angekommen waren. Dadurch war der Raum sehr beengt.

Hans führte Anita in das Zimmer, das neben dem Flur lag, und dann durch die anderen Räume. Nun klopfte das Herz der jungen Frau doch ein wenig bang. Die Zimmer waren so klein und niedrig, so ganz anders, als Anita es bisher gewohnt war. Selbst Frau Jungmanns kleine Wohnung war größer und eleganter. Und die Ausstattung war sehr schlicht, die Möbel derb und geradlinig.

Hans beobachtete Anita scharf. Er sah, daß sie ein wenig blaß wurde. Aber der helle Glücksschein erlosch nicht in ihren Augen. Sie nahm ihr Herz tapfer in beide Hände.

»Es ist alles sehr einfach hier, meine Nita. Wirst du dich eingewöhnen können?«

Sie sah sich lächelnd um und atmete tief auf. »Es ist alles sehr hübsch, Hans, und wir haben doch wenigstens ein eigenes Heim. Dies Zimmer hier kann uns als Eßzimmer dienen – dies andere als Wohnzimmer –, hier kannst du arbeiten, da am

Fenster ist wohl der beste Platz. Und das Schlafzimmer – es ist sehr klein und niedlich, Hans –, aber wir werden uns schon daran gewöhnen. Wenn es nur für dich nicht zu eng wird!«

Er zog sie fest in seine Arme. »Meine tapfere Nita! Sieh zum Fenster hinaus – da drüben wird uns ein herrlicher Wald entgegengrünen.«

Sie nickte lächelnd. »Und hier draußen unter der Linde, Hans, da stellen wir einen Tisch und eine Bank auf. Da können wir im Sommer unsere Mahlzeiten einnehmen und bei schönem Wetter immer draußen sitzen. Es wird schon alles gutgehen, man muß sich nur erst eingewöhnen.«

Dann trat das Dienstmädchen ein. »Wie soll das nun mit dem Abendbrot werden, Frau Doktor?« fragte es.

Anita stutze. Dann sah sie fragend ihren Mann an.

Er unterdrückte ein Lächeln. »Ja, Nita, um das Essen wirst du dich nun selbst bekümmern müssen. Und – ich gestehe, daß ich hungrig bin.«

Sie sah an sich herab. Dann trat sie, sich energisch aufraffend, in den Flur hinaus, schloß einen der Koffer auf und entnahm ihm eine große Wirtschaftsschürze. Die legte sie an, über ihr Reisekleid. Und lächelnd trat sie vor Hans.

»In einer halben Stunde wird das Souper aufgetragen, mein Herr Gemahl!« sagte sie schelmisch.

Er umarmte sie entzückt. »Ich sagte es ja im voraus, mein Liebling, du siehst auch in der Schürze wie eine junge Königin aus.«

Nita riß sich lächelnd los. »Jetzt laß mich gehen, ich bin tatendurstig.«

»Ich werde ganz andachtsvoll warten, bis du mir das erste Mahl im eigenen Heim auftragen läßt«, sagte er, seine tiefe Bewegung verbergend.

Anita eilte nun in die Küche und sah sich darin um. Es war genügend Gerät vorhanden. Die Frau Verwalter hatte sogar zwei silberne Bestecke eingeschmuggelt. Sie hatte es nicht übers Herz bringen können, der neuen Herrschaft den Gebrauch der schwarzen Holzbestecke zuzumuten, die hier vorhanden waren.

Schnell legte die junge Hausfrau ein Tischtuch, die beiden Silberbestecke und die nötigen Teller auf ein Tablett und gebot dem Mädchen, im »Eßzimmer« den Tisch zu decken.

Auf dem Herd brodelte kochendes Wasser in einem Kessel. Anita warf nun einen prüfenden Blick in die Speisekammer. Sie erschrak fast, als sie die sehr reichlichen Vorräte sah.

Schnell nahm sie dann einige Eier aus einem Korb und schlug sie in ein Töpfchen. Eine kleine Pfanne wurde auf das Herdfeuer gesetzt. Darin bereitete Anita Rührei. Tee fand sie auch vor. Davon wurde eine Kanne voll aufgebrüht.

Auf einem länglichen Teller garnierte Nita verschiedene Wurstscheiben und etwas Schinken. Neugierig sah sie sich in der Speisekammer um. Da waren anscheinend sehr delikate kleine Gurken in einer Büchse. Davon nahm sie einige heraus. Nun noch Zucker zum Tee – da war auch ein Töpfchen Sahne. Die gute Frau Verwalterin hatte an alles gedacht!

So, nun war das Abendessen fertig. Das Mädchen trug alles hinein, während Anita sich die Hände reinigte und die Schürze wieder ablegte.

Noch ein prüfender Blick auf den fertig gedeckten Tisch. Halt, da drüben stand in einer Vase ein Blumenstrauß – der mußte mitten auf den Tisch.

»Wir können zu Tisch gehen, Hans!«

Lächelnd hatte er sie in ihrem hausfraulichen Eifer beobachtet. Nun trat er mit ihr an den sauber gedeckten Tisch.

195

»Das sieht äußerst einladend aus, Liebling«, sagte er anerkennend.

Sie nahmen einander gegenüber Platz unter der schlichten Hängelampe, und Hans langte tapfer zu.

»Du, Hans, die Frau Verwalter wird dir eine nette Rechnung aufsetzen!« sagte Nita ein wenig bänglich. »Die Speisekammer ist reich gefüllt, es fehlt an nichts.«

»Um so besser, Liebling.«

»Aber es wird teuer sein.«

Er lachte ein wenig. »Ich glaube, Lebensmittel sind hier auf dem Land sehr billig, und was schon angeschafft ist, brauchen wir nicht erst zu kaufen. Man muß auf dem Land immer Vorrat im Hause haben. Du sparst dafür am Wirtschaftsgeld. Das müssen wir morgen festsetzen.«

Sie seufzte ein wenig. »Wenn ich nur damit zurechtkomme, Hans!«

»Es wird sich schon alles einrichten. Die Frau Verwalter wird dir sicher manches billig abgeben.«

»Das wäre sehr wünschenswert. Daß wir nur ja nicht mehr ausgeben, als du verdienen kannst!«

»Sorge dich nur nicht heute schon, Liebling.«

Sie dachte, daß es ihr sehr lieb wäre, wenn sie wüßte, wieviel ihr Mann im Monat verdiente, damit sie sich selbst ein Bild machen konnte, wieviel ausgegeben werden könnte. Aber fragen wollte sie nicht danach. Er würde es ihr schon sagen.

»Wie schmeckt dir das Rührei, Hans?« fragte sie eifrig.

»Hast du es selbst bereitet? Es schmeckt vorzüglich.«

»Ja – ganz allein«, sagte sie strahlend.

Er nahm sich noch eine Portion davon, obwohl es ein wenig zu trocken und zu salzig war.

»Also, die erste Mahlzeit hast du nun hinter dich gebracht, Liebling. Das Mädchen kann dir sicher auch ein wenig helfen.«

»Oh, was denkst du, ich will mich doch nicht vor dem Mädchen blamieren! Ich werde alles allein kochen. Frau Jungmann hat mir eine Menge wohlfeile ausprobierte Rezepte gegeben. Sie sagt, nach einem Kochbuch soll ich mich nur in seltenen Fällen richten, weil da immer zu viele Zutaten gerechnet sind.«

Er küßte sie entzückt und sah sie mit heißen, zärtlichen Augen an. »Wenn es dir nur nicht zu schwer wird!«

Sie schüttelte lächelnd den Kopf. »Nein, gewiß nicht. Ich freue mich darauf zu arbeiten. Du sollst schon mit deiner Hausfrau zufrieden sein. Im Anfang mußt du freilich etwas Geduld haben. Wirst du nie schelten, wenn ich einmal ungeschickt bin?«

»Meine süße Frau, ich werde bestimmt niemals schelten, wenn du so lieb und reizend bist.«

Nach dem Essen räumte das Mädchen den Tisch ab und brachte die Küche in Ordnung. Anita packte inzwischen das Handgepäck aus. Dann fragte das Mädchen, ob es nach Hause gehen könnte, oder ob Frau Doktor noch Befehle hätte.

Freundlich entließ Anita das Mädchen und verabredete mit ihm, es solle am nächsten Morgen um sieben Uhr wiederkommen. Es solle dann die Öfen heizen und Wasser auf den Herd setzen für den Morgenkaffee.

Dann war das junge Paar allein in dem kleinen, stillen Häuschen. Hans schloß wie ein guter Hausvater die Haustür ab und legte die Fensterläden vor die Fenster. Anita gab sich Mühe, ihr neues Heim sehr idyllisch zu finden, und machte Pläne, wie sie es verschönern wollte mit ihren schönen Vasen und Kunstgegenständen, mit Kissen und Decken. Sie konnte sich nicht verhehlen, daß all diese Dinge sich wie Fremdlinge zwischen dem derben Hausrat ausnehmen würden. Das sprach sie aber nicht aus, um Hans nicht zu kränken. Er hörte ihren Plänen andächtig zu. Es ging dabei nicht ohne zärtliche Neckereien ab. Und mitten in ihre eifrigen Erklärungen hinein hob er sie plötzlich empor und trug sie wie ein Kind aus einem Zimmer in das andere.

»Meine süße Frau – meine holde süße Frau!« flüsterte er ihr ins Ohr.

Sie umfaßte seinen Hals und schmiegte sich mit geschlossenen Augen fest an ihn. »Mein geliebter Mann!«

Ihre Lippen fanden sich in einem heißen, beseligenden Kuß.

Und das kleine Haus umschloß zwei wahrhaft glückliche Menschen.

20

Ganz ohne Enttäuschungen ging es freilich in den nächsten Wochen nicht ab. Auch der kleinste Haushalt macht Sorgen und bereitet Verdrießlichkeiten. Aber Anita ging tapfer und beherzt allen diesen kleinen Mißhelligkeiten zu Leibe, und wenn doch einmal ein paar bängliche Tränchen flossen, dann verbarg sie diese vor ihrem Mann.

Sie suchte ihr kleines Heim nach Kräften zu verschönern. Alle ihre Sachen waren nun ausgepackt. Es hatte freilich Schwierigkeiten gegeben, alles unterzubringen. Das Problem ließ sich nur lösen, indem Nita alle Sommergarderobe in den großen Schrankkoffern auf den Speicher hinaufbringen ließ. So war der Flur nun frei und wurde ein wenig verschönert.

Auch in den Zimmern brachte sie überall Verbesserungen an. Und wenn Hans nach Hause kam und alles lobte, was sie getan hatte, dann hätte sie mit keiner Königin getauscht.

Das Kochen machte ihr freilich im Anfang viel Kopfzerbrechen, und manchmal gab es Tränen, wenn es nicht gehen wollte, wie sie erwartete. Aber wenn Hans nach Hause kam, war alles wieder gut und vergessen. Dann strahlte die hellste Glückssonne über dem kleinen Heim.

Hans war viel abwesend. Er arbeitete sich heimlich in seine neuen Pflichten ein und war auch oft, ohne daß es Anita ahnte, drüben im Schloß, wo mancherlei umgestaltet werden sollte. Hauptsächlich die für die junge Schloßherrin bestimmten Zimmer sollten ganz neu hergerichtet werden, und Hans war erfinderisch in immer neuen Verschönerungen.

Einmal sah Anita ihren Gatten neben dem Verwalter zu Pferde dahinreiten, als sie einen kleinen Spaziergang machte. Als er nach Hause kam, fragte sie erstaunt: »Hans – ich habe dich ja heute zu Pferde gesehen. Ganz stolz hast du ausgesehen. Wie kamst du dazu?«

Seine Stirn rötete sich ein wenig. Aber schnell gefaßt sagte er lächelnd: »Dem Verwalter ist es lieb, wenn die Pferde bewegt werden. Sie stehen sonst so viel im Stall. Ich kann deshalb öfter mit ihm auf die Felder hinausreiten.«

»Oh, das freut mich für dich, Hans!« sagte sie arglos. Wie gern hätte auch sie, wie in früheren Zeiten, ausreiten mögen! Aber das sprach sie nicht aus. Jedenfalls war Anita oft allein, da Hans viel zu tun hatte, um sich einzuarbeiten.

In den ersten Wochen hatte auch Anita so viel zu tun, daß

sie ihren Mann nicht so sehr vermißte. Aber als sie erst ihren kleinen Haushalt eingerichtet hatte, kamen doch zuweilen einsame Stunden. Und sie saß dann bang und erwartungsvoll am Fenster, bis Hans heimkam und sie in seinen Armen alles vergaß, was sie bedrückte.

Eines Tages fand Hans, als er zum Mittagessen nach Hause kam, seine junge Frau in Tränen. Erschrocken zog er sie in seine Arme.

»Was ist denn geschehen, Liebling? Warum weinst du?«

Sie warf aufschluchzend die Arme um seinen Hals. »Ach, Hans, ein Pudding ist mir mißglückt. Und er war so teuer, ich habe so viel Eier und Sahne dazu gebraucht. Nun ist alles verloren. Ich habe dir mit meinem Ungeschick unnötige Kosten verursacht.«

Er strich ihr tröstend über das Haar. »Ist er denn ganz rettungslos verloren, Nita?« fragte er, fest entschlossen, den mißglückten Pudding herrlich zu finden. Sie brachte ihn herein; er sah freilich in seiner mißglückten zusammengesunkenen Form wenig verlockend aus. Hans kostete. Er schmeckte stark angebrannt, einfach scheußlich. Aber er meinte tröstend, es wäre gar nicht so schlimm, und mit Todesverachtung nahm er zum Nachtisch eine Portion davon. Sie sah ganz andächtig zu, wie er die Portion verzehrte, und umfaßte erschüttert seinen Hals.

»Hans, du mußt mich sehr lieb haben, daß du diesen Pudding gegessen hast! Ich bringe keinen Bissen davon hinunter.«

Er küßte ihre Hände und ihre Augen. »Liebling, wenn meine Liebe nicht einmal diese Probe bestehen würde, dann sähe es schlimm damit aus.«

Heute nachmittag ließ er sie nicht mehr allein. Er machte nach Tisch einen Waldspaziergang mit ihr, und dann besuchten sie das Verwalterehepaar. Die Frau Verwalter hatte sie zum Kaffee eingeladen, was schon einige Male geschehen war. Sie war eine frische, heitere Frau, und die kleine Komödie, die der neue Gutsherr mit seiner jungen Frau aufführte, machte ihr Spaß. Sie half ihm nach Kräften, die Täuschung durchzuführen.

Sonst kam Anita mit niemand zusammen. Hans hätte sich vielleicht doch Vorwürfe gemacht, daß er Anita die Rolle so lange spielen ließ, die er ihr zugedacht hatte, wenn er sich nicht gesagt hätte, daß Anita ihrer Trauer wegen doch zurückgezogen hätte leben müssen.

Jedenfalls verlebte das junge Paar eine glückselige Zeit voll köstlichen Selbstgenügens. Anita unterdrückte tapfer jeden Wunsch nach einem bequemeren Leben, wenn es ihr, der einst verwöhnten reichen Erbin, auch oft schwerfiel, sich in den äußerst kargen Verhältnissen zurechtzufinden. Die verzagten Stunden des Alleinseins verbarg sie vor ihrem Mann. Sie wollte ihn damit nicht quälen, da er doch, wie sie meinte, ihr Leben nicht ändern konnte.

Die jungen Gatten verlebten dann ein traumhaft schönes und friedliches Weihnachtsfest, an dem Anita nicht eine Stunde allein blieb. Den Tannenbaum hatten sie sich »mit Erlaubnis des Herrn Verwalters« selbst aus dem Wald geholt, und sie waren nach Gotha gefahren, um Baumschmuck einzukaufen. Zusammen schmückten sie die Tanne. Es duftete herrlich weihnachtlich in dem kleinen Haus, denn die junge Hausfrau hatte es sich nicht nehmen lassen, allerlei Weihnachtsleckereien zu backen.

In den vielen Stunden des Alleinseins hatte sie für ihren Mann eine Diwanrückwand gestickt, die zur Verschönerung des Wohnzimmers dienen sollte. Und Hans schenkte seiner jungen Frau lauter drollige praktische Sachen, ganz wie ein sorgsamer Hausvater, der das Nützliche mit dem Angenehmen verbinden muß. Zum Beispiel bekam Anita von ihm eine Brotschneidemaschine und eine neue Hängelampe; allerdings auch eine Anzahl neu erschienener Bücher. Sie mußte an das letzte Weihnachten in ihrem Vaterhause denken. Da war die Weihnachtstafel fast zusammengebrochen unter der Last der Präsente, und auf Frau Erikas Platz hatte die kostbare Perlenschnur zwischen einem Blumenarrangement gelegen. Wie schlicht war dagegen dies Weihnachtsfest in ihrem kleinen Heim! Aber damals war sie ein einsamer, ungeliebter Mensch gewesen – und heute war sie so reich, so unsagbar reich bei aller Armut.

Dies Weihnachtsfest schien den beiden Menschen wunderschön.

Freudig trug Anita den selbstgebackenen Festkuchen auf. Sie war unbändig stolz darauf. Und am ersten Feiertag brachte sie ihren ersten Gänsebraten zu Tisch, den sie mit Hangen und Bangen in den Ofen geschoben hatte. Er war herrlich goldbraun und knusprig geraten, und Hans blickte abwechselnd in das strahlende, vor Eifer gerötete Gesicht seiner jungen Frau und auf den lecker gebratenen Vogel. Er behauptete, daß er noch nie in seinem Leben mit solchem Genuß bei Tisch gesessen hätte.

Anita war glückselig. »Ach, Hans, eigentlich ist das Leben in dieser Einfachheit viel schöner als das frühere, wo ich alles in Überfülle besaß und dabei so einsam und verlassen war. Und wie billig man hier auf dem Land wirtschaften kann! Man bekommt alles halb geschenkt. Die Frau Verwalter hat mir die schönste Gans selbst ausgesucht und mir noch Äpfel zum Füllen draufgegeben. Denkst du, ich kann mein Wirtschaftsgeld aufbrauchen? Nicht möglich. Ich habe diese Woche wieder einen Überschuß von zwanzig Mark. Sag, Hans, hast du große Sorgen, um alles schaffen zu können?«

Er küßte sie gerührt. »Sei ruhig, es reicht sehr gut aus für uns zwei – es bleibt sogar noch etwas übrig. Nächstens können wir uns in Gotha einen Theaterabend mit allem festlichen Zubehör leisten.«

Ihre Augen glänzten. Aber sie sagte tapfer: »Wollen wir das Geld nicht lieber sparen, Hans? Wenn wir später Garderobe brauchen?«

Er lächelte leise. »Wir werden schon durchkommen. Sag mir ehrlich, Nita, hast du nicht viel entbehrt in dieser Zeit?«

Sie schüttelte den Kopf. »Wirklich nicht, man gewöhnt sich auch an diese Verhältnisse. Ganz offen – im Anfang fiel mir manches schwer. Ich kam so schlecht ohne elektrisches Licht aus. Sonst ist hier überall welches, nur in unserem Häuschen nicht. Die Lampe zu putzen, wollte mir nie recht gefallen, und das Mädchen kann man das nicht tun lassen. Aber jetzt bin ich daran gewöhnt – ich ziehe immer alte Handschuhe von dir dazu an. Hier, sieh meine Hände an – sehen sie nicht aus wie zuvor, trotz Lampenputzen und Kochen?«

Er küßte voller Andacht ihre schönen Hände; an der linken saß heute der schöne Ring mit der Perle und den Brillanten. Sie hatte sich festlich gekleidet und nahm sich seltsam vornehm aus in dem kleinen, niedrigen Zimmer.

Mit heiß aufwallender Zärtlichkeit riß er sie an sich. »Meine süße Frau, mein holdes Aschenbrödel! Wenn nun jetzt ein Prinz käme und dich in sein Schloß mit elektrischem Licht führen wollte, wo du keine niedere Arbeit tun dürftest – würdest du mit ihm gehen?«

Sie lachte ihn schelmisch an. »Dann müßte der Prinz Hans

203

Roland heißen und genauso sein und aussehen wie du, mein Herzensmann.«

»Aber dann gingst du mit ihm? In ein Schloß mit elektrischem Licht, mit kostbaren Möbeln, herrlichen Teppichen und Vorhängen, mit einem wundervollen Flügel, den du so sehr vermißt, und mit all den tausend Sachen, die du früher gewohnt warst?«

Sie sah nachdenklich vor sich hin und atmete tief auf. Es war ein seltsamer Glanz in ihren Augen. Aber dann richtete sie sich auf und strich sich das Haar aus der Stirn.

»Ja, Hans, mit dir ginge ich natürlich gern in ein solches Märchenschloß. Wenn man im Luxus aufgewachsen ist, fühlt man sich darin wohl. Aber glücklicher könnte ich im herrlichsten Schloß nicht sein als in unserem Häuschen. Und ohne dich könnte mich das schönste Schloß nicht reizen. Also lassen wir den Märchenprinzen mit seinem Schloß auf dem Mond, wo er hingehört. Hier habe ich dich, mein geliebter Mann, mein liebes kleines Heim mit all seinen Sorgen und Pflichten, die mir so sehr ans Herz gewachsen sind. Und das Gefühl, daß ich ein nützlicher Mensch geworden bin, tauschte ich nicht ein gegen ein luxuriöses Leben. Ich würde auch nie wieder ein nutzloses Drohnendasein führen wollen, selbst wenn ich jetzt plötzlich wieder reich würde. Arbeit und Pflichten muß ich haben, wenn ich wahrhaft glücklich und zufrieden sein soll.«

Er zog sie fest in seine Arme. »Meine tapfere, süße Frau! Ich habe oft gemerkt, wie du mit Schwierigkeiten gekämpft hast. Absichtlich habe ich dir nicht geholfen. Du solltest lernen, allein damit fertig zu werden.«

Sie reckte sich stolz und streckte die Arme aus. »Ich will auch weiter damit fertig werden. Was jetzt auch kommen mag, ich fühle mich auch schwierigen Verhältnissen gewachsen. Und das ist ein köstliches Gefühl, das ich nicht missen möchte. Wie arm war ich als reiche Erbin, und wie reich bin ich, seit ich arm geworden bin!«

Er strich ihr zärtlich über das Haar, und seine Augen leuchteten in die ihren.

Am Nachmittag des ersten Festtages waren sie wieder zu Birkners eingeladen. Es war wundervolles Weihnachtswetter: leichter Frost lag über einer weißen Schneedecke, und in der Mittagszeit schien die Sonne.

»Wir machen erst einen Spaziergang, Nita, ehe wir zu Birkners gehen. Ist es dir recht?«

Sie nickte strahlend. »Ich wollte denselben Vorschlag machen, Hans.«

Sie verließen gleich nach Tisch das kleine Haus. Sorgsam schloß es Hans hinter sich ab. Das kleine Dienstmädchen war zu seinen Eltern beurlaubt worden.

Anita trug ein vornehmes dunkelblaues Kostüm mit Pelzbesatz und dazu ein reizendes Pelzkäppchen. Sie sah sehr reizend und vornehm darin aus, und Hans ließ seinen Blick immer wieder bewundernd auf ihr ruhen.

Er führte seine Frau zum erstenmal in der Richtung nach dem Schloß durch den Wald.

Mit einem übermütigen Funkeln seiner Augen sagte er: »Wenn man uns so sieht, Nita, könnte man uns sehr wohl für die Herrschaft von Lorbach halten.«

Sie lachte und sah ihn schelmisch prüfend an. »Ja, Hans, wir sehen wirklich viel mehr nach Herrschaftssitz als nach Bauernhaus aus. Aber das wird aufhören, wenn wir unseren Vorrat an eleganter Garderobe aufgebraucht haben.«

Er preßte ihren Arm an sich. »Wer weiß – vielleicht, wenn

205

wir Glück haben, residieren wir auch eines Tages auf solch einem stolzen Herrensitz!«

Ein kleiner Seufzer entfloh ihren Lippen. Aber dann sagte sie lachend: »Hans, du machst schon wieder einen Ausflug auf den Mond. Wir wollen lieber hübsch auf der Erde bleiben.«

»Ach, laß mir doch das Vergnügen! Sieh, da liegt Schloß Lorbach. Wie gefällt es dir?«

Sie waren am Parktor angelangt, und Nita konnte nun das reizende Barockschloß sehen. Sie stieß einen leisen Ruf der Bewunderung aus. »Ach, wie entzückend! Sieh doch, Hans – das reinste, schönste Barock, das du dir denken kannst! Und der wundervolle Park! Welch ein herrlicher Besitz!« Ihre Augen leuchteten, sie blieb stehen und schaute unverwandt hinüber.

»Nicht wahr, Nita, das ist doch etwas anderes als unser kleines Bauernhaus! Es war vielleicht unklug von mir, dich hierher zu führen. Nun wird es dir gar nicht mehr in unserem kleinen Heim gefallen.«

Sie schämte sich, daß etwas wie Sehnsucht in ihr aufgestiegen war, in diesem herrlichen Schloß wohnen zu dürfen. Und sich hastig von dem verführerischen Bild abwendend, nahm sie seinen Arm.

»Du brauchst keine Angst zu haben, mein Hans. Ich habe keine vermessenen Wünsche und bin glücklich und zufrieden, daß ich mit dir in unserem kleinen Häuschen wohne. Deshalb kann man aber doch dieses Schloß schön finden«, sagte sie fest und ruhig. Langsam ging er mit ihr weiter.

»Gelegentlich bitte ich den Verwalter, daß er uns erlaubt, das Schloß und den Park zu besichtigen«, sagte er lächelnd.

»Ist es nicht bewohnt, Hans?«

»Nein – der Besitzer ist ein närrischer Kauz.«

»Warum?«

»Weil er sein schönes Schloß nicht bewohnt. Findest du nicht, daß dies sehr töricht ist?«

»Wenn er nicht zwingende Gründe hat. Jedenfalls ist es schade, daß das Schloß leer steht.«

»Wie mir der Verwalter sagt, will der Schloßherr nächstens seinen Einzug halten. Also müssen wir uns beeilen, wenn wir es vorher besichtigen wollen.«

»Wird uns das gestattet werden?«

»Ich hoffe es. Wir können ja gleich heute den Herrn Verwalter fragen.«

»Ja, das wollen wir tun. Ich würde es mir gern ansehen. Ob es schön ausgestattet ist?«

»Soviel ich vom Verwalter gehört habe, soll die Ausstattung sehr schön sein.«

Sie gingen langsam weiter.

Anita mußte immer wieder an das schöne Schloß denken. Wie schade, daß es so lange leergestanden hat! dachte sie.

21

Die Festwoche war vorüber, und Hans war jetzt mehr als sonst abwesend. Er hatte drüben im Schloß viel zu tun, um alles zu Anitas Empfang vorzubereiten. Denn sie sollte nun nicht lange mehr in dem kleinen Häuschen bleiben. Sobald die letzten Handwerker hinaus waren, sollte Anita ihren Einzug halten. So kam es, daß die junge Frau sehr viel allein war. Da saß sie denn mit einer Handarbeit am Fenster und blickte auf den schneebedeckten Wald, und ihre Gedanken konnten dabei ungehindert ins Weite fliegen. Es kam dann wohl, daß sie an vergangene Zeiten dachte, an die glänzenden Gesellschaften, deren gefeierter Mittelpunkt sie gewesen war. Wie nutzlos hatte sie damals Summen ausgegeben, die jetzt ausgereicht hätten, ihr und Hans alle Sorgen fernzuhalten!

Sie war im Grunde eine ernsthafte und grüblerische Natur, und sie fragte sich oft voll heimlicher Sorge, ob Hans auch dann noch genug Geld für den Unterhalt verdienen würde, wenn sie erst beide ihren Vorrat an Garderobe erschöpft haben würden. Und es quälte sie ein wenig, daß er sie über seine pekuniären Verhältnisse im unklaren ließ. Wenn sie ihn darüber zum Sprechen bringen wollte, fertigte er sie mit einem ausweichenden Scherz ab. So sorglos und unbekümmert um Geld und Geldeswert sie im Hause ihres Vaters dahingelebt hatte – jetzt konnte sie das nicht mehr. Ihre schlimmen Erfahrungen hatten sie ängstlich gemacht. Wie, wenn die Einnahmen ihres Mannes hinter den Ausgaben zurückblieben? Warum klärte er sie nicht über seine finanzielle Lage auf – er mußte ihr doch anmerken, wie sehr sie darüber in Sorge war!

Sie grübelte sich in solch einsamen Stunden mehr und mehr in ein schlimmes Unbehagen hinein. Hans sollte offen zu ihr sein, auch in diesen Dingen, sollte sie teilnehmen lassen an seinen Sorgen, sollte ihr alles sagen, was ihn bewegte. Gutes und Schlimmes. War es nicht ein Ausschließen ihrer Person von seinen internsten Lebensfragen? Überhaupt – etwas gab es in seinem Wesen, wohin sie den Weg nicht finden konnte, das fühlte sie, zumal wenn sie so allein saß und ins Grübeln kam. Irgend etwas Ungreifbares lag zwischen ihnen, etwas, das zum vollen harmonischen Aufgehen ineinander fehlte.

Zum Beispiel auch, daß er ihr noch immer nicht von seinen früheren Beziehungen zu ihrer Stiefmutter gesprochen hatte. Warum tat er das nicht? Das war doch mangelndes Vertrauen.

Ja, diese einsamen Stunden waren sehr gefährlich für Anitas Seelenruhe. Kam Hans dann nach Hause, so verflogen freilich diese quälenden Gedanken vor seiner sieghaften Zärtlichkeit. Aber wenn Anita allein war, kamen sie wieder.

So saß sie auch wieder eines Tages in Grübeleien versunken am Wohnzimmerfenster, als der Postbote auf das Häuschen zukam.

Anita freute sich immer, wenn Post kam. Es war doch eine Abwechslung in ihrem stillen Leben. Schnell öffnete sie das Fenster und sah dem alten Briefträger erwartungsvoll entgegen.

»Zwei Briefe außer den Zeitungen, Frau Doktor – und einer mit ausländischen Marken, der kommt von weit her«, sagte er.

Sie nahm dankend das Päckchen entgegen, das er ihr reichte. »Lassen Sie sich von Berta ein Schnäpschen als Botenlohn geben, Mertens«, sagte sie, und der Briefträger stapfte durch den Schnee zur Haustür.

Anita ließ sich wieder in ihrem Stuhl nieder. Zuerst griff sie nach dem Brief mit den »ausländischen Marken«. Er kam von Lori Gordon. Mit lebhaftem Interesse begann sie zu lesen.

Lori teilte ihr mit, daß der Bahnbau nach Touggourt vollendet sei, und daß zur Feier der Eröffnung das geplante große

Fest stattgefunden habe. Die Beschreibung dieses Festes war sehr ausführlich. Unter anderem hieß es:

»Das Fest wurde eingeleitet durch eine Nachtfahrt nach Touggourt, an der auch die obersten Behörden teilnahmen. Danach folgte die eigentliche Feier in dem hübschen Verwaltungsgebäude von Biskra, das Du ja kennengelernt hast, liebe Nita. Die Säulenhalle war mit kostbaren Teppichen ausgelegt und die Säulen von unten bis oben mit buntem Fahnentuch umwunden und mit Palmen geschmückt. Auch die Wände waren mit herrlichen Teppichen behängt. Über dem allem funkelten aus bunten Lampen Tausende von Lichtern.

Du wirst Dir ja nach Deinen hiesigen Erfahrungen vorstellen können, mit welchem Lärm und mit welchem bunten Durcheinander dieses Fest gefeiert wurde. Der Orient und der Okzident prallten wieder einmal fröhlich aufeinander.

Die Estrade des Gebäudes war von den eleganten, in großer Toilette erschienenen Europäern besetzt. Zu ihren Füßen hockten die Ouled Nails und musizierten – ohrenbetäubend. Hinter ihnen in buntem Gewoge Derwische, Kinder, Araber, Menschen der verschiedensten Hautfarben in der buntesten Kleidung.

Aus dem Kasino kamen nach dem Bankett die Minister mit ihrem Gefolge – Herren im Frack, mit Orden geschmückt, dazwischen Spahis in ihren bunten Prachtgewändern und Offiziere in schneeweißen Uniformen. Du würdest gestaunt haben, hättest Du die Tänze ansehen können, die nun begannen. Vor allem die seltsamen Bauchtänze, solo, zu zweien und vieren, und dann in großen Gruppen, wobei sich die Hände an den ausgestreckten Armen wie Schlangenköpfe bewegten. Auch Kinder nahmen an diesen Tänzen teil, und ein etwa zehnjähriges Mädchen übertraf alle anderen Tänzer in dieser eigenartigen Kunst. Denke Dir das in einem deutschen Ballsaal, Nita!

Mich überfiel inmitten dieser seltsamen Festlichkeit solches Heimweh, daß mir die Tränen in die Augen traten. Mein Fritz sah es und faßte meine Hand. »Lori, in zehn Tagen reisen wir ab, hab' noch so lange Geduld!« flüsterte er mir zu.

Ich ging dann mit ihm hinaus in die mondhelle Nacht. Draußen unter den Palmen lagerten die Eingeborenen, die nicht mit am Fest teilnehmen konnten, um wenigstens einen Abglanz zu erhaschen. Von fern klang das Gelächter der Hyänen dazwischen und das Bellen der Wölfe und Schakale. Ich dachte an die furchtbare Nacht, da Ihr beide, Du und Hans Roland, Euch in der Wüste verirrt hattet und wir in Angst und Unruhe diesen unheimlichen Tierstimmen lauschten. Ach, meine Nita, wie habe ich damals um Dich gebangt und gezittert! Und wie glücklich war ich, als ich Euch wieder auftauchen sah. Und glaube mir, meine Nita, wie von einem Alp befreit werde ich aufatmen, wenn wir Biskra hinter uns haben. Mir ist, als strecke die Wüste ihre gelben Sandarme nach mir aus, um mich festzuhalten und zu ersticken. Ich glaube, es ist die höchste Zeit für mich, von hier fortzukommen. So glücklich ich mit meinem Fritz war im Verlauf unserer jungen Ehe, auf die Dauer kann man doch nicht zufrieden sein in einer Umgebung, die unseren bisherigen Lebensgewohnheiten so gänzlich fremd ist. Selbst der geliebteste Mann kann uns darüber nicht hinweghelfen. Gottlob – bald geht es heim.

Wenn Du diesen Brief erhältst, rüsten wir zur Reise oder haben sie gar schon angetreten. Wir geben Euch von Kassel aus sofort Nachricht, und dann verabreden wir ein baldiges Wiedersehen. Wir freuen uns beide so herzlich darauf.

Leb wohl für heute! Bald bin ich bei Dir, und wir können miteinander plaudern von allem, was uns am Herzen liegt. Grüß Deinen lieben Mann von uns beiden. Mein Fritz läßt Dir die Hand küssen, und ich schließe Dich im Geist in die Arme. Auf frohes Wiedersehen in der Heimat!

Deine Lori.«

Sinnend sah Anita ins Weite, als sie diesen Brief gelesen hatte. Vor ihren inneren Augen tauchte Biskra auf. Sie dachte an jenen Tag, als sie sich mit Hans in der Wüste verirrt hatte. Das Herz ging ihr auf. Wie lieb war er zu ihr gewesen – wie opferfreudig!

Sie sah noch einmal auf den Brief hinab. Und da blieb ihr Blick auf einigen Worten haften:

»Auf die Dauer kann man doch nicht zufrieden sein in einer Umgebung, die unseren bisherigen Lebensgewohnheiten so gänzlich fremd ist. Selbst der geliebteste Mann kann uns darüber nicht hinweghelfen.«

Eine unklare Angst stieg plötzlich in Anitas Herzen auf. Würde sie das eines Tages auch an sich erfahren? Würde auch sie eines Tages fühlen, daß ihre neuen Lebensgewohnheiten den alten so fremd waren?

Sie wehrte diesen Gedanken von sich ab wie einen Feind.

Wo nur Hans bleibt? Man kommt auf so törichte Gedanken, wenn man allein ist, dachte sie seufzend.

Hastig, um sich abzulenken, griff sie nach dem anderen Brief. Sie sah, daß er Frau Erikas Schriftzüge trug, und öffnete das Schreiben mit einem unbehaglichen Gefühl. Was konnte ihr von Frau Erika Gutes kommen?

Der Brief hatte folgenden Inhalt:

»Liebe Anita! Ihr laßt ja gar nichts von Euch hören. Ganz eingesponnen in Flitterwochenseligkeit? Wie geht es Euch? Ich führe ein sehr einsames, zurückgezogenes Leben, sehe nur einige alte, bewährte Freunde bei mir und habe immer noch allerlei Schererei mit der Nachlaßordnung gehabt. Du kannst froh sein, daß Du davon nichts zu sehen und zu hören bekommst! Tatsache ist, daß für uns nicht ein roter Heller herausspringt, alles ist von der Masse der Verpflichtungen verschlungen worden, und man wollte mir sogar das Wenige, was ich für mich gerettet habe, noch einmal streitig machen. Da habe ich aber den Herren meine Meinung gesagt! Wovon soll ich denn leben? Sie sind auch unverrichteterdinge wieder abgezogen. Endlich läßt man mich ungeschoren. Nun kann ich wieder aufatmen.

Wie lebt Ihr denn in Eurer Weltabgeschiedenheit? Hältst Du denn das auf die Dauer aus? Und Dein Mann? Wenn ich mir Euch zwei elegante Menschen in diesem Bauernidyll vorstelle, muß ich den Kopf schütteln. Und wie ist es denn – hat Dein Gatte nun endlich Generalbeichte abgelegt? Erzähl mir doch mal ein wenig aus Eurem Leben. Es interessiert mich doch sehr, wie sich Hans Roland als Ehemann aufführt. Du kannst ihn von mir grüßen. Oder erlaubt das Deine Eifersucht nicht? Ach, Anita, ich sehe im Geist Dein stolz abweisendes Gesicht – aber eifersüchtig warst Du doch mal auf mich – sehr! Brauchst es aber nicht mehr zu sein.«

Anita sah von dem Briefe auf; dann las sie weiter:

»Seit ich weiß, daß Du ihn und mich damals bei seinem ersten Besuch in Villa Friesen belauschtest und mich doch nicht an Deinen Vater verraten hast, seit der Zeit habe ich wirklich etwas für dich übrig und wünsche Dir ein echtes, volles Glück. Du brauchst also nie mehr eifersüchtig zu sein;

wir zwei, Dein Mann und ich, küssen uns gewiß niemals wieder, wie an jenem Tage. Er hat es sich, glaube ich, auch nur ungern gefallen lassen. Nun ja, das ist vorbei. Sei vielmals gegrüßt von

Deiner Erika Friesen.«

Mit zuckenden Lippen faltete Anita den Brief zusammen und steckte ihn in die Tasche ihres Kleides. Hans durfte diesen Brief nicht lesen. Ach, daß er doch endlich den Druck von ihrer Seele nehmen möchte! Warum erlöste er sie nicht von diesem demütigenden Gefühl? War es nicht seine Pflicht, jetzt, da sie seine Frau war, offen darüber zu reden, wie er mit ihrer Stiefmutter gestanden hatte? Durch sein Schweigen zwang er auch sie zu Heimlichkeiten. Das konnte er freilich nicht wissen – aber wenn alles zwischen ihnen klar sein sollte, mußte er doch endlich sprechen. Er mußte sie doch genügend kennen, um zu wissen, daß alles, was er ihr anvertraute, bei ihr gut aufgehoben war.

Es stieg heiß in ihren Augen auf. Nein, sie besaß nicht das volle Vertrauen ihres Mannes! Sowenig er ihr seine pekuniären Verhältnisse offenbarte, sowenig enthüllte er ihr das, was er ihr doch anvertrauen mußte.

Sie sprang auf und ging erregt in dem kleinen Wohnzimmer hin und her. Wie demütigend war es, der Stiefmutter gestehen zu müssen, daß Hans ihr noch immer nicht gebeichtet hatte! Ihre Augen ruhten mit einem unglücklichen Ausdruck auf ihrer Umgebung. Die Stelle aus Loris Brief fiel ihr wieder ein: »Auf die Dauer kann man nicht zufrieden sein in einer Umgebung, die unseren bisherigen Lebensgewohnheiten so gänzlich fremd ist.«

Ja, heute zum erstenmal fühlte sie, daß sie in einer Umgebung lebte, die ihr fremd bleiben würde – fremd bleiben mußte. Aus Liebe zu ihrem Mann und der Not gehorchend hatte sie sich eingeredet, daß sie sich hier zufrieden fühlte. War sie es wirklich? Schlummerte nicht in ihrem innersten Herzen eine leise Sehnsucht nach einer harmonischeren Umgebung?

Sie wehrte diese Gedanken von sich. Das war ja Unsinn! Sie war doch zufrieden und glücklich gewesen all die Zeit, und sie würde es bleiben – wenn Hans ihr nur endlich sein volles Vertrauen bewies.

Unruhig blickte sie hinaus. Kam Hans immer noch nicht heim? Sie steigerte sich in ein unbehagliches Empfinden hinein und brach schließlich in Tränen aus – sie wußte selbst nicht, warum.

Als bald darauf ihr Mann heimkehrte, hatte sie hastig ihre Tränen getrocknet und einen ruhigen Ausdruck in ihr Gesicht gezwungen. Aber Hans merkte sofort die Tränenspuren und ihr bedrücktes Wesen.

»Liebling, du siehst aus, als hättest du geweint. Was ist dir? Rede doch, Kind!«

Sie mied seinen Blick und machte sich los.

»Es ist nichts, Hans, bitte, achte nicht darauf. Es war eine dumme Stimmung – ich glaube, ich fühlte mich ein wenig einsam, weil du nicht bei mir warst.«

Er nahm sie in seine Arme und sah ihr liebevoll in die Augen. »Habe ich dich zuviel allein gelassen. Liebste? Verzeih mir und glaube mir, daß ich es nur tat, weil ich dir eine Überraschung bereiten will.«

Sie sah ihn unruhig fragend an. »Eine Überraschung?«

Er nickte. »Ja, meine Nita bekommt in den nächsten Tagen eine Nachbescherung. Übermorgen wirst du es erfahren.«

Sie faßte seine Schultern und sah ihn mit großen Augen an. »Hans, Überraschungen sind eine Folge von Heimlichkeiten.

Ich muß gestehen, daß ich mich nicht gern überraschen lasse. Es wäre mir viel lieber, wenn du mir immer alles sagtest – ich meine auch alles, was du denkst und fühlst. Ich möchte all deine Gedanken mit dir teilen.«

Forschend ruhte sein Blick auf ihrem Antlitz. Sie kam ihm verändert vor in ihrem ganzen Wesen. Ihre Augen blickten trübe, und er fühlte, daß etwas sie quälte.

»Tust du das nicht, Liebling? Weißt du nicht, daß wir eins sind im Denken und Fühlen?« fragte er ernst.

Sie riß sich los. Es stieg heiß in ihr auf wie Zorn. »Ich will den Tee bereiten«, sagte sie hastig abwehrend und ging schnell hinaus.

Dabei entfiel ihr, ohne daß sie es merkte, der Brief, den sie in die Tasche gesteckt hatte.

Hans sah ihr betroffen nach und bückte sich dann, um den Brief aufzuheben. Er erkannte sofort Frau Erikas Handschrift und stutzte. Hing dieser Brief mit Nitas verweinten Augen und seltsamem Wesen zusammen? Hatte da etwa Frau Erika eine Teufelei ausgeheckt? Zuzutrauen war es ihr.

Und als er so auf den Brief niederstarrte, las er die Stelle: »Du brauchst nun nie mehr eifersüchtig zu sein –«

Er zuckte zusammen. Mit einem Ruck richtete er sich plötzlich empor, als sähe er einen Feind. Was war das? Was bedrohte sein Glück?

So stand er noch, als Anita mit dem Teegeschirr wieder eintrat. Sie sah den Brief in seiner Hand und erschrak. Und da sagte er:

»Du hast diesen Brief verloren, Nita. Ich sehe, er ist von deiner Stiefmutter. Wider Willen habe ich einige Worte gelesen. Und ich muß dich bitten, mich diesen Brief lesen zu lassen.«

Sie trat hastig auf ihn zu und wollte ihm den Brief entreißen. »Nein – er ist nur für mich bestimmt.«

»Das scheint mir so. Aber gerade darum möchte ich ihn lesen. Ich habe das Empfinden, daß deine seltsame Verstimmung damit zusammenhängt.«

Sie war sehr blaß geworden. »Bitte, gib mir den Brief zurück, Hans, ich will nicht, daß du ihn liest!«

»Nita, du sagtest mir vorhin, daß du alles wissen möchtest, was ich denke und fühle. Du hast schon wiederholt solche Äußerungen getan, und ich habe zuweilen eine leise Unruhe an dir bemerkt. Nun gut – jetzt sage auch ich, daß ich alles wissen möchte, was in dir vorgeht. Deine Verstimmung scheint mit diesem Brief in engster Verbindung zu stehen. Ich muß wissen, was dich quält. Besitze ich dein Vertrauen nicht?«

»Du besitzt mein Vertrauen, Hans, und wenn ich dennoch etwas Heimliches mit mir herumtrug, war es deine Schuld und nicht die meine. Du willst den Brief lesen – nun wohl, du sollst ihn lesen. Dann wirst du wissen, was mich gequält hat, seit ich dich kenne – wirst wissen, weshalb ich nicht daran glauben konnte, daß du aus Liebe um mich warbst, daß ich annehmen mußte, dein Bemühen gelte meinem Reichtum. Also, lies den Brief – aber bitte, vergiß nicht, daß du es von mir gefordert hast. Freiwillig hätte ich ihn dir nicht zu lesen gegeben.«

Mit einem leisen Kopfschütteln sah er sie an. Sie konnte nicht die leiseste Spur von Verlegenheit in seinem Gesicht entdecken. Er war nur erstaunt, daß sie etwas mit sich herumgetragen hatte, wovon er nichts ahnte.

Langsam entfaltete er nun den Brief und las. Erst sah er gleichgültig auf Frau Erikas Worte, aber dann stutzte er, als er zu dem Ende des Briefes kam.

Anita beobachtete ihn mit einer wilden Angst im Herzen – mit einer unsinnigen Furcht, daß jetzt ihr Glück in Scherben gehen könnte. Sie sah, wie er stutzte und wie sich sein Gesicht leicht verfärbte. Ihre Hände krampften sich zusammen. So stand sie in atemloser Erregung.

Nun hatte er zu Ende gelesen. Er legte den Brief auf den Tisch. Und dann trat er mit einem weichen, guten Lächeln auf sie zu und faßte ihre Hände.

»Meine arme kleine Frau! Das also hat dich gequält? Aber Kind – fühlst du denn nicht, daß alles, was mit dieser Frau zusammenhängt, weit, weit hinter mir liegt und für mich ganz wesenlos geworden ist? Das also wolltest du wissen, wenn du mit zaghaften Fragen an meine Vergangenheit rührtest? Nun verstehe ich dich. Komm, mein liebes Herz, setz dich zu mir. Nun muß ich dir natürlich alles sagen, damit in keinem Winkelchen deines Herzens eine Unruhe zurückbleibt.«

Er zog sie neben sich auf den Diwan und streichelte ihre Hand. Sie atmete hastig.

»Du mußt nicht denken, Hans, daß ich noch eifersüchtig bin. Das war vorbei, als du mir sagtest, du habest mit mancher Frau getändelt, geliebt aber nur mich. Aber gequält hat es mich, daß du mir nicht alles sagtest – weil auch ich dadurch gezwungen war, ein Geheimnis vor dir zu haben.«

»Liebling, wie leid tut mir das! Aus Rücksicht für Frau Erika schwieg ich – die mir ja längst, ehe ich dich kennenlernte, ganz gleichgültig geworden war. Nun muß ich dir alles sagen. Deine Ruhe steht mir höher als die Rücksicht auf Frau Erika. Sie weiß also, daß du um jene Beziehungen wußtest, und wie ich sie kenne und wie aus diesem Brief hervorgeht, wird sie in ihrer taktlosen und unzarten Weise darüber gespottet haben, daß ich dir noch nichts erzählt habe.«

»Es hat mich gedemütigt, Hans.«

Er streichelte ihre Hände. »Ich kann mir sehr gut denken, was du dabei empfunden hast. Arme kleine Frau! Aber eine Frau Erika kann dich nicht demütigen, Nita. Nun höre mich an.

Also, vor Jahren lernte ich Erika Braun auf einem Künstlerball kennen. Wir waren in übermütiger Karnevalsstimmung, und ich war so recht aufgelegt, tausend Torheiten zu begehen. Ich beging aber nur eine – ich verliebte mich in die schöne Erika, die damals übrigens viel schöner war als jetzt. Sie ging sofort auf meinen Flirt ein, und ich sah sie bald wieder. Dann fiel mir aber auf, daß sie, obwohl sie vorgab, mich zu lieben, mit anderen Männern kokettierte. Das kühlte mich sehr ab. Und als sie mir dann eines Tages rundweg erklärte, ich wäre ihr zu arm, sie wollte eine gute Partie machen, traf es mich nicht sehr hart. Sie meinte, wir könnten ja trotzdem vergnügt miteinander sein; sie würde doch nur einen Mann heiraten, dem ihr Herz nicht gehörte. Das stieß mich ab und tötete den letzten Rest von Liebe in meinem Herzen. Ich zog mich von ihr zurück, und wenige Wochen später sagte sie mir, sie hätte sich mit dem Bankier Friesen verlobt. Wir kamen uns einige Jahre ganz aus den Augen. Ich hörte nur zuweilen von dem glänzenden Haus, das sie führte, seit sie die Gattin des Bankiers Friesen war.

Nach Jahren traf ich sie zufällig auf der Promenade. Sie sprach mich lachend an und forderte mich auf, sie zu besuchen. Ich lehnte erst ab. Da schalt sie mich einen langweiligen Pedanten, und schließlich sagte sie kokett: ›Du fürchtest also doch noch, meinem Zauber zu verfallen, Hans?‹

Ich zuckte die Schultern und sagte: ›Ich werde kommen.‹

Erstens wollte ich ihr beweisen, daß Frauen wie sie keinen Zauber auf mich ausüben können, und zweitens war ich neugierig, wie sie sich in dem glänzenden Rahmen ausnahm, in den ihr Gatte sie gestellt hatte.

Ich erhielt bald darauf eine Einladung. Auf dieser Einladung hatte Frau Erika die Zeit eine halbe Stunde früher angegeben als für die übrigen Gäste. Ich wurde in den Salon der Hausfrau geführt, und kaum hatte ich ihn betreten, als Frau Erika mich lachend umarmte und küßte. ›Wie glücklich bin ich, lieber Hans, daß du gekommen bist, wie habe ich mich nach dir gesehnt!‹ sagte sie.

Ich war vor Schrecken fassungslos und suchte ihre Arme von meinem Hals zu lösen. ›Ich bitte dich, sei vorsichtig! Wenn man uns überrascht!‹ stieß ich hervor.

Es war mir überaus peinlich. Ich hatte nicht die mindeste Lust, neue Beziehungen zu ihr anzuknüpfen, und ärgerte mich, daß ich ihrer Einladung gefolgt war.

Ehe ich noch etwas sagen konnte, hörten wir Stimmen im Nebenzimmer – und gleich darauf tratest du mit deinem Vater ein.

Als mich Frau Erika umarmte und küßte, stand es bei mir fest, daß ich ihr Haus nicht wieder betreten würde.

Aber dann sah ich dich, Nita – und von diesem ersten Sehen an gehörte dir mein Herz. Ich konnte nicht fernbleiben, es zog mich unwiderstehlich in deine Nähe. Und ich litt unsagbar unter deinem stolzen, abweisenden Wesen, unter deinem offen zur Schau getragenen Mißtrauen.«

Mit steigender Erregung hatte Anita seinen Worten gelauscht. Nun warf sie sich an seine Brust.

»Ach Hans – ich hatte ja, ohne es zu wollen, gesehen, wie meine Stiefmutter dich umarmte und küßte, und konnte nicht wissen, daß du dich ablehnend verhieltest. Ich glaubte damals, daß du meine Stiefmutter liebtest und nur um mich warbst, weil ich die Tochter eines reichen Mannes war. Wie hat mich das gequält – denn ich mußte dich trotzdem lieben, zu meiner eigenen Qual. Und weil ich fürchtete, schwach zu werden deinen Bewerbungen gegenüber, deshalb floh ich vor dir und meinem Herzen nach Biskra.«

Er zog sie fest an sich. »Und warum sagtest du mir damals in Biskra nicht, daß du Zeuge dieser Szene gewesen warst – damit ich mich hätte verteidigen können?«

»Oh, ich hätte es nicht über meine Lippen gebracht. Und ich wartete auf dein Vertrauen – einmal mußtest du mir ja alles sagen, damit ich von dieser häßlichen Heimlichkeit erlöst wurde. Aber bis heute hatte ich vergeblich gewartet.«

»Auf mein Vertrauen gewiß nicht, Liebste. Sieh, Frau Erika war mir so gleichgültig geworden, war so ganz aus meinem Herzen, aus meinem Leben verschwunden, daß ich es für überflüssig hielt, dein Gemüt damit zu beschweren. Ich hätte dir ja dann auch von meinen übrigen Jugendtorheiten sprechen müssen, womit ich dein reines Herz nicht trüben wollte. Siehst du nun ein, daß dies mit meinem Vertrauen gar nichts zu tun hat?«

Sie lehnte ihre Wange an die seine. »Ach, Hans, eingesehen habe ich das alles. Ich litt auch mehr darunter, daß ich diese häßliche Heimlichkeit nicht loswerden konnte, als daß du nicht darüber sprachst. Gottlob, daß nun dieser Schatten aus meinem Leben geschwunden ist!«

Er küßte sie zärtlich und sah sie forschend an. »Du sagst: dieser Schatten. Hast du vielleicht noch mehr Schatten zu bannen? Liegt dir sonst noch etwas auf dem Herzen? Was es auch sei, Nita, sage es mir! Laß nun wirklich keine Heimlichkeiten mehr zwischen uns sein!«

Sie sah ihn unsicher an. »Ich weiß nicht, ob ich dir sagen

darf, daß es mich beunruhigt, daß du mir nicht über deine pekuniären Verhältnisse volle Klarheit gibst. Mir ist, als tappte ich da im dunkeln. Ich werde die Angst nicht los, daß du Sorgen hast, die du mir verheimlichst. Sei mir nicht böse, aber ich wittere auch hier eine Heimlichkeit. Vielleicht willst du mich schonen. Aber ich bitte dich, laß mich alles wissen, alles mit dir tragen! Ich will ganz stark und tapfer sein, nur Klarheit muß ich um mich haben. Mir ist oft so bange um unser Glück, weil ich fürchte, du verbirgst mir deine Sorgen.«

Tief bewegt sah er in ihre flehenden Augen und küßte ihr die Hände. »Du hast recht, mein Liebling – ich bin dir diese Offenheit schuldig. Daß ich bisher nicht offen meine Verhältnisse mit dir besprach, hatte einen besonderen Grund. Habe nur noch bis übermorgen Geduld. Ich sprach von einer Überraschung. Die darfst du mir nicht verderben. Übermorgen nachmittag sollst du alles wissen – heute nur so viel, daß du dich nicht zu sorgen brauchst, daß unsere Verhältnisse sich sogar bessern werden. Willst du noch solange Geduld haben?«

Sie umfaßte ihn mit leidenschaftlicher Innigkeit. »Wie will ich dir danken, wenn alles hell um mich ist! Dann will ich ganz zufrieden sein.«

Lächelnd sah er sie an. »Also, ganz zufrieden und glücklich bist du doch nicht?«

Sie errötete jäh. »Wie undankbar würde ich sein, wenn ich es nicht wäre!«

»Nun gestehe es nur ein, es ist doch ein wenig eng und klein, unser Häuschen. Nein, schüttle nicht den Kopf, sag es nur ehrlich! Es ist ja ein Wunder, daß du dich so unverzagt in alles hier gefügt hast. Ich habe dich im stillen bewundert, Liebste. Wenn ich bedenke, in welchen Verhältnissen du aufgewachsen bist, dann überkommt mich eine tiefe Rührung. Ich habe ja nie so aus dem vollen leben können wie du, aber selbst mich hat es manche Überwindung gekostet, mich in das engbegrenzte, schlichte Leben zu fügen.«

Sie richtete sich erschrocken auf. »Ach, siehst du, Hans, du fühlst dich nicht wohl in unserem kleinen Heim! Ich habe es im stillen gefürchtet. Und ich bin schuld daran, daß du so einfach leben mußt. Ohne mich könntest du dir mancherlei Abwechslung gönnen. Nun mußt du dein kleines Einkommen mit mir teilen. Bin ich dir nicht eine große Last?«

Gerührt zog er sie in seine Arme.

Fast machte er sich Vorwürfe, daß er die kleine Komödie mit ihr aufgeführt hatte. Es war gut, daß drüben im Schloß alles fertig war. Morgen verließen die letzten Dekorateure das Schloß. Und übermorgen würde er sie in ihr neues Reich einführen.

»Oh, du große süße Last! Wie arm wäre mein Leben ohne dich – wie inhaltlos! Sei ruhig, mein liebes Herz, ich habe noch nichts entbehrt und werde nichts entbehren. Deine Liebe entschädigt mich tausendfach für alles.«

Sie schmiegte sich an ihn. »Wie glücklich machen mich deine Worte, mein Hans!«

Sie saßen traulich nebeneinander und tranken Tee. Draußen wirbelten leichte Schneeflocken durch die Luft, und in der Küche summte Berta ein Volkslied.

Anita lauschte lächelnd. Dann holte sie Lori Gordons Brief herbei. Gemeinsam lasen sie ihn durch. Und als sie zu Ende waren, sagte Hans:

»Das trifft sich gut, Nita, daß Gordons jetzt heimkehren. Sobald sie uns ihre Ankunft in Kassel melden, laden wir sie einige Wochen ein. Wir müssen uns doch für die empfangene Gastfreundschaft revanchieren.«

Anita richtete sich in seinen Armen auf. »Ach, Hans – wie denkst du dir das? Wir können Gordons doch nicht in unserem kleinen Häuschen unterbringen.«

Er lachte und streichelte ihr Haar. »Meinst du, es geht nicht?

Sie sah sich um und schüttelte bekümmert den Kopf. »Nein, das geht wirklich nicht. Es ist wohl besser, wir treffen in Kassel mit ihnen zusammen, vorausgesetzt, daß du das Geld dafür erübrigen kannst.«

»Nun, wir werden sehen. Es hat ja noch einige Tage Zeit. Schließlich lassen wir Frau Lori entscheiden, unter Darlegung unserer Verhältnisse. Vielleicht schafft auch die Frau Verwalterin Rat. Im Verwalterhaus ist noch viel Platz«, sagte er übermütig.

Sein Übermut steckte sie an. »Warum nicht gar im Schloß? Da ist noch mehr Platz«, sagte sie lachend.

»Wie ich gehört habe, wird demnächst der Schloßherr seinen Einzug halten. Wir müßten ihn erst um Erlaubnis fragen.«

»Der würde uns sehr erstaunt ansehen!« lächelte sie. »Du – ehe er eintrifft, wollen wir uns aber noch das Schloß ansehen. Der Verwalter hat es ja erlaubt.«

Er nickte. »Das wollen wir tun. Aber nun gib mir noch eine Tasse Tee, du machst ihn vorzüglich.«

Sie lächelte wehmütig. »Das hat Papa auch immer gesagt. Er ließ den Tee am liebsten von mir bereiten. Es war das einzige, was ich gelernt hatte.«

»Du hast in der kurzen Zeit unserer Ehe sehr viel gelernt und kochst jetzt sehr gut.«

»Wirklich, bist du mit mir zufrieden?«

Er küßte sie. »Mehr als das. Von deinem weihnachtlichen Gänsebraten träume ich noch«, neckte er.

Sie lachte. »Du Schlemmer!« Aber ihre Augen glänzten. Sie fühlte sich nun restlos glücklich und verstand nicht mehr, daß sie vorhin in so bedrückter Stimmung hatte sein können.

22

Am übernächsten Morgen wollte Anita nach dem Frühstück, wie jeden Tag, in die Küche gehen, um mit Berta zu beraten, was heute gekocht werden sollte. Hans saß hinter der Zeitung und rauchte eine Zigarette. Er hielt Anita an der Hand fest. »Wo willst du hin, Nita?«

»In die Küche, Hans.«

Er zog sie dicht an sich heran. »Heute brauchst du nicht zu kochen.«

Sie lachte. »Aber Hans, willst du nicht zu Mittag essen?«

Aufspringend schlang er beide Arme um ihre schlanke Gestalt. Er war erregt. »Das hab' ich ja ganz vergessen, Nita – wir speisen doch heute im Schloß.«

Sie sah ihn ganz entgeistert an. »Im Schloß? Du träumst wohl, Hans?«

»Durchaus nicht. Wir wollen heute Schloß und Park besichtigen. Und die Frau Verwalter hat uns zum Diner eingeladen. Es wird heute im Schloß serviert.«

Ihr Gesicht strahlte. »Ah, das also ist deine Überraschung?«

»Ein Teil davon wenigstens.«

»Das ist reizend von Verwalters. Sie sind immer so nett zu uns. Weißt du, ich werde der Frau Verwalter die Stickerei schenken, die ich jetzt in Arbeit habe. Irgendwie müssen wir uns doch erkenntlich zeigen.«

»Tu das, sie wird sich freuen. Es sind wirklich famose Menschen, die beiden. Nun schnell, kleide dich an, ich tu es auch. Aber recht festlich, bitte! Heute sollst du einmal wieder ganz als große Dame leben.«

»Was soll ich denn anziehen?«

»Vor allen Dingen kein dunkles Kleid, Nita. Heute will ich dich in lichten Farben sehen.«

»So komm, such selber das Kleid aus, das ich tragen soll.«

Sie führte ihn vor ihren Kleiderschrank im Schlafzimmer. Hans wählte mit Bedacht in dem ziemlich großen Kleidervorrat und entschied sich schließlich für ein Kleid aus perlfarbiger, weicher Seide, über die ein zartblauer Schleierstoff herabfiel. In diesem Kleid mochte er Anita am liebsten sehen. Es hob ihre eigenartige Schönheit besonders hervor.

Zögernd nahm sie das Kleid aus dem Schrank. »Das ist aber doch viel zu prächtig, Hans. Es ist eine Robe für ganz große offizielle Gelegenheiten.«

»Nun, bitte – ist es nicht eine ganz große Gelegenheit, wenn wir im Schloß Lorbach speisen?« neckte er.

»Was sollen denn Verwalters sagen, wenn ich in diesem Prachtgewand erscheine?«

»Sie werden sagen, daß du darin wie eine Märchenprinzessin aussiehst. Aschenbrödel im Schloß, Liebling! Übrigens tust du der Frau Verwalter einen Gefallen. Sie freut sich, wie du weißt, immer an deinen schönen Kleidern. Und der Verwalter wird sich noch mehr in dich verlieben wie bisher.«

»Nun – auf dein Haupt die Folgen!«

Sie zogen sich nun um. Auch Hans trug den offiziellen Gesellschaftsanzug.

Als sie fertig waren, sahen sie einander lachend an. Bewundernd schloß Hans seine schöne Frau in die Arme.

»Aschenbrödel ist wieder Prinzessin geworden. Nun komm zum Schloß, meine Prinzessin!«

»Deinen Arm, Märchenprinz!« ging sie übermütig auf seinen Ton ein.

Er legte ihr noch einen kostbaren schwarzen Samtmantel, der mit Pelz verbrämt war, um die Schultern, und auch er zog seinen Pelzmantel an.

»Es fehlt nur noch, daß wir feierlich im güldenen Wagen zum Schloß fahren«, sagte Anita lachend, als sie nebeneinander auf dem Wege dahinschritten. Erstaunt sah Anita, daß das Parktor weit geöffnet stand. Und als sie es durchschritten hatten und auf das Schloß zugingen, sah sie eine Anzahl Diener am Portal stehen. Oben an der Freitreppe standen der Verwalter Birkner und seine Frau, beide in sonntäglichem Gewand, und hinter ihnen der Notar Dr. Heine, den Anita gelegentlich kennengelernt hatte. Die Frau Verwalterin hielt einen großen Blumenstrauß in den Händen.

Anita hielt ihren Gatten am Arm zurück.

»Hans, sieh doch – da kommen wir wohl ungelegen. Das sieht ja aus, als würde der Herr des Schlosses erwartet. Auch der Herr Doktor Heine ist da. Der ist doch sicher aus einem bestimmten Grunde hier.«

Hans zog sie aber mit sich fort. »Komm nur, Nita – diese förmlichen Umstände sind unseretwegen gemacht worden.«

»Um unseretwillen? Das kann nur ein Scherz sein.«

Er drückte erregt ihre Hand. »Du wirst sehen, daß alles seine Richtigkeit hat. Jetzt kommt die versprochene Überraschung,

227

Nita. Ich bitte dich, mein süßes Herz – sei mir nicht böse, daß ich dich ein wenig beschwindelt habe! Ich habe dich mit Bedacht in unser liebes kleines Haus geführt, weil du lernen solltest, dich auch in einem bescheidenen Leben zurechtzufinden. Nun sollst du wieder ein Leben führen, wie du es früher gewohnt warst – als Herrin dieses Schlosses. Ich habe von meinem Onkel, dem Freiherrn von Lorbach, nicht nur das kleine Haus geerbt, sondern den ganzen großen Herrschaftssitz. Nun zeig, meine tapfere Frau, daß dich auch ein unvorhergesehener Glücksfall nicht aus der Fassung zu bringen vermag!«

Wie im Traum hatte Anita zugehört. Sie wußte nicht, ob das Wirklichkeit war, was sie jetzt erlebte, konnte auch vorläufig nichts auf die Worte ihres Mannes erwidern. Denn der Verwalter und seine Frau traten auf sie zu. Frau Birkner übergab ihr lächelnd den Blumenstrauß, und der Verwalter sprach einige herzliche Begrüßungsworte. Auch Dr. Heine trat nun heran und sagte lächelnd:

»Auf diesen Augenblick habe ich mich schon lange gefreut, gnädige Frau. Gott schenke Ihnen in Ihrem neuen prächtigen Heim ein Glück, das jenes im kleinen Haus gefundene so weit überstrahlt, wie das Schloß das kleine Häuschen!«

Anita verlor diesem Ereignis gegenüber nicht die Haltung der großen Dame. Ihr Dank war freilich ein wenig erregt hervorgestammelt, aber in aufrechter Haltung schritt sie nun am Arm ihres Mannes an der Dienerschaft vorüber in die Schloßhalle.

Nur ihre Hand zitterte leise, und sie flüsterte ihm zu:

»Mir ist das alles wie ein Traum – ich weiß nicht, wie ich das ertragen soll!«

Hans Roland drückte ihren Arm fest an sich und führte sie in ein schön und kostbar ausgestattetes Zimmer.

»Wir sehen uns nachher bei Tisch«, sagte er verabschiedend zu Dr. Heine und dem Verwalterpaar.

Dann waren die beiden Gatten allein.

»Zürnst du mir wegen dieser Täuschung, meine süße Frau?« fragte Hans Roland.

Sie schüttelte hilflos den Kopf und tastete nach seinem Arm. »Hans – bin ich wach? Ist das wirklich alles wahr? Du – du bist der Herr dieses Schlosses? Hier soll ich in Zukunft wohnen? Ich kann das alles nicht fassen – es ist so unwirklich, so traumhaft.«

Er küßte sie fest auf den Mund. »Fühlst du nun, daß du wach bist, Liebste? Nun sollst du wieder in einer Umgebung leben, wie sie zu dir gehört. Wie glücklich bin ich, daß ich dir ein so schönes stolzes Heim bieten kann! Verzeih die kleine Komödie. Du solltest auch mich ganz um meiner selbst willen lieben.«

Sie blickte sich aufatmend um und sah ihn dann fragend an. »Erzähl mir doch – wie kam das alles?«

Sie neben sich auf einen Diwan ziehend, begann er zu sprechen. Von dem glücklichen Erfolg seiner Arbeit und der großen Erbschaft, von seiner Absicht, ihr seine veränderten Verhältnisse in Biskra zu offenbaren und sie dadurch von ihrem Mißtrauen zu kurieren. Und wie er dann anderen Sinnes geworden war, als sie plötzlich verarmte, weil er auch nur um seiner selbst willen von ihr geliebt sein wollte. Sie erfuhr auch von der Beteiligung Gordons, Dr. Heines und des Verwalterpaares an dem heiteren Betrug.

Und dann zog er sie an sich und küßte sie wieder und wieder und sagte ihr, wie stolz er auf sie war, weil sie sich so ohne Murren in alle Entbehrungen gefügt hatte.

»Du wirst nun auch in Zukunft deinen Pflichtenkreis haben, meine Nita. Ich weiß, daß du in Schloß Lorbach als tüchtige Hausfrau schalten und walten wirst. Arbeit genug wirst du finden. Das Wohl und Wehe vieler Menschen ist von uns abhängig; wir wollen immer daran denken, nicht wahr?«

Sie sah ihm ernst in die Augen. »Ja, Hans, das wollen wir nie vergessen! Ich will alles tun, um dich auch in den neuen Verhältnissen ganz zufriedenzustellen. Ohne Pflichten und Arbeit möchte ich nicht wieder leben. Ich danke dir, daß du mich gelehrt hast, zu arbeiten und zu entbehren.«

Sie sprachen noch mancherlei, wie sie sich in Zukunft ihr Leben einrichten wollten. Er erzählte ihr, daß er sie in den vergangenen Monaten so viel allein gelassen hatte, weil er sich in seinen neuen Pflichtenkreis einarbeiten mußte, und weil er hier im Schloß alles zu ihrem Empfang vorbereiten wollte.

Dann führte er sie im ganzen Schloß herum, zuletzt in die für sie bestimmten Zimmer. Sie waren entzückend ausgestattet, der passende Rahmen für ihre vornehme Erscheinung. Sie fiel ihm um den Hals. Alles redete ihr hier von seiner Liebe.

»Nun, kleine Frau – hier wirst du dich doch wohl ein wenig behaglicher fühlen als in unserem ärmlichen Häuschen!« neckte er.

Sie sah ihn unsicher an. »Wenn ich nein sagen wollte, müßte ich lügen, Hans. Es ist ja alles so wunderschön hier. Und gerade nach dem Leben in unserem kleinen Heim wirkt diese Umgebung so viel vornehmer und schöner. Aber ich sage dir ganz ehrlich – wenn nicht auch unser reiches, schönes Glück aus dem kleinen Häuschen mit uns in das Schloß übersiedelte, dann würde ich doch lieber dort bleiben.«

»Liebling, unser Glück tragen wir im eigenen Herzen mit uns. Es wird uns auch hier treu bleiben, denn wir lieben uns.«

Sie gingen Arm in Arm geschmiegt weiter, und als sie dabei an einem hohen Spiegel vorüberkamen, blieb Anita stehen.

»Hans, hier passen unsere prächtigen Kleider wirklich besser hinein als in unser kleines Haus«, sagte sie schelmisch.

Er nickte ihr im Spiegel zu. »Meine stolze Königin – wirst du nun nie wieder eine Schürze tragen?« neckte er.

Sie lachte. »Doch, Hans, die Schürze soll auch in Zukunft mein Arbeitskleid sein. Ich will auch weiterhin selbst viele Dinge tun, die ich jetzt gelernt habe.«

»Auch Lampen putzen?« fragte er neckend.

Sie atmete tief auf und sah zu den elektrischen Beleuchtungskörpern empor. »Nein, das habe ich jetzt gottlob nicht mehr nötig. Es war, offen gesagt, eine scheußliche Arbeit«, sagte sie erlöst lachend.

Er küßte ihre Hände, wieder und wieder. »Bist du mir gar nicht böse, daß ich dich zu solch niedrigen Arbeiten zwang?«

»Nein, mein Herzensmann, ganz gewiß nicht. Es gibt überhaupt keine niedrige Arbeit. Die Arbeit ist immer etwas Großes und Schönes – nur gibt es angenehme und unangenehme Arbeiten. Aber vielleicht sind die unangenehmsten Arbeiten gerade die erhebenden, weil sie uns lehren, uns selbst zu bezwingen.«

»Meine kleine Philosophin!«

»Ach, Hans, eins weiß ich gewiß – ohne Komfort kann man leben, auch wenn man daran gewöhnt war – aber nicht ohne das Glück, das die Liebe gibt, und nicht ohne Pflichten und Arbeit.«

Er küßte sie heiß und innig. »Ich bin stolz auf meine Frau!«

»Und ich auf meinen Mann.«

Hans führte seine Frau nun in den Speisesaal. Dort wurden sie von dem Verwalterehepaar und Dr. Heine erwartet. Man setzte sich zu Tisch, und Anita erfüllte mit vollendeter Grazie zum erstenmal die Pflichten der Hausfrau.

Es herrschte eine fröhliche Stimmung bei der Tafel. Lachend sagte Anita zu Frau Birkner:

»Jetzt weiß ich auch, Frau Verwalter, warum ich bei Ihnen immer so unerhört preiswert gekauft habe! Mir scheint doch, daß das Leben auf dem Land nicht ganz so billig ist, wie es den Anschein hatte.«

Die Verwalterfrau nickte. »Der Herr Doktor war ja immer in Sorge, daß das Wirtschaftsgeld nicht reichen würde, und daß Sie sich darüber beunruhigen könnten, Frau Doktor.«

Anitas Hand stahl sich in die ihres Gatten.

Schnell hatte sich Anita als Schloßherrin eingewöhnt. Und zwei Wochen später gab es liebe Gäste in Schloß Lorbach. Fritz Gordon war mit seiner Frau eingetroffen, und sie waren erstaunt und entzückt, daß sie Hans Roland und seine Frau in einer so glänzenden Umgebung fanden.

»Weißt du, Nita, ich habe ja gewußt, daß du eine bessere Partie machtest, als du dachtest. Aber daß du eine so großartige Partie machtest, ahnte ich nicht«, sagte Frau Lori.

In Zukunft kamen Gordons so oft wie möglich nach Schloß Lorbach, wo sich nach und nach ein behaglich-geselliger Kreis bildete. Auch Frau Jungmann wurde von Anita jeden Sommer einige Wochen eingeladen.

Nur Frau Erika betrat niemals die Schwelle von Schloß Lorbach. Als sie von Hans Rolands Erbschaft hörte, hatte sie zwar sofort einen Versuch gemacht, ihren Vorteil daraus zu ziehen und sich auf Schloß Lorbach dauernd einzunisten; aber da hatte ihr Hans Roland ruhig und bestimmt erklärt, er könnte seiner Frau nach allem, was geschehen wäre, nicht zumuten, sie bei sich aufzunehmen. Sowenig, wie sie bereit gewesen wäre, Anita bei sich aufzunehmen, als diese schutzlos und allein stand, sowenig könnte er sich jetzt dazu entschließen, Frau Erika in seinem Haus ein Asyl zu bieten.

Darüber war Frau Erika sehr zornig. Sie tröstete sich aber, als sie nach Jahresfrist in einem Seebad eine neue Eroberung machte und bald danach die Gattin eines reichen Fabrikanten wurde, der allerdings wieder fast zwanzig Jahre älter war als sie.

Sie sandte eine pomphafte Vermählungsanzeige nach Schloß Lorbach.

Danach hörte das junge Paar nichts mehr von ihr.

Das Glück blieb Hans und Anita auch in dem stolzen Schloß treu. Sie lebten ein tief befriedigendes Leben, in dem es Pflichten und Arbeit gab und daneben harmonische Feierstunden im Kreise lieber Freunde.

HEDWIG COURTHS-MAHLER

Die Tochter der Wäscherin

1

»Hast du ein wenig Zeit für mich, Kuno? Ich habe verschiedenes mit dir zu besprechen.«

Freiherr Kuno von Lossow blickte zu seiner Frau hinüber, die mit diesen Worten sein Arbeitszimmer betreten hatte. Er strich mit einer nervösen Bewegung, die charakteristisch bei ihm war, über den dünnen, peinlich geordneten Scheitel und ließ dann die Hand herabsinken.

Farblos wie die wässerigen, kaltblickenden Augen war das fahle, mit Grau gemischte Blond des spärlichen Haars, farblos waren auch die ausdruckslosen Gesichtszüge und die langen, schmalen Hände mit den sorgsam gepflegten Fingern. Die hagere Erscheinung des in der Mitte der Fünfzig stehenden Mannes hatte etwas Fades, Unbestimmtes.

Das machte sich in seinem ganzen Wesen geltend. Es war, als fehlte ihm das rote, warme Blut, das Farbe und Leben verleiht.

»Du weißt doch, Helene, daß ich um diese Zeit mit Erledigung der Post beschäftigt bin und nicht gestört zu werden wünsche«, antwortete er in nörgelndem Ton.

Frau Helene von Lossow sah ungehalten an ihrem langen, schmalen Nasenrücken hinab.

»Ich bin es leider gewöhnt, daß du nie Zeit für mich hast, wenn ich dich in dringenden Angelegenheiten sprechen muß.«

Kuno von Lossow räusperte sich hinter der vorgehaltenen Hand, um seiner Stimme einige Festigkeit zu geben. »Deine dringenden Angelegenheiten haben, wie ich aus Erfahrung weiß, immer nur einen Refrain: Ich brauche Geld. Also, bitte, spare dir und mir diese Auseinandersetzung, denn ich habe kein Geld, wenigstens momentan nicht.«

Frau von Lossow trommelte nervös mit den Fingern auf der Tischplatte herum. »Aber ich brauche dringend eine größere Summe, Kuno. Du weißt, daß nächstens das große Gartenfest in Trassenfelde stattfindet. Dazu brauchen Gitta und ich unbedingt neue Toiletten, weil wir –«

»Wieder einmal nichts anzuziehen haben, ich weiß, ich weiß, es ist immer dasselbe«, wehrte er ungeduldig ab. »Könnt ihr denn nicht einmal eine Robe aufarbeiten lassen?«

»Sollen es vielleicht die Spatzen von den Dächern pfeifen, daß in Lossow die Verhältnisse fragwürdig sind? Glaubst du, daß Gitta die geringsten Aussichten auf eine annehmbare Partie hat, wenn bekannt wird, daß du ihr keine Mitgift geben kannst? Und meinst du, daß die Komtesse Trassenfelde Lust haben wird, Botho mit ihrer Hand zu beglücken, wenn die Leute erfahren, wie wenig das Lossower Majorat einbringt? Sie wird sich dann sofort sagen, daß Botho nur nach ihrem Geld trachtet. Wir müssen um jeden Preis den Anschein zu wahren suchen, als lebten wir hier aus dem vollen.«

Kuno von Lossow winkte nervös ab. »Ja, ja, ich weiß schon, alles weiß ich, was du mir sagen willst. Aber ich kann dir nichts geben, jetzt nicht. Da mußt du warten, bis ich bei Onkel Heribert gewesen bin. Ich will sehen, ob er mir noch einmal aushilft.«

»Wann fährst du nach Lemkow hinüber?«

»Vielleicht heute nachmittag.«

Frau von Lossow seufzte tief auf. »Hoffentlich hat dein Besuch Erfolg. Onkel Heribert wäre wohl imstande, uns zu sanieren, wenn er nur wollte.«

»Du vergißt, daß er uns schon mehrere Male ausgeholfen hat«, sagte Kuno, wieder nervös über seinen Scheitel streichend.

Seine Frau machte eine abwehrende Bewegung. »Nein, ich vergesse es nicht. Aber er hat dich bloß immer mit tausend Mark abgespeist. Damit konnte man wohl ein Loch zustopfen, aber eine rechte Hilfe war das nie.«

Ein ironisches Lächeln verzog Kunos Lippen. »Onkel Heribert glaubt eben, daß wir keine Hilfe brauchen. Wir sollen mit dem auskommen, was Lossow uns einbringt. Er meint, das sei eine ganz anständige Summe.«

»Ach, um damit auszukommen, dürfte man sich keinerlei Annehmlichkeiten gestatten. Warum sollen wir mit dem Pfennig knausern? Du bist ja doch Onkel Heriberts Erbe.«

Kuno von Lossow seufzte tief auf. »Wenn das nur so sicher wäre! Onkel Heribert kann testieren, wie er will. Man kann nicht wissen. Der alte Herr ist unberechenbar. Er hat manchmal ein so sonderbares Lächeln, das mir gar nicht gefällt. Ich fühle oft eine Angst in mir, er könnte uns mit seinem Testament einen Strich durch die Rechnung machen.«

Das Gesicht seiner Frau nahm einen erschrockenen Ausdruck an. »Das wäre schrecklich, Kuno. Nein, daran darf ich nicht glauben. Unsere einzige Hoffnung ist doch diese Erbschaft. Aber wem sollte Onkel Heribert sein Barvermögen und Lemkow hinterlassen, wenn nicht dir und deinen Kindern? Wir sind doch seine einzigen Verwandten und stehen ihm so nahe. Botho und Gitta lassen es doch gleich dir und mir an Aufmerksamkeiten für ihn nicht fehlen! Wir umgeben ihn mit Fürsorge und Liebe –«

Herr von Lossow lächelte wieder ironisch.

239

»Wir sind allein, Helene; da kann ich es ja sagen, daß diese Fürsorge und Liebe doch wohl nur egoistischen Motiven entspringen.«

»Das tut nichts zur Sache. Übrigens ist Onkel Heribert ein Mensch mit starkem Familiensinn; er wird nie einen fremden Menschen zu seinem Erben einsetzen.«

»Ganz recht, Helene, einen fremden Menschen nicht. Aber hast du vergessen, daß ich noch einen Bruder hatte?«

»Einen Bruder? Aber Kuno, der ist doch schon seit einer Ewigkeit verschollen und sicher nicht mehr am Leben.«

»Wenn das nur so sicher wäre. Es fehlt mir eben jeder Beweis, daß er tot ist. Und das ist der Punkt, der mich manchmal mit großer Sorge erfüllt. Aber man sollte gar nicht daran denken. Selbst wenn mein Bruder Fritz noch am Leben wäre, ihn würde Onkel Heribert in seinem Testament schwerlich bedenken, nicht wahr?«

Es lag eine unruhige Frage in seinen Worten.

Frau von Lossow nickte eifrig.

»Natürlich nicht, Kuno. Den würde Onkel Heribert höchstens mit einer Kleinigkeit abfinden. Einem solchen Menschen wird er Lemkow niemals vermachen, das ist sicher. Ich denke, darüber können wir ganz beruhigt sein. Onkel Heribert denkt nicht daran, deinen Bruder in seinem Testament zu erwähnen, er glaubt bestimmt, daß er tot sei.«

»Ja, ja, ich glaube es auch. Nur manchmal, da ist so eine Angst in mir, er könne wieder auftauchen. Und dann – ich glaube, Onkel Heribert hat für diesen Bruder Leichtsinn trotz allem eine gewisse Vorliebe gehabt. Der alte Herr ist eben immer etwas sonderbar gewesen.«

Frau von Lossow machte eine Bewegung mit den Händen, als schiebe sie etwas von sich. »Nein, nein! Wie kannst du nur auf solche Gedanken kommen? Daran wollen wir lieber nicht mehr denken, das brächte mich um alle Ruhe.«

»Ja, du hast recht, man darf nicht daran denken. Aber nun laß mich allein. Du siehst, hier liegt ein Haufen Postsachen; ich habe zu tun, liebe Helene.«

Die liebe Helene seufzte noch einmal, dann rauschte sie aus dem Zimmer. An der Tür wandte sie sich nochmals um. »Also, bitte, wenn du zu Onkel Heribert fährst, denke daran, daß ich für Gitta und mich tausend Mark nötig habe.«

Er nickte nur stumm, denn er war bereits damit beschäftigt, einen Brief zu öffnen.

Der war von seinem Sohn Botho, der in Berlin als Leutnant bei einem Garderegiment diente.

Mit mißmutigem Gesicht las Herr von Lossow den kurzen Brief. Er wußte den Inhalt schon voraus. Die Quintessenz dieser Briefe seines Sohnes war Geld, Geld und immer wieder Geld. Botho von Lossow bat seinen Vater um eine größere Summe.

»Schauderhaft, ganz schauderhaft! Woher soll ich nur all das Geld nehmen? Es wird wirklich Zeit, daß Onkel Heribert das Zeitliche segnet und mich in den Besitz seines Vermögens setzt, sonst weiß ich nicht mehr aus und ein. Aber der alte Herr ist unglaublich widerstandsfähig.«

So dachte Kuno von Lossow und legte den Brief seines Sohnes beiseite. Mit einer müden Bewegung faßte er nach einem zweiten Schreiben. Es war die ziemlich energische Mahnung eines Lieferanten um Geld.

Es folgten nun noch einige ähnliche unliebsame Schreiben, die er alle verdrießlich beiseite warf.

Wie dringlich diese Leute wurden, wenn man einmal nicht gleich bezahlte!

Dann kam ihm ein dicker, gewichtiger Brief in die Hände. Er drehte ihn um, damit er die Adresse lesen konnte. Und als er die eigenartig steilen, charakteristischen Schriftzüge erblickte, zuckte er jäh erschrocken zusammen und starrte wie gelähmt darauf nieder.

Eine matte Röte schoß in sein fahles Gesicht, und die Hand, die den Brief hielt, begann zu zittern.

So saß er lange Zeit regungslos. Aber dann gab er sich einen Ruck, schlitzte das Kuvert auf und nahm mehrere engbeschriebene, große Bogen heraus. Mit scheuem Blick streifte er die Unterschrift auf dem letzten Bogen: »Dein Bruder Fritz!«

Kuno von Lossow stöhnte, als hätten seine Augen etwas Furchtbares erblickt. Ein Zittern lief durch seine Glieder, er fiel kraftlos in seinen Sessel zurück. Und wieder ruhten seine weitgeöffneten Augen auf dieser Unterschrift.

»Die Toten stehen auf«, murmelte er vor sich hin.

Erst nach einer Weile konnte er sich entschließen, den Brief zu lesen. Derselbe lautete:

»Lieber Bruder Kuno!

Wenn Du diesen Brief in Händen hältst, wirst Du wohl erst eine Weile nachdenken müssen, ob es wirklich einen Menschen auf der Welt gibt, der ein Recht hat, Dich Bruder nennen zu dürfen. Du hast sicher längst angenommen, ich sei verdorben und gestorben.

Nun, es gab eine Zeit, da war mein Leben keinen Heller wert. Es fehlte nur noch eines Haares Breite, die mich vom Abgrund trennte und vom Tod. Aber ich bin doch nicht elend umgekommen, mein Lebensschiff ist wieder flott geworden. Ohne Hilfe wäre mir das freilich nicht gelungen; ohne diese Hilfe wäre ich verhungert.

Heute, am 30. Mai, vor fünfundzwanzig Jahren, betrat ich

amerikanischen Boden, ein Schiffbrüchiger an Leib und Seele. Du weißt, als unser Vater gestorben war, machtest Du mir an Hand der Bücher klar, daß der alte Herr mir in seiner Güte enorme Summen zur Verfügung gestellt hatte. Ich wußte nicht, wo das viele Geld geblieben war. Damals verstand ich noch nicht zu rechnen. Aber Du konntest das um so besser; Du überzeugtest mich, daß ich bereits viel mehr, als mir zukam, verbraucht, daß ich mein Erbe in sträflichem Leichtsinn vergeudet hatte, noch ehe der Vater die Augen schloß. Der gute Vater, er konnte mir nie einen Wunsch versagen; er hat nicht bedacht, was nach seinem Tod geschehen würde.

Also, Du machtest mir eine Stunde nach Vaters Begräbnis klar, daß ich ein Bettler sei und nichts mehr zu erwarten habe als zweiter Sohn. Denn das Majorat Lossow gehörte natürlich Dir, dem Ältesten. Eigentlich hätte ich Dir von Rechts wegen noch etwas herauszahlen müssen. Aber da ich nichts besaß als einige Schulden, verzichtetest Du großmütig auf Rückerstattung, gabst mir sogar noch drei braune Lappen und den guten Rat, über dem großen Teich mein Glück zu versuchen, da ich – wie du meintest – in der Heimat durch meinen Leichtsinn unmöglich geworden sei. Damals war ich so unverständig, daß ich Dir diese dreitausend Mark am liebsten vor die Füße geworfen hätte. Ich war eben, im Gegensatz zu Dir, immer sehr unbesonnen und temperamentvoll.

In jener Stunde bezwang ich mich aber, nahm die drei braunen Lappen, zog den geliebten bunten Rock aus und fuhr über den großen Teich. Vorher überlegte ich aber noch, ob ich mich nicht lieber totschießen solle. Auch dachte ich daran, zu Onkel Heribert nach Lemkow zu gehen und ihn um Hilfe zu bitten. Aber ich erinnerte mich noch zur rechten Zeit, daß Onkel Heribert mir verschiedentlich wegen meines Leichtsinns geharnischte Moralpauken gehalten hatte. Ich war überzeugt, daß er sagen würde: ›Siehst du wohl – nun hast du, was dir gebührt, nun ist es so weit, wie ich dir prophezeite.‹ Das wollte ich lieber nicht auch noch hören – nach der Pelzwäsche, mit der Du mich bedacht hattest. Denn vor Onkel Heribert hatte ich einen heillosen Respekt, weil der alte Herr mir mit seiner kernigen, ehrlichen, deutschen Art stets gewaltig imponierte.

Also, ich fuhr, der schönsten Hoffnungen voll, nach Amerika, um mein Glück zu suchen. Ich dachte, das erhoffte Glück käme dem Freiherrn von Lossow sofort entgegenspaziert, sobald er amerikanischen Boden unter den Füßen hatte. Es war ein Trotz in mir, mit Bitterkeiten gemischt, weil Du mir so kurzerhand die Türe gezeigt hattest. Ich dachte verbissen: Warte nur, Bruder Kuno, ich will dir schon zeigen, wie ich als tüchtiger Kerl das Glück zwinge.

Es kam aber alles ganz anders, als gedacht. Nachdem ich alle Bitterkeiten des Lebens durchkostet hatte, war ich zu der Einsicht gekommen, daß der Freiherr Fritz von Lossow ein ganz unbrauchbares Individuum und schrecklich überflüssig auf der Welt sei. Trotz größter Sparsamkeit waren die drei braunen Lappen bis auf den letzten Groschen verzehrt, ehe ich auch nur einen Pfennig verdient hatte. Ich erhielt nirgends Anstellung, nirgends Beschäftigung; immer wurden mir andere vorgezogen, die mehr gelernt hatten oder ihre Kenntnisse praktischer verwerten konnten.

Und so brach ich eines Nachts, obdachlos und halb verhungert, ohnmächtig auf der Straße zusammen. Ich hatte nur noch den einen Wunsch: sterben zu können. Meinen Revolver, der mir das hätte erleichtern können, hatte ich einige Tage vorher verkauft, um Brot dafür anzuschaffen – und einen rei-

244

nen Kragen. Auf den letzteren glaubte ich noch weniger verzichten zu können als auf Nahrung. Man kann sich nie ganz losmachen von gewissen Gewohnheiten. Überhaupt – was hielt ich damals noch alles für durchaus unerläßlich! Das eben machte mich hier drüben so untüchtig zum Lebenskampf.

Also ich lag ohnmächtig und halb verhungert auf der Straße. Als ich aus meiner Bewußtlosigkeit erwachte, lag ich in einem kleinen Raum, in dem mir zunächst eins sehr angenehm auffiel: nämlich Wäsche – ganze Stöße herrlicher, blütenweißer Wäsche, Kragen, Hemden, Taschentücher, Blusen –, kurz, allerlei Wäsche in herrlichster Reinheit und Frische.

Und dann sah ich noch mehr – über mich neigte sich ein junges, reizendes, frisches Mädchengesicht mit einem wahrhaft mütterlich besorgten Blick in den dunkelblauen, schönen Augen. Dieses Gesicht gehörte Grete Werner, der Besitzerin der kleinen Wasch- und Plättanstalt, in der ich mich befand. Diese blonde Grete war, wie ich später erfuhr, die Tochter eines preußischen Beamten, die nach dem Tod ihrer Eltern ihrem einzigen Bruder über das Meer gefolgt war, weil dieser in New York eine gute Stelle als Kaufmann erhalten hatte. Die Geschwister standen allein im Leben, und Grete wollte ihrem Bruder die Wirtschaft führen.

Aber schon nach wenigen Monaten erlag der Bruder einem Unfall, und die arme Grete stand allein und mittellos dem Leben gegenüber. Außer der üblichen Schulbildung hatte sie nichts gelernt, als einen Haushalt zu führen. Aber das energische Mädchen besann sich darauf, daß sie vorzüglich mit dem Bügeleisen umzugehen verstand. Damit baute sie sich im fremden Lande eine neue Existenz auf. Sie mietete einen kleinen Laden und eröffnete eine Wasch- und Plättanstalt. Fleißig stand sie vom frühen Morgen bis zum späten Abend hinter

Waschfaß und Bügelbrett und verdiente bald so viel, daß sie einige Gehilfinnen annehmen konnte.

Verzeih, daß ich über diese junge Dame so ausführlich berichte; Du wirst gleich erfahren, warum ich das tue.

Also, ich war auf der Schwelle von Grete Werners kleinem Laden zusammengebrochen. Als sie denselben am frühen Morgen öffnete, fand sie mich bewußtlos liegen. Die blonde, deutsche Grete besann sich nicht lange, als sie einen Menschen in Not sah. Hurtig hat sie mich in ihren Laden gezogen und mir ein Glas Wein eingeflößt, und dann, als ich das Wort ›Hunger‹ stammelte, warme Milch und Keks. Als ich die Augen aufschlug, rief sie mir mit einem lieben Lächeln ein frohes ›Grüß Gott, Landsmann‹, zu, so daß ich nicht wußte, ob ich im Himmel war oder in der deutschen Heimat.

Bald wurde mir klar, wo ich mich befand und was mit mir geschehen war. Und wie ein hilfloses Kind habe ich mich von Grete füttern lassen. Ich habe mich zwar furchtbar geschämt, aber gegessen habe ich – bis ich wieder einmal richtig satt war –, und wie nur ein Verhungernder essen kann.

Als ich wieder kräftig genug war und aufstehen konnte, führte sie mich in einen schmalen Raum hinter dem Laden, wo ein Diwan stand. ›So, Landsmann‹, sagte sie, ›jetzt legen Sie sich noch ein Stündchen hierher und ruhen sich aus, damit Sie nicht wieder schwach werden. Es wird Sie niemand stören. Sie können unbesorgt sein, einen deutschen Landsmann läßt die Grete Werner nicht im Stich!‹ Später hat sie mir allerdings gestanden, daß sie nicht jeden so aufgenommen hätte wie mich. Aber da war sie schon meine Braut, und sie hat mir gebeichtet, daß ich ihr gleich so gut gefallen habe. Nun, ich habe das nie begriffen, denn in meinem damaligen Zustand kann ich unmöglich einen vorteilhaften Eindruck gemacht haben.

Als ich mich nun erholt hatte und still in dem kleinen Raum lag, da stieg die bittere Scham in mir empor, daß ich von einem Mädchen ein Almosen angenommen hatte. So erniedrigt hatte ich mich noch nie gefühlt. Ich hörte drüben im Laden Grete Werner mit ihren Gehilfinnen hantieren. Da erhob ich mich leise und wollte mich unbemerkt davonschleichen. Aber das Zimmerchen hatte nur einen Ausgang – durch den Laden.

Ich blickte durch einen Spalt in dem Vorhang, der das Zimmerchen abschloß, und sah Grete Werner in eifriger Arbeit am Bügelbrett stehen. Sie sah so zierlich und sauber aus, so hübsch und anmutig mit dem weißen Häubchen und der weißen Schürze, und es duftete so angenehm nach frischer Wäsche; da stieß ich einen tiefen Seufzer aus. Gleich darauf stand auch schon die blonde Grete vor mir und lachte mich freundlich an mit ihren blauen Augen.

Ich sagte ihr, wie sehr ich mich schämte, und bat sie, mich gehen zu lassen. Sie fragte nur: ›Wohin?‹ und machte ein ernstes Gesicht. Ich zuckte die Achseln und schilderte ihr meine Lage, ohne zu verraten, daß ich ein Freiherr von Lossow sei. Ich erzählte ihr nur, daß ich sehr leichtsinnig gewesen, an meinem Unglück selbst schuld sei und daß ich mich seit Monaten vergeblich bemüht hätte, Verdienst und Arbeit zu finden. Sie sah auf meine Hände herab. Und dann fragte sie mich, ob ich als Austräger bei ihr arbeiten wolle, bis sich etwas Besseres für mich gefunden habe.

Bedenke, Kuno, ich, der Freiherr Fritz von Lossow, sollte Austräger für eine Wäscherin werden! Ich sollte die saubere Wäsche zu Gretes Kunden schaffen und die schmutzige abholen! Sie las mir den Schauder vom Gesicht ab, und ihre Augen blickten mich groß und ernst an, so daß ich meinen Blick senken mußte. Dann sagte sie mit fester Stimme: ›Arbeit ist keine Schande. Ehrliche Arbeit adelt jeden Menschen, wer er auch sei.‹

Ich habe mir dies Wort damals fest eingeprägt und danach gehandelt. Und so wurde ich wirklich Austräger, weil ich nicht verhungern wollte, und weil ich mich vor diesem tüchtigen Mädchen schämte, das so tapfer ihr schweres Tagewerk verrichtete. Und die blauen Augen machten mir meinen Entschluß leicht. Später sind sie meine Leitsterne geworden, die mir immer genau sagten, ob ich das Rechte tat.

Austräger blieb ich übrigens nicht lange. Ich durfte Grete bald die Bücher führen und mich auf manche Art nützlich machen. Von meinem geringen Gehalt konnte ich mir ein Stübchen mieten, Essen bekam ich bei Grete – und reine Wäsche, soviel ich nur haben wollte! Gott, war das eine Wohltat!

Das war der Anfang. Ich will Dich nicht mehr mit Einzelheiten behelligen. Ein Jahr später heiratete ich Grete. Das Geschäft hatte einen unerwarteten Aufschwung genommen. Ich entdeckte nämlich so etwas wie ein kaufmännisches Genie in mir und kam auf den Gedanken, eine große Waschanstalt zu errichten. Und dann erfand ich ein Bleichmittel. Du weißt, daß ich mich in meinen Mußestunden gern mit chemischen Studien beschäftigte. Dies Bleichmittel ließ ich mir patentieren. Ich fabrizierte es zunächst selbst. Später, als es reißenden Absatz fand, baute ich mir eine kleine Fabrik. Daraus entstanden große Fabriken. Ich fabrizierte Seifen, Wasch- und Toilettemittel und kosmetische Präparate. Und aus unserer kleinen Waschanstalt wurde eine große Dampfwäscherei mit elektrischem Betrieb.

So arbeiteten wir uns empor. Meine Grete stand mir tapfer zur Seite als Kompagnon, denn hinter Waschfaß und Bügelbrett durfte sie schon lange nicht mehr stehen. Ich habe in dieser Frau einen herrlichen, idealen Weggenossen gefunden! Sie hat mir ein hohes, reines Glück geschaffen, denn sie war nicht nur resolut und tüchtig, sondern auch klug, geistvoll und fein-fühlend, eine Dame im edelsten Sinn des Wortes, obgleich sie einst als schlichte Wäscherin ihr Brot verdienen mußte.

Unser Unternehmen florierte unter der Firma G. Werner & Co., denn aus Rücksicht auf Dich und Onkel Heribert wollte ich den Namen Lossow nicht auf ein Firmenschild schreiben lassen.

Meine Grete verstand mich auch hierin. Sie hat mich zwar gelehrt, daß der wahre Adel nicht durch die Geburt errungen werden kann, sondern nur durch das Wesen und Verhalten ei-nes Menschen. Sie hat mir den Weg zu frisch-fröhlicher Ar-beit gezeigt. Sie hat mein Dasein mit Segen erfüllt. Aber sie war mir zuliebe bereit einzusehen, daß ihr schlichter Name besser auf ein Firmenschild paßte als der meine. Und sie war stolz darauf, Fritz Lossows Frau zu sein, das machte mich glücklich. Ja, unsagbar glücklich bin ich gewesen an der Seite meiner geliebten, angebeteten Frau – bis zu ihrem Ende. Vor drei Jahren habe ich sie hergeben müssen, zu meinem großen Herzeleid. Aber mir lebt eine Tochter, Ellinor, von zweiund-zwanzig Jahren, meiner Grete treues Ebenbild an Leib und Seele. Auch ein Sohn ist unserer Ehe entsprossen. Fred ist je-doch erst fünfzehn Jahre alt.

Du wirst nun fragen, warum ich in all der Zeit nichts von mir hören ließ und warum ich jetzt, nach fünfundzwanzig Jahren, das Schweigen breche.

Das will ich Dir sagen.

Erst ging es mir so schlecht, daß ich nicht schreiben wollte. Dann lebte ich in Verhältnissen, die Dir unverständlich gewe-sen wären. Du hättest Dich ganz sicher mit Schaudern von einem Menschen abgewandt, der sich sein Brot auf diese Weise verdiente, wie ich es mußte. Ich konnte Dir das nachfühlen, denn auch in mir lebte noch lange so ein Zipfelchen Hochmut, der unter der Erkenntnis litt, daß ein deutscher Edelmann so niedrige Arbeit zu tun gezwungen war.

Ich hielt es also für besser, Dir mit meinem Werdegang nicht das Gemüt zu beschweren. Aber nun muß es geschehen, denn ich gedenke in einiger Zeit nach Deutschland zurückzukehren. Die Sehnsucht, als Edelmann mein Leben zu beschließen, die Sehnsucht nach der Heimat ist schon seit einigen Jahren in mir erwacht. Meine Grete hatte gehofft, mit mir ziehen zu können; auch sie empfand Heimweh. Ich muß sie hier zurücklassen. Aber an ihrem Sterbelager habe ich ihr geloben müssen, sobald als möglich mit unseren Kindern nach Deutschland überzusiedeln. Mein Sohn will an den Universitäten studieren, meine Tochter möchte den deutschen Wald kennenlernen.

Ich beabsichtige, meine Fabrik in eine Aktiengesellschaft umzuwandeln und arbeite bereits darauf hin. Es kann jedoch noch eine geraume Zeit vergehen, ehe ich hier alles abgewickelt habe. Aber der heutige Tag schien mir geeignet, Dir meinen Entschluß mitzuteilen. Da ich in der alten Heimat eine Besitzung kaufen will, könnte es doch sein, daß wir einander begegnen. Und das soll Dir nicht unvorbereitet kommen. Wenn Du mich nicht kennen willst, so kannst Du mir aus dem Weg gehen. Bitte, teile meinen Entschluß auch Onkel Heribert mit, der, wie ich in Erfahrung brachte, noch am Leben ist. Ich lasse ihn grüßen, wenn er es sich von mir gefallen lassen will. Am besten ist es, Du gibst ihm diesen Brief, damit er orientiert ist. Ich stelle es Euch anheim, mir zu begegnen, wie es Euch gefällt. Ich werde den Ton akzeptieren, den Ihr anschlagt. Wenn ich mir auch bewußt bin, ein besserer Mensch geworden zu sein, seit ich in dem kleinen Laden meiner Grete die Augen zu einem neuen Leben aufschlug, so weiß ich nicht genau, wie Onkel Heribert darüber denkt. Es sei Euch unbenommen, Eure Ansicht darüber zu vertreten, wie ich die meine vertreten werde.

Und nun will ich diese lange Epistel schließen. Wenn Du willst, kannst Du mir Nachricht senden an meine hiesige Adresse, die Du am Kopf meines Briefes findest. Es genügt, wenn Du ›G. Werner & Co.‹ adressierst mit dem Zusatz ›Privat‹, denn einen Freiherrn von Lossow kennt man hier nicht. Nur die intimsten Freunde meines Hauses kennen mich unter dem Namen Fritz Lossow.

Hoffentlich hat mein Wiederauftauchen unter den Lebenden Dich nicht zu sehr erschreckt. Sicher hast Du mich längst zu den Toten gerechnet. Ich hoffe, daß es Dir und den Deinen wohl geht, und begrüße Dich herzlich als

Dein Bruder Fritz.«

2

Mit steigender Erregung hatte Kuno von Lossow diesen Brief gelesen. Seine Empfindungen dabei waren keineswegs angenehmer Natur. Keine Spur von Freude darüber, daß der verschollene, totgeglaubte Bruder noch am Leben war, regte sich in ihm. Hatte er doch nie ein warmes Gefühl für diesen Bruder gehegt, dem er es mißgönnte, daß der Vater ihn besonders geliebt hatte.

Mit kaltem, ruhigem Herzen hatte er den Bruder damals in

die Welt hinausgeschickt. Es wäre Kuno nie eingefallen, für seinen Bruder einzutreten oder ihm ein Opfer zu bringen. Mit dem Augenblick, da er Majoratsherr von Lossow wurde, stand es bei ihm fest, daß der lästige Bruder aus dem Weg geräumt werden müsse, damit er ihm nicht etwa auf der Tasche lag. Mißgünstig hatte er jeden Pfennig nachgerechnet, den der Vater Fritz hatte zukommen lassen, obwohl er als Majoratserbe vom Schicksal ohnedies bevorzugt war.

Kuno hatte sich niemals Gewissensbisse darüber gemacht, daß er seinem Bruder damals kurzerhand die Tür gewiesen hatte. Er entschuldigte sich damit, daß er für seine eigene Familie einzustehen habe, und behauptete, sein Vater habe Lossow schlecht bewirtschaftet und zugunsten seines zweiten Sohnes mehr Geld herausgezogen, als er durfte. Das war jedoch nicht der Fall, obwohl Kuno fest daran glaubte. Er schob auch jetzt noch seine Kalamitäten auf diesen Ursprung zurück; er wollte nicht eingestehen, daß er selbst daran schuld war, weil er mit seiner Familie zu aufwendig lebte. Jedenfalls wäre es ihm sehr angenehm gewesen, wenn sein Bruder nie wieder aufgetaucht wäre.

Und nun dieser Brief!

Kuno von Lossow war maßlos empört über den Inhalt desselben. Er hätte es viel richtiger gefunden, wenn Fritz verhungert wäre, statt sich in der geschilderten Weise am Leben zu erhalten. Man denke nur: ein Freiherr von Lossow, der sich mit schmutziger Wäsche anderer Leute befaßte! Einfach unerhört! Wie tief mußte sein Bruder gesunken sein! Wenn er wirklich keinen Revolver mehr besessen hatte, um seinem verpfuschten Leben ein Ende zu machen, dann hätte es doch noch andere Todesarten gegeben! Das schimpflichste Ende wäre anständiger gewesen als eine so plebejische Lebensmöglichkeit!

Und dann hatte er diese Wäscherin geheiratet; sie hatte ihm Kinder geschenkt, die ein Recht hatten, sich Freiin und Freiherr von Lossow zu nennen! Schauderhaft, ganz schauderhaft!

Zu Geld schien er freilich doch noch gekommen zu sein. Wenn er aus seinen Fabriken eine Aktiengesellschaft machen wollte, mußten seine Geschäfte doch einen großen Umfang haben. Und nun wollte er sich in der alten Heimat eine Besitzung kaufen. Dazu gehörte auch Geld. Aber wie war dieses Geld erworben worden? Pfui, pfui über diesen Menschen, der sich sein Bruder nannte!

Und dieser gewissenlose Mensch wollte sich wohl gar hier in nächster Nähe niederlassen? Was dachte er sich denn? Besaß er denn gar kein Schamgefühl mehr? Mit einer solchen Vergangenheit ist man doch unmöglich in der guten Gesellschaft, ganz unmöglich! Wie sollte man sich nur zu ihm stellen? Ihn einfach ignorieren? Aber ging denn das? Würde trotzdem nicht alle Welt wissen, daß dieser Fritz von Lossow der Bruder des Majoratsherrn von Lossow war; derselbe Fritz Lossow, der damals vor die Hunde gegangen war? Man würde nachforschen, wie er zu seinem Vermögen gekommen war. Und dann würde allerlei durchsickern von Seife, Wäsche! Allmächtiger Gott! Schon der Gedanke daran konnte einem Übelkeit verursachen.

Kuno von Lossow zog sein seidenes Taschentuch und trocknete den Schweiß von der Stirn. An das, was ihm bei alledem die meiste Sorge machte – wie Onkel Heribert nach dem Wiederauftauchen seines Neffen Fritz testieren würde –, wagte er gar nicht zu denken.

In seiner Ratlosigkeit und namenlosen Bestürzung faßte er die engbeschriebenen Briefbogen zusammen und eilte damit in die Zimmer seiner Frau.

253

Er lief im Sturmschritt, wie er nie zu laufen pflegte. Ein Diener, der draußen auf dem Gang Türschlösser putzte, sah ihm ganz verwundert nach, als er mit fliegenden Rockschößen den langen Korridor hinabeilte. So hatte er seinen Herrn noch nie laufen sehen.

Atemlos von der ungewohnten Eile trat Kuno unangemeldet bei seiner Gattin ein. Sie saß in ihrem Salon am Fenster und blätterte in Modejournalen.

Erstaunt blickte sie auf; als sie in sein verstörtes Gesicht sah, rief sie erschrocken: »Mein Gott, so sprich doch, was ist geschehen? Hast du schlechte Nachrichten von Botho?«

»Nicht schlechter als sonst. Aber von anderer Seite habe ich schlechte Nachrichten. Denke dir, mein Bruder Fritz – er lebt, hier ist ein Brief von ihm.«

Frau von Lossows Gesicht bekam einen eisigen, abwehrenden Ausdruck. »Ah, von ihm. Also ist er nicht tot?«

Das klang, als mache sie ihrem Mann einen Vorwurf darüber, daß sein Bruder noch lebte.

»Nein, er ist nicht tot, Helene«, antwortete ihr Gatte seufzend.

»Nun und? Er will wohl Geld von dir haben, nicht wahr?«

Er schüttelte den Kopf. »Nein, nein, das nicht, aber – nun, lies nur selbst. Ich kann es nicht aussprechen, was dieser Brief enthält, es ist zu furchtbar!«

Mit bebender Hand reichte er ihr den Brief und strich dann in nervöser Hast über seinen Scheitel, als fürchte er, seine Aufregung könne denselben in Mitleidenschaft gezogen haben.

Frau Helene nahm eilig ihr Lorgnon und begann zu lesen.

Ihr Gedanke war die Frage an das Schicksal, ob ihrem Mann in dem wieder auftauchenden Bruder ein Miterbe erstehen könne. Das war ihre Hauptsorge. Sie las den Brief hastig durch, schüttelte dabei einige Male wie unwillig den Kopf und verzog das Gesicht zu einem verächtlichen Ausdruck. Als sie zu Ende gelesen hatte, rief sie empört:

»Mein Gott, wie kann ein Freiherr von Lossow so weit herunterkommen! Das ist ja fürchterlich!«

Ihr Mann nickte. »Ich bin ganz fassungslos vor Entrüstung.«

Eine Weile sahen sie sich schweigend an, die beiden kalten Augenpaare schienen zu erstarren. Dann aber kam Frau von Lossow plötzlich ein Gedanke, der ihr nicht unangenehm schien. Sie beugte ihre stattliche Gestalt vor.

»Du wirst natürlich diesen Brief heute nachmittag mitnehmen und ihn Onkel Heribert vorlegen, Kuno.«

Er atmete beklommen. »Ja, man kann es ihm natürlich nicht verschweigen, da doch mein Bruder eines Tages hier auftauchen wird. Oh, Onkel Heribert wird auch maßlos empört sein, obgleich Fritz früher einen Stein bei ihm im Brett hatte, trotz seines Leichtsinns.«

Frau Helenes Augen bekamen einen stechenden Glanz. »Ich hoffe, daß er empört ist, ich hoffe es sehr!« sagte sie mit Nachdruck.

Ihr Mann sah sie fragend an. »Ja – hm, tja«, sagte er, wie stets, wenn er begriffsstutzig war und etwas nicht verstand.

»Sehr hoffe ich das!« betonte Frau Helene noch einmal mit Nachdruck.

»Hm! Wie meinst du das, liebe Helene?«

Sie sah ihn sonderbar an. »Begreifst du nicht, Kuno? Wenn dieser Bruder jetzt auftaucht, dann kann es uns doch nur lieb sein, wenn Onkel Heribert sich ihm sofort feindlich gegenüberstellt. Wenn er aus diesem Briefe ersieht, wie unwürdig dein Bruder sich seines Namens gezeigt hat, dann wird es ihm doch nicht einfallen, ihn in seinem Testament zu bedenken!«

Kuno atmete tief auf und in seine Augen trat ein flackerndes Licht. »Ach so! Ja, richtig; du bist doch eine kluge Frau, Helene. Natürlich, von dieser Seite betrachtet, kann es uns gewissermaßen nur lieb sein, wenn – hm, tja. Wahrhaftig, da hast du recht. Ich bekam einen furchtbaren Schreck, als ich plötzlich – wir hatten kaum von der Möglichkeit gesprochen – diesen Brief in der Hand hielt. Natürlich dachte ich sofort an Onkel Heribert, an die Erbschaft; aber auf den Gedanken, den du da aussprichst, kam ich nicht. Aber du hast recht, du hast recht! Onkel Heribert kann doch unmöglich Lemkow einem Menschen vermachen, der, hm – der sich, ach pfui, mit schmutziger Wäsche – unmöglich, ganz unmöglich.«

Frau von Lossow hielt ihr Riechfläschchen an die Nase und blickte vornehm an ihr entlang. »Ja, schrecklich! So eine schmutzige Geschichte. Und doch, wie die Sache liegt, es kann uns nur lieb sein, daß sich dein Bruder so unmöglich gemacht hat. Entsetzlicher Gedanke, daß er uns eines Tages mit seinen Kindern in den Weg treten könnte, mit den Kindern einer Wäscherin. Du mußt ihm begreiflich machen, daß wir nichts mit ihm zu tun haben wollen, daß wir uns vollständig von ihm lossagen. Soviel Einsicht scheint er doch noch zu haben, daß er das schon voraussieht. Das geht ja aus seinen Worten hervor. Mein Gott, wenn Botho und Gitta von dieser Verwandtschaft hören, sie werden außer sich sein!«

Kuno von Lossow strich nervös über seinen Scheitel.

»Hm, tja – vielleicht können wir es vor ihnen geheim halten. Vorläufig dürfen sie jedenfalls nichts wissen. Aber Onkel Heribert muß es natürlich sofort erfahren. Ich werde ihm sagen, daß ich von ihm erwarte, daß er sich lossagt von dem Unwürdigen, der unseren guten alten Namen mit Schmach bedeckt hat! Onkel Heribert ist auch ein Lossow und, Gott sei Dank, sehr stolz auf die Reinheit unseres Namens.«

»Ja, ja, mach nur kein Hehl aus deiner Entrüstung, hörst du? Onkel Heribert darf nicht eine Minute im Zweifel darüber sein, daß wir mit diesem Menschen nichts gemein haben. Dein Bruder hat sich selbst aus seinen Kreisen verbannt, nun mag er auch außerhalb derselben leben. Ich finde es schamlos von ihm, daß er hierher zurückkehren will. Hat er fünfundzwanzig Jahre drüben in Amerika gelebt, könnte er es auch ferner tun. Wenn er noch einen Funken von Ehrgefühl besäße, hätte er lieber für uns alle tot und verschollen bleiben sollen, als unter solchen Umständen wieder aufzutauchen. Das mach nur auch dem Onkel klar.«

»Wenn Onkel Heribert auch seine Schrullen hat, ein echter Edelmann ist er doch, und seinen Namen hält er hoch. Wir können da ganz ruhig sein.«

Etwas getröstet wollte Herr von Lossow seine Frau verlassen, als Besuch gemeldet wurde.

»Herr Baron von Lindeck.«

»Wir lassen bitten. Wenn Sie den Herrn Baron hierhergeführt haben, dann melden Sie dem gnädigen Fräulein den Besuch. Sie ist in ihren Zimmern«, gebot Frau von Lossow dem Diener.

Gleich nachdem sich dieser entfernt hatte, wurde die Tür abermals geöffnet.

Baron Lindeck trat ein.

Er war ein Mann Anfang der Dreißig, elegant, ziemlich groß, wie aus Stahl und Eisen gebaut. Sein rassiges, scharfgeschnittenes Gesicht mit den tiefliegenden, stahlblauen Augen war von Licht und Sonne dunkel gebräunt und trug energische, sympathische Züge. Klug blickten die ausdrucksvollen Augen, als seien sie gewöhnt, das Leben in allen Höhen und Tiefen zu erfassen.

Er hatte einen gutsitzenden, eleganten, aber praktischen Reitanzug von grauer Farbe und hohe gelbe Reitstiefel an. In der Hand hielt er Mütze und Reitpeitsche.

Mit einer artigen Verbeugung trat er auf Frau von Lossow zu und führte deren ihm huldvoll gereichte Hand an die Lippen. Sein ganzes Auftreten verriet den Mann von guter Erziehung.

Dann, Herrn von Lossow begrüßend, sagte er lächelnd:

»Ich bitte um Verzeihung, daß ich so in Ihrem Salon erscheine, gnädige Frau. Aber ich wollte nicht an Lossow vorüberreiten, ohne guten Tag zu sagen. Hoffentlich störe ich nicht.«

»Nein, nein, gewiß nicht. Sie wissen doch, Herr Baron, daß Sie uns stets willkommen sind«, erwiderte Frau von Lossow außerordentlich liebenswürdig, ihm einen Platz anweisend.

Sie ließen sich nieder.

Der Baron verneigte sich dankend. »Ich komme soeben von Lemkow, wo ich mit Herrn von Lossow Geschäfte erledigt habe«, sagte er im leichten Plauderton.

»Ah, Sie haben Onkel Heribert Pferde verkauft? Er sprach neulich zu mir davon«, sagte Herr von Lossow gleichfalls sehr liebenswürdig.

»So ähnlich ist es, Herr von Lossow. Eigentlich haben wir die Pferde nur ausgetauscht.«

Herr von Lossow lachte ein wenig. Es war ein dünnes, wässeriges Lachen, in dem weder Geist noch Herz lagen.

»Nun, hoffentlich hat Onkel Heribert Sie dabei nicht übers Ohr gehauen, lieber Baron. Beim Pferdehandel ist ja so etwas erlaubt. Und er versteht sich auf seinen Vorteil.«

»Gewiß, wie jeder tüchtige Landwirt, Herr von Lossow. Ihr Herr Onkel ist zweifellos einer der tüchtigsten. Ich habe schon viel von ihm gelernt und bewundere den alten Herrn, der mit seinen siebzig Jahren noch so frisch und scharfblickend ist.«

»Ja, hm – tja, Onkel Heribert ist noch merkwürdig kräftig und rüstig für seine Jahre«, pflichtete Kuno von Lossow nicht sehr enthusiastisch bei.

Ein leises, verstohlenes Zucken um den bartlosen, aber sehr charakteristischen Mund Baron Lindecks verriet, daß er ahnte, welche Gefühle Kuno von Lossow in Anbetracht der ›Rüstigkeit‹ seines Oheims beseelten. Es war bekannt, daß Lossows mit dem reichen Erbe rechneten, obwohl sie natürlich nicht direkt darüber sprachen, sondern nur in Andeutungen.

Frau von Lossow blickte indessen unruhig zur Tür.

Wo bleibt nur Gitta? dachte sie dabei.

Sie machte sich, als Mutter einer heiratsfähigen Tochter, einige Hoffnungen auf Baron Lindeck. Dieser war unverheiratet und Besitzer des Majorats Lindeck, das an Lemkow und Lossow grenzte.

War auch Lindeck durchaus kein fürstlicher Besitz und brachte es auch nicht mehr ein als Lossow, so war der Baron doch immerhin eine beachtenswerte Partie.

Außerdem hatte der Baron, seit er als Nachfolger seines verstorbenen Oheims Majoratsherr war, den größten Teil seines Einkommens in den Betrieb des Gutes gesteckt, so daß dieses in einigen Jahren sicher viel ertragsfähiger sein würde, als es jetzt war. Also konnte man wohl annehmen, daß er nun eine Familie gründen werde. Das Alter dazu hatte er ja.

Frau von Lossow seufzte verstohlen.

Die heiratsfähigen jungen Männer waren, wie überall, auch

hier in den Gesellschaftskreisen sehr dünn gesät, zumal die, welche eine vorzügliche Position einnahmen. Und Gitta hatte wenig Aussichten, sich zu verheiraten, wenn nicht durch Onkel Heriberts Tod eine Mitgift für sie zu erwarten war. Es wäre immerhin vorteilhaft, wenn sie einen Gatten wie Lindeck bekommen könnte.

Am besten wäre es, wenn sich Gitta schon vor Onkel Heriberts Tod gut verheiratete. Denn wer konnte schließlich wissen, wie der sonderbare, unberechenbare alte Herr testieren würde? Jetzt galten sie immerhin als seine Erben; darum mußte man sorgen, Gitta unterzubringen, ehe er starb. Wenn jetzt gar dieser Bruder ihres Mannes auftauchte, dann warteten etwaige Freier sicher erst die Entscheidung ab, wie die Erbschaft ausfiel.

Daß Gitta von ihrem Vater keine große Mitgift bekam, konnte sich wohl jeder denken, wenn Lossows auch ängstlich vermieden, ihre ewigen Geldkalamitäten bekanntwerden zu lassen.

Frau von Lossow wartete also ungeduldig auf Gittas Erscheinen. Daß diese für Baron Lindeck sehr viel übrig hatte, war ihr längst bekannt.

Endlich öffnete sich die Tür, und herein trat mit liebenswürdig lächelndem Gesicht Brigitta von Lossow.

Sie hatte des Vaters aristokratische Schlankheit geerbt und seine farblosen, kalten Augen, die jedoch in ihrem jugendlichen Gesicht nicht so unangenehm wirkten. Auch besaß sie zwar dünnes, aber schön goldig schimmerndes Haar, das, vorteilhaft frisiert, den schmalen Kopf anmutig umgab.

Gitta war ein leidlich hübsches Mädchen mit vornehm lässigen Bewegungen. Sie trug ein weißes, mit reicher Stickerei verziertes Leinenkleid, das wohl berechnet war, ihrem allzu schlanken Wuchs die nötige Rundung zu verleihen. Baron Heinz Lindeck erhob sich und begrüßte sie artig, aber formell und zurückhaltend, wie Männer von guter Erziehung sich geben, wenn sie keine Hoffnungen da erwecken wollen, wo ihnen Avancen gemacht werden. Das geschah allerdings von Gittas Seite ziemlich auffällig. Auch heute begrüßte sie ihn entschieden wärmer und liebenswürdiger als er sie, obwohl sie kühl veranlagt war.

Heinz Lindeck gefiel ihr sehr, jedenfalls besser als alle andern jungen Männer, mit denen sie in Berührung kam. Sie wäre durchaus nicht abgeneigt gewesen, die Hoffnung ihrer Mutter zu erfüllen. Leider jedoch schien der Baron nicht gewillt zu sein, das gleiche zu tun. Aber das erkannten weder Gitta noch ihre Mutter. Seine konventionellen Artigkeiten, die er jeder Dame erwies, dünkten ihnen günstige Zeichen.

Daß er so oft nach Lossow kam, deuteten sie sich auch zu ihren Gunsten. Dies geschah jedoch nur, weil Baron Lindeck, wenn er auf geradem Weg zwischen Lindeck und Lemkow verkehrte, direkt an Lossow vorüber mußte, und dann nicht gut passieren konnte, ohne guten Tag zu sagen.

Mit Heribert von Lossow auf Lemkow verkehrte Heinz Lindeck sehr viel. Heribert von Lossow war innig befreundet gewesen mit Lindecks Vater und Oheim; er hatte nun diese Freundschaft auf den jungen Mann übertragen. Trotz des großen Altersunterschiedes verstanden sich die beiden Herren vorzüglich und sahen sich fast täglich.

Der Baron hielt sich auch heute nicht länger als nötig in Lossow auf und verabschiedete sich bald nach Gittas Erscheinen.

Als er gegangen war, zog sich Kuno von Lossow wieder in sein Arbeitszimmer zurück, und Mutter und Tochter waren allein.

»Wo bliebst du nur so lange, Gitta?« fragte Frau Helene vorwurfsvoll.

»Ich war gerade beim Umkleiden, Mama. Ich habe mich beeilt, so sehr ich konnte«, antwortete Gitta, vom Fenster aus dem Baron nachsehend, der eben davonritt.

»Schade! Baron Lindeck kann natürlich annehmen, daß dir an seinem Besuch nichts liegt.«

»Ich kann wirklich nichts dafür, Mama. Meinst du, daß er sich für mich interessiert?«

Frau von Lossow zuckte die Achseln. »Das kann ich natürlich nicht wissen. Der Baron ist sehr korrekt in seinem ganzen Benehmen. Überhaupt, von selbst kommen die jungen Herren nicht darauf, sich um eine junge Dame zu bewerben. Man muß sie klug beeinflussen, daß sie es tun.«

»Aber wie, Mama?«

»Nun, indem man ihnen zeigt, daß man sich für sie interessiert. Alle Männer sind bei der Eitelkeit zu fassen, sie sind alle eitel – viel eitler als Frauen. Man müßte Lindeck die Überzeugung beibringen, daß er uns als Schwiegersohn willkommen wäre. Vor allem muß man ihm Gelegenheit geben, sich dir zu nähern, sich mit dir auszusprechen.«

»Gewiß, das leuchtet mir ein. Aber dazu fehlt doch meistens die Gelegenheit, Mama. Wir sind ja nie allein!«

Frau von Lossow lächelte überlegen. »Diese Gelegenheit müßte man eben herbeiführen. Sieh mal, zum Beispiel ist der Baron viel in Lemkow bei Onkel Heribert. Es ließe sich wohl einrichten, daß du dort mit ihm zusammenträfst. Du bist auch oft bei Onkel Heribert, warum nicht zur selben Zeit mit dem Baron? Dann ist es doch leicht, daß du mit ihm zusammen von Lemkow aufbrichst. Er ist meist zu Pferde drüben, du bist es auch. Außerdem siehst du dabei sehr vorteilhaft aus und bist eine gute Reiterin. Der Baron muß dir dann das Geleit geben, da ihr denselben Weg habt. Das übrige, mein Kind, ist dann deine Sache.«

Gittas Gesicht rötete sich, und in ihre farblosen Augen trat ein heller Glanz. »Ja, Mama, das ist eine sehr gute Idee, das ließe sich schon einrichten. Ich danke dir. Du bist doch eine sehr, sehr kluge Frau, die klügste, die ich kenne.«

Frau von Lossow lächelte überlegen.

Daß sie eine kluge Frau war, hatte ihr schon vorhin ihr Gatte gesagt. Und sie glaubte es auch selbst.

»Eine Mutter wird eben scharfsichtig, wenn es sich um das Wohl ihres Kindes handelt«, sagte sie gnädig.

Gitta küßte ihr die Hand.

3

Heribert von Lossow schritt, auf seinen Stock gestützt, vor dem Lemkower Herrenhaus im warmen Sonnenschein auf und ab. Seine stattliche Gestalt hielt sich nur wenig gebeugt; unter den weißen, buschigen Brauen hervor blickten die Augen noch scharf und lebhaft in die Welt.

Er hatte die Mütze in die Tasche seiner Joppe gesteckt und ließ den warmen Wind und den Sonnenschein mit seinem weißen Haar spielen. Für einen Siebzigjährigen hätte man den alten Herrn nicht gehalten. Den klugen Augen entging so leicht nichts in seiner Umgebung. Auf Lemkow herrschte musterhafte Ordnung unter seiner Leitung.

Heribert Lossow war als zweiter Sohn des Majorats Lossow in einer wenig beneidenswerten Lage gewesen, bis ihn vor nunmehr vierzig Jahren Ulrike von Lemkow mit ihrer Hand beglückte. Wirklich beglückt hatte sie ihn, denn er liebte sie aufrichtig um ihrer selbst willen, nicht, weil sie eine reiche Erbin war und ihm mit ihrer Hand zugleich die Anwartschaft auf den schönsten und reichsten Grundbesitz der ganzen Umgegend übergab.

Ulrike hatte mit Heribert Lossow dreißig Jahre lang in glücklicher Ehe gelebt, obwohl die Ehe kinderlos geblieben war. Ein unglücklicher Sturz vom Pferd hatte sie schon in den ersten Jahren ihrer Ehe um die Hoffnung gebracht, jemals Mutter werden zu können. Das war der einzige Schatten in dieser sonst so sonnenhellen Ehe gewesen. So war Heribert ohne Leibeserben geblieben. Vor zehn Jahren war ihm die Gattin gestorben. Seitdem lebte er allein auf Lemkow.

Allerdings mühten sich seine Verwandten in Lossow redlich, daß seine Einsamkeit ihm nicht gar zu fühlbar wurde. Jeden Tag war mindestens ein Mitglied der Familie in Lemkow. Über Vernachlässigung von dieser Seite konnte sich der alte Herr nicht beklagen. Aber wie er über die fleißigen Besuche seiner Verwandten dachte, erfuhr niemand. Er nahm die große, zur Schau getragene Liebenswürdigkeit wie etwas Unabwendbares hin. Nur zuweilen huschte ein sarkastisches Lächeln um seine Lippen, und dieses Lächeln ließ allerlei Schlüsse zu.

Während Heribert Lossow sich friedlich im Sonnenschein erging, hörte er einen Wagen herankommen.

Er wandte sich um.

Richtig, da fuhr die Lossower Kutsche durch das Einfahrtstor; gleich darauf hielt sie vor der breiten Sandsteintreppe des Herrenhauses, das mit seiner grauen, schmucklosen

264

Fassade und dem massigen, runden Eckturm weniger malerisch als fest und solid auf seinen Grundmauern stand.

Aus dem Wagen stieg Kuno von Lossow, peinlich elegant und akkurat, fast etwas stutzerhaft gekleidet.

Mit seinem liebenswürdigen Lächeln ging er auf Onkel Heribert zu und streckte ihm schon von weitem scheinbar mit großer Herzlichkeit die Hand entgegen.

»Guten Tag, Onkel Heribert! Ich sehe zu meiner großen Freude, daß es dir gutgeht.«

Der alte Herr nickte mit einem humorvollen Lächeln. »Ja, ja, Kuno, die Lossows sind ein zäher, robuster Schlag«, antwortete er, die gereichte Hand so kräftig drückend, daß Kuno eine kleine Grimasse nicht unterdrücken konnte.

»Ich wollte, ich könnte das in bezug auf meine Person auch behaupten, Onkel Heribert. Ich bin leider nicht so kräftig und gesund. Aber das machen die Sorgen, die vielen, vielen Sorgen! Du weißt, Lossow ist nicht sehr ertragsfähig.«

»Nun, nun, es nährt seinen Mann, Kuno«, antwortete der alte Herr gutmütig spottend.

»Oh, die Zeiten sind sehr schlecht, Onkel Heribert; man hat zu kämpfen.«

Der alte Herr kannte dieses alte Lied schon. Er wußte aber auch, daß die Erträgnisse von Lossow niemals ausreichten, weil man dort Prunk und Glanz liebte, weil Kuno sich nicht genügend um die Bewirtschaftung des Gutes kümmerte und Frau Helene und ihre Tochter in kostbaren Toiletten zwar gut repräsentieren konnten, aber sonst recht wenig Hausfrauentugenden besaßen. Auch daß Botho bei seinem teuren Berliner Regiment das Geld mit vollen Händen hinauswarf, wußte der alte Herr. Aber er sagte nie ein Wort darüber.

Kuno hatte den Hut abgenommen und strich glättend mit

der Hand über seinen Scheitel. »Ja, hm – tja, du merkst nichts davon, Onkel Heribert. Du bist allein, wir sind unser vier. Das ist ein Unterschied. Aber lassen wir das jetzt. Mich führt heute etwas ganz Besonderes zu dir. Ich habe dir leider eine sehr unangenehme Mitteilung zu machen. Wenn du mit mir ins Haus gehen wolltest, es ist nämlich – ich möchte nicht, daß uns jemand hören könnte.«

Heribert von Lossow sah scharf und prüfend in das Gesicht seines Neffen. Er sah, daß es nervös in demselben zuckte. Gewöhnlich kam Kuno nach Erwähnung der schlechten Zeit mit einem Anliegen hervor, das die Kasse des alten Herrn in Anspruch nahm. Aber heute lag noch etwas anderes in Kunos Gesicht, was sich der alte Herr trotz seines Scharfsinns nicht deuten konnte.

»Also gehen wir hinein, Kuno.«

Dieser reichte dem Oheim mit einer Verbeugung seinen Arm. »Komm, stütze dich auf mich, lieber Onkel.«

Der alte Herr sah mit humorvollem Lächeln auf Kunos hagere, kraftlose Gestalt, die selber einer Stütze zu bedürfen schien. Obwohl Kuno fünfzehn Jahre weniger zählte als sein Oheim, war er durchaus nicht rüstiger als dieser.

»Laß nur, Kuno, ich habe einen guten, festen Stock. Der ist mir Stütze genug«, sagte Heribert von Lossow.

Sie schritten nebeneinander in das Haus und betraten das mit behaglichem Komfort ausgestattete Wohnzimmer.

»Nimm Platz, Kuno! Da im Schränkchen findest du Rauchzeug und etwas Trinkbares. Bedien dich, wenn du Bedürfnisse hast.«

»Ich danke dir, Onkel Heribert, aber ich bin viel zu erregt, um etwas genießen zu können. Eine Zigarette höchstens, wenn du erlaubst.«

»Also bitte, bedien dich. Ich stecke mir auch eine Zigarre an. Mit einem guten Kraut zwischen den Zähnen ist man widerstandsfähiger. Nun setz dich, ich tu' es auch.«

Sie hatten sich bedient und ließen sich in den behaglichen, tiefen Ledersesseln, die um den runden Tisch standen, nieder.

»Schieß los, Kuno. Was hast du auf dem Herzen?« sagte der alte Herr gemütlich.

Kuno fingerte nervös an seiner Brusttasche herum. »Es ist etwas Schlimmes, Onkel Heribert. Mach dich auf etwas Schreckliches gefaßt.«

»Etwas Schreckliches? Ist Botho etwas zugestoßen?«

»Nein, nein, das Gott sei Dank nicht! Er kommt in den nächsten Tagen auf Urlaub und läßt sich dir bestens empfehlen. Es ist etwas anderes, Onkel Heribert. Denke dir, ich habe heute einen Brief erhalten von – von meinem Bruder Fritz. Er lebt noch.«

Es blitzte seltsam auf in den Augen des alten Herrn. Mit einem jähen Ruck richtete er sich in seinem Sessel kerzengerade empor.

»Der Fritz? Ein Lebenszeichen von ihm? Und das nennst du etwas Schreckliches, Kuno? Nun, das muß ich sagen, darauf war ich nicht gefaßt. Also der Fritz lebt? Du, das ist doch eine freudige Nachricht!«

»Oh, du wirst schnell genug anderer Meinung sein, wenn du erst alles weißt, Onkel Heribert. Du siehst mich in fassungsloser Empörung. Auch Helene ist außer sich. Schmach und Schande hat er über unsern guten Namen gebracht. Aber was konnte man auch von diesem Menschen erwarten! Ich bin ganz krank vor Entrüstung und Scham über diesen Bruder!«

Heribert von Lossows Gesicht zog sich finster zusammen, und seine Augen brannten düster, wie im Schmerz. »Schmach und Schande – auf unsern Namen? Das hätte ich dem Fritz nicht zugetraut. Ein Bruder Leichtfuß, dem das Geld nur allzu locker saß, ein leichtsinniger Übermut war er, aber doch ein grundehrlicher, anständiger Kerl! Schlecht, nein, für schlecht habe ich ihn nie gehalten. Er war ein echter Lossow! Viel echter als du, nimm es mir nicht übel. Jetzt kann ich es dir ja sagen: Es hat mir sehr leid getan, daß er damals nicht zu mir kam und mich um Hilfe bat, ehe er über den großen Teich ging. Wiederum hat mich aber auch sein trotziger Stolz gefreut. Ich hätte ihn nicht in die Welt hinausgestoßen! Bei mir in Lemkow wäre Platz genug für ihn gewesen, und ich hätte ihn schon zur Vernunft gebracht. Du hättest ihn nicht so haltlos hinausstoßen dürfen, wie du es getan hast! Das muß ich dir heute mal sagen! Nein, nein, verteidige dich nicht! Es hätte sich mit gutem Willen wohl ein anderer Ausweg finden lassen. Aber das läßt sich nun nicht mehr ändern. Wenn Fritz wirklich Schmach und Schande über uns bringt, dann sind wir nicht ohne Schuld und müssen es tragen. Nun rede aber erst. Was ist geschehen, was hat Fritz getan? Und wo steckt er überhaupt? Ich habe ihn wirklich längst zu den Toten gerechnet. Also sprich, sag mir alles!«

Kuno atmete tief auf. »Wirst du dich auch nicht zu sehr aufregen, Onkel Heribert? Ich selbst bin ganz von Kräften vor Schreck über diese Eröffnung«, stieß er unsicher hervor.

Der alte Herr machte eine unwillige Bewegung. »Sprich endlich, ich liebe diese langen Umschweife nicht.«

Kuno fingerte wieder an seiner Brusttasche herum. »Also denke dir, eine Wäscherin hat er geheiratet, ein ganz fragwürdiges Geschöpf. Sie hat ihm zwei Kinder geschenkt. Freiherr Fritz von Lossow hat in Amerika davon gelebt – es will mir kaum über die Lippen –, daß er die schmutzige Wä-

268

sche der Leute zusammentrug, die er von seiner Frau waschen ließ.«

Das stieß Kuno mit allen Zeichen einer tiefen sittlichen Entrüstung hervor.

Onkel Heribert saß regungslos da. Seine Augen weiteten sich, als blickten sie in weite Fernen, und es wetterleuchtete darin.

Kuno wartete vergeblich auf einen empörten Zornesausbruch des Oheims. Erst nach einer langen Weile sagte der alte Herr seltsam ruhig und langsam: »Du hättest mir seinen Brief mitbringen sollen, Kuno. Ich möchte das selbst lesen, so, wie er es berichtet.«

Sonst kein Wort, keinen Entrüstungsruf, keinen Tadel, kein zorniges Aufbrausen.

Kuno saß ganz beklommen da und faßte nun mit unsicheren Händen in seine Brusttasche. »Ich habe den Brief natürlich mitgebracht, Onkel; hier ist er. Er ist sehr lang. Du wirst außer dir sein, wenn du alles gelesen hast.«

Heribert von Lossow nahm den Brief. Langsam und bedächtig setzte er die Brille auf und las das Schreiben durch.

Kuno saß wie auf Kohlen. Er wartete in fieberhafter Ungeduld auf den Ausbruch der Empörung, des Zornes, der seiner Meinung nach unbedingt erfolgen mußte.

Aber er wartete vergeblich. Äußerlich ruhig beendete der alte Herr seine Lektüre, dann faltete er bedächtig den Brief zusammen. Eine Weile sah er sinnend vor sich hin. Dann hob er den Kopf und sah Kuno mit großen, ernsten Augen an.

»Gott sei Dank, von Schmach und Schande habe ich in diesem Brief nichts gefunden!« sagte er aufatmend.

Kuno verschlug es fast die Rede. Er schnappte nach Luft und gestikulierte aufgeregt mit den Händen. »Aber, Onkel

Heribert, begreife doch! Ein Lossow und schmutzige Wäsche, das ist doch haarsträubend, entsetzlich!«

Der alte Herr fuhr über seine Stirn, als wische er etwas fort. »Hm! Schön und erhebend ist der Gedanke, daß ein Lossow auf diese Weise sein Brot verdienen mußte, während wir es uns hier im Überfluß wohl sein ließen, freilich nicht. Aber nach deiner dramatischen Vorrede war ich auf viel Schlimmeres gefaßt. Danach mußte ich ja an Schuld und Verbrechen denken, nicht an ehrliche Arbeit. Der Brief hat mich nur angenehm enttäuschen können, trotz der schmutzigen Wäsche, die darin eine Rolle spielt.«

Kuno starrte ihn mit offenem Mund und weit aufgerissenen Augen an. »Nun, das muß ich sagen, deine Gelassenheit setzt mich in Erstaunen. Bedenke doch nur, ein Lossow und eine Wäscherin! Ein von Lossow hat Kinder, die seinen Namen tragen, und diese Kinder haben eine Wäscherin zur Mutter!«

»Nun ja. Aber dessen ungeachtet scheint mir diese Wäscherin doch eine sehr achtenswerte, tüchtige Person gewesen zu sein. Was willst du? Die Herzogin von Danzig, Marschall Lefèbvres Gattin, war auch eine Wäscherin! Und sie soll das Herz auf dem rechten Fleck gehabt haben.«

Kuno starrte den alten Herrn an, als zweifle er an seinem Verstand. »Ja, hm – tja, aber das ist doch etwas ganz anderes zu Napoleons Zeiten! Du lieber Gott, da ist doch alles drunter und drüber gegangen. Aber wir – wir haben doch allezeit die Traditionen unseres Geschlechtes heilig gehalten! Ich kann mich keines Falles aus der Geschichte unseres Hauses entsinnen, daß ein Lossow eine nicht standesgemäße Ehe geschlossen hätte. Überhaupt dies alles, was in dem Brief steht, es ist eine furchtbar schmutzige Geschichte. Du wirst doch mit mir einer Meinung sein, daß es keine Gemeinschaft geben kann zwischen uns und dieser Familie?«

Wieder wetterleuchtete es in den Augen des alten Herrn, und um seinen Mund zuckte es seltsam.

»Es ist immerhin die Familie deines Bruders. Davon kannst du mit aller Beredsamkeit nichts wegdisputieren«, sagte er mit leisem Sarkasmus.

Kuno strich zitternd über seinen Scheitel, als sei er überzeugt, daß seine Haare sich sträubten. »Aber, lieber Onkel, darüber sind wir doch wohl einig, daß wir es auf keinen Fall dulden dürfen, daß Fritz zurückkehrt und sich etwa in unserer Nähe festsetzt. Das wäre ein Skandal ohnegleichen! Nicht wahr, lieber Onkel, das ist auch deine Meinung? Helene ist derselben Ansicht. Wenn Fritz noch einen Funken Ehrgefühl besäße, dann hätte er lieber auch ferner für uns als tot gelten sollen, als uns solche Schmach anzutun.«

Schweigend sah der alte Herr eine Weile in Kunos gehässig verzerrtes Gesicht. Dann faßte er wieder nach dem Brief. »Laß mir den Brief hier. Ich muß das alles noch einmal ruhig durchlesen und darüber nachdenken, wenn ich allein bin. In meinem Alter urteilt man bedächtig. Wenn ich dann über alles im klaren bin, dann sollst du hören, wie ich darüber denke. Ich pflege nicht vorschnell über etwas hinwegzugehen, was ich nicht ganz verstehe. Also laß mir Zeit.«

Kuno hatte ein Gefühl, als würde ihm der feste Boden unter den Füßen fortgerissen. Er hatte ganz sicher auf einen Zornesausbruch seines Oheims gerechnet. Dieser konnte noch sehr heißblütig und ungehalten werden trotz seiner siebzig Jahre, das wußte Kuno. Und nun diese Ruhe, diese Gelassenheit! Was sollte man davon denken, daß der alte Herr sogar noch Verteidigungsworte für diese Wäscherin fand? So ein alberner Vergleich mit der Herzogin von Danzig! Der alte Herr schien kindisch zu werden, das war ja schon nicht mehr zurechnungsfähig.

Jedenfalls sank Kunos Hoffnung, daß der alte Herr nun sofort im wilden Zorn Fritz enterben und ihn zum Universalerben einsetzen würde, bedenklich zusammen. Starb Onkel Heribert jedoch, ohne ein Testament gemacht zu haben, dann erbte Fritz zu gleichen Teilen mit ihm. Und er wollte doch so gern der alleinige Erbe sein! Der Schreck über die Sanftmut und Gelassenheit des alten Herrn war ihm geradezu in die Beine gefahren. Er war unfähig, sich zu erheben.

Im Drang seiner Gefühle hatte er sogar vergessen, daß er den Oheim um Geld bitten wollte. Das fiel ihm nun erst wieder ein. »Ja, hm – tja, ich kann dir ja den Brief hier lassen. Und was ich noch sagen wollte, lieber Onkel, ich habe außerdem noch etwas auf dem Herzen, eine große Bitte. Ich bin in großer Verlegenheit; es sind da so allerlei unvorhergesehene Ausgaben. Auch Botho braucht Geld, ein Pferd ist ihm eingegangen. Du weißt, ich habe schwer zu kämpfen. Und wir müssen Gittas wegen nach außen den Schein wahren, sonst findet sich kein Freier für sie. Und ja – hm – ich möchte dich herzlich bitten – könntest du mir nicht mit fünftausend Mark aushelfen?«

Heribert Lossow erhob sich schweigend. Es kam oft genug vor, daß Kuno sich um Geld an ihn wandte, meist ohne an das Zurückzahlen zu denken. Der Onkel hatte bisher immer gegeben, was Kuno von ihm erwünschte. Er war ein reicher Mann und stellte nur noch geringe Ansprüche ans Leben. Solange sich die geforderten Summen in Grenzen hielten, half er aus, denn er besaß viel Familiensinn und war kein Knauser. Obwohl ihm Kuno, dessen Frau und Kinder nicht sehr sympathisch waren, blieben sie doch seine Verwandten. Und so half er immer wieder, obgleich er wußte, daß sie nur auf seine Gutmütigkeit spekulierten, daß sie nach seinem Erbe trachteten und daß man in Lossow bei einigem guten Willen ganz gut hätte auskommen können.

Aber der alte Herr rechnete nicht nach und machte keine Vorwürfe.

Eine Weile stand er schweigend da, dann sagte er ruhig:

»Du kannst das Geld bekommen. Warte einen Augenblick, ich hole es gleich herüber.«

Damit ließ er Kuno allein.

Dieser atmete auf. »Nein, nein, er denkt nicht daran, einen anderen als mich zu seinem Erben einzusetzen, sonst würde er mir nicht immer so selbstverständlich aushelfen. Es ist ganz klar, daß er mich allein als seinen Erben betrachtet.«

So suchte sich Kuno zu beruhigen. Aber dann seufzte er wieder tief auf und schüttelte den Kopf über die Gelassenheit des alten Herrn.

»Nicht einmal die schmutzige Wäsche hat ihn aus der Fassung gebracht!« dachte er außer sich.

Als Heribert Lossow ihm dann die fünftausend Mark ausgehändigt hatte, verabschiedete er sich in ziemlich gedrückter Stimmung.

Sobald der alte Herr allein war, ließ er sich wieder in seinen Sessel nieder und vertiefte sich noch einmal in den langen Brief Fritz von Lossows. Als er fertig war, mußte er plötzlich laut und herzlich lachen.

»Herrgott noch mal! Wie das dem braven Kuno und der stolzen Helene in die Glieder gefahren sein mag!« dachte er amüsiert. Dann aber wurde er sehr ernst.

»Hm! Nun ja, eine schöne Geschichte ist das nicht. Verflucht peinlicher Gedanke, daß ein Lossow, dem Verhungern nahe, auf der Straße gelegen hat. Aber immerhin, er hat sich aufgerappelt, der Fritz, hat sich durchgerungen. Das ist doch ein gutes Zeichen für die Lossowsche Rasse! Donnerwetter noch mal! Wie hat dieses prächtige kleine Wäschermädel doch gesagt? Ach ja, hier steht es: Arbeit ist keine Schande, ehrliche Arbeit adelt jeden Menschen, wer er auch sei. Hm, das merk dir auch, Heribert Lossow, und stell dich nicht im Hochmut über diese brave, tüchtige Grete!«

Er stand langsam auf und trat an einen kleinen Schrank, in dem einige Flaschen Wein und Likör standen.

Er füllte ein Glas mit goldenem Wein, hielt es gegen das Licht und sagte dann vor sich hin:

»Dieses Glas deinem Andenken: Grete, Freifrau von Lossow! Das ist mein Dank, daß du einen Lossow nicht elend verkommen ließest.«

Er trank das Glas in einem Zug leer und ließ sich dann wieder in seinen Sessel nieder. Seine Gedanken spannen weiter.

»Jawohl, sie hat den Adelsbrief im Herzen gehabt, in ihrem ehrlichen, tapferen Herzen. Und wer will zu Gericht sitzen über Fritz von Lossow? Ich nicht – ich nicht, denn ich stand auch einmal vor dem Nichts, als jüngster, rechtloser Sohn eines Majorats. Wer weiß, was aus mir geworden wäre, wenn meine Ulrike mich nicht in die Sonne gezogen hätte mit ihrem liebevollen Herzen. Und Kuno? Was wohl aus dem geworden wäre, wenn er als nachgeborener Sohn vor dem Nichts gestanden hätte? Er soll den Stab nicht brechen, er am wenigsten! Und jetzt setze ich mich hin und schreibe Fritz einen vernünftigen Brief. Ich freue mich, daß er lebt und sich in ehrlicher Arbeit so tapfer durchgerungen hat zu einer gesicherten Lebensstellung. In ehrlicher Arbeit, trotz der schmutzigen Wäsche! Bravo, Freifrau Grete! Bravo, ich erkenne dich an als ebenbürtig; jawohl, das tue ich, allen Kunos zum Trotz!«

Dann ging er, den Brief Fritz von Lossows in der Hand, in sein Arbeitszimmer und setzte sich an seinen Schreibtisch. Mit energischer Gebärde legte er sich Briefpapier zurecht und begann zu schreiben, mit seinen großen steilen Buchstaben, die nur aus Grundstrichen zu bestehen schienen.

»Mein lieber Fritz!

Du bist im Zweifel, ob ich mir Deine Grüße gefallen lassen will, und weißt nicht, wie ich darüber denke, daß Du Dich in der alten Heimat ansässig machen willst? Nun, darüber sollst Du schnell Klarheit haben. Also, ich freue mich über Deinen Gruß, freue mich, daß Du lebst – und daß Du ein ganzer Kerl geworden bist; freue mich, daß ich da drüben einen Großneffen und eine Großnichte habe, die eine so tüchtige, prächtige Frau zur Mutter hatten, die einen Lossow vor dem Untergang bewahrt hat. Ich habe der Freifrau Grete von Lossow vorhin einen Hochachtungsschluck geweiht, vom edelsten Rebensaft. Es tut mir wahrhaftig leid, daß ich diese frisch-frohe Frau Grete nicht kennengelernt habe. Es tut mir ferner leid, daß Du nicht schon heute oder morgen hier sein kannst; denn siehst Du, mein lieber Fritz, ich bin inzwischen siebzig Jahre alt geworden und kann jeden Tag abgerufen werden. Da weiß ich nicht, ob ich es noch erlebe, daß Du mit Deinen Kindern nach Deutschland kommst. Bin ich aber noch am Leben, dann müßt Ihr in Lemkow meine Gäste sein, das bitte ich mir aus. Und Ihr sollt in Lemkow bleiben, solange es Euch bei dem alten Onkel Heribert gefällt.

Wenn Dir nun Dein Bruder Kuno mit allerlei kleinlichen Bedenken in die Parade fährt, so mach Dir nichts draus; er ist eben ein bißchen engherzig und sieht die Welt mit anderen

275

Augen an als wir. Laß es Dich nicht kümmern, nimm ihn nicht ernst.

Weil ich nun nicht weiß, ob ich Deine Rückkehr noch erlebe, bitte ich Dich deshalb, schreibe mir etwas ausführlicher über Dein Leben und Erleben und schick mir möglichst umgehend Eure Photographien. Denn ich möchte den neuen Lossowschen Familienzweig wenigstens im Bild noch kennenlernen. Vergiß auch nicht, ein Bild von der blonden Frau Grete beizulegen.

Ich habe Deinen Brief soeben erst von Kuno erhalten. Er war natürlich vollständig verdattert. Na, mir ist es auch ein wenig in die alten, steifen Knochen gefahren, mein lieber Fritz. Nachträglich hat es mich bös herumgerissen, daß Du drüben am Verhungern warst, während wir hier bei den bewußten Fleischtöpfen saßen. Warum bist Du nur damals so eilig auf und davon gegangen? Hättest Du nicht erst nach Lemkow kommen können, als Dich Kuno so kurzerhand aus Lossow hinauskomplimentierte? Den Kopf hätte ich Dir nicht gleich abgerissen, wenn Dir auch ein kräftiges Donnerwetter gewiß war. Als verständiger Mann muß man schon aus Pflichtgefühl einen so leichtsinnigen Springinsfeld ein bißchen abkanzeln. Das habe ich stets getan, wenn ich Dich bei dummen Streichen erwischte, obwohl mir auch dabei manchmal vor Vergnügen das Herz im Leibe gelacht hat. Warst doch Blut von meinem Blut; ich hab' es immer gespürt, und es ist mir nahe genug gegangen, daß Du ohne Abschied auf und davon warst und all die Jahre daher verschollen bliebst.

Nun, es sollte wohl alles so sein, es ist ja auch zu Deinem Glück ausgeschlagen. Und nun freue ich mich, daß Du lebst.

Also schick mir Eure Bilder und ausführliche Nachrichten und sieh zu, daß Du bald herüberkommst. Vielleicht erlebe ich es noch. Und grüß mir die beiden jungen Lossows – Ellinor und Fred – von ihrem alten Großonkel, der schon seit zehn Jahren als Witwer allein auf Lemkow haust und gar zu gern Menschen mit rotem, warmem Blut, die zu ihm gehören, um sich haben möchte. Und laß Dir im Geiste die Hand drükken, lieber Fritz, von

Deinem Onkel Heribert.«

»So«, sagte der alte Herr zufrieden und legte den Federhalter beiseite.

Mit raschen Bewegungen machte er den Brief postfertig. Dann ging er nachdenklich im Zimmer auf und ab. Die Erregung machte ihn ruhelos, obwohl er sich müde fühlte.

4

In Brooklyn auf der Insel Long Island, von der eine Riesenbrücke nach New York hinüberführt, besaß Fritz von Lossow eine hübsche, mit allem neuzeitlichen Komfort ausgestattete Villa. Er bewohnte sie schon seit fünf Jahren mit seiner Familie. Seit dem Tod seiner Frau hatte er eine Hausdame engagiert. Mrs. Stemberg war eine geborene Deutsche, die sich mit einem Amerikaner verheiratet hatte und schon seit Jahren Witwe war.

Im Auto fuhr Fritz von Lossow täglich in das Fabrikviertel von New York, wo sich seine Geschäftsgebäude befanden.

Es war einige Zeit nach den eben geschilderten Vorgängen. Auf dem Balkon im ersten Stock der Villa Lossows stand eine junge Dame von etwa zweiundzwanzig Jahren und schaute prüfend zum Himmel hoch. Sie trug ein fußfreies, glatt anliegendes Kleid von lichtgrauer Farbe, unter dem zierliche Füßchen in eleganten Stiefeln sichtbar wurden. Ihre Gestalt war mittelgroß, von jugendkräftiger Schlankheit und edlem Ebenmaß. Sie zeigte entzückend weiche Linien, ihre raschen, sicheren Bewegungen waren voll Anmut und Frische. Auf dieser jugendschönen Gestalt saß ein feingeformter Kopf, umgeben von reichen, üppigen Flechten, die in ihrem satten, warmen Goldton in der Sonne wie flüssiges Metall schimmerten. Der Teint war rosig und rein wie Apfelblüten, und die Augen, schöne, klare, tiefblaue Augen, waren von braungoldigen Wimpern umsäumt, die sich an den Spitzen aufwärts bogen. Die Brauen waren etwas dunkler und fein gezeichnet. Regelmäßig genug, um unbedingt schön zu sein, waren die feingeschnittenen Züge nicht, aber das strahlende Gesicht war mehr als schön, es war lieb und anmutig und voll reizender Munterkeit und Frische.

»Du kannst es glauben, Fredy, wir bekommen heute kein Gewitter«, sagte die Dame, ins Zimmer zurückgewendet. »Komm her und schau dir den Himmel an. Wenn die Wolken so klar begrenzt über der See stehen, ist das Wetter beständig.«

Ein schlanker, kräftig gebauter Knabe von fünfzehn Jahren erschien an der Balkontüre. Man sah sofort, daß man Geschwister vor sich hatte. Auch Fred von Lossow war blond und blauäugig, nur waren seine Züge schon jetzt bestimmter und kräftiger als die der Schwester. Auch seine Augen blickten mit sonniger Heiterkeit in die Welt. Wie von innen heraus durchleuchtet schienen die beiden jungen Gesichter, von Gesundheit und Frische strahlend.

Fred musterte ebenfalls prüfend den Himmel.

»Well, Ellinor, du hast recht, es gibt kein Gewitter.«

»Dann will ich gleich zum Vater fahren, es ist höchste Zeit.

Kommst du mit? Wir wollen ihn bitten, heute früher Feierabend zu machen.«

»Nein, ich bleibe zu Hause, ich habe noch an meiner lateinischen Übersetzung zu arbeiten. Vater würde es mir verübeln, wenn ich sie im Stich ließe. Wenn du dann mit Vater heimkommst, bin ich auch fertig. Und dann feiern wir, gelt, Ellinor?«

Die junge Dame nickte und legte ihren Arm um des Bruders Schulter. So traten sie in das Zimmer zurück. Dort neckten sie sich noch eine Weile, und ihr frohes Lachen scholl durch das Haus.

Mrs. Stemberg trat lächelnd in das Zimmer.

»Oh, gut, daß Sie kommen, Mrs. Stemberg. Ich wollte Sie noch bitten, dafür zu sorgen, daß die Tafel heute besonders festlich gedeckt wird.«

»Soll geschehen, Miß Ellinor. Ich hätte schon von selbst daran gedacht«, antwortete die alte Dame lächelnd.

Ellinor hatte Befehl gegeben, daß das Auto vorfuhr. Man meldete ihr, daß dies geschehen sei.

»Also ich fahre zum Vater, Fredy!«

»Well, Ellinor!«

»Goodby, my boy!«

»Goodby, darling!«

Wenige Minuten später fuhr das Auto mit ihr davon.

Es dauerte nicht viel länger als eine Viertelstunde, bis der Wagen vor dem hohen Fabrikgebäude hielt. In Riesenlettern stand an der Fassade: G. Werner & Cie. Einige kleinere Gebäude trugen die gleiche Aufschrift.

Ellinor sprang aus dem Wagen und betrat die breite Torfahrt. Seitlich führte eine Tür zum Fahrstuhl. Der Fahrstuhlführer zog die Mütze zum Gruß.

Ellinor dankte freundlich, gleich darauf schwebte der Fahrstuhl hoch.

Eine Minute später trat Ellinor in das Privatkontor ihres Vaters.

Fritz von Lossow saß am Schreibtisch. Er war ein stattlicher, großer Mann von dreiundfünfzig Jahren und trug elegante, aber sommerlich bequeme Kleider. Sein glattrasiertes Gesicht mit dem kurzgestutzten Lippenbart hatte gutgeschnittene Züge und erinnerte in Form und Ausdruck an Heribert von Lossow. Das Leben hatte seine ehernen Zeichen in dieses kräftig gefärbte, sympathische Antlitz gegraben, aus dem die grauen Augen hell aufstrahlten, als sie Ellinor erblickten.

»Oh, mein kleiner Kompagnon! Du kommst spät heute. Willst du noch mit mir arbeiten?«

Ellinor trat neben ihn. »Wenn es sein muß, Vater, ja. Aber wenn es nicht sein muß, möchte ich dich entführen. Kannst du heute ein wenig früher Schluß machen?« sagte sie, ihre Hand zärtlich über seine Stirn gleiten lassend.

»Warum, Ellinor?« fragte er, lächelnd zu ihr aufsehend.

Sie tippte mit schelmischem Ausdruck auf den Kalender, der auf seinem Schreibtisch stand.

»Was haben wir heute für ein Datum?«

»Den zweiten Juli.«

»All right! Und inwiefern ist das ein wichtiger Tag für Fritz Lossow?«

Es zuckte humorvoll um seinen Mund. »Kann mich nicht entsinnen«, sagte er.

Sie lachte. »Nicht flunkern, Vater! Du bist ein zu guter Kaufmann, um einen so wichtigen Tag nicht im Gedächtnis gebucht zu haben. Heute vor dreiundfünfzig Jahren erblickte Fritz Lossow das Licht der Welt im Herrenhaus von Lossow, drüben in der deutschen Heimat. Sag's nur ehrlich: Du wolltest dich bloß um die Geburtstagsfeier drücken. Aber das hilft dir nichts. Fredy und ich haben mit Mrs. Stemberg schon alles vorbereitet. Heute morgen bist du uns entwischt, aber niemand kann seinem Schicksal entgehen. Ich soll dich heimholen. Fredy büffelt noch an seiner lateinischen Übersetzung, sonst wär er mitgekommen, um dich einzufangen.«

Leuchtend hingen Fritz Lossows Augen an dem lebensfrohen Gesicht der Tochter.

»Wie du heute wieder deiner Mutter gleichst, Ellinor«, sagte er weich.

Sie umfaßte und küßte ihn herzlich. »Kannst mir nichts Schöneres und Lieberes sagen, Vater«, antwortete sie bewegt.

Er nickte. »Ja, das ist wie eine Auszeichnung, nicht wahr, mein liebes Kind?«

»Ja, Vater! Und wenn ich dir nur ein wenig die Mutter ersetzen kann, dann bin ich sehr, sehr stolz.«

»Du weißt, daß du es kannst, Ellinor. So, wie Mutter allezeit an meiner Seite gestanden hat, als treuer Kamerad, so stehst du jetzt neben mir, deiner Mutter Ebenbild. Wenn ich Mutters Verlust leidlich überwunden habe, so danke ich es nur dir. Ich brauche einen Menschen, mit dem ich alles besprechen kann, wie ich es mit Mutter stets getan habe, sonst ist mir, als ginge es nicht mehr voran. Und so jung du bist, du bist wirklich mein kleiner Kompagnon geworden, der mit meinem Schaffen, mit meiner Arbeit so verwachsen ist, wie es einst deine Mutter war.«

Ellinor reckte sich hochaufatmend. »Vater, ich habe doch nicht Geburtstag heute, daß du mich so reich beschenkst«, sagte sie bewegt.

Er zog sie fest an sich. »Ich muß dir das einmal sagen, mein

Kind, und gerade heute. Ich bin in einer rechten Feststimmung heute, und die Arbeit will mir gar nicht schmecken. Du hast es leicht, mich fortzulocken. Aber erst setz dich mal da hinten auf deinen Platz, auf Mutters Platz. Ich will noch etwas mit dir besprechen.«

Ellinor legte schnell Hut und Handschuhe ab und setzte sich an den anderen Schreibtisch, der Rücken an Rücken mit dem des Vaters stand. Diesen Platz hatte Fritz Lossows Frau jahrelang innegehabt, wenn sie mit ihrem Gatten gemeinsam arbeitete. Jeden Tag, bis kurz vor ihrem Tod, hatte sie einige Stunden hier gesessen, alles Wichtige mit ihm beraten. Seit ihrem Tod saß nun Ellinor täglich auf ihrem Platz, um den Vater die entstandene Lücke nicht so schmerzlich empfinden zu lassen. Ein selten schönes und herzliches Verhältnis verband Fritz Lossow mit seiner Familie.

»So, Vater, ich bin bereit«, sagte Ellinor, ihn erwartungsvoll ansehend.

Er nahm einen Brief unter dem Briefbeschwerer hervor und reichte ihn ihr mit strahlenden Augen. »Post aus Deutschland, Ellinor!«

Sie sah froh überrascht in sein Gesicht. »Genau zu deinem Geburtstag! Von deinem Bruder?«

Er schüttelte den Kopf. »Nein, nicht von ihm, sondern von Onkel Heribert.«

Ellinor holte tief Atem. »Also, gute Nachricht! Deine Augen sagen es mir.«

»Lies!« bat er nur.

Ellinor entfaltete schnell den Brief und las. Ein heller Glanz lag auf ihrem Antlitz, als sie fertig war.

»Ach, ein Prachtmensch ist das, dein Onkel Heribert. Siehst du, Vater, du hast umsonst gefürchtet, er würde nichts mehr von dir wissen wollen. Und wie er von Mutter schreibt! Ach, das hätte sie noch erleben sollen. Sie hätte sich so sehr gefreut. Ich dachte es mir ja gleich, daß deine deutschen Verwandten nur stolz auf dich sein könnten«, sagte sie befriedigt.

Er stützte den Kopf in die Hand und lächelte sonderbar. »Kind, du kennst diese Menschen nicht, wie ich sie kenne. So wie Onkel Heribert sind sie nicht alle. Gib nur acht, wie ganz anders mein Bruder sich zu mir stellen wird. Das geht schon aus Onkel Heriberts Worten über Kuno hervor. Nun, darauf war ich vorbereitet; überrascht bin ich nur durch Onkel Heriberts Brief. Wie ich mich freue über seine Auffassung, du glaubst es nicht, Ellinor!«

Sie reichte ihm beide Hände hinüber, und er faßte sie mit warmem Griff. Ein weiches, liebes Lächeln verschönte Ellinors Gesicht. So sahen sie nur ihre Lieben. Im Verkehr mit fremden Menschen war sie immer klar, bestimmt und energisch, die smarte Amerikanerin. Aber ihre Angehörigen kannten die Tiefe ihres Wesens, die gemütvolle deutsche Art, die sich nach außen hin sorgsam verbarg.

»Ich freue mich mit dir, lieber, lieber Vater«, sagte sie innig. Dann gleich wieder in ihre heitere Munterkeit verfallend, fuhr sie fort:

»Dieser prachtvolle alte Großonkel soll meine schönste Photographie mit einem Extrabrief von mir bekommen. Ich muß ihm sagen, wie gut ich ihm für seine lieben Worte bin. Gelt, das darf ich doch?«

Der Vater nickte, seine Augen nicht von ihr lassend, im väterlichen Stolz.

»Gewiß, Ellinor.«

»Und nun, Vater – hast du noch etwas zu erledigen?«

»Nein, heute nicht.«

283

»Dann können wir gehen, nicht wahr? Den Brief vergiß nicht zu dir zu stecken, für Fredy, der muß ihn auch lesen.«

Fritz Lossow erhob sich und machte sich zum Ausgehen fertig. Auch Ellinor setzte ihr Hütchen wieder auf und streifte die Handschuhe über.

»All right?«

»Well, my darling.«

Fritz Lossow verkehrte mit seiner Familie nur in deutscher Sprache, aber zuweilen stahlen sich doch englische Worte in ihre Unterhaltung.

Im Kontor gab Lossow noch einige Anweisungen geschäftlicher Art. Dann fuhr er mit seiner Tochter nach Hause.

Fred sprang ihnen im Vestibül entgegen und umschlang den Vater. »Endlich kann ich dir zum Geburtstag gratulieren, lieber Vater. Heute morgen bist du mir entwischt. Das kostet Strafe.«

Der Vater zog ihn lachend an sich.

»Wird's teuer, Fredy?«

»Ja, den ganzen Rest des Tages bist du mir schuldig. Ich habe viel weniger von dir als Ellinor.«

»Ja, ja, mein Junge. Aber das wird anders, wenn wir erst in Deutschland sind. Dann habe ich mehr Zeit für dich. Wie ging es mit der Übersetzung?«

»Famos, Vater.«

»Bist du fertig?«

»Vor zehn Minuten fertig geworden. Nun komm.«

Fritz Lossow wurde an seinen Geburtstagstisch geführt. Seine Kinder hatten ihm allerlei aufgebaut. Mitten unter den Geschenken stand eine große Photographie von Fritz Lossows Gattin.

»Mutter muß, wie immer, dabei sein«, erklärte Fred.

284

Fritz Lossow zog seine Kinder an sich. Seine Augen schimmerten feucht.

Fred und Ellinor umfaßten ihn zärtlich.

Sie kannten beide ihres Vaters Lebensgeschichte ganz genau, auch seine verfehlten Jugendjahre. Sein Leichtsinn sollte ihnen eine Warnung sein, das Leben nicht nutzlos zu vergeuden. Ganz offen lag auch das Ringen und Streben der Eltern vor den Augen der Kinder; diese wußten, wie schwer die Eltern hatten kämpfen müssen, um emporzukommen. Der Vater hatte ihnen immer die Mutter im hellsten Lichte gezeigt – und die Mutter den Vater. So sahen sie die Bilder ihrer Eltern von gegenseitiger Liebe verklärt. Und obwohl sie die Mutter verloren hatten, sie war immer unter ihnen mit der Liebe, die nie aufhört. Dank dieses Beispiels und der guten Erziehung hatten sich die beiden jungen Menschen in einer Weise entwickelt, die ihre Eltern stolz und glücklich machen konnte.

Als man dann beim Geburtstags-Festmahl saß, bekam Fred den Brief Onkels Heriberts zu lesen.

Auch er strahlte. »Ach, wenn wir nur bald nach Deutschland gehen könnten, Vater. Wird es noch lange dauern?« sagte er lebhaft.

Fritz Lossow seufzte. »Jahr und Tag können wohl noch vergehen. So schnell läßt sich das mit den Geschäften nicht ordnen. Es ist schon alles im Gange, aber es fordert Zeit und Geduld.«

»Mrs. Stemberg macht auch schon ganz sehnsüchtige Augen, Vater«, sagte Ellinor lächelnd.

Fritz nickte der alten Dame freundlich zu. »Ja, ja, Mrs. Stemberg, das deutsche Blut! Jahrelang glaubt man, es gemeistert zu haben, und wenn man sich dann ganz sicher wähnt, kommt es wieder durch. Nur noch ein Weilchen Geduld, dann geht es in die alte Heimat.«

Die alte Dame lächelte und holte tief Atem. »Bei mir ist es erst wieder zum Durchbruch gekommen, seit Sie es mir in Aussicht stellten, daß ich Sie nach Deutschland begleiten und meine Stelle in Ihrem Haus behalten darf, Mr. Lossow«, sagte sie sichtlich erregt.

»Geben Sie acht, wir müssen drüben erst wieder lernen, uns einzugewöhnen«, entgegnete Fritz Lossow launig.

Die Kinder wollten nun allerlei von Deutschland hören. Der Vater erzählte, wie so oft, und auch Mrs. Stemberg warf zuweilen ein Wort dazwischen, Ellinor und Fred lauschten atemlos.

Nach Tisch wurden Photographien von allen vier Familienmitgliedern für Onkel Heribert herausgesucht. Die besten und neuesten Aufnahmen wurden gewählt. Fred schleppte dann noch verschiedene Amateurphotographien herbei, die er selbst aufgenommen hatte, und die das tägliche Leben widerspiegelten.

»Ja, die schicken wir auch mit«, entschied Ellinor. »Das ist dann wie eine Illustration zu unsern Briefen. Fredy, das ist eine famose Idee von dir. Nun weiß ich doch, wozu es gut war, daß du alles, was stillhalten wollte, im blinden Eifer geknipst hast.«

»Siehst du wohl! Und wie oft hast du darüber gespottet«, eiferte Fred.

»Das will ich nun nie mehr tun. Du sollst von jetzt an ungehindert von mir alles aufnehmen, was du willst. Ich denke, es ist uns selbst dann drüben eine hübsche Erinnerung.«

So wurde für Onkel Heribert eine umfangreiche Sendung vorbereitet.

5

Kuno von Lossow hatte, als er von Lemkow zurückgekehrt war, seiner Frau in größter Unruhe und Erregung berichtet, wie seltsam Onkel Heribert den Brief seines Bruders aufgefaßt, und wie ruhig er darüber gewesen war.

Frau Helene war das alles ebenso beunruhigend wie ihrem Mann.

Gleich am nächsten Morgen fuhr sie selbst nach Lemkow hinüber und suchte Onkel Heribert ›diplomatisch‹ zu beeinflussen. Sie tat alles, was sie konnte, um den alten Herrn noch nachträglich in Zorn zu bringen. Aber Heribert von Lossow hörte ruhig zu und sagte schließlich nur:

»Ereifere dich nicht unnötig, Helene, es hat gar keinen Zweck. Schick mir Kuno morgen herüber, dann will ich mit ihm weiter über diese Angelegenheit sprechen.«

So fuhr Frau Helene, unruhig wie zuvor, wieder heim.

Natürlich konnte Kuno kaum die Zeit erwarten, bis er wieder nach Lemkow hinüberfahren konnte. Als er dann Onkel Heribert gegenübersaß, brachte er sofort das Gespräch auf die ihm so schreckliche Angelegenheit.

»Hast du dir nun ein Urteil über die Sache gebildet, Onkel Heribert?« fragte er hastig.

»Jawohl, Kuno, das habe ich getan. Im Grunde war ich nicht einen Moment im Zweifel. Ich meine, wir können sehr froh sein, daß Fritz sich aus eigener Kraft zu einer geachteten Lebensstellung durchgekämpft hat. Ich weiß nicht, ob ich oder du im gleichen Falle das erreicht hätten. Ich kann es durchaus nicht als Schmach und Schande betrachten, daß Fritz sich in ehrlicher Arbeit durchgerungen hat. Und seiner

Frau sind wir großen Dank schuldig. Sie hat einen Lossow vor sicherem Verderben errettet. Es ist nichts an ihr auszusetzen. Daß sie einen bürgerlichen Namen hat und aus der Not eine Tugend machte und ehrlich arbeitete, kann ihr nicht zum Vorwurf gereichen. Ich erkenne diese Freifrau von Lossow jedenfalls an. Und nach meinem Dafürhalten ist es selbstverständlich, daß wir Fritz und seine Kinder mit offenen Armen aufnehmen, wenn sie nach Deutschland kommen!«

Sprachlos vor Entsetzen hatte Kuno zugehört. Nun fuhr er auf. »Nein, bei Gott – das werde ich nicht tun, ganz gewiß nicht! Ich begreife dich nicht, Onkel. Hier steht die Ehre unseres Namens auf dem Spiel! Ich sage mich los von Fritz und seiner Familie! Ich und meine Familie werden nie etwas mit diesen Menschen gemein haben! Und ich hoffe, lieber Onkel, daß auch du noch anderer Ansicht wirst. Du mußt doch als deutscher Edelmann ebenso denken, mußt den Namen Lossow doch ebenso hochhalten wie ich!«

Der alte Herr blickte fest und ernst in die Augen seines Neffen.

»Gerade als deutscher Edelmann muß ich anders denken als du, Kuno! Gerade, weil ich den Namen Lossow hochhalte, will ich nicht, daß ein Lossow wie ein Verfemter behandelt wird, nur weil er ehrlich um seinen Unterhalt gekämpft hat, wenn auch in wenig angenehmer Weise für ihn selbst. Du wirst dich bei ruhiger Überlegung doch eines Besseren besinnen. Aber wie du auch darüber denken magst, ich stelle mich jedenfalls in echt verwandtschaftlicher Art zu meinem Neffen Fritz und seinen Kindern. Ich habe ihm bereits geschrieben und ihm meine Freude ausgedrückt, daß er lebt; ich habe ihn und seine Kinder in herzlicher Weise nach Lemkow eingeladen, sobald er nach Deutschland kommt. Wenn du ihm die

Pforten von Lossow verschlossen hältst – in Lemkow soll er mir willkommen sein!«

Kuno klappte vor Entsetzen der Unterkiefer haltlos herab. Mit offenem Mund und weitgeöffneten Augen starrte er den alten Herrn an. Und seine Hand tastete nervös und zitternd über seinen Scheitel.

»Eingeladen? Du – du hast ihn nach Lemkow eingeladen?« stammelte er fassungslos.

»Ja, so ist es. Und ich hoffe, du wirst auch deinem einzigen Bruder die Tür nicht weisen. Denn du, mein lieber Kuno, bist der letzte, der das Recht hat, den Stab über ihn zu brechen. Du hast ihn damals in die Welt hinausgetrieben, während du es dir in behaglicher Sicherheit wohl sein ließest. Welches Verdienst hattest du denn vor Fritz voraus? Das der Erstgeburt vielleicht? Willst du dir darauf etwas einbilden? Ich denke doch, dafür kannst du so wenig, wie Fritz dafür kann, daß er als zweitgeborener Sohn deines Vaters auf die Welt gekommen ist.«

So sprach der alte Herr ernst und nachdrücklich.

Kuno war zumute, als gehe alles um ihn her in Trümmer. Er konnte nicht fassen, daß Onkel Heribert sich so energisch auf seines Bruders Seite stellte. Das war das Schlimmste, was ihm jetzt passieren konnte. Denn mit dieser Parteinahme des Oheims für Fritz war zugleich die Wahrscheinlichkeit verbunden, daß Onkel Heribert nun auch Fritz in seinem Testament bedenken würde. Wer konnte bei der Unberechenbarkeit des alten Herrn ermessen, welche Folgen das nach sich ziehen würde? Bei seinem sonderbaren Charakter war es nicht ausgeschlossen, daß er Fritz zur vollen Hälfte partizipieren ließ. Und das bedeutete für Kuno den Verlust des halben Erbes.

289

Kuno verwünschte in seinem Innern das Auftauchen seines Bruders.

»Wenn er doch wenigstens verschollen geblieben wäre bis nach Onkel Heriberts Tod«, dachte er wütend und außer sich.

Aber wie die Sache nun einmal lag, war es nicht geraten, Onkel Heribert gegen sich selbst aufzureizen.

Kuno faßte sich mühsam. »Lieber Onkel, was du mir da sagst, überrascht mich. Du mußt doch bedenken, daß Fritz vor Vaters Tod viel mehr verbraucht hat als ich, jedenfalls viel mehr, als ihm zukam. Ich hätte noch mehrere tausend Mark von Fritz zu fordern gehabt. Statt dessen habe ich ihm noch einige tausend Mark gegeben, wozu ich durchaus nicht verpflichtet war. Daß ich als Erstgeborener Majoratserbe bin, liegt doch an den Bestimmungen unseres Hausgesetzes. Fritz hat das von Anfang an gewußt und hätte sich danach richten müssen, statt wie ein Unsinniger draufloszuwirtschaften. Es ist ja, hm – tja, es ist sehr edel von dir, daß du ihn nicht fallen lassen willst. Ich würde auch milder über ihn urteilen, nur hierher soll er nicht kommen. Bedenke doch, meine Frau – meine Kinder – ich selbst, wir können doch nicht verwandtschaftlich mit diesen Menschen verkehren! Denke doch nur an die schmutzige Wäsche! Dieser Gedanke ist mir entsetzlich!«

Heribert von Lossows Gesicht nahm einen ironischen Ausdruck an. »Beruhige dich, dein Bruder ist ja jetzt Seifenfabrikant. Mit Seife ist auch die schmutzigste Wäsche rein zu waschen. Das ist dir vielleicht ein tröstlicher Gedanke.«

Kuno richtete sich steif empor. »Onkel Heribert, ich begreife nicht, daß du dabei noch scherzen kannst!« rief er zitternd vor Empörung.

Jetzt richtete sich auch Heribert von Lossow hoch auf.

»Nein, zum Scherzen ist mir nicht zumute! Und ganz ehrlich, der Gedanke an die schmutzige Wäsche hat auch mich eine Weile irritiert. Aber dann habe ich mich selbst beim Schopf genommen und an die fleißigen Hände gedacht, die diese schmutzige Wäsche in saubere verwandelt haben. Ich sah im Geiste, wie Fritz damals, als er aus seiner Ohnmacht erwachte, ganze Stöße sauberer, reiner Wäsche sah; ich dachte da an meine Frau, die an großen Waschtagen in Lemkow zuweilen selbst mit zugriff, um das nasse Linnen auf dem Bleichplatz auszubreiten. Sie war dann immer guter Laune, meine Ulrike, und einmal sagte sie mir: ›Es ist ein so tröstlicher Gedanke, daß es Seife und Wasser gibt, um allen Schmutz fortzubringen.‹ Und siehst du, so habe ich mich schnell mit dem Gedanken an die schmutzige Wäsche ausgesöhnt. Ich sah im Geiste diese frisch-frohe, resolute Frau Grete, vor Sauberkeit blitzend, am Bügelbrett stehen und sah, wie sie sich mühte, einen Lossow vom Untergang zu retten. Da hat das alles seine Schrecken für mich verloren. Mach es ebenso, Kuno! Denk an die reine Wäsche, nicht an die schmutzige!«

»Das kann ich nicht, Onkel Heribert, ob rein oder schmutzig, es kommt auf eines heraus. Es kann keine Gemeinschaft geben zwischen Fritz und uns. Ich kann meinen Kindern nicht zumuten, sich verwandtschaftlich zu den Kindern einer Wäscherin zu stellen.«

Heribert von Lossow erhob sich.

»Nun gut, so tue, was du willst. Ich werde tun, was ich für recht halte und was mein Herz mir eingibt.«

Damit mußte sich Kuno zufriedengeben. Bedrückt machte er sich auf den Heimweg.

Frau Helene war außer sich, als sie das Ergebnis dieser Unterredung vernahm.

»Onkel Heribert wird kindisch; er ist nicht mehr zurechnungsfähig«, sagte sie zitternd vor Entrüstung.

»Ja, dieses Empfinden hatte ich auch«, erwiderte Kuno. »Wenn man nur wüßte, ob er ein Testament gemacht hat.«

Frau Helene zuckte die Achseln. »Wer weiß! Jedenfalls hat er es schon vor Jahren gemacht, dann bist du gewiß der Haupterbe. Wenn sich aber dein Bruder mit seiner Familie erst in Lemkow einnistet, dann wird er den kindischen alten Herrn schon bearbeiten, daß er zu seinem Vorteil testiert. Dann können wir noch von Glück reden, wenn du zu gleichen Teilen mit deinem Bruder erbst. Ach, ich wollte, Onkel Heribert stürbe, ehe dein Bruder nach Deutschland kommt!«

Kuno seufzte tief auf. »Er ist noch so rüstig!«

»Leider!« entfuhr es Helenes Lippen.

Sie sahen sich eine Weile an, und in ihren Augen lag der starke Wunsch, daß Heribert von Lossow sterben möchte.

Nach einer Weile fuhr Frau Helene fort:

»Das schlimmste ist, daß wir es mit Onkel Heribert nicht verderben dürfen. Wenn wirklich dein Bruder zu ihm nach Lemkow kommt, dann sind wir gezwungen, mit ihm zu verkehren.«

»O nein! Wer will mich dazu zwingen?« rief Kuno heftig.

Sie sah ihn seltsam an. »Die Klugheit, mein lieber Kuno«, sagte sie mit überlegenem Ausdruck und legte ihre Hand auf seinen Arm. »Oder willst du von ferne ruhig zusehen, wie dein Bruder sich bei Onkel Heribert einschmeichelt? Wir können den alten, kindischen Mann doch nicht dem Einfluß deines Bruders überlassen! Was soll denn daraus werden?«

Kuno strich nervös seinen Scheitel. »Ja, hm – tja, aber bedenke doch, Helene, das geht doch nicht, daß wir mit Fritz verkehren!«

Sie zog die Augenbrauen hoch.

»Ja, ein Genuß wird das freilich nicht. Aber überlege es dir einmal in Ruhe; dann wirst du einsehen, daß wir in den sauren Apfel beißen müssen, wenn Onkel Heribert nicht das Zeitliche segnet, ehe dein Bruder nach Deutschland kommt. Jedenfalls halte ich es unter den obwaltenden Umständen für nötig, Botho und Gitta einzuweihen.«

Botho von Lossow war daheim angekommen. Er war das getreue, verjüngte Abbild seines Vaters. Gleich diesem geistig und körperlich von Mutter Natur nicht sonderlich verschwenderisch ausgestattet, war er der Typ eines mäßig begabten, dafür aber sehr hochmütigen und anspruchsvollen Gardeleutnants. Er sprach sehr geziert und pflegte mit einer greulichen Grimasse das Monokel ins Auge zu klemmen.

Seine eckigen Bewegungen hatten etwas Steifes, Unjugendliches, und seine schlaffen Züge verrieten zur Genüge, daß er sich mehr, als ihm gut war, auszuleben schien.

Mit seinen Eltern verkehrte er in korrektem Höflichkeitston, ohne Wärme und Herzlichkeit; über seine Schwester pflegte er wie über etwas Unwichtiges, Unbedeutendes hinwegzusehen.

Sein Vater hatte ihn zunächst mit Vorwürfen empfangen, daß er schon wieder Geld brauche. Kuno von Lossow war überhaupt in gereizter, schlechter Stimmung, und auch die Mutter zeigte sich weniger zugänglich als sonst.

»Was ist hier nur los, Gitta? Ist ja 'ne schauerlich gereizte Atmosphäre in Lossow! Weshalb haben denn die Eltern so greuliche Laune?« fragte Botho seine Schwester.

Gitta zuckte die Achseln. Sie war im Reitkleid, denn sie wartete auf das Vorführen ihres Pferdes; sie hatte von dem

Ausguck an der Parkmauer aus Baron Lindeck auf dem Weg nach Lemkow reiten sehen. Nun hatte sie Eile, ebenfalls nach Lemkow zu kommen.

»Ich weiß es nicht, Botho. Aber mir ist es auch schon seit einigen Tagen aufgefallen, daß die Eltern nervös und gereizt sind. Ich dachte, du wärst schuld.«

»Ich? Na, erlaube mal, wieso denn ich?«

»Gott, ich dachte, du brauchtest wieder zu viel Geld!«

»Unsinn! Daran liegt diese Gewitterstimmung nicht. Hätte ich das geahnt, wäre ich in Berlin geblieben.«

»Ich denke, du bist nur wegen des Gartenfestes in Trassenfelde gekommen?«

»Na ja, in der Hauptsache natürlich deshalb. Aber man will doch wenigstens im Hause seinen Frieden haben. Wohin willst du denn jetzt?«

»Nach Lemkow.«

»Zu dem ollen Meergreis? Hm, wenn ich das vorher gewußt hätte, wäre ich mitgekommen.«

Danach trug Gitta aber gar kein Verlangen.

»Du kannst ja morgen hinüberreiten.«

Gittas Pferd wurde vorgeführt.

Lässig half Botho der Schwester in den Sattel.

»Bestell eine Empfehlung von mir an den Alten in Lemkow und melde meinen Besuch für morgen an«, sagte er, sein Monokel ins Auge klemmend.

»Soll geschehen, Botho. Adieu.«

»Adieu, Gitta.«

Sie ritt im schlanken Trabe davon, und Botho ging mit mißmutigem Gesicht ins Haus zurück.

Am Abend desselben Tages wurden Botho und Gitta in die Geschichte ihres Oheims Fritz von Lossow eingeweiht.

Die Geschwister waren entsetzt über den Gedanken, mit den amerikanischen Verwandten in Verkehr treten zu sollen. Natürlich waren auch sie wenig erbaut von diesen Mitbewerbern um Onkel Heriberts Erbe.

Gitta war ohnedies sehr ärgerlich. Sie hatte Heinz Lindeck zwar in Lemkow getroffen, aber dieser hatte behauptet, er habe noch in der Stadt zu tun, und war nicht mit ihr nach Hause geritten.

Botho aber war direkt außer sich. Auch er verwahrte sich schaudernd gegen jede Gemeinschaft mit den Kindern der Wäscherin. Nun verstand er die gereizte Stimmung seiner Eltern nur zu gut.

Als er am nächsten Tag nach Lemkow kam, suchte er Onkel Heribert begreiflich zu machen, daß ein Offizier die Verpflichtung habe, derartigen Elementen aus dem Weg zu gehen.

Der alte Herr ließ ihn ruhig reden; um seinen Mund spielte dabei jedoch ein sarkastisches Lächeln.

Am nächsten Tag fand das Gartenfest in Trassenfelde statt. Botho schnitt der Komtesse Trassenfelde auf Tod und Leben die Kur. In seinem übertriebenen Selbstbewußtsein merkte er gar nicht, daß die lustige Komtesse ihn aufzog und sich heimlich über ihn amüsierte.

Wenn er sie durch sein Monokel mit Erobererblicken ansah, mußte sie sich sehr beherrschen, um ihm nicht ins Gesicht zu lachen.

»Gehen Sie eigentlich nachts mit dem Monokel schlafen, Herr von Lossow?« fragte sie ihn scheinbar ganz ernsthaft.

Er setzte ihr fachlich auseinander, daß dies nicht anginge, und merkte immer noch nicht, daß ihr der Schalk in den Augen blitzte.

Und dabei dachte er sich: »Wenn ich hier Erfolg haben will, muß ich die Sache zur Entscheidung bringen, ehe diese greuliche Seifensiederfamilie aus Amerika auftaucht. Denn wenn diese Angelegenheit bekannt wird, dann wird sich die Komtesse schönstens bedanken, in die Familie Lossow einzuheiraten. Schauderhaft, ganz schauderhaft!«

Die Komtesse erzählte ihm vergnügt, daß sie im Winter mit ihren Eltern nach Berlin gehe und bei Hofe vorgestellt würde.

»Ich freue mich auf Berlin«, sagte das reizende brünette Komteßchen. »Gelt, in Berlin ist es amüsant?«

»Sehr, gnädigste Komtesse. Hoffentlich darf ich mir erlauben, sozusagen Führerdienste anzubieten?«

Sie lachte. »Fordern Sie Ihr Schicksal nicht heraus, Herr von Lossow. Den Bärenführer spielen, das soll nicht sehr angenehm sein.«

»Es wird mir ein kolossales Vergnügen sein, gnädigste Komteß.«

»Ach, vielleicht wollen Sie mich als Sehenswürdigkeit aus der Provinz an der Leine herumführen?« neckte sie.

Er fand, daß die Komtesse unangenehm burschikos sei, ging aber lachend auf ihren Scherz ein.

Er hatte keine Ahnung, daß die Komtesse ihr Herz bereits anderwärts vergeben hatte. Er ahnte nicht, daß sie sich über ihn lustig machte und ihn in drolliger, übermütiger Weise karikierte, als sie später mit ihren Eltern allein war.

Botho aber reiste einige Tage später mit dem schönen Bewußtsein ab, ›kolossalen Eindruck‹ auf Komtesse Trassenfelde gemacht zu haben. Nun hoffte er auf den Winter. Da wollte er schon dafür sorgen, daß er mit dem Komteßchen ins reine kam.

296

6

Einige Wochen waren vergangen, seit Kuno von Lossow den Brief seines Bruders erhalten hatte.

Onkel Heribert bekam eines Tages ein umfangreiches Briefpaket aus Amerika. Darin befanden sich außer einem langen, sehr ausführlichen Brief Fritz von Lossows und einem kürzeren von Ellinor die ausgewählten Photographien.

Lange und aufmerksam betrachtete der alte Herr die Bilder. Da war zunächst eins von Fritz, seine letzte Aufnahme. In diesem reifen, festen Männerantlitz suchte Heribert Lossow vergeblich die Züge des leichtsinnigen jungen Menschen, der vor fünfundzwanzig Jahren die Heimat verlassen hatte. Nur die treuherzigen, offenen Augen waren noch dieselben, und die charakteristischen Lossowschen Züge um Mund und Kinn traten jetzt schärfer hervor.

Dann ruhten die Augen des alten Herrn lange auf Frau Gretes hübschem, lebensfrohem Gesicht. Sie mochte auf dem gesandten Bild vierzig Jahre zählen. Ihre Augen schauten so klar und offen aus dem Bild heraus, daß der alte Herr befriedigt aufatmete.

Ja, das war das kluge, feine Gesicht einer Dame, und dieses Gesicht gefiel dem alten Herrn so gut, daß er ihm lächelnd zunickte.

Als er Gretes Bild zögernd beiseite legte, kam das Freds an die Reihe. Onkel Heriberts Augen strahlten auf. Das war ein Lossow, obwohl er auch der Mutter ähnelte! Das lebensvolle, frische Knabengesicht hielt den alten Herrn lange fest. Zuletzt kam Ellinors Bild an die Reihe. Das betrachtete der alte

Herr am längsten, nahm es auch nachher immer wieder zur Hand und schaute in die leuchtenden, strahlenden Mädchenaugen.

»Wenn die Grete den Fritz mit solchen Augen angeschaut hat, wenn diese Ellinor wirklich das leibhaftige Ebenbild ihrer Mutter ist, dann verstehe ich, daß er sein Herz an sie verloren hat. Das ist ja ein herrliches Geschöpf, diese kleine Ellinor!« dachte er.

Mit großem Interesse las er den ausführlichen Bericht Fritz von Lossows. Dazwischen betrachtete er die Amateurphotographien von Fred. Das war wirklich, als sähe er Illustrationen zu diesem Bericht.

Als er mit dem Lesen dieses Briefes fertig war, kam ihm noch Ellinors Briefchen in die Hände. Sie schrieb:

»Lieber Großonkel Heribert!

Du bist ein ganz prachtvoller Mensch! Das hat mir Dein lieber Brief an meinen Vater verraten. Und dafür muß ich Dir von ganzem Herzen danken, denn Dein Brief hat meinem Vater eine große, herzliche Freude bereitet. Wer aber meinem Vater etwas zuliebe tut und so gut von meiner herrlichen Mutter spricht, wie Du es getan, den muß ich von Herzen liebhaben. Laß es Dir gefallen. Es hilft Dir auch nichts, wenn Du es Dir nicht gefallen lassen willst, ich tue es doch. Und wir freuen uns nun doppelt auf Deutschland. Wenn es nur erst soweit wäre! Deine Einladung nach Lemkow nehmen wir mit herzlichem Dank an, aber das wird Dir Vater alles selbst schreiben. Ich wollte Dir nur danken, daß Du so lieb zu meinem Vater warst. Darf ich Dich dafür küssen? Dann halte still! Ich grüße Dich herzlich.

Deine Großnichte Ellinor.«

Ein Schmunzeln lag um den Mund des alten Herrn, und wieder betrachtete er Ellinors Bild. Ihr reizendes, munteres Gesicht schaute ihn so froh an. »Wer meinem Vater etwas zuliebe tut und so gut von meiner herrlichen Mutter spricht, den muß ich von Herzen liebhaben!« So hatte sie geschrieben. Wirklich, die Eltern dieses reizenden Geschöpfes mußten gute, wertvolle Menschen sein, weil sie von ihren Kindern so geliebt und verehrt wurden. Diese schlichten Worte verrieten dem alten Herrn zur Genüge, welch inniges Verhältnis diese Menschen verband.

»Anders, ganz anders als drüben in Lossow«, dachte der alte Herr.

Dann las er nochmals Fritz Lossows langen Brief. Dieser schilderte ausführlich seine Schicksale und Erlebnisse. Aus jedem Wort klang Liebe und Verehrung für seine Frau, die als treuer Weggenosse sein Leben mit ihm geteilt hatte.

»Der einzige Schmerz, den sie mir zugefügt, war der, daß sie von mir ging, als wir den Gipfel erklommen hatten. Solange ich sie nötig hatte, im Lebenskampf, war sie bei mir. Nun wir die Früchte unseres Fleißes gemeinsam hätten genießen können, hat sie mich verlassen. Ich werde ihren Verlust nie ganz verwinden, obgleich sie mir in unserer Tochter ihr treues Ebenbild hinterlassen hat.«

So hieß es in dem Brief.

Heribert von Lossow erhob sich und trat vor das lebensgroße Porträt seiner Frau, das über seinem Schreibtisch hing. Weich und wehmutsvoll hingen seine Blicke an ihren geliebten Zügen.

»Gelt, Ulrike, wenn ein Mann nach zwanzigjähriger Ehe so von seiner Frau spricht, dann ist sie seiner Liebe wert gewesen. Und den Kindern dieser Frau würdest du die Türen von

299

Lemkow gewiß weit offenhalten, das weiß ich. Deshalb tue ich's in deinem Sinne.«

Am Nachmittage dieses Tages fuhr Heribert von Lossow in die Stadt zu seinem Notar. Dort wurde sein vor Jahren verfaßtes Testament vernichtet und ein neues aufgesetzt.

Befriedigt fuhr der alte Herr dann wieder nach Hause.

Kurz nach seiner Heimkehr wurde ihm Baron Lindeck gemeldet.

»Nur herein, lieber Heinz, nur herein! Sie kommen mir gerade recht«, rief der alte Herr seinem Besuch entgegen.

Heinz Lindeck faßte die ihm herzlich gebotene Hand.

»Komme ich wirklich nicht ungelegen, Herr von Lossow?« fragte er lächelnd.

»Ungelegen? Na, das erleben Sie nicht bei mir!«

»Ich komme doch etwas sehr oft nach Lemkow.«

»Mir noch nicht oft genug, Heinz, das wissen Sie.«

»Ich komme auch so gern. Es ist mir immer ein Gewinn, mit Ihnen plaudern zu dürfen, mein väterlicher Freund.«

»Na also, dann begegnen sich unsere Wünsche. Sie haben doch ein Stündchen Zeit für mich?«

»Meine Arbeit für heute ist getan. Sie können ganz über mich verfügen«, sagte Baron Lindeck herzlich.

Hier in Lemkow gab er sich ganz anders, viel wärmer und herzlicher als drüben in Lossow.

»Famos! Also kommen Sie, setzen Sie sich zu mir. Ich bin heute besonders gut gelaunt und in mitteilsamer Stimmung, da möchte ich Ihnen mancherlei erzählen. Aber erst lassen wir uns eine Flasche vom Besten kommen.«

Er gab einem Diener Befehl, Wein und Gläser und einen Imbiß zu bringen.

Die Herren ließen sich nieder und versahen sich mit Zigarren. Als der Diener den Wein gebracht hatte, füllte der alte Herr die grünen Römer.

»So, Heinz, jetzt stoßen Sie mal mit mir darauf an, daß ich heute ein gutes und gerechtes Werk getan habe. Darauf wollen wir trinken. Prosit!«

»Prosit, Herr von Lossow! Und alle Segensfülle soll dieses gute Werk krönen!«

Sie leerten die Gläser bis auf den Grund. Während der alte Herr sie von neuem füllte, sagte er aufatmend:

»Das gebe Gott! Haben Sie Dank für dies gute Wort. Und zur Belohnung will ich Ihnen jetzt mal etwas Liebes und Hübsches zeigen, mein lieber Heinz. So etwas sehen Sie nicht alle Tage, und in Lemkow schon gar nicht.«

Er holte die amerikanischen Photographien herbei und suchte die Ellinors heraus. Die hielt er Heinz Lindeck hin.

»Da! Was sagen Sie zu diesem Bild?«

Der junge Mann nahm die Kabinettphotographie in seine schmale, nervige Hand und betrachtete das Bild. Es zeigte Ellinor Lossow in einem schlichten, aber eleganten weißen Tuchkleid. Ganz glatt schmiegte sich der Stoff um die edelgeformte Gestalt. Bis zu den Knien war die junge Dame auf der Photographie sichtbar. Der feine Kopf mit der reichen Flechtenfülle war dem Beschauer im Halbprofil zugewandt. Um die Mundwinkel spielte ganz leise der Schalk, und die großen Augen sahen in fröhlicher Munterkeit mit sonnigem Ausdruck in die Welt. Dennoch lag in diesen klaren, frohen Augen zugleich ein sehnsüchtiger Schein, der diesem Mädchengesicht einen eigenartigen Ausdruck gab.

Gefesselt und lebhaft interessiert ruhten Heinz Lindecks Augen auf dem schönen, lebensfrohen Gesicht Ellinors.

»Nun?« drängte der alte Herr erwartungsvoll.

301

Da richtete sich Heinz Lindeck auf, ohne seinen Blick von dem Bild zu lassen.

»Ein liebreizendes Geschöpf! Diese junge Dame möchte ich kennenlernen. Ich glaube nicht, daß die Photographie den ganzen Reiz ihrer Persönlichkeit erschöpfend zum Ausdruck bringt.«

Heribert von Lossow strahlte, als habe man ihm etwas sehr Liebes gesagt. »Nicht wahr? Ein süßes Geschöpf? So voll Wärme und Leben!«

»Wenn dieses Bild nicht täuscht, allerdings. Darf man wissen, wer die junge Dame ist?«

»Sie sollen es wissen. Aber Sie dürfen vorläufig keiner Menschenseele etwas von diesem Bild verraten. Also, das ist eine Freiin von Lossow.«

»Eine Verwandte von Ihnen?« forschte Lindeck lebhaft.

»Jawohl. Meine Großnichte Ellinor von Lossow.«

Heinz Lindeck sah erstaunt auf. »Ich wußte nicht, daß Sie außer Fräulein Gitta von Lossow noch eine Großnichte haben.«

Der alte Herr lachte. »Ja, das weiß ich auch erst seit kurzer Zeit. Ebenso weiß ich erst seit kurzem, daß ich außer Botho von Lossow noch einen Neffen habe. Sagen Sie mal, lieber Heinz, haben Sie mal was von einem Fritz von Lossow gehört?«

Heinz Lindeck besann sich. »Fritz von Lossow? Hm, mir ist doch, als hätte ich diesen Namen von meinen Eltern und auch von meinem Onkel gehört. Fritz von Lossow? Ja, jetzt fällt es mir ein. War das nicht ein jüngerer Bruder von Kuno von Lossow, der – hm, ich weiß nicht –«

»Der vor die Hunde gegangen ist, sprechen Sie es nur ruhig aus, Heinz. So hieß es damals allgemein. Kuno selbst hat dafür gesorgt, daß alle Welt von den leichtsinnigen Streichen seines Bruders erfuhr, den er über den großen Teich geschickt hat, weil er ihm unbequem war. Na ja, ein Klosterbruder ist der Fritz ja nie gewesen; er war ein verflixt warmblütiger, impulsiver Mensch. Mit Geld wußte er nie haushälterisch umzugehen. Weil er nun nach Kunos Thronbesteigung in Lossow so gut wie ein Bettler war, zu stolz, bei mir um gut Wetter zu bitten, der Teufelskerl, da ist er mir einfach ohne Abschied entwischt. Sonst hätte ich ihn nämlich, Kuno zum Trotz, gehalten.«

»Ja, ja, jetzt erinnere ich mich deutlich. Ich war zwar damals noch ein Knabe, aber ich hörte, daß Fritz Lossow nach Amerika gegangen sei. Natürlich sah ich ihn in meiner Knabenphantasie unter den Rothäuten als Skalpjäger und dergleichen.«

Heribert von Lossow atmete tief auf. »Na, unter die Indianer ist er nun gerade nicht geraten. Aber erlebt hat er allerlei. Wir haben all die Jahre her kein Sterbenswort von ihm gehört, bis vor einigen Wochen. Fünfundzwanzig Jahre, nachdem er amerikanischen Boden betrat, hat er uns endlich wieder ein Lebenszeichen gegeben.«

Heinz von Lindeck faßte nach Ellinors Photographie und sah von derselben zu dem alten Herrn auf. »Und dies ist seine Tochter, nicht wahr?«

»Ja, das ist Ellinor, seine Tochter.«

»So hat er drüben geheiratet? Anscheinend geht es ihm gut?«

»Jetzt ja. Aber früher hat er viel Schweres durchgemacht.«

Der alte Herr erzählte nun in kurzen Worten, wie es Fritz von Lossow in Amerika ergangen war. Er las Heinz Lindeck noch verschiedene Stellen aus dessen Briefen vor. Dann zeigte er ihm alle Photographien.

Heinz Lindeck betrachtete sie voll Interesse, aber zuletzt

303

nahm er doch wieder Ellinors Bild in die Hand und versenkte sich in den Anblick des reizenden Gesichtchens. Nur zögernd legte er das Bild endlich aus der Hand.

»Da haben Sie sich sicher sehr gefreut, Herr von Lossow«, sagte Lindeck.

Der alte Herr nickte lebhaft. »Ich – ja. Und ehrlich gefreut habe ich mich, nachdem ich den ersten Schreck überwunden hatte. Es war mir zuerst ein schauderhaftes Gefühl, daß ein Lossow so niedrige Arbeit hatte tun müssen, um sich vor dem Verhungern zu schützen.«

»Nun, es war doch ehrliche Arbeit, Herr von Lossow«, sagte Lindeck ernst.

Heribert von Lossow ergriff mit strahlendem Blick Lindecks Hand und drückte sie fest. »Bravo, bravo, mein lieber Heinz! Das hat mir wohlgetan aus Ihrem Mund. Jawohl, ein ehrlicher Kerl ist er geblieben, der Fritz. Und darauf stoßen wir noch einmal an. Soo!

Also ja, ich habe mich ehrlich gefreut, und ich freue mich noch mehr, daß der Fritz mit seinen Kindern nach Deutschland kommt. Aber die Lossower drüben! O weh, die sind wütend, empört, außer sich. Die möchten den Fritz und seine Familie totschweigen, sie möchten sich von ihm lossagen.«

»Aber warum?«

»Na, weil der Fritz eben eine ganz gewöhnliche Wäscherin geheiratet hat! Weil er nicht lieber standesgemäß verhungert ist! Lieber Heinz, Sie kennen doch die Lossower. Kuno spricht von Fritzens Schmach und Schande, seine Frau fällt aus einer Entrüstung in die andere, und Botho und Gitta blasen natürlich in dasselbe Horn.«

Heinz blickte ihn lächelnd an. »Nur Sie tun das nicht, lieber Herr von Lossow. Sie müßten eben nicht Sie sein, wenn

Sie so kleinlich und engherzig urteilen wollten. Sie sind und bleiben eben ein ganz prachtvoller alter Herr!«

Heribert von Lossow lachte. »Ein prachtvoller Mensch! So hat mich in diesem Brief die kleine Ellinor auch genannt. Ist es nicht sonderbar? Sie und meine amerikanische Großnichte geben mir das gleiche Prädikat. Wenn das nicht Ideenverbindung ist, so übers Meer? Na, Prosit! Ich sonne mich also in dem Bewußtsein, ein prachtvoller Mensch zu sein. Wenn es doch gleich zwei Menschen behaupten! Meine alte, vertragene Joppe wird sich freilich bei dieser Auszeichnung ihres Herrn recht schämen!«

Heinz lachte herzlich. »Mit den Äußerlichkeiten hat dieses ›prachtvoll‹ auch nichts zu tun. Aber in Ihrem Herzen, da ist alles Glanz und Pracht! Das weiß ich längst.«

»Herrgott! Wenn Sie so reden, Heinz, da kann man ja rot werden wie ein junges Mädchen! Also, was ich Ihnen da gesagt habe, das bleibt unter uns, nicht wahr?«

»Selbstverständlich, Herr von Lossow.«

»Schön! Und nun möchte ich Sie etwas fragen. Wenn eines Tages meine amerikanischen Verwandten hier in Lemkow auftauchen, wie stellt sich dann Baron Heinz Lindeck zu ihnen?«

Lindecks Augen leuchteten auf und ruhten eine Weile auf Ellinors Bild. »Wie es ihm sein ehrliches Herz eingibt«, sagte er fest.

Der alte Herr schüttelte ihm herzlich die Hand. »Dann bin ich außer Sorge, Heinz. Sie werden sich auf die Seite Fritz von Lossows stellen, auch gegen dessen Bruder Kuno, wenn es sein muß! Aber was ist denn das? Da draußen kommt ja die Gitta angeritten! Noch so spät? Die Teestunde ist ja längst vorüber. Donnerwetter noch einmal, die fällt uns jetzt aber ziemlich oft in unsere gemütliche Plauderstunde.«

Heinz Lindeck sah mit zusammengezogener Stirn durch das Fenster und erblickte nun gleichfalls Gitta. Es war ihm längst unangenehm aufgefallen, daß sie fast jedesmal in Lemkow erschien, wenn er hier weilte.

Schweigend sahen die beiden Herren einander an, dann blickten sie wieder auf die schlanke Reiterin draußen.

Gitta sah zu Pferde unbedingt sehr vorteilhaft aus. Der schnelle Ritt hatte ihr sonst so farbloses Gesicht gerötet, und ihre Augen leuchteten erwartungsvoll.

Herr von Lossow erhob sich nun und nahm die Photographien und Briefe vom Tisch zusammen, um sie fortzuschließen. Heinz Lindeck hatte noch einen schnellen Blick auf Ellinors Bild getan, und er bedauerte, daß die Photographie nun verschwand. Aber er sprach es natürlich nicht aus.

Gleich darauf trat Gitta ins Zimmer.

Beim Anblick des Barons heuchelte sie große Überraschung. »Wie seltsam, Herr Baron, daß wir einander so oft in Lemkow begegnen! Guten Tag, liebes, teures Onkelchen! Wie geht es dir, fühlst du dich wohl?«

»Danke, Gitta. Kommst ja noch so spät heute?« erwiderte der alte Herr.

»Ja, es war so schön kühl und lockte mich zu einem Ritt hinaus. Ich soll natürlich von den Eltern herzlich grüßen. Aber, bitte, meine Herren, behalten Sie Platz; ich setze mich ein wenig zu Ihnen und nasche von diesen leckeren Toasts. Ich darf doch. Onkelchen?«

»Natürlich, Gitta. Willst du auch ein Glas Wein mittrinken?«

»Nein, danke sehr.«

Aus Versehen hatte Herr von Lossow Ellinors Briefchen auf dem Tisch liegen lassen. Das nahm er nun schnell weg und steckte es zu sich. Gitta bemerkte das. Ihre Augen blickten scharf und forschend, aber sie sagte in harmlos neckendem Ton:

»Geheimnisse, Onkelchen?«

Er nickte mit seltsamem Lächeln. »Ja, sehr schwerwiegende.«

Sie lachte. »Ach, du solltest mich in deine Geheimnisse einweihen«, schmollte sie, dem Baron einen koketten Blick zuwerfend.

»Junge Mädchen dürfen nicht alles wissen«, erwiderte der alte Herr.

Gitta ließ eine Kaviarschnitte zwischen ihren weißen, etwas langen Zähnen verschwinden, ihre Augen wichen jedoch nicht von Lindecks Gesicht. Dem wurde das ungemütlich. Die Lust, länger zu bleiben, verging ihm. Er erhob sich.

»Ich will nicht länger stören.«

»Sie stören doch nicht, Heinz. Bleiben Sie noch ein Weilchen«, bat der alte Herr.

»Ich komme ein andermal wieder, Herr von Lossow.«

Der alte Herr war verdrießlich. Er merkte sehr wohl, daß Gitta ihm Heinz Lindeck vertrieb. Das hatte er nun schon einige Male beobachtet. Er hätte aber viel lieber auf Gittas Gesellschaft verzichtet als auf die Lindecks.

»Warten Sie nur noch fünf Minuten, Herr Baron, dann können wir den Heimweg gemeinsam zurücklegen. Ich wollte mich nur nach Onkelchens Befinden erkundigen«, sagte Gitta schnell.

Das eben hatte Lindeck vermeiden wollen. Aber nun konnte er nicht ausweichen, ohne unhöflich zu werden, denn er hatte dieses gemeinsame Heimreiten schon mehrmals unter allerlei Vorwänden verhindert. Zwei- oder dreimal hatte es

307

Gitta nun schon durchgesetzt, mit ihm allein durch den Wald zu reiten, und es hatte immer seiner ganzen Klugheit bedurft, sich aus den ihm gestellten Schlingen zu lösen.

Heinz Lindeck war nichts weniger als eingebildet, aber das mußte er doch merken, daß Gitta sich auffällig um ihn bemühte. Und das war ihm außerordentlich unangenehm.

Heribert von Lossow beobachtete unter seinen buschigen Brauen hervor die beiden jungen Leute. Auch ihm war es schon aufgefallen, daß Gitta immer auftauchte, sobald Heinz Lindeck bei ihm war. Er ahnte natürlich nicht, daß Gitta oft stundenlang im Lossower Park beim Ausguck auf der Lauer lag, bis der Baron vorüberkam. Aber daß sich Gitta bemühte, Eindruck auf den Baron zu machen, bemerkte der alte Herr sehr wohl.

Als nach kurzer Zeit die beiden jungen Leute aufbrachen, sah ihnen Herr von Lossow nach.

›Da wird die Gitta wohl kein Glück haben! Der Heinz hat nichts, aber auch gar nichts für sie übrig‹, dachte er.

Heinz Lindeck und Gitta ritten zunächst schweigend nebeneinander her. Erst als sie den Wald erreichten und die Pferde auf dem weichen Waldboden lautlos nebeneinander dahinliefen, sagte Gitta mit einem schelmischen Aufblick in das ernste Gesicht des Barons:

»Unsere Seelen müssen unbedingt in einer geheimen Verbindung stehen, Herr Baron.«

Heinz Lindeck schrak empor. Er hatte sich im Geist in den Anblick von Ellinor Lossows Bild versenkt. Das Gesicht der jungen Amerikanerin hielt ihn wie in einem Bann. Darüber hatte er Gittas Gegenwart ganz vergessen.

»Wie meinen Sie das, gnädiges Fräulein?« fragte er formell höflich.

Gitta lachte. »Haben Sie noch nicht bemerkt, daß wir fast immer zur selben Zeit in Lemkow sind?«

»Das ist nur Zufall.«

»Zufall? Ach, welche triviale Auslegung! Wenn es nun nicht Zufall wäre?«

Der Baron wandte ihr sein scharfgeschnittenes Gesicht zu und sah sie mit ruhigen, ernsten Augen an. »Was sollte es sonst sein als Zufall?« fragte er.

Sie errötete, schlug wie spielend mit der Reitgerte in die Zweige und sah dann neckisch zu ihm auf.

»Nun, ich meine eben – eine Seelenverbindung zwischen uns.«

Er reckte sich wie abwehrend auf. »Das ist bei zwei Menschen, die sich so wenig kennen, die sich im Grunde innerlich so fern stehen wie wir, wohl ausgeschlossen, mein gnädiges Fräulein«, sagte er in sehr entschiedenem Ton.

Gitta biß sich auf die Lippen. Aber trotz seiner deutlichen Absicht wollte sie noch nicht begreifen, daß ihre Sache aussichtslos sei. »Oh, ich hoffe doch, daß wir uns sympathisch sind, Herr Baron. Das heißt, von mir weiß ich das natürlich ganz bestimmt. Sie sind mir sehr sympathisch, sind es immer gewesen, solange ich denken kann.«

Heinz Lindeck war das Benehmen der jungen Dame überaus peinlich. Er empfand es fast als aufdringlich und konnte doch als Kavalier nichts tun, um sie energisch zurückzuweisen. Er war sich bewußt, Gitta von Lossow niemals Veranlassung zu irgendeiner Hoffnung gegeben zu haben, und fühlte doch, daß sie sich Hoffnungen in bezug auf ihn hingab.

»Sie sind sehr liebenswürdig, mir das zu sagen, mein gnädiges Fräulein. Wie geht es übrigens Ihrem Herrn Bruder? Haben Sie kürzlich von ihm gehört?«

309

So lenkte Baron von Lindeck das Gespräch gewaltsam in andere Bahnen. Er empfand nicht das mindeste Interesse für Botho, dem er nicht sonderlich gewogen war, obgleich sie in enger Nachbarschaft miteinander aufgewachsen waren. Seine Frage nach dem Bruder sollte Gitta nur ablenken.

Gitta gab bereitwillig Auskunft. Obwohl sie merkte, daß der Baron ablenken wollte, gab sie ihre Sache noch nicht verloren. Sie wußte, daß es nicht leicht war, einen Mann wie Heinz einzufangen. Aber gerade weil es schwer schien, reizte es sie, und sie beharrte eigensinnig darauf, ihn für sich zu gewinnen.

›Wenn ich ihm eine große Mitgift als Lockmittel vorhalten könnte, dann würde er wohl schnell zugreifen. Aber ich hoffe, ihn dennoch zu besiegen. Rom ist auch nicht in einem Tag erbaut worden‹, dachte sie, sich zur Geduld zwingend, und ging auf ein harmloses Thema ein.

So erreichten sie plaudernd die Lossower Parkgrenze. Heinz Lindeck atmete heimlich auf, als er sich hier von Gitta trennen konnte.

›Das ist ja unerträglich‹, dachte er ärgerlich, als er allein war. Er beschloß, in Zukunft auf einem Umweg nach Lemkow zu reiten, um nicht an Lossow vorüber zu müssen. Denn er ahnte, daß Gittas Auftauchen in Lemkow, sobald er dort war, nicht zufällig war; auch ohne eine Seelenverbindung zwischen ihm und Gitta Lossow.

Als er an der Parkmauer vorüberkam, wo sich der bewußte Ausguck befand, trieb der Wind plötzlich einen duftigen, weißen Schal über die Mauer.

Er blickte auf und hob sich im Sattel hoch. In den Steigbügeln stehend, konnte er über die Mauer blicken, und da sah er jenseits derselben auf dem Ausguck ein Tischlein und einige Sessel stehen. Auf dem Tisch stand ein Körbchen mit einer

310

buntfarbigen, eigenartigen Stickerei, die er bereits in Gitta Händen gesehen hatte. Diese Handarbeit und den leichten Schal hatte sie bei ihrem eiligen Aufbruch wahrscheinlich vergessen.

Heinz Lindeck wußte nun plötzlich ganz genau, wie es kam, daß Gitta so oft bald nach ihm in Lemkow eintraf.

Diese Entdeckung war ihm furchtbar peinlich und unangenehm. Er war kein Mensch, der sich bei einer solchen Entdeckung geschmeichelt gefühlt hätte.

Jedenfalls wußte er nun, daß er diesen Weg zu vermeiden hatte, wenn er nach Lemkow reiten wollte.

7

Kuno von Lossow hatte den Brief seines Bruders noch nicht beantwortet. Er war noch nicht im klaren mit sich selbst, was er in dieser Angelegenheit tun oder lassen sollte.

Seine Frau hatte ihm geraten, diesen Brief überhaupt nicht zu beantworten. Aber diesmal war Kuno klüger als seine Frau.

»Wenn ich Fritz gar nicht antworte, und er hat inzwischen doch Onkel Heriberts Einladung erhalten, wird er sie natürlich annehmen, wenn man ihn nicht daran hindert. Deshalb möchte ich so an ihn schreiben, daß ihm die Lust vergeht, hierher zurückzukehren. Ich werde an sein Ehrgefühl appellieren und ihm begreiflich machen, daß er samt seinen Kindern hier eine sehr zweifelhafte Rolle spielen wird. Aber diplomatisch muß ich dabei vorgehen, meine liebe Helene, und das erfordert reifliche Überlegung. Ich darf nichts übereilen.«

Seine Frau mußte ihm recht geben.

Die Abfassung eines solchen diplomatischen Briefes war aber für Kuno keine leichte Arbeit, darum schob er sie immer wieder hinaus. So war der Sommer vergangen, und der Winter zog ins Land. Da begann plötzlich Heribert von Lossow zu kränkeln.

Der alte Herr fühlte sich gar nicht wohl und merkte, daß seine Kräfte schnell abnahmen.

Mit den Amerikanern war er im regsten Briefwechsel geblieben, ohne daß die Lossower etwas davon ahnten. Vor allen Dingen hatte sich der alte Herr ausgebeten, daß Fred und Ellinor Lossow ihm oft schrieben. Und er freute sich immer sehr über die ungezwungenen, herzlichen Worte der Geschwister. Sie gaben sich offen und rückhaltlos; ihre Art war weit entfernt von der süßen, schmeichlerischen Liebenswürdigkeit Bothos und Gittas, aus der kein warmer Strahl hervorleuchtete.

Fritz von Lossow hielt Onkel Heribert auf dem laufenden über die Abwicklung seiner Geschäfte. Die Angelegenheit verzögerte sich aber doch länger, als der alte Herr gehofft hatte. Mit wehmütiger Resignation dachte er, daß er die Heimkehr seines Neffen Fritz wohl nicht mehr erleben würde.

Kuno und Helene suchten den alten Herrn immer wieder gegen die ›Amerikaner‹ aufzuwiegeln, aber er quittierte das stets mit einem sarkastischen Lächeln. Er wußte sehr wohl, daß es den Lossowern hauptsächlich um sein Erbe zu tun war.

›Sie sollen sich wundern‹, dachte er jedesmal ingrimmig, wenn Kuno in so liebloser Weise über seinen Bruder zu Gericht saß.

Je näher der alte Herr infolge des steten Briefwechsels Fritz und seinen Kindern kam, desto deutlicher fühlte er den

Unterschied zwischen ihnen und den Lossowern. Die Amerikaner gaben sich wie sie waren, ohne Berechnung und unbekümmert, ob sie damit Eindruck machten oder nicht.

Mit Heinz Lindeck sprach der alte Herr sehr oft über das alles. Er las ihm auch die Briefe vor, die er aus Amerika erhielt. Der Baron lauschte dann immer sehr aufmerksam. Er wurde es nicht müde, die Photographien zu betrachten; am längsten ruhten seine Augen auf Ellinors Antlitz. Dann glitt jedesmal ein zufriedenes Lächeln über des alten Herrn Gesicht, als ob ihn das Interesse des jungen Mannes erfreue.

Einmal sagte er lächelnd: »Das hat eine gute Mischung gegeben, Fritz Lossow und die tapfere blonde Grete. Das frische, gesunde Blut der Bürgerstochter wird unserem alten Geschlecht eine gute Auffrischung sein. Das ist ein besserer Schlag als die Lossower drüben. Die haben ja nur kaltes Wasser in den Adern, aber kein rotes, warmes Blut. Ich glaube, die Nachkommen Fritz Lossows werden die Kunos lange überleben.«

Heinz Lindeck hatte zwar die gleiche Meinung wie der alte Herr, sprach sie aber nicht aus.

Seit Heribert von Lossow sich so schwach fühlte, kam Heinz Lindeck noch öfter als sonst nach Lemkow. Er saß oft lange an dem Lager des alten Herrn, das dieser nicht mehr verlassen konnte. Jetzt kam Gitta nicht mehr jedesmal hinter ihm her, weil der Baron stets den Umweg nahm, um ihr zu entgehen.

Sobald die Lossower auftauchten, verschwand der Baron jedesmal unter irgendeinem Vorwand.

Kuno und seine Frau beobachteten mit unruhigen Augen die zunehmende Schwäche Onkel Heriberts. Ihr ganzes Sinnen und Denken galt jetzt dem Wunsch, daß dieser sterben möchte. Dann glaubten sie gewonnenes Spiel zu haben. Noch

313

war ja Fritz Lossow nicht im Land, noch drohte ihnen durch diesen keine Gefahr.

Jedenfalls war es ihr leidenschaftlichster Wunsch, daß Heribert Lossow sterben möge, ehe Fritz kam.

Und als ob dieser böse Wunsch Gewalt bekommen hätte über den alten Herrn, so siechte er dahin. Die Lossower waren jetzt ständig um ihn, sie lösten sich gegenseitig ab. Es war, als wollten sie Heribert von Lossow bewachen, damit er kein neues Testament machen konnte. Sie ahnten ja nicht, daß dies längst geschehen war.

Kein fremder Mensch kam mehr zu dem alten Herrn außer Baron Lindeck, der jeden Tag ein Stündchen am Bett seines verehrten väterlichen Freundes saß.

Diese beiden Männer, die trotz des großen Altersunterschiedes eine so warme Freundschaft verband, sahen sich zuweilen mit verstohlenen Blicken an, wenn die Lossower sich so auffällig um Onkel Heribert bemühten und ihn am liebsten von der Außenwelt abgeschlossen hätten.

So verging auch der Winter, ohne daß Heribert von Lossow wieder zu Kräften gekommen wäre. Als die Vorboten des Frühlings, die ersten lauen Winde, über die Felder wehten und die Sonne den Schnee wegküßte, fand man eines Morgens den alten Herrn tot in seinem Bett. Ganz still und sanft war er in der Nacht verschieden, wohl infolge eines Herzschlages. So ruhig und friedlich, so sanft und unmerklich war sein Ende gekommen, daß sein alter Diener, der bei ihm wachte, nicht gemerkt hatte, wie der Schlaf in den Tod übergegangen war. Auf seinem Antlitz lag der Ausdruck tiefen Friedens.

Am frühesten Morgen ritt ein Bote nach Lossow und nach Lindeck, um das Hinscheiden des alten Herrn zu melden.

Die Lossower vernahmen die Trauerkunde mit heimlicher

314

Befriedigung. In fliegender Eile begaben sie sich nach Lemkow, nachdem Kuno von Lossow ein Telegramm an Botho gesandt hatte, das ihn nach Hause rief.

Der alte Diener Heribert von Lossows hatte, wie es sein Herr ihm schon früher befohlen, sofort nach dem Notar des alten Herrn telephoniert. Als die Lossower in Lemkow eintrafen, fanden sie den Notar Dr. Holm bereits anwesend.

Zu ihrem Erstaunen zeigte ihnen Dr. Holm eine Vollmacht, die ihn beauftragte, in Lemkow bis nach Eröffnung des Testaments die Oberaufsicht zu führen.

Natürlich wurde er mit Fragen bestürmt, wann das Testament gemacht worden sei und wann es eröffnet werden solle. Auf die erste Frage blieb der Notar die Antwort schuldig; die zweite beantwortete er dahin, daß das Testament eine Stunde nach dem Begräbnis Herrn von Lossows eröffnet werden würde.

Baron Lindeck war gegen seinen Willen Zeuge dieser Szene gewesen. Die nervöse, gierige Hast der Lossows berührte ihn sehr unangenehm. Er trat an die bereits aufgebahrte Leiche seines väterlichen Freundes heran und sah ernst und bewegt in das stille Gesicht, auf dem die Majestät des Todes lag. Da huschte ein Sonnenstrahl über das Gesicht des stillen Schläfers; er umzuckte den auf ewig geschlossenen Mund – es war wie das leise sarkastische Lächeln, das im Leben so oft um seine Lippen geschwebt hatte.

Die wenigen Tage bis zur Beerdigung vergingen schnell. Botho war von Berlin gekommen, um dem Großonkel die letzte Ehre zu erweisen. Auch er war fieberhaft erregt, hoffte er doch, daß nun bessere Zeiten für ihn kommen würden und er nicht mehr so sehr zu knausern brauchen würde. Zweifellos war doch sein Vater Onkel Heriberts Erbe. Zum Glück war dieser gestorben, ehe die Amerikaner herüberkamen und erbschleichen konnten.

Trotz aller Zuversicht waren sowohl für Botho als auch für seine Eltern und seine Schwester die Tage, die sie von der Testamentseröffnung trennten, eine wahre Höllenqual gewesen. Auch für Gitta bedeutete diese Erbschaftsfrage eine wichtige Entscheidung. War ihr Vater der Haupterbe, dann erhielt sie eine glänzende Mitgift, denn Lemkow war nicht Majorat wie Lossow, und sie würde mit dem Bruder gleiche Rechte daran haben.

Wenn sie als reiche Erbin galt, würde Baron Lindeck wohl bald seine abwartende Haltung aufgeben. Aber dann kamen sicher auch noch andere Freier nach Lossow, und sie wollte es sich noch sehr überlegen, ob sie den Baron mit ihrer Hand beglückte oder einen andern. Lindeck hatte eigentlich durch seine Zurückhaltung zum mindesten verdient, daß sie ihn ein wenig zappeln ließ. Dann wollte sie sich rächen für sein zurückhaltendes Wesen, mit dem er sie gekränkt hatte. Ach, wenn doch erst das Begräbnis vorüber wäre!

Das war der heiße Wunsch der Lossower. Und die Zeit bis dahin erschien ihnen wie eine Ewigkeit.

Kuno hatte es nicht für nötig befunden, seinem Bruder Fritz das Ableben Onkel Heriberts zu melden. Nun dieser tot war, würde die Angelegenheit mit dem Bruder ohnehin in ein ganz anderes Fahrwasser kommen. Kuno war froh, daß er den ›diplomatischen Brief‹ an Fritz noch nicht abgeschickt hatte.

Sollte wider Erwarten und gegen Kunos Wunsch Fritz als Miterbe in Betracht kommen, dann erfuhr er es durch den Notar noch immer zeitig genug. Dann war es Zeit zu einer endgültigen Stellungnahme dem Bruder und seiner Familie gegenüber.

Endlich war das Begräbnis vorbei. Das Trauergefolge kehrte in das alte Herrenhaus zurück.

Frau Helene machte, von Gitta wirksam unterstützt, mit stolzer Würde die Honneurs. Gitta sah in der eleganten Trauerrobe sehr gut aus. Das tiefe Schwarz hob den goldigen Glanz ihres blonden Haares.

Schweigend versammelte sich das Trauergefolge nebst den Beamten und der Dienerschaft von Lemkow in dem großen Festsaal des Hauses, wo in langen Reihen Stühle aufgestellt waren. Diesen Stuhlreihen gegenüber war für den Notar ein kleiner Tisch aufgestellt.

Als alle Platz genommen hatten und der Notar mit seiner Aktenmappe an den Tisch trat, herrschte atemlose Stille. Baron Lindeck lehnte abseits in einer Fensternische und sah mit ernsten Augen auf die blassen, abgespannten Gesichter. Wehmütig dachte er daran, daß er heute vielleicht zum letztenmal in diesen Räumen sein würde, wo er stets ein warmes, treues Freundesherz gefunden hatte. Er sah gleichsam mit den Augen seines alten Freundes über die Versammlung hin, und unwillkürlich spielte auch um seine Lippen ein sarkastisches Lächeln.

Frau Helene saß hochaufgerichtet neben ihrem Mann, der unzählige Male über seinen Scheitel tastete. Botho klemmte das Monokel krampfhaft ins Auge, und Gitta kokettierte selbst in dieser Stunde mit dem Baron, während sie in innerer Unruhe an ihrem Spitzentaschentuch zerrte.

Nun begann der Notar mit den üblichen Formalitäten. Das Testament wurde von den Siegeln befreit, und Dr. Holm begann vorzulesen.

Unter anderem hieß es in diesem Testament:

»Schon vor Jahren hatte ich ein Testament gemacht. Da-

317

mals wußte ich noch nicht bestimmt, ob mein Neffe, Fritz von Lossow, noch am Leben sei. Heute weiß ich, daß es der Fall ist; darum habe ich das frühere Testament vernichtet und ein neues errichtet.

In diesem rechtsgültigen Testament bestimme ich folgendes:

Meine Besitzung Lemkow mit allem Grundbesitz, allen Gebäuden und allem lebenden und toten Inventar vermache ich ohne jede Einschränkung« – hier machte der Notar eine kleine Pause und sah in Kuno von Lossows fieberhaft gespanntes Gesicht – »vermache ich ohne jede Einschränkung meinem Neffen, dem Freiherrn Karl Heinrich Fritz von Lossow, der in New York lebt und dessen Adresse meinem Notar bekannt ist. Er ist sofort nach der Testamentseröffnung durch meinen Notar von meinem Letzten Willen zu unterrichten. Fritz von Lossow ist also unumschränkter Herr auf Lemkow. Falls er inzwischen gestorben sein sollte, treten seine beiden Kinder, Fred und Ellinor von Lossow, in seine Rechte ein.«

Es ging wie ein seltsames Rauschen durch den Saal. Niemand wagte es, nach diesen Worten Kuno von Lossow und seine Familie anzusehen. Die saßen mit blassen, verzerrten Gesichtern, wie zu Stein erstarrt, und blickten stier vor sich hin.

Dr. Holm fuhr fort, vorzulesen.

»Ich habe Fritz von Lossow deshalb vor seinem Bruder Kuno bevorzugt, weil Kuno als Erstgeborener seines Vaters bereits das Majorat Lossow geerbt hat, während Fritz als zweiter Sohn leer ausging. Mein Gerechtigkeitsgefühl und meine eigenen Erfahrungen haben mich zu dieser Bestimmung veranlaßt. Ich wollte damit einen Ausgleich schaffen. Die einzige Bedingung, die ich Fritz von Lossow stelle, ist, daß er meine Beamten und Diener, die ich als treu, ehrlich und zuverlässig erprobt habe, in seinen Diensten behält, solange sie sich gut führen. Es soll keiner meiner Angestellten durch diesen Besitzwechsel brotlos werden. Außerdem bin ich überzeugt, daß alle meine Leute meinem Neffen ebenso treu und ergeben weiterdienen werden, wie sie mir gedient haben. Und so bin ich gewiß, daß meinem Neffen die Bewirtschaftung von Lemkow erleichtert wird. Ich erwarte und hoffe von meinen Leuten, daß sie treu auf ihren Posten bleiben, auf daß Lemkow auch unter dem neuen Herrn blühe und gedeihe. Mein Reitpferd Satir und meinen Brillantring, dessen Goldreif aus ineinandergeflochtenem Eichenlaub besteht, vermache ich zum Andenken meinem jungen Freund, Baron Heinz von Lindeck. Der Ring hat ihm immer so gut gefallen, und mein treues Reitpferd weiß ich bei ihm in den besten Händen. Er soll beides mit einem letzten Gruß und herzlichen Dank für seine treue, uneigennützige Freundschaft entgegennehmen und mich nicht vergessen.

Mein Barvermögen in der Höhe von drei mal hunderttausend Mark, das, ganz unabhängig von Lemkow, in sicheren Staatspapieren bei der Deutschen Bank Berlin, deponiert ist, soll folgendermaßen verteilt werden:

Fünfzigtausend Mark erhält jede meiner Großnichten, Brigitta und Ellinor von Lossow, zur Aussteuer von mir. Am Tage ihrer Hochzeit soll ihnen das Kapital ausgezahlt werden. Bis dahin erhalten sie nur die Zinsen zur freien Verfügung. Haben sie sich bis zu ihrem dreißigsten Geburtstag noch nicht vermählt, so erhalten sie das Kapital an diesem Tage. Ferner erhalten meine beiden Großneffen, Botho und Fred von Lossow, je fünfzigtausend Mark unter denselben Bedingungen.

Fünfzigtausend Mark vermache ich außerdem meinem Neffen, Kuno von Lossow, unter der Bedingung, daß dieser Betrag angelegt wird für wirtschaftliche Verbesserungen des Majorats Lossow, da nach meinem Dafürhalten diese Summe nötig ist, um Lossow ertragfähig zu machen und es auf die Höhe zu bringen. Es ist da in den letzten Jahren viel versäumt worden.

Außerdem schuldet mir mein Neffe Kuno von Lossow achtunddreißigtausend Mark. Eine genaue Aufstellung der einzelnen Raten, die ich ihm geliehen habe, ist beigefügt. Diese Summe soll er in jährlichen Raten von fünftausend Mark für seine Tochter Brigitta bei der Deutschen Bank einzahlen, so daß sich Brigitta von Lossows Anteil an dieser Erbschaft auf achtundachtzigtausend Mark insgesamt beläuft. Da sie doch hinter ihrem Bruder, dem Majoratserben, zurückstehen muß, habe ich sie in meinem Testament vor Botho bevorzugt. Zinsen werden meinem Neffen für dieses geliehene Geld nicht berechnet. Mit dem zurückgezahlten Geld ist zu Nutz und Frommen meiner Großnichte Brigitta zu verfahren, wie mit den fünfzigtausend Mark, die für sie bestimmt sind.

Für den Fall, daß Kuno von Lossow stirbt, ehe diese Schuld abgetragen ist, haftet sein Nachfolger, der Majoratserbe, dafür. Nur wenn Kuno und Botho von Lossow sich mit dieser Bestimmung einverstanden erklären, erhält jeder die oben vermerkten fünfzigtausend Mark ausgezahlt. Andernfalls fällt beider Anteil an Brigitta von Lossow.

Die restierenden fünfzigtausend Mark sind als Legate an meine unten verzeichneten Beamten und Diener zu verteilen in der Weise, wie ich es am Schluß dieses Testamentes ausführlich bestimmt habe.

Ich habe nach bestem Wissen und Gewissen und in dem

Bestreben, möglichst gerecht zu sein, diese Bestimmungen getroffen. Mein Neffe, Fritz von Lossow, hat die Absicht, nach Deutschland zurückzukehren und sich in seiner Heimat anzukaufen, um seine Tage als deutscher Edelmann zu beschließen. Er wird nun des Suchens nach einer neuen Heimat überhoben; Lemkow soll ihm diese Heimat sein, und ich hoffe, er wird sich mit seiner Familie hier wohl fühlen. Mir ist es ein lieber Gedanke, ihn in Zukunft an meiner Stelle als Herr über Lemkow zu wissen.

Mein Neffe, Kuno von Lossow, wird mit dem Inhalt meines Testamentes vielleicht nicht ganz einverstanden sein, aber ich vermag es nicht über mich, günstiger für ihn zu testieren, weil ich an Fritz von Lossow gutmachen will, was das Schicksal ihm versagte, als er als jüngster Sohn eines Majorats zur Welt kam.«

Darauf folgten in dem Testament noch allerlei nebensächliche Bestimmungen, wie auch die Namen der Angestellten, die ein Legat erhalten sollten, und die Höhe dieser Legate. Es waren lauter langjährige Diener, die damit bedacht wurden.

Endlich hatte Dr. Holm den Schluß verlesen.

Totenstille folgte seinen Worten. Der Notar ließ seine Augen ernst und ruhig über die Versammlung schweifen.

Die Angestellten sahen alle ergriffen und gerührt aus, weil ihr verstorbener Herr noch über das Grab hinaus ihr Wohl bedacht hatte. Heinz Lindecks Gesicht zeigte ebenfalls tiefe Ergriffenheit. Er wußte, daß Heribert von Lossow ihm aus seinem Besitz die zwei Dinge zum Andenken vermacht hatte, die ihm am liebsten gewesen waren: Den Ring hatte der alte Herr fast stets getragen, und sein Reitpferd Satir war ihm fast wie ein Mensch lieb und wert gewesen. Heinz Lindeck wußte, daß er durch diese zwei Geschenke von seinem alten

321

Freunde hoch geehrt werden sollte, und das erschütterte ihn tief.

Nur vier Menschen gab es in dem weiten Raum, die tiefen Groll im Herzen gegen Heribert von Lossow trugen, das waren Kuno von Lossow, seine Frau und seine Kinder.

Kuno von Lossow sah aschfahl aus und strich immer wieder mit zitternder Hand über seinen Scheitel. Frau Helene saß mit verkniffenem Mund und hochmütigem Gesicht neben ihm, und in ihren Augen funkelte es wie von Groll und Haß.

Botho war aus allen Himmeln gestürzt. In seinem Antlitz malte sich eine grenzenlose Verblüffung. Er konnte es nicht fassen, daß die Amerikaner das reiche Erbe schluckten und daß er und seine Angehörigen mit einem Bettel abgefunden wurden. Er nagte an seinem sorgsam gepflegten dünnen, blonden Bärtchen. Und dabei rechnete er krampfhaft aus, was nun eigentlich für ihn bei der ganzen Chose herauskam. Viel war es seiner Meinung nach nicht. Am besten von ihnen hatte noch Gitta abgeschnitten. Daß diese gegen ihn sonst sehr im Nachteil gewesen war, suchte er zu ignorieren.

Gitta war jedoch ebenfalls bitter enttäuscht. Mit unsicheren Blicken sah sie zu Baron Lindeck hinüber. Er beachtete sie gar nicht. Natürlich – bei einer so kleinen Summe, wie sie ihr zufiel, lohnte es sich nicht für ihn, sich um sie zu bewerben.

Wie ganz anders wäre das alles gewesen, wenn ihr Vater Lemkow geerbt hätte! Das war, wie sie aus gelegentlichen Äußerungen ihres Vaters wußte, über eine Million wert. Sie wußte auch, daß Lemkow jährlich zirka vierzig- bis fünfzigtausend Mark einbrachte, denn es war tadellos und mustergültig imstande. Was für eine Mitgift wäre ihr da sicher gewesen, wenn der Vater Herr von Lemkow geworden wäre! Statt dessen war sie mit einer Lappalie abgespeist worden. Dieser sehr zur Unzeit aufgetauchte Bruder ihres Vaters erhielt nun das reiche Erbe, mit dem sie alle schon gerechnet hatten.

Wirklich, die Kinder dieses Amerikaners waren viel besser daran als sie und Botho. Ihr Vater hatte sicher ein ansehnliches Vermögen erworben mit seiner Seifensiederei, und nun erhielt er auch noch Lemkow. Außerdem waren sie noch jeder mit fünfzigtausend Mark in bar bedacht worden. Onkel Heribert hatte nach Gittas Ansicht durchaus nicht gerecht testiert. Er hätte die Amerikaner übergehen können, da diese sich doch ohnedies nicht um ihn gekümmert hatten. Es tat ihr leid, sehr leid, daß sie fast jeden Tag nach Lemkow gegangen war, um ihn liebevoll zu umsorgen. Hätte sie eine Ahnung gehabt, wie er testieren würde, dann wäre sie ganz anders zu ihm gewesen. Onkel Heribert war ein ganz boshafter, niederträchtiger Mensch, der sie alle an der Nase herumgeführt hatte ...

Die Trauerversammlung löste sich auf. Die benachbarten Gutsbesitzer und einige Offiziere aus der benachbarten Garnison, die dem Verstorbenen, in dessen Haus sie oft Gastfreundschaft genossen, die letzte Ehre gegeben hatten, fuhren heim. Auch Heinz von Lindeck entfernte sich. Niemand wußte so recht, wie er sich gegen die enttäuschten Lossower verhalten sollte. Und alle fühlten das Verlangen, sich über dieses Testament und über den Haupterben, der überraschenderweise wieder auftauchen sollte, zu unterhalten.

Zuletzt fuhren auch die Lossower nach Hause zurück. Nur Dr. Holm blieb in Lemkow, da er als Sachwalter noch allerlei zu regeln hatte.

Mit langen, blassen Gesichtern saßen sich die Lossower im Wagen gegenüber. Kein Wort wurde gesprochen. Kunos Unterkiefer klappte zuweilen kraftlos herab. Erst daheim in seinen vier Pfählen tobte er sich aus. Der sonst gemessene, korrekte Mann warf sich auf den Diwan und hämmerte mit den Fäusten darauf herum, als habe er jemand vor sich, der daran schuld war, daß er durch dieses Testament so furchtbar enttäuscht wurde. Das Schlimmste, was er je befürchtet, war gewesen, daß er sich mit Fritz in die Erbschaft würde teilen müssen. Und nun war Fritz der Haupterbe, während er mit einer Bagatelle abgefunden wurde.

Ein furchtbarer, brennender Haß gegen den bevorzugten Bruder stieg in ihm auf und ein ohnmächtiger Groll auf den schwachsinnigen Alten, der so unverantwortlich testiert hatte.

Während er noch so dalag, unfähig, sich zu beherrschen, eine Beute wütender Verzweiflung, rauschte seine Frau ins Zimmer. Auch sie hatte sich mit einem Wutanfall in ihren vier Pfählen Luft gemacht und war nun wenigstens fähig, wieder zu sprechen.

»Dein Oheim ist einfach unzurechnungsfähig gewesen, das habe ich schon immer gesagt. Du mußt dieses sinnlose Testament entschieden anfechten, Kuno. Zum mindesten mußt du doch zu gleichen Teilen mit deinem Bruder erben«, sagte sie, zitternd vor Entrüstung.

Kuno sprang auf und stierte sie an.

»Es ist nichts zu machen, nichts! Ich habe den Notar schon gefragt. Das Testament ist unanfechtbar. Oh, dieser erbärmliche Lump drüben in Amerika! Eine Sünde und Schande ist es, daß ihn der schwachsinnige Alte so bevorzugt hat.«

Frau Helene riß an ihrem Taschentuch. »Und nun setzt sich dieser verkommene Mensch hier in unserer nächsten Nähe fest. Es ist, um den Verstand zu verlieren«, sagte sie außer sich.

324

Tagelang ging man in Lossow mit finsteren Gesichtern umher. Wenn man zusammen sprach, so waren es sicher Verwünschungen gegen die Amerikaner. Besonders Botho konnte sich darin gar nicht genug tun. Dazu kam auch noch in diesen Tagen eine Verlobungsanzeige der Komtesse Trassenfelde, die sich in Berlin mit einem Kameraden Bothos verlobt hatte.

Botho war wieder um eine Hoffnung ärmer.

Aber seitdem diese Verlobungsanzeige eingetroffen war, zeigte sich plötzlich eine merkwürdige Veränderung in Bothos Wesen.

Er tobte nicht mehr gegen die Amerikaner. Wenn seine Angehörigen ihren Herzen Luft machten, war er still und in sich gekehrt.

Eines Tages bei Tisch kam es dann heraus, was seine Sinnesart beeinflußt hatte. Als seine Eltern und Gitta wieder grollende Reden hervorstießen, sagte er plötzlich in seiner affektierten Redeweise:

»Nun ja, 's ist ja scheußlich, ganz scheußlich, daß der alte Herr so blöde testiert hat. Ekelhafte Geschichte, wahrhaftig. Ist mir auch auf die Nerven gefallen. Aber da hilft nun mal alle Empörung nichts. Papa hat ja gehört, daß das Testament nicht anzufechten ist. Da möchte ich nun zu bedenken geben, daß unsere Lage nicht gebessert wird, wenn wir uns dem neuen Besitzer von Lemkow feindlich gegenüberstellen. Das gibt nur böses Blut in der Nachbarschaft, denn leider Gottes ist die Chose schon überall bekannt. Dein amerikanischer Bruder, lieber Papa, ist eben nicht aus der Welt zu schaffen. Nee, nee, Papa, bitte, laß mich mal erst ausreden, ich bin gerade so hübsch im Zuge. Ja – hm, also mit kaltem Blute. Ich will euch mal 'nen Vorschlag machen, der meines Erachtens nicht übel ist. Also, ich hatte da Absichten auf Komtesse Trassenfelde.

Aber die hat sich nun überraschenderweise mit einem Kameraden von mir verlobt. Ist also Essig. Na, und glänzende Partien sind verdammt selten. Da denke ich so, Papa: Dein Bruder hat doch eine Tochter. Diese Ellinor ist im heiratsfähigen Alter. Um alle Mißhelligkeiten aus der Welt zu schaffen, werde ich mich an die Kleine heranmachen. Ein Scheusal wird sie wohl gerade nicht sein.«

Botho schwieg erschöpft nach dieser langen Rede. Seine Angehörigen starrten ihn an, als habe er botokudisch gesprochen. Seine Mutter faßte sich zuerst. »Unmöglich, Botho! Die Tochter einer Wäscherin und der Majoratserbe von Lossow! Das geht doch nicht!« rief sie entsetzt.

Botho klemmte das Monokel ins Auge. »Ja, wenn du eine andere Lösung weißt, Mama! Ich bin natürlich auch nicht sehr entzückt von der Aussicht auf eine solche Verbindung. Aber immerhin, diese Ellinor ist eine brillante Partie. Ihr Vater ist schon an sich ein vermögender Mann, und nun noch Besitzer von Lemkow. Man braucht es ja nicht an die große Glocke zu hängen, daß ihre Mutter – hm, na, lassen wir das. Suchen wir das lieber zu vergessen. Eine gebildete Person wird diese Ellinor doch sein, dafür bürgt wohl ihr Vater. Na, und den nötigen Schliff würde ihr Mama schon beibringen. Was meinst, du, Papa?«

Kuno von Lossow klappte ein paarmal vergeblich mit dem Unterkiefer und streichelte seinen Scheitel. »Hm – tja, ich meine, daß du in deinem Regiment unmöglich wärst, wenn es bekannt würde, daß – hm, daß deine Frau eine – hm, von so einer Mutter abstammte«, sagte er nervös.

Botho ließ das Monokel fallen. »Vielleicht, 's ist sogar wahrscheinlich. Aber ewig kann ich doch nicht im Regiment bleiben. Ich dachte in etwa einem Jahr den Abschied zu nehmen. Muß mich doch sozusagen hier unter deiner Leitung einarbeiten, hast ja schon davon gesprochen. Na, und dann ist es doch egal; ich gehe eben vor meiner eventuellen Hochzeit ab. Es braucht ja auch kein Mensch näheres über die Amerikanerin zu erfahren. Dein Bruder hat drüben große Fabriken besessen, fertig! Überlegt euch das mal ruhig. Dann können wir noch mal darüber sprechen und überlegen, wie wir die Chose deichseln. Vor allem müssen wir uns schlüssig werden, wie wir uns zu den Amerikanern stellen. Ich bin für einen friedlichen Ton, der ein Anbahnen intimerer Beziehungen zwischen der kleinen Amerikanerin und mir möglich macht!«

So schnell konnten sich Bothos Angehörige mit diesem Gedanken nicht vertraut machen. Kuno kämpfte mit seinem Haß und Groll und Frau Helene mit ihrem Stolz. Gitta rümpfte verächtlich die Nase. Diese Ellinor war ihr verhaßt, noch ehe sie sie kannte.

Man debattierte eifrig für und wider und konnte sich nicht einigen.

»Beschlaft das erst einmal«, sagte Botho schließlich. »Wir können ja morgen weiter darüber sprechen. Aber vergeßt nicht, daß die reichen Erbinnen verdammt dünn gesät sind. Bei so mancher Dollarprinzessin, die in den deutschen Adel einheiratet, weiß man nichts über die Abstammung, und man fragt auch kaum danach. Geld ist Macht. Hier gerade hätte ich besondere Chancen. Man müßte geschickt lavieren, dann würde diese Ellinor froh sein, wenn sie den künftigen Majoratsherrn von Lossow heiraten kann, und ihr Vater wird zweifellos begeistert zustimmen.«

8

Ellinor Lossow saß ihrem Vater in seinem Privatkontor gegenüber.

Fritz von Lossow hatte seiner Tochter soeben mitgeteilt, daß er seine Geschäfte bis Ende dieses Jahres abgeschlossen haben würde.

»Wenn alles gutgeht, Ellinor, feiern wir das nächste Weihnachtsfest in Deutschland. Ach, Kind, wie mir das sein wird«, sagte er aufatmend.

Ellinor nickte ihm strahlend zu. »Ja, Vater, herrlich wird das werden! In meinem vorletzten Brief an Großonkel Heribert habe ich schon geschrieben, daß wir uns nach einem Weihnachtsfest in deiner alten Heimat sehnen; darauf hat er mir geantwortet: ›In Lemkow soll Euch der erste deutsche Tannenbaum geschmückt werden.‹ Nun kann ich das kaum erwarten.«

Fritz Lossow lächelte versonnen. »Also, will's Gott, nächste Weihnachten. Ich habe auch bereits einen Interessenten für unser Brooklyner Wohnhaus in Aussicht. Er will es mit der ganzen Einrichtung kaufen. Wir nehmen nur mit, was uns besonders lieb und wert ist.«

Ellinor legte die gefalteten Hände über den Schreibtisch und sah ihn strahlend an.

»Gleich morgen möchte ich reisen! Es hat mich gepackt wie dich, Vater: Das Sehnsuchtsfieber.«

Er nickte. »Ja, seit ich mit Onkel Heribert wieder in Verbindung stehe, seit er mir in seinen Briefen so viel von drüben erzählte, kann ich es kaum noch erwarten. Ich sehe alles wieder lebendig vor mir, alles, was mir einst lieb und teuer war.

328

Nur eins schmerzt mich tief, daß wir Mutter hier zurücklassen müssen. Sie wäre so gern mitgegangen.«

Ellinor sprang auf und trat neben den Vater, ihre Wange an die seine schmiegend.

»Sie geht mit uns, Vater, wir nehmen Sie mit uns in unsern Herzen. Hast du vergessen, was sie uns vor ihrem Tod sagte: ›Wenn ihr in die Heimat zurückkehrt und ich kann nicht mit euch gehen, dann geht meine Liebe mit euch übers Meer, meine Seele ist immer bei euch.‹

Nur was vergänglich ist, lassen wir von Mutter hier zurück. Das Unvergängliche von ihr tragen wir als unverlierbares Gut in uns.«

Fritz Lossow drückte seine Tochter fest an sich. »Trösterin, du liebe Trösterin! Ist mir doch, als spräche Mutter aus dir. Du sollst nicht umsonst so gute Worte gesprochen haben.

Also, um auf unsere Angelegenheit zurückzukommen, wir wollen heute abend mit Mrs. Stemberg reden. Auch sie hat noch allerlei zu ordnen. Es ist mir doch sehr lieb, daß sie uns nach Deutschland begleitet. Wir haben dann gleich eine Hausdame, die unsere Gewohnheiten kennt. Als geborene Deutsche wird sie sich drüben schnell eingewöhnen. Du mußt dann mit ihr alles aussuchen, was wir auf alle Fälle mitnehmen wollen. Das wird dann beizeiten verpackt und an einen Spediteur gesandt, der es aufbewahren muß, bis wir wieder ein festes Domizil haben. Du besprichst das wohl mit Mrs. Stemberg?«

Ellinor hatte ihren Platz wieder eingenommen.

»Gewiß, Vater, das soll geschehen.«

Eine Weile arbeiteten Vater und Tochter an geschäftlichen Berechnungen, dann brachte ein Kontordiener die Post herein.

Fritz von Lossow sah dieselbe flüchtig durch und besprach dabei einiges mit seiner Tochter.

Dann stutzte er plötzlich. »Ein Schreiben aus Deutschland mit amtlichen Siegeln aus Lemkow, und nicht von Onkel Heriberts Hand«, sagte er hastig und öffnete schnell das Kuvert.

Ellinor sah ihn unruhig an.

Zunächst entnahm er dem Kuvert einen Brief. Er war von Dr. Holm, dem Notar Heribert von Lossows, und lautete:

»Sehr geehrter Herr!

Am 23. März, morgens um vier Uhr, ist der Freiherr Heribert von Lossow auf Lemkow verschieden und heute, am 26. März, beigesetzt worden. Als Sachwalter und Testamentsvollstrecker des Verblichenen habe ich den Auftrag, Sie sofort nach der Beerdigung hiervon zu benachrichtigen. Ferner bin ich beauftragt, Ihnen ein seit Wochen bei mir deponiertes Schreiben und eine genaue Abschrift des Testaments des Verstorbenen zu übermitteln, was ich hiermit tue. Ich bitte ergebenst, die Schriftstücke durchzusehen und mir umgehend mitzuteilen, wann ich Sie oder einen Bevollmächtigten in Lemkow erwarten darf. Ihre Anwesenheit oder die eines Bevollmächtigten ist dringend erforderlich. Ich erwarte Sie oder eine mit allen Vollmachten ausgestattete Persönlichkeit so bald als irgend möglich. Ich empfehle mich Ihnen inzwischen

hochachtungsvollst ergebenst
Dr. Holm, Notar.«

Fritz Lossow ließ wie gelähmt die Hand mit dem Brief herabsinken und sah Ellinor an.

»Schlechte Nachrichten, Vater?« fragte sie besorgt. Er fuhr

sich über die Stirn und sagte mit zitternder Stimme: »Onkel Heribert ist tot, Ellinor.«

Sie sprang erschrocken auf und trat zu ihm.

»Ach, wie leid mir das tut – wie furchtbar leid! Armer Vater! Ein kaum zurückgewonnener Freund ging dir verloren. Nun werden wir nicht in Lemkow Weihnachten feiern. Ich hatte ihn so lieb gewonnen, den prächtigen, alten Herrn. Wie traurig ist das für uns. Er scheint es vorausgeahnt zu haben, denn in seinen letzten Briefen sprach er von seinem baldigen Tod. Aber wer schreibt dir das? Dein Bruder? Sendet er dir endlich ein Lebenszeichen?«

»Nein, Kind, er hüllt sich auch jetzt noch in Stillschweigen. Der Brief ist von dem Notar Onkel Heriberts. Aber laß sehen, er schreibt von einem beigelegten Brief Onkel Heriberts. Ah, hier ist er. Komm, wir wollen zusammen lesen, was er uns – das letztemal – zu sagen hat.«

Fritz von Lossow öffnete den versiegelten Brief, den er aus dem großen Kuvert nahm, und umschlang seine Tochter. Eng aneinandergeschmiegt, lasen sie das Schreiben.

»Mein lieber Fritz!

Wenn Du diesen Brief erhältst, bin ich abgerufen worden, ehe ich Dich und die Deinen in Lemkow willkommen heißen konnte. Ich fühle, es geht bald zu Ende mit mir; in Bereitschaft sein ist alles. Ich will nicht die große Reise antreten, ohne Dir zu sagen, daß meine letzten Lebenstage verschönt wurden durch die Freude an Dir und Deinen Kindern. Ich hätte sehr gern Eure Ankunft noch abgewartet, aber wenn es mir nicht beschieden sein soll, dann muß es auch so gut sein.

Ich will Dir aber jedenfalls sagen, daß Du mit Deinen Kindern in Zukunft eine Heimat in Lemkow haben wirst.

331

Ich hoffe, in Lemkow wird ein neuer, kräftiger und lebenswarmer Lossowscher Stamm von edler, guter Art erblühen, von dem Deine Frau die Stammutter sein soll. Ehre ihrem Andenken!

Du wirst erstaunt sein, warum ich so testiert habe, wie ich's getan. Es war mir Bedürfnis, Fritz, ich mußte es tun. Wenn Dir nun Dein Bruder Kuno noch ein wenig mehr grollt als zuvor, so laß Dich das nicht anfechten. Er ist eben ein anderer Mensch als Du und ich es sind. Du bist Art von meiner Art, das fühle ich. Dir und Deinen Kindern gehören meine Liebe und Sympathie. Du wirst in Lemkow schalten und walten in meinem Sinn, das weiß ich. Lemkow ist durch meine liebe, unvergeßliche Frau an mich gekommen; ich will, daß ehrliche, warme Herzen in den Räumen schlagen, in denen meine Ulrike von ihrer Geburt an bis zu ihrem Tod gelebt hat. Deshalb nimm aus meinen Händen, was ich Dir und Deinen Kindern mit Freuden anbiete.

Ellinor grüße ich ein letztes Mal. Sie soll als Tochter eines Edelmannes in der Heimat ihres Vaters Wurzel schlagen und, will's Gott, eines deutschen Mannes treues Weib werden. Möge ihr ein echtes Glück beschieden sein, damit ihre frohen Sonnenaugen das Lachen nicht verlernen.

Und Fred! Er wird wohl nach Dir, mein lieber Fritz, Herr in Lemkow werden, denn er wird, dank Deines Fleißes, einst imstande sein, seiner Schwester das Erbteil an Lemkow auszuzahlen. Du wirst dafür sorgen, lieber Fritz, daß Fred in Lemkow so herrscht, wie es Dir und mir gefallen würde.

Und nun lebt wohl! Laßt Euch im Geist umarmen und ans Herz drücken. Und Gottes Segen sei mit Euch dreien.

Dein Onkel Heribert von Lossow.«

Vater und Tochter sahen sich mit großen, ernsten Augen an.

»Was ist das? Was soll das heißen? Lemkow uns eine Heimat? Jetzt, nachdem Onkel Heribert tot ist? Ich Herr von Lemkow? Das verstehe ich nicht«, sagte Fritz Lossow betroffen.

»So lies das Testament, Vater: Ich glaube, daß wir daraus alles erfahren werden«, drängte Ellinor.

Sie lasen nun miteinander auch das Testament durch, sich wieder eng umschlungen haltend. Als sie zu Ende waren, atmeten sie tief und schwer und blickten sich mit feuchten Augen an.

»Ach, Vater, lieber Vater – so lieb sind wir Onkel Heribert gewesen! Wie mich das freut! Nicht des Besitzes wegen. Aber daß er uns so hochhielt, daß dieser liebe, prächtige alte Herr dir ein so großes Zeichen seiner Liebe, seines Vertrauens gab! Ach, Vater, das freut mich unsagbar«, sagte Ellinor in verhaltener Erregung. Fritz von Lossow strich sich fassungslos über die heiße Stirn. »Ich Onkel Heriberts Erbe! Ich Herr auf Lemkow! Herrgott im Himmel, Kind, das ist wie ein Traum! Raff dich doch auf! Fritz Lossow, der Verfemte, Verstoßene – Fritz Lossow, der die Heimat als Bettler verließ – jetzt soll er heimkehren, so hochgeehrt durch eines großherzigen Mannes Vertrauen!«

Tieferschüttert stützte er den Kopf in die Hand, um nicht sehen zu lassen, daß Tränen in seinen Augen standen.

Ellinor umarmte ihn innig. »Vater, lieber Vater, wenn das unser Mütterchen noch hätte erleben können!« rief sie bewegt.

Er richtete sich auf. »Und mein Bruder! Er ist um meinetwillen verkürzt worden. Das wird er hart empfinden.«

Ellinors Augen blitzten zornig. »Hat er sich darum gesorgt, ob du es hart empfandest, als du durch ihn verkürzt wurdest? Hat er danach gefragt, ob du auch nur Brot zum Leben hattest, als er dich herzlos in die weite Welt schickte? Oh, lieber Vater, hier ist keine Weichheit angebracht! Jetzt wahre du dein gutes Recht! Er hat das seine mehr als nötig gewahrt!«

Fritz von Lossow strich seinem Kind über das goldbraune Haar. »Ja, ja, meine Ellinor, das werde ich tun. Aber er wird mir nun noch mehr grollen als zuvor.«

»Ohne jede Berechtigung.«

»Aber doch mit einem Schein des Rechtes.«

»Mag es drum sein. Er hat sich feindlich zu dir gestellt, mag er es auch ferner tun. Wir suchen ihn nicht, wenn er sich nicht finden lassen will. Onkel Heribert hat diesen kaltherzigen Menschen auch nicht geliebt. Und er hatte doch ein großes, warmes Herz. Laß es dich nicht anfechten, daß er sich feindlich zu dir stellt.«

»Es muß schon so sein, Ellinor. Ach, wie hat mich das alles überrascht und erregt. Nun sieh, was mir der Notar schreibt: ich soll in dieser Erbschaftsangelegenheit jetzt nach Deutschland kommen oder einen Bevollmächtigten schicken. Ich kann aber jetzt unter keinen Umständen hier abkommen, es steht zu viel für mich auf dem Spiel. Und wen sollte ich als Bevollmächtigten schicken? Zu wem könnte ich so großes Vertrauen haben? Ich weiß keinen Menschen.«

Ellinor sah ihren Vater nachdenklich an. Dann richtete sie sich plötzlich straff auf, und ihre Sonnenaugen leuchteten klar und entschlossen.

»Ich wüßte einen, Vater! Jemanden, dem du so vertrauen kannst wie dir selbst.«

»Wen, mein Kind?«

»Deinen kleinen Kompagnon.«

Er blickte sie betroffen an. »Dich, Ellinor?«

»Ja, Vater, mich sollst du schicken!«

»Aber Kind, das geht doch nicht.«

»Warum nicht? Habe ich dich nicht schon in vielen wichtigen Dingen vertreten, und zu deiner Zufriedenheit vertreten?«

»Ja, hier! Aber drüben in Deutschland, das ist etwas anderes. Man würde staunen, wollte ich meine junge Tochter mit solchen Vollmachten ausgerüstet senden.«

»So laß sie staunen, Vater. Sie werden sich das bald abgewöhnen, wenn ich meinen Mann stehe.«

Er lächelte. »Kleiner, tapferer Kompagnon!«

»Also du sendest mich, Vater? Es kribbelt mir in allen Fingern, diese Aufgabe zu lösen, und so zu lösen, daß du mit mir zufrieden bist.«

»Kind, Kind! Du denkst dir das so leicht.«

Sie schüttelte den Kopf. »Nein, schwer; schon die Trennung von dir und Fred. Aber ich habe mir schon immer gewünscht, einmal vor eine schwere Aufgabe gestellt zu werden. Das lasse ich mir jetzt nicht entgehen. Du hast ja auch niemanden als mich. Das muß entscheiden.«

Er sann eine Weile. »Nein, ich habe niemanden. Und in deinen geschickten Händen, bei deinem klugen Kopf wüßte ich alles gut aufgehoben. Aber nein, es geht doch nicht.«

»Warum nicht?« drängte sie.

»Weil du nicht allein reisen kannst.«

»Gewiß kann ich das, Vater. Bin ich nicht schon große Strecken allein gereist?«

»Ja, hier in Amerika.«

»Nun, in Deutschland kann man doch noch viel sicherer allein reisen, und auf dem Schiff bin ich geborgen.«

»Gewiß, Ellinor. Aber sieh, in Deutschland herrschen andere Sitten und Gebräuche. Da würde es seltsam erscheinen, wenn die Freiin von Lossow allein reisen würde.«

»Ach, so laß es seltsam erscheinen. Wenn deutsche Väter ihren Töchtern so wenig Vertrauen schenken, ist das doch kein Grund, daß du mir das deine versagst.«

Er lächelte. »Kind, dein Vater versagt dir sein Vertrauen nicht. Aber wir wollen doch in Deutschland leben, und da müssen wir uns den dortigen Sitten fügen.«

Ihre Augen blitzten. »Gut, das soll geschehen, sobald wir alle zusammen in Deutschland sind. Jetzt ist es aber nötig, daß wir noch einmal als freie Amerikaner auftreten. Du selbst kannst unmöglich reisen, das steht fest. Fred ist noch ein Kind und unfähig, dich zu vertreten. Also bleibe nur ich. Und ich fordere es als mein gutes Recht, als dein kleiner Kompagnon und deine große, verständige Tochter, daß du mich vor diese Aufgabe stellst.«

Fritz Lossow schwankte.

Er sah im Geist die erstaunten Gesichter, wenn Ellinor als seine Vertreterin in Lemkow auftrat. Natürlich mußte sie dann für immer dort bleiben, denn es lohnte sich für sie nicht, noch einmal zurückzukommen.

Das alles sagte er ihr. Aber sie blieb bei ihrem Verlangen.

Wieder überlegte er: Ellinor würde ihren Mann stehen, das war sicher. Er konnte sich unbedingt auf sie verlassen. Und ob so oder so. Aufsehen genug würde es in der alten Heimat geben über alles, was ihn betraf. Da kam es auf etwas mehr oder weniger nicht an. Sein Bruder würde gewiß die Nase rümpfen; er sah sein hochmütiges Gesicht im Geist vor sich. Und das rief plötzlich den Trotz in Fritz Lossow wach. Mochte es drum sein! Man würde Respekt bekommen vor seiner klugen, energischen Tochter.

336

»Wenn ich dir wenigstens Mrs. Stemberg als Anstandsdame mitgeben könnte«, sagte er zögernd.

Ellinor schüttelte den Kopf. »Nein, Mrs. Stemberg muß hierbleiben, wenn ich fortgehe. Sonst habt ihr, du und Fred, keine Ordnung. Es ist auch noch so viel vorzubereiten für unsere Übersiedlung. Nein, Vater, daran ist nicht zu denken. Aber zu deiner Beruhigung will ich dir einen anderen Vorschlag machen. Ich werde Nelly mitnehmen, die verläßt uns ja doch nicht; sie geht lieber mit nach Deutschland, als ohne uns hierzubleiben.«

Fritz Lossow überlegte. Die alte Nelly stand seit vielen Jahren im Dienst seiner Familie. Sie hatte schon in Grete Werners Waschanstalt Dienste getan und war dann als Kindermädchen beschäftigt worden. In allen Wechselfällen war sie der Familie treu ergeben geblieben; man konnte sich einfach nicht denken, daß Nelly einmal nicht da war, wenn sie gebraucht wurde. Nelly war Irländerin, nicht allzu klug und von auffallender Häßlichkeit. Aber treu wie Gold. Schließlich war sie auch zur Not als eine Art Anstandsdame zu gebrauchen.

Nelly als Anstandsdame der Freiin von Lossow in Lemkow! Fritz Lossow mußte lachen.

»Mit Nelly würdest du dein Kreuz haben, Ellinor. Sie braucht ja viel eher einen Schutz als du.«

Nun lachte Ellinor auch. »Ich schütze mich schon selbst, Vater. Um Nelly brauchst du dich auch nicht zu sorgen.«

»Ja, dann hättest du wenigstens eine treue, ergebene Seele bei dir, das wäre mir schon eine Beruhigung.«

Ellinor warf sich in seine Arme. »Du willigst ein, Vater?«

Er strich ihr über das Haar. »Laß mich's bedenken – bis morgen. Dann will ich mich entscheiden.«

»Well, Vater, so soll es sein.«

Sie setzten sich wieder einander gegenüber und erledigten ihre Arbeiten.

Am anderen Tag ging ein Schreiben an Dr. Holm ab, in welchem Fritz von Lossow diesem mitteilte, daß er selbst nicht abkommen könne, dafür werde er seine Tochter, mit allen Vollmachten ausgerüstet, schicken. Diese würde von Hamburg aus depeschieren, wann sie in Lemkow einträfe.

9

In Lossow hatte man sich allmählich in das Unvermeidliche gefügt und auch Bothos Vorschlag in Erwägung gezogen. Es war doch wohl die einfachste Lösung. Wenn Botho Fritz Lossows Tochter heiratete, so konnte der Ausfall, den sie durch das Testament erlitten, wettgemacht werden. Als Erbin ihres Vaters gehörte Ellinor die Hälfte von Lemkow. Das galt gut eine halbe Million. Außerdem partizipierte sie zur Hälfte am Vermögen ihres Vaters, das ja auch ganz ansehnlich zu sein schien. Und schließlich erhielt sie die im Testament ausgesetzte Summe von fünfzigtausend Mark als Aussteuer.

Botho rechnete seinen Eltern das alles vor. Nach alledem war Ellinor eine glänzende Partie. Zuerst bekam er die kluge Mutter auf seine Seite. Sie redete sich und ihrem Gatten zu, daß Bothos Plan gut sei. Dann bestimmten sie beide den Vater, an seinen Bruder zu schreiben und die Angelegenheit einzuleiten. Keinen Moment war sie im Zweifel, daß Fritz von Lossow und seine Tochter freudig einwilligen würden.

Leicht wurde es Kuno von Lossow nicht, nun doch noch an seinen Bruder zu schreiben. Aber auch er sah schließlich ein, daß es am besten sei, aus dem Schiffbruch ihrer Hoffnungen zu retten, was noch zu retten war.

So setzte er sich endlich an den Schreibtisch, um einen ›diplomatischen‹ Brief zu verfassen:

Dieser lautete:

»Lieber Fritz!

Erst heute komme ich dazu, Dein Schreiben zu beantworten. Ich habe es Tag um Tag, Woche um Woche verschieben müssen, weil ich jede freie Minute bei unserm leidenden Onkel Heribert in Lemkow verbrachte. Deshalb hat uns sein Testament, das muß ich offen bekennen, sehr befremdet.

Nicht, daß ich Dir die Erbschaft mißgönnte, aber sein Undank schmerzt mich. Ich kann mir seine Handlungsweise nur so erklären, daß er gehofft hat, aus meinem Sohn Botho und Deiner Tochter Ellinor möge ein Paar werden, da sie ja im Alter vorzüglich zusammen passen. Jedenfalls hat Onkel Heribert mir gegenüber verschiedene Male darauf angespielt, daß er auf diese Verbindung hoffe. (Das war eine regelrechte Lüge Kunos, die er bei sich eine diplomatische Wendung nannte.) Es wäre auch nach meinem Dafürhalten vielleicht die beste Lösung dieser Erbschaftsfrage, denn ich möchte nicht gezwungen sein, das Testament anzufechten, welches deutlich genug zeigt, daß Onkel Heribert in seiner letzten Lebenszeit ein wenig schwachsinnig und keinesfalls zurechnungsfähig war. (Das war wiederum eine diplomatische Wendung.)

Wir wollen uns also auf diese gütliche Weise einigen, nicht wahr? Mein Sohn müßte allerdings den Abschied nehmen, wenn er Deine Tochter heiratet, denn in seinem Regiment herrschen sehr strenge Regeln bezüglich der Abstammung der Gemahlinnen der Offiziere. Aber das nur nebenbei. Du wirst sicher mit meinem Vorschlag, unsere Kinder zu vermählen, einverstanden sein. Auf diese Weise bleibt es ganz unter uns, daß Deine Frau – nun, Du weißt ja – sehr geringer Abkunft war, woran sich wohl jeder andere Freier stoßen würde. Wenn es Dir also recht ist, bestimmen wir unsere Kinder, diese Ehe einzugehen. Mein Sohn wird mir selbstverständlich gehorchen, und ich hoffe, daß auch Du Deine Kinder im strengen Gehorsam erzogen hast.

Du wirst nun wohl bald mit Deinen Kindern nach Lemkow kommen? Dann können sich die beiden jungen Leute kennenlernen und einander nähertreten. Ich halte es, wie gesagt, für die beste Lösung, alle Streitigkeiten zwischen uns zu vermeiden.

Im übrigen bin ich gern bereit, Dich in Lemkow zu vertreten, bis Du selbst herüberkommst. Jetzt macht sich der Sachverwalter Dr. Holm in Lemkow breit, als gehöre es ihm. Wenn Du mich mit allen Vollmachten ausrüstest, kann ich ihn verabschieden und werde dann alles in meine Hände nehmen, bis Du kommst. Du kannst dann drüben in Ruhe Deine Geschäfte abwickeln und Deine Angelegenheiten ordnen.

Ich hoffe. Du ersiehst aus alledem, daß ich Dir trotz allem noch brüderlich gesinnt bin. Wir wollen alles Vergangene vergessen sein lassen. Ich grüße Dich herzlich, zugleich im Namen meiner Familie, als

Dein Bruder Kuno.«

Dieser Brief wurde von allen Familienmitgliedern Kunos als ein diplomatisches Meisterwerk erklärt, und Kuno von Lossow sonnte sich in eitlem Selbstbewußtsein.

340

Nach aller Ansicht war es zweifellos, daß der Brief die gewünschte Wirkung haben mußte.

Als dieser Brief in Fritz Lossows Hände kam, war seine Tochter bereits mit der alten Nelly abgereist. Ein bitteres Lächeln umspielte beim Lesen des Briefes seine Lippen. Er kannte seinen Bruder nur zu gut, um die ›diplomatischen Kniffe‹ zu durchschauen. Keinen Augenblick glaubte er, daß Onkel Heribert auch nur an eine Verbindung Ellinors mit Botho gedacht, geschweige denn darüber gesprochen hatte. Kuno ahnte ja nicht, daß Onkel Heribert mit ihm selbst im regen Briefwechsel gestanden hatte. Das wußte Fritz aus den Briefen des alten Herrn.

Eine Infamie erschien es Fritz, daß Kuno Onkel Heribert als schwachsinnig und unzurechnungsfähig hinstellen wollte und mit dem Anfechten des Testamentes versteckt drohte. Daß Onkel Heribert bis zu seinem Ende von großer Geistesklarheit und Energie gewesen war, ging aus allen seinen Briefen hervor.

Dieser Brief Kunos kam überhaupt zu spät, um Fritz an seine brüderliche Gesinnung glauben zu lassen. Er nahm ihn als das, was er in Wirklichkeit war: ein ziemlich plumper Schachzug, der ihn zu einer Verbindung zwischen Ellinor und Botho gefügig machen sollte. Nachdem er seinen Groll überwunden hatte, tat er das Beste, was er tun konnte: er faßte die ganze Angelegenheit mit gutem Humor auf.

Kunos Brief schickte er mit einigen scherzhaften Anmerkungen Ellinor nach, damit diese die Absichten der Lossower erfuhr und sich danach richten konnte.

»Wenn Botho seinem Vater gleicht, hat er wenig bei Dir zu hoffen, Ellinor«, schrieb er ihr unter anderem.

Für Ellinor diente dieser Brief Kunos als Charakterisierung

341

ihrer deutschen Verwandten. Sie war klug genug, Lehren daraus ziehen zu können.

Zugleich antwortete Fritz seinem Bruder auf diesen Brief, daß er bereits seine Tochter als seine Vertreterin nach Lemkow geschickt habe und seiner Vertretung somit nicht bedürfe. Er wolle den Bruder nicht bemühen.

Auf den übrigen Inhalt seines Briefes erwiderte er ihm, daß er seiner Tochter in der Wahl eines Gatten völlig freie Hand ließe. Ob sie sich für Botho oder einen andern entschließen würde, wenn sie sich verheiraten wolle, sei natürlich nicht vorauszusehen. Beeinflussen werde er seine Tochter weder für noch gegen Botho.

Bezüglich des Testaments teilte er seinem Bruder mit, er selbst sei erstaunt gewesen, daß Onkel Heribert ihn so reich bedacht habe. Wenn sich Kuno bei der Erbschaft übervorteilt glaube, so stehe es ihm frei, seine Ansprüche geltend zu machen. Solange ihm selbst der Besitz von Lemkow zugesprochen bleibe, werde er den Willen des Erblassers heilig halten und sich als Besitzer von Lemkow betrachten.

Ehe dieser Brief in Kuno von Lossows Hände kam, erfuhr er von Dr. Holm, daß sein Bruder, der jetzt nicht abkömmlich sei, seine Tochter als Bevollmächtigte nach Lemkow schicken würde. Die junge Dame sei bereits in Hamburg eingetroffen und habe ihre Ankunft für den übernächsten Tag telegraphisch angemeldet.

Über diese Mitteilung war Kuno von Lossow direkt sprachlos. Er klappte einige Male lautlos mit dem Unterkiefer zum Zeichen der Verabschiedung, zog den Hut und entfernte sich.

Dr. Holm sah ihm mit einem feinen Spottlächeln nach.

Die Begegnung der beiden Herren hatte vor einem Weinlo-

342

kal in der benachbarten Garnison stattgefunden, wo die Gutsbesitzer der Umgegend mit den Offizieren der Garnison und den Vertretern der höheren Gesellschaft zusammenzukommen pflegten.

Mit allen Zeichen der Aufregung kam Kuno zu Hause an und platzte mit dieser welterschütternden Neuigkeit in den Salon seiner Frau, wo diese und Gitta mit Handarbeiten beschäftigt saßen.

Die beiden Damen waren ebenfalls erstaunt und fassungslos. Botho war inzwischen wieder nach Berlin zurückgekehrt.

Frau Helene schlug entsetzt die Hände zusammen. »Welche Idee! Seine Tochter als Bevollmächtigte! Sie ist doch kaum zweiundzwanzig Jahre alt«, sagte sie außer sich.

»Und doch ist dem so. Dr. Holm sagte mir, sie käme schon übermorgen in Lemkow an.«

»Dann hat dein Bruder Fritz deinen Brief noch nicht gehabt, als sie abreiste. Sonst hätte er doch einfach dich zu seinem Vertreter ernannt.«

»Ja, hm – tja, so wird es wohl sein, meine liebe Helene. Er scheint sich doch gar nicht anders zu helfen gewußt zu haben. Es ist unglaublich, so ein Kind mit einem so verantwortlichen Amt zu betrauen!«

»Und außerdem – wie schrecklich unpassend!« rief Frau Helene entrüstet.

Hier mischte sich Gitta in das Gespräch. »Die Amerikanerinnen sind überhaupt unglaublich ungeniert und selbständig. Wir hatten in der Pension auch eine Amerikanerin. Sie kam eines Tages ganz allein, ohne jede Begleitung, angereist, und wir haben die unglaublichsten Dinge mit ihr erlebt.«

Frau von Lossow fächelte sich Kühlung zu. »Eine Anstandsdame wird sie doch um Gottes willen mitbringen.«

343

»Wer weiß, Mama! Ich bin auf alles gefaßt. Die Amerikanerinnen verkehren ganz ungeniert mit jungen Männern; sie gehen sogar ohne jeden Schutz mit ihnen aus.«

Frau von Lossow richtete sich energisch empor. »Nun, jedenfalls werden wir bei ihrer Ankunft in Lemkow sein, um sofort einzugreifen, wenn Ellinor irgendwie gegen den guten Ton verstößt. Das sind wir uns selbst schuldig in Anbetracht dessen, daß Ellinor wahrscheinlich Bothos Frau wird. Auf keinen Fall darf sie allein in Lemkow wohnen. Ich denke, wir nehmen sie gleich mit nach Lossow, wo sie bleiben kann, bis ihr Vater nachkommt.

Und du, Kuno, kannst Botho gleich schreiben, er solle sich einen längeren Urlaub geben lassen. Unter Hinweis auf Erbschaftsangelegenheiten wird er ihn schon bewilligt bekommen. Er muß gleich versuchen, sich Ellinor zu nähern, ehe sich andere Bewerber um sie drängen, denn an solchen wird es bei der reichen Erbin nicht fehlen. Du kannst ihr dann alle Geschäfte in Lemkow abnehmen. Sie wird froh sein, wenn du sie davon entbindest, denn sie wird ohnedies nichts davon verstehen. Sicher wird auf deinen Brief noch nachträglich die Bestätigung deines Bruders eintreffen, der froh sein wird, daß du ihn vertreten willst.«

Nun wurde jedes Für und Wider beleuchtet. Gitta bekam strikte Verhaltensmaßregeln. Sie sollte sich auf jeden Fall sehr freundschaftlich zu Ellinor stellen, sollte ihr Vertrauen zu gewinnen suchen und für den Bruder bei Ellinor wirken.

Gitta versprach alles. Brennende Neugier auf Ellinor erfüllte sie, und sie hoffte, daß diese wenigstens zu allen anderen Glücksgütern nicht auch noch mit Schönheit gesegnet war.

Jedenfalls erschien es ihr nach reiflicher Überlegung selbst wünschenswert, daß aus Botho und Ellinor ein Paar würde. Auf diese Weise wurde Ellinor als Rivalin für sie unschädlich. Gitta fürchtete nämlich, Baron Lindeck werde seine Gunst der reichen Amerikanerin zuwenden, gleichviel, ob sie schön oder häßlich sei.

Sie beurteilte den Baron nach sich selbst und traute ihm niedrige Berechnung zu. Von seiner wirklichen Wesensart hatte sie keine Ahnung. Jedenfalls wollte Gitta die Hoffnung auf ihn noch nicht aufgeben: Wenn er keine reichere Frau fand, würde er schließlich auch mit ihren achtundachtzigtausend Mark zufrieden sein, die ihr Vater, wie sie hoffte, auf hunderttausend Mark würde abrunden können.

In Lemkow war auf Dr. Holms Anordnung hin alles zur Aufnahme von Ellinor Lossow bereit. Dr. Holm hatte keine Ahnung, daß sich die Lossower zur Begrüßung der jungen Dame einfinden würden. Durch Heribert von Lossow eingeweiht, war ihm das gespannte Verhältnis der Brüder bekannt.

Dr. Holm hatte auf dem Bahnhof des Garnisonstädtchens Ellinor von Lossow in Empfang genommen. Kein Zug seines Gesichtes hatte verraten, was er empfand, als er die junge Dame, einzig und allein von einer alten Dienerin begleitet, auf sich zukommen sah.

Die Lemkower Equipage stand am Bahnhof bereit, außerdem ein Gepäckwagen für das Reisegepäck.

In ruhiger, umsichtiger Art gab Ellinor Dr. Holm, nachdem er sich vorgestellt und sie begrüßt hatte, Weisung bezüglich des Gepäcks.

Dr. Holm fragte dann, ob Nelly mit dem Gepäck nach Lemkow fahren solle. Aber Ellinor schüttelte lächelnd den Kopf. »Nein, Herr Doktor, Nelly ist der deutschen Sprache nur ganz wenig kundig. Sie würde sich in der fremden Umgebung ohne mich ängstigen. Wenn Sie gestatten, fährt sie mit uns«, sagte sie ruhig.

Dr. Holm verneigte sich. So fuhren nun alle drei nach Lemkow hinaus. Nellys Augen blickten neugierig um sich. Ab und zu stieß sie einen Verwunderungsruf aus und faßte Ellinors Hand, um sie aufmerksam zu machen auf das, was ihr auffiel.

Dr. Holm amüsierte sich heimlich über diese so wenig hübsche und noch weniger vornehme Begleiterin der jungen Erbin von Lossow. Nelly trug sich in der Art der englischen Kinderfrauen. Jedermann konnte in ihr die schlichte Dienerin erkennen. Die Art, wie Ellinor mit dieser Dienerin verkehrte, zeugte von einem ziemlich vertrauten Verhältnis zwischen Herrin und Dienerin.

Als läse Ellinor von Doktor Holms Gesicht dessen stille Verwunderung ab, sagte sie ruhig: »Unsere Hausdame war, ebenso wie mein Vater, unabkömmlich. So mußte ich mich mit Nellys Begleitung begnügen. Sie steht schon seit einem Vierteljahrhundert im Dienst meiner Eltern und hat uns Kinder auf den Armen getragen. Darum ist sie uns mehr als eine Dienerin.«

Dr. Holm verneigte sich artig und kramte sein etwas mangelhaftes Englisch hervor, damit auch Nelly von seiner Erklärung der Umgegend während der Fahrt etwas verstehe.

Nelly gab sich unbekümmert ihren Bewunderungsausbrüchen hin. Dr. Holm mußte ein paarmal herzhaft über sie lachen.

So kamen sie in Lemkow an. Als der Wagen sich dem alten, stattlichen Herrenhaus näherte, sah Dr. Holm zu seinem Erstaunen Kuno von Lossow mit Gemahlin und Tochter auf der breiten Freitreppe stehen. Gitta hielt einen Blumenstrauß in

346

der Hand. »Wer sind die Herrschaften, Herr Doktor?« fragte Ellinor leise.

Dieser sah mit einem feinen Lächeln in das hübsche, lebensfrische Gesicht der jungen Dame, die ihm so außerordentlich gut gefiel und ihm durch ihre ruhige, bestimmte Art imponierte.

»Das ist Ihr Oheim, Kuno von Lossow, nebst Gemahlin und Tochter«, erwiderte er ebenso leise. »Ich traf Herrn von Lossow vorgestern und sagte ihm, daß Sie heute eintreffen würden. Man scheint Sie feierlich begrüßen zu wollen, mein gnädiges Fräulein.«

Es blitzte seltsam in den klaren, tiefblauen Mädchenaugen auf. Als Ellinor Dr. Holms Lächeln bemerkte, huschte auch um ihren Mund ein flüchtiges Lächeln.

Ihre Augen richteten sich nun scharf beobachtend auf die drei Menschen, die so feierlich an der Schwelle von Lemkow standen und ihr mit liebenswürdigem Lächeln und prüfenden Augen entgegensahen.

Dr. Holm stieg ab und half Ellinor aus dem Wagen, ehe Kuno von Lossow herbeigekommen war. Ellinor sprach erst einige freundliche Worte mit Nelly, um sie zum Aussteigen aufzufordern, bevor sie sich zu den Lossowern wandte.

Dr. Holm stellte vor.

Kuno von Lossow streckte seiner Nichte beide Hände entgegen. »Sei willkommen in der Heimat, liebe Ellinor.«

Frau Helene küßte Ellinor sogar auf die Wange und sagte einige liebenswürdige Begrüßungsworte. Gitta tat desgleichen, indem sie Ellinor den Blumenstrauß überreichte.

Dabei dachte Gitta, sehr unangenehm berührt, diese Ellinor sei viel zu hübsch für eine reiche Erbin.

Ellinor stand ruhig und aufrecht ihren Verwandten gegenüber. Sie fühlte instinktiv das Unwahre und Gemachte im Wesen dieser Menschen. Auch in ihrem Herzen regte sich nichts für sie. »Ich danke euch sehr für diese Begrüßung, aber ihr hättet euch nicht bemühen sollen«, sagte sie in ruhigem Ton, unfähig, ein wärmeres Empfinden zu heucheln, als sie im Herzen hegte.

Nelly stand mit großen, weit geöffneten Augen hinter Ellinor und sah dieser Begrüßung verständnislos zu.

Frau von Lossow maß die Dienerin mit hochmütigem Blick. »Es ist doch selbstverständlich, daß wir dich hier begrüßen, liebes Kind«, sagte sie süßlich zu Ellinor. »Wir wußten von Dr. Holm, daß du ohne deinen Vater kommst; da ist es doch selbstverständlich, daß du mit uns nach Lossow kommst. Du kannst in Lemkow nicht allein wohnen.«

Ellinor neigte das Haupt. »Ich danke dir sehr, liebe Tante, aber ich habe von meinem Vater die Weisung erhalten, in Lemkow zu wohnen. Danach muß ich selbstverständlich handeln.«

»Dein Vater wird es sicher richtig finden, daß du unsere Einladung annimmst«, sagte Kuno hastig.

»Ich muß mich an seine Instruktionen halten, solange er sie nicht widerruft«, erwiderte Ellinor bestimmt.

Sie waren inzwischen in die große Halle getreten, Nelly ihrer Herrin stets auf dem Fuß folgend. Sie sah sich mit großen, erstaunten Augen in der Halle um.

»Dein Vater wird dir jedenfalls bald andere Instruktionen geben, liebe Ellinor. Ich habe ihm geschrieben, seine Antwort kann jeden Tag eintreffen. Da ich ihm angeboten habe, seine Vertretung in Lemkow zu übernehmen, wird er selbstverständlich gern darauf eingehen. Du kannst dann in aller Ruhe und Behaglichkeit in Lossow leben, bis er kommt«, sagte Kuno von Lossow.

Ellinor sah mit ernsten Augen in des Oheims Gesicht.

»Du hast meinem Vater geschrieben, jetzt endlich?« fragte sie kühl.

Kuno fuhr sich nervös glättend über den Scheitel. Ellinors Wesen irritierte ihn, »Ja, hm – tja, ich bin nicht früher dazu gekommen. Aber dieser Brief wird nun bald alles ändern, davon bin ich überzeugt. Du kannst also unbesorgt mit uns nach Lossow kommen.«

Wieder ließ Ellinor den Blick groß und ernst auf ihm ruhen. »Jedenfalls warte ich erst die Bestimmungen meines Vaters ab.«

»Aber Kind, du kannst doch unmöglich allein in Lemkow wohnen?« rief Frau von Lossow.

»Warum nicht?« fragte Ellinor ruhig.

»Weil es sich nicht schickt.«

Die junge Dame richtete sich stolz auf. »Was mein Vater gutheißt, schickt sich ganz gewiß für mich, verehrte Tante. Außerdem habe ich meine alte Nelly bei mir.«

»Eine Dienerin ist doch kein ausreichender Schutz für eine junge Dame.«

Ellinor lachte. »Keine Sorge, ich schütze mich selbst. Aber wir wollen doch nähertreten. Herr Doktor, Sie übernehmen wohl bitte die Führung, da ich mit den Räumlichkeiten des Hauses noch nicht bekannt bin.«

Dr. Holm amüsierte sich köstlich über diese kleine Szene. Er war ganz entzückt von der selbstsicheren Ruhe und Bestimmtheit der jungen Amerikanerin. Er fing an zu begreifen, daß Fritz von Lossow wohl gewußt habe, daß er seine Tochter mit einem so schwierigen Amt betrauen könne.

Mit einer Verbeugung ging er voran.

Ellinor gab Nelly erst noch Weisung, sich in der großen

349

Halle in einem Sessel niederzulassen und hier weiteres abzuwarten. Dann legte sie schnell ihr schwarzes Tuchjackett und das kleine schwarze Hütchen ab. Den Staubmantel hatte sie im Wagen liegen lassen.

Nun stand sie in fußfreiem schwarzem Tuchrock und schwarzseidener Bluse vor dem Spiegel und lockerte mit raschen Griffen ihr Haar. Dann folgte sie, Nelly noch einmal zunickend, den anderen in das Besuchszimmer.

Ihre Bewegungen waren bei aller Grazie sicher und zielbewußt. Sie wandte sich um, wie eine liebenswürdige Wirtin, an ihre Verwandten.

»Darf ich euch eine Erfrischung reichen lassen? Herr Doktor, Sie rufen mir wohl bitte den Diener herbei? Mit den Geschäften warten wir, bis wir allein sind. Sie haben doch Zeit?«

Dr. Holm hätte am liebsten hell aufgelacht vor Vergnügen über die verdutzten Gesichter der Lossower und über das schneidige, energische Persönchen. Die Lossower schienen es noch gar nicht zu fassen, daß sie von der jungen Amerikanerin als Besuch behandelt wurden. Es fand sich für sie gar keine Gelegenheit, Ellinor zu begönnern.

Für eine Erfrischung dankten alle drei. Sie sahen entschieden beleidigt aus.

Aber die kluge Frau Helene bezwang sich. Im stillen dachte sie freilich, diese Ellinor sei ein unglaubliches Mädchen, dem man erst noch mancherlei beibringen müsse, ehe es in die gute Gesellschaft passe. Aber des guten Zweckes wegen hieß es jetzt alle Schroffheiten vermeiden. Außerdem lag etwas im Wesen der jungen Damen, was sie nicht gerade ermutigte. Sie trat merkwürdig selbstsicher und energisch auf.

So zwang sich Frau Helene zu einem Lächeln. »Du willst

350

also wirklich nicht mit nach Lossow kommen, Ellinor? Es ist schon alles zu deinem Empfang vorbereitet.«

Ellinor wußte sich das Entgegenkommen ihrer Verwandten nicht zu deuten; sie empfand nur, daß dieses nicht echt war, nicht aus dem Herzen kam. »Es ist sehr liebenswürdig von euch, mich aufnehmen zu wollen. Um so mehr bedauere ich, ablehnen zu müssen«, antwortete sie sehr höflich.

Kuno von Lossow lachte sein dünnes, wässeriges Lachen. »Nun, dein Vater wird dich wohl bald selbst nach Lossow beordern, da bin ich sicher. Bis dahin müssen wir uns fügen. Aber du wirst uns doch bald besuchen?«

»Sobald ich hier alles Nötige erledigt habe, gern. Jetzt habe ich zunächst mit Herrn Dr. Holm allerlei Geschäftliches zu ordnen.«

Wieder lachte Kuno. »Wie seltsam das aus dem Mund einer jungen Dame klingt. Du solltest noch gar nicht wissen, was Geschäfte sind.«

Ellinor lächelte. »Ich weiß es aber recht gut; sonst hätte mich mein Vater nicht mit dieser Mission betraut.«

»Nun, ich stelle mich dir trotzdem zur Verfügung, liebe Ellinor. Du wirst dich in diesem neuen Wirkungskreis schwerlich zurechtfinden. Wenn du mich brauchst, rufe mich. Ich bin jederzeit bereit, dir zu helfen.«

»Vielen Dank, Onkel Kuno. Aber ich werde dich sicher nicht bemühen. Ich bin ehrgeizig genug, die mir gestellte Aufgabe zur Zufriedenheit meines Vaters erledigen zu wollen. Auch bin ich nicht so unerfahren, wie du glaubst. Ich habe als Vaters Mitarbeiterin schon schwierige Geschäfte erledigt. Und was man mit allen Kräften will, das ist schon halb getan. Auch steht mir ja Herr Dr. Holm zur Seite: Ich werde dich nicht zu bemühen brauchen.«

351

»Die Lossower starrten sprachlos auf die schlanke, junge Dame, die so geläufig von Geschäften redete, als seien sie ihr Lebensinhalt. Es wurde ihnen ganz beklommen zumute.

Und Dr. Holm dachte vergnügt: »Diese smarte Amerikanerin setzt die Lossower mit Eleganz und Grazie auf den Sand, daß man seine Freude daran haben muß! Wenn das Heribert von Lossow hätte erleben können, es wäre ein Gaudium für ihn gewesen.«

Frau von Lossow erhob sich mit süßsaurem Lächeln.

»Also dann wollen wir jetzt nicht länger stören. Du hast den Reisestaub noch nicht abgeschüttelt und brennst gewiß darauf, an deine Aufgabe zu gehen. Dein Eifer ist ja bewunderungswürdig, obgleich es bei uns nicht üblich ist, daß sich Damen mit so etwas beschäftigen.«

Ellinor lächelte. »Ich weiß, die deutschen Frauen sind in dieser Beziehung etwas rückständig. Aber das wird sich mit der Zeit schon verlieren«, sagte sie wohlgemut und unbekümmert um die entsetzten Blicke ihrer Verwandten.

Frau Helene fühlte sich total geschlagen von diesem unglaublichen Geschöpf. Sie vermochte sich kaum noch mit Würde zu verabschieden. Ihren Instruktionen gemäß sagte Gitta beim Abschied: »Wir wollen gute Freundinnen werden, Ellinor. Ich werde dich alle Tage besuchen, bis du Zeit hast, nach Lossow zu kommen.«

Ellinor fand wenig Gefallen an Gitta. »Ist der Weg zwischen Lemkow und Lossow nicht sehr weit?« fragte sie höflich.

»Es ist nicht so schlimm. Zu Pferde bin ich in dreiviertel Stunden hier.«

»Dann ist es sehr liebenswürdig, wenn du dir so oft den weiten Weg machen willst.«

»Ich habe ja nichts Wichtiges vor wie du.«

Damit war der Besuch beendet.

Die Lossower fuhren in ihrer Equipage nach Hause.

Ellinor wandte sich aufatmend zu Dr. Holm.

»Sagen Sie mir ehrlich, Herr Doktor, war ich nach deutschen Begriffen sehr formlos?« fragte sie schelmisch.

Der alte Herr betrachtete die lebensfrische, ungekünstelte junge Dame mit Entzücken.

»Mein gnädiges Fräulein, ich bin es nicht gewöhnt, Komplimente zu machen, weil ich wenig in Damengesellschaft komme. Aber Ihnen möchte ich jetzt eins machen! Schade, daß ich's nicht kann! Wenn Ihr Herr Großonkel Ihr schneidiges erstes Auftreten in Lemkow hätte erleben können, er hätte, wie ich, seine helle Freude daran gehabt!«

Ellinors Augen blitzten auf. »Oh, wenn Großonkel Heribert mit mir zufrieden gewesen wäre, dann ist es gut. Aber nun, Herr Doktor, wollen wir an unsere Geschäfte gehen, damit Sie nicht noch mehr von Ihrer kostbaren Zeit verlieren.«

»Ich habe mich heute von allen anderen Geschäften freigemacht und stehe Ihnen bis zum Abend zur Verfügung. Sie können sich ohne Rücksicht auf mich erst ein wenig ausruhen und sich erfrischen.«

Ellinor lachte und streckte die Arme von sich. »Dessen bedarf es nicht. Das heißt, die Hände möchte ich mir waschen und meine Nelly versorgen. Sie sitzt noch draußen in der Halle und wird Hunger haben. Wollen Sie bitte Befehl geben, daß man ihr ein Zimmer anweist und ihr etwas zu essen gibt? Offen gestanden habe auch ich Hunger. Wenn es Ihnen recht ist, leisten Sie mir bei einem Imbiß Gesellschaft. Dabei können wir schon mancherlei besprechen.«

Dr. Holm verneigte sich. »Es wird sofort alles nach Ihrem Wunsch geschehen, mein gnädiges Fräulein. Wenn Sie sich gestärkt haben, stelle ich Ihnen zuerst die Beamten und die Dienerschaft vor. Dann führe ich Sie in Haus und Hof herum. Sie müssen auch bestimmen, welche Zimmer Sie zu bewohnen wünschen. Ich habe Ihnen vorläufig die Zimmer der verstorbenen Hausfrau von Lemkow bereithalten lassen.«

»Gut, gut, Herr Doktor, ich danke Ihnen und werde diese Zimmer bewohnen. Nelly soll direkt neben mir untergebracht werden.«

»Ganz recht, damit Sie diese vertraute Dienerin zu Ihrem persönlichen Schutz um sich haben.«

Ellinor lachte fröhlich. »Im Vertrauen, Herr Doktor, es ist nur, weil Nelly meinen Schutz braucht. Sie ist unglaublich furchtsam.«

»Und Sie nicht?« fragte er lächelnd.

Ellinor schüttelte den Kopf. »Nein, dazu habe ich zu starke Nerven und bin zu vernünftig und selbständig erzogen.«

Nelly saß regungslos und erwartungsvoll in der großen Halle. Jedes Stück der Einrichtung hatte sie sich schon genau betrachtet. Am meisten interessierte sie das lebensgroße Bild eines Lemkower Vorfahren, das über dem riesigen Kamin hing, um welchen eine Gruppe von schweren, massiven Sitzmöbeln auf einem schönen, alten Perserteppich stand.

Nelly merkte recht gut, daß aus allen Ecken neugierige Gesichter hervorlugten und sie anstarrten. Aber sie nahm keine Notiz davon. Nun wurde ihr aber das Warten zu lang, und sie bekam Hunger.

»Miß Ellinor wird mich doch nicht vergessen haben?« dachte sie beklommen.

Aber da kam Ellinor schon zu ihr, klopfte ihr freundlich

auf die Schulter und sagte ihr, daß man sie in ein Zimmer führen und ihr zu essen bringen würde.

»Du kannst dich dann ausruhen, gute Nelly, bis ich dich brauche. Später packen wir die Koffer aus.«

Nelly knixte und folgte gehorsam dem Diener, der von Dr. Holm die nötigen Befehle erhalten hatte.

Kurze Zeit darauf saß Ellinor Dr. Holm gegenüber in dem schönen, alten Speisezimmer am Tisch. Sie sah sich aufatmend um.

»Wie schön und harmonisch ist dieser Raum! Mir ist, als kenne ich hier jeden Winkel. Das kommt wohl daher, weil mein Vater uns das alles hundertmal beschrieben hat. Aber damit will ich Sie nicht behelligen. Zu unseren Geschäften also.«

Während dieser kleinen Mahlzeit besprachen sie allerlei.

Dann erfolgte die Vorstellung der Angestellten, ein Rundgang durchs Haus mit Übergabe der Schlüssel und zuletzt ein Gang durch die Wirtschaftsgebäude, Ställe und Scheunen.

Überall zeigte sich Ellinor voll Interesse und Verständnis. Erstaunt und voll Bewunderung sagte Dr. Holm: »Mein gnädiges Fräulein, ich bin wirklich überrascht über Ihre gründlichen Kenntnisse. Sie sind nicht nur in allen geschäftlichen Fragen bewandert, sondern haben sogar auch Verständnis für die Landwirtschaft.«

Ellinor erwiderte lachend: »Herr Doktor, wundern Sie sich nur nicht gar so sehr. Bedenken Sie doch, daß mein Vater schon seit Jahren den Wunsch hegte, in Deutschland ein Gut zu kaufen. Da haben wir uns alle in unseren Mußestunden mit landwirtschaftlichen Studien beschäftigt.«

Dr. Holm sah sie bewundernd an. »Trotzdem, mein gnädiges Fräulein, Sie imponieren mir mit Ihren Kenntnissen gewaltig. Als Ihr Herr Vater mir mitteilte, daß er seine junge

Tochter als Vertreterin senden würde, war ich überzeugt, er habe nicht die rechte Persönlichkeit gewählt. Jetzt weiß ich, daß er keinen besseren Vertreter senden konnte.«

Ellinor errötete. »Herr Doktor, Sie können doch außerordentlich gut Komplimente machen«, sagte sie schelmisch.

»Das lernt man in Ihrer Gegenwart ganz von selbst«, erwiderte er.

Sie kamen nun in den Pferdestall.

Der Verwalter, der Ellinor und Dr. Holm auf dem Rundgang begleitete, ein stattlicher Vierziger mit sonnenverbranntem Gesicht und flachsblondem Haar und Bart, sagte ihr die Namen und Eigenschaften der Tiere.

»Wie ist es, Herr Verwalter, haben Sie im Stall auch ein Pferd, das gut im Damensattel geht?«

»Ja, gnädiges Fräulein, hier, die Diana. Sie ist als Damenpferd zugeritten. Unser verstorbener seliger Herr hatte sie eigentlich vor zwei Jahren Fräulein Brigitte von Lossow als Weihnachtsgeschenk zugedacht. Aber Diana ist zu temperamentvoll und unberechenbar. Fräulein von Lossow wurde mit ihr nicht fertig, sie hat dann die Suleika dafür erhalten, und Diana ist in unserm Stall geblieben. Fräulein von Lossow hat sie wohl ab und zu einmal geritten, aber sie ist, wie gesagt, nicht mit ihr zufrieden, weil Diana zu feurig ist.«

Sie waren an den schlanken, prachtvoll gebauten Goldfuchs herangetreten, der den Kopf nach Ellinor umwandte.

»Ein herrliches Tier! Ich liebe temperamentvolle Pferde und möchte einen Versuch mit Diana machen.«

»Unter einer leichten, sicheren Hand geht sie vorzüglich. Nur Vernachlässigungen läßt sie sich nicht gefallen. Aber ich möchte Ihnen doch zu bedenken geben, gnädiges Fräulein, daß sie zuweilen rechte Mucken hat. Ich kann nicht raten, sie

356

zu reiten, wenn Sie nicht eine ganz sichere Reiterin sind«, erwiderte der Verwalter.

Ellinor streichelte den schlanken Hals Dianas. »Nun, ich werde morgen eine Probe machen.«

»Sind Sie denn eine geübte Reiterin, mein gnädiges Fräulein?« fragte Dr. Holm.

»Ja«, sagte Ellinor ohne jede Ziererei. »Ich war meines Vaters Schülerin. Sie wissen doch, daß er Kavallerieoffizier war. Seit Jahren bin ich fast jeden Tag mit meinem Vater ausgeritten. Er hat mich auch die edle Reitkunst, wie alles andere, gründlich gelehrt. Mein Bruder Fred ist auch schon ein famoser Reiter.«

Dr. Holm dachte, daß ihn an diesem wunderbaren Mädchen überhaupt nichts mehr überraschen könne. Sie schien wirklich alles zu wissen, alles zu können.

Sie gingen nun weiter. Wo Ellinor etwas fand, was ihr unverständlich war, fragte sie freimütig und ließ sich belehren. Die beiden Männer gaben ihr nur zu gern Auskunft, und Ellinor erfaßte alles schnell und sicher.

Unermüdlich schien sie zu sein. Bis zum Abend war sie ununterbrochen tätig, obwohl sie morgens um vier Uhr schon in Hamburg aufgebrochen war und eine siebenstündige Reise hinter sich hatte.

Aber als sie sich dann am Abend in ihre Zimmer zurückzog, die ihr ausnehmend gut gefielen, fühlte sie doch, was hinter ihr lag.

»Ich bin todmüde, Nelly. Es ist gut, daß du schon alles ausgepackt hast«, sagte sie, auf den Diwan sinkend, zu der alten Dienerin.

»Oh, Miß Ellinor haben zu viel gearbeitet, arme kleine Füßchen«, sagte Nelly, während sie ihrer jungen Herrin

357

schnell die Stiefel auszog und sie mit weichen Schuhen versorgte.

Ellinor lächelte. »Wie gefällt es dir hier, Nelly?«

»Oh, es ist wie ein großes Theater, immer Neues muß ich sehen und hören, aber es ist sehr schön, Miß Ellinor.«

Ellinor nickte. Dann sagte sie seufzend: »Was werden sie jetzt zu Hause machen, Nelly?«

Nelly grinste vergnügt über das ganze Gesicht. »Oh, sie werden denken an gute Miß Ellinor, die so weit weg.«

Ellinor schüttelte die weiche, sehnsüchtige Stimmung von sich ab. »Jetzt wollen wir zu Bett gehen und schlafen, Nelly. Morgen gibt es viel neue Arbeit.«

Und Ellinor schlief fest und traumlos bis zum Morgen.

10

Es gab für Ellinor eine Menge Arbeit zu erledigen. Aber ihre Kraft wuchs mit der Aufgabe. Fast jeden Tag fanden Konferenzen mit Dr. Holm, mit dem Verwalter und der Mamsell statt. Aber Ellinor fand sich überraschend gut in alles Neue. Sie wollte ihre Aufgabe restlos erfüllen, und es gelang ihr, denn sie hatte einen sehr kräftigen Willen und klaren Verstand.

So ging alles vorzüglich.

Gitta war gleich am nächsten Tag zu Pferde von Lossow herübergekommen. Man hegte dort allerdings wenig Sympathie für das sichere, selbständige Auftreten Ellinors, aber da man besonders auf ihre Person spekulierte, hatte man sich entschlossen, das mit in Kauf zu nehmen.

»Man muß nach und nach Einfluß auf sie gewinnen«, meinte Frau von Lossow. »Sie ist wenigstens äußerlich ganz präsentabel. Botho braucht sich nicht mit einer Vogelscheuche abzuquälen. Sie ist sogar sehr hübsch und versteht sich gut anzuziehen, das ist schon etwas.«

Gitta sollte zunächst Ellinor zutraulich machen, bis Botho kam und die Festung selbst belagern konnte.

Trotz aller Antipathie hatte Ellinor ihren Verwandten doch einigermaßen imponiert, wenn diese sich das auch nicht eingestehen wollten. Sie warteten nun gespannt auf Fritz von Lossows Antwort auf Kunos Brief.

Ellinor erhielt wenige Tage nach ihrer Ankunft in Lemkow das Schreiben ihres Vaters, dem der Brief Onkel Kunos beigefügt war.

Ellinors Augen sprühten auf. »Ah, also daher die plötzlich zutage tretende Liebenswürdigkeit! Man spekuliert in Lossow auf meine Hand für den Sohn des Hauses. Ach, Väterchen, wie gut kennst du deine Ellinor. Wenn dieser Vetter Botho seinem Vater und seiner Mutter und Schwester gleicht, dann hat er keine Hoffnung auf den Goldfisch.«

Zu ungefähr derselben Zeit war auch Fritz Lossows Schreiben in Lossow eingetroffen. Es rief eine große Enttäuschung hervor. Aber schließlich tröstete man sich damit, daß Ellinors Vater wenigstens nicht direkt gegen eine Verbindung Bothos und Ellinors war. Es blieb nun Bothos Sache, Ellinor zu erobern. Nach Ansicht seiner Eltern konnte ihm das nicht schwerfallen. Sie waren von der Unwiderstehlichkeit ihres Sohnes überzeugt.

Botho hatte seine Ankunft für die nächsten Tage angemeldet.

Eines Tages erschien wieder Gitta in Lemkow, um Ellinor

359

abzuholen. Diese hatte versprochen, mit nach Lossow hinüberzureiten.

Gitta war nicht wenig erstaunt gewesen, als sie hörte, daß Ellinor reiten könne und daß sie es sogar wagte, Diana zu besteigen.

»Ist das nicht etwas zu kühn von dir, Ellinor?«

»Kühn, warum?«

»Nun, weil Diana selbst mir zu schwierig war. Und ich bin doch eine anerkannt gute Reiterin.«

»Oh, bis jetzt bin ich vorzüglich mit Diana fertig geworden. Ich denke, wir werden uns auch weiter vertragen.«

»Wenn du dich nur nicht täuschst. Ich warne dich, Diana hat ihre Mucken.«

Ellinor klopfte den schlanken Hals des Goldfuchses. »Das hat mir der Verwalter auch schon gesagt.«

»Und trotzdem reitest du sie? Da mußt du deiner Sache aber sehr sicher sein. Ich wußte gar nicht, daß du reiten kannst.«

»Nun, wir wollen einen Proberitt nach Lossow machen. Du wirst sehen, daß ich Diana gewachsen bin.«

So machten sich die Kusinen auf den Weg.

Sie plauderten während des Rittes von allerlei oberflächlichen Dingen, wie es eben Menschen tun, die innerlich nichts miteinander gemein haben.

Gitta stellte voller Neid fest, daß Ellinor auch zu Pferde eine elegante und anmutige Erscheinung war und als sichere Reiterin ihr nichts nachzugeben schien.

Die beiden jungen Damen waren in ihrer äußeren Erscheinung so verschieden wie in ihrem Innern. Gitta erschien in allen Dingen wie eine verblaßte, reizlose Schattierung neben der lebensprühenden, jugendschönen Ellinor. Und weil Gitta das fühlte, darum war ihr Herz voll Groll gegen die Kusine.

360

In Lossow wurde Ellinor mit großer Liebenswürdigkeit empfangen. Ellinor wußte jetzt, warum man ihr so entgegenkam. Wenn sie auch höflich und artig war, wie gegen fremde Menschen, blieb sie doch kühl und reserviert.

Mit großem Interesse sah sie sich in Lossow um. Hatte doch ihr Vater seine Kindheit und erste Jugend hier verlebt.

Nach einer Stunde verabschiedete sie sich wieder, damit sie noch bei hellem Tageslicht nach Lemkow zurückkehren konnte.

Kuno von Lossow wollte sie auf dem Heimweg begleiten, aber Ellinor lehnte entschieden ab.

»Ich danke dir sehr, Onkel Kuno, aber das leide ich auf keinen Fall. Ich weiß von Gitta, daß du nur ungern ein Pferd besteigst. Da ich in scharfem Trab heimkehren will, bin ich in einer halben Stunde am Ziel. Der Weg ist mir nun bekannt, und da er gerade durch den Wald führt, kann ich mich nicht verirren.«

Da Kuno wirklich nur ungern ausritt, fügte er sich nach einigen weiteren Einwendungen, die Ellinor mit dem Hinweis, daß Gitta fast stets allein nach Lemkow zu reiten pflegte, entkräftete.

»Besuche uns bald wieder, liebe Ellinor«, bat Frau Helene dringlich.

»Gewiß, Tante Helene. Wenn ich ohne Umstände kommen darf, werde ich es mir erlauben.«

»Aber Kind, du sollst dich doch bei uns wie zu Hause fühlen!« rief Frau von Lossow vorwurfsvoll.

»Sei vorsichtig mit Diana!« sagte Gitta beim Abschied warnend.

Ellinor lachte fröhlich. »Keine Sorge. Auf Wiedersehen!«

Sie grüßte mit der Reitpeitsche und ritt in schlankem Trab

davon. Ihre Verwandten sahen ihr mit gemischten Gefühlen nach.

Von Fritz von Lossows Brief an Kuno war kein Wort erwähnt worden.

Als Ellinor eine Weile in schnellster Gangart dahingeritten war, hielt sie das Pferd an und ließ es im Schritt gehen. Tief atmete sie die herrliche Waldluft ein. Sehnsüchtig flogen ihre Gedanken zu Vater und Bruder.

»Wenn sie doch erst in Lemkow wären«, dachte sie.

Aber dann richtete sie sich straff empor.

»Die wenigen Monate vergehen bald«, sagte sie sich zum Trost.

Dann dachte sie über ihren Besuch in Lossow nach. Man hatte ihr so viel von Botho erzählt. Demnach mußte er geradezu ein wunderbarer junger Mann sein. Aber Ellinor konnte an seine Vortrefflichkeit nicht glauben. Ihr Vater hatte ihr geschrieben, sie möge versuchen, in Frieden mit den Lossowern auszukommen. Das wollte sie auch tun, wenn es irgend ging.

Diana blieb schnuppernd stehen und nagte an einer Baumrinde.

Ellinor sah lächelnd auf sie herab.

»Nun, mein wackeres Pferdchen, willst du nicht weitergehen?« fragte sie und sah mit aufleuchtenden Augen auf das junge, frisch knospende Waldesgrün.

›Deutscher Wald, dem meines Vaters Sehnsucht gilt! Oh, ich freue mich der schönen neuen Heimat‹, dachte sie bewegt.

In diesem Augenblick wurde auf ihrem Weg ein Reiter sichtbar, der ihr entgegenkam. Sie stutzten beide und sahen sich mit großen Augen an. Unwillkürlich verhielt der Reiter neben Ellinor sein Pferd.

Es war Baron Heinz Lindeck.

Er zog die Mütze und verbeugte sich. Er erkannte in ihr sofort das Original zu dem Bild, das Heribert von Lossow ihm gezeigt hatte. Die Kunde, daß in Lemkow die neue Herrschaft eingetroffen sei, war auch zu ihm gedrungen.

Er wußte im Augenblick nicht, was er tun sollte. Aber als Ellinor die Zügel straffte und weiterreiten wollte, richtete er sich entschlossen auf.

»Ich bitte um Verzeihung, mein gnädiges Fräulein, wenn ich es wage, mich hier vorzustellen. Mein Name ist Lindeck, Baron Lindeck auf Lindeck. Ich komme soeben von Lemkow, wo ich mich erkundigen wollte, ob es wahr sei, daß die neue Herrschaft angekommen ist. Ich traf jedoch niemand, und ins Haus wollte ich nicht gehen. Nun kann ich mich aber gleich durch den Augenschein überzeugen. Ich bitte nochmals um Entschuldigung, daß ich – ein wenig formlos – die Gelegenheit benutze, mich hier vorzustellen.«

In Ellinors Augen leuchtete ein warmer Strahl auf, als sie seinen Namen hörte. Den hatte Onkel Heribert so oft in seinen Briefen erwähnt. Das war Onkel Heriberts ›lieber junger Freund‹, den er so hoch geschätzt hatte.

Sie neigte anmutig den Kopf, und Heinz Lindecks Augen hingen wie gebannt an ihrem schönen, strahlenden Gesicht.

»Sie kennen mich, Herr Baron?« fragte sie erstaunt.

»Ihr Herr Großonkel hat mir Ihre Photographie gezeigt.«

»Und danach haben Sie mich gleich erkannt?«

»Ja, sofort. Außerdem aber reiten Sie Diana aus dem Lemkower Stall«, sagte er lächelnd.

Sie zeigte auf sein Pferd. »Ist das Satir?«

»Ja, das ist Satir – jetzt mein liebstes und wertvollstes Pferd, weil es Ihr Herr Großonkel, mein väterlicher Freund, mir hinterlassen hat. Dies ist der Ring, den er mir gleichfalls zum

363

Andenken vermachte. Sie haben doch sicher in dem Testament Ihres Großonkels davon gelesen?«

»Ja, allerdings.«

»Ich darf mich also durch Satir und den Ring sozusagen legitimieren, nicht wahr?«

»Gewiß, Herr Baron. Sie müssen uns viel von Onkel Heribert erzählen. Er hat uns in seinen Briefen erzählt, daß Sie fast täglich in Lemkow waren. Mein Vater wird sich herzlich freuen, Ihre Bekanntschaft zu machen.«

»Wann darf ich mir erlauben, ihn aufzusuchen?«

»Mein Vater wird frühestens im Herbst nach Deutschland kommen.«

Er sah sie überrascht an. »Ihr Vater ist noch nicht in Lemkow?«

»Nein. Er konnte noch nicht abkommen. Da ihn bei der Erbschaftsübernahme jemand vertreten muß, so bin ich gekommen.«

Er sah mit sonderbarem Gesicht auf das junge Geschöpf. Es lag ein großes Erstaunen, ein ehrlicher Zweifel an ihrer geschäftlichen Vollwichtigkeit in seinen Augen, so daß Ellinor lachen mußte.

»Herr Baron, Sie haben soeben ein so zweifelndes, erstauntes Gesicht gemacht, daß ich davon Ihre Gedanken ablesen konnte. Ich bin aber nun schon daran gewöhnt, daß man hier anzunehmen scheint, eine junge Dame sei in geschäftlichen Dingen ganz unbrauchbar.«

Seine Stirn rötete sich. »Verzeihung, mein gnädiges Fräulein, wenn ich mich nicht besser beherrscht habe. Aber es ist ganz ungewöhnlich bei uns, daß eine so junge Dame eine so verantwortliche Stelle einnimmt. Daher mein Staunen.«

»Es gibt da nichts zu verzeihen, Herr Baron. Mein Vater

hat es mir vorausgesagt, daß man hier jungen Damen ein solches Amt nicht überweisen würde. Er hat mich auch nicht gern fortgelassen. Aber es ging nicht anders. Mein Vater ist jetzt drüben unabkömmlich, und sonst hat er keinen Menschen, dem er so vertrauen kann wie mir.«

Heinz Lindeck mußte sich gestehen, daß diese junge Dame in ihrem ganzen Wesen durchaus nicht dem Idealbild glich, daß er sich von ihr gemacht hatte. Und dennoch war er von ihrem Anblick entzückt; an ihr gefiel ihm sogar das, was ihm an einer andern wohl mißfallen hätte. Er empfand, daß sie eine eigenartige, aber vollwertige Persönlichkeit sei. Und bei aller Selbständigkeit erschien sie ihm echt weiblich und reizend, daß sein Herz sich zu ihr hingezogen fühlte. Was er schon leise und unklar beim Anschauen ihres Bildes empfunden hatte, nahm jetzt festere Gestalt an. Das Gefühl, das ihn zu ihr zog, begann in seiner Seele Wurzel zu schlagen.

»Da Ihr Herr Vater seine Tochter kennt, wird er auch wissen, daß Sie der Aufgabe gewachsen sind. Aber trotzdem, wenn Sie einer Hilfe bedürfen, mein gnädiges Fräulein, so stehe ich Ihnen gern zur Verfügung. Ich weiß in Lemkow ziemlich gut Bescheid.«

Sie sah ihn voll reizender Schelmerei an, daß sein Herz unruhig zu klopfen begann. »Ich bin so ehrgeizig, allein fertig werden zu wollen. Darum habe ich schon Onkel Kunos Anerbieten, mir zu helfen, abgelehnt. Schon aus diesem Grund muß ich auch Ihre Hilfe dankend ablehnen.«

Er verneigte sich. »Dann muß ich mich bescheiden. Aber eine kleine Warnung muß ich als Freund Ihres Großonkels Ihnen geben: Vertrauen Sie nicht zu fest auf Diana. Sie ist launisch und nervös. Es ist am besten, Sie reiten lieber ein anderes Pferd, wenn sie nicht ganz unbedingt sicher im Sattel sind.«

365

Sie sah ihn lächelnd an. »Sie sind bereits der dritte Mensch, der mich vor Dianas Untugenden warnt. Ich danke Ihnen jedenfalls, Herr Baron. Aber ich fühle mich ganz sicher und liebe es, wenn ein Pferd temperamentvoll und nicht langweilig ist.«

Er verneigte sich, aber er war doch ein wenig ärgerlich, daß sie so überlegen schien. Da sah sie ihn mit ihren großen blauen Augen aber an, als wollte sie bitten: ›Nicht böse sein‹ – und da schwand sein Groll vollständig.

»Darf ich mir erlauben, morgen in Lemkow meine Aufwartung zu machen?«

»Gewiß, Herr Baron. Onkel Heriberts Freund wird die Pforten von Lemkow jederzeit offen finden.«

»Dann will ich Sie nicht länger aufhalten, mein gnädiges Fräulein.«

Sie neigte den Kopf zum Gruß. »Auf Wiedersehen, Herr Baron.«

Er verneigte sich tief.

Noch ein kurzer Blick Auge in Auge, und sie ritten nach entgegengesetzten Richtungen davon.

In Gedanken versunken setzte Ellinor ihren Weg fort. Sie dachte an Heinz Lindeck. Er hatte ihr gut gefallen. Sein gebräuntes, charakteristisches Gesicht erschien ihr männlich und bedeutend, und in seinen Augen lag ein warmer, guter Ausdruck, wie ehrliche Menschen ihn haben.

Ganz eigen wohl und warm war ihr ums Herz, sie fühlte sich plötzlich nicht mehr so einsam wie zuvor.

Am nächsten Tag befand sich Ellinor entschieden in erwartungsvoller Stimmung, so, als stehe ihr etwas Besonderes bevor. Und doch war dieses Besondere nichts weiter als der Besuch des Barons Lindeck.

366

Ellinor empfing ihn mit freundlichem Lächeln in dem schönen, großen Besuchszimmer mit den kostbaren alten Möbeln.

»So wie ihn, so habe ich mir einen echten Edelmann vorgestellt«, dachte sie, als sie ihn begrüßte.

Sie bat ihn, Platz zu nehmen, und ließ sich ihm gegenüber in einem Sessel nieder. Eine elegant weichfließende schwarze Robe, die sie mit einem kleinen Anflug weiblicher Eitelkeit ausgewählt hatte, schmiegte sich reizvoll um ihre schöne, schlanke Gestalt; der blütenfrische Teint und das flimmernde goldbraune Haar wirkten doppelt leuchtend im Kontrast zu dem schwarzen Kleid.

Er konnte seine Augen nicht losreißen von der entzückenden Erscheinung.

Sie plauderten eine Weile von Onkel Heribert und von Ellinors Vater und Bruder. Auch die Lossower wurden flüchtig erwähnt. Heinz Lindeck erzählte, daß er unterwegs Kuno von Lossow begegnet sei, der im Jagdwagen auf die Felder fuhr. Er habe jedoch nicht mit ihm gesprochen.

Dann folgte eine kleine Pause. Der Baron sah sich ein wenig unsicher um.

»Darf ich Sie bitten, mich mit Ihrer Hausdame bekanntzumachen, mein gnädiges Fräulein?« sagte er, etwas verwundert, daß diese nicht im Zimmer war.

Ellinor lächelte. »Ich bedaure sehr, Herr Baron. Unsere Hausdame konnte mich nicht begleiten, weil sie drüben nötig war. Meine alte Nelly aber, die mich begleitet hat, ist nur eine schlichte Dienerin und spricht nicht deutsch.«

Er erhob sich sofort. »Oh, dann bitte ich tausendmal um Verzeihung. Das wußte ich natürlich nicht, sonst hätte ich diesen Besuch selbstverständlich unterlassen!«

Sie sah ihn groß und ernst an. »Warum? Wollten Sie meiner

Ehrendame einen Besuch machen oder mir?« fragte sie mit leichtem Spott.

Seine Stirn rötete sich ein wenig. »Ihnen natürlich, mein gnädiges Fräulein. Aber ich hätte doch nicht kommen dürfen, wenn ich gewußt hätte, daß Sie allein sind.«

»Sie finden es unstatthaft, daß ich Sie trotzdem empfangen habe?«

»Jedenfalls ist das bei uns ungebräuchlich.«

»Ach, wie engherzig die Deutschen sind!« rief Ellinor unmutig.

»Doch nicht, mein gnädiges Fräulein. Wir sehen unsere Damen gern sorgsam behütet.«

»Und dabei verlernen die deutschen Frauen, sich selbst zu behüten, Herr Baron.«

Baron Lindeck sah Ellinor verlegen an. Natürlich war es ihm nicht seinetwegen unangenehm, daß er sie unter diesen Umständen besucht hatte, sondern nur ihretwegen. Kuno von Lossow hatte ihn im Besuchsanzug auf dem Weg nach Lemkow gesehen. Zum mindesten würden die Lossower seinen Besuch abfällig kritisieren und Ellinor wohl gar Vorwürfe machen. Die junge Dame hatte amerikanischer Sitte entsprechend gehandelt, aber man würde hier engherzig darüber zu Gericht sitzen. Das durfte nicht sein. Er mußte sofort auf dem Heimweg in Lossow vorfahren, seinen Irrtum aufklären und Ellinor dabei entschuldigen.

»Jedenfalls will ich nicht länger stören, mein gnädiges Fräulein«, sagte er hastig.

Es war wie ein leiser Schmerz in ihrer Brust. Sie glaubte, er mißbillige, daß sie ihn empfangen habe. Aber das machte sie zugleich trotzig. »Sie werden nun natürlich nicht wieder nach Lemkow kommen?« fragte sie ironisch.

368

Er blickte sie ernst an. »Nein, solange Sie allein hier sind – so gern ich auch möchte.«

Sie zuckte die Achseln. »Wenn Sie so gern möchten, wer hindert Sie daran?«

»Die Rücksicht auf Sie selbst, mein gnädiges Fräulein. Ich möchte Ihnen keine Ungelegenheiten bereiten.«

Sie warf, sich ebenfalls erhebend, den Kopf stolz zurück. »Dann leben Sie wohl, Herr Baron!«

Heinz Lindeck blieb zögernd stehen und sah sie unsicher an. »Ich glaube, Sie zürnen mir, mein gnädiges Fräulein. Bitte, tun Sie es nicht. Sie werden eines Tages, wenn Sie erst mit unseren Verhältnissen vertraut sind, selbst einsehen, daß ich nicht anders kann.«

»Möglich«, sagte sie kühl.

Er zögerte noch immer. »Ich hoffe, Ihnen zuweilen in Lossow bei Ihren Verwandten begegnen zu dürfen.«

»Vielleicht, wenn Sie dort viel verkehren.«

»Jedenfalls werde ich gleich jetzt in Lossow vorsprechen und mich entschuldigen, daß ich Sie besucht habe. Ihr Herr Onkel hat mich ja auf dem Weg hierher gesehen.«

»Tun Sie, was Sie sich schuldig zu sein glauben, Herr Baron«, sagte sie entschieden spöttisch.

Er fühlte, daß sie gekränkt war, und das tat ihm weh. »Nicht mir bin ich das schuldig, mein gnädiges Fräulein, sondern Ihnen. Frau von Lossow ist sehr streng in bezug auf unsere Formen. Erführe sie von meinem Besuch in Lemkow, so könnte sie Ihnen Vorwürfe machen, wenn ich mich nicht entschuldigte und meinen Irrtum klarlegte.«

Ellinor richtete sich stolz auf. »Auf mich brauchen Sie keinerlei Rücksicht zu nehmen, Herr Baron, ich vertrete selbst, was ich getan habe«, sagte sie herb. Dabei lag in ihren

Augen ein fast schmerzlicher Ausdruck, der ihn seltsam bewegte.

Es zuckte in seinem Gesicht. Seine Augen sahen gebannt in die ihren. Es lag so viel Reinheit und Klarheit in diesen tiefblauen Mädchenaugen, daß er sich mit seinen Bedenken kleinlich vorkam. Und doch war ihm der Gedanke, daß irgend jemand das Verhalten der jungen Dame abfällig kritisieren könne, äußerst peinlich.

Hastig, mit einer tiefen, ehrfurchtsvollen Verbeugung, verabschiedete er sich.

Ellinor trat an das Fenster. Hinter den Gardinen verborgen sah sie ihm nach. »Wie kann ein so stolzer, aufrechter Mann so klein sein?« dachte sie, unzufrieden, daß sie sich dadurch bedrückt fühlte.

11

Der Baron fuhr, unruhig im Herzen und ganz aus dem Gleichgewicht gebracht, nach Lossow.

Frau Helene und Gitta empfingen ihn mit sichtlicher Freude.

Aber sie wurden verstimmt, als sie hörten, daß er in Lemkow Besuch gemacht habe. Als er seine Entschuldigung vorbrachte, schlug Frau von Lossow die Augen gen Himmel.

»Lieber Herr Baron, nicht Sie haben sich zu entschuldigen, sondern wir müssen wegen der Formlosigkeit meiner Nichte um Verzeihung bitten. Sie scheint eine unglaubliche Erziehung genossen zu haben. Wir sind schon aus einem Entsetzen in das andere gefallen. Ellinor muß eben erst noch manches lernen«, setzte sie tief seufzend hinzu.

Der Baron trat jedoch energisch für Ellinor ein. »Fräulein von Lossow ist natürlich nach amerikanischer Sitte erzogen und war vollkommen berechtigt, mich zu empfangen. Ich allein bin an allem schuld; ich hätte mich erst überzeugen müssen, ob die junge Dame in Begleitung hier sei. Jedenfalls muß ich Sie dringend bitten, Fräulein von Lossow keinerlei Vorwürfe zu machen.«

Gitta war wütend, daß er so warm Ellinors Partei nahm. »Keine Sorge, Herr Baron. Ellinor läßt sich von niemand Vorwürfe machen. Sie ist immer überzeugt, das Rechte zu tun. Sie ist überhaupt sehr selbstzufrieden und überhebend.«

»Ja, meine Nichte ist unglaublich selbstbewußt«, pflichtete Frau von Lossow eifrig bei. »Die Amerikanerinnen scheinen keine der Tugenden zu besitzen, die an deutschen Frauen gerühmt werden. Wenn ich dagegen bedenke, wie bescheiden und zurückhaltend meine Tochter ist –«

Der Baron stand mit einem seltsamen Ausdruck im Gesicht auf und verabschiedete sich.

Gitta sah ihm fast gehässig nach. »Wie eilig er es hatte, seinen Besuch in Lemkow zu machen, Mama«, sagte sie ärgerlich.

Die Baronin seufzte. »Ja, ja, Kind, es ist auch für dich sehr gut, wenn Botho Ellinor heiratet.«

Am nächsten Tage erschien Gitta wieder in Lemkow. Sie kam sofort auf den Besuch des Barons bei Ellinor zu sprechen. »Mein Gott, Ellinor, wie konntest du Baron Lindeck nur empfangen? Er ist doch ein junger Mann. Mama war ganz außer sich.«

371

Ellinors Gesicht zuckte. »Sage nur deiner Mutter, sie soll sich nicht aufregen so einer Belanglosigkeit wegen. Meiner Meinung nach war es ganz überflüssig, daß Baron Lindeck sich bei ihr entschuldigte. Ich habe ihn empfangen, wie ich in meines Vaters Haus, auch wenn ich allein bin, Gäste zu empfangen pflegte. Dabei ist nichts zu entschuldigen.«

Gitta legte die Fingerspitzen zusammen. »Ach, Ellinor, hier ist das aber nun einmal unschicklich.« Du mußt dich doch an unsere Sitten gewöhnen. Der Baron fand es auch ganz unglaublich, daß du ihn nicht abweisen ließest.

Ellinor errötete leicht. »So? Hat er das gesagt?« fragte sie hastig.

»Natürlich. Er fand es unweiblich.«

Ellinor lachte spöttisch auf, eine große Bitterkeit stieg in ihr empor. »So? Und um sich darüber Luft zu machen, kam er schleunigst nach Lossow?«

Gittas Augen flimmerten falsch und lauernd. Sie kicherte plötzlich wie verschämt in sich hinein. »Ach, weißt du, Ellinor, es wäre ihm natürlich entsetzlich, wenn Mama ihm zürnte. Unter uns, aber du darfst es um Himmels willen keiner Menschenseele sagen, versprich mir das erst!«

»Schön, ich verspreche es«, sagte Ellinor scheinbar gleichgültig. Und doch war sie voll unruhiger Spannung.

»Also, Baron Lindeck und ich – na, du weißt schon; es ist so etwas wie ein heimliches Verlöbnis. Nein, eigentlich noch nicht, aber – du verstehst schon – wir sind einig miteinander. Er bewirbt sich um mich. Aber verrate es um Gottes willen niemandem!«

In Ellinor stieg es wie ein heißer Schmerz empor. »Wem sollte ich es denn verraten?« fragte sie tonlos.

»Nun, zum Beispiel meinen Eltern.«

372

»Hältst du so etwas vor deinen Eltern geheim, Gitta?«

»Aber natürlich, Ellinor! Davon spricht man doch erst mit den Eltern, wenn es Tatsache ist.«

»So, so! Wie seltsam! Siehst du, Gitta, so etwas würde ich vor meinem Vater nicht verheimlichen, noch weniger aber würde ich es meiner Mutter verheimlicht haben. Ich habe nie Geheimnisse vor meinen Eltern gehabt und werde wohl auch nie welche vor meinem Vater haben.«

»Ach, geh, Ellinor, du wirst doch deinem Vater nicht jeden Flirt beichten?«

»Ich flirte nie! Jedenfalls würde ich es nicht hinter dem Rücken meines Vaters tun. Das halte ich nun wieder für unschicklich. Du siehst, wie verschieden unsere Auffassung über das, was sich schickt, ist. Aber lassen wir das. Also zwischen dir und Baron Lindeck spielt so etwas wie – wie ein ernster Flirt?« fragte Ellinor mit heimlicher Spannung.

Gitta wurde jetzt wirklich rot. Aber sie wollte Ellinor um jeden Preis als Rivalin unschädlich machen, bevor sich zwischen dieser und dem Baron etwas anbahnen konnte. Deshalb griff sie unbedenklich zu dieser Lüge.

»Ja, Ellinor – unter Diskretion –, er bewirbt sich schon lange um mich.«

»Und warum tut er das nicht offen? Weshalb verlobt ihr euch nicht?«

»Ach, weißt du, Lindeck hat bisher nicht viel Einnahmen aus seinem Majorat erzielt. Wir hatten gehofft, Onkel Heriberts Testament würde anders ausfallen. Ich bekomme von meinem Vater keine Mitgift, besitze nur das, was Onkel Heribert mir als Aussteuer ausgesetzt hat, und das ist wenig genug. So müssen wir eben noch warten, bis Lindeck ertragsfähiger geworden ist.«

Gitta brachte das alles mit dem Ausdruck größter Wahrhaftigkeit hervor.

Ellinor mußte etwas Quälendes, das ihr unverständlich war, in sich niederzwingen. Sie bemühte sich aber, unbefangen mit Gitta zu plaudern.

Als diese sich verabschiedete, erbot sich Ellinor sogar, sie ein Stück zu begleiten. »Ich möchte noch ein wenig laufen, Gitta. Wenn es dir recht ist, läßt du deine Suleika im Schritt gehen, und ich gehe nebenher.«

»Du liebst wohl Bewegung sehr, Ellinor?« fragte Gitta. »Meines Erachtens hast du doch hier furchtbar viel Arbeit und Bewegung. Ich begreife nicht, daß du dir das nicht von Papa abnehmen läßt. Mir wäre das furchtbar lästig.«

»Ja, Gitta, wir sind eben sehr verschieden geartet. Du wärst für so anstrengende Arbeit wohl auch zu zart. Ich bin kräftiger und habe starke Nerven.«

Gitta machte ein unbeschreiblich hochmütiges Gesicht. »Das kommt von der Abstammung. Deine Mutter war ja wohl ein Mädchen aus dem Volk. Sag mal, ist es wirklich wahr, daß sie Wäscherin gewesen ist?«

Ellinors Augen leuchteten stolz. »Ja, Gitta, sie verdiente sich in schwerer Arbeit ihr Brot, als sie durch den Tod ihres Bruders im fremden Land plötzlich einsam und verlassen dastand. Oh, meine Mutter war eine herrliche Frau! Alle, die sie kannten, haben sie verehrt. Ich bin sehr, sehr stolz auf meine Mutter – wie auch auf meinen Vater. Das gesunde, kräftige Blut in unseren Adern verdanken wir, mein Bruder und ich, nicht zum wenigsten meiner Mutter. Wenn sie sich nicht durch einen bösen Fall Schaden getan hätte, so lebte sie heute noch und wäre gesund und frisch.«

Gitta lächelte etwas spöttisch. »Wie sonderbar, daß ein

374

Freiherr von Lossow so unter seinem Stand heiratete! Meines Wissens ist das der einzige Fall in unserer Familie. Übrigens tust du gut daran, es vor aller Welt zu verbergen, was deine Mutter gewesen ist.«

»Was meine Mutter gewesen ist?« wiederholte Ellinor mit vor Erregung bebender Stimme, während ihre Augen sich ganz dunkel färbten.

»Nun, ich meine, daß sie eine gewöhnliche Wäscherin war.«

Ellinor warf den Kopf zurück. »Sie war eine sehr ungewöhnliche Wäscherin! Eine Frau, so klug und tüchtig, von so edler, vornehmer Gesinnungsart, wie – ja, wie ihr es gar nicht begreifen könnt! Ich werde nie ein Geheimnis daraus machen. Das sähe ja aus, als schämte ich mich meiner Mutter! Und ich bin doch so stolz auf sie!«

Gitta zuckte die Achseln. »Das begreife ich nicht, meine Mutter ist eine geborene Gräfin Schlettau –«

Ein unbeschreiblicher Hochmut lag in diesen Worten.

Ellinor zeigte sich aber gar nicht davon überwältigt, daß Gittas Mutter eine Gräfin Schlettau war. Sie mußte denken, was wohl diese Gräfin Schlettau getan haben würde, wenn sie an Stelle ihrer Mutter ohne Schutz und Hilfe in ein fremdes Land verschlagen worden wäre.

Der Gedanke hieran erfüllte sie mit Heiterkeit. Sie konnte über Gittas gespreizten Ton lächeln und nahm die junge Dame nicht ernst.

Übrigens sah Gitta auch jetzt ein, daß sie unklug gewesen war. Es hatte sie nur so gereizt, Ellinor zu demütigen. Nun zeigte sie sich besonders liebenswürdig, denn sie erinnerte sich, daß Botho die Kusine heiraten sollte.

»Was ich noch sagen wollte, Ellinor, morgen kommt Botho

auf längeren Urlaub nach Lossow. Dann wird es kurzweiliger. Botho ist ein brillanter Gesellschafter. Du wirst ihn nun auch kennenlernen.«

»Ich bin sehr gespannt darauf«, erwiderte Ellinor mit einem feinen Lächeln.

Inzwischen war Gittas Pferd vorgeführt worden. Sie ließ sich von dem Reitknecht in den Sattel heben.

Ellinor hatte einen praktischen, weichen Lederhut, den sie stets zur Hand hatte, auf das üppige goldbraune Haar gedrückt und schritt nun mit ihren festen Lederstiefeln und dem schlichten, fußfreien Tuchrock neben Suleika her.

Vor ihnen lag der Wald mit dem zarten, feinen Grün des Frühlings. Die Vögel sangen und zwitscherten mit brennendem Eifer, wie sie eben nur im Frühling singen.

Die beiden jungen Damen hingen ihren Gedanken nach und wechselten nur ab und zu flüchtige Worte.

So verging eine gute Viertelstunde. Da sahen sie bei einem Kreuzweg Baron Lindeck auftauchen. Er erblickte sie auch und hielt sein Pferd an, um sie zu erwarten.

In die Gesichter der beiden jungen Damen stieg eine leise Röte. Gitta dachte an ihre Lügen, und Ellinor entsann sich, daß Baron Lindeck sie unweiblich genannt und daß er mit Gitta hinter dem Rücken ihrer Eltern ein Liebesverhältnis hatte.

›Ob ihm das nicht unpassender erscheint, als wenn eine junge Dame ganz unbefangen seinen Besuch annimmt?‹ dachte sie bitter.

Aber sie warf den Kopf zurück, als wolle sie diese Gedanken verscheuchen. Was ging Baron Lindeck sie an? Nichts, gar nichts! Er war Großonkel Heribert lieb und wert gewesen, das hatte sie wohl veranlaßt, ihm einige Sympathie ent-

376

gegenzubringen. Ob Onkel Heribert es wohl gutgeheißen hätte, daß er heimlich mit Gitta flirtete? Ach, sie wollte gar nicht mehr daran denken. Baron Lindeck war abgetan für sie, gründlich abgetan.

Gitta beugte sich zu Ellinor herab. »Das ist Baron Lindeck, Ellinor. Nicht wahr, du bist nicht böse, wenn ich dich bitte, mich mit ihm allein weiterreiten zu lassen? Wir haben denselben Weg.«

Ellinor sah mit fragendem Blick zu ihr auf. »Ist denn das statthaft, Gitta? Erlaubt das bei euch der gute Ton?«

Gitta spielte mit der Reitpeitsche. »Ach, geh, Ellinor, du weißt doch, das ist etwas anderes«, kicherte sie.

»So, so, das ist also etwas anderes? Nun, ich sehe schon, es wird mir nicht leicht werden, zu begreifen, was hier erlaubt und unerlaubt ist.«

Dann kamen sie nahe an Heinz Lindeck heran, der sie artig begrüßte.

Er hatte nur Ellinors Gesicht betrachtet. Diese beobachtete mit heimlicher Spannung, wie er Gitta begrüßte. Aber kein Zug seines Gesichtes verriet, daß er sich für sie besonders interessiere. Er begrüßte sie sogar sehr förmlich und zurückhaltend.

»Oh, was für ein Heuchler ist er! Wie gut kann er sich verstellen«, dachte Ellinor. Und wieder war der leise, heimliche Schmerz in ihrer Brust, gegen den sie sich wehrte.

Gittas Gesicht zeigte eine gewisse Verlegenheit, als sie sagte: »Meine Kusine hat mir eben gesagt, daß sie mich nicht weiter begleiten will, Herr Baron. Da führt mir auch schon ein glücklicher Zufall in Ihnen einen neuen Begleiter in den Weg. Sie sind natürlich auch auf dem Heimweg, nicht war?«

Er verneigte sich, wenig entzückt, und wandte sich an Ellinor. »Sie haben sich heute nicht Dianas Rücken anvertraut, mein gnädiges Fräulein?«

»Nein, ich wollte meine Kusine nur ein Stück begleiten. Aber nun kehre ich um. Adieu, meine Herrschaften.«

So sagte Ellinor ziemlich brüsk, drehte sich schnell um und ging davon.

Der Baron sah ihr einen Augenblick betroffen nach. Ihre schlanke, elastisch ausschreitende Gestalt verschwand zwischen den Bäumen. Wie sicher und zielbewußt sie ihren Weg verfolgte.

Sie schaute nicht mehr zurück.

»Meine Kusine ist leider etwas formlos, Herr Baron. Sie müssen ihr verzeihen«, sagte Gitta in seine Gedanken hinein.

Er schrak zusammen. »Ich wüßte nicht, was ich zu verzeihen hätte, gnädiges Fräulein«, antwortete er, widerwillig an ihrer Seite weiterreitend.

»Oh, das wissen Sie sehr gut, Herr Baron. Sie erhielten ja schon gestern eine Probe von Ellinors Formlosigkeit – bei Ihrem Besuch in Lemkow.«

Seine Stirn rötete sich. »Das war nichts weiter als eine Unkenntnis unserer Verhältnisse. Fräulein von Lossow handelte nach den Formen, die sie gewöhnt ist, aber nicht formlos«, verteidigte er energisch die Abwesende.

Gitta ärgerte sich darüber. »Es ist sehr anerkennenswert, Herr Baron, daß Sie Ellinors Partei nehmen. Man muß sie eben verbrauchen wie sie ist. Sie hat sozusagen keine gute Kinderstube gehabt. Unter uns, Herr Baron, Ellinors Mutter war eine ganz gewöhnliche Wäscherin, die mein Onkel unbegreiflicherweise geheiratet hat.«

Lauernd beobachtete sie die Wirkung ihrer Worte. Aber sein Gesicht blieb unverändert. Kein Zug darin veränderte sich.

378

Baron Lindeck merkte sehr wohl, daß Gitta ihm diese Eröffnung nur machte, um ihn gegen Ellinor einzunehmen. Er dachte daran, was Heribert von Lossow ihm über Ellinors Mutter gesagt hatte, und er sah im Geist das Bild dieser Frau wieder vor sich. Es war das Bild einer Dame gewesen, ein feines, kluges, gütiges Gesicht, viel vornehmer in Form und Ausdruck als zum Beispiel das von Gittas Mutter.

Er war empört über Gittas Gehässigkeit, und er konnte nicht anders, als für Ellinor und ihre Mutter einzutreten. »Sie sagen mir durchaus nichts Neues, gnädiges Fräulein. Ihr Herr Großonkel hat mir die Geschichte Ihres Onkels und seiner Gattin bereits erzählt. Von ihm weiß ich, daß diese Dame durch widrige Verhältnisse zu schwerer Arbeit gezwungen wurde, gleich Ihrem Onkel. Aber trotzdem war sie eine sehr kluge und gebildete Dame und ein wertvoller Mensch. Von Ihrem Herrn Großonkel weiß ich auch, daß Ihr Fräulein Kusine, gleich ihrem Bruder, eine mustergültige Erziehung genossen hat. Daß sie unsere oft recht engherzigen Formen nicht kennt, liegt eben daran, daß die Amerikanerinnen freier und selbständiger erzogen werden. Um nochmals auf die Mutter von Fräulein Ellinor von Lossow zu kommen – lassen Sie sich doch einmal ein Bild dieser Dame zeigen, dann werden Sie erkennen, daß der Adel der Gesinnung ihr auf dem Antlitz abzulesen war.«

Aufatmend hielt Heinz Lindeck inne. ›Ich habe Heribert von Lossow versprochen, für Fritz von Lossow und seine Familie einzutreten, und das will ich jederzeit tun‹, sagte er sich, seinen Eifer vor sich selbst entschuldigend.

Gitta hatte mit maßlosem Staunen und innerer Empörung zugehört. »Sie sprechen ja von Ellinors Mutter, als hätten Sie schon ein Bild von ihr gesehen!« sagte sie, ihren Groll kaum bezwingend.

379

»Das habe ich auch.«

»Aber das ist doch unmöglich«, entgegnete sie fassungslos.

»Doch nicht, mein gnädiges Fräulein. Ihr Herr Großonkel hat mir die Photographien der ganzen Familie Ihres Onkels gezeigt.«

»Aber woher hatte denn Onkel Heribert diese Photographien?«

»Von Fritz von Lossow selbst. Er hatte sie ihm auf seinen Wunsch geschickt.«

»Davon ist uns nicht das geringste bekannt!«

»Ihr Herr Großonkel wollte vielleicht nicht davon sprechen, daß er so eifrig mit seinen amerikanischen Verwandten korrespondierte, weil doch zwischen Ihrem Herrn Vater und Ihrem Onkel eine Spannung bestand. Aus diesem Grund wollte er damals auch nicht, daß ich darüber sprach. Ihr Herr Großonkel stand jedenfalls in einem sehr innigen Verhältnis zu seinen amerikanischen Verwandten. Das geht ja auch aus seinem Testament hervor.«

Es war Heinz Lindeck eine Genugtuung, Gitta dies alles sagen zu können.

Ihr Gesicht bekam einen unbeschreiblich gehässigen Ausdruck. »Oh, das ist ja sehr interessant, außerordentlich interessant! Nun kann ich mir freilich Onkel Heriberts mehr als seltsames Testament erklären. Man hat ihn wahrscheinlich durch allerlei Schmeicheleien zu dieser Fassung veranlaßt«, sagte sie mit zitternder Stimme.

Baron Lindeck sah Gitta mit einem sarkastischen Lächeln in das von Gehässigkeit entstellte Gesicht. »Oh, Sie denken wohl da an Erbschleicherei aus der Ferne?« meinte er ironisch.

Gitta biß sich auf die Lippen. »Jedenfalls ist Onkel Heribert beeinflußt worden. Nun kann ich mir wenigstens erklären, warum sein Testament so günstig für die Amerikaner ausgefallen ist.«

»Sicher nur, weil er es so für am richtigsten und besten hielt. Ihr Herr Großonkel war ein Mann von großer Gerechtigkeitsliebe.«

Gitta sah ihn böse an. »Finden Sie es gerecht, daß Onkel Heribert meinen Vater vollständig umging, um seinen Bruder in dieser Weise zu bevorzugen?«

»Mein gnädiges Fräulein, darüber steht mir kein Urteil zu. Ich weiß nicht, was Ihren Herrn Großonkel bewogen hat, zu testieren, wie er es tat. Im übrigen sind wir da auf ein sehr heikles Thema geraten, über das wir lieber nicht mehr sprechen. Wir wollen von etwas anderem reden. Ist Ihr Herr Bruder schon eingetroffen? Ich hörte gestern, er wolle auf längere Zeit nach Hause kommen.«

Gitta zwang sich zur Ruhe. Jetzt blitzte es in ihren Gedanken auf; es war ihr lieb, daß Lindeck auf ihren Bruder zu sprechen kam. »Botho kommt morgen. Wie wäre es, Herr Baron, wenn wir bei dem schönen Wetter fleißig Tennis spielten? Wenn Ellinor noch dazukommt, sind wir zu vieren. Ich habe mit meiner Kusine schon verabredet, daß wir täglich spielen wollen. Sie will später in Lemkow auch einen Tennisplatz anlegen lassen. Dürfen wir auf Ihre Beteiligung rechnen?«

Der Baron hörte aus diesen Worten nur, daß Ellinor dann in Lossow sei, daß er ihr dort begegnen würde. »Gewiß, gnädiges Fräulein, mit Vergnügen bin ich dabei!«

›Er denkt natürlich, sich dabei der reichen Erbin nähern zu können. Da muß ich beizeiten vorbeugen‹, dachte Gitta. Und in einen leichten Plauderton verfallend, sagte sie mit schelmischem Ausdruck, der ihr allerdings schlecht gelingen wollte:

»Unter uns, Herr Baron, es hat eine besondere Bewandtnis, daß mein Bruder jetzt auf Urlaub kommt. Mein Vater und Ellinors Vater haben beschlossen, daß aus Botho und Ellinor ein Paar werden soll. Die beiden sollen sich zusammenfinden; wahrscheinlich findet die offizielle Verlobung statt, sobald mein Onkel aus Amerika kommt.«

Lindeck preßte die Lippen fest zusammen, als fürchte er, sich zu verraten. Wie ein Stich war es ihm durchs Herz gegangen. Botho Lossow, dieser fade, oberflächliche, unbegabte Mensch, der ein mehr als lockeres Leben führte, und Ellinor Lossow? Nein, das stimmte nicht zusammen! Diese Ellinor war ein wertvolles Ausnahmegeschöpf: klug, ehrlich, zielbewußt, dabei voll Anmut und Reinheit. Das stand plötzlich ganz klar vor ihm. Er gestand sich, daß er sie hochhielt über alle Frauen, obwohl sie anders war, als er sein Ideal sich gedacht hatte.

Gitta beobachtete ihn scharf. »Nun, Herr Baron, Sie sind ja so schweigsam geworden?« fragte sie scheinbar harmlos.

Er riß sich zusammen. »Ich dachte über das nach, was Sie mir soeben mitteilten. Also Ihr Herr Bruder und Ihr Fräulein Kusine werden sich demnächst verloben?«

Gitta bezwang ihre Verlegenheit. Sie machte sich durchaus kein Gewissen über ihre Lüge. Das war einfach Notwehr – Selbsthilfe. Aber seine direkte Frage irritierte sie doch.

Sie legte die Hand auf den Mund. »Nicht zu laut, Herr Baron! Das ist ja noch tiefstes Geheimnis. Nur Ihnen, dem langjährigen Freund unseres Hauses, teile ich das unter dem Siegel strengster Verschwiegenheit mit.«

Er verneigte sich. »Sehr verbunden, gnädiges Fräulein. Das junge Paar ist natürlich mit den väterlichen Wünschen einverstanden?« forschte er voll heimlicher Spannung.

Gitta zögerte. Sie wußte nicht, was sie antworten sollte. Aber war sie einmal so weit gegangen, gab es kein Zurück mehr. Und sie handelte ja nicht nur in ihrem, sondern auch in dem Interesse Bothos. Sie beseitigte durch diesen ›diplomatischen Eingriff‹ einen Rivalen ihres Bruders. Die Vorliebe, Lüge mit Diplomatie zu verwechseln, hatte sie von ihrem Vater geerbt.

Entschlossen richtete sie sich auf. »Natürlich sind Botho und Ellinor einverstanden. Es ist ja auch die einfachste Lösung. Auf diese Weise wird die Ungerechtigkeit Onkel Heriberts ausgeglichen.«

Heinz Lindeck fühlte eine tiefe Traurigkeit in seinem Herzen. Er sah im Geist Ellinor in ihrer ganzen Anmut und Frische, und er wußte, daß sie ihm teuer geworden war, schon als er zum erstenmal ihr Bild gesehen hatte. Konnte dieses herrliche Geschöpf an der Seite eines Botho glücklich werden?

Er richtete sich plötzlich auf; da trafen seine Augen in die Gittas, die lauernd und forschend auf ihm ruhten.

Und da wußte er, daß sie ihm mit Absicht das alles gesagt hatte. Er dachte wieder an ihr Bemühen, in Lemkow mit ihm zusammenzutreffen, an ihr ganzes Verhalten ihm gegenüber. Vielleicht hatte sie sein tiefes Interesse für Ellinor erraten? Um ihn von ihr zurückzuhalten, hatte sie ihm wohl erzählt, was sicher noch nicht spruchreif war. Deshalb weihte sie gerade ihn in so interne Familienangelegenheiten ein.

Er atmete tief auf. Nein, Ellinor von Lossow läßt sich nicht ohne weiteres an einen Mann binden, den sie noch gar nicht kennt. Und wenn Fritz von Lossow so ist, wie Heribert von Lossow ihn mir geschildert hat, dann verfügt er nicht über die Hand seiner Tochter, ohne sich den Freier anzusehen. Daß die Lossower diese Verbindung wünschen und wahrschein-

383

lich auch angebahnt haben, ist mir verständlich. Auf diese Weise würden sie das Testament nach ihren Wünschen korrigieren. Aber die andere Partei hat da wohl kaum das letzte Wort gesprochen – und mir steht es noch frei, gegen Botho auf den Plan zu treten.

Gitta hatte mit ihrem ›diplomatischen Zug‹ gerade das Gegenteil von dem erreicht, was sie bezweckte. Baron Lindeck war durchaus nicht gewillt, sich durch Bothos zweifelhafte Ansprüche an Ellinor zurückschrecken zu lassen. Im Gegenteil, es reizte ihn nun erst recht, sich um Ellinor zu bewerben.

Das alles dachte er jetzt freilich nicht klar und präzise durch. Es ging ihm nur alles wirr und bunt durch den Kopf. Aber er dachte mit klopfendem Herzen an zwei tiefblaue, klare Mädchenaugen, an einen reizenden, spöttischen Mund, der ihm seine Engherzigkeit vorwarf, und an wundersame, goldig schimmernde Flechten um ein junges Gesicht, wie er sie so schön und herrlich noch nie gesehen hatte.

So waren sie, beide schweigsam, am Lossower Park angelangt. Hier mußte sich Lindeck verabschieden. »Also, ich werde mir erlauben, Ihr Partner beim Tennisspiel zu sein, wenn Ihr Herr Bruder hier ist, gnädiges Fräulein«, sagte er heiter.

Sie sah ihn unsicher an. Seine Heiterkeit war ihr unverständlich. Hatte er vielleicht doch nicht an Ellinor gedacht? Oder fand er sich so schnell damit ab, daß ein anderer ihm bereits zuvorgekommen war? Das erweckte jedenfalls neue Hoffnung in Gitta, und sie beglückwünschte sich zu ihrem diplomatischen Erfolg.

»Das freut mich, Herr Baron, wir werden sicher einige vergnügte Stunden zusammen verleben«, entgegnete sie liebenswürdig.

384

Er verneigte sich. »Hier will ich mich verabschieden, gnädiges Fräulein. Ich habe noch dringende Geschäfte zu erledigen, sonst würde ich mir erlauben, Ihren Eltern guten Tag zu sagen. Ich bitte, empfehlen Sie mich zu Hause.«

»Also auf Wiedersehen, Herr Baron; sagen wir übermorgen gegen vier Uhr.«

»Ich werde mich pünktlich einfinden, mein gnädiges Fräulein. Auf Wiedersehen!«

Grüßend ritt er davon.

Gitta legte die kurze Strecke bis nach Hause im schlanken Trab zurück. Daheim angelangt, nahm sie sich gar nicht erst die Zeit, ihr Reitkleid abzulegen. Wie sie ging und stand, eilte sie zu ihrer Mutter.

»Mama! Denke dir nur, die Amerikaner haben mit Onkel Heribert vor seinem Tod in reger Korrespondenz gestanden! Sie haben ihm sogar ihre Photographien geschickt, um sich bei ihm einzuschleichen! Daher also das verrückte Testament! Was sagst du dazu?« stieß sie atemlos hervor.

Frau von Lossow blickte überrascht auf. »Woher weißt du das, Gitta?«

»Von Baron Lindeck.«

Sie erzählte, was sie von dem Baron gehört hatte, und berichtete gleichzeitig ihren diplomatischen Schachzug, wofür sie von der Mutter gelobt wurde.

Frau von Lossow eilte mit dieser Neuigkeit sofort zu ihrem Gatten. »Du siehst, wie geschickt die Amerikaner Onkel Heribert umgarnt haben. Das nenne ich Erbschleicherei!« rief sie empört.

Kuno von Lossow war ebenfalls voll edler Entrüstung. »Ja, ja, so muß man das nennen! Das ist ja unerhört! Nun ist mir alles klar«, sagte er mit bebender Stimme.

Und sie nahmen sich vor, das, was sie soeben erfahren hatten, gegen Fritz von Lossow als Waffe zu benutzen, falls Ellinor nicht einwilligen würde, Bothos Gattin zu werden.

»Sie muß einwilligen, damit der Gerechtigkeit Genüge geschieht. Es ist unser gutes Recht, darauf zu bestehen«, wiederholte Kuno immer wieder.

Noch an demselben Tag schrieb er an seinen Bruder Fritz. Er teilte ihm mit allerlei Winkelzügen mit, daß er von des Bruders Korrespondenz mit Onkel Heribert erfahren habe und daß er an eine starke Beeinflussung glaube. Er betonte, daß es nach alledem unbedingt notwendig sei, daß Botho und Ellinor sich heiraten, um der Gerechtigkeit Genüge zu tun – und um einen gerichtlichen Streitfall zu verhüten. Nach allem, was er in Erfahrung gebracht hätte, würde er sich diese ungerechte Benachteiligung nicht stillschweigend gefallen lassen. Fritz möge seiner Tochter sofort Weisung geben, nach Lossow überzusiedeln, da am nächsten Tag Botho zu längerem Urlaub eintreffe. So könnten sich die beiden jungen Leute zusammenfinden. Es gehe absolut nicht an, daß Ellinor allein in Lemkow hause, wo sie bereits junge Herren empfangen habe, was sehr unpassend sei. Man habe Ellinor schon wiederholt aufgefordert, sich unter seinen und seiner Gattin Schutz nach Lossow zu begeben, aber Ellinor hätte sich geweigert mit der Begründung, daß sie erst abwarten wolle, ob ihr Vater wünsche, daß sie nach Lossow übersiedele. Im übrigen sei Botho bereit, Ellinor zu seiner Frau zu machen.

Dieser Brief ging sofort ab.

Umgehend schrieb Fritz von Lossow seinem Bruder, er habe bestimmt, daß Ellinor in Lemkow bleibe. Er habe seine Gründe hierfür. Er wisse ganz genau, daß Ellinor nie etwas Unpassendes tue. Im übrigen habe er seiner Hausdame, Mrs.

Stemberg, Weisung gegeben, sich mit der Auflösung seines Haushaltes zu beeilen. Diese Dame werde schon in einigen Wochen mit Fred die Reise nach Deutschland antreten, so daß Ellinor nicht mehr so lange allein bleibe. Er selbst werde dann die letzte Zeit im Hotel wohnen. Da er alle Hebel in Bewegung gesetzt habe, hoffe er, seine Geschäfte bis Anfang September erledigt zu haben. Dann wolle er sogleich nach Deutschland übersiedeln. Im übrigen stelle er seinem Bruder nochmals anheim, seine Rechte in jeder Beziehung zu wahren, wenn er sich eines Anspruchs bewußt sei. Auf keinen Fall werde er seine Tochter in irgendeiner Weise für oder gegen eine Heirat beeinflussen. Sie sei ein so klarer, verständiger Mensch, daß er ihr auch hierin völlig freie Hand lassen könne.

Dieser Brief kam natürlich erst nach einiger Zeit in Kunos Hände.

Inzwischen war Ellinor, wie immer, mit ihrem Vater im regsten Briefwechsel geblieben. Sie hielt ihn über alles, auch über das Kleinste, auf dem laufenden.

So wußte Fritz Lossow längst von dem ›unpassenden‹ Besuch des Barons mit allen Nebenerscheinungen. Deshalb hatte sich auch Fritz Lossow entschlossen, Mrs. Stemberg sobald wie möglich mit Fred nach Lemkow zu schicken, obgleich Ellinor schrieb, es gehe alles vorzüglich. Er wollte seiner Tochter die schwierige Stellung nach Kräften erleichtern.

Nur über eines hatte Ellinor dem Vater nicht mit ihrer sonst gegen ihn üblichen Offenheit berichtet: über den Eindruck, den Baron Lindeck auf sie gemacht hatte, und über das schmerzliche Gefühl in ihr, als sie gehört hatte, daß er mit Gitta heimlich verlobt sei. Darüber konnte sie nicht einmal mit ihrem Vater sprechen. So erwähnte sie Lindeck nur flüchtig.

12

Botho war in Lossow angekommen. Gleich am ersten Nachmittag fuhr er mit seiner Mutter und seiner Schwester nach Lemkow hinüber.

Um gleich einen unwiderstehlichen Eindruck auf Ellinor zu machen, hatte er Uniform angelegt. In Zivil sah er viel unvorteilhafter aus.

So rückte er denn mit vollem Glanz und Schneid zum ersten Treffen vor.

»Auf die Uniform sind alle Mädels wild, die macht immer Eindruck«, sagte er siegessicher zu seinen Angehörigen.

Ellinor war gerade von einem Ritt über die Felder in Begleitung des Verwalters zurückgekehrt. Sie hatte soeben ihr Reitkleid gegen ein schlichtes, aber elegantes und gut sitzendes Hauskleid vertauscht, und Nelly hatte ihr die sehr fest geflochtenen Flechten etwas gelockert und frisch aufgesteckt.

»Miß Ellinor wird alle Tage schöner, deutsche Luft ist gut, sehr gut!« hatte Nelly gesagt, zärtlich und sorgsam das herrliche Haar bürstend.

Nelly hatte sich ganz gut eingerichtet. Sie fand auch Unterhaltung in ihrer Muttersprache; in Lemkow war ein Landsmann von ihr als Stallknecht angestellt, ein junges Bürschlein noch, den Nelly bemutterte und der sich dafür sehr anhänglich zeigte und in seinen Mußestunden mit ihr von der Heimat plauderte.

So schritt nun Ellinor frisch und munter ihren Verwandten entgegen.

Mit mutwillig blitzenden Augen sah sie sich den Vetter an, der sofort in seiner gezierten Manier, die höchsten Schneid

388

markieren sollte, einige Komplimente machte. Mit Eleganz entfaltete er alle Künste eines Herzensbrechers und ahnte in seinem übertriebenen Selbstbewußtsein nicht, wie komisch er auf Ellinor wirkte.

›Also das ist der schneidige Gardeleutnant? Und den soll ich heiraten?‹ dachte sie, kaum ihre Lachlust bezwingend.

Botho klemmte sein Monokel ein und schob die Ellenbogen zurück, sie fest an den Körper pressend. In dieser Pose fand er sich unwiderstehlich. Und er schnarrte und näselte allerlei hervor, was er für geistreich hielt und was doch nur Banalitäten waren.

Ellinor betrachtete ihn mit einem Gefühl, wie man vielleicht ein seltenes, drolliges Tier im Zoologischen Garten betrachtete. Diese Art Männer war ihr völlig fremd.

Als Botho sich nach etwa einer Stunde mit Mutter und Schwester entfernte, sah ihm Ellinor, hinter dem Store verborgen, nach.

›Diesen Vetter kann man wirklich nur humoristisch nehmen, sonst wird er unerträglich‹, dachte sie bei sich.

Dann stellte sie sich vor den Spiegel, schnitt eine Grimasse, als wollte sie ein Monokel einklemmen, preßte die Ellenbogen fest an sich und näselte: Äh, hm – ja, kolossal schneidiger Gardeleutnant!

Lachend drehte sie sich auf dem Absatz herum. Und als sie an ihren Vater über diese Begegnung schrieb, urteilte sie folgendermaßen über den Vetter: »Er ist ein fades, langweiliges, lächerliches Buch in Prachteinband. Der Prachteinband ist seine Uniform.«

Wenn das Botho geahnt hätte!

Er fuhr mit der festen Überzeugung nach Lossow zurück, daß er kolossalen Eindruck gemacht habe.

389

»Die Kleine war ja ganz baff, als sie mich sah! Konnte vor Überraschung gar nicht sprechen. Na ja, weiß ja, wild sind die Mädels alle auf so einen Leutnant. Übrigens 'n ganz hübscher Racker, die kleine Amerikanerin, kann mir schon gefallen. Werde die Chose kurz und schmerzlos machen, ohne langes Hangen und Bangen.«

So sprach Botho, durchdrungen von seiner Unwiderstehlichkeit, zu seinen Angehörigen.

Später legte er dem Vater seinen Plan vor. »Also ich werde jetzt mal vor allen Dingen die Festung systematisch belagern. Meine ganze freie Zeit werde ich in Lemkow zubringen. Werde der Kleinen klarmachen, daß ich sie im Verkehr mit den Beamten vertreten will, und nehme ihr mit Grazie die Zügel aus der Hand. Wie gesagt, sie ist ganz hübsch, man braucht da kein Opfer zu bringen. Ihre Mutter ist tot, Amerika ist weit. Wenn mein Urlaub zu Ende ist, können wir dem alten Herrn drüben überm Teich drahten, daß die Verlobung perfekt ist.«

Kuno von Lossow war zwar nicht ganz überzeugt davon, daß alles glatt gehen würde, wie Botho es sich dachte, aber er glaubte auch, daß Ellinor dem Reiz eines Gardeleutnants nicht widerstehen würde.

Gitta hatte Ellinor gesagt, daß am nächsten Nachmittag um vier Uhr in Lossow Tennis gespielt werden solle. Baron Lindeck sei auch von der Partie.

Ellinor hatte zugesagt. Daß der Baron da sein würde, lockte sie, obgleich sie sich das nicht eingestehen wollte.

»Ich will nur sehen, bis zu welchem Grad der Vollkommenheit er sich verstellen wird«, sagte sie sich, den unsinnigen Schmerz, der sie stets befiel, wenn sie an Heinz Lindeck dachte, tapfer niederkämpfend.

Obwohl nun Botho wußte, daß Ellinor am Nachmittag

nach Lossow kommen würde, ritt er am Vormittag nach Lenkow hinüber. Heute hatte er einen ganz modernen, eleganten Reitanzug angelegt, in dem er entschieden etwas grotesk wirkte.

Ellinor saß über ihre Wirtschaftsbücher gebeugt in ihrem Arbeitszimmer am Schreibtisch, der vor dem Fenster stand. Sie sah Botho kommen, und in ihren Augen blitzte es auf.

Als er sich durch den Diener anmelden ließ, erhob sie nicht einmal den Kopf von der Arbeit.

»Sagen Sie Herrn von Lossow, ich bedaure, ihn nicht empfangen zu können.«

Mit diesem Bescheid kehrte der Diener zu Botho zurück.

Dessen Gesicht zeigte keinen geistvollen Ausdruck. Etwas verdutzt trat er den Rückzug an.

Als Ellinor am Nachmittag in Lossow eintraf, war Baron Lindeck bereits zugegen. Er saß mit den Geschwistern im Sonnenschein auf der Terrasse, als der Wagen hielt, dem Ellinor im entzückenden Tenniskleid entstieg. Ihr Anzug war weiß und schwarz gestreift und mit einem schwarzen Gürtel versehen. Der Trauer wegen wollte sie nicht ganz weiß gekleidet sein.

»Wie der leibhaftige Frühling«, dachte Heinz Lindeck, als sie so frisch und voll kraftvoller Anmut auf ihn zuschritt.

Botho sprang auf, auch Gitta und der Baron erhoben sich.

»Ich bin ganz böse, mein verehrtes Bäschen«, sagte Botho, nachdem er Ellinor begrüßt hatte.

»Auf mich, Vetter?«

»Ja, auf dich, mein reizendes Bäschen.«

Sie musterte ihn mutwillig. »Darf ich wissen, warum?«

Er klemmte das Monokel ein. Sein Tennisanzug hing weit und faltig um seine hagere Figur. Ellinor verglich ihn unwillkürlich mit dem Baron, der auch im Tenniskostüm eine elegante Erscheinung bot. Welch ein Unterschied war zwischen diesen beiden jungen Edelleuten!

»Weil du mich heute morgen in Lemkow hast abweisen lassen«, sagte Botho vorwurfsvoll.

Ellinor blickte ihm mit ironischem Lächeln ins Gesicht. Dann sah sie zu Heinz Lindeck hinüber.

»Lieber Vetter, Sie wissen doch, daß ich allein in Lemkow wohne und nach deutscher Sitte einen jungen Herrn nicht allein empfangen darf. Fragen Sie nur Herrn Baron Lindeck, wie unweiblich das sein würde, wollte ich es tun.«

Heinz Lindecks Gesicht rötete sich unter ihrem spöttischen Blick.

Botho aber rief eifrig: »Oh, verehrtes Bäschen, ich als dein Vetter mache da entschieden eine Ausnahme!«

Ellinor blickte ihn mutwillig an. »Nein, ich lasse keine Ausnahmen mehr gelten, denn ich will mich bemühen, hier nach deutschen Anschauungen zu leben. Also, Sie werden in Lemkow immer verschlossene Türen finden, wenn Sie nicht in Begleitung Ihrer Eltern oder Ihrer Schwester kommen. Nicht wahr, Gitta, du genügst in diesem Fall als Ehrendame?«

Botho ließ seine Schwester gar nicht zu Worte kommen. »Das gilt nicht, Bäschen! Dagegen protestiere ich! Und vor allem protestiere ich dagegen, daß du mich immer mit dem steifen ›Sie‹ traktierst. Ist doch Unsinn zwischen uns. Du nennst doch Gitta auch du. Ich beanspruche das gleiche Recht.«

Ellinor sah mit blitzenden Augen zu dem Baron hinüber. »Was meinen Sie, Herr Baron? Sie sind unparteiisch in diesem Fall und wohlvertraut mit allem, was sich schickt. Darf ich zu meinem Vetter ›Du‹ sagen oder ist das nach deutschen Verhältnissen unschicklich?«

Er sah ihr groß und ernst in die Augen.

Daß sie ihn verspotten wollte, fühlte er sehr wohl, aber er nahm es ihr nicht übel. Frei und großzügig, wie sie erzogen war, mußten ihr seine Bedenken kleinlich erschienen sein. Außerdem empfand er eine starke Freude, daß sie Botho so abfallen ließ.

»Ihr Spott trifft mich ganz zu Unrecht, mein gnädiges Fräulein. Aber ich bitte Sie, mir zu glauben, daß ich es gut meinte, als ich Sie darauf aufmerksam machte, daß bei uns in Deutschland alleinstehende junge Damen keine Herrenbesuche empfangen dürfen.«

In Ellinors Gesicht stieg eine leichte Röte unter seinem ernsten Blick, in dem eine stumme Bitte lag. Wäre sie durch Gittas lügnerische Mitteilungen nicht gegen ihn beeinflußt gewesen, sie hätte ihm wohl jetzt freimütig die Hand gereicht und gesagt: ›Ich danke Ihnen, daß Sie mich auf einen Fehler aufmerksam machten.‹ Aber so lag ihr eine andere Entgegnung auf den Lippen. Sie wollte ihn fragen: ›Meinten Sie es auch gut mit mir, als Sie nach Ihrem Besuch schleunigst zu meiner Tante fuhren und mich bei ihr als unweiblich verklagten?‹

Gitta merkte jedoch, daß die Unterhaltung für sie unangenehm zu werden drohte, und trat schnell an des Barons Seite. »Wenn wir bis zur Teestunde eine Partie spielen wollen, dürfen wir nicht länger zögern«, sagte sie hastig.

Ellinor unterließ die Frage, die ihr auf den Lippen schwebte. Sie wandte sich ab, weil es ihr weh tat, zu sehen, daß Gitta so selbstverständlich, als gehöre sie zu ihm, neben den Baron trat.

»So wollen wir zum Tennisplatz gehen«, sagte sie aufatmend.

»Einen Augenblick, Bäschen! Du mußt mich erst feierlich in meine vetterlichen Rechte einsetzen!« rief Botho eifrig.

393

Ellinor wandte sich ihm zu.

»Also gut, Vetter, ich akzeptiere das ›Du‹ in unserem Verkehr, da wir doch nun einmal verwandt sind. Noch einen Moment Geduld, Gitta, ich möchte nur deinen Eltern guten Tag sagen. Gleich bin ich wieder hier.«

Sie eilte leichtfüßig ins Haus.

Gitta forderte lächelnd den Baron auf, mit ihr vorauszugehen. Botho blieb, auf Ellinor wartend, stehen.

Der Baron ging nur ungern mit Gitta. Als sie ihm jedoch, nachdem sie außer Hörweite waren, schelmisch zuflüsterte: »Mein Bruder und Ellinor werden uns Dank wissen, daß wir sie ein Weilchen allein lassen«, da wäre er am liebsten umgekehrt, um Ellinor nicht mit Botho allein zu lassen.

Aber dann warf er den Kopf zurück. Nein, einen Botho brauchte er nicht zu fürchten! Wenn Ellinor an ihm Gefallen fand, dann war sie nicht die Ellinor, die er zu kennen glaubte, für die in seinem Herzen ein großes, schönes Gefühl zu keimen begann.

Ruhig schritt er neben Gitta her und ging auf ihre nichtssagende Unterhaltung ein.

Als Ellinor aus dem Haus kam, stand Botho ihrer wartend da und schwenkte grüßend das Rakett. »Nun komm, mein schönes, reizendes Bäschen«, sagte er mit feuriger Betonung.

Um ihre Lippen zuckte es mutwillig. »Komplimente zwischen Verwandten sind unzulässig und unnötig, Vetter«, sagte sie abweisend.

»Aber, liebe Ellinor, wenn du wüßtest, wie entzückend ich dich finde.«

Sie blickte ihn spöttisch an. »Das interessiert mich gar nicht. Aber etwas anderes erfüllt mich mit brennendem Interesse.«

394

»Was denn, teure Ellinor?«

»Die Frage, ob du beim Tennisspiel das Monokel im Auge behältst.«

Er sah sie verdutzt an, so daß sie Mühe hatte, ernst zu bleiben. Da es ihr aber gelang, fühlte sich Botho bewogen, ihre Frage ernst zu nehmen, er hielt ihr darüber einen langen Vortrag, den er damit illustrierte, daß er das Monokel diverse Male aus dem Auge nahm und wieder einklemmte.

Sie konnte währenddessen ihren Gedanken nachhängen. Gittas Lachen und Plaudern klang zu ihr herüber, untermischt von den Tönen einer warmen, sonoren Männerstimme. Sie wehrte sich gegen das schmerzliche Gefühl, das immer wieder in ihr aufsteigen wollte, und zwang sich zu einer lustigen Stimmung.

Auch während des Spiels war sie scheinbar übermütig und heiter. Sie neckte sich mit Botho, zog ihn ein wenig auf und lachte über ihn, nur um ihre Gedanken von dem Baron und Gitta abzulenken.

Mit dem Baron wechselte sie nur die beim Spiel üblichen Worte und überließ ihn geflissentlich Gittas Gesellschaft.

Er fühlte, daß sie ihm noch immer zürnte. Aber das entmutigte ihn nicht. Wenn er ihr ganz gleichgültig gewesen wäre, hätte sie ihn sicher nicht mit ihrem Zorn beehrt. Daß sie Botho aufzog, aber nicht ernst nahm, konstatierte er mit aufrichtiger Freude.

Als sie nach beendetem Spiel ins Haus zurückkehrten, hielt sich Lindeck dicht an Ellinors Seite, obwohl Gitta ihn wieder isolieren wollte. »Wie sind Sie mit Dianas Leistungen zufrieden, gnädiges Fräulein?« fragte er, ein harmloses Gespräch anbahnend.

Ellinor blickte nicht auf, sondern hielt den Blick geradeaus auf den Weg gerichtet. »Sehr, Herr Baron. Diana geht außerordentlich leicht im Zügel; sie reagiert auf den leisesten Druck und ist sehr temperamentvoll. Gerade so liebe ich es; auf diese Weise wird das Reiten nie langweilig.«

»Man darf aber auch nie die Vorsicht außer acht lassen. Wenn ich darüber zu bestimmen hätte, würde ich Diana von keiner Dame reiten lassen.«

Oh, deshalb also hat Gitta Diana nicht behalten wollen; er hat es nicht gewünscht, dachte sie.

Und schnell zu ihm aufsehend sagte sie hastig: »Meine Kusine hat ja Diana früher geritten und war anscheinend nicht mit ihr zufrieden.«

Kein Zug in seinem Gesicht veränderte sich. »Ja, mir ist, als hätte Ihr Herr Großonkel davon gesprochen«, sagte er gleichgültig.

»Der Heuchler!« dachte Ellinor, und ein dunkler Blick streifte das edelgeschnittene Männergesicht an ihrer Seite.

Lindeck fing diesen Blick auf; er hielt ihn fest mit großen, offenen Augen, in denen wieder eine stumme Bitte lag. Einen Moment ruhten die beiden Augenpaare ineinander. Es flog herüber und hinüber wie ein unruhiges Forschen, und ein geheimnisvolles Sehnen erwachte in beider Herzen unter diesem Blick. Aber dann wandte sich Ellinor brüsk von ihm ab.

»Gitta, der Herr Baron möchte gern Auskunft haben über Dianas Leistungen. Du kannst ihm nun deine Meinung über sie sagen, nachdem ich meine Weisheit zum besten gegeben habe«, sagte sie schnell, nach Gitta zurückgewandt, und blieb zurück.

Gitta war schnell wieder an Lindecks Seite; Ellinor schritt nun neben Botho weiter. Der lächelte eitel.

›Schau, schau, wie geschickt die Kleine sich wieder an meine Seite gepirscht hat‹, dachte er selbstgefällig.

Als Ellinor in selbstquälerischer Pein nur zögernd an seiner Seite weiterging, damit der Baron mit Gitta ungestört plaudern konnte, dachte Botho wieder: ›Also, sie laviert schon vorsichtig, so daß wir allein sind. Na, mit dieser kleinen Amerikanerin werde ich bald im reinen sein. Ist übrigens ein ganz reizendes Mädel! Eine veritable Liebeserklärung soll sie auch haben. Wird mir nicht mal schwerfallen, wahrhaftig nicht!‹

Und er legte sich mit solchem Eifer ins Zeug, daß Ellinor ihre Schritte nun doch beschleunigte.

Kuno von Lossow und seine Gemahlin standen auf der Terrasse. Sie blickten zufrieden auf die beiden jungen Paare.

»Wenn sich doch Baron Lindeck Gitta endlich erklären wollte«, sagte Frau Helene mit einem Seufzer.

»Hast du Hoffnung, daß dies geschieht?« fragte ihr Gatte freudig überrascht.

»Nun, jedenfalls verkehrt er mit keiner anderen Dame so viel wie mit Gitta. Er ist doch auch wirklich heiratsfähig mit seinen dreiunddreißig Jahren. Ich wüßte nicht, daß er sich um andere bemüht.«

»Das sind leider keine stichhaltigen Argumente. Ich dachte, du hättest begründetere Hoffnungen.«

Frau Helene zuckte die Achseln. Antworten konnte sie nicht mehr, da der Baron mit Gitta herangekommen war. Auch Botho und Ellinor erschienen gleich darauf.

Die jungen Leute wollten den Tee auf der Terrasse einnehmen, aber Frau Helene protestierte. »Nein, nein, die Sonne ist hinter den Bäumen verschwunden, und ihr seid erhitzt. Ich habe drinnen den Teetisch decken lassen«, sagte sie und schlang wie in mütterlicher Zärtlichkeit ihren Arm um Ellinors Schulter, sie so ins Haus führend.

Man nahm am Teetisch Platz. Gitta füllte die Tassen und kredenzte sie anmutig lächelnd. Als sie dem Baron eine Tasse reichte, fragte sie schelmisch: »Zwei Stücke Zucker, sonst nichts, nicht wahr?«

Er verneigte sich artig. »Es ist sehr liebenswürdig, daß Sie sich das gemerkt haben, gnädiges Fräulein.«

»Oh, ich habe Ihnen doch schon manche Tasse Tee kredenzt, da ist das nicht schwer zu merken. Und lieben Gästen muß man es doch behaglich machen«, sagte Gitta neckend und sah den Baron fast zärtlich an.

Es zuckte in seinen Augen wie Wetterleuchten, und seine Stirn rötete sich vor Unwillen über Gittas unangebrachte Vertraulichkeit. Sein Blick flog zu Ellinor hinüber, und da sah er in ihren Augen einen seltsamen Ausdruck. Wie ein heimliches Forschen lag es darin und wie ein schmerzlicher Zorn. Dieser Ausdruck gab ihm zu denken. Er glaubte ihn schon einige Male in Ellinors Augen gesehen zu haben, wenn sie ihn anblickte.

Was lag nur in diesem sonderbaren Blick? Was bedeutete er?

Schnell hatte sich Ellinor wieder von ihm weggewandt und plauderte eifrig mit Botho, der neben ihr saß, während Gitta neben dem Baron Platz genommen hatte. Zwischen den beiden jungen Paaren saßen Frau Helene und ihr Gatte.

Baron Lindeck hatte nicht viel Aufmerksamkeit für Gitta übrig, obwohl er notgedrungen mit ihr plaudern mußte. Seine Augen flogen immer wieder zu Ellinor hinüber. Ihr reizendes, lebensfrisches Antlitz entzückte ihn immer von neuem. Das kleine Grübchen neben dem Mundwinkel, das nur zu sehen war, wenn ihr Schelmerei oder Mutwillen aus den Augen lachten, faszinierte ihn geradezu. Er wartete immer darauf, daß es wieder erscheinen möge, wenn es kaum verschwunden war.

Und wie köstlich der blütenfrische Teint in ihrem lieblichen Antlitz wirkte. Es lag etwas Herzerfrischendes, Reines und Unberührtes über ihrer ganzen Erscheinung.

Als Botho mit seinen faden Komplimenten und Beteuerungen gar zu sehr ins Zeug ging, war Lindeck zumute, als müsse er diesen Gecken wie ein lästiges Insekt von Ellinors Seite scheuchen.

13

Wochen waren so vergangen. Botho hatte sich die größte Mühe gegeben, Ellinor für sich zu gewinnen. Sie nahm seine Huldigungen niemals ernst und ließ ihn keinen Moment im Zweifel darüber, daß er sich vergeblich um sie bemühte und daß er keine Hoffnung habe, bei ihr je sein Ziel zu erreichen. Aber Botho merkte nicht, daß Ellinor ihn entweder aufzog oder abweisend behandelte. Er glaubte, Ellinor ziere sich nur nach Mädchenart ein wenig, ehe sie sich ergab.

»Wenn ich nur zuweilen mit ihr allein sein könnte, dann wäre ich längst am Ziel«, sagte er oft zu seinen Angehörigen.

Vergeblich suchte er ihr allein zu begegnen, vergeblich lauerte er ihr auf, wenn sie ausritt oder ausging. Stets wußte sie ihm geschickt zu entkommen. Er war auch verschiedene Male allein nach Lemkow gekommen, auf seine vetterlichen Rechte pochend. Aber immer wieder wurde er glatt abgewiesen. So mußte er sich damit begnügen, sie in Lossow zu sehen – da war aber meistens auch Baron Lindeck zugegen – oder mit seiner Mutter oder Schwester in Lemkow Besuche zu machen.

Mutter und Schwester richteten es dann freilich immer geschickt ein, daß er eine Weile mit Ellinor allein blieb, aber auch dann gelang es ihm nicht, seinem Ziel näherzukommen. Sobald er ernsthaft werden wollte, zeigte sich Ellinor entweder kühl und unnahbar oder sie trieb ihren Mutwillen mit ihm, so daß er nie recht zu Worte kam.

Trotzdem verlor Botho seine Siegessicherheit nicht.

Die angesetzten Tennisstunden in Lossow versäumten weder Ellinor noch Heinz Lindeck. Pünktlich fanden sich beide stets ein. Aber es war immer wie ein heimlicher Kriegszustand zwischen ihnen. Gitta konnte zufrieden sein. Der Baron und Ellinor standen einander entschieden unsympathisch gegenüber. So dachte Gitta wenigstens, und sie glaubte, daß daran nur ihr diplomatischer Eingriff schuld sei. Trotzdem wünschte sie sehnlichst, daß Botho und Ellinor sich verloben möchten.

Bei aller scheinbaren Abneigung war aber etwas zwischen Ellinor und dem Baron, das sie immer wieder zueinander zog. Wenn Heinz Lindecks Blicke zuweilen unerwartet in die Ellinors trafen, wenn seine stahlblauen Augen dann so seltsam beglückt aufstrahlten, dann klopfte ihr Herz rebellisch. Sie wehrte sich gegen den Einfluß, den seine Augen trotz allem auf sie ausübten, und erlag doch immer wieder. Heimlich beobachtete sie, ob seine Augen auch so aufleuchteten, wenn er Gitta ansah, aber nie fing sie einen solchen Blick auf. Im Gegenteil, es schien ihr immer, als ob er Gitta besonders kühl und gleichgültig anblickte.

›Welch ein Heuchler, welch ein Heuchler!‹ dachte sie dann immer wieder erbittert.

Heinz Lindeck kämpfte längst nicht mehr gegen das heiße, wundersame Gefühl an, das ihn zu Ellinor zog. Wenn sie kalt, fast verletzend zurückhaltend zu ihm war, dann fühlte er freilich einen heißen Schmerz und zweifelte, ob es ihm je gelingen würde, ihre Liebe zu erringen. Aber dann sah er wieder und wieder den rätselhaften Ausdruck in ihren Augen, er sah es zuweilen darin aufflammen wie ein jähes, heißes Gefühl, und dann sagte er sich zum Trost, daß sie nicht so kalt und feindlich für ihn fühlen könne, wie sie sich den Anschein gab.

Aber warum tat sie das überhaupt? Darüber grübelte er immerzu. So kleinlich war sie doch sicher nicht, daß sie ihm noch zürnte wegen der leidigen Besuchsfrage. Es quälte ihn sehr, daß er sie immer nur in Bothos und Gittas Gegenwart sehen konnte. Nie kam er in ein Gespräch mit ihr. Entweder unterbrach sie es selbst, oder Gitta kam dazwischen.

Gleich Botho suchte er ihr unterwegs zu begegnen, aber er hatte nie das Glück, sie zu treffen.

Eines Tages unternahm Ellinor einen Spaziergang in den Wald, der jetzt im vollen, frischen Maiengrün prangte. Ellinor wurde ganz weich und warm ums Herz. Ein deutsches Volkslied kam ihr in den Sinn, das die Mutter oft gesungen. Ellinor sang es mit ihrer klaren, warmen Stimme vor sich hin. Ringsum war es feierlich still. Selbst die Vögel verstummten, als wollten sie lauschen auf das Lied, das mit so innigem Ausdruck aus der jungen Menschenbrust kam. Obwohl Ellinor schon einen weiten Ritt mit dem Verwalter und eine lange, geschäftliche Konferenz mit Dr. Holm hinter sich hatte, spürte sie keine Müdigkeit. Elastisch und leichtfüßig schritt sie auf dem weichen Waldboden dahin und sang ihr Lied.

Das schallte warm und freudig durch den Wald; und es drang zu den Ohren Heinz Lindecks, der in einiger Entfernung von ihr ritt. Er hielt das Pferd an und lauschte atemlos.

Sein Herz klopfte plötzlich unruhig. Diese junge, frische Stimme erschien ihm so bekannt und vertraut, sie lockte ihn wie mit magnetischer Kraft.

Mit einem Satz sprang er vom Pferd, schlang den Zügel um einen Baum und bahnte sich leise durch das Unterholz einen Weg der Richtung zu, aus der das Lied erschallte.

Schnell kam er näher heran. Aber bevor er die Sängerin erreicht hatte, verstummte das Lied plötzlich. Aus nächster Nähe vernahm er, daß Ellinor Lossow mit jemand sprach. Unwillkürlich blieb er, durch das Unterholz gedeckt, lauschend stehen. Auch Ellinor schien stehengeblieben zu sein. Er hörte sie sagen: »Was ist Ihnen geschehen, arme Kathrin? Warum weinen Sie?«

Es klang ein warmes, herzliches Mitleid aus den Worten.

Darauf antwortete eine zitternde, von Schluchzen unterbrochene Frauenstimme: »Ach, gnädiges Fräuleinchen, ich bin mit meinem Holzbündel gefallen. Ich habe mir wohl den Fuß gebrochen. Ich kann nicht aufstehen vor Schmerz.«

Heinz Lindeck bog die Zweige auseinander.

Da sah er die alte Rumpler-Kathrin, ein ihm wohlbekanntes altes, verhutzeltes Mütterchen, eine Arme der Lemkower Gemeinde. Sie saß auf der Erde, mit dem Rücken gegen ein großes Holzbündel gelehnt.

»Wo haben Sie sich denn weh getan, Kathrin? Zeigen Sie es mir«, sagte Ellinor weich und gütig.

»Da, am rechten Fuß, gnädiges Fräuleinchen.«

Ellinor kniete sofort nieder.

»Lassen Sie mich nachsehen, Kathrin. Vielleicht kann ich

402

Ihre Schmerzen lindern. Wie gut, daß ich vorbeikam, sonst wären Sie wohl noch lange auf dem feuchten Boden hilflos liegen geblieben, noch dazu mit Ihrem Rheumatismus.«

»Ach, lassen Sie nur, gnädiges Fräuleinchen. Sie werden doch nicht mit Ihren feinen Händchen meine dreckigen Stiefel anfassen. Nee, nee, das geht nicht! Sie sind ja immer so gut zu mir, aber das geht doch nicht.«

Ellinor lächelte liebreich zu der Alten auf. Heinz Lindecks Herz schlug in heißem Entzücken über die junge Samariterin. So liebevoll hatte er die schönen Augen Ellinors noch nie blicken sehen.

»Es gibt ja Seife und Wasser, Mutter Kathrin, damit läßt sich aller Schmutz abwaschen. Jetzt lassen Sie mich nur getrost nachsehen. Zuerst muß der Schuh von dem kranken Fuß herunter. Armes, altes Mütterchen, nur nicht mehr weinen, ich nehme mich in acht, daß ich Ihnen nicht unnötig weh tue. Haben Sie arge Schmerzen?«

»Ach Gott, ach Gott, wie gut Sie sind, gnädiges Fräuleinchen. Unser seliger, gnädiger Herr war ja wohl auch ein guter, barmherziger Herr, aber Sie sind ja doch der reine Engel.«

Ellinor schüttelte lächelnd das Haupt.

»Nicht doch, Mutter Kathrin! Wenn man einem armen Menschen zuweilen etwas Gutes tut, erfüllt man nur seine Menschenpflicht. So, nun haben wir gottlob den Schuh herunter! Wie hart und schwer er ist. Ich werde Ihnen bald ein Paar weiche, leichte Schuhe machen lassen, wenn Sie wieder laufen können.«

Sanft und dabei flink entfernte Ellinor auch noch den groben, grauen Wollstrumpf und sah mit prüfenden Blicken auf den bereits dick geschwollenen Knöchel.

»Nein, Mütterchen, gebrochen ist der Fuß nicht, aber arg

verstaucht oder verrenkt. Ich werde kühle Blätter auflegen, das lindert den Schmerz. Wasser habe ich leider nicht hier. Dann laufe ich schnell nach Hause und hole einen Wagen. Ein Weilchen muß ich Sie Ihrem Schicksal freilich noch überlassen. Aber dann sorge ich dafür, daß Sie gut verpflegt werden. Nur noch ein Weilchen Geduld.«

So sprach die liebe junge Stimme tröstend auf die Alte ein. Heinz Lindeck hätte am liebsten noch weiter gelauscht. Wie von einem Zauber umsponnen hatte er auf seinem Lauscherposten gestanden. Jetzt hatte er einen tiefen Blick in Ellinor Lossows Wesen getan. Es zeigte sich ihm ohne Schleier. Und er erkannte in ihr ein echtes, fühlendes Weib voll erbarmender Nächstenliebe.

Sich aufraffend, trat er nun schnell hervor. »Gnädiges Fräulein, ich hörte, daß hier jemand in Not ist. Darf ich Ihnen behilflich sein? Mein Pferd steht drüben auf dem Hauptweg angebunden.«

Ellinor sprang auf und blickte ihm freudig, ohne jede Verstellung ins Gesicht. Sie dachte jetzt nur daran, daß er ihr helfen konnte, die arme Kathrin schnell in gute Pflege zu bringen.

Die Rumpler-Kathrin hatte eine Bewegung gemacht, als wolle sie sich erheben. »Ach Gott, ach Gott, der gnädige Herr Baron!« rief sie erfurchtsvoll.

Er legte seine Hand auf ihre Schultern. »Sitzen bleiben, Kathrin, ruhig sitzen bleiben! Also wie kann ich mich nützlich machen, gnädiges Fräulein?«

»Oh, es ist so gut, daß Sie kamen, Herr Baron. Wenn Sie zu Pferde sind, so reiten Sie, bitte, schnell nach Lemkow. Schikken Sie rasch einen Wagen und zwei von unseren Leuten, die Kathrin tragen können. Aber, bitte, beeilen Sie sich und sorgen Sie, daß die Leute schnell kommen. Kathrin liegt schon zu lange auf dem feuchten Boden. Auch soll zur Sicherheit gleich der Arzt gerufen werden.«

Sie sagte das wie ganz selbstverständlich, als zweifle sie keinen Augenblick, daß Lindeck bereit sei, sich in den Dienst werktätiger Nächstenliebe zu stellen.

Er verneigte sich. »Ich reite im schärfsten Tempo, mein gnädiges Fräulein.«

Dann eilte er schnell durch den Wald. Gleich darauf hörte Ellinor das Pferd davonjagen. »Der gute, gnädige Herr Baron! Ist ein gar guter Herr, gnädiges Fräuleinchen! Er hat mir vorigen Winter den warmen Schafpelz geschenkt, weil ich immer so friere. Und so ein leutseliger, vornehmer Herr, immer gut und freundlich zu armen Leuten und gar nicht stolz und hoffärtig.«

So lobte die Rumpler-Kathrin den Baron.

Ellinor sah mit träumerischem Ausdruck in die Ferne. Ihr war das Herz so traurig, daß sie nicht freudig mit einstimmen konnte in das Lob, das hier dem Baron gezollt wurde. Wie seltsam, daß alle Menschen nur Gutes von ihm sprachen, daß alle ihn so hochhielten. Niemand schien zu ahnen, daß er in Wahrheit kein offener, ehrlicher Charakter war.

Sie seufzte leise. Dann beugte sie sich wieder zu der armen Alten. »Warten Sie, Kathrin, Sie liegen so hart und unbequem an dem Holzbündel. Da kann ich ein wenig helfen. Erst noch einmal frische Blätter auf den Fuß. Gelt – das tut gut? So, nun rücke ich das Holzbündel zurück und setze mich darauf, und Sie lehnen sich an mich, das ist bequemer.«

Die Alte protestierte ganz entsetzt. »Ach Gott, ach Gott, nee, nee, gnädiges Fräuleinchen, das geht doch nicht! Ich mit meinen alten Lumpen an Ihr feines Kleid –«

405

Lächelnd drückte Ellinor die Alte an den Schultern zurück in ihren Schoß. »Das ist jetzt alles Nebensache, Mütterchen; daran denken wir jetzt gar nicht.«

Der Alten flossen die Tränen noch reichlicher aus den Augen. »Ach, du mein lieber Gott, Sie sind wahrhaftig ein leibhaftiger Engel, gnädiges Fräuleinchen! Sie muß der liebe Gott ganz extra segnen. Ich will darum beten, jeden Tag, den ich noch lebe«, stammelte sie und wagte sich nicht zu rühren.

Die Zeit verging sehr langsam, obgleich es kaum eine halbe Stunde dauerte, bis der Baron zurückkam. Gleich hinter ihm fuhr ein leichter Wirtschaftswagen daher. Man hatte auf Befehl des Barons einige Bündel Heu und Stroh darauf ausgebreitet und warme Decken darübergelegt.

Der Baron half selbst, die Alte auf den Wagen zu heben. Das Holzbündel warf er neben sie. »Damit Sie sich nicht umsonst mit dem Holz geplagt haben, Kathrin!« rief er lächelnd.

Ellinor bettete die alte Frau bequem und deckte sie warm zu. Diese weinte und stammelte ihren Dank.

»Der Arzt ist schon in Kathrins Hütte beordert, gnädiges Fräulein, und die Mamsell will eine der Mägde hinüberschicken, die Kathrin ein wenig helfen und pflegen kann. Ich hoffe, damit in Ihrem Sinn gehandelt zu haben«, sagte der Baron zu Ellinor.

Dann gingen sie nebeneinander hinter dem Wagen her, als könne es gar nicht anders sein. Er führte sein Pferd am Zügel. Schweigend schritten sie dahin, jeder in tiefe Gedanken versunken. Sein Blick ruhte immer wieder auf dem feinen, klaren Profil. Und das Herz wurde ihm warm und weit.

Dann fuhr Ellinor plötzlich aus ihren Sinnen empor und sah ihn an.

406

»Sie brauchen sich nun nicht weiter zu bemühen, Herr Baron. Ich sorge schon selbst weiter für Kathrin.«

Er hatte gerade seinen Blick auf der goldig schimmernden Flechtenpracht ruhen lassen, die unter dem kleinen, praktischen Lederhut hervorquoll, nun fuhr er erschrocken zusammen.

»Soll das heißen, daß meine Begleitung Ihnen lästig ist?« fragte er hastig.

Es zuckte leise um ihren Mund. »Nein, das soll heißen, daß ich Ihre kostbare Zeit nicht über Gebühr in Anspruch nehmen will.«

»Ich habe nichts Wichtiges vor. Vorhin ritt ich durch den Wald, um mich, nach einem Ritt über die sonnigen Felder, an der frischen Blätterpracht zu freuen. Da hörte ich eine schöne, warme Mädchenstimme ein deutsches Volkslied singen. Ich habe nicht gewußt, gnädiges Fräulein, daß Sie singen.«

»Und ich habe nicht gewußt, daß mir jemand zuhört. Ich singe sonst nur für den Hausgebrauch, unter Ausschluß der Öffentlichkeit.«

»Das ist schade. Ich möchte wohl zuweilen Zuhörer sein dürfen. Es war mir ein großer Genuß.«

Sie zuckte die Achseln. »Aus der Ferne mag es vielleicht leidlich klingen. Ich singe ganz ungeschult. Mein Vater wollte mir einmal Gesangsunterricht geben lassen, aber als ich Solfeggien üben sollte, streikte ich. Das fand ich gräßlich. Ich gab das Studium auf. Und nun singe ich, wie der Vogel singt, von keinerlei Kunst- und Sachkenntnis getrübt.«

Seine Augen leuchteten, als sie auf ihrem Antlitz ruhten. »Und mir war, als gehe der Frühling selbst durch den Wald und grüße mich mit seinen Zaubermelodien«, erwiderte er in innigem Tone.

Dieser Ton schmeichelte sich in ihr Herz. Aber da dachte sie an Gitta. Sie richtete sich fast schroff auf, und in ihr Gesicht kam ein kalter, abweisender Zug.

»Sie waren heute wohl noch nicht in Lossow?« fragte sie kühl, seine Worte ignorierend.

Er fühlte, daß ihr Wesen plötzlich jäh verändert war. »Nein, gnädiges Fräulein.«

»Dann haben Sie wohl auch meine Kusine noch nicht gesehen?« fragte sie in demselben schroffen Tonfall weiter.

Er war natürlich ahnungslos, daß ihre Worte eine besondere Bedeutung hatten.

»Nein, ich hatte nicht das Vergnügen«, antwortete er gleichgültig.

»Aber jetzt gehen Sie sicher nach Lossow?«

Er hätte am liebsten geantwortet: ›Was soll ich in Lossow, wenn Sie nicht dort sind?‹

Aber das tat er natürlich nicht. Statt dessen entgegnete er: »Nein, ich will über Trassenfelde nach Hause reiten, wenn ich mich überzeugt habe, daß der Arzt zur Stelle ist. Sonst hole ich ihn selbst herbei.«

›Ist er nicht dennoch ein guter Mensch?‹ fragte sich Ellinor und suchte bei sich nach Entschuldigungsgründen für sein Verhalten in bezug auf Gitta. Und wieder kam eine große Traurigkeit über sie.

Schweigend gingen sie weiter, bis der Baron nach einer Weile sagte: »Der Unfall der alten Kathrin hat Ihnen gewiß die frohe Stimmung getrübt. Vorhin schienen Sie so heiter zu sein.«

Ellinor errötete ein wenig. Erst wollte sie ihm eine schroffe Antwort geben, aber dann bezwang sie sich. »Die arme alte Frau«, sagte sie mitleidig. »Wie schrecklich das sein muß, so ganz allein im Leben zu stehen, so arm und verlassen zu sein.«

408

Er sah sie mit leuchtenden Augen an. »Wie gütig Sie sind, wie echt weiblich und warmherzig.«

Sie warf den Kopf zurück. »O nein, ich bin unweiblich, Herr Baron! Vergessen Sie das nicht«, entgegnete sie in bitterem Spott.

Er ahnte nicht, worauf sie anspielte. Er wußte ja nicht, daß Gitta ihm diese Worte fälschlich in den Mund gelegt hatte. Er lächelte nur.

»Das möchten Sie mich wohl absichtlich glauben machen, mein gnädiges Fräulein?«

Dunkles Rot schoß ihr ins Gesicht. Sie schämte sich für ihn, daß er so unehrlich war. Hinter ihrem Rücken schalt er sie unweiblich und hatte nicht den Mut, ihr das ins Gesicht zu sagen! Stolz und abweisend sah sie zu ihm auf.

»Absichtlich? Ich wüßte nicht, Herr Baron, warum ich Ihnen absichtlich eine Meinung über mich beibringen möchte. Es ist mir sehr gleichgültig, wie Sie über mich denken.«

Er zog wie im Schmerz die Stirn zusammen. »Wenn ich nur wüßte, wodurch ich mir Ihren Zorn zugezogen habe?« sagte er ernst. »Ich kann doch nicht glauben, daß Sie mir noch immer wegen der leidigen Besuchsangelegenheit grollen? Damals handelte ich wahrhaftig nur in Ihrem Interesse.«

»Herr Baron, ich gestatte Ihnen aber keinerlei Interesse an meiner Person, welcher Art es auch sei. Und Ihnen zürnen, weil Sie mich auf einen Fehler aufmerksam machten? Nein, so kleinlich bin ich nicht.«

»Aber wodurch habe ich denn sonst Ihren Zorn verdient?«

Sie hätte sagen mögen: ›Dadurch, daß du ein Heuchler bist, obwohl du dich aufspielst, als seist du ein offener, ehrlicher Mensch, als sei alles echt und wahr an dir.‹

Aber sie behielt das für sich und sagte nur leichthin: »Sie

brauchen gar keine Notiz davon zu nehmen, wie ich über Sie denke.«

»Wenn ich es aber dennoch tue? Wenn es mir sehr wichtig ist?«

Sie sah ihn groß und abweisend an.

»Bitte, beenden wir das Gespräch«, sagte sie kühl.

Er biß sich auf die Lippen und verneigte sich.

Wieder gingen sie schweigend dahin.

Und dies schweigende Nebeneinandergehen schien alles, was trennend zwischen ihnen stand, fortzuscheuchen und zu verwischen. Ihre Gedanken suchten einander und redeten eine andere Sprache als zuvor. Es war ein geheimnisvolles Weben in der frühlingsfrischen Welt. Wie Zauberfäden spann es sich herüber und hinüber. Eine weiche Stimmung kam über Ellinor. Sie vergaß, daß sie dem Mann an ihrer Seite feindlich gesinnt sein mußte, vergaß, was zwischen ihnen lag, vergaß, daß sie ihn soeben erst schroff zurückgewiesen hatte. Aus dieser seltsamen, weichen Stimmung heraus sagte sie plötzlich:

»Ich habe heute eine so freudige Nachricht von meinem Vater erhalten. Mein Bruder Fred kommt bereits Mitte Juli mit unserer Hausdame nach Lemkow. Mrs. Stemberg hat sich beeilen müssen, unseren Haushalt aufzulösen, und mein Vater hat sehr gedrängt. Der Gedanke, mich hier allein zu wissen, hat ihn beunruhigt. Nun will er lieber selbst allein bleiben und im Hotel Wohnung nehmen, bis er nachfolgen kann.«

Heinz Lindeck atmete auf, als Ellinor nun wieder in einem freundlichen Ton zu ihm sprach.

»Ich kann es Ihrem Herrn Vater sehr wohl nachfühlen, daß er in Sorge und Unruhe um Sie ist. Nun freuen Sie sich gewiß sehr, daß Ihr Bruder kommt.«

»Ja, auf Fred freue ich mich sehr. Wir haben einander sehr lieb. Wenn ich ihn hier habe, wird es mir leichter sein, auf meinen Vater zu warten.«

»So haben Sie doch unter diesem Alleinsein gelitten?« fragte er rasch.

»Namenlos!« stieß sie hastig hervor.

Aber dann wurde sie plötzlich rot und fuhr sich über die Stirn. Sie wurde sich jetzt erst wieder bewußt, mit wem sie sprach. In leichtem Tone fuhr sie fort: »Ich hatte natürlich Sehnsucht nach meiner Familie. Wir waren noch nie lange voneinander getrennt. Die neuen Verhältnisse, die fremde Umgebung machen einem die Einsamkeit doppelt fühlbar. Aber es ging doch nicht anders.«

»In Lossow hätten Sie nicht wohnen mögen?« fragte er.

»Nein!« kam es kurz von ihren Lippen.

»Das kann ich mir denken! Dorthin gehören Sie auch nicht«, sagte er warm.

Sie blickte erstaunt, betroffen auf. »Wie meinen Sie das?«

Er atmete tief auf. »Dort leben Menschen, die Ihnen innerlich fernstehen müssen, obwohl sie mit Ihnen blutsverwandt sind. Auch Ihr Herr Großonkel hat den Lossowern im Herzen stets ferngestanden. Er sagte einmal zu mir, die Lossower haben kaltes Wasser in den Adern, statt roten, warmen Bluts.«

Ellinors Augen öffneten sich weit. »Das sagen Sie – Sie? Und Sie sprechen es aus, als – als teilten Sie die Ansicht meines Onkels?« fragte sie atemlos.

»Ja, ich teile sie«, antwortete er in ruhigem, festem Ton.

Sie blieb plötzlich stehen. »Dann begreife ich nicht, daß –«

Erschrocken hielt sie inne. »Was begreifen Sie nicht?« fragte er lächelnd.

411

Sie hatte sagen wollen: »Daß Sie Gitta von Lossow lieben und sie heiraten wollen.«

Aber es fiel ihr noch rechtzeitig ein, daß sie darüber nicht sprechen durfte. »Oh, ich meine nur, ich begreife dann nicht, daß Sie so oft in Lossow verkehren.«

Er sah sie mit einem seltsamen Blick an. »Das geschieht auch erst seit der letzten Zeit, seit Sie – ich meine, seit wir so eifrig Tennis spielen.«

Wie ein Schatten flog es wieder über ihr Gesicht. ›Wie er sich zu verstellen weiß! Warum sagt er nicht offen, daß er Gitta als Ausnahme gelten lassen muß, wenn er ein solches Urteil über ihre Familie fällt? Wie könnte er sie sonst lieben und zu seiner Frau machen wollen? Oh, man kann es kaum glauben, daß er so unehrlich ist, wenn man in sein offenes Gesicht sieht.‹

Mit einer müden Bewegung hob sie die Hand. »Wir sind zur Stelle. Da trägt man Kathrin schon ins Haus«, sagte sie ablenkend.

»Ja, und der Arzt ist auch schon anwesend, wie ich sehe. Da bin ich also überflüssig und will mich verabschieden.«

»Adieu, Herr Baron«, sagte Ellinor förmlich mit einem Neigen des Kopfes.

Er sah sie sonderbar dringlich an. »Bitte, reichen Sie mir doch die Hand zum Zeichen, daß Sie mir nicht mehr zürnen.«

Am liebsten hätte sie ihm die Hand verweigert. Aber es lag etwas in seinen Augen, das sie wider Willen zwang, seinen Wunsch zu erfüllen.

Er drückte rasch und fest seine heißen Lippen auf ihre Hand. »Darf ich nach Lemkow kommen, wenn Ihre Hausdame und Ihr Bruder anwesend sind? Oder bleiben mir die Pforten von Lemkow verschlossen, mein gnädiges Fräulein?«

412

Sie zog hastig ihre Hand zurück. Sein Kuß brannte wie Feuer darauf.

»Es wäre wohl nicht in Onkel Heriberts Sinn gehandelt, wenn man seinen Freunden die Pforten von Lemkow verschließen wollte. Im übrigen – der Tennisplatz, den ich anlegen lasse, ist bald fertig. Mein Bruder ist trotz seiner Jugend ein famoser Spieler. Er kann beim Spiel meines Vetters Stelle einnehmen, wenn Botho wieder abgereist ist, wir können dann vielleicht abwechselnd in Lossow und in Lemkow spielen.«

Er verneigte sich mit aufstrahlenden Augen. »Ich danke Ihnen, danke Ihnen sehr«, sagte er warm.

Unter seinem Blick schoß Ellinor das Blut in die Wangen.

»Adieu, Herr Baron!« rief sie hastig und trat schnell in Kathrins Hütte.

Er sah ihr nach, bis sie verschwunden war. ›Edelfalke, kraft meiner Liebe werde ich dich dennoch bezwingen, trotz deiner Gegenwehr‹, dachte er klopfenden Herzens.

Dann bestieg er sein Pferd und ritt davon.

14

Bothos Urlaub war fast abgelaufen, in zwei Tagen mußte er abreisen. Und zu seinem großen Erstaunen hatte er noch gar nichts bei Ellinor erreicht.

Sein Vater und seine Mutter drängten. Inzwischen war Fritz von Lossows Antwort eingetroffen, aus der man ersah, daß alles darauf ankam, ob Botho bei Ellinor Erfolg hatte. Im Ernst konnte man ja gegen das Testament nichts tun.

413

Auch Gitta brannte darauf, daß Botho sich Ellinor sicherte, denn sie merkte doch, daß trotz all ihrer Diplomatie der Baron sich Ellinor zu nähern suchte.

Um den Bruder zu einem entscheidenden Schritt zu veranlassen, verspottete sie ihn, so daß Botho wütend wurde und sich schwor, Ellinors Jawort noch vor seiner Abreise zu erhalten.

»Sorge dafür, daß ich heute, wenn wir in Lemkow sind, eine halbe Stunde allein und ungestört mit Ellinor bleibe, dann wird alles entschieden sein«, sagte er zu Gitta.

Die Geschwister wollten nach Lemkow hinüberreiten.

Gitta versprach, ihm dies Alleinsein auf jeden Fall zu verschaffen.

Als sie in Lemkow ankamen, trat Nelly gerade mit einem großen, verdeckten Handkorb aus dem Haus.

Botho fragte sie auf englisch, ob ihre junge Herrin zu Hause sei.

Nelly antwortete wortreich: »Ja, gnädiger Herr, Miß Ellinor ist eben heimgekommen von der alten Kathrin, die noch immer krank liegt. Ich muß ihr kräftige, gute Speisen bringen, hier im Korb sind sie. Miß Ellinor ist eine sehr gute Herrin für arme Leute.«

Botho winkte ungeduldig ab. »Schon gut, schon gut, trollen Sie sich nur, Nelly.«

»Die Alte redet jedesmal wie ein Wasserfall, wenn sie jemand erwischt, der englisch mit ihr spricht«, sagte er halblaut zu seiner Schwester.

Gitta hatte hochmütig über Nelly hinweggesehen.

»Es ist gut, daß sie nicht deutsch spricht. Soviel ich von Ellinor weiß, war Nelly schon bei ihrer Mutter angestellt, als diese noch die Waschanstalt hatte.«

414

»Schweig still, daran darf ich nicht denken, sonst wird mir übel«, näselte Botho ärgerlich.

Sie traten, nachdem der Reitknecht die Pferde fortgeführt hatte, ins Haus.

Ellinor empfing die Geschwister in einem reizenden kleinen Salon, der mit zu den Gemächern der einstigen Herrin von Lemkow gehörte, die Ellinor jetzt bewohnte. Es war ein entzückendes Zimmer, im Stil Ludwig XIV., mit einem kostbaren, großen Gobelin, vergoldeten Möbeln, die mit schwerem Seidendamast bezogen waren, und ebensolchen Portieren. Ein fein in den Farben abgestimmter Teppich war über den Fußboden gebreitet. Darauf stand ein runder Tisch mit schwarzer Marmorplatte, auf dem eine mit roten Rosen gefüllte Jardiniere prangte. Auch der Kamin bestand aus schwarzem Marmor und war reich mit Bronze verziert. Vor diesem Kamin standen auf einem kostbaren Fell einige Lehnsessel.

Es war ein sehr behaglicher, stimmungsvoller Raum, der so recht zum Plaudern mit gleichgestimmten Seelen oder zum Träumen einlud.

Ellinor hatte so dagesessen und geträumt. Nun schritt sie den Geschwistern entgegen.

Botho küßte ihr mit einem feurig sein sollenden Augenaufschlag die Hand. »Es ist für lange Zeit das letztemal, daß ich nach Lemkow komme, teuerste Ellinor. Morgen geht mein Urlaub zu Ende«, sagte er, als habe er ihr etwas für sie sehr Betrübendes mitzuteilen.

Ellinor lachte ganz ungerührt. »Will das Vaterland nicht länger auf deine Dienste verzichten, Vetter?« fragte sie neckend.

Er lachte. Es war ein dünnes, farbloses Lachen wie das seines Vaters. »Nein, mein reizendes Bäschen, das Vaterland braucht mich zu nötig.«

Ellinor funkelte ihn mutwillig an. »Du bist dir wenigstens deines Wertes bewußt«, sagte sie spöttisch. Zu Gitta gewendet, fuhr sie fort: »Du, Gitta, mußt nun wieder ohne deinen Bruder auskommen, während ich den meinen bald hier haben werde.«

Sie hatten Platz genommen. Botho saß direkt an Ellinors Seite. »Dein Bruder ist aber doch noch sehr jung, Ellinor. Von ihm wirst du nicht viel haben.«

Ellinor hob die leuchtenden Augen empor. »Oh, warte damit, bevor du über Fredy ein Urteil fällst. Du hast keine Ahnung, wieviel er mir ist. Er ist klüger und verständiger als – nun als manch anderer junger Mann, der doppelt so alt ist wie Fred.«

»O weh, also ein frühreifes Bürschchen«, spottete Gitta entsetzt.

»Warte, bis du ihn kennst, ehe du dir eine falsche Meinung bildest«, erwiderte Ellinor ruhig.

Gitta lachte. »Nun ja, es sollte nur ein Scherz sein. Aber jetzt muß ich erst mal die Lemkower Mamsell aufsuchen. Mama hat mich beauftragt, mir von ihr das Rezept zu dem Rumobst geben zu lassen, das in Lemkow immer so vorzüglich ist.«

»Bleib doch, Gitta. Ich kann ja Mamsell rufen lassen.«

»Nein, nein, ich weiß, sie wird leicht ungemütlich, wenn man sie von der Arbeit abruft. Sucht man sie dagegen in ihrem Reiche auf, so ist sie viel zugänglicher. Ich möchte auch noch ein paar andere Rezepte haben.«

Gitta hatte sich erhoben und schritt zur Tür. Dort wandte sie sich noch einmal lächelnd um. Aber Ellinor bemerkte, daß sie dem Bruder einen raschen, bedeutungsvollen Blick zuwarf.

Wie in schroffer Abwehr richtete sich Ellinor in ihrem Sessel steif und gerade empor.

Sie wußte, weshalb Gitta sie mit Botho allein ließ. Zugleich erkannte sie aber auch, daß Botho heute wahrscheinlich nicht von seinem Vorhaben abzubringen sei. Wenn er also durchaus eine Abfuhr erleben wollte, nun, sie konnte ihn nicht daran hindern. Deutlich genug hatte sie ihm schon zu verstehen gegeben, daß er bei ihr nichts zu hoffen habe. Entweder war er zu sehr von sich eingenommen, um das verstehen zu wollen, oder er hatte es wirklich nicht verstanden.

So saß sie nun, die schönen schlanken Hände auf die Sessellehnen gestützt, vor ihm und sah ihn ruhig an.

Er ging auch sofort auf sein Ziel los. »Teure Ellinor, ich preise den Zufall, der mir dies Alleinsein mit dir beschert, zumal ich – hm – ja, zumal ich etwas auf dem Herzen habe. Was es ist, das wirst du wohl ahnen, mein reizendes Bäschen. Heute will und muß ich es dir sagen, denn morgen muß ich fort. Und dieses – hm – ja, dieses Hangen und Bangen soll zwischen uns ein Ende nehmen. Also kurz und soldatisch: ich bin verliebt in dich, teure Ellinor. Sozusagen bis über beide Ohren! Wahrhaftig, ich liebe dich rasend, süße Ellinor, seit ich dich zuerst gesehen.«

Sie sah ihn mit einem sonderbaren Ausdruck an. »So schnell ist das gegangen, Vetter?« fragte sie mit leisem Spott.

»Ja, hm, wahrhaftig, sozusagen Liebe auf den ersten Blick, Ellinor. Ich war gleich total in dich verschossen, als ich dich sah. Auf Ehre, hast kolossalen Eindruck auf mich gemacht. Und siehst du, da unsere Väter doch sozusagen wünschen, daß wir uns heiraten, damit die unglückliche Erbschaftssache

417

ins rechte Fahrwasser kommt, deshalb ist das natürlich sehr angenehm, nicht wahr? Wir passen famos zusammen, auf Ehre. Habe natürlich sofort gemerkt, daß du auch nicht abgeneigt bist. Ist ja auch das Gescheiteste, wir vermählen uns, nicht wahr? Ich liebe dich wahrhaftig ganz ungeheuer, Ellinor. Hoffe, du bist von gleichen Gefühlen für mich beseelt. Wäre natürlich riesig nett, wenn wir uns verlobten, ehe ich abreise. Papa und Mama würden dich mit offenen Armen empfangen, alles ist dann in schönster Ordnung.«

Er atmete tief auf, als er das alles glücklich heraus hatte. Ellinor hatte ihn ein paarmal unterbrechen wollen, aber er schnarrte das alles ohne Unterbrechung, wie eingelernt, herunter. Trotz seiner Siegessicherheit irritierten ihn Ellinors Augen. Sie sahen ihn so groß und ernst an wie noch nie zuvor. Und sehr ernst und ruhig antwortete sie nun:

»Lieber Vetter, ich glaube allerdings, daß wir beide von den gleichen Gefühlen füreinander beseelt sind. Das heißt auf gut deutsch und ehrlich übersetzt: Wir sind einander vollständig gleichgültig. Du liebst mich ebensowenig, wie ich dich liebe. Du möchtest aber gern, daß ich dich heirate, weil die Verhältnisse passend scheinen. Leider muß ich dich da enttäuschen. Ich werde niemals einwilligen, deine Frau zu werden.«

Bothos fades, blasses Gesicht rötete sich in fassungslosem Staunen und Schrecken, seine Augen blickten starr und geistlos.

»Aber – aber, warum denn nicht, Ellinor? Das ist doch nicht dein Ernst! Bedenke doch nur, der künftige Majoratsherr von Lossow bietet dir seine Hand, trotz – ja – obwohl doch deine Mutter – hm, nun sagen wir – sehr bürgerlich war.«

»Sag's nur ruhig: ›Obwohl deine Mutter eine Wäscherin war!‹ Du brauchst gar nicht zu scheuen, es auszusprechen!«

»Hm, ja, also gut. Du mußt doch einsehen, daß sich jeder deutsche Edelmann daran stoßen würde.«

Sie sah ihn mit funkelnden Augen an. »Du stößt dich ja auch nicht daran!«

»Ich? Ja, hm – ja, siehst du, weil es doch bei uns sozusagen in der Familie bleibt. Ein anderer würde nicht so leicht darüber hinweggehen.«

Ellinor erhob sich zu ihrer ganzen schlanken Höhe.

»So mag es der andere bleiben lassen, Vetter. Wenn ein Mann mich zur Frau haben will, dann darf er nach nichts weiter fragen als nach mir! Dem muß alles andere ganz nebensächlich sein! Vor allen Dingen aber muß ich ihn lieben, so wahr und herzlich lieben, wie ein Mädchen lieben kann!

Ich muß ganz genau wissen: dieser Mann ist zu deinem Glück nötig, ohne ihn kannst du nicht leben. Und, siehst du, lieber Botho, ohne dich kann ich sehr gut leben. Und so, wie du es bist, darf mein Mann ganz gewiß nicht beschaffen sein! Vor allen Dingen darf er nicht ausrechnen, wie du das tust, ob meine Hand ihm auch genügend Vorteile einbringt.

Und auf keinen Fall darf er sich einbilden, daß ich mich meiner Mutter schäme, denn ich bin sehr stolz auf sie! Es tut mir leid, daß ich dich so klipp und klar abweisen muß. Bei einigem Feingefühl hättest du dir und mir diese Situation ersparen können. Ich habe es nicht an deutlichen Winken fehlen lassen, daß ich nicht gewillt sei, mich als Ziffer in euer Rechenexempel einreihen zu lassen.

Mein Vater hat mir mitgeteilt, daß der deine eine Verbindung zwischen uns wünscht. Er selbst hat sie durchaus nicht gewünscht, sondern mir völlig freie Hand gelassen. Du kennst nun meine Entscheidung ganz genau.«

Botho machte den Mund auf und zu, als schnappe er nach

419

Luft. In diesem Augenblick sah er seinem Vater unglaublich ähnlich. Seine Augen blickten direkt blöde. Daß Ellinor ihn so glatt abwies, ihn, den schneidigen Leutnant, den schon die feschesten Weiber geliebt hatten, das schien ihm ganz unglaublich.

Er richtete sich steif empor und drehte an seinem dünnen, blonden Bärtchen. »Aber erlaube mal, Ellinor, du hast ja wohl gar keine Ahnung von dem Wert dessen, was dir durch meine Hand geboten wird. Du solltest dir das erst einmal reiflich überlegen«, sagte er, vor Überraschung sogar seine affektierte Sprechweise vergessend, in ganz natürlichem Ton.

»Ist nicht nötig, Vetter. Ich ändere meine Ansicht in dieser Frage nicht. Du kannst ruhig zugeben, daß wir gar nicht zueinander passen und nur sehr unglücklich miteinander sein würden.«

Er sah sie hilflos an. »Aber, erlaube mal, wie soll da nun die Erbschaftsfrage geregelt werden?« fragte er naiv erstaunt.

Sie mußte wider Willen lachen. »Die ist doch längst geregelt. Onkel Heriberts Testament ist ganz klar und verständlich abgefaßt. Mein Vater ist mit allen Rechten als Besitzer von Lemkow eingesetzt worden.«

»Oho, da wird mein Vater wohl einen Prozeß anstrengen. Wir haben in Erfahrung gebracht, daß ihr Onkel Heribert beeinflußt habt.«

Ellinor trat dicht vor ihn hin und sah ihn groß an. »Man schließt immer von sich selbst auf andere, Vetter. Ich verschmähe es, auch nur ein Wort zu unserer Verteidigung zu sagen. Im übrigen bleibt es deinem Vater unbenommen, zu tun, was er für gut hält.«

Botho nagte an seinem Bärtchen. Dann sagte er einlenkend: »Ich nehme dein Nein noch nicht als unabänderliche Tatsache hin. Wenn dein Vater erst hier ist, wird ihn der meine schon überzeugen, daß es besser ist, wir einigen uns im guten.«

»Das werde ich meinem Vater überlassen«, antwortete sie kalt.

»Laß mich nicht ohne jede Hoffnung ziehen, Ellinor«, bat er fast kläglich, denn er dachte daran, was ihn zu Hause erwartete. Man würde ihn mit Spott und Vorwürfen überhäufen, nachdem er so siegessicher gewesen war.

Ellinor zuckte die Achseln. Er tat ihr fast leid in seiner Kläglichkeit. »Lieber Vetter, sei vernünftig. Laß uns in Frieden scheiden. Vergessen wir, daß du soeben eine große Torheit begehen wolltest.«

»Eine Torheit? Ist es eine Torheit, dich zur Frau zu begehren?«

»Wenn man Botho Lossow heißt und ein so schneidiger Leutnant ist, ja. Aber nun Schluß. Jetzt will ich Gitta holen, um zu sehen, ob sie die wichtigen Rezepte von Mamsell erhalten hat.«

Sie ging schnell hinaus.

Botho klappte haltlos in seinem Sessel zusammen und starrte ihr kläglich nach.

›Ob das nun wirklich ein hoffnungsloser Korb ist? Oder ob man einen geeigneteren Zeitpunkt hätte abwarten sollen? Aber die alten Herrschaften und Gitta haben mich so elend gedrängt; mein Antrag kam wohl etwas verfrüht.‹

Gleich darauf trat Ellinor mit Gitta ein.

Botho erhob sich. »Wir wollen heimkehren, Gitta.«

Diese sah den Bruder forschend an.

Er sah nicht gerade aus, als habe er Erfolg gehabt.

Die Geschwister verabschiedeten sich hastig und ritten davon.

421

Als sie außer Hörweite waren, fragte Gitta unruhig:

»Nun, Botho, wie war es?«

»Nichts, sie will nicht. Laß mich jetzt zufrieden. Wirst es ja zu Hause hören. Zweimal erzähle ich nicht«, erwiderte er verdrießlich.

Botho von Lossow war abgereist mit dem schrecklichen Gefühl, daß auch ein schneidiger Leutnant einen regelrechten Korb erhalten kann.

Zu Hause hatte es noch eine sehr erregte Szene gegeben. Botho mußte für seine Selbstüberhebung und Siegessicherheit bitter büßen. Vater und Mutter ließen es nicht fehlen an Vorwürfen, die er im Grunde gar nicht verdiente. Natürlich grollten sie Ellinor am meisten.

Noch heftiger war der Groll Gittas gegen Ellinor. Sie war wütend, daß Botho keinen Erfolg gehabt hatte, denn sie wünschte dringend, daß Ellinor für Baron Lindeck unerreichbar sei. Mußte sie doch sehen, daß dieser sich jetzt sehr viel mit Ellinor beschäftigte.

Nachdem nun Botho mit einem Korb abreiste, hatte der Baron freies Feld bei Ellinor.

Gitta redete sich jetzt allen Ernstes ein, Heinz Lindeck habe früher ernste Absichten auf sie gehabt. Sie glaubte, daß Ellinor ihm nur erstrebenswerter schiene, weil Lemkow nicht an ihre Eltern, sondern an Ellinors Vater gefallen war. Gitta war jedenfalls fest überzeugt, daß der Baron sich um Ellinor bemühte, weil diese reicher war als sie, und daß er unbedingt Gitta gewählt haben würde, wenn sie die reiche Erbin geworden wäre.

So herrschte in Lossow eine erbitterte Stimmung gegen Ellinor. Es fielen häßliche und schlimme Worte über die junge

422

Amerikanerin. Diese ließ sich vorläufig klugerweise in Lossow gar nicht sehen.

Baron Lindeck kam einige Male in der Hoffnung, Ellinor zu sehen, nach Lossow. Gitta kam ihm stets außerordentlich liebenswürdig entgegen, aber Ellinor erwähnte sie gar nicht. Dann fragte er eines Tages direkt, ob die junge Dame krank sei, da man sie gar nicht mehr sähe. Da antwortete Gitta mit gehässigem Ausdruck, Ellinor habe den Eltern Veranlassung gegeben, ihr zu zürnen, man sei ihr sehr böse und wolle sie gar nicht in Lossow sehen.

Heinz Lindeck wollte nicht neugierig sein, er forschte nicht weiter nach. Aber da er sehr scharfsinnig war, kombinierte er ganz richtig, Botho sei jedenfalls mit einem Korb abgezogen und Ellinor deshalb in Ungnade gefallen.

So sehr ihn das freute, so betrübt war er, Ellinor nun nicht mehr in Lossow sehen zu können. Wenn ihn der Zufall jetzt nicht einmal in ihren Weg führte, war es möglich, daß er sie nicht eher sah, als bis ihr Bruder und die Hausdame nach Lemkow kamen. Und doch wurde ihm jeder Tag zur Ewigkeit, an dem er sie nicht sah.

Auch Ellinor dachte mehr, als für sie gut war, an Heinz Lindeck. Jetzt, da sie nicht nach Lossow kam und auch Gitta nicht sah, glaubte sie, jeder Tag müsse die Entscheidung bringen. Tagtäglich fragte sie sich, ob der Baron nun wohl seine Werbung bei Gittas Eltern vorgebracht habe. Sie zürnte sich selbst, daß sie immer daran denken mußte; sie sagte sich, der Baron müsse ihr völlig gleichgültig sein. Aber das Herz ist eben ein eigenwilliges Ding, das sich nicht regieren läßt.

Oft war Ellinor drauf und dran, nach Lossow hinüberzureiten, ein Vorsatz, den ihr Trotz und weiblicher Stolz immer wieder scheitern ließen.

Eines Tages ritt Ellinor mit dem Verwalter über die Felder, als ihnen der Baron begegnete.

Lächelnd reichte der Baron dem sichtlich erfreuten Verwalter die Hand, Ellinor dabei mit einem glückselig aufleuchtenden Blick ansehend.

»Wie geht es Ihnen, Herr Verwalter?« klang es freundlich. »Wir haben uns lange nicht gesehen.«

»Es geht mir sehr gut, Herr Baron. Leider sieht man Sie jetzt gar nicht mehr in Lemkow. Zu Lebzeiten unseres seligen gnädigen Herrn kamen Sie täglich. Wenn Sie einmal ausblieben, hat dem gnädigen Herrn stets etwas gefehlt.«

Der Baron hatte Ellinor nicht aus den Augen gelassen. Sein Herz klopfte stürmisch, als er unter seinen Blicken in ihrem Antlitz die Farbe kommen und gehen sah.

»Solange das gnädige Fräulein allein in Lemkow residiert, geht das nicht. Wenn Herr von Lossow, der Vater des gnädigen Fräuleins, erst in Lemkow ist, hoffe ich, zuweilen kommen zu dürfen. Ich darf doch, mein gnädiges Fräulein?«

Ellinor wich seinem Blick aus. »Ich habe Sie nicht von Lemkow vertrieben, Herr Baron«, sagte sie hastig.

Der Baron sprach nun noch über allerlei Landwirtschaftliches mit dem Verwalter, und Ellinor wagte es, ihn wieder anzusehen. Aber da traf sie abermals ein so heißer, zwingender Blick aus seinen Augen, daß sie heimlich erbebte und doch zugleich neue Zweifel in ihr erweckt wurden.

Einige Feldarbeiter kamen vorüber. Der Verwalter sprach mit ihnen, Ellinor war einige Minuten mit dem Baron allein.

»Waren Sie viel in Lossow in letzter Zeit?« fragte sie hastig.

»Nein, gnädiges Fräulein. Nach der Abreise Botho von Lossows war ich noch dreimal dort, leider ohne das Vergnügen zu haben, Sie zu treffen. Bei meinem letzten Besuch sagte

424

mir Ihr Fräulein Kusine, daß Sie wohl nicht so bald wieder nach Lossow kommen würden. Seitdem war ich nicht mehr in Lossow.«

Ellinors Herz klopfte unruhig. ›Seitdem war ich nicht mehr in Lossow‹ – bedeutete es nicht dasselbe wie sein Blick vorhin?

Sie spielte mit der Reitpeitsche in den Zweigen eines Baumes. »Hat man Ihnen nicht gesagt, warum ich nicht nach Lossow gehe?«

»Nein. Fräulein von Lossow sagte mir nur, daß man Ihnen zürnte, und da habe ich meine Schlüsse gezogen.«

Sie pflückte einen Zweig und befestigte ihn auf ihrem Hut. Das Sonnenlicht streute ungehindert goldene Funken auf ihr gesenktes Haupt. »Man soll nicht voreilig Schlüsse ziehen«, sagte sie rasch.

»Ich behalte ja auch für mich, was ich mir gedacht habe. Werden Sie bald wieder nach Lossow gehen?«

Sie schüttelte den Kopf, ohne aufzusehen. »Nein! Das heißt, ich gehe nicht hin, wenn man mich nicht dazu auffordert.«

»Werden Sie Ihren Herrn Bruder nicht drüben vorstellen wollen?«

Ellinor drückte den weichen, geschmückten Reithut wieder auf das Haupt. »Oh, Fredy hängt viel zu sehr an mir, um hinzugehen, wo seine Schwester nicht gern gesehen wird. Ihr ›Herr‹ Bruder, sagen Sie? Fredy ist erst fünfzehn Jahre alt. Aber trotzdem schon ein kleiner großer Mann.«

»Dann werden Sie in ihm einen treuen Ritter haben«, sagte er lachend.

»O ja, Fredy tritt für mich mit Gut und Blut ein; niemand darf mir in seiner Gegenwart etwas zuleide tun.«

»Er wird nun bald hier eintreffen?«

Sie atmete auf. »Ja, heute ist er mit Mrs. Stemberg von New York abgereist.«

»Ich möchte das Wiedersehen zwischen Ihnen beiden mitansehen dürfen.«

»Oh, dabei können wir keine Zeugen gebrauchen. Unser Wiedersehen wird wohl sehr stürmisch ausfallen, und vielleicht ist solch ein Freudenausbruch nach deutscher Sitte unschicklich.« Sein vorwurfsvoller Blick sagte ihr, daß ihn ihre Worte wirklich getroffen hatten, aber sie durfte – und sie wollte auch nicht wieder weich werden, und da war's das beste, sie schieden für heute!

»Wir können wohl nun weiterreiten, Herr Verwalter«, sagte Ellinor rasch und sich leicht gegen den Baron verneigend. »Guten Morgen, Herr Baron! Grüßen Sie meine Kusine, wenn Sie nach Lossow kommen.« Ohne sich umzuschauen, ritt Ellinor schnell davon; sie fühlte, daß der Baron ihr nachsah, und daß sich ihre Gedanken voneinander nicht so leicht trennen ließen.

»Meinst du nicht, Mama, daß es unklug ist, wenn wir uns Ellinor fernhalten? Wenn jetzt ihr Bruder und die Hausdame nach Lemkow kommen – womöglich sind sie schon da –, dann wird Baron Lindeck sicher drüben Besuch machen. Und dann weiß man nicht, was geschieht. Ich möchte mich doch nicht so ohne weiteres beiseite schieben lassen. Bestimmt hat der Baron Absichten auf die reiche Erbin.«

»Meinst du wirklich, Gitta?« fragte die alte Dame hastig.

Mutter und Tochter saßen sich im Salon der ersteren gegenüber.

»Gewiß, Mama, wenn man da nicht energisch vorbeugt.

426

Warum sollte er auch nicht? Sie ist ja reich, eine glänzende Partie. Es werden noch andere so klug sein wie Botho«, sagte Gitta bitter.

»Das muß um jeden Preis verhindert werden, Gitta. Noch gebe ich unsere Sache nicht verloren, weder die deine noch die Bothos.«

»Aber dazu müssen wir unbedingt wieder bei Ellinor einlenken.«

»Ja, du hast recht. Ich habe auch schon daran gedacht. Von selbst kommt sie nicht wieder!«

»Nein, das tut sie gewiß nicht.«

»Hm! Also, weißt du, Gitta, reite heute nachmittag hinüber nach Lemkow; mit der Begründung, ihren Bruder auch in meinem Namen begrüßen zu wollen. Dann wirst du ja auch gleich hören, ob der Baron schon drüben war. Ellinors Sentimentalität muß uns ein Mittel sein, sie diplomatisch gegen den Baron einzunehmen. Gib dein und Bothos Ziel noch nicht auf.«

»Ja, Mama! Aber du könntest mir mit deiner Klugheit ein wenig helfen und raten. Ellinor hat wohl auch schon gemerkt, daß der Baron mir gegenüber nicht Ernst macht. Was soll ich ihr da sagen?«

Die beiden Damen sprachen leise und erregt weiter und schmiedeten einen regelrechten Plan.

Am Nachmittag ritt Gitta wirklich nach Lemkow.

Sie wurde von Ellinor ruhig und freundlich empfangen, als sei nichts geschehen.

Gitta fragte nach Fred, und Ellinor sagte ihr, sie erwarte ihn und Mrs. Stemberg am nächsten Tag.

Gitta richtete nun Gruß und Auftrag ihrer Mutter aus, und Ellinor versprach, übermorgen mit Fredy nach Lossow zu kommen. Ihres Vaters wegen war Ellinor doch froh, daß

427

man in Lossow die Feindseligkeit gegen sie nicht aufrechter-
hielt.

Im Lauf des Gesprächs kam Ellinor dann von selbst auf das
Thema, das Gitta so sehr am Herzen lag.

»Ist Baron Lindeck in letzter Zeit viel mit dir zusammen
getroffen, Gitta?«

In Gittas Augen flimmerte es seltsam. Sie machte ein trauri-
ges Gesicht und seufzte.

»Nein, er läßt sich nicht mehr sehen«, sagte sie trübe.

Ellinor betrachtete sie forschend. »Wie kommt das, Gitta?
Ich habe immerzu auf eure Verlobungsanzeige gewartet.«

Es lag ein unruhiges Forschen in Ellinors Worten.

Gitta seufzte wieder, senkte traurig den Kopf und sah auf
ihre Hände hinab, die gefaltet in ihrem Schoß lagen.

»Ach, wer weiß, ob da noch etwas draus wird«, sagte sie
bitter.

Ellinors Herz klopfte zum Zerspringen. »Warum nicht?
Habt ihr euch gezankt?«

Gitta richtete sich seufzend auf. »Ich will es dir sagen, Ellinor. Du bist schuld daran.«

Ellinor erschrak so, daß ihr Herzschlag auszusetzen drohte.

»Ich?«

»Ja, du – natürlich, ohne es zu wissen und zu wollen. Ach,
ich muß dir einmal mein Herz ausschütten, und ich will dich
auch zugleich warnen. Also höre! Ehe Onkel Heribert starb,
bewarb sich Lindeck schon um mich; wahrscheinlich in der
Voraussetzung, in mir die reiche Erbin zu sehen. Seit Onkel
Heriberts Testament und deinem Auftauchen hier zog er sich
von mir zurück und näherte sich dir. Nein, nein, sage nichts,
es kann dir nicht entgangen sein. Ich weiß, daß du ihn nicht

428

ermutigt hast. Das wäre ja auch schlecht von dir gewesen, da ich dir doch anvertraut hatte, wie es um mich und ihn stand. Du bist die bessere Partie von uns beiden, das gibt bei ihm den Ausschlag. Du wirst bald merken, was für schöne Augen, für süße, feurige Worte er machen kann, um ein Mädchenherz zu betören. Doch das gilt ja deinem Geld, und ich kann zusehen, wie ich das ertrage.«

Ellinor war bleich geworden, und ihre Augen funkelten vor Zorn, so daß sie fast schwarz erschienen. »Oh, wie niedrig, wie infam! So also ist das? Deshalb – ach, so ist der Herr Baron von Lindeck? Nun wird mir manches klar! Aber er soll sich getäuscht haben, der edle Herr. Hat er mich unweiblich gescholten, so nenne ich ihn unwert, den Namen Mann zu führen! Ich danke dir, Gitta, für dein Vertrauen. Sei froh, daß du nicht die Frau eines so niedrigen, berechnenden Charakters geworden bist.«

Bebend vor Zorn und Entrüstung stieß Ellinor diese Worte hervor. Sie sah Heinz Lindecks heimliches, heißes Werben jetzt in einem verächtlichen Licht. Und dabei erfüllte sie ein namenloser Schmerz, daß sie in ihm einen elenden Mitgiftjäger erkennen mußte.

Eine leise Stimme in ihrem Innern wollte für ihn bitten. Aber die brachte sie gewaltsam zum Schweigen.

Sie durchschaute Gitta und ihr Lügengewebe nicht.

Scham, seinem heißen Werben nicht schroffer begegnet zu sein, und Verachtung für sein Handeln stritten in ihr und ließen sie ihre Umgebung vergessen.

So konnte Gitta ungestört die Wirkung ihrer schlau berechneten Worte beobachten und war zufrieden.

Sie hatte Ellinors Mitleid erregt und Lindeck für immer bei ihr unmöglich gemacht.

429

Als Gitta fort war, warf sich Ellinor in einen Sessel und barg das Gesicht in die Hände. Warum konnte sie nur nicht mit Heinz Lindeck fertig sein? Warum erwachten wieder leise Stimmen in ihrem Innern, die für ihn bitten wollten? Konnte er sie nicht trotz alledem lieben? Vielleicht hatte er Gitta nie geliebt? Das fühlte sie doch mit dem sicheren Empfinden der Frau, daß ein anderes, ein tieferes Gefühl ihn zu ihr trieb als zu Gitta. Botho hatte sie ja auch an seine Liebe glauben machen wollen, aber wie kalt hatten dabei seine Augen geblickt! Heinz Lindeck hatte sie anders, ganz anders angesehen! Wie gern hätte sie ihn vor sich selbst entschuldigt. Sie wollte ja nichts für sich. Sie wollte auf ihn und seine Liebe verzichten. Nur ihn nicht verachten müssen! Das tat so weh, das brannte wie Gift in ihrer jungen Seele.

Ach, hätte sie doch diese Liebe nie kennengelernt!

Denn daß sie Heinz Lindeck liebte, trotz allem, das mußte sie sich eingestehen, und das reute sie auch nicht. Was würde sie noch durchkämpfen müssen? Aber Heinz Lindecks Werbungen nach diesen Eröffnungen noch einmal Gehör schenken? Niemals!

Das war Gittas Werk.

15

Von Ellinor am Bahnhof erwartet, war Mrs. Stemberg mit Fred Lossow eingetroffen. Nach einer überaus herzlichen Begrüßung saßen sie einander im Wagen gegenüber, und was hatten sich die Geschwister alles zu sagen!

»Ist alles gut gegangen? Hattet ihr eine gute Reise? Ist nun drüben alles im Haushalt erledigt, Mrs. Stemberg? Wird Vater im Hotel auch seine Ordnung haben? Ach, ich möchte tausend Fragen auf einmal tun«, sagte Ellinor erregt.

»Ich hab' auch mindestens tausend Fragen an dich, Ellinor«, behauptete Fred.

»Sollen dir alle beantwortet werden.«

Die Fragen und Antworten flogen herüber und hinüber, ohne Ende.

Dann kamen sie auf Lemkower Gebiet; über Wiesen und Felder ging die Fahrt und dann durch den herrlichen Wald.

Fredys Augen strahlten mit denen der Schwester um die Wette.

»Schön! Wunderschön! Ach, Ellinor, ich habe die letzten Wochen kaum noch ertragen können. Und Vater fiebert vor Sehnsucht, daß er frei wird und nachkommen kann.«

Als der Wagen bei einer Wegbiegung um die Ecke fuhr, begegnete ihnen Baron Lindeck zu Pferd. Ellinor wurde dunkelrot unter dem Grußblick seiner Augen.

Fredy sah die brennende Röte im Gesicht der Schwester und blickte voll Interesse auf den stattlichen, eleganten Reiter.

»Wer war das, Ellinor?«

Diese fuhr sich mit dem Tuch über die erhitzte Stirn. »Das war Baron Lindeck.«

»Ah, den Namen kenne ich schon. Das ist Onkel Heriberts junger Freund, dem er sein Reitpferd hinterlassen hat.«

»Ja, Fredy; er ritt Satir soeben.«

Der Knabe wandte sich nochmals nach dem Reiter um: »Du, Ellinor, Baron Lindeck gefällt mir.«

»So schnell bist du dir darüber klar?« fragte sie mit mattem Lächeln.

Fredys kluge Augen richteten sich forschend auf der Schwester Gesicht, ihr Benehmen gab ihm zu denken.

Er fühlte instinktiv, da war etwas Fremdes in ihr, an das er nicht rühren durfte.

So sagte er nur: »Ja, Ellinor, du weißt doch, bei mir gibt es Sympathien und Antipathien auf den ersten Blick. Und für was ich mich da sozusagen im Flug entscheide, das ist meistens gerechtfertigt.«

Ellinor ging schnell auf ein anderes Thema über. Und Fred tat mit, ohne seine Gedanken von der einmal gemachten Beobachtung ablenken zu können. Sollte seine stolze, unnahbare Schwester in Deutschland so schnell ihr Herz verloren haben?

Nun, dieser Baron Lindeck war gewiß ihrer Liebe wert. Auch er wollte mit ihm gut Freund werden.

Den gleichen Wunsch hätte auch Heinz Lindeck. Der Weg zu Ellinor führte jetzt über ihren Bruder und Mrs. Stemberg.

Er ahnte nicht, daß seiner Liebe neue Gefahren drohten durch die ränkevolle Gitta.

Schon am übernächsten Tage machte Heinz Lindeck Besuch in Lemkow.

Ellinor und Fredy standen gerade auf der breiten Freitreppe, als der Wagen des Barons vorfuhr. Einen selten schönen Anblick bot das zärtlich umschlungene schöne Geschwisterpaar.

Heinz Lindeck ließ seine Augen voll Wohlgefallen auf ihnen ruhen. Ellinor trug ein duftiges weißes Kleid mit schwarzer Stickerei und schwarzer Schärpe. Sie sah herrlich aus mit dem flechtengeschmückten Kopf und dem sanften Rot der Freude auf den Wangen. Wie eine junge Königin schritt sie ihm entgegen.

Aber er merkte auch, daß sich bei seinem Anblick ein Schatten über ihr Antlitz breitete und daß die klare Stirn sich wie im Schmerz zusammenzog, ein gutes und zugleich ein schlechtes Zeichen für ihn.

Fredy hatte den Baron sofort erkannt. Mit einem schnellen Blick sah er zu seiner Schwester auf. Da war wieder der unsichere Ausdruck in ihrem Gesicht.

Sie hatten beide zu den Ställen hinübergehen wollen, um ein Reitpferd für Fred auszusuchen. Nun gingen sie mit dem Baron ins Haus und ließen Mrs. Stemberg rufen. Ellinor und der Baron mußten an seinen ersten Besuch in Lemkow denken.

Mrs. Stemberg, in welcher der Baron eine sehr kluge, sympathische Dame kennenlernte, machte in untadeliger Weise die Honneurs des Hauses und wußte den rechten Ton zu treffen. Der Baron fühlte sofort den harmonischen Grundton, der in der Familie Fritz Lossows zu herrschen schien, heraus, und doppelt betrübte ihn der scharfe Ton, den Ellinor ihm gegenüber anschlug.

Desto herzlicher und freundlicher kam ihm Fred entgegen. Beide fühlten sich sofort zueinander hingezogen und schlossen schnell Freundschaft. Gemeinsam ging man zu den Ställen hinüber, um ein Pferd für Fred auszusuchen. Ellinor wollte es erst verhindern. »Wir dürfen den Herrn Baron nicht belästigen, Fredy«, sagte sie rasch.

Aber Fredy lachte und hing sich in des Barons Arm. »Nicht wahr, das belästigt Sie nicht? Sie helfen mir doch gern, Herr Baron?« fragte er treuherzig.

Heinz Lindeck hätte den Knaben am liebsten ans Herz gedrückt. Er faßte aber nur seine Hand mit festem, warmem Griff. »Ich hoffe und wünsche, daß Sie davon immer überzeugt sind und über mich verfügen, mein junger Herr.«

»Ach, sagen Sie, bitte, Fred zu mir, Herr Baron, ein Herr bin ich noch nicht«, lachte der Knabe vergnügt.

»Wenn Sie erlauben, gern, lieber Fred.«

Fred sah ihn mit den offenen, schönen Augen der Schwester an und gewann damit im Sturm sein Herz.

Sie gingen nun in die Ställe hinüber, Ellinor zwischen Fred und dem Baron. Freds Munterkeit riß Ellinor mit fort. Entzückt lauschte der Baron ihrem warmen, frohen Lachen.

Er kannte den ganzen Lemkower Stall und fand sofort ein passendes Pferd für Fred. Es hieß Favorit und war ein schöngebautes, schlankes Tier mit kleinem, schmalem Kopf und schlanken Fesseln.

Fred brannte darauf, einen Versuch mit Favorit zu machen, und ließ einen Sattel auflegen.

Gewandt schwang er sich auf den Pferderücken und trieb mit einem leichten Zungenschlag das Tier an.

Elegant tänzelte es durch den weiten Hof und schlug unter Freds Führung verschiedene Gangarten an.

Ellinor und der Baron standen nebeneinander und beobachteten Fred. Sie wechselten dabei nur einige sachliche Worte.

Fred sah strahlend zur Schwester hinüber, dann hielt er das Pferd vor ihr an.

»Famos! Ich erwähle Favorit zu meinem Leibroß. Wann reiten wir aus, Ellinor? Ich brenne darauf, den Wald zu durchstreifen!«

»Wann du willst, Fredy.«

»Dann gleich nachher.«

»Heute nachmittag wollten wir aber doch nach Lossow reiten?«

»Ja, das tun wir auch. Ich bin ja so – gespannt auf unsere

Verwandten. Aber deshalb können wir doch vor Tisch einen kleinen Proberitt machen.«

»Gut, ich bin einverstanden.«

Fred sprang aus dem Sattel und ließ das Pferd wegführen.

Der Baron verabschiedete sich nun.

»Dann will ich Sie nicht aufhalten und mich empfehlen«, sagte er.

»Schade, daß Sie nicht, wie gestern, mit Safir zu Pferde sind, Herr Baron!« rief Fredy.

»Warum?«

»Dann hätten wir Sie ein Stück Wegs begleitet.«

»Fredy, sei nicht so voreilig«, sagte Ellinor hastig. »Ich weiß nicht, ob es sich in Deutschland schickt, daß man einem Gast das Geleit gibt. Der Herr Baron ist in solchen Fragen sehr empfindlich.«

Lindecks Stirn rötete sich jäh. Er fühlte nur zu gut, daß Ellinor ihm heute sehr schroff gegenüberstand. Aber er hielt es für besser, den Ausfall zu ignorieren.

»Es wäre wundervoll gewesen, Fredy«, sagte er lächelnd. »Nun tut es mir herzlich leid, daß ich im Wagen gekommen bin. Aber vielleicht machen wir morgen einen gemeinsamen Ausflug zu Pferd? Vielleicht nach Trassenfelde oder Lindeck, wenn Ihr Fräulein Schwester es gestattet? Diese Gegenden sind Ihnen wohl noch unbekannt, gnädiges Fräulein?«

»Ach, ja, Ellinor, du bist dabei, nicht wahr? Bitte, bitte!«

Ellinor mußte nachgeben. Und trotz der heimlichen Selbstvorwürfe tat sie es gern.

»Nach Lossow kommen Sie wohl heute nicht? Gitta besuchte mich dieser Tage und erwähnte, Sie ließen sich dort gar nicht mehr sehen«, sagte sie mit einem seltsamen Unterton, den er nicht verstand.

435

»Ich war in letzter Zeit stark beschäftigt«, antwortete er ruhig. »Doch wie weit ist der neue Tennisplatz gediehen, mein gnädiges Fräulein?«

»Oh, er ist schon fertig und liegt famos im Grünen!« rief Fred eifrig. »Die hohen Bäume ringsum geben prachtvollen Schatten. Ein Pavillon liegt dicht dabei, worin Ellinor hübsche Korbmöbel hat aufstellen lassen. Sie hat mich heute morgen schon hingeführt. Spielen Sie mit uns?«

»So oft Sie es wünschen.«

»Dann müßten Sie alle Tage kommen. Wollen wir gleich bestimmte Stunden festsetzen?«

Heinz Lindeck sah Fred dankbar an. »Gewiß, wenn es dem gnädigen Fräulein recht ist?«

Ohne direkt zu unhöflich zu sein, konnte Ellinor nicht ablehnen. Aber sie sagte mit dem seltsamen Unterton von vorhin: »Meine Kusine Gitta wird natürlich immer mit uns spielen.«

Der Baron verneigte sich in konventioneller Höflichkeit, als sie von Gitta sprach, und verabschiedete sich herzlich, nachdem man bestimmte Termine für das Tennisspiel festgesetzt hatte, von Fred; als er sich über Ellinors Hand neigte, traf wieder sein heißer, bittender Blick ihre Augen, der ihr das Blut ins Gesicht trieb. Dann fuhr der Baron davon.

Fred entging nichts, er beobachtete die Schwester scharf, und plötzlich legte er beide Arme um ihren schlanken Körper. »Ellinor, Baron Lindeck ist ein herrlicher Mensch! Er muß mein Freund werden! Ich glaube, er mag mich auch gern. Nicht wahr, dir gefällt er auch?«

Ellinor erschrak heftig. »Ach, ich kenne ihn viel zu wenig, Fredy. Man muß vorsichtig sein. So leicht darf man keinem Menschen, den man nicht erprobt hat, seine Freundschaft zuwenden.«

Fred sah die Schwester schelmisch an. »Ach, Ellinor, du weißt doch sonst immer gleich, wen du leiden magst und wen nicht. Und ich glaube ganz bestimmt, daß du den Baron leiden magst; wir haben doch stets denselben Geschmack.«

Ellinor machte sich aus des Bruders Umarmung hastig los. »Sei doch nicht so vorschnell, Fredy! Und, daß du es nur weißt, ich mag den Baron nicht leiden, gar nicht.«

Ihr Eifer und Zorn, die sich mehr gegen sich selbst richteten, färbten ihre Wangen rot. Fred sah sie nachdenklich an. Ihm war die Schwester unverständlich.

»Dann ist es dir wohl sehr unangenehm, daß ich ihn gebeten habe, so oft zu uns zu kommen?«

»Nein, nein!« stieß sie schnell hervor. Dann, sich besinnend, fuhr sie fort: »Du brauchst dich an meine Meinung nicht zu kehren, Fredy. Viele Menschen mögen ihn sehr gern, wie auch Onkel Heribert. Aber – nun, man hat eben manchmal so unklare Antipathien.«

Taktvoll ging Fred auf ein anderes Thema über, und Ellinor dankte es ihm.

Am Nachmittag waren die Geschwister in Lossow. Sie wurden mit viel zur Schau getragener Liebenswürdigkeit empfangen. Aber Fred empfand sofort das Unechte, Erkünstelte dieser Freundlichkeit. Wie seine Schwester hatte er das Empfinden, daß ihn mit diesen Verwandten nie ein warmes, herzliches Gefühl verbinden würde.

Als Ellinor mit Gitta eine Weile allein war – Kuno von Lossow zeigte Fred die Ahnengalerie, und Frau Helene war abgerufen worden –, sagte sie zu der Kusine: »Der Baron hat heute Besuch in Lemkow gemacht, was mir nach deinen letzten Eröffnungen sehr unangenehm war. Aber einem hochgeschätzten Freund des verstorbenen Hausherrn darf ich das Gast-

437

recht nicht verweigern. Fred hat ihn sofort ins Herz geschlossen und ihn vorschnell eingeladen, recht oft Tennis mit uns zu spielen. Auch verabredete er für morgen einen Spazierritt mit ihm. Ich sagte, du würdest stets mit uns Tennis spielen.«

Gitta hatte mit großer Aufmerksamkeit gelauscht.

»Und was hat er darauf erwidert?« forschte sie hastig.

»Ich weiß es nicht mehr und konnte in seinem Gesicht nicht lesen. Nach allem, was er dir angetan hat, wirst du ihm aus dem Weg gehen wollen.«

Gitta wurde nun doch verlegen.

»Ach, weißt du, Ellinor, es wird klüger sein, ihn gar nichts merken zu lassen.«

Ellinor dachte an Heinz Lindecks heiße, werbende Blicke. Sie fühlte nur zu gut, daß er sich um sie bewarb, aber sie verschwieg es Gitta aus Zartgefühl.

»Natürlich tust du, was du für gut hältst, Gitta. Du bist uns selbstverständlich willkommen. Baron Lindeck ist für mich erledigt. Wir spielen dann also zusammen.«

Gittas Augen glitzerten wie die einer Katze. »Gibst du mir dein Wort darauf, Ellinor?«

»Selbstverständlich, Gitta. Ein Mann, der so niedrig und berechnend denkt, wird niemals mein Jawort erhalten. Ich schwöre es dir!«

Jetzt trat Kuno von Lossow mit Fred wieder ein; gleich darauf erschien auch Frau Helene.

Die Geschwister mußten zum Tee in Lossow bleiben. Frau von Lossow konnte nicht umhin, einige Male den ›armen Botho‹ zu erwähnen, der mit einer ›so großen, schmerzlichen Enttäuschung‹ nach Berlin hatte zurückkreisen müssen.

Ellinor atmete auf, als sie mit Fred wieder heimwärts ritt.

Nach einer Weile sagte Fred plötzlich aufatmend: »Du, El-

438

linor, unsere Verwandten sind ja unglaubliche Menschen, so unwahr und geschraubt. Man sollte nicht glauben, daß unser herrlicher Vater und dieser Onkel Kuno Brüder sind. Siehst du, hier weiß ich ganz bestimmt, diesen Menschen werde ich immer kalt gegenüberstehen. Man fühlt sofort, ob der Kontakt da ist oder nicht. Bei Baron Lindeck wußte ich gleich: dem wirst du innerlich nahekommen. Hier weiß ich ebenso gleich: denen wirst du immer fern stehen. Sag mal, Ellinor, der Vetter Botho, der mit einer ›so großen, schmerzlichen Enttäuschung‹ nach Berlin abgereist ist, der ist wohl bei dir abgeblitzt?«

Ellinor seufzte. »Ja, Fredy. Er wollte mich durchaus nicht verstehen und holte sich einen regelrechten Korb. Aus diesem Grund war ich die letzte Zeit in Lossow in Ungnade gefallen.«

»Ah, so! Jetzt verstehe ich die anklagenden Seufzer Tante Helenes. Was ist dieser Vetter Botho für ein Mensch?«

»Denke dir Onkel Kuno dreißig Jahre alt, mit einem Monokel im Auge, in die Uniform eines Gardeleutnants gesteckt; das Ganze in einer Soße von kolossalem Selbstbewußtsein, fader Unterhaltungsgabe und näselnder Redeweise: das ist Vetter Botho.«

Sie lachten beide hell auf.

»Du, Ellinor, wie gut, daß unser Vater dem Onkel Kuno so wenig gleicht. Sonst wären wir am Ende auch solche Menschen geworden. Gräßlich! Ich verstehe wirklich nicht, wie Geschwister einander so unähnlich sein können.«

»Ja, man findet es aber oft, daß gerade Geschwister grundverschieden sind.«

»So wie du und ich«, neckte Fred.

Ellinor lachte. »Ach, wir sind schon die reinen Zwillinge,

innen und außen. Weißt du noch, wenn du zuweilen im Scherz meine Kleider anlegtest, konnte man uns kaum unterscheiden.«

»Ja, bloß deine schönen Zöpfe konnte ich nicht vortäuschen, Ellinor.«

Am nächsten Tag sollte der Baron die Geschwister zum gemeinsamen Spazierritt in Lemkow abholen.

Sorglich kontrollierte er Favorit und gab Fred allerlei gute Ratschläge, wie er das Tier zu behandeln habe.

»Ich habe es zu Lebzeiten Ihres Herrn Großonkels manchmal geritten«, sagte er, dabei beobachtete er zugleich Diana, die unter Ellinors Führung zuweilen nervös zur Seite sprang.

»Mir scheint, mein gnädiges Fräulein, Dianas Nervosität hat sich gesteigert«, sagte er besorgt.

Ellinor warf den Kopf zurück. »Mag sein. Sie wollte schon einige Male mit mir durchgehen«, sagte sie kurz.

»Dann sollten Sie aber lieber ein anderes Pferd reiten.«

Sie zuckte die Achseln. »Ich kenne Dianas Mucken und weiß, wie ich mit ihr dran bin.«

In demselben Augenblick scheute Diana und bäumte sich hoch auf. Es kam so unerwartet, daß Ellinor beinahe aus dem Sattel geworfen worden wäre. Sie behielt jedoch ihre Geistesgegenwart und behauptete ihren Platz. Schon hatte auch der Baron Diana am Zügel gefaßt.

Als Ellinor in sein Gesicht blickte, merkte sie, daß er bleich geworden war und daß seine Augen in heißer, zärtlicher Sorge auf ihr ruhten.

Da schwankte sie vor heimlicher Erregung einen Moment haltlos im Sattel. Aber sofort hatte sie sich wieder in der Gewalt.

»Lassen Sie, bitte, den Zügel los, Herr Baron. Diana will sich einmal auslaufen«, sagte sie hastig. Dann jagte sie davon.

Fred und der Baron folgten ihr.

Auch Fred hatte in des Barons Antlitz die liebevolle Sorge um die Schwester gesehen.

»Sie sollten Ihren Einfluß geltend machen, Fred, daß Ihr Fräulein Schwester Diana nicht mehr reitet«, stieß der Baron erregt hervor.

Der Knabe sah ihn mit hellen Augen an. Es lag eine warme Freude in seinem Blick.

»Ich will es versuchen, Herr Baron.«

Sie hatten Ellinor inzwischen erreicht. Diese wandte sich, anscheinend ganz ruhig, lächelnd um.

»Sehen Sie, Herr Baron, Diana ist nun wieder zufrieden, weil man ihr den Willen getan hat.«

Die Herren ritten Ellinor zur Seite.

»Wenn ich Ihr Herr Vater wäre, würde ich Ihnen verbieten, dies Pferd zu reiten«, sagte Lindeck erregt.

Sie lachte. »Mein Vater verbietet mir so leicht nichts. Er weiß, daß ich mir selten etwas zumute, was ich nicht ausführen kann.«

Sie gab dem Gespräch eine andere Wendung. Aber während Fred und der Baron sich lebhaft unterhielten, blieb sie merklich still. Sie mußte immer daran denken, daß der Baron so blaß ausgesehen und daß seine Augen so voll zärtlicher Sorge auf ihr geruht hatten, als sie vorhin aus dem Sattel zu stürzen drohte. Warum war das geschehen?

Heinz von Lindeck kam nun fast täglich nach Lemkow. Er ließ sich nicht abschrecken durch Ellinors ungleiches, oft schroff abweisendes Wesen. Auch dadurch nicht, daß Gitta von Lossow fast jedesmal anwesend war.

Ellinor beobachtete ihn scharf im Verkehr mit Gitta, und doch sah sie nur immer dasselbe: daß er Gitta gegenüber die strengsten, aber auch die kältesten Formen bewahrte und daß Gitta trotz alledem sehr liebenswürdig zu ihm war.

Sie begriff Gitta nicht. An ihrer Stelle wäre sie ganz anders zu dem Verräter gewesen.

Mit Fred hatte sich der Baron innig befreundet. Dieser hatte ihn schon einige Male in Lindeck besucht. Ellinor war immer merkwürdig neugierig und interessiert gewesen, wenn Fred wieder nach Hause kam. Sie forschte ihn aus, wie der Baron in Lindeck lebte, wie es dort aussah und wie er sich in seinem eigenen Hause gab. Nach tausend scheinbar gleichgültigen Dingen fragte sie, Fred berichtete bereitwillig und ausführlich. Er merkte nur zu gut, daß Ellinor sich brennend für alles interessierte, was mit dem Baron zusammenhing, obgleich sie sich stets so abweisend und gleichgültig gab.

Der kluge kleine Mann machte sich über die beiden liebsten Menschen seine eigenen Gedanken, und innerlich lachte Fred in gutmütigem Spott. Sie kamen ihm wie die beiden Königskinder vor, die aus irgendeinem Grund nicht zusammenkommen konnten, und wollten es doch gewiß sehr gern.

Und es machte ihm Spaß, das Feuer zwischen ihnen zu schüren.

›Baron Lindeck könnte mir schon als Schwager gefallen – und Vater würde er als Schwiegersohn sicher willkommen sein.‹ Er beschäftigte sich innerlich viel mit dieser Frage, ohne daß Ellinor eine Ahnung hatte.

Wieder war Fred eines Tages in Lindeck. Der Baron hatte ihm ein Gewehr versprochen. Fred sollte sich unter seiner Aufsicht im Schießen üben.

Als der Baron mit seinem jungen Freund zum Schießstand

schritt, sagte Fred zu ihm: »Viel Fortschritte werde ich vorläufig nicht machen, Herr Baron, da ich im Oktober das Gymnasium besuchen soll. Aber hübsch ist es doch, daß ich erst noch mit dem Gewehr umgehen lerne. Mein Vater hatte es mir auch schon versprochen. Nun habe ich schon die Anfangsstudien hinter mir, wenn er kommt.«

»Ihr Herr Vater wird nun bald eintreffen, Fred?«

»Ja, Gott sei Dank. Meine Schwester hat schreckliche Sehnsucht nach ihm, weil sie ihn doch viel länger nicht gesehen hat als ich. Wir hängen sehr aneinander, hätten auch den Verlust unserer über alles geliebten Mutter noch nicht so überwinden können, wenn unsere tapfere Ellinor nicht ihren eigenen Schmerz bezwungen, damit Vater und ich wieder Sonne hatten. Ach, Sie glauben nicht, Herr Baron, was für ein herrlicher Mensch meine Schwester ist!«

Heinz Lindeck hatte andächtig Fredys Worten gelauscht.

»Doch, Fredy, ich weiß es, weiß es ganz genau. Ich – ja, ich verehre Ihre Schwester unsagbar. Sie ist ein bewundernswertes Geschöpf«, sagte er bewegt.

Fredy nahm sich vor, das Ellinor gelegentlich wiederzusagen.

»Ja«, sagte er strahlend, »man muß sie bewundern. Sie gleicht der Mutter in allen Stücken, das höchste Lob aus Vaters Munde.«

Baron Lindeck sah mit glänzenden Augen in Fredys Gesicht. »Ihre Mutter muß eine herrliche Frau gewesen sein, lieber Fred.«

Der Knabe nickte stolz.

»Ja, wir haben sie unsagbar geliebt und verehrt und können es den Lossower Verwandten nicht verzeihen, daß sie unsere Mutter totschweigen wollen. Gelt, Herr Baron, Sie taxieren den Wert eines Menschen nicht nach solchen Äußerlichkeiten?«

»Nein, Fred, wahrhaftig nicht!«

Fred sah eine Weile schweigend und nachdenklich vor sich hin. Dann atmete er tief auf und fragte zögernd: »Herr Baron, weiß meine Schwester, daß Sie anders als die Lossower über unsere Mutter denken?«

»Ich weiß es nicht. Wir haben wohl noch nicht davon gesprochen.«

»Hm!« machte Fred nachdenklich. Nach einer Weile fuhr er fort: »Nun ja, mit fremden Menschen spricht man auch nicht über so etwas, was einem am Herzen liegt. Aber wir sind doch Freunde, nicht wahr?«

Lächelnd legte der Baron seinen Arm um Fredys Schulter und sah ihn mit warmem Ausdruck an. »Ja, Fred, wir sind Freunde.«

»Oh, da danke ich Ihnen. Ich habe ein so großes Vertrauen zu Ihnen, daß ich alles mit Ihnen besprechen könnte.«

»Das freut mich, Fred. Aber nun sagen Sie mir mal erst, warum Sie wissen wollten, ob ich mit Ihrem Fräulein Schwester über Ihre Mutter gesprochen habe.«

Fred zögerte eine Weile, dann sagte er rasch: »Es ist nur, weil ich meine Schwester in bezug auf Sie nicht verstehe. Es ist da etwas Unklares. Manchmal scheint es mir, als gälten Sie ihr sehr viel, obwohl sie es nicht zugibt; dann ist es wieder, als habe Ellinor etwas gegen Sie. Da liegt irgend etwas vor, was mir unklar ist. Da dachte ich mir, Sie hätten Ellinor – vielleicht unabsichtlich – in unserer Mutter gekränkt. Darin ist sie nämlich sehr empfindlich.«

Heinz Lindeck lauschte mit atemlosem Interesse. »Nein, Fred, das habe ich nicht getan. Schon bevor ich Sie und Ihr

Fräulein Schwester kannte, habe ich eine große Hochachtung für Ihre Mutter empfunden. Die hat mir Ihr verstorbener Großonkel bereits durch seine Erzählungen eingeflößt. Aber da wir einmal über diese Sache sprechen: auch ich habe das Gefühl, als hätte Ihr Fräulein Schwester irgend etwas gegen mich, und das beunruhigt und quält mich. Sie haben ganz recht, Fred: irgend etwas ist da nicht klar. Lieber Fred, ich wäre Ihnen so von Herzen dankbar, wenn Sie herausbekommen könnten, was Ihr Fräulein Schwester gegen mich einnimmt.«

Fred sah erregt in das blasse, zuckende Gesicht des Barons.

»Haben Sie Ellinor noch nicht selbst danach gefragt?«

Der Baron nickte düster.

»Ja, aber sie wich mir aus und wies mich kalt zurück, als ich sie fragte, ob sie mir zürne. Sie müssen mir helfen, das aufzuklären, Fred. Das wäre ein großer Freundschaftsdienst.«

Fred nickte eifrig.

»Ja, natürlich. Ich werde es schon herausbekommen. Schon Ellinor zuliebe will ich das. Denn ich fühle es, sie quält sich da mit etwas herum. Ich habe sie sogar einmal überrascht, da hatte sie ganz rotgeweinte Augen. Und seit Mutters Tode habe ich Ellinor doch sonst nie weinen sehen.«

Der Baron drückte den Knaben im Übermaß des Empfindens an sich.

Aus Freds Worten hörte er vor allem eins heraus, daß er Ellinor nicht gleichgültig war. Um einen gleichgültigen Menschen hätte sie nicht geweint, das war sicher.

»Fred, lieber Fred, sie soll nicht mehr weinen! Wir müssen erfahren, was sie quält«, stieß er leidenschaftlich hervor.

Fred sah aufatmend und lächelnd in sein aufgewühltes Gesicht. Mit dem Baron wußte er nun genau Bescheid.

445

»Ich bekomme es schon heraus«, sagte er zuversichtlich, »und sage es Ihnen gleich.«

Dankbar drückte ihm der Baron die Hand.

16

Fredy, ich reite mit dem Verwalter auf die Felder. Es soll eine neue Mähmaschine probiert werden. Das will ich mir ansehen. Kommst du mit?« sagte Ellinor, zu ihrem Bruder ins Zimmer tretend.

Fred sah von seinem Buch auf. »Nein, Ellinor, heute nicht. Baron Lindeck will mich um elf Uhr abholen. Wir wollen Kaninchen schießen, zur Übung für mich.«

Ellinor strich ihm zärtlich das Haar aus der Stirn. »Du hast ja kaum mehr Zeit für mich. Fredy. Ich werde noch eifersüchtig auf den Baron.«

Er schlang die Arme um ihren Hals. »Aber, Ellinor, ich darf doch den Baron nicht umsonst kommen lassen. Ich habe ihn sehr, sehr gern, aber so lieb wie dich doch nicht. Da brauchst du nicht eifersüchtig zu werden.«

Sie lächelte. »Nein, nein, ich sagte das ja nur aus Scherz. Also sehen wir uns zu Mittag wieder?«

»Ja, Ellinor. Darf ich den Baron zu Tisch einladen?«

Ellinor wandte sich ab. »Wenn du es absolut willst, ich habe nichts dagegen. Auf Wiedersehen, Fredy.«

»Auf Wiedersehen, Ellinor. Du, noch eins: willst du mir nicht sagen, was du gegen Baron Lindeck hast?«

Ellinor wurde sehr rot und wich seinem Blick aus.

»Laß mich, Fredy, quäle mich nicht. Ich – ich kann es dir nicht sagen. Frage mich nie mehr danach«, stieß sie bebend hervor und eilte aus dem Zimmer.

Fred schüttelte den Kopf und sah ihr, in Gedanken versunken, nach.

Ellinor bestieg in sehr erregter Stimmung ihr Pferd und ritt an des Verwalters Seite hinaus. Sie besprachen dabei allerlei Geschäftliches, aber Ellinor war heute nicht so bei der Sache wie sonst. Das kurze Gespräch mit Fred hatte sie sehr erregt, sie mußte immer wieder an seine Worte denken.

Diana hatte schon wiederholt ihr Mißfallen darüber, daß ihre Herrin heute die Zügel mit unruhigen Händen regierte, durch allerlei Seitensprünge ausgedrückt. Ellinor achtete jedoch nicht darauf.

Nun ritt sie mit dem Verwalter aus dem Wald auf die offenen Felder hinaus. Da herrschte überall reges Leben. Die Ernte hatte schon begonnen und war im vollen Gang.

Heute achtete sie auf nichts.

Endlich waren Ellinor und der Verwalter an ihrem Ziel angelangt. Sie hielten die Pferde an. Der Verwalter sprang ab und trat zu den Arbeitern, die soeben die neue Maschine in Gang bringen wollten.

Ellinor saß wie verträumt auf ihrer Diana und achtete kaum auf die Umgebung. Ihre Augen schauten zum Wald hinüber. Und plötzlich zuckte sie zusammen: da drüben ritt Heinz Lindeck, so weit entfernt, daß sie ihn kaum erkannte, aber ihr Herz wußte, daß er es war.

Unsicher tasteten ihre Hände nach dem Zügel. In demselben Augenblick streifte ein Arbeiter mit einer Garbe an ihr vorüber, und die reifen Ähren stachelten Diana in die Flanken. Unglücklicherweise blitzte zur selben Zeit eine ge-

447

schwungene Sense so grell im Sonnenlicht, daß es wie ein Blitz herüberzuckte. Da bäumte sich die ohnedies nervöse Diana hoch auf und raste haltlos davon. Querfeldein ging es in jäher Flucht. Die Arbeiter schrien und stoben auseinander. Das erschreckte das scheue Tier noch mehr. Es ging in rasendem Tempo durch. Ellinor hatte alle Gewalt über Diana verloren; sie mußte sich am Sattelknopf festhalten.

Der Verwalter war vor Schreck erst wie gelähmt, dann aber sprang er in höchster Eile auf sein Pferd, um seiner jungen Herrin zu folgen.

Aber sein schwerfälliger Gaul kam nur langsam vorwärts. Und an einem breiten Wassergraben streikte er überhaupt, während Diana den Graben längst in rasender Flucht übersprungen hatte.

Durch das Geschrei der Leute war Baron Lindeck drüben am Waldrand aufmerksam gemacht worden. Er sah das dahinrasende Tier mit der haltlos im Sattel schwankenden Reiterin über die Felder jagen. Ein furchtbarer Schreck durchzuckte ihn. Er allein sah sofort, daß das Tier in direktem Kurs auf den großen Steinbruch zuraste. Wurde Diana nicht vorher zum Stehen gebracht, so war Ellinor verloren.

Ehe er noch diesen Gedanken klar erfaßt hatte, jagte er schon in schnellstem Tempo querfeldein, mitten über die gemähten Felder weg, direkt auf den Steinbruch zu. Er sagte sich, daß er den Steinbruch um jeden Preis früher erreichen mußte als das scheuende Tier. Nur wenn er Diana entgegenreiten und sie aufhalten konnte, war Ellinor zu retten, sonst stürzte sie mit Diana in den Steinbruch.

In wahnsinniger Eile jagte er vorwärts, die Augen scharf auf die dahinrasende Diana und ihre Reiterin geheftet. Eine namenlose Angst um die Geliebte erfüllte sein Herz. Es war, als wollte er sie mit seinen Augen halten, daß sie nicht stürzte bei dem wilden Ritt.

»Ellinor! Ellinor! Ellinor!«

Er konnte nichts fühlen und denken als in höchster Angst und Sorge diesen geliebten Namen. Angstvoll maß er die Entfernung bis zum Steinbruch mit den Augen. Sein Weg, von der Seite her, war etwas kürzer als der, den Diana nahm. Aber diese raste auch in furchtbarer, haltloser Geschwindigkeit dahin. Satir war jedoch ein vorzüglicher Renner, er mußte hergeben, was er nur irgend leisten konnte. Es war, als ob das edle Tier fühlte, daß sein Herr eine außergewöhnliche Leistung verlangte. Der Baron konnte das ihm so teure und wertvolle Pferd jetzt nicht schonen, es galt ein Menschenleben, Ellinors Leben. Er mußte sie retten, mußte den Steinbruch zuerst erreichen.

Die Zähne fest zusammengebissen, jeder Muskel wie Stahl gespannt, halb stehend im Steigbügel, so jagte er dahin. Mit den Augen schien er Diana bannen zu wollen, noch ehe er sie erreichte. So näherten sich die beiden Pferde in beängstigender Schnelligkeit von verschiedenen Seiten dem Steinbruch. Jetzt konnte der Baron Ellinors bleiches Gesicht erkennen. Sie saß mit zusammengepreßten Zähnen und geschlossenen Augen im Sattel, als wolle sie den sicheren Tod nicht vor sich sehen. Ihre schweren, goldenen Flechten hatten sich gelöst, den Hut hatte sie verloren. Aber kein Laut kam über ihre fest geschlossenen Lippen.

Noch eine wahnsinnige Anstrengung – und der Baron hatte einen kurzen Vorsprung gewonnen. Geschickt parierte er sein Pferd, und nun setzte er sich fest in den Sattel. Jede Bewegung mußte genau berechnet werden. Seine Muskeln spannten sich, seine Augen funkelten in wilder Entschlossenheit.

Ellinor hörte einen scharfen Zuruf. Weit öffnete sie die Augen. Da flog etwas Dunkles auf sie zu wie eine Wolke. Sie erkannte nicht, was es war, so plötzlich kam es daher. Ehe sie nur einen Gedanken fassen konnte, fühlte sie einen gewaltigen Stoß, einen furchtbaren Ruck, der sie aus dem Sattel warf.

Baron Lindeck hatte Diana kurz vor dem Steinbruch erreicht, hatte mit eiserner Faust das rasende Tier zurückgerissen. Die beiden Pferdeleiber prallten hart aneinander. Dann war der Baron mit einem Satz aus dem Sattel und fing die fallende Ellinor mit seinen Armen auf.

In diesem Moment höchster Erregung, von jauchzender Freude über die Rettung des heißgeliebten Mädchens erfüllt, war er nicht Herr über sich. Er preßte das halb bewußtlose, zitternde Geschöpf zärtlich an seine schweratmende Brust.

»Ellinor! Ellinor!«

Wie in Qual und Lust zugleich entrang sich ihr Name seinen Lippen. Und unfähig, sich zu beherrschen, drückte er seine Lippen auf ihren blassen Mund. In unermeßlicher Seligkeit fühlte er, daß ihre Lippen den Druck der seinen zurückgaben. Wie betäubt lag Ellinor in seinen Armen, traumhaft glitt ein Lächeln über ihr Antlitz, ein süßes, hingebendes Lächeln. Ihr Kopf lag still an seinem klopfenden Herzen, und ihre Augen strahlten zu ihm auf, verträumt – weltvergessen – glückselig.

»Ellinor, Ellinor!« jauchzte er auf und wollte ein zweitesmal ihre Lippen berühren. Da war es aber, als erwache sie aus einem Traum. Ihre Augen blickten groß und starr, ihr Körper straffte sich plötzlich in jäher Abwehr. Ein Ausdruck des Entsetzens lief über ihre Züge. Mit einem Ruck richtete sie sich, ihre Lage begreifend, empor.

Heiße, brennende Scham war plötzlich in ihr, daß sie sich hatte küssen lassen von diesem Mann, der Gitta Lossow um

450

Geld verraten hatte, der sich um sie bewarb, weil sie reicher war als Gitta. Mit einem Aufschrei riß sie sich los. Als er sie halten wollte, schlug sie ihm ins Gesicht und stieß ihn zurück.

»Unverschämter, was wagen Sie!« rief sie außer sich.

Er starrte sie entgeistert an. »Ellinor!« rief er entsetzt, aus allen Himmeln gerissen.

Sie richtete sich zitternd zu ihrer ganzen Größe empor und sah mit einem unbeschreiblichen Blick, in welchem Scham, Stolz und Verzweiflung brannten, in sein bleiches Gesicht.

»Ich heiße für Sie Fräulein von Lossow, und ich möchte viel lieber tot da unten im Steinbruch liegen, als Ihnen mein Leben danken. Ich hasse, ich verabscheue Sie!« stieß sie in wilder Erregung hervor.

Er war totenbleich geworden, und seine Augen sahen sie an, daß sie vor Schmerz und Qual hätte aufschreien mögen.

So standen sie sich gegenüber, Auge in Auge, in zitternder, furchtbarer Erregung. Ob es Minuten oder Sekunden waren, daß sie so verharrten, keiner wußte es.

Dann wandte sich Heinz Lindeck langsam, ohne ein Wort zu sagen, zu den Pferden. Diana lag am Boden und zitterte am ganzen Körper. Satir stand schnaubend daneben, beide Tiere waren mit Schaumflocken bedeckt.

Der Baron beugte sich über Diana. Dann faßte er wortlos in seine Waffentasche, zog den Revolver heraus und schoß das Tier nieder.

Ellinor schrie auf. »Was haben Sie getan?«

Anscheinend ganz ruhig steckte er den Revolver wieder ein.

»Diana hat die Fesseln gebrochen. Aber auch, wenn dies nicht der Fall wäre, hätte sie ihr Leben verwirkt. Da ich Sie auf andere Weise nicht hindern konnte, das gefährliche Tier

451

zu besteigen, hätte ich es auf jeden Fall niedergeschossen«, sagte er kalt, aber mit seltsam matter und tonloser Stimme.

Sie sah ihn unsicher an. Ein Schauer lief über sie dahin. Und plötzlich überfiel sie eine Schwäche, sie taumelte und brach neben dem toten Tier in die Knie.

Ein Zucken lief über ihr Gesicht. Aus seinen Augen brach wieder ein Strahl heißer Sorge. Schnell trat er zu ihr heran.

»Haben Sie sich verletzt?« fragte er mit halberstickter Stimme.

Sie schüttelte den Kopf und bedeckte das Gesicht mit den Händen. Er sah mit brennenden Augen auf sie hinab. Die dikken, goldbraunen Flechten hingen über das schwarze Reitkleid herab bis auf die Erde. Und ihre Gestalt bebte vor verhaltener Erregung.

»Sind Sie imstande, ein Pferd zu besteigen? Sie müssen so schnell als möglich nach Hause und zur Ruhe kommen. Ich lege Satir ihren Sattel auf und führe ihn am Zügel, bis man Ihnen einen Wagen entgegenschicken kann.«

Sie lauschte auf den tonlosen, matten Klang seiner Stimme. Und wieder vermochte sie nur den Kopf zu neigen zum Zeichen des Einverständnisses. Aber die Hände fielen ihr kraftlos herab.

Er biß die Zähne zusammen im wilden Schmerz. Wie schön sie war in ihrer Hilflosigkeit.

›Ich hasse, ich verabscheue Sie!‹

So klang es wieder in seinen Ohren. Und doch hatte er den leisen Druck ihrer Lippen auf den seinen gefühlt, hatte ihre Augen aufleuchten sehen in seliger Lust! Aber auch ihr Schlag brannte auf seinem Gesicht.

Mit einem gewaltigen Ruck richtete er sich straff empor. Fest preßte er die Lippen zusammen. Und eilig löste er von

452

dem Rücken der toten Diana den Sattel und legte ihn Satir auf. Als er fertig war, trat er wieder zu Ellinor. Sie lag noch halb kniend auf der Erde.

»Bitte!« sagte er nur.

Sie wollte sich erheben, vermochte es aber nicht, weil sie vor Schwäche und Erregung an allen Gliedern zitterte.

Mit scheuem, hilflosem Blick sah sie zu ihm empor.

»Erlauben Sie mir – Sie müssen mir schon noch einmal gestatten, daß ich sie berühre«, stieß er hervor.

Ohne auf ihre schwach abwehrende Bewegung zu achten, hob er sie wie ein Kind empor und setzte sie auf das Pferd.

Zitternd rückte sie sich im Sattel zurecht. Sie sah ihn dabei aber nicht an. Ihre Hände tasteten nach den gelösten Flechten, aber sie vermochte dieselben nicht festzustecken. Da wickelte sie dieselben um den Hals und ließ die Enden vorn über die Schultern fallen.

Nie hatte Ellinor schöner ausgesehen als in dieser Stunde.

Als sie sich zurechtgerückt hatte, faßte Lindeck Satir am Zügel, um ihn zu führen.

»Ich kann allein reiten«, kam es zitternd über Ellinors Lippen, halb trotzig und halb verzagt.

Mit düster flammendem Blick sah er zu ihr empor. »Sie müssen mir schon gestatten, Sie so lange mit meiner Gegenwart zu belästigen, bis ich Sie in Sicherheit weiß.«

Er führte das Pferd langsam vorwärts.

Nun wurde auch der Verwalter zwischen dem noch stehenden hohen Getreide eines Feldes sichtbar.

Heinz Lindeck hob das bleiche Antlitz zu Ellinor empor.

»Dort kommt Ihr Verwalter. Da ich nur noch diese kurze Minute des Alleinseins mit Ihnen habe, bitte ich um Verzeihung, daß ich mich in der Erregung – vor Angst und Sorge um

Sie meiner Sinne kaum mächtig – hinreißen ließ, Ihre Lippen zu berühren. Sie haben mich dafür ins Gesicht geschlagen, mich einen Unverschämten genannt. Ob ich es verdient habe – ich weiß es nicht. Aber ich wollte Sie nicht beleidigen. Ich war nur nicht Herr über mich, weil ich Sie liebe, wie ein Mann ein Weib nur zu lieben vermag, und weil ich für Ihr Leben gezittert habe! Wenn Sie es über sich zu bringen vermögen, so verzeihen Sie mir. Sie haben ja die Genugtuung, daß Ihr Schlag mir wie eine unauslöschliche Schmach ewig im Gesicht brennen wird.«

Ellinor vermochte nicht zu antworten.

Seine Worte brannten sich in ihre Seele ein, und erschauernd fragte sie sich, ob das die Sprache der Lüge sein könne. Ihr ganzes Herz schrie: Nein!

Und sie dachte weiter nach, und erst jetzt wurde sie sich bewußt, was er für sie getan hatte.

Ihr Blick schweifte nach dem Steinbruch hinüber und nach der toten Diana. Wie Fieberschauer rann es durch ihr Blut. Wenn er nicht gewesen wäre, dann läge sie jetzt mit zerschmetterten Gliedern im Steinbruch. Er allein hatte sie davor bewahrt. Und wie hatte sie es ihm gedankt?

Sie wußte nicht, was sie tun sollte. Der furchtbare Schreck, die Erregung zitterten noch in ihr nach. Auch an Vater und Bruder mußte sie denken. Wenn man sie tot nach Hause gebracht hätte, was wäre das für den Vater und Fredy gewesen?

Sie wußte nicht mehr aus und ein mit ihren Gedanken und Gefühlen. Die willenstarke, selbstsichere Ellinor war nichts als ein schwaches, hilfloses Weib.

Und plötzlich schlug sie die Hände vor das Antlitz und weinte, als müsse ihr das Herz brechen.

Das war ihre Antwort auf seine Rede.

Er biß die Zähne aufeinander. Warum weinte sie? Tat es ihr nun doch leid, ihn so gedemütigt zu haben? Oder war es nur die körperliche Abspannung, die ihr Tränen erpreßte?

›Ich hasse, ich verabscheue Sie!‹

Er hörte es wieder im Geiste; diese Worte würde er nie vergessen! Wie unsagbar er Ellinor liebte, das fühlte er jetzt erst mit voller Erkenntnis. Und der Schmerz, sie verloren zu haben, war um so größer, als er einen Moment in jauchzender Glückseligkeit geglaubt hatte, von ihr wiedergeliebt zu werden.

Auf seinen Lippen brannte noch ihr Kuß – und in seinem Antlitz der Schlag von ihrer Hand.

Wild stöhnte er auf, so daß sie erschrocken in sein verzerrtes Gesicht sah.

Aber nun war der Verwalter dicht herbeigekommen.

Heinz Lindeck riß sich zusammen. Noch ehe der schreckensbleiche Verwalter reden und fragen konnte, berichtete er ihm kurz, was geschehen war. Die noch ungemähten Felder hatten den Vorgang verborgen vor allen Augen, die dem scheuen Tier gefolgt waren.

Zum Schluß sagte Lindeck hastig: »Das gnädige Fräulein hat einen Nervenschock gehabt. Bitte, steigen Sie ab, Herr Verwalter, und führen Sie Satir am Zügel weiter. Ich will eiligst auf Ihrem Pferd nach Lemkow reiten und einen Wagen entgegenschicken.«

Schnell sprang der Verwalter ab und sah beklommen zu seiner jungen Herrin empor, die weinend und zitternd auf Satirs Rücken saß.

Lindeck sprang rasch in den Sattel und jagte nach einer kurzen, stummen Verbeugung davon.

Ellinor ließ die Hände schlaff herabsinken und sah ihm nach. Es lag eine Qual ohnegleichen in ihrem Blick.

In Heinz Lindecks Innern tobte ein Sturm rasender Verzweiflung. Nun durfte er nicht mehr nach Lemkow gehen und mußte Ellinor meiden.

Als er vor dem Lemkower Gutshaus hielt, kam Fred aus der Halle gelaufen.

»Sie verspäten sich um eine halbe Stunde heute, Herr Baron!« rief er lachend.

Aber dann sah er erschrocken in das verstörte Gesicht seines Freundes.

»Mein Gott, wie sehen Sie aus? Was ist geschehen?«

Ehe Lindeck antwortete, rief er dem herbeieilenden Reitknecht zu, es müsse sofort ein Wagen angespannt werden. Dann erst berichtete er Fred in hastigen, aber schonenden Worten von Ellinors Unfall. Zum Schluß sagte er zu dem erschrockenen Knaben:

»Fahren Sie Ihrer Schwester entgegen, Fred, und sorgen Sie dafür, daß sie sofort zur Ruhe kommt, und rufen Sie den Arzt, sie hat sicher einen Nervenschock gehabt. Ich reite auf des Verwalters Pferd nach Hause und schicke es durch meinen Reitknecht zurück. Der kann Satir dann in Empfang nehmen.«

Fred versprach, alles zu tun. »Wollen Sie nicht mit mir kommen, Herr Baron, oder hier auf uns warten?« fragte er.

»Nein, Fred, ich bin ja ganz überflüssig. Ihr Fräulein Schwester sieht jetzt am besten keine fremden Menschen.«

»Dann auf Wiedersehn, Herr Baron!«

»Auf Wiedersehn, Fred, leben Sie wohl. Und bitte – lassen Sie mich wissen, wie es Ihrem Fräulein Schwester geht, ob sie auch wirklich keinerlei Schaden erlitten hat.«

»Ja, ja, Sie sollen gewissenhaft Nachricht bekommen. Und ich danke Ihnen tausendmal, daß Sie Ellinor zu Hilfe kamen«, sagte Fred erregt und umarmte Lindeck dankbar, obwohl ihn

456

dieser ganz im unklaren gelassen hatte, wie schwer diese Hilfe gewesen war. Ellinors Bruder blieb sein Freund.

Lindeck zog Fred in stummer Qual an sich.

Der Wagen fuhr vor. Fred sprang hinein, wie er ging und stand.

»Ich komme selbst nach Lindeck, sobald Ellinor ganz wohl ist!« rief er zurück.

Der Baron nickte stumm. Er konnte nicht reden.

Und während der Wagen Ellinor entgegenfuhr, schlug der Baron den Weg durch den Wald ein, nach Lindeck zurück.

Ellinor war von ihrem Bruder nach Hause gebracht worden und mußte sich, trotz all ihrer Gegenwehr, sofort zu Bett legen.

Nelly hatte schon Ellinors Lager zurechtgemacht, und wie sie die junge Dame einst als hilfloses Baby oft zur Ruhe gebracht hatte, so tat es die treue Alte auch heute. Wie einem müden Kind summte sie ihr leise ein irisches Volkslied zur Beruhigung vor.

Der Arzt kam auch, verordnete ein beruhigendes Mittel und einige Tage Bettruhe.

Aber welches Mittel hätte wohl den Sturm beschwichtigen können, der in Ellinors Seele tobte?

Als sie allein war und still mit geschlossenen Augen im Bett lag, mußte sie wieder und wieder durchdenken, was da draußen am Steinbruch geschehen war. Sie fühlte sich noch einmal in seine Arme, an sein Herz, das sie in wilden, starken Schlägen klopfen hörte, gerissen. Und dann vernahm sie den jauchzenden Ruf: Ellinor! Ellinor! Sie fühlte erschauernd seine heißen Lippen auf den ihren und mußte denken, wie selig sie in jenem einzigen Moment gewesen war!

Ach, wie brannte sein Kuß auf ihren Lippen! Wie klopfte ihr Herz, wenn Sie an dies angstvoll zärtliche und doch jubelnde: Ellinor! Ellinor! dachte. Und wie quälte sie die heiße Scham, daß sie seinen Kuß erwidert, daß sie sich einen Moment in höchster Seligkeit an ihn geschmiegt hatte. Vergessen hatte sie in jenem Moment Tod und Schrecken, vergessen auch, daß sie ihn verachten mußte, weil er sich nur um Geldeswert zu ihr drängte und eine andere verriet. Und in Schmerz und Scham schlug sie ihn ins Gesicht.

Sie stöhnte auf.

Wie er ausgesehen hatte in jenem Augenblick! Sein edelgeschnittenes Gesicht fahl und bleich! Ach, es war ihr selbst wie ein körperlicher Schmerz gewesen, ihn so vor sich zu sehen.

Und dann war seine Kälte und Ruhe, als ob nichts gewesen, zurückgekehrt. Nur in seinen Augen und in seiner Stimme verriet sich seine Qual. Wie er sie angesehen hatte! Oh, daß sie doch diesen düsteren, schmerzvollen und vorwurfsvollen Blick vergessen könnte.

Aber sie wollte nicht mehr daran denken, sie wollte sich nur ins Gedächtnis zurückrufen, daß er ein Verräter war, daß er sie nur begehrt hatte des Geldes wegen.

Und deshalb war ihm ganz recht geschehen, daß sie ihn ins Gesicht geschlagen hatte. Sein Kuß war eine Schmach für sie gewesen. Mit einer Schmach, die sie ihm angetan, rächte sie sich dafür. Und mit dieser ungelöschten Schmach mußte er wie ein Gezeichneter durchs Leben gehen.

›Den Schlag von Frauenhand löscht nur ein Kuß von selber Frauenlippe‹ – diesen Spruch hatte sie einst in einem altdeutschen Buch gelesen.

Nun, ihre Lippen würden diese Schmach nicht löschen – niemals!

Warum tat ihr dabei nur das Herz so weh – so furchtbar weh?

458

Leise regten sich wieder scheue Stimmen in ihrem Innern, die für ihn bitten wollten, die ihr zuflüsterten, seine Augen könnten nicht lügen, und seine Worte hätten so heilig und wahr geklungen, als er ihr sagte, daß er sie liebe, ›wie nur ein Mann ein Weib zu lieben vermag‹.

Sie barg den Kopf in die Kissen und stöhnte auf in Qual und Pein.

So lag sie, eine Beute widerstreitender Empfindungen, elend zum Sterben und unzufrieden mit sich selbst.

Fred kam zuweilen und schaute mit besorgtem Gesicht zur Tür herein. Auch Mrs. Stemberg und Nelly schlichen oft sorgenvoll an ihr Lager. Dann schloß Ellinor die Augen und stellte sich schlafend. Sie konnte nicht sprechen über das, was geschehen war.

Es durfte und würde auch kein Mensch etwas erfahren. Er würde so wenig darüber sprechen wie sie.

Aber was würde er nun tun?

Ob er je wieder nach Lemkow kam? Ob er ihr wieder gegenübertreten würde, als sei nichts geschehen? Wie würde er sich zu Fredy stellen? Was sollte sie überhaupt dem Bruder sagen über den ganzen Vorgang? Mußte sie nicht auch dem Vater beichten, daß Lindeck sie geküßt hatte?

Ach nein, daraus konnte nur furchtbares Unheil entstehen. Sie hatte sich ja selbst Genugtuung verschafft und Beleidigung mit Beleidigung vergolten.

Nun konnte er nicht mehr daran glauben, daß sie seinen Kuß erwidert hatte, wenn er es gemerkt haben sollte. Wenn er nur eine Ahnung hätte, daß sie ihn, trotz allem und zu ihrer Qual, dennoch liebte, dann hätte sie vor Scham sterben müssen.

Sie sann und grübelte, und ihre Gedanken flogen zu ihm wie scheue, wilde Vögel, die nicht Ruhe fanden.

Erst als die Dämmerung herabsank und Fred an ihrem Lager saß, vermochte sie mit ihm über ihren Unfall zu sprechen. Und nun erfuhr Fred erst, mit welcher Kühnheit der Baron die Schwester gerettet hatte.

Fred preßte ihre Hände fest zwischen den seinen.

»Ach, Ellinor, nun ist es doch, als habe Baron Lindeck dich mir neu geschenkt. Wie glücklich wird er sein, daß er dich retten konnte! Du mußt einsehen, wie recht er hatte, dich vor Diana zu warnen. Du wolltest nicht auf uns hören. So leid es mir auch tut um das schöne Tier, ich bin froh, daß es tot ist. Du hättest vielleicht auch jetzt noch darauf bestanden, es zu reiten. Ich darf gar nicht daran denken, was hätte werden können. Aber an dem Steinbruch kann ich nicht mehr ohne Grauen vorübergehen. Was wird Vater zu alledem sagen?«

Ellinor strich sich müde über die Stirn.

»Muß es Vater denn wissen, Fred?« fragte sie leise.

Der Knabe nickte energisch. »Ja, Ellinor, wenn er erst bei uns ist; früher nicht, sonst sorgt er sich zu sehr. Aber wissen muß er, wem er das Leben seiner Tochter zu danken hat. Ich reite morgen nach Lindeck hinüber. Ich soll Baron Lindeck Nachricht geben, wie es dir geht. Ich habe ja gar nicht gewußt, welch großen Dank wir ihm schulden. Er sprach von dem Unfall, als sei er kaum besonders beteiligt gewesen. Was für ein guter, edler Mensch er ist! Gelt, Ellinor, jetzt siehst du es auch ein? Wenn du nur wüßtest, wie er dich verehrt. Leichenblaß sah er aus, als er mir deinen Unfall erzählte, so, als trüge er selbst tausend Schmerzen dabei. Ach, Ellinor, ich glaube, er hat dich furchtbar lieb.«

Ellinor wandte sich plötzlich um und barg das Gesicht in den Händen. »Ich bitte dich, Fredy, schweig! Sprich mir nicht mehr von ihm. Wenn du glaubst, daß er mich liebt, so irrst du dich sehr. Mein Geld liebt er, eine reiche Partie scheine ich ihm, das ist alles«, stieß sie erregt hervor.

»Nein, o nein, Ellinor. Wie kommst du nur darauf? Du kennst ihn schlecht. Er denkt nur an dich selbst. Er ist doch kein Mann, der einer niedrigen Denkungsart fähig ist.«

Ellinor wandte sich Fred mit einer jähen Bewegung wieder zu und sah ihm mit einem so verzweifelten Blick ins Gesicht, daß er erschrak.

»Du verkennst ihn vollständig, Fredy. Ich muß dir sagen, was ich weiß, damit du mich nicht mehr mit solchen Worten quälst. Also höre: er hat sich um Gitta beworben, solange er glaubte, daß Gittas Vater Lemkow erben würde. Als das nicht geschah, hat er sich feige und kaltblütig von Gitta zurückgezogen, obwohl sie schon heimlich verlobt waren. Er hat versucht, sich mir zu nähern, weil ich ihm vermögender scheine, als Gitta es ist. So sieht dieser Mann in Wirklichkeit aus. Und nun quäle mich nicht mehr, Fredy.«

Fred starrte sie ungläubig an. »Das – das glaubst du von ihm? Deshalb also mochtest du ihn nicht leiden? Ach, Ellinor, das ist unmöglich! Ein so schlechter Mensch kann Lindeck nicht sein. Nein, das glaube ich nicht!«

Ellinor seufzte tief auf. »Gitta selbst erzählte mir gleich, als ich hierherkam, daß sie heimlich mit Lindeck verlobt sei. Dann hat sie bemerkt, daß er sich um mich bemühte, und hat mich gewarnt.«

Fred saß eine Weile fassungslos neben der Schwester. Dann schüttelte er wieder energisch den Kopf. »Nein, Ellinor, ich kann es nicht glauben. Das muß ein Irrtum sein. Oder Gitta hat gelogen!«

Ellinor fuhr auf. »Aber Fredy, wenn uns Gitta auch nicht

sympathisch ist, eine solche Lüge dürfen wir ihr nicht zutrauen.«

»Oh, ich traue ihr viel eher eine Lüge zu als Baron Lindeck eine niedrige Handlungsweise, wenn ich auch lieber an einen Irrtum glauben will.«

»Ein Irrtum ist ausgeschlossen. Glaube mir nur, der Baron ist so schlecht, wie ich dir sagte.«

»Nein, ich kann es nicht glauben. Keinem Menschen könnte ich wieder trauen, wenn er mich so enttäuschte. Sag doch selbst, daß es dir schwerfällt, ihm so etwas zuzutrauen.«

Da wurde Ellinor sehr rot. »Ach, laß mich, Fredy. Ich bin müde und möchte nun versuchen, ob ich schlafen kann.«

Zärtlich strich Fred über ihr Haar.

»Ja, Ellinor, ruh dich aus. Und daß du es nur weißt, ich glaube an die strengste Rechtlichkeit und Ehrenhaftigkeit Baron Lindecks. Ich lasse mich nicht beirren in meiner Zuneigung zu ihm, er müßte mir denn selbst eingestehen, daß er ein Schurke ist. Nun schlaf wohl, Schwesterchen. Du bist noch nicht wieder im Gleichgewicht.«

17

Am andern Morgen bestand Ellinor darauf, aufzustehen. Gegen Mittag kam Gitta von Lossow herüber, um Näheres über den Unfall zu erfahren.

Fred duldete aber nicht, daß Ellinor darüber sprach, und erzählte Gitta selbst, was sie wissen wollte, und bemerkte dabei sehr wohl den gehässigen, lauernden Zug in ihrem Gesicht, als er begeistert die Heldentat Heinz Lindecks pries.

Am frühen Nachmittag desselben Tages saß Heinz Lindeck in seinem Arbeitszimmer am Schreibtisch. Vor ihm lagen allerlei Geschäftsbücher. Er wollte arbeiten, aber seine Gedanken flogen immer wieder zu Ellinor Lossow hinüber – und zu dem, was gestern am Steinbruch zwischen ihm und ihr geschehen war.

Er machte sich die bittersten Vorwürfe über seine Handlungsweise.

Gestern abend hatte Fred einen Boten geschickt und ihm mitgeteilt, Ellinor bedürfe noch der Ruhe, sei sonst ganz wohl. Morgen würde er selbst kommen.

Also hatte Ellinor dem Bruder wohl nichts gesagt von dem, was zwischen ihnen geschehen war, sonst hätte Fred sein Kommen nicht angezeigt. Aber warum?

Er stützte den Kopf in die Hand und stöhnte tief auf.

Und dann kam wieder die Erinnerung an den einen seligen Augenblick, da Ellinor hingebend in seinen Armen gelegen und seinen Kuß erwidert hatte. Er fühlte, sie war ebenso glücklich wie er, oder hatte sie vielleicht in halber Bewußtlosigkeit nicht gewußt, wer sie in seinen Armen hielt? Ihn für den Vater oder Bruder gehalten?

Aber nein, so küßt ein Mädchen nicht Vater und Bruder – so lächelt sie diesen nicht zu.

Wem also galt ihr Kuß, wem ihr Lächeln? Er sprang auf und lief erregt im Zimmer auf und ab.

Und dann hörte er sie wieder sagen: Ich hasse, ich verabscheue Sie! Ich möchte lieber tot im Steinbruch liegen, als Ihnen mein Leben danken.

Warum haßte sie ihn so sehr? Nur, weil er sie geküßt hatte

in der Angst um ihr Leben, in der Wonne, sie gerettet im Arm zu halten? Verachtet, haßt ein Mädchen deshalb einen Mann, auch wenn sie ihn nicht liebt?

Er schlug die Hände vor die Stirn, um nicht mehr denken zu müssen.

Mit bleichem Gesicht trat er an das Fenster und starrte düster hinaus auf den Gutshof.

Da sah er Fred Lossow durch das große Tor reiten. Wie elektrisiert zuckte der Baron zusammen und eilte dem Jungen entgegen. Der sprang soeben vom Pferd, als der Baron auf der Schwelle seines Hauses erschien.

Fred warf sich ihm mit impulsiver Herzlichkeit an die Brust und sah mit seinen tiefblauen Augen leuchtenden Blicks zu ihm empor. Er drückte Fred fest an sich.

»Fred, lieber Fred – wie ich mich freue, daß Sie kommen. Wie geht es Ihrer Schwester?« stieß er erregt hervor, und seine Augen forschten unruhig in des Knaben Antlitz.

Fred sah ihn an. »Ellinor weint! Sonst ist sie ganz wohl; sie ist auch wieder aufgestanden. Aber sie ist so blaß und traurig, wenn sie allein ist, dann weint sie; aber das soll niemand merken.«

»Ellinor weint?« fragte der Baron tonlos, und sein Gesicht zuckte unruhig. Dann zog er Fred mit sich in sein Zimmer.

Fred faßte seine Hände, so fest er konnte. »Erst muß ich Ihnen so recht von Herzen danken, Herr Baron, daß Sie meine Schwester gerettet haben. Jetzt weiß ich erst, welche Heldentat sie vollbracht haben! Wie kühn und unerschrocken Sie Ihr eigenes Leben aufs Spiel setzten, um meine Ellinor zu retten. Nach Ihrer Erzählung war das gar nichts weiter. Sie haben Ihr Verdienst unterschlagen.«

Heinz Lindeck schüttelte den Kopf. »Machen Sie doch

kein Aufhebens davon, lieber Fred. Mein ganzes Verdienst dabei ist, daß ich gerade in der Nähe war.«

»O nein, nein, nicht jeder hätte sein Leben gewagt wie Sie. Daß Sie das getan haben, hat selbst Ellinor zugestehen müssen.«

Bitter lächelnd sah Lindeck in Freds Gesicht. »So, selbst sie hat es zugestehen müssen.«

Fred faßte seine Hände. »Ach, ich merke schon, Ellinor hat Ihnen nicht gedankt, wie sie sollte. Aber mit ihr dürfen Sie nicht rechten, lieber Herr Baron. Sie ist wahrhaftig in bezug auf Sie ein ganz anderer Mensch als sonst. Aber nun habe ich wenigstens herausgebracht, was Ellinor gegen Sie hat und was sie so sehr quält.«

Der Baron zuckte betroffen zusammen. Dann drückte er Freds Hände fest zwischen den seinen. »Was ist es, Fred? Ich beschwöre Sie, sagen Sie mir, was Sie wissen. Ich muß Klarheit haben.«

Fred zögerte. »Ja, eigentlich ist das so etwas wie ein Vertrauensbruch. Und ich dürfte nicht darüber sprechen. Aber mir ist, als müsse es für Ellinor und auch für Sie gut sein, wenn alles klar wird. Ich glaube nicht daran, was meine Kusine Gitta von Ihnen erzählt hat.«

Lindeck zog Fred hastig neben sich auf den Diwan und sah ihn erstaunt und forschend an. »Fräulein Gitta von Lossow? Was könnte sie über mich gesagt haben?«

Fred umarmte ihn stürmisch und sah ihn strahlend an. »Da Sie so fragen, weiß ich, daß es nicht wahr ist. Ich glaube, die Gitta hat aus irgendeinem Grund gelogen. Aber ehe ich Ihnen ganz offen alles sage, muß ich eine Frage an Sie richten.«

Heinz Lindeck fieberte vor Erregung. »Also fragen Sie, Fred.«

»Sie dürfen aber nicht böse sein? Sie ist sehr indiskret.«

»Nein doch, nur reden Sie!«

»Also, sagen Sie mir ehrlich: haben Sie meine Schwester lieb?«

Der Baron atmete tief auf. In seinen Augen lag ein heißer, brennender Ausdruck.

»Ja, Fred! Ich liebe Ihre Schwester unsagbar, aber ich liebe sie hoffnungslos.«

Fred jubelte auf und drückte Lindecks Hand, so fest er konnte. »Oh, an die Hoffnungslosigkeit glaube ich nicht, denn Ellinor liebt Sie auch, obwohl sie sich so viel Mühe gibt, das Gegenteil zu tun.«

Lindeck faßte Fred an den Schultern und schüttelte ihn wie außer sich. »Was sprechen Sie da?« stieß er hervor, und seine Augen bohrten sich in einer furchtbaren Spannung in die Freds.

Auch Fred war aufgeregt. »Ich sage es, Ellinor liebt Sie! Ich konnte meine Schwester einfach nicht verstehen – bis gestern. Aber gestern ist mir alles klargeworden. Ellinor liebt Sie – gegen ihren Willen, denn sie glaubt, einen Unwürdigen zu lieben. Deshalb quält sie sich und kämpft dagegen an und weint, weil ihr das nicht gelingen will. Sie hält ihre Liebe für ein Unrecht und ist sehr unglücklich darüber.«

So stieß Fred hastig hervor.

Lindeck schüttelte ihn abermals im Übermaß seines Empfindens.

»Wenn Sie die Wahrheit sprächen, Fred, ich wüßte ja nicht, wie ich Ihnen danken sollte. Reden Sie, Fred, reden Sie!«

Fred nickte eifrig. »Ja, ja, alles sollen Sie wissen. Also ich habe doch schon von Anfang an gemerkt, daß hinter Ellinors stark betonter Abneigung gegen Sie etwas anderes steckt. Ich kenne doch Ellinor. Um einen Menschen, den sie wirklich nicht leiden kann, kümmert sie sich nicht, sie wird nicht rot und aufgeregt, wenn sie ihn sieht. Ich bin überzeugt, meine Kusine Gitta hat da eine Teufelei angezettelt. Gitta hat Ellinor erzählt, Sie wären mit ihr heimlich verlobt gewesen, weil Sie geglaubt hätten, Gittas Vater würde Lemkow erben. Als das nicht geschah, hätten Sie sich von Gitta zurückgezogen und sich um Ellinor bemüht, bloß weil Sie in Ellinor die reiche Erbin sähen.

Deshalb war meine Schwester immer so abweisend gegen Sie. Aber ich habe ihr gestern, als sie mir das in ihrer Erregung verriet, gleich gesagt, daß ich es nicht glaube und daß das alles wohl ganz anders sein müsse. Und, nicht wahr, Herr Baron, Sie können das ganz anders aufklären. Und meine arme Ellinor braucht nicht so unglücklich zu sein und immer zu weinen?«

Vertrauensvoll sahen Freds blaue Augen in die seines Freundes. Heinz sprang auf und riß Fred mit sich empor, ihn fest an sich ziehend.

»Fred, lieber, lieber Fredy – wie danke ich Ihnen für Ihr Vertrauen! Tausend neue Leben wecken Sie in meinem Herzen. Herrgott, ist es denn möglich? Kann Ellinor mich lieben? Deine herrliche, stolze Schwester, Fred? Ich muß du zu dir sagen, mein lieber, lieber Junge. Wenn ich das glauben dürfte, daß Ellinor mich liebt! Aber ja, ja – ja nun ist auch mir, als falle eine Binde von meinen Augen. Aber zu Ellinor muß ich gehen und mit ihr sprechen. Hilf mir dazu, Fred. Deine Schwester würde mich abweisen lassen, käme ich jetzt zu ihr, ich weiß es. Reite jetzt nach Hause und sieh zu, daß du deine Schwester veranlassen kannst, mit dir zum Tennisplatz zu gehen. Dort in den kleinen Pavillon mußt du sie führen und sie dann unter einem Vorwand allein lassen, wenn ich komme. Denn ich muß allein mit ihr sprechen. Begreifst du das, Fred?«

Fred nickte hastig. »Ja, natürlich. Sie können auf mich rechnen, ich bringe Ellinor in den Pavillon.«

Der Baron umfaßte seine Schultern. »Sage du und Heinz zu mir, Fred. Wie es auch kommt, wir bleiben Freunde, denn du hast dich als treuer Freund bewährt, hast an mich geglaubt.«

Fred strahlte. »Ja, Heinz, ich hab' dich gleich in mein Herz geschlossen, und ich habe es Ellinor gleich gesagt, nur dir selbst würde ich glauben. Nicht wahr, Heinz, Gitta hat die Unwahrheit gesagt?«

Lindeck sah ihn mit fieberhaft glänzenden Augen an.

»Alles ist Lüge, Fred. Ich habe nie auch nur daran gedacht, mich um Gitta Lossow zu bewerben. Ich liebe in deiner Schwester nur allein ihre eigene, liebenswerte Person. Aber nun schnell nach Hause, mein Junge! Ich folge dir gleich, will mich nur schnell umkleiden. Ich warte im Lemkower Park, bis du mit Ellinor kommst. Sag ihr aber nichts.«

»Nein, nein, Heinz, du kannst dich auf mich verlassen. Du, schrecklich stolz bin ich, daß ich nun dein richtiger Freund bin.«

»Ja, das bist du wirklich. Und nun geh und laß mich nicht zu lange warten.«

»Nein, nein. Auf Wiedersehen in Lemkow!«

Sie drückten sich die Hände, und der Baron schob Fred zur Tür hinaus.

Gleich darauf ritt dieser davon.

Während sich Heinz Lindeck umkleidete, verglich er Gitta und Ellinor von Lossow. Er durchschaute nun alles. Und bei-

468

nahe würde sein Glück an dem Lügengewebe Gittas geschei-
tert sein, wenn dieser kluge Fred nicht alles ans Licht gebracht
hätte.

Fred war schnell nach Hause geritten. Ein wenig beklommen
war ihm doch zumute. Hatte er auch recht getan? Würde ihm
Ellinor nicht zürnen, daß er so eigenmächtig in ihr Leben ein-
gegriffen hatte?

Wozu grübeln? Wenn Ellinor nur glücklich würde!

Ellinor kam ihm schon auf der Treppe entgegen. Sie trug
ein weißes Kleid und sah noch immer sehr blaß und traurig
aus.

Fred eilte auf sie zu, nachdem er Favorit dem Reitknecht
übergeben hatte.

Mit unruhigem Ausdruck blickte ihm Ellinor entgegen.

»Du kommst schon zurück, Fredy? Hast du Baron Lindeck nicht angetroffen?«

Fred sah sie forschend an. »Doch, Ellinor, zu Hause war er
schon. Aber er war in einer sehr schlimmen Stimmung. Ich
glaube, er hat sich schrecklich um dich gesorgt.«

Sie wurde rot. Aber zugleich erschien ein bitterer Zug um
ihren Mund. »Rede dir doch nicht dergleichen ein, Fredy.
Weshalb soll er sich wohl um mich sorgen?«

Fred schlang seinen Arm um die Schwester und sah ihr fest
in die Augen. »Weil er dich liebt, Ellinor.«

Sie erglühte noch mehr. »Unsinn, Fredy! Ich habe dir
schon gestern gesagt, er liebt höchstens mein Geld. Meine
Person ist ihm gleichgültig.«

»Und ich sagte dir ebenfalls schon gestern, daß das nicht
wahr ist. Um Geld verkauft sich ein Heinz Lindeck ganz gewiß nicht!«

469

Ellinor lehnte sich an die Balustrade auf der Terrasse und sah in die Ferne. »Man könnte dich beneiden um den felsenfesten Glauben an diesen Mann«, sagte sie versonnen.

Fred nickte. »Ja, für dich wäre es auch viel besser, wenn du diesen Glauben hättest.«

Ellinor strich sich über die Stirn. »Laß uns darüber schweigen, Fredy, ich bitte dich. Sprich überhaupt nicht mehr von ihm, ich will gar nicht mehr an ihn denken, hörst du?«

Fred umarmte und küßte sie stürmisch. »Also gut, reden wir nicht mehr davon, mein armes Schwesterlein. Fühlst du dich besser?«

»Ja, ganz gut, ich wollte eben einen kleinen Spaziergang machen, sogar mit ärztlicher Erlaubnis.«

»Oh, das ist gut. Ich darf dich doch begleiten?«

»Aber sicher, Fredy.«

»Wir wollen in den Park gehen.«

»Gern.«

Arm in Arm schritten die Geschwister dahin. Ellinor wollte im Park rechts abbiegen, aber Fred drängte sie nach der anderen Seite.

»Laß uns zum Tennisplatz gehen«, bat er.

»Du willst doch nicht spielen? Dazu fühle ich mich heute nicht kräftig genug.«

»Nein, nein, das kann ich mir denken. Du mußt erst die Schrecken von gestern überwinden. Deshalb will ich dich hier hinüberführen. Im Pavillon am Tennisplatz rasten wir erst eine Weile.«

Ellinor nickte. »Das können wir tun.«

Fred war zufrieden mit sich. Das hatte er famos gemacht.

Eine Weile schritten sie stumm nebeneinander her. Dann seufzte Ellinor auf. »Die arme Diana«, sagte sie leise.

Fred drückte ihren Arm. »Denk nicht mehr daran, Ellinor. Die ganze Nacht habe ich von schrecklichen Dingen geträumt. Heiß und kalt läuft es mir über den Rücken, wenn ich daran denke, vor was Lindeck dich bewahrt hat.«

Ellinor zog die Stirn zusammen. »Hast du – hast du ihm gedankt – so wie du es wolltest?« forschte sie zögernd.

»Nein, so recht bin ich gar nicht dazu gekommen. Er hat mich ja gleich wieder fortgeschickt.«

Sie preßte die Hand aufs Herz. »Er hat dich fortgeschickt?«

»Ja.«

»Warum?« forschte sie unruhig.

»Ach, weil – nun ja, weil er eben in keiner guten Stimmung war. Vielleicht reite ich morgen wieder hinüber. Vielleicht darf ich ihn dann zu Tisch einladen. Dann kannst du dich auch gleich bei ihm bedanken, du hast das sicher auch noch nicht so recht getan.«

Ellinor wurde wieder sehr rot. »Nein, nein Fredy, er darf erst kommen – wenn Vater kommt. Ich will nicht an gestern erinnert werden.«

Mit einem Schelmenlächeln sah Fred vor sich hin. »Wie du willst, Ellinor. Doch da sind wir schon am Pavillon. Hier ruhen wir ein wenig. Hier ist es so still und friedlich, gelt?«

Müde ließ sich Ellinor in einem Korbsessel nieder. »Ja, sehr friedlich.«

Fred nahm an ihrer Seite Platz, ließ aber seine Augen spähend umherschweifen, während Ellinor die ihren ermüdet schloß.

Es dauerte nicht lange, da erblickte Fred seinen Freund Heinz hinter einer Gebüschgruppe.

Fred stand auf. »Bleib ruhig sitzen, Ellinor, ich will nur mal hinüber zum Tennisplatz. Ich glaube, drüben ist der Anlauf etwas zu kurz, ich muß das mal ausmessen. Du kannst dich inzwischen noch ausruhen.«

Ellinor nickte, ahnungslos, was für ein kleiner Heuchler sie soeben verließ. Sie stützte den Kopf in die Hand und sah vor sich hin. So friedlich war es um sie her, aber in ihrem Herzen wollte es nicht ruhig und friedlich werden.

Fred war um die Gebüschgruppe gebogen, wo Heinz Lindeck wartend stand.

»All right, ich halte jede Störung fern«, flüsterte er, ruhig weitergehend.

Heinz nickte. Eine Weile blieb er noch, in Ellinors Anblick versunken, stehen. Dann schritt er langsam über den weichen Rasen zum Pavillon hinüber.

Ellinor sah nicht auf und hörte ihn nicht kommen. Ihre Gedanken suchten ihn drüben in Lindeck, wo er in schlimmer Stimmung sein sollte, wie Fred ihr gesagt hatte.

Ganz plötzlich stand er dann vor ihr, den Eingang zum Pavillon versperrend.

Sie blickte auf und schrak zusammen. Jede Spur von Farbe wich aus ihrem Gesicht. Dann sprang sie auf und machte eine fluchtartige Bewegung. Als sie aber sah, daß sie nicht an ihm vorbei ins Freie kommen konnte, blieb sie zitternd stehen.

Blaß und erregt standen sich beide gegenüber und sahen sich an.

»Was wünschen Sie?« stieß Ellinor endlich hervor.

»Eine Unterredung mit Ihnen, gnädiges Fräulein.«

Sie gab sich Haltung. »Ich wüßte nicht, daß wir uns noch etwas zu sagen hätten«, sagte sie schroff, aber mit unsicherer Stimme.

»Aber ich weiß noch vieles, was gesagt werden muß«, antwortete er heiser vor Erregung, aber äußerlich ruhig.

472

Ihr Blick streifte sein blasses Gesicht, und seine Augen fingen ihren Blick auf und hielten ihn bittend fest.

Aber Ellinor zwang ihre Lippen zu spöttischer Rede.

»Ah so, ja, ich weiß; ich habe Ihnen meinen Dank noch nicht abgestattet dafür, daß Sie mir das Leben retteten.«

»Dank? O nein, ich habe nicht vergessen, was Sie mir gestern sagten, daß Sie lieber tot im Steinbruch liegen möchten, als mir das Leben danken. Nicht wahr, so war es doch?«

Kühl entgegnete sie: »Nun also, was wünschen Sie sonst von mir?«

Seine Augen bekamen einen weichen Glanz. »Ich will Ihnen nur eine Frage vorlegen, mein gnädiges Fräulein.«

Sie stützte sich auf die Lehne ihres Sessels.

»So fragen Sie. Aber bitte, beeilen Sie sich. Ich möchte ins Haus zurückgehen.«

Er verneigte sich. Dann sagte er, seiner Stimme Festigkeit gebend: »Ich will Sie fragen, warum Sie lieber sterben wollten, als mir Ihr Leben danken zu müssen. Warum Sie mich hassen und verabscheuen.«

Sie zitterte, und dunkles Rot schoß in ihr Gesicht. »Das wollen Sie wissen – das?«

»Ja.«

Sie richtete sich plötzlich straff empor, und ihre Augen blickten ihn kalt an. Sie hatte die Schwäche in sich niedergerungen.

»Ich will es Ihnen sagen. Weil Sie in erbärmlicher Berechnung meine Kusine Gitta vernachlässigen, nachdem Sie sich um sie beworben haben. Weil Sie dann mich glauben machen wollten, daß Sie mich lieben, während Sie doch nur kühl berechnet hatten, daß ich die bessere Partie sei. Gitta hat mir alles erzählt, sie hat mich vor Ihnen gewarnt, und ich habe ihr mein Wort gegeben; daß ich Ihre Bewerbung nicht annehmen werde, so gewiß die arme Gitta von Ihnen verraten worden ist. Noch gestern haben Sie mir in großen Worten von Ihrer Liebe gesprochen, und doch weiß ich, daß Sie niemals empfunden haben, was Sie mich glauben machen wollten. Ich verachte einen Mann, der sich um Geld verkauft, noch mehr als eine Frau, die dasselbe tut. So, Herr Baron, nun habe ich Ihnen Ihre Frage wohl erschöpfend genug beantwortet. Nun haben wir uns wohl nichts mehr zu sagen.«

Dies alles stieß Ellinor mit großer Heftigkeit hervor, und als sie zu Ende war, fiel sie in ihren Sessel zurück, weil sie keine Kraft mehr hatte, sich aufrechtzuhalten. Es war, als habe sie gegen sich selbst gewütet.

Würde er nun gehen?

»Verzeihen Sie mir«, entgegnete er da, »wenn ich noch bleibe, mein gnädiges Fräulein. Sie haben mir gerade gesagt, daß Sie mich verachten. Warum aber hassen Sie mich? Gleichgültige Menschen haßt man nicht.«

Eine Flamme schlug in Ellinors Gesicht, und in ihren Augen drückte sich eine Qual ohnegleichen aus.

»Das fragen Sie noch?« stieß sie zitternd hervor. »Sie sind sehr kühn, Herr Baron. Ich hasse Sie, weil Sie mich in unerhörter Weise beleidigt haben. Gestern, ich – ich brauche Sie doch nicht zu erinnern, in welcher Weise.«

Seine Augen glühten und funkelten.

»Nein«, sagte er langsam, »es bedarf keiner Erinnerung. Der Schlag Ihrer Hand brennt noch wie Feuer in meinem Gesicht – und er wird brennen, bis die Schmach gelöscht ist. Wissen Sie, wie ein Schlag von Frauenhand in ein Männerantlitz gesühnt werden muß?«

Die letzten Worte klangen wie eine heiße Bitte an ihr Ohr,

und seine Augen wollten sie wieder bannen in stummem Flehen. Ellinor wurde sehr blaß; raffte aber noch einmal all ihre Kraft zusammen.

»Ich weiß nicht, was ich mehr bewundern soll, Ihre Kühnheit oder Ihre Ausdauer. Ich habe nichts zu sühnen, ich vergalt nur eine Beleidigung mit einer anderen. Aber nun verlassen Sie mich. Ich will nicht mehr mit Ihnen reden, ich will allein sein.«

Er strich sich über die Stirn. »Nur noch einige Minuten bitte ich Sie um Gehör. Sie haben mich angeklagt. Darf ich nicht versuchen, mich zu rechtfertigen?«

»Nein, ich will nichts mehr hören! Gehen Sie!«

Er richtete sich hoch empor und seine Augen blickten ernst und ruhig. »Doch, ich muß Sie zwingen, alles anzuhören, was mir im Herzen brennt. Ich verlasse Sie nicht eher, als bis Sie mich angehört haben. Jeder Verbrecher darf sich verteidigen, wenn er angeklagt ist. Auch ich verlange dieses Recht!«

Ellinor fiel kraftlos in ihren Sessel zurück. Aber sie zwang ein spöttisches Lächeln auf ihre blassen, zitternden Lippen. »Also gut, Sie zwingen mich, Sie anzuhören. Ich bin machtlos, mir das zu ersparen. So reden Sie.«

Er sah tiefernst auf sie hinab. Wie sie zitterte und bebte, wie alles in ihr in Aufruhr war. Ach, er fühlte mit heißer Freude, daß er ihr selbst als der verächtliche Mensch, den sie in ihm sah, nicht gleichgültig war. Er holte tief Atem.

»Es bedarf nicht vieler Worte, mich zu rechtfertigen, Ellinor. Was Ihnen Gitta von Lossow von mir gesagt hat, ist alles Lüge«, sagte er.

Sie fuhr auf und starrte ihn an. »Lüge?«

Wie ein Schrei entrang sich dieses Wort ihren Lippen.

Er nickte. »Ja – Lüge! Ich kann jetzt keine Rücksicht mehr

auf Fräulein von Lossow nehmen, ich muß ganz offen und schonungslos sein. Gälte es nur mein Glück, meinen Frieden, vielleicht würde ich schweigen. Aber hier steht Höheres auf dem Spiel. Ich gebe Ihnen mein Ehrenwort, Ellinor, daß ich mich nie um Gitta von Lossow beworben habe! Nicht mit einem Blick, nicht mit einem Gedanken habe ich ihre Person in dieser Absicht gestreift. Allerdings habe ich gemerkt, daß sie mich dazu zwingen wollte. Schon als Ihr Herr Großonkel noch lebte, hatte ich alle Klugheit und Vorsicht nötig, ihr auszuweichen. Mein Ehrenwort gebe ich Ihnen darauf, daß ich überhaupt noch nie einer Frau mit der Absicht, um sie zu werben, nähergetreten bin. Sie sind die erste, Ellinor, Ihnen allein gehört mein ganzes Herz. Gitta Lossow hat nicht den Schein eines Rechts an meine Person. Nie habe ich mehr als die konventionellsten Höflichkeiten für sie gehabt. Ihr gegenüber bin ich noch zurückhaltender gewesen als gegen jedes andere weibliche Wesen, weil ich keinen, auch nicht den leisesten Irrtum in ihr aufkommen lassen wollte. Wenn ich geahnt hätte, was für Lügen sie Ihnen erzählt hat! Wie konnten Sie das nur glauben, Ellinor?

Ihre Kusine hat mir erzählt – wahrscheinlich in der Absicht, mich von Ihnen zurückzuhalten –, daß Sie mit Ihrem Vetter Botho so gut wie verlobt seien. Ich habe nicht daran geglaubt, Ellinor. Ich wußte, daß eine Ellinor einen Botho Lossow nie lieben konnte. Ich wußte, daß sich eine Ellinor ohne Liebe nie einem Mann zu eigen geben würde. Mir hätten tausend Menschen von dieser Ellinor die schlimmsten Dinge erzählen können, ich hätte unentwegt nur an Ellinors reine, klare Augen geglaubt. Denn ich habe Sie geliebt, Ellinor, von der ersten Stunde an, als ich Sie sah. Und diese Liebe ist gewachsen von Tag zu Tag, sie hat Besitz ergriffen von mir, trotz meiner Gegenwehr. Denn ich fühlte Ihr feindliches Wesen mir gegenüber, und ich habe mehr darunter gelitten, als ich Ihnen sagen kann. Nur manchmal waren Ihre Augen mir ein Trost. Die wußten zuweilen nichts von der Feindseligkeit Ihres Wesens. Sonst wäre ich wohl längst verzweifelt.

So, Ellinor – nun habe ich Ihnen alles gesagt. Und nun sehen Sie mir in die Augen und sagen Sie, ob Sie mich noch immer für einen erbärmlichen Schurken halten! Sagen Sie mir, ob Sie mich noch – gehen heißen.«

Sie saß vor ihm wie in Glut getaucht. Ihre Augen blickten wie in Furcht und Hoffen zu ihm auf. Und zusammenschauernd sagte sie leise:

»Ist es denn möglich, daß ein Mensch solche Lügen ausspricht – daß Gitta das alles gegen ihre Überzeugung gesagt hat?«

»Fragen Sie die junge Dame in meiner Gegenwart, Ellinor, wenn Sie mir nicht glauben wollen.«

Sie schlug die Hände vors Gesicht.

»Ach, dann – dann können Sie mir nie verzeihen, was ich Ihnen angetan habe.«

Er löste sanft ihre Hände von ihrem Gesicht und küßte diese andächtig und verehrungsvoll. Und als sie in scheuem Hoffen zu ihm aufsah, kniete er vor ihr nieder, ihre Hände fest in den seinen haltend.

»Ellinor, fühlst du nicht, wie heiß und stark meine Liebe ist? Gibt es etwas, was Liebe nicht verzeihen kann? Hast du gestern nicht gemerkt, wie groß deine Macht über mich ist? Fühltest du nicht meine Liebe, als ich dich in meinen Armen hielt, als ich alles vergaß über der Glückseligkeit, dich gerettet zu haben? In meinen Adern raste noch die Angst, die ich ausgestanden hatte, als ich Diana mit dir dem Steinbruch zujagen sah. Ich fühlte dich in meinen Armen, fühlte dein süßes Leben an meinem Herzen. Und da küßte ich dich, weil ich nicht anders konnte. Mir war, als schlüge dein Herz jauchzend dem meinen entgegen. Mir war, als wärst du mein – mein durch die heiligsten Bande! Mir war, als hätte ich dich mir selbst gerettet. Ich fühlte, daß deine Lippen meinen Kuß erwiderten, daß du dich an mich schmiegtest mit einem seligen Lächeln.

Nein, laß mir deine lieben Hände, verbirg dein Antlitz nicht, laß mich dir in die Augen schauen, daß ich das zärtliche Leuchten darin wiederfinde, nach dem ich mich fast krank gesehnt habe. O du – du, wo ist nun der Haß, den du als Schutzwehr um dich aufbautest? Wolltest dich nicht einem Unwürdigen ergeben, meine holde Königin? Sieh mich an, sag mir, ob du mich nun noch immer haßt, mein stolzes, süßes Mädchen!«

Sie blickte zitternd vor aufwallender Seligkeit in sein geliebtes Gesicht. Ach, wieviel Liebe leuchtete ihr da entgegen. Ihr Herz jauchzte auf in seliger Lust. Ja, tausendmal ja, sie wurde geliebt, echt und wahr geliebt! Gitta hatte gelogen, um sie von ihm zu trennen.

»Ellinor, liebst du mich?« flüsterte er in heißer Zärtlichkeit.

Sie erschauerte vor der tiefen, heiligen Glut, die aus seinen Augen strahlte. Den vergehenden Blick in den seinen senkend, sagte sie leise:

»Ja, ich liebe dich – liebe dich unsagbar, liebte dich zu meiner Qual, als ich dich meiner Liebe unwert glaubte. Ich wäre gestorben daran.«

Er preßte sein heißes Gesicht in ihren Schoß, sie fühlte, wie er erbebte.

478

»Ellinor – Ellinor!« Wie ein Stöhnen brach es aus seiner Brust.

Mit zitternden Händen tastete sie über seinen gesenkten Kopf. Da richtete er sich auf und sah sie an; ein feuchter Schimmer lag in seinen Augen.

»Vor dir liegt ein verfemter Mann, Liebste. Sein Antlitz ist gezeichnet von Frauenhand. Siehst du meine Wange brennen? Lösch aus, was du mir angetan, mein Lieb. Eher darf ich mein Liebstes nicht küssen, ehe diese Schmach nicht von mir genommen ist.«

Zitternd nahm sie sein Haupt in beide Hände – und ihre Lippen streiften sanft und leise über die Wange, die sie gestern gezeichnet hatte.

Da riß er sie an sich mit einem unterdrückten Jauchzer. Und nun brannten seine Lippen heiß und innig auf ihrem Mund in einem Kuß, der nicht enden wollte und der alle Daseinswonnen umfaßte.

Alles versank um die beiden Liebenden. Feierlich still war es ringsum. Nur leise Vogelstimmen sangen ein Lied, als wollten sie in süßen Tönen verkünden, daß sich zwei junge Menschenherzen gefunden hatten in seliger Liebe.

Endlich lösten sich ihre Lippen, und die Augen tauchten strahlend ineinander, bis sich wieder die Lippen fanden.

Sie hatten sich noch so unendlich viel zu sagen, und wie schön sich's zu zweien durch den abendlichen Park schritt!

Sie waren an eine Lichtung gekommen. Da sahen sie plötzlich Fred vor sich. Er lehnte still, wie eine Schildwache, an einem Baum.

Als er jedoch die beiden mit glückstrahlenden Augen Arm in Arm vor sich sah, da kam Leben in seine Gestalt. Er warf seine Reitmütze hoch empor und stieß einen Jauchzer aus.

Ellinor flog auf ihn zu und umarmte ihn stürmisch. »Du Schelm, du Schlingel! Du lieber, lieber Fredy, was tue ich nur mit dir?«

Er drehte sie wirbelnd im Kreis und küßte sie. Dann warf er sich in Heinz Lindecks Arme. »Jetzt bist du endlich mein Schwager, gelt, Heinz?«

»Ja, mein kleiner, getreuer Adlatus!«

»Na, Gott sei Dank! Nicht wahr, die Ellinor war sehr, sehr töricht?«

»Nein, sehr, sehr lieb.«

»Gleich?«

»O nein, erst hat sie mich furchtbar schlecht behandelt.«

»Das darfst du ihr nicht übelnehmen, daran war die Gitta schuld. Frauen sind schrecklich leichtgläubig. Da sind wir Männer doch vernünftiger.«

»Ja, du kleiner Mann, manchmal haben wir lichte Momente«, lachte Lindeck.

Fred war vor Freude ganz außer sich. »Seid ihr nun ein richtiges Brautpaar, Ellinor?«

Die Schwester lächelte und strich ihm zärtlich über das Haar. »Vorläufig nur im geheimen, Fredy. Wir wollen es Vater erst sagen, wenn er hier ist. So lange soll unsere Verlobung geheim bleiben.«

»Hm! Nun ja, ich glaube, Vater hielte es sonst nicht mehr aus. Er kommt ja nun bald. Aber wißt ihr, eins bitte ich mir aus!«

»Was denn, Fredy?«

»Ich will eure Verlobung in Lossow verkünden! Darauf freue ich mich riesig. Und bis dahin will ich unsere Kusine Gitta mit ihrem abscheulichen Lügengewebe in die Enge treiben.«

Ellinor hing sich an seinen Arm. »Nein, Fredy, das wirst du nicht tun. Unedel darf mein Bruder nicht sein.«

»Ach, das ist nicht unedel, das ist nur gerecht. Sie hat dich und Heinz doch so scheußlich gequält.«

»Sie wird sich selbst nicht weniger gequält haben, denn einem Menschen, der so etwas aussinnen kann, kann doch nicht wohl zumute sein.«

»Ach, du bist viel zu gut, Ellinor. Mit Heinz bist du nicht so glimpflich umgegangen, als du ihn für schlecht hieltest.«

Ellinors Hand stahl sich in die Heinz Lindecks. Ihre Augen sahen innig zu ihm auf.

»Das war ganz etwas anderes, Fredy. Mein Herz bat viel zu sehr für ihn, so daß ich mich gegen mich selber wehren mußte. Ich konnte gar nicht hart genug sein, um nicht schwach zu werden. Also überlassen wir Gitta ihrem Gewissen.«

»Nun gut, hoffentlich setzt ihr das ordentlich zu. Aber ich glaube, daß es nun reichlich Teezeit ist. Mrs. Stemberg wird sich wundern, wo wir bleiben. Und ich habe Durst und Hunger. Heinz, ich lade dich hiermit eigenmächtig zum Tee ein. Ellinor hat dir nichts mehr zu verbieten, und Mrs. Stemberg freut sich, wenn du kommst, sie hat dich ins Herz geschlossen.«

»Darf ich?« fragte Heinz, Ellinor zulächelnd.

Sie drückte verstohlen seine Hand. »Du hörst es ja von Fredy, ich habe dir nichts mehr zu verbieten.«

»Aber erst muß ich Satir holen.«

»Wo hast du ihn denn gelassen?« fragte Fred.

»Drüben am Parktor.«

Fred sah ihn schelmisch an. »Soll ich ihn holen? Ihr beiden findet den Weg doch wohl ohne mich?«

»Nachdem du uns auf den rechten Weg gebracht hast, wird es wohl gehen«, scherzte Heinz.

481

Fred sprang lachend davon

Heinz und Ellinor gingen allein weiter. Aber sie kamen nicht früher ins Haus zurück als Fredy, obwohl dieser den vierfachen Weg hatte zurücklegen müssen.

Mrs. Stemberg erwartete die Geschwister voll Unruhe.

»Oh, ich fürchtete schon, es sei Ihnen etwas zugestoßen, Miß Ellinor. Seit gestern bin ich so in Angst«, sagte sie aufatmend.

Ellinor teilte der alten Dame ihre Verlobung mit und bat sie, diese geheimzuhalten, bis der Vater eintreffe.

18

Heinz Lindeck kam nun täglich nach Lemkow. Jede freie Minute brachte er in Ellinors Gesellschaft zu. Es war eine wunderherrliche Zeit für das junge Paar. Ein eigener, süßer Reiz lag in ihrem Verkehr. Vor den Leuten mußten sie den formellen Ton festhalten, aber sobald sie einige Minuten allein waren, gaben sie sich selig dem Zauber ihrer Liebe hin. Auch Fredys Gegenwart hinderte sie nicht an dem traulichen Du.

Ganz seltsam gestaltete sich ihr Verkehr in Gittas Gegenwart. Diese kam noch immer regelmäßig zu den Tennispartien. Es wurde besonders Ellinor sehr schwer, mit Heinz so zu verkehren, daß Gitta nichts merkte. Fredys Augen funkelten dann vor Mutwillen. Zuweilen konnte er es sich nicht versagen, Gitta durch allerlei Fragen in Verlegenheit zu bringen.

Heinz Lindeck hatte sein Verhalten gegen Gitta in keiner Weise geändert. Er blieb höflich, aber streng formell ihr gegenüber. Auch jetzt noch suchte Gitta ihn zuweilen zu einer gemeinsamen Heimkehr zu bewegen. Aber er wich ihr stets aus.

Schon in den ersten Augusttagen traf Fritz von Lossow in Lemkow ein.

Fred und Ellinor hatten den Termin seiner Ankunft absichtlich geheimgehalten, damit die Lossower sich nicht zur Begrüßung einfanden. Nach der langen Trennung wollten sie ihren Vater erst einmal für sich allein haben. Selbst Heinz Lindeck hatte Ellinor gebeten, erst dann zu kommen, wenn sie ihm Nachricht schickte.

Nun war Fritz von Lossow in dem festlich geschmückten Lemkow angelangt.

Das Wiedersehen zwischen Vater und Kindern war sehr bewegt. Das Glück, seine Kinder wiederzuhaben, strahlte dem Vater nur so aus den Augen.

Es waren Stunden reinsten Glückes, die Fritz von Lossow jetzt beschert wurden. Jedes Fleckchen in seiner Umgebung erinnerte ihn an vergangene Tage.

Ellinor und Fred führten ihn überall umher, und Ellinor erstattete ihm Bericht über alles.

Er drückte ihren Arm fest an sich.

»Hast alles gut gemacht, kleiner Kompagnon. Ich bin stolz auf dich, meine Ellinor. Du hast deine Aufgabe glänzend gelöst«, sagte der Vater, als sie von ihrem Rundgang zurückkamen.

»Bist du zufrieden, lieber Vater?«

»Ja, mein Kind. Und nun sollst du auch einen besonderen Wunsch frei haben.«

Sie umfaßte den Vater und sah ihn mit feuchtschimmernden Augen an.

»Den halte ich schon bereit, Vater.«

Er lächelte. »Ei, das scheint ja etwas ganz Besonderes zu sein.«

»Ja, Vater. Aber ehe ich den Wunsch ausspreche, muß ich dir einige große Dummheiten berichten, die wir gemacht haben, Fredy und ich. Ohne die ist es nämlich nicht abgegangen.«

Fritz von Lossow lachte. »So, so, Dummheiten habt ihr auch gemacht? Also los, beichte.«

Ellinor atmete tief auf. »Also erstens: ich habe ein Pferd geritten, das ich nicht immer meistern konnte. Das Pferd ist mit mir durchgegangen – und Baron Lindeck mußte es erschießen, weil es beide Fesseln gebrochen hatte, als es stürzte.«

Fritz Lossow fuhr erblassend hoch und umfaßte seine Tochter. »Und du, Ellinor? Du bist mitgestürzt?«

»Nicht schlimm, Vater. Aber wenn Baron Lindeck nicht gewesen wäre, so hättest du deine Ellinor nicht wiedergesehen.«

»Ellinor!« rief der Vater entsetzt und außer sich vor Schrekken.

Sie schmiegte sich fest an ihn an. »Ich bin ja heil und gesund, mein lieber Vater, ängstige dich doch nicht.«

Er umschlang sie heftig, als sei sie noch in Gefahr und er müsse sie schützen. »Erzähle mir, wie das alles geschehen ist«, stieß er mit bebender Stimme hervor.

Sie erzählte von ihrem gefährlichen Ritt, und Fritz von Lossow erzitterte noch nachträglich beim Gedanken an die Gefahr, in der sein Kind geschwebt hatte. Als sie zu Ende erzählt, sagte er bewegt: »Also Baron Lindeck verdanke ich es, daß ich mein Kind lebend wiedersehe? Oh, Ellinor, wie will ich ihm danken! Ich will zu ihm und ihm die Hand drücken. Nie werde ich ihm das vergessen.«

Sie errötete und sah ihn schelmisch an.

»Lieber Vater, er wird selbst kommen und seinen Dank einfordern.«

Betroffen sah er sie an. »Das klingt ja so besonders, Kind? Du wirst doch nicht –?«

Sie nickte. »Doch, lieber Vater. Kaum war ich in Deutschland, da verlor ich mein Herz. Und nun ist es mein großer Wunsch, laß mich glücklich sein mit Heinz Lindeck.«

Sanft strich er über ihr Haar. »Kaum habe ich dich wieder, da soll ich dich schon wieder von mir lassen«, sagte er wehmütig.

»Ich gehe nicht weit fort, mein lieber Vater. Lindeck ist ja unser Nachbar.«

Er lächelte. »Ja, ja, darüber muß ich noch froh sein. Nun, unwert ist dieser Baron Lindeck meiner Tochter wohl nicht, sonst hätte sie ihm nicht ihr Herz geschenkt.«

Stolz leuchteten ihre Augen. »Gottlob, er ist ein echter, rechter Mann ohne Furcht und Tadel. Aber auf das Herz deiner Tochter kannst du dich da gar nicht verlassen. Deine Ellinor hat ihn auch geliebt, als sie ihn unwert glaubte.«

»Du sprichst in Rätseln, Kind.«

Sie lachte leise. »Jetzt komme ich zu Fredys Dummheit, Vater.«

»Ist die auch so ähnlich beschaffen wie die deine?« fragte er humorvoll.

Sie nickte lachend. »Ja, Vater. Er hat nämlich seine Schwester diesem Heinz Lindeck direkt ausgeliefert, hat Intrigen angezettelt und mich heuchlerisch im Stich gelassen, als Heinz Lindeck mich gefangennehmen wollte. Ist es nicht so, Fredy?«

485

Fredy nickte stolz. »Jawohl Vater, ohne mich hättest du keinen so prächtigen Schwiegersohn bekommen. Sie wollten sich nämlich durchaus nicht zusammenfinden, weil unsere liebe Kusine Gitta eine Teufelei ausgedacht hatte, um die beiden zu trennen.«

Des Vaters Gesicht wurde sehr ernst. »Erzählt mir alles, Kinder«, bat er unruhig.

Das geschah. Aufmerksam hörte der Vater zu. Als sie mit ihrem Bericht zu Ende waren, zog er seine Kinder fest an sich. »Die da drüben in Lossow dachten es böse mit uns zu machen, aber Gott hat es anders gefügt. Nun schick gleich einen Boten nach Lindeck, Ellinor, und lasse deinem Heinz sagen, daß ich ihn erwarte. Ich muß mich doch wohl gut mit ihm stellen, damit er mir noch ein Plätzchen im Herzen meiner Tochter gönnt.«

Ellinor küßte ihn innig. »Daraus kann dich nichts und niemand verdrängen, mein lieber Vater.«

Heinz Lindeck folgte Ellinors Ruf sofort und wurde in Lemkow mit offenen Armen empfangen; auch von Fritz von Lossow.

Die beiden Männer fanden sofort Gefallen aneinander. Nach einer kurzen Unterredung waren sie miteinander einig. Nicht zum wenigsten hatte Heinz so leichtes Spiel bei seinem Schwiegervater, weil er ihm die Tochter vor einem furchtbaren Tod errettet hatte.

»Du hast jetzt teil an Ellinors Leben, mein lieber Sohn, wie ich teilhaben möchte an dem deinen. Mache mir mein Kind glücklich, Ellinor verdient es. Dann will ich dich segnen und allezeit hochhalten in meinem Herzen.«

So sagte Fritz Lossow zum Schluß dieser Unterredung.

486

Am Nachmittag desselben Tages fuhr Fritz von Lossow mit seinen Kindern nach Lossow hinüber. Er hatte sich nicht erst angemeldet. Ganz unerwartet stand er vor seinem Bruder.

Nach reichlich fünfundzwanzig Jahren war dies das erste Wiedersehen für die Brüder. Kuno von Lossow war ziemlich fassungslos, als er die stattliche, imponierende Erscheinung seines Bruders vor sich sah. Aber selbst in dieser Stunde fand er keinen warmen Herzenston.

Frau Helene begrüßte den Schwager mit huldvoller Miene, und Gitta war sehr liebenswürdig.

Die drei mußten zum Tee bleiben.

»Wir wollen uns doch einmal gemütlich ausplaudern, lieber Schwager«, sagte Frau Helene mit gnädigem Lächeln.

Als sie dann alle um den Teetisch saßen und von diesem und jenem gesprochen hatten, kam Kuno von Lossow auf den Punkt, der ihm am meisten am Herzen lag.

Er hatte sich inzwischen bei einem Berliner Rechtsanwalt genau erkundigt, ob er das Testament Heribert von Lossows nicht anfechten könne. Aber auch dieser hatte ihm den gleichen Bescheid gegeben wie damals Dr. Holm.

So blieb Kuno keine andere Hoffnung mehr als eine Verbindung Bothos mit Ellinor.

Und er konnte die Zeit nicht erwarten. Gleich heute mußte er es zur Sprache bringen. Mit süßlicher Miene begann er: »Mein lieber Fritz, es wird Zeit, daß wir uns über die Testamentsfrage einigen. Offen gestanden, es widerstrebt mir, daß wir einander deshalb etwa gar vor Gericht zerren müßten. Du kennst meine Ansicht, und dich bitte ich, deinen Einfluß auf Ellinor geltend zu machen, daß sie sich besinnt und Bothos Hand annimmt. Sie hat den armen Jungen kurzerhand abgewiesen, aber ich habe das noch nicht für Ernst genommen. Das letzte Wort hast du doch wohl zu sprechen, lieber Bruder. Und so bitte ich dich denn, schaffe die peinliche Frage durch ein Machtwort deinerseits aus der Welt. Botho liebt Ellinor und ist noch immer bereit, ihr seine Hand zu reichen.«

Fritz von Lossow hatte einen raschen Blick mit Ellinor gewechselt. Nun sah er seinen Bruder mit ernsten Augen an. »Es gibt da keine peinliche Frage zu lösen, Kuno. Ich habe mich genau informiert, Onkel Heriberts Testament ist unanfechtbar. Selbst wenn du wolltest, könntest du nichts dagegen tun. Wie ich dir schon schrieb, hat meine Tochter selbst über ihr Schicksal zu entscheiden. Ein Machtwort, wie du es meinst, würde ich niemals zu ihr sprechen. Übrigens –«

»Verzeih, lieber Vater«, rief in diesem Augenblick Fredys helle Knabenstimme, »aber was du jetzt sagen willst, gestatte mir zu sagen. Ellinor hat mir versprochen, daß ich es verkünden darf.«

Fred erhob sich bei diesen Worten. »Also, meine lieben Verwandten«, sagte er feierlich, seine Augen fest auf Gittas Antlitz gerichtet, »ich, als jüngster Sproß der Lossows, teile euch mit, daß meine Schwester Ellinor sich mit dem Baron Heinz Lindeck verlobt hat.«

Er konnte mit der Wirkung seiner Worte zufrieden sein, Kuno und Helene von Lossow machten geradezu versteinerte Gesichter, und Gitta fuhr kerzengerade in die Höhe und starrte Ellinor feindselig an.

»Ah – so hältst du dein gegebenes Wort!« zischte sie gehässig.

Ellinor sah ihr groß und ruhig ins Gesicht. »Soll ich dir

wiederholen, was ich dir versprochen habe, Gitta? Ich habe nicht gegen mein Wort verstoßen.«

Gitta schlug nun doch die Augen nieder. Aber sie warf brüsk den Kopf zurück. »Nicht nötig, ich kenne den Wortlaut noch zu genau. Aber gleichviel, ohne dein Dazwischenkommen wäre ich Baronin Lindeck geworden. Du nimmst mir alles – alles –«, stieß sie in höchster Erregung hervor. Sie sah, daß ihr Lügengewebe zerrissen war, aber trotzdem wollte sie sich nicht beschämen lassen.

Ellinor und Fred hielten sich fest bei den Händen und sahen sich in die blassen Gesichter. Ellinor wollte sprechen, aber ihr Vater hob die Hand. »Laß, mein Kind, wir wollen nicht mehr an das alles rühren.«

Und zu seinen Verwandten gewendet fuhr er fort: »Ich sehe ein, unser Auftauchen hat euch manche Hoffnung zerstört. Es tut mir leid, aber wir sind schuldlos daran. Gott hat es so gewollt, daran können wir Menschen nichts ändern. Ich bitte euch, laßt uns trotzdem Frieden miteinander halten. Und noch eins, lieber Bruder. Als ich damals, am Todestag unseres Vaters, hier vor dir stand und du mit mir abrechnetest, da wiesest du mir nach, daß ich dreißigtausend Mark mehr verbraucht hätte, als mir zukam. Außerdem gabst du mir noch dreitausend Mark. Folglich schuldete ich dir dreiunddreißigtausend Mark. Diese Summe hat sich, da ich sie dir nicht verzinste, durch Zins und Zinseszins in diesen langen Jahren um mehr als das Doppelte vermehrt. Gott sei Dank bin ich jetzt in der Lage, diese Summe samt den Zinsen zurückzuzahlen. Und ich bitte dich, mir zu gestatten, daß ich dieses Kapital dem Heiratsgut deiner Tochter zufüge.«

Kuno und seine Frau hatten sich aus ihrer Erstarrung noch

489

kaum gelöst. Aber nun flog ein Blick zwischen ihnen hin und her. Dann sahen sie auf Gitta, die nicht wußte, was sie zu Fritz von Lossows Anerbieten sagen sollte. Gitta sowohl wie ihre Eltern rechneten in aller Geschwindigkeit aus, daß sich das Kapital, welches ihnen hier angeboten wurde, immerhin auf siebzigtausend Mark belaufen mochte.

Gitta und ihre Mutter sagten sich sofort, daß Gittas Mitgift demnach zirka hundertfünfzigtausend Mark betragen würde. Das war fast das Doppelte wie bisher. Mit dieser Mitgift konnte es Gitta nicht schwerfallen, einen annehmbaren Freier zu finden.

Und Botho? Ach, Botho fand als schneidiger Gardeleutnant vielleicht eine andere, glänzende Partie. Für ihn war das gewiß nicht schwer. So meinten die Eltern, die von den großen Vorzügen ihres Sohnes überzeugt waren.

Kuno von Lossow fuhr ordnend über seinen Scheitel, räusperte sich und sagte zögernd: »Ja, hm – tja, also natürlich, das ist ganz in Ordnung. Ich hätte, hm – tja, ich hätte dich natürlich nie an diese Schuld gemahnt. Aber wie die Sache liegt, so ist es wohl recht und billig, wenn du das Geld mit Zins und Zinseszins zurückerstattest, indem du ja sozusagen von Glück begünstigt bist. Ja, hm – tja, du scheinst ja wohl in Amerika dein Glück gemacht zu haben.«

In Fritz von Lossows Gesicht zuckte es wie Wetterleuchten. Seine Stirn zog sich zusammen, als leide er unter dem Wesen des Bruders.

»Ja, dank meiner lieben, unvergeßlichen Frau, die mir treu zur Seite gestanden hat, bin ich heute in der Lage, ohne jede Beschwerde dies Geld zurückzuerstatten. Meine Geschäfte drüben habe ich vorteilhaft abgeschlossen. Ich kann dir diese Summe sofort anweisen.«

Er zog ein Scheckbuch hervor und schrieb einen Scheck aus. »Willst du mir, der Ordnung halber, eine Quittung darüber ausstellen?« fragte er in geschäftsmäßigem Ton.

»Ja – gewiß, ich will gleich in mein Arbeitszimmer gehen.«

Mit diesen Worten verschwand Kuno von Lossow. Er war froh, einige Minuten allein sein zu können.

Seine Gattin hatte inzwischen überlegt, daß es doch eigentlich unklug sei, sich mit so reichen Verwandten zu überwerfen. Dieser Amerikaner schien ja der reine Krösus zu sein, da er siebzigtausend Mark wie eine Lappalie behandelte und sie so freiwillig auszahlte, ohne daß er darum ersucht worden war.

Dabei ahnte sie nicht, daß Fritz im Grund genommen seinem Bruder überhaupt nichts schuldete und daß nur sein edler Sinn ihn gedrängt hatte, unter diesem Vorwand Gitta gewissermaßen zu entschädigen, weil Ellinor ihr eine Hoffnung zerstört hatte. Daß diese Hoffnung ganz unbegründet gewesen, darüber war er nicht im Zweifel. Aber es drängte ihn trotzdem, ein Opfer zu bringen, um Ellinors Glück von jedem Schatten zu befreien.

Als Kuno nach einer Weile mit der ausgefüllten Quittung zurückkam, sagte Frau Helene süßlich:

»Über alldem haben wir vor Überraschung ganz vergessen, Ellinor zu ihrer Verlobung Glück zu wünschen. Unser armer Botho wird diesen Schlag freilich nicht leicht verwinden, denn er hatte Ellinor sehr liebgewonnen. Aber er ist ein Mann und wird darüber hinwegkommen. Und ich denke doch, daß unsere wiederangeknüpften verwandtschaftlichen Beziehungen dadurch nicht getrübt zu werden brauchen.«

»Ja, natürlich, hm – tja, selbstverständlich«, beeilte sich Kuno zu versichern.

Fritz von Lossow sah mit seltsamem Ausdruck auf diese

491

drei Menschen. »Es soll mich freuen, wenn wir in Frieden nebeneinander wohnen können«, sagte er ruhig.

Man beglückwünschte nun Ellinor regelrecht zu ihrer Verlobung. Auch Gitta brachte es über sich, eine Art Glückwunsch anzudeuten.

Bald darauf verabschiedete sich Fritz mit seinen Kindern. Als sie im Wagen saßen und das Lossower Herrenhaus hinter sich hatten, umfaßten Fritz von Lossows Augen mit ernstem Blick seine Kinder.

»Gottlob, wir sind wieder in der Sonne! Ich habe gefroren in meinem Vaterhaus, gefroren bis ins innerste Mark. Und doch hatte ich so große Sehnsucht nach der Stätte, wo ich meine Kindheit verlebte. Jetzt will ich nicht mehr zurückblicken auf jene fern liegende Zeit. Mein Leben – mein richtiges Leben begann, als ich eurer herrlichen Mutter zuerst in die Augen sah. Nur bis zu jener Stunde will ich jetzt noch meine Erinnerungen pflegen.«

Ellinor und Fred drückten seine Hände.

»Es war eine schlimme Stunde, mein lieber Vater, für dich und mich«, sagte Ellinor. »Mir war, als trübe sich mein Glück unter Gittas gehässigen Blicken. Ich danke dir, daß du mich gewissermaßen loskauftest.«

»Aber, Ellinor«, rief Fred vorwurfsvoll, »ich glaube gar, dir tut Gitta noch leid!«

Ellinor nickte.

»Ja, Fredy – trotz alledem ist sie zu bedauern. Solche Menschen, die im Herzen so verkümmern müssen, sind ja so arm –.«

An der Wegscheide von Lossow und Lemkow, an derselben Stelle, wo Heinz Lindeck Ellinor zuerst begegnet war, hielt ein Reiter. Wie ein Standbild in Bronze gegossen hob er sich ab von dem blauen Himmel. Nun kam Leben in seine Gestalt. Er zog den Hut und schwenkte ihn den Insassen des Wagens entgegen.

»Heinz!« rief Ellinor erglühend.

Fritz von Lossow ließ den Wagen halten. Sie stiegen alle aus, und Heinz Lindeck sprang vom Pferd. Zu Fuß gingen sie weiter, über Lemkower Grund und Boden. Voran Fritz von Lossow, den Arm um Freds Schulter gelegt, hinter ihnen ein glückseliges Paar.

Es war ein frohes Wandern in den sinkenden Sommertag hinein.

Ellinor schmiegte sich an Lindecks Arm. »Was sagten die Lossower zu unserer Verlobung, Liebling?« fragte Heinz lächelnd.

Sie drückte ihre Wange an seinen Arm und atmete tief auf.

»Ach, das war alles so häßlich, so falsch, so ohne Licht und Wärme! Laß mich nicht mehr daran denken. Unser Weg führt uns innerlich unendlich weit weg von diesen Menschen, die uns doch die nächsten sein sollten. Mein armer Vater hat eine bittere Stunde hinter sich. Äußerlich sind wir im Frieden geschieden, aber innerlich sind wir uns fremder als je zuvor.«

Heinz schlang den Arm um das geliebte Mädchen. »Wir sind uns selbst genug, Ellinor, und wir sind reich genug in uns selbst, um auch deinem Vater so viel Liebe abzugeben, wie er braucht. Wir brauchen die Lossower nicht.«

»Nein, gottlob nicht.«

Gleich darauf lag Lemkow vor ihnen im Glanz der untergehenden Sonne.

»Unsere neue Heimat, Vater!« sagte Fred bewegt, als müsse er dem Vater viel Liebe geben.

Der umfaßte mit weitem, strahlendem Blick das friedliche

Bild und wandte sich mit Fred zu Ellinor und Heinz. Alle drei umschlang er zugleich mit seinen Armen – ohne ein Wort zu sagen.

Um die Weihnachtszeit wurde Ellinor von Lossow die glückselige Frau von Baron Heinz Lindeck.

Gitta von Lossow verlobte sich ein Jahr später mit einem Regierungsrat, und Botho von Lossow bewarb sich neuerdings um die Tochter eines neu geadelten Großindustriellen. Mit großen Vorzügen des Leibes und der Seele war sie nicht ausgestattet – aber sehr reich. Sie und ihr Vater trachteten danach, sich mit einem alten Adelsgeschlecht zu verbinden. Der Majoratserbe von Lossow hatte diesmal begründetere Hoffnungen.

Zwei Romane in einem Band

Das Interesse an Hedwig Courths-Mahlers
bewegenden Geschichten
ist auch heute noch ungebrochen,
wie zahlreiche Filmprojekte beweisen.

In diesen beiden Romanen schildert sie das Schicksal von Rose Rietberg, die vor dem Martyrium einer Zwangsheirat nach Argentinien flieht und dabei in die Hände von Menschenhändlern gerät, sowie die Ge-schichte Tommy Rainers, der in Afrika knapp einem Aufstand entkommt. Unter seinem Schutz fährt die junge Ursula mit in seine Heimat. Eine rührende Liebes-geschichte beginnt ...

ISBN 3-404-14593-3

Der neue Bestseller der ›Chronistin Australiens‹.

Im Jahr 1868 reisen die Schwestern Emilie und Ruth von England nach Australien, um dort ihr Glück zu suchen. Während es Ruth auf eine Farm im Landesinneren verschlägt, ist Emilie gezwungen, eine Stelle im Hafenort Maryborough anzunehmen. Als sie dem Abenteurer Willoughby begegnet, ist dieser sofort hingerissen von der ›englischen Dame‹. Obwohl seine ungenierte Art Emilie zunächst empört, kann sie ihm nicht widerstehen. Doch dann gerät Willoughby in Verdacht, einen Geldtransport überfallen zu haben. Hat Emilie sich in ihm getäuscht, oder ist er wirklich unschuldig, wie er behauptet? Die junge Frau beschließt, ihrem Herzen zu trauen und Willoughbys Unschuld zu beweisen – koste es, was es wolle ...

ISBN 3-404-14640-9